世界传世藏书 图文珍藏版

世界十大名著

马松源⊙主编

线装书局

世界十大名著

我的大学

（苏）高尔基⊙著　湛本军⊙译

线装书局

图书在版编目(CIP)数据

我的大学/(苏)高尔基著;马松源主编.—北京:
线装书局,2012.11
(世界十大名著)
ISBN 978-7-5120-0671-3

Ⅰ.①我… Ⅱ.①高… ②马… Ⅲ.①长篇小说-苏
联 Ⅳ.①I512.45

中国版本图书馆 CIP 数据核字(2012)第 235460 号

我的大学·呼啸山庄

原　　著:(苏)高尔基
主　　编:马松源
责任编辑:高晓彬
封面设计: 博雅圣轩藏书馆
出版发行:线装书局
地　　址:北京市西城区鼓楼西大街 41 号(100009)
　　　　　电话:010-64045283
　　　　　网址:www.xzhbc.com
印　　刷:北京彩虹伟业印刷有限公司
字　　数:3160 千字
开　　本:710×1040 毫米　1/16
印　　张:280
版　　次:2012 年 11 月第 1 版第 1 次印刷
印　　数:1—3000 套
书　　号:ISBN 978-7-5120-0671-3

ISBN 978-7-5120-0671-3

定　　价:1980.00 元(全十卷)

目　　录

世界传世藏书

世界十大名著

·目　录·

图文珍藏版

世界传世藏书

世界十大名著

·目录·

图文珍藏版

导　读

　　长篇小说《我的大学》是高尔基一九二三年在国外疗养期间完成的自传体三部曲的最后一部,也是他在十月革命之后写的第一部重要作品。《我的大学》描写他在喀山时期的活动与成长经历。他16岁抱着上大学的愿望来到喀山,但理想无法实现,喀山的贫民窟与码头成了他的社会大学。他无处栖身,与人共用一张床板。在码头、面包房、杂货店到处打工。后来,因接触大、中学生、秘密团体的成员及西伯利亚流放回来的革命者,思想发生变化。他阅读革命民主主义和马克思主义著作,直至参加革命活动。在革命者的引导之下,摆脱了自杀的精神危机。喀山的4年使他在思想、学识、社会经验方面都有长足的进步。

　　在《我的大学》里,高尔基用自己的笔触反映了当时俄国知识分子的生活和民主派反抗沙皇统治的活动,展示了这一时期俄国知识分子的思想状况。在高尔基的自传小说,我们看到青少年时期的高尔基就已经对俄国的丑恶现实十分憎恶,一直努力探索生活的道路。他曾经幻想自己做一个强盗,劫富济贫或者用祈祷上帝的方式来改善人们的生活,但当时他还很年轻,当然这只是天真幼稚的幻想。在大量的批判现实主义作品中,他也未能找到曾苦苦思索的"我该怎么办"的问题的解答。接触了许多具有革命情绪的知识分子,高尔基又想从他们那里找到新的生活道路。

最终，我去喀山大学求学了，就这么回事儿。

一个名叫尼古拉·叶夫列伊诺夫的中学生引起了我上大学的念头。他是个十分招人喜欢的年轻人，长得也颇为英俊，两只眼睛如同女人一样可爱温柔。他那会跟我住在同一幢楼里，只因常见我手里拿着书，就留意起我来，我们就因此认识了。没多长时间，叶夫列伊诺夫竟琢磨着叫我承认这一观点：我有"研究科学的特殊才能"。

"你生下来就是个搞科学的人。"他说道，潇洒地甩甩他那马鬃一样的长发。

那时我什么都不明白，哪怕是只家兔，也可能为科学做出贡献。但是叶夫列伊诺夫成功地让我相信：我这般的青年正是各个大学急需的。顺理成章地米哈伊尔·罗蒙诺索夫的典故再次被搬了出来。叶夫列伊诺夫接着说，只

要我去了喀山的话，能够住在他家，利用秋冬两季学完中学课程，再"随意"把几门考试对付过去（他就是这么说的："随意！"）。到了大学里面，我就能够领到助学金，五年时间之后，我就能成为"学者"了。所有的一切在他看起来都是易如反掌的事，因为当时的叶夫列伊诺夫只有十九岁，并且有一颗善良的心。

他考完试就回家了。半个月后，我也跟着上了路。

我被年迈的外祖母送走时，她劝告我说：

"你不能再对人乱发火了！你总喜欢发火，变得凶狠而又傲慢！这全部是

从你外祖父那儿遗传的，但是你看一看你外祖父，都变成什么样子了！这命苦的老头子，活了这么久，竟然变成个傻子。你必须记住：上帝不谈人的对错，只有魔鬼专爱此道！再见啦，唉……"

她松弛的面颊淌了下来几滴无奈的泪水。她抹了一抹，接着说道：

"咱们再也见不着啦！你这不安稳的孩子，要远走他乡啦，我的时日不多了……"

这几年来的异地生活使我不能陪在外祖母身边，可以说很难见到她。想到马上就要和她分别，跟这个和我血肉相连、体贴善良的老人分别，我止不住不禁悲从中来。

我站在船尾，一眼不眨地望着她，外祖母就站在码头上，一手画着十字，一手不停地拿起那条旧披肩的角儿，擦拭自己的脸和那双总是流露着慈爱和温柔的眼睛。

后来，我到了这座半鞑靼样儿的城市，住进了一所平房中的一间小屋。这所平房孤孤单单地矗立在一条窄巷尽头的土坡上。房子当中的一面墙正对着一片大火烧后的荒地，杂草丛生的荒地上；一片房子倒塌的废墟，隆起在苦艾、牛蒡、马蓼的杂草丛和接骨木的灌木林里，废墟下面有个十分大的地窖。到处游晃的野狗就生在那儿，也埋葬在那儿。我永远不会忘记这个大地窖，因为它是我上过的第一所大学。

叶夫列伊诺夫的妈妈，靠着一点不多的抚恤金勉强过活，抚养着两个儿子。初到他家的几天，我不时看见这个面色苍白的个子不高的寡妇从市场归来，带着不知所措的忧伤，买来的东西被放在橱桌上，寻思着怎么解决当前的问题：哪怕抛开自己除外，可是如何用这么一小块肉做出一顿美味的餐点，让三个强壮的小伙子吃得好呢？

她的话不多，灰蒙蒙的双眼显露着一种无奈而温和的坚强，好像一匹已经筋疲力尽的母马，即便知道自己不能把车往坡上拉动，却依旧在尽力挣扎。

刚到她家第四天的一个早晨，我去厨房帮她洗菜，她的孩子们哪会儿都还没起床。她试试探探地低声问我：

"您到这里来想做什么？"

"念书，上大学。"

她一挑双眉，脸上发黄的皮肤也跟着一皱，稍不注意被菜刀割伤手指头。她忙吮住流血的伤口，坐在椅子上，可马上跳了起来，说道：

"噢！见鬼……"

她用手绢包上了受伤的手指，夸赞我说：

"土豆削的倒挺麻利的！"

哼，这有什么难的！我接着跟她说起了我在轮船上帮厨子打杂的事。她再次问道：

"你认为凭这点东西，就刻意上大学了吗？"

那会儿的我，还不明白什么是开玩笑。她的话被我当了真，于是把我的计划方案跟她仔细地说了一遍，还补充到，只要按计划那样做，科学殿堂的大门就会被我打开。

她长叹一声叫道：

"噢！尼古拉！尼古拉……"

这会儿尼古拉走进厨房洗脸来了。他睡眼朦胧，头发蓬乱，可是还如同平日一般兴高采烈。

"妈妈！包顿饺子吃该有多好呀！"

"嗯，好吧。"妈妈应声道。

为了显露一下自己的烹饪技艺，我说道："对于包饺子来说这点肉，实在不合适，而且少得可怜。"

这话惹得瓦尔瓦拉·伊凡诺夫娜相当不高兴。她挖苦了我几句，弄得我面红耳赤。她把几个胡萝卜朝橱桌上一扔，转头走出了厨房。尼古拉朝我使使眼色，对此解释道：

"难过啦！……"

他坐在凳子上，接着对我说："女人一般比男人显得情绪化。可能是天性使然。一个十分有名气的学者，大概是个瑞士人，曾经完美无缺地论证过这个问题,英国人约翰·斯图尔特·穆勒在此点上也讲过一样的话。"

尼古拉十分喜欢教导我,因此他珍惜每一个合适的机会,对我讲述一些生活的基本常识。对于这些话,我也听得十分仔细。后来,我竟把佛克、拉罗士佛克和拉罗士查克林三人混为一谈。我也搞不明白是谁砍了谁的头。是拉瓦锡砍了杜模力的头呢,还是恰恰相反?这个招人稀罕的青年,诚心诚意地要把我"教育成人",同时信心满怀地保证这一点。可他实在太忙,好像他也不具备好好教我的素质。在那种年轻人的轻率和自以为是的习气影响下,他对他母亲在如何为维持家庭的生活而精疲力竭、费尽心血地操劳视而不见。他弟弟是个不善言辞反应迟钝的中学生,对此就更无法感受了。而我却早已看清楚了这个女人那套精妙的厨房里的经济和化学玄理。我清楚地看到她怎么自如应对:每天都得想方设法哄住自己孩子的肚子,还要养活我这个长相平庸,行为粗鲁的异乡人。当然,只要我拿到分给我的面包时,它们都如同压在我心头的一块重重的石头。我便琢磨着找点什么事干。为了不等在家里无所事事,我每天早早就出门,遇上坏天气时,就钻进荒地上的那个大地窖,坐在里面静待风雨过后,那些死猫死狗散发的恶臭钻进鼻孔。我终于了解:上大学——那是遥不可及的事儿。假使开始去了波斯,或许比来这里要明智一点。如此想着我就幻想自己成了一个白胡子的法师,可以叫谷子长到苹果一般大小,能让土豆长到一普特重。总之,我为这块土地——这块还有无数跟我一般贫穷潦倒之人的土地——设想出了许多有益于民的善举。

我已掌握了对奇遇冒险和功德无量的幻想。在陷入困境的生活,这些幻想强有力的帮助了我。可不如意的日子太多,我也变得愈来愈会幻想。我并不期望别人的帮助,也不奢望时运的降临,磨难中,我的意志蜕变的顽强起来。生活的条件越是艰苦,我就感觉得自己更加坚强,进而更加聪明。我很早就明白:人成熟于与周围环境的抗争。

为了不到挨饿的地步,我时常到伏尔加河的码头,上那儿挣到十五至二十戈比的工钱还是很容易的。在那儿,和装卸工、流浪汉和无赖混在一块儿,我感觉自己好像是一块被扔入通红炉火的生铁。每天都被烙下很多新奇、灼热的痕迹。那些欲望露骨、粗野狂浪的人,旋风一样地在我面前左转右转。我喜欢他们愤恨现实生活,嘲笑、敌视世间的一切,对自己了无牵挂的态度。我过去所经历的生活,使我对他们产生一种亲切感,迸发出想要加入他们那个满是刺激和力量的圈子的愿望。我读过勃来特·哈特的作品和不少"低级趣味"的小说,因此更激发了我对生活在这个圈子里的人们的同情。

有一个职业小偷,名叫巴什金,原来是师范学院的学生,现在困苦不堪,还染上了肺病。他循循善诱地开导我:

"你怎么和个姑娘一样?总是那么畏畏缩缩?是怕人说你不安分吗?安分对姑娘来说,是她一生的财富。对你来说那只是个枷锁。公牛倒能安分,那是因为它每天只吃干草!"

巴什金长有一头棕色头发,脸上好似演员一般,刮得光光的,个子不高,动作轻巧敏捷,就如同一只猫。他把自己当作是我的老师和保护人。我看得出,他真诚地期待我能有所成就并赢得幸福。他相当聪明,读过很多好书,最推崇的是《基度山恩仇记》。

"这本书中有理想,又有真情。"他说。

他喜欢女人,只要谈起女人总是乐此不疲、精神奕奕,那虚弱的身体也一阵阵痉挛起来。我厌恶这种病态的痉挛,但我还是饶有兴趣地听他讲,觉得他的话美妙动听。

"女人,女人!"他声色并茂地说道,黄色的面孔泛起一片潮红,欣赏的目光在两只乌黑的眼中闪烁,"为了女人,我肯去做任何事。女人好像就是魔鬼,毫无罪孽可言!世上只有跟女人恋爱才是最甜蜜的!"

他讲故事很有天分,信手拈来为妓女们编出一些歌唱爱情的感伤动人的小曲。这些小曲在伏尔加河沿岸的每个城市被广为流传。这首流传甚广的小曲就出自他的手:

> 我本贫寒,亦无美貌,
> 锦衣罗裳更难找。

仅仅为此,姑娘呀!

人世孤舟,无依无靠。

有一个叫特鲁索夫的行踪隐秘的人,也待我很好。他相貌堂堂,衣着讲究,手指像音乐家那样纤细。他经营着一间小店铺,处于城郊的船舶修造厂地区。铺面外边儿挂着"钟表匠"的招牌,但实际上是个销赃的场所。

"彼什科夫,你可别跟偷窃这种事沾上边儿!"他对我说,同时半眯起那双狡黠而又目空一切的眼睛,得意地捋着花白的胡须,"在我看来,你不是这条路上的人,你是个重精神生活的人。"

"重精神生活?那是什么?"

"那就是说,对任何东西都只抱有好奇,而不是羡慕。……"

这样说我其实并不准确,因为我羡慕过许多人,也羡慕过许多事,比如拿巴什金来说,我就对他那种独特的诗歌般的语调、奇妙的比喻以及出色的表达能力钦羡不已。我记得他是这样开始讲述一个爱情故事的:

"黑漆漆的夜晚,我独坐在偏僻的斯维亚日斯克的一家客店里,仿佛一只缩在树洞里的猫头鹰。那时是十月,秋风萧瑟,更兼丝丝细雨,那声音就像一个受了委屈的鞑靼人绵声低唱着一曲哀歌,没有尽头:噢—噢—噢—呜—呜—呜……

"……正在这时她来啦,那么轻盈,那么明艳,宛如朝阳乍现时的云彩,但眼中流露出的纯洁无瑕却是伪装的。'亲爱的,'她带着诚挚的语调说,'我没有对不起你。'我知道这不是事实,但却相信了她的谎言。凭理智,我能看得一清二楚,但在情感上,我却无法承认她在欺骗我!"

他嘴里讲着,身体还随着有节律地晃动,眼睛微闭,不时用手轻轻按住胸口。

他的声音虽然低沉嘶哑,但每句话都透人肺腑,有点夜莺歌唱的韵味。

我也羡慕过特鲁索夫,他讲的那些西伯利亚、希瓦和布哈拉等地的故事都那么生动有趣,而一谈起高级僧侣的生活,他又是那么冷嘲热讽、尖酸刻薄。有一次他还神秘地提到沙皇亚历山大三世：

"这位沙皇真是个能干的君主！"

小说里常有一种"坏人"，他们在故事结尾时出人意料地变成了无私的英雄。我觉得特鲁索夫就该属于这类"坏人"。

遇上闷热的夜晚，人们就会渡过喀山河，坐在对岸矮树林里的草地上，一面吃喝，一面谈起各自的事情。无非是谈谈生活的复杂、人际关系的纠缠之类，但谈得最多的还是女人。他们一谈起女人，便显得愤懑、哀伤，有时又很感人，而且总是怀着一种窥视黑暗的心态——那黑暗充满了神秘可怕的事情。在星光寂寥的黑夜，在长满河柳的湿热洼地，我和他们一同度过了两三个这样的晚上。这里临近伏尔加河，由于晚间空气湿润的缘故，那些船桅上的灯火就像一只只金色的蜘蛛，在黑暗中向周围爬动，一簇簇火团和交织的光带闪现在漆黑的岩石河岸上，那是富裕的乌斯隆村的酒馆和民宅的窗户放射出的光芒。河水被轮船的轮片打得"噗噗"作响。驳船船队间传出水手们狼嚎似的吆喝声。不知什么地方有人在用锤子敲打着铁板，拖长了声音凄楚地唱起歌谣，抚慰自己忧伤的心灵，歌声把一抹淡淡的哀愁笼上人们的心头。

而更令人神伤的是静静地聆听这些人的轻言细语，他们思考生活，述说自己的心事，几乎并不留意别人说些什么。他们躺在或者坐在树丛里，吸着烟，随口喝点儿伏特加或啤酒，沉浸在自己的回忆之中。

"我遇上过这么件事儿。"黑暗中，有人趴在地上说道。

等到故事一讲完，大家便纷纷表示：

"常有这种事啊，常能见到……"

"见过"，"经常如此"，"遇上不少啦"——听着这样的话，我觉得人们仿佛已经走到了生活的终点，什么都已经经历过了，再无新鲜可言。

这种感觉拉开了我和巴什金、特鲁索夫的距离，但我仍然喜欢他们。如果沿着我经历的轨迹，我跟他们走上同一条道路那是很自然的。当我往上爬和念大学的梦想遭受打击时，我就更愿意和他们待在一起。在忍饥挨饿、蒙受屈辱和烦恼郁闷的时候，我就相信自己完全有能力去侵犯"神圣的私有制"以及犯下其他罪行,可我却总被青年的浪漫主义从偏离的道路上拉了回来。那时除了人道主义的勃来特·哈特的书和一些低级趣味的书之外,我也读过不少正正经经的书——正是它们催促着我去不断追求,虽然并不知究竟要追求什么,但那一定是比我所见过的一切都要重要得多、有意义得多的东西。

在这段时间,我交上了几个新朋友,有了些新的感触。叶夫列伊诺夫家旁边的空地常常引来一些中学生玩击木游戏。他们之中有一个名叫古里·普列特尼奥夫的人让我产生了好感。他有着浅黑的皮肤,头发有些发青,像日本人,脸上长着雀斑,仿佛上面掺和进了火药末。他总是很快活,游戏玩得很灵活,谈吐也幽默风趣,似乎真有种天才的萌芽蕴藏在他体内。但他也像所有有天赋的俄罗斯人一样,守着这点天赋过日子,再没想过去拓展和提高。他的听觉很敏锐,又有很高的音乐鉴赏力,他自己也喜好音乐,能像艺人那样出色地演奏古丝理琴、三弦琴以及手风琴,但却对掌握更高级、更繁杂的乐器不感兴趣。他很穷,衣着褴褛。但那皱巴巴的破衬衫、那带着无数补丁的裤子和那破了洞的皮靴,却与他豪迈的气质、挺拔的身材、矫捷的动作和粗犷的作风很是相称。

他就像一个大病初愈的病人,或者刚刚刑满释放的囚徒。在他眼里,生活中的一切都是新鲜的、美好的,带给他无限的快慰。他仿佛一支被点着的烟花,在地上蹦来蹦去。

他听说我生活困难、处境艰险,便提议让我搬到他那儿去住,还劝我准备准备,争取当个乡村小学教师。于是,我就搬进了这个古怪有趣的贫民窟——"马鲁索夫卡",大概许多代喀山大学生都对这个地方非常熟悉。这是一所破败不堪的大房子,坐落在雷布诺里亚德街。它仿佛是被那些饥肠辘辘的大学生、妓女以及社会抛弃的无用者的幽灵,直接从房主手里夺过来的。古里的住所就在连接走廊与阁楼的楼梯的下面,那儿摆着他的单人床,另外还有一张桌子和一把椅子摆在走廊尽头的窗户旁,这就是他的全部家具了。走廊连着三个房间,有两间住着妓女,第三间里住着一个染有肺病的教会学院的大学生,研究数学的,又高又瘦,样子长得很可怕,头上和脸上长满了红褐色的硬毛,一身衣服肮脏而破旧,勉强能遮盖住身体,从衣服的窟窿里,暴露出他泛青的皮肤和嶙峋的肋骨,让人毛骨悚然。

他似乎只依靠吃自己的手指甲生存,把指头啃得快要出血了。他没日没夜地绘图呀,计算呀的,还不停地发出咳咳的咳嗽声。妓女们都怕他,认为他是疯子,但是又同情他,常常放些面包、茶叶和砂糖之类的在他门口,他就像匹劳累的马一样呼呼地喘着粗气,把这一包包东西从地上捡起来,拿回屋去。如果妓女忘了或者因为其他什么原因而没有送给他礼物,他便打开房门,冲着走廊沙哑地叫喊:

"面包!"

在他那双深陷于黑眼窝的眼睛中,闪动着一种狂人般的自命不凡和高傲。一个驼背的小个子,有时会来看看他。这人跛了一条腿,肥大的鼻子上架着一副深度眼镜,头发花白,那阉割派教徒的蜡黄脸上,挂着狡黠的微笑。他们把自己紧关在房里,沉默不语,安安静静地一连坐上几个小时。只有一次,时至深夜,这位数学家沙哑的咆哮声把我给惊醒了:

"照我看——这简直是监牢! 几何学——是笼子,哼! 是抓老鼠的笼子,哼! 监牢!"

瘸腿的驼背尖着嗓子发出嘿嘿的笑声,并翻来覆去地重复着一些不明所以的词句,数学家突然怒吼起来:

"混账! 滚!"

这位客人被赶了出来,气愤不已,在裹上宽大的破披风时,还不停地尖声叫骂。这时又高又瘦的数学家站在门口,面目狰狞,把手指插进乱蓬蓬的头发,沙哑地喊叫道:

"欧几里得是个白痴! 白—痴……我确信,这个希腊人不如上帝聪明!"

他"呼"的一声关上房门,震得屋里什么东西哗啦啦地掉了下来。

后来没多久,我听说这个人是想用数学推理来证明上帝的存在,可是在完成这一事业之前他便死了。

古里在一个印刷厂里做报纸校对的工作,上的是夜班,每夜能挣十一戈比。要是我抽不出空去挣钱,我俩每天就只能吃四俄磅面包、两戈比的茶和三戈比的糖。可我没什么时间出去干活,因为我得学习。我正死啃各门学科,尤其在为那些死板的语法格式感到烦恼,我完全没法在这些僵硬的格式中填入新鲜的、灵活而质朴的现代俄罗斯语言。不过没多久,我就高兴地发现:现在学这些为"时过早"。即便我能考取乡村教师的资格,但受年龄的限制,我也不可能得到教师的职位。

古里和我同睡一张单人床,我夜里睡,他白天睡。通宵达旦地工作使他筋疲力尽、面色发青、双眼红肿。他清早一回来,我便马上跑到小饭馆里去打开水——很自然,我们没有茶喝。然后我们就坐在窗前,吃面包、喝茶。古里会给我讲讲报上的新闻,读读化名为"红色多米诺"的酒鬼小品文作家的打油诗。我对古里那种玩世不恭的态度感到很奇怪,他对生活的态度,简直跟对待那个倒卖女人旧衣物兼做拉皮条生意的胖女人加尔金娜没什么两样。

楼梯下的屋角就是他从这个胖女人手里租来的,可他无力支付房租,于是就靠给她说说笑话、拉拉手风琴、唱唱动听的歌来做补偿。每当他用男高音唱起歌时,双眼便闪现出嘲弄的光芒。加尔金娜年轻时曾在歌剧合唱班待过,很能领悟歌曲的意义。常常有许多感动的泪水从她那双厚颜无耻的眼睛中流出,淌过她这个酒鬼和馋鬼浮肿、铁青的面颊。她便会伸出肥胖的手指抹去泪水,然后又拿出一条令人倒胃的手绢仔细擦那指头。

"哟!古里呀,"她赞叹地说,"您真是个演员!如果您再漂亮点儿——我包您会走运!我安排过许多年轻小伙儿,去陪伴那些闲极无聊的女人呢!"

有一个这样的"年轻小伙儿",就住在我们楼上。他是个大学生,一个毛皮匠的儿子。这小伙儿身材中等,胸膛很宽,大腿却异常细瘦,整个身体看起来像个锐角朝下的大三角形,而且这个锐角还折断了一点,——这位大学生的脚跟女人的一样小。他的脑袋也很小,深深地陷进了肩胛,上面胡乱竖着些马鬃般的红头发,一双碧绿的眼睛从惨白、缺乏血色的脸上凸起,显得灰蒙蒙的,没什么神采。

他背弃了父亲的意愿,像条游荡的野狗一样无以为生,费尽心机才终于念完了中学升入大学。后来他发现自己的嗓子低沉而柔和,是副很好的男低音,于是便一心想着学习唱歌。

加尔金娜就利用这一点，把他塞给了一个富商太太。这位太太年过四十，一个儿子已经大学三年级，女儿也快中学毕业了。富商太太很瘦，胸脯扁平，直挺挺的像个士兵，脸上的表情总是无动于衷，冷漠得跟禁欲的修女一般，她那双灰色的大眼睛深陷在两个黑黑的眼窝里，身穿黑色的连衣裙，围着旧式的丝绸头巾，一双镶着绿宝石的耳环总在耳朵下面晃来晃去。

她常在晚上或者清晨来找她的那位大学生。我看见过好几次，商人太太像是跳进大门似的，步伐坚定地走向院子里面。她的脸色很吓人，嘴唇紧紧地闭成了一条线，眼睛瞪得老圆，带着绝望的神情望着前方，那样子看起来像个睁眼瞎。虽说她并不是个丑陋的女人，但你能明显地感到她体内有一股紧张的力量，仿佛是这股力量拉长了她的身子，扭曲了她的面孔，使她变得丑陋不堪。

"瞧！"古里说，"真是个疯婆娘！"

大学生对这位商人太太非常厌恶，总想避开她。商人太太却像一个冷酷无情的债主或者暗探一般，死死抓着他不放。

"我是个不能抛头露面的人，"大学生喝了酒后，后悔地说，"唉！我为什么要去唱歌？就凭这长相和这身材，人家就不可能让我登台表演，绝不可能！"

"你别再跟那婆娘纠缠不清啦！"古里劝他说。

"你说得对。只是我可怜她！我真没法忍受，但是又要可怜她。你要是知道她是怎么……唉！……"

我们其实早就知道，因为有天晚上，我们听见那个女人站在楼梯上，用颤抖的声音低声哀求：

"看在上帝的分上……我的宝贝，噢——看在上帝的分上！"

这位商人太太控制着一家大工厂，拥有大量房产和车马，还曾向产科学校捐赠过数千卢布，而如今却像一个乞丐一样乞求男人的抚爱。

喝完早茶，古里便躺下睡觉，而我则到外边去干点杂活儿，晚上才能回来，那时古里又该去工作了。如果我能带回点面包、香肠或者煮牛杂什么的，我们就平分，他带走他的那一份儿。

我一个人闲下来时，就在"马鲁索夫卡"的走廊上转悠，看看我这些新邻居们过的是什么日子。这幢房子真是拥挤不堪，宛如一个蚂蚁窝，到处弥漫着刺鼻的酸臭味儿，每个角落都隐藏着充满敌意的浓厚的阴影。这里从早到晚都嘈杂不休：缝纫机的响声从不间断，歌剧班的歌女们在吊嗓子，一个大学生用男低音哼着音阶，一个半癫狂的、发着酒疯的男演员手舞足蹈地高声朗诵对白，喝醉的妓女们有事没事地狂叫个不停。面对这一切，我心里不禁生出一个无法回答的疑问：

"这一切究竟是为了什么呢？"

有一个秃脑门周围长着红头发的人，颧骨很高，肚子又大又圆却长着两条细腿，肥厚的嘴唇包着一口马牙般的牙齿。因为这口牙齿，他得到了一个"红毛大马"的绰号。他常和那些食不果腹的年轻人混在一起。他跟他亲戚——辛比尔斯克的商人打官司已经打了三年，并逢人便说：

"我豁出性命不要，也得把他们彻底搞垮！让他们沦落街头，过上三年乞丐生活，然后，我就把判给我的财产统统还给他们，再对他们说：'怎么样，混账东西们？现在领教我的厉害了吧！'"

"这就是你生活的目标吗，红毛大马？"人们问他。

"我这一生就只为干这件事儿，别的什么都不想！"

他每天都在地方法院、高等法院和他委托的律师之间转来转去，经常在晚上乘着马车带回许多纸袋、蒲包和酒瓶。在他那间天花板坍落、地板凹陷的龌龊房间里，把大学生、缝衣女以及所有想饱餐一顿、喝上点儿酒的人都邀请来，一块儿热闹热闹。"红毛大马"自己只喝甜酒——那种一旦溅到桌布、衣服或地板上就会留下洗不掉的紫红色污迹的甜酒。他喝醉了便叫喊起来：

"你们这些小鸟呀，我喜欢你们！你们都是些正正经经的人啊！而我呢，却是个恶棍，是条吃人的鳄——鳄鱼。我想吞掉我的亲戚，我一定要给他们致命的一击！真的，拼了命我也要把他们搞垮……"

"红毛大马"像是受了什么委屈似的眨动着双眼，醉汉的泪水顺着他难看的高颧骨面颊流淌下来，他伸出手掌擦了擦眼泪，又在膝盖上抹干——他那肥大的裤子上经常沾满了斑斑油渍。

"你们这算什么样的生活呀!"他大叫道,"饥饿、寒冷、衣衫褴褛——莫非这就是秩序吗?这样的生活会有什么希望?要是沙皇了解到你们的生活……"

接着,他从口袋里掏出一把花花绿绿的钞票,冲着大家喊:

"嘿!谁需要钱?兄弟们!都拿去吧!"

歌女们和缝衣女们争先恐后的想从他毛茸茸的大手里夺走那些钱。他却哈哈大笑起来,说道:

"这不是给你们的,是给大学生的!"

可大学生却并不去拿钱。

"去你的几个臭钱吧!"毛皮匠的儿子生气地叫道。

一天,他自己喝醉了,带了一把揉成硬团的十卢布钞票到古里这儿来,把钱往桌上一扔说道:

"这钱,你要不要?反正我不要了……"

他躺在我们的单人床上,大嚷大闹,还哭了起来,我们只好给他浇水、灌水,让他醒醒酒。等他睡了之后,古里试图把钞票一张张展开,但却根本没有办法,它们被揉得太紧了,必须先用水润湿,才能把它们分开。

他房间的窗户紧对着隔壁的石墙,屋里烟雾缭绕、肮脏不堪、狭窄憋闷再加上人声嘈杂,这一切无不让人厌恶。"红毛大马"却比谁都叫嚷得更响。我问他:

"为什么你不去住大酒店,而偏要上这儿来呢?"

"好兄弟!就图个心头痛快啊!跟你们在一起,我的心是热乎乎的……"

毛皮匠的儿子立即赞同道:

"'红毛大马'说得对!我也有同感。要是在别的什么地方,我早完啦!……"

"红毛大马"央求古里道:

"弹起你的琴!唱唱歌吧……"

古里坐下来,把古丝理琴放上膝头,边弹边唱:

红红的太阳啊,

快升起来吧! 快升起来……

他的歌声轻柔舒缓, 牵动着每个人的心。

房间里安静下来, 大家都沉醉在那幽怨的歌声和缥缈的琴声之中。

"唱得太好了, 小伙子!"那个倒霉的、陪伴富商太太的大学生叫了起来。

在住在这个大房子里的形形色色的人中, 古里最具有营造欢快气氛的才智, 简直就像神话里的善神一样。他洋溢着青春的活力, 能讲出巧妙的笑话, 会唱优美的歌曲, 敢对陈风陋俗大肆嘲讽, 还敢捅破生活中的大谎言, 这一切无疑给大家的生活带来了一丝光明。他刚过二十岁, 外表还像个孩子, 但在这所大房子里的人们看来, 他是排忧解难的顾问和好帮手。善良的人都喜欢他, 坏蛋则害怕他, 甚至那个老岗警尼基福雷奇, 也常挂着狡猾的微笑跟他打招呼。

"马鲁索卡夫"这所大房子, 是上山的要道, 连接着雷布诺里亚德和老戈尔舍奇纳两条街。出我们住所的大门不几步, 便是尼基福雷奇的岗亭, 它就安然地坐落在老戈尔舍奇纳街的拐角处。

他是我们街区的警长, 高高瘦瘦的个儿, 胸前总挂满了奖章。老头儿的脸显得挺精明, 笑容也很友善, 可一双眼睛却总闪着狡黠的光亮。

他密切地注意着我们这所鱼龙混杂、吵吵闹闹的大房子。每天, 他都会穿得一本正经地上我们这儿巡查好几次。他走路不紧不慢, 从这个窗口望到那个窗口, 那样子仿佛是动物看守员在检查笼子里的野兽。今年冬天, 他从一个房间里把退役的独臂军官斯米尔诺夫和士兵穆拉托夫抓走了。他俩都曾参加了斯科别列夫统率的阿哈尔——帖金远征军, 还获过圣乔治十字勋章。佐布宁、奥尔相金、格里戈里耶夫、克雷洛夫和另外一些人也被逮捕了, 罪名是企图建立秘密印刷厂。穆拉托夫和斯米尔诺夫正是为了这个目的, 才在星期天去城里的克柳奇尼科夫印刷厂偷铅字, 就为这事他们被捕了。另一天夜里, 那个曾被我称为"活钟楼"的郁郁寡欢的高个子, 也被宪兵们从"马鲁索夫卡"抓走了。古

里第二天早晨听说这一消息后,气恼地搔乱了他的黑头发,对我说:

"马克西莫维奇!简直太糟了!快去!老弟,得赶快……"

他跟我说明了应该上哪儿去,又添上一句:

"留神,千万小心!那里没准儿有暗探……"

我对能接到这个秘密任务而兴奋异常,像雨燕似的飞快地跑到了船厂区。我走进一家阴暗的铜器店铺,看见一个有着碧蓝眼睛和鬈曲头发的年轻人,正在给一口平底锅镀锡,但他的样子却并不像个工人。屋角的老虎钳旁,一个把白头发用皮带子扎起来的小个儿老头,正忙着磨制铜活塞。

我问铜匠:

"你们这儿有活干吗?"

那老头儿没带好气地答道:

"我们有,但没给你干的!"

那个年轻人瞥了我一眼,便又埋头镀锅。我用脚轻轻碰了碰他的脚,他一下子又惊又怒地抬起蓝眼睛盯住我,手里抓住锅把,似乎要把锅朝我砸过来的样子。可他见到我对他使眼色,便又平下心来,对我说:

"走吧,走吧!……"

我又给他使了个眼色,才转身出了门,站在街上。鬈发青年也直起腰跟着走了出来,一言不发地盯着我,兀自点起了一根烟卷。

"你是吉洪吧?"

"嗯,不错!"

"彼得被抓走了。"

他气愤地紧锁眉头,两眼不住打量着我。

"哪个彼得呀?"

"高个子,长得像教堂助祭。"

"嗯?"

"就这些。"

"彼得,助祭,这跟我有什么关系?"铜匠问道。他的语气让我更加确信,他

17

绝不仅仅是个铜器工人。回到大房子时，我很有些自鸣得意，因为我完成了别人交给的任务。这是我头一次搞"地下"活动。

古里·普列特尼奥夫和那些人来往甚密。我向他提出过加入他们组织的请求，可他却回答：

"老弟，你还太小！先好好学习吧……"

有一次，叶夫列伊诺夫介绍我去见一个神秘人物。这次会面安排得非常小心，使我预感到将要发生的是件非同寻常的事。叶夫列伊诺夫把我带到城外的阿尔斯科耶波列，一路上千叮咛万嘱咐要我注意安全，还要求我对此事绝对保密。随后，他四下张望了一会儿，指着在远处荒地上慢慢走动的一个小小的灰色身影，对我低声说：

"就是他！跟上去吧！他一停下来，你就对他说：'我是新来的……'"

秘密活动总是愉快的。可是这次的会面却令人感到可笑：在明晃晃的阳光下，一个人像根灰色的野草一般独自在荒野里游荡，其他再没有什么，我直到墓地门口才赶上他。原来是个脸又瘦又小的青年，两只眼睛圆圆的跟小鸟一样，却流露出严肃的神色。他穿着一件中学生的灰大衣，原先的浅色扣子已经掉了，取而代之的是几个黑色的骨制纽扣，学生帽又旧又破，还保留着校徽的痕迹。总的说来，他身上过早地显露出了什么，似乎是急于想表现出成熟的姿态。

我们坐进墓地中间的灌木林荫里。这个人说话枯燥乏味，我对他整个人都没什么好感。他一本正经地问我读过些什么书，然后要求我加入他领导的小组，我同意了，接着我们便分了手。他先离开，不住地谨慎地朝空旷的荒野四面张望。

另外还有三四个青年也参加了这个小组，我是组里年纪最小的，也从未读过什么约翰·斯图尔特·穆勒的著作和车尔尼雪夫斯基所做的评注。我们聚会的场所是一个叫米洛夫斯基的师范学院大学生的家，他后来用叶列翁斯基作笔名发表过一些短篇小说，但在写完五本书后，他就自杀了——那样轻易地结束了自己的生命，就如我见过的许多人一样。

这个师范学院的大学生是个沉默寡言的人，思维不太活跃，说话小心翼翼。

他的住所就是一幢肮脏楼房的地下室。为了保持"身心平衡"，他每天都要干点细木工活儿。跟他待在一起，我觉得很没意思。穆勒的著作也没什么吸引力，因为很快我就发现这些经济学原理其实我早已了如指掌，凭借我亲身的经历就能直接领会。我认为把这些道理用艰涩的语言写成一大本书简直有些多此一举，只要是为"他人"的幸福和安适付出过努力的人，对这些道理都很清楚。这对我来说实在不是件轻松事——在这个弥漫着鳔胶臭味的地下室里，看着小虫子在脏兮兮的墙上抓来爬去，就这么呆坐上两三个钟头。

有一次，小组教师没按时来上课，我们都以为他不会来了，于是去买了一瓶伏特加和一些面包、黄瓜，搞出一次小小的酒宴。突然，老师的灰色裤腿从地下室的窗口一闪而过。我刚把酒藏到桌下，他就进来了，开始讲述车尔尼雪夫斯基的那些高深见解。我们就跟木头人似的，一动不动地坐着，生怕有谁一不小心踢翻了酒瓶。结果是老师把酒瓶给碰倒了，他只朝桌子底下看了看，什么也没说。哎！他要是冲我们大发雷霆倒好些呢。

他那张沉默、严峻的脸和那双恼怒得半眯起来的眼睛，都让我感到坐立不安。我偷偷望了望同志们，他们也都一个个羞红了脸。虽然并不是我提议买酒的，但我总觉得有种负罪感，对老师怀着深深的歉意。

读书让人百无聊赖，我真想到鞑靼区去，那里的人善良纯朴，过着特殊的纯净生活，讲一口好笑的跑调的俄语。每天傍晚，他们便在来自清真寺高塔上的伊斯兰教士奇怪声音的召唤下，到清真寺做礼拜。我想，鞑靼人的生活属于另一个世界，属于那个我不熟悉、也不喜欢的世界。

我向往的是伏尔加河上劳动生活的音乐，那种音乐令我沉醉至今。我首次感受到劳动中美妙诗意的那一天，一直深深地印在我的脑海之中。

一艘装载着波斯货物的大驳船，在喀山附近触礁搁了浅，船底被撞出了窟窿。装卸班的工人带我一起去卸货。那时正值九月，从上游来的风吹得呼呼直响，一层又一层波浪从灰蒙蒙的江面上翻滚而起，又被狂风打成碎末，冰凉的秋雨不住洒向大江。这个装卸班大约有五十人，他们身上披着破草席或帆布，一个个神色黯然地蹲坐在空驳船的甲板上。拖着空驳船的是一艘小火轮，不住地喘着气,向风雨中吐出一条红色火舌。

　　天色晚了。深灰色的湿润天空变得昏暗凝重,朝河面低垂下来。装卸工们七嘴八舌地抱怨着,咒骂寒雨,咒骂狂风,也咒骂生活。他们在甲板上懒散地走来走去,想驱驱寒气和湿气。我有一种感觉:这群昏昏沉沉的人没法干活,也抢救不出那些正在沉没的货物。

　　深夜时,船才驶到了事故地点。人们把空驳船的甲板和那条搁浅大驳船的甲板紧紧系在一起。装卸班的班头是个狡猾的老头儿,脸上生满了麻子,鼻子和眼睛长得像老鹰,嘴里常常不干不净的。他从秃头上摘下湿漉漉的帽子,像女人似地尖声叫道:

　　"伙计们! 祈祷吧!"

　　黑暗中,装卸工们在甲板上聚成了黑压压的一片,像一群狗熊似的发出呜呜的闷响。班头首先做完祷告,又尖声喊道:

　　"点上灯! 小伙子们,露上一手! 伙计们好好干! 上帝保佑,动手吧!"

　　于是,这群愁容满面、萎靡不振、被雨水淋透的人们开始大显身手了。他们像是上战场战斗一般,飞奔上那艘正在沉没的大驳船的甲板,跳入船舱——连声呼喊着,叫着嚷着,讲着笑话。一袋袋大米,一包包葡萄干,一扎扎皮革和鬈毛羔羊皮,像鸭绒枕头似的一个个轻飘飘地从我身旁掠过。那些矮壮的身影来回不住地飞跑,以呼号、喊叫和叱骂相互鼓励着。真让人难以置信,这群人刚才还在垂头丧气地抱怨生活、抱怨风雨和寒冷,可现在干起活儿来竟如此兴高采烈、生龙活虎。这时雨更大了,天更冷了,风也愈发张狂,吹开了人们的衬衫,把衣襟吹卷到头上,露出了下面的肚子。六盏灯笼微弱的光芒穿透了这潮湿的黑夜,照出一个个来来回回的黑色人影,驳船的甲板被踩踏得咚咚直响。他们那股气势,仿佛是渴求着劳动,仿佛早就期待着享受传递四普特重的米袋和扛着大包比赛乐趣的这一天的到来。他们干得那么欢快、那么浑然忘我,就像小孩子沉迷于一种游戏,大概除了拥抱女人之外,再没有比这更甜美的事了。

　　有一个穿着紧腰长外衣、满脸胡须的高个儿大汉,浑身被淋得透湿,看起来像是货船的老板或者老板的代理。他突然激动地大喊道:

"棒小伙儿们！我赏你们一桶酒！伙计们！两桶也成！加油干呀！"

黑暗里，几个人从不同的角落哑着嗓子叫道：

"三桶吧！"

"就三桶！干吧！加把劲儿！"

于是，劳动的气氛更加热烈起来。

我也扛起米袋，背走，抛下，又跑回去扛另一袋。我觉得自己在同周围的所有人一起疯狂地舞蹈，觉得似乎这些人能够一直这样欢快地、竭尽全力地劳动下去，月复一月，年复一年，永不停歇，似乎他们能够扛起城里的钟楼和高塔，把这个城市随意搬向任何地方。

这一夜，我体味到了前所未有的痛快。我的心被一种永远这样疯狂、快乐地劳动的愿望照得清澈透亮。船舷外，波涛汹涌；甲板上，雨声哗然；河面上，狂风怒啸。在黎明的缥缈涛雾中，这群湿淋淋的、赤裸半身的人，飞快地跑来跑去，喊着、笑着、炫耀着自己的力量、自己的劳动。这时，厚重的乌云已经被风吹散，红红的阳光从一小块蔚蓝、洁净的天空中铺撒而下。这群快活的野兽抖动着笑脸上湿漉漉的胡须，向着太阳欢呼起来。这些在劳动时多么聪明灵巧，多么浑然忘我的可爱的两脚野兽，我真想拥抱他们，亲吻他们。

这股狂欢的力量仿佛没有任何东西能够抑制，它能为大地创造奇迹，能够像神话一样，在一夜之间就建造起遍地美丽的宫殿和城市。阳光只照耀了人们劳动的一两分钟，就又被乌云吞没，像一个落入大海的孩子般深深地沉入了云层，瓢泼大雨代替小雨倾泻了下来。

"走吧！"不知谁喊了一句，可招来的却是无数激愤的回答：

"我看你敢走！"

直至下午两点，全船货物终于搬运完毕。这群赤着上身的人在暴雨和狂风中毫不停歇地工作，这令我不得不钦佩刚刚才懂得的道理：人世间原来充满着如此强大的力量！

然后，大家又上了小火轮，一个个喝醉了酒似的睡着了。船一到达喀山码头，他们便像一股灰色泥流涌上了沙岸，径直去小酒馆喝他们的三桶伏特加了。

在酒馆,小偷巴什金来到我面前,打量了我一阵,问道:

"他们让您去干什么呀?"

我喜不自禁地跟他讲述了劳动的场面。他听完后,叹了口气,带着蔑视的神色说:

"笨蛋!你连笨蛋都不如,你是——大傻瓜!"

他吹着口哨,身子像在水中游泳的鱼一样摆动着,滑过一排排酒桌走掉了。这时,装卸工们正围着桌子热热闹闹地大吃大喝。从一个角落,传出了一支用男高音唱起的猥亵小曲:

> 嗳嘿,正是夜深人静时,
> 有钱人家的太太呀,
> 才上花园找找乐子,嗳嘿!

十几条嗓子同时震天动地地吼起来,手掌在桌沿啪啪地打着拍子:

> 那个更夫哟,满城正巡夜,
> 正瞧见,太太躺在地上哟……

小酒馆里开了锅,有人放声大笑,有人吹着口哨,乱七八糟的脏话此起彼伏,世间再也难找比这更不堪入耳的脏话了。

经别人介绍,我认识了杂货铺老板安德烈·杰连科夫。他的店铺隐蔽在一条僻陋小巷的尽头,紧挨着堆满垃圾的沟道。

杰连科夫有些残疾,他的一只胳膊患有麻痹症,但他的面容和善,胡须呈银灰色,眼睛里闪着智慧的光彩。他是全城首屈一指的藏书家,收藏着一些禁书和珍本书。喀山许多学校的大学生和各种有革命思想的人,都来他这儿借书。

杰连科夫的杂货铺是一间低矮的平房。紧挨着它的,是一个以兑换银钱为生的阉割派教徒的住所。店铺的一扇门通往一个大房间,房间里微弱的光线完全依赖于一面朝向院子的窗户。穿过大房间,可以到厨房。在小厨房后面,在通往邻宅的阴暗走廊拐角处,有一间隐秘的小仓房。这个仓房就是杰连科夫的秘密图书室。图书室的一部分书籍是用钢笔抄录在厚笔记本上的,比如有拉夫罗夫的《历史性的书信》,车尔尼雪夫斯基的《怎么办?》,皮萨列夫的论文集,还有《沙皇就是饥饿》和《巧妙的圈套》。这些手抄本已经被读过多次,揉得很破旧了。

我第一次踏进这个杂货铺时,杰连科夫正在招呼顾客,他冲着通向大房间的门对我点点头。我走进去,看见一个像谢拉菲姆·萨罗夫斯基一样的小老头,正跪在昏暗的屋角作虔诚的祈祷。我见到这样的情形,心里觉得很不是味儿,甚至有些反感。

人们对我谈起杰连科夫时都把他视作民粹派,民粹派在我的印象里就是革命者,而一个革命者是不应该信仰上帝的。我觉得这个做祷告的小老头对于这房子来说完全是多余的。

做完了祷告,他用手仔细地把白头发和白胡须抚弄平整,端详着我说:

“我是安德烈的爸爸。你是谁? 哦,原来是这样! 我还以为是化了装的大学生呢。”

“大学生为什么要化装呢?”我问道。

“是啊!”老头轻轻回答道,“他们再怎么化装,上帝还是会认得出的!”

他走进了厨房。我在窗前坐下来想自己的事,突然有人叫了一声:

“他原来是这样的!”

一个一身白衣的姑娘站在厨房门口,她浅黄的头发剪得很短,两只蓝蓝的带着微笑的眼睛,在那苍白浮肿的脸上显得格外有神。那样子,仿佛是个廉价石印画上的小天使。

“您为什么要惊讶呢? 我有那么可怕吗?”她说道,声音微弱又有些颤抖,同时用手扶着墙,小心翼翼地朝我一步步挪过来,仿佛她脚下不是结实的地板,而是一条在半空中晃来晃去的绳索。这种走路的生疏样子,更使她显得不同寻常了。她浑身颤抖,就像有无数尖针刺入了她的脚掌,又像墙壁变得滚热,以至灼伤了她婴儿般浮肿的手。奇怪的是,她的手指直僵僵的,很难动弹。

我一言不发地站在她面前,心里怀着一种莫名其妙的仓皇和深切的怜悯。在这间昏暗的屋子里,一切都显得那么非同寻常。

姑娘坐上了椅子,畏畏缩缩的,好像担心椅子会一下子从她身下飞走似的。她天真地告诉我(谁都不会这么做),四五天前她才开始走动,过去的三个月她都没法动弹,只能躺在床上,她的手和脚都失去了知觉。

"我得了一种神经麻痹症。"她微笑着说道。

记得当时我很希望得到对她病情的其他解释,神经麻痹症一说,对这样一个姑娘和这样一所奇特的房子而言,似乎太过简单了。在这屋里,每件东西都怯懦地贴紧墙壁。屋角圣像前的长明灯明亮得有些刺眼,大餐桌的白桌布上,爬着铜灯链略带几分诡秘的黑影。

"我听许多人谈起过你,很想见见你究竟长什么样。"她的声音跟孩子一样轻细。

这个姑娘用一种令人手足无措的目光盯着我,她那双蓝眼睛里闪耀着能够穿透一切的光芒。在这姑娘面前,我不能说话,也说不出什么。我只能保持缄默,兀自张望着墙上挂的赫尔岑、达尔文和加里波第等人的画像。

一个跟我差不多大的小伙子突然从杂货铺冲了进来,一头浅黄色的头发,瞪着一双不讲礼数的眼睛,用嘶哑的嗓子喊道:

"你怎么偷跑出来啦,玛丽亚?"

说罢,又匆匆地钻进了厨房。

"他是我弟弟阿列克谢!"姑娘说,"我在产科学校学习,正赶上生病了。您怎么一句话也不说? 您觉得不自在吗?"

杰连科夫走了进来,那只残疾的手被揣在怀里,他默默地用另一只手摩挲着妹妹柔软的头发,把它们搞得乱蓬蓬的,同时又问我想找个什么样的活儿。

随后又进来一个红色鬈发、身段优美的姑娘,她用浅绿的眼睛带着几分责怪地看了我一眼,拉起白衣姑娘的手说:

"行了,玛丽亚!"

接着便扶着她走了。

这样成熟的名字被用在一个小姑娘身上，总让人觉得别扭。

我离开了杂货铺，心里一直平静不下来。第二天晚上我又来到这所房子，想要搞清楚他们的生活到底是什么样儿——这种生活充满了神秘感。

那个和善的老头儿斯捷潘·伊凡诺维奇面色苍白，就像一块透明的玻璃，带着微笑坐在角落里，一面张望一面翕动着乌青的嘴唇，似乎在央求：

"请别来干扰我！"

他整天都诚惶诚恐，像只小兔子似的，总担心会遇上什么灾难——他的这种心情我早已看透。

安德烈的一只手已经残废了，他穿着一件灰色短褂，褂子前胸的一块满是油渍和硬得像树皮一样的面疙疤。他侧着身在屋里来来回回地踱步，脸上挂着歉意的微笑，就像是个做错了事刚被原谅的淘气孩子。弟弟阿列克谢是个又懒惰又笨拙的青年，待在铺子里给他做帮手。他的三弟叫伊凡，是师范学院的学生，平时住在学生宿舍，遇上节假日才能回趟家。三弟个子不高，衣着整洁，头发也梳得有板有眼，很有点政府官吏的架势。患病的玛丽亚住在上面的阁楼里，很少下来。她每次下楼都让我浑身不自在，仿佛被无形的绳子捆住了手脚。

杰连科夫的家务活，主要是由那个跟阉割派教徒房东同居的女人来操持的。这是个高高瘦瘦的女人，有一张木偶般的面孔，眼睛里有一种凶恶的修女所特有的神色。她有一个名叫娜斯佳的红头发女儿。娜斯佳也常在那里转悠，当她那双绿色眼睛看到男人时，那鹰钩鼻子的鼻孔也就不住地翕动起来。

但是，那些喀山大学、神学院和兽医学院的大学生们才是杰连科夫家的真正主人。这群吵吵闹闹的青年，他们成天关心着广大的人民，担忧着民族的前途。他们常常会为报上的文章、刚从书中读到的观点以及城里和大学生中发生的事而激动不已。每天晚上，他们都从喀山的各条街道聚集到杰连科夫的杂货铺，要么热烈地争论，要么在角落里轻言细语地交谈。他们还会随身带来一本厚厚的书，用手指头在书页中指指画画，相互叫嚷，力图阐明各自推崇的真理。

当然，我对这些辩论是摸不着头脑的，那些真理往往会被长篇累牍的空谈所淹没,就像星星点点的油水漂在穷人家的稀粥里一样。有几个大学生让我联想到伏尔加河沿岸教派的那些满腹经纶的老头子。但是我也明白,眼前的这些人确实想把生活改造得更美好,虽然他们的真诚在空话的冲刷下显得有些苍白,但却并没有被完全掩盖。对他们想要解决的问题,我很能理解,我也同样希望能够找到解决问题的最妥善的办法。我常常发现,那些我没能说出来的思想,在大学生们的谈话里被明白地表述了出来。而我也满怀激情地热爱着这些人,那感觉就跟一个被赐予了自由的囚犯一样。

而在他们眼中,我仿佛就是木匠眼中的一块能够制造成超凡物品的木材。

"一个天才!"我常常被他们以骄傲的口吻这样介绍给对方,就像我是一枚被小孩半路拾到、又炫耀给别人看的五戈比小铜钱。我很不喜欢别人称我为"天才"或"人民之子",我倒觉得自己是生活中的不幸者。有时我会深切地感受到一种沉重的压迫感,它就来自那些指导我学习的大学生。比如,我在书店橱窗里看见一本书,名为《格言与箴言》,我对这几个字一点儿也不理解,很想能读读这本书,于是就去一个神学院的大学生那儿请求借阅。

"嘿,您真行!"这位长得像个黑人、有着鬈发和厚嘴唇的未来大主教,用尖酸的语调讥讽道,"老弟! 你真是乱来一气! 先读好读的,别去乱折腾那些不着边儿的东西!"

这位导师粗暴的语气使我受到深深的伤害。当然,我后来还是买下了那本书。至于钱,一部分是从码头上干活儿赚来的,另一部分则是从杰连科夫那儿借的。这是我买的第一本正儿八经的书,到现在我还仍然保存着它。

总的说来,人们对待我的态度近于苛刻。有一次,我读完《社会科学入门》之后,觉得作者在论及游牧部落对人类文化的作用时有些言过其实,而对那些富有创造力的流浪者和狩猎者重视不够。我对一个文科大学生讲述了这种怀疑,可他却在他那娘娘腔的脸上摆出一副义正词严的架势,跟我大谈特谈"批评权"的问题,谈了整整有一小时。

"取得批评权的前提,就是要信奉某种真理,而你信奉了什么?"他质问我道。

他是个连走路也不放弃书本的人,用书挡住了脸走在人行道上,因而经常撞到人。他患了斑疹伤寒躺在自己的阁楼上时,仍然高声喊叫:

"道德——那是自由因素与强制因素的有机融合——融合,融—融—融合……"

这个文弱的书生,在饥饿的长期困扰下,身体已经虚弱不堪,加之偏执地追求绝对真理,更搞得身心交瘁。除了读书,他再没有其他爱好。一旦他自认为调和了两个强有力的社会思潮之间的矛盾时,他温柔的黑眼睛就会闪露出孩子般满足的笑容。在离开喀山十年以后,我跟他又在哈尔科夫城碰到了一起,那时他刚结束了在凯姆的五年流放生涯,重新回到大学读书。依我看,他成天深陷于成堆的矛盾之中,甚至在他被肺痨折磨得接近死亡之时,还在为调和尼采和马克思主义而呕心沥血。有一次,他用冰凉、粘湿的手指抓住我的手,一面咯着血,一面嘶声说道:

"要是不能统一矛盾,生活就没法继续!"

后来,在去大学上课的路上,他死在了电车里。

我见过不少这样理智的殉道者,他们在我的记忆中,占据着神圣的位置。

经常在杰连科夫的小店铺聚会的人中,有二十来个是这样的人。其中一个是日本人,名叫佐滕·潘捷雷蒙,就读于神学院。偶尔还有一位胸膛宽阔的高个子,长着满脸的络腮胡子,剃着鞑靼式的光头。这人常穿一件灰色的哥萨克式短外衣,领扣一直向上延伸到下巴。他一向坐在屋子的一个角落,叼着一根短烟斗,用灰色眼睛静静地望着大家。他的眼光不时落在我脸上,使我觉得这个人在严肃地观察我,于是就生出一种莫名的担心和害怕。我对他的沉默寡言感到奇怪。周围的人全都在高谈阔论,声音高亢而且大胆,他们的讲话越是慷慨激昂,我就越是喜欢。但是我花了很长时间才慢慢发现,原来在那些激烈言词的包装之下,隐藏的常常是些单薄、虚假的思想。然而,这位络腮胡子的大高个儿在心里到底想着些什么呢?

他被大家称作"霍霍尔",大概除了杰连科夫,就没有人知道他的真实姓名。后来我听说,这人是个被流放的犯人,刚刚服满十年刑期,从雅库特省回到这里。这使得我对他更有兴趣了,只是仍然鼓不起勇气去与他结交。我其实并不是个腼腆、拘谨的人,相反,我有一股强烈的好奇心,催促着我尽快地洞悉一切。这种性格害得我终生无法专注于一件事情。

当他们谈及人民时,我惊奇而又不自信地发觉,我跟这些人有着如此迥异的看法。在他们眼中,人民几乎像上帝一样完美,既是智慧、美德与善良的体现者,又是一切美好、正义、伟大因素的载体。我对这样的人民毫不了解。我所接触到的是木匠、装卸工、石匠,还有我所熟悉的雅科夫、奥西普和格里戈里。但他们谈的人民却是一个统一的整体,并且把自己放在比人民低贱的位置,完全听从于人民的意志。我觉得,那美好而强有力的思想正是通过这些人才得以体现,他们身上集聚并显露着一种希望按照博爱准则重新创建自由生活的强烈愿望。

在那些我以前接触过的人身上,我没有发现过什么博爱精神。但在这儿,这种精神却蕴含在每一句话里,闪耀在每一个人的眼光里。

这些人民崇拜者的话,对我而言,就像撒向干涸土地上的及时雨,而从那些描写农村苦难和农民艰辛的朴素的文学作品中,我也获益匪浅。我觉得,只有对人怀着真诚、强烈的爱,才能产生出寻找和理解人生意义所必需的力量。我不再只局限于自己的世界,而开始更多地关注他人了。

杰连科夫信任地告诉我,他做买卖的全部所得都花费在帮助那些相信"人民的幸福高于一切"的人身上了。他围着他们团团转,就像一个虔诚的助祭在协助人主教作弥撒,真诚地流露出这些读书人的机智带给他的喜悦。他常常是揣起那只残疾的手,带着满足的微笑用另一只手不住地捋着自己松软的胡须,问我道:

"好不好?就是这样才对!"

当那个声调听起来像鸭叫的兽医拉夫罗夫,特立独行地攻击起民粹派时,杰连科夫惊讶地闭上了眼,低声说道:

"一个捣蛋的家伙!"

他跟我对民粹党抱有相似的态度,可大学生们对杰连科夫的态度,在我看来,倒像是贵族对待奴仆或堂倌一样,显得粗暴、傲慢。他自己并没有这样的感受。他送走客人后,常常会留我过夜。我们一起把房间打扫干净,然后就在铺在地上的毛毡上躺下,借着长明灯昏黄、微弱的光亮,絮絮叨叨地谈上很久。他怀着一个虔诚信徒的真诚喜悦对我说:

"千千万万的好人会像这样聚集起来,占据俄罗斯所有的显要位置,生活就会一下子变个样啦!"

他比我大了十岁左右,我看得出,他很喜欢那个红头发的娜斯佳。在别人面前,他总是逃避她那热情洋溢的眼睛,对她说话也是以一种命令式的生硬语调,只在她转过身去以后,才用爱慕的眼光偷偷瞟她。当他俩单独在一起说些什么的时候,他就显得手足无措,只是不停地捋着胡子微笑。

他的小妹妹也时常缩在角落里听众人论辩。她听得很认真,因为紧张,她那稚气的脸被好笑地绷得紧紧的,两只眼睛也睁得圆圆的,每当听到特别尖锐的语句,她便"唏"地抽一口气,仿佛身上被泼上了冰水。一个棕红头发的医学系大学生,总围着她转来转去,跟只大公鸡似的,还不时神秘兮兮地低声对她说些什么,并严肃地皱起眉头。这一切都显得挺有意思。

但是秋天到了,要是我不找个固定的活儿,生活就无以为继啦。我被眼前的一切所深深陶醉,工作的时间越来越少,只能依赖别人的面包把日子维持下去,可是这种面包却多么难以下咽啊。我必须得找个活儿来熬过冬天。于是,

世界十大名著

·我的大学·

图文珍藏版

我来到了瓦西里·谢苗诺夫的面包坊。

我曾在短篇小说《老板》《科诺瓦洛夫》和《二十六个和一个》中,都对这一时期的生活有所描述。这个时期充满着痛苦,但也给了我深刻的教育。

肉体的痛苦暂且不提,更难以忍受的是精神上的痛苦。

我一走进面包坊的地下室,便有一道"忘却的墙"横亘在我与那些以前天天听他们说话、天天跟他们见面的人之间。他们中没有谁来面包坊看我,我也很难到杰连科夫那儿去了——每天我都得干十四小时的活儿,节假日不是睡觉,就是同面包坊的伙计们混在一起。有些伙计打开头起,就把我视作逗趣的小丑,而有些人则像天真的孩子对待会讲有趣故事的人一样对待我。天知道我都讲了些什么,不过肯定都是一些激发他们希望——那种对更快乐、更有意义的生活的希望——的故事。有时我能讲得非常出色,看着从他们浮肿面颊上流露出的黯然神伤的神情,看着他们眼中闪耀的愤怒和仇恨的光芒,我感到非常高兴,并且自豪地想:我也在做"群众工作"、在"教育人民"了。

很自然,我也时常深深体会到自己力量的缺陷、知识的贫乏,甚至连日常生活中的简单问题都无法回答。这时我便觉得自己身陷在一个黑暗的地窖,在这里人们像蛆虫一般蠕动着。他们逃避现实,只会到小酒馆里,甚至到妓女冰冷的怀抱中求得安慰。

每月他们一领到工钱,就一定要去逛妓院。在这美好日子到来的七八天之前,大家便开始谈论寻欢的美梦。过了这天以后,又会在各自体验的基础上谈论很久。他们在谈话中毫无顾忌地夸耀自己的性功能,讲述对妓女如何地玩弄。他们一边讲着妓女,一边鄙夷地吐着口水。

真令人费解!我听着这些话,却好像体会到一种悲哀和耻辱。我看见,在"烟花巷"里花一个卢布便可购得与一个女人的一夜春宵。我的一些伙伴为此而显露出罪犯一般的窘迫不安——我很理解这样的心情,可是另一些人却表现出过分的放纵和肆无忌惮,我觉得这就含着一种做作、虚假的成分。我很好奇两性间的关系,因而对这事的观察也格外敏锐。我自己还没有得到过女性的抚爱,这就使我的处境很不愉快:妓女和伙计们都对我大肆讥讽。很快,他们去

"烟花巷"时就不再邀上我,并且直率地告诉我:

"老弟,你就别跟我们一起去了。"

"为什么?"

"没什么!跟你在一起没劲。"

我牢牢地抓住了这句话,觉得似乎有什么重要的东西包含在里面,可我却没得到更清楚的解释。

"你呀你,跟你说了——别去!有你在就没意思……"

只有阿尔乔姆撇嘴笑着对我说:

"就像是和一个牧师,或者神父在一起。"

起初妓女们只笑我太过拘泥,后来便生起气来,问我:

"你是讨厌我们吧?"

有一个名叫捷列扎·博鲁塔的"姑娘",年届四十,是个丰满、漂亮的波兰女人,她是这里的"女管事"。她用那种纯种母狗般的机敏的眼睛看着我说:

"姑娘们呀,别拿他开心啦!他准是心里有人儿了,是吧?这么个壮小伙儿,肯定被心上人牵住了魂儿,肯定是这样!"

她是个酒鬼,一喝起来便没完没了,醉酒后又胡搞胡闹,令人生厌。可是在她清醒时,她却能把事情想得很周全,能冷静地探索人们行动的目的。这让我感到非常惊讶。

"最奇怪的就是那些神学院的大学生,"她对我的同伴们说,"他们跟姑娘们瞎折腾:先让她们在地板上抹上肥皂,再让赤身的姑娘面朝下,手脚放在瓷盘上,然后他们在姑娘屁股上一推——看能滑出多远。推了一个姑娘,又换另一个。就这样,他们为什么要这么干呀?"

"你撒谎!"我说。

"噢哟,绝对不是!"捷列扎叫道,但并没显出气愤,语气依旧那么平静。这平静有点儿让人不知所措。

"这是你胡编乱造的!"

"一个姑娘家怎么会编这种事?莫非我是个疯婆子?"她问道,眼睛瞪得大大的。

人们全都静下来仔细倾听我们的争论,捷列扎始终用一种平静的声调讲述嫖客的花样,似乎她只想弄懂一点:他们这样做究竟是为什么?

听众们都嫌恶地啐着唾沫,恶狠狠地对那些大学生漫骂一通,可我觉得捷列扎似乎是在有意地煽动人们对那些我所喜爱的大学生的仇视心理。于是我说道,大学生是热爱人民的,希望人民的生活能够变好。

"是的,你指的是沃斯克列先斯卡娅街上那所大学的学生,我说的可是城外神学院里的那些家伙。他们都是孤儿,在教会学校中长大。孤儿是一定会成为窃贼、无赖,一定会成为坏蛋的。他们没有牵挂,没有情义,这些孤儿!"

"女管事"平静地讲述着姑娘们对大学生、对官吏以及那些"上流阶层"者的愤恨和不满。这不仅在我同伴们的心中唤起了相同的感觉,还唤起了一种喜悦,他们这样表达这种喜悦:

"可以说,那些有文化的人,比咱们更坏!"

听到这句话,我感到一种沉重的痛苦。这些人就像是城市中的肮脏污水汇集到了一起,在这间昏暗的小屋里经受乌烟瘴气的烈火的焚烧,变得沸腾起来,然后又带着满腹的仇恨和抱怨重新流散回城市之中。我看见人们在性欲和苦恼的驱使下,来到这个洞穴,用荒唐的语句唱着哀怨的情歌,津津乐道于"有文化的人"的丑事劣迹,用敌视和讥讽把不理解的事物一概扼杀。我觉得,"烟花巷"也是一所大学。在这里,我的同伴们受到了恶毒知识的侵害。

我看见,那些"卖笑的姑娘",在肮脏的地板上,那样垂头丧气地拖着步子走来走去;在手风琴苍白的哀鸣和破钢琴嘶哑的颤音中,那样造作地把纤弱的身体扭来扭去。我望着她们,一种模糊不清、让人心神不宁的感觉袭上了心头。我想要从这里逃离出去,却又深深觉得自己无能为力。我的心情被搅得躁动不安。

在面包坊,只要我一提及有人正在无私地为人民争取自由与幸福,伙计们便会立即反驳:

"姑娘们可不是这样说那些人的!"

于是他们便肆无忌惮地、怀着恶意地对我大加嘲讽。而我就像一条要强的小狗，觉得自己并不比那些大狗蠢，而且比它们更有勇气，因此我也发起火来。我开始认识到，思考生活与生活本身一样，都充满着坎坷不平。有时，我会突然对那些一味忍耐的伙伴爆发出一种愤慨，他们毫不反抗醉汉老板无礼而粗暴的侮辱，这种屈从和忍耐实在令我无法接受。

就像有意而为似的，在如此沉痛的时期，我却触及了一种全新的思想，虽然它与我从根本上是对立的，可还是把我的心搅得没有片刻安宁。

一个风雪之夜，狂风呼啸，仿佛要把天空撕碎，再撒落下来似的，大地被雪片深埋起来，好像它已走到生命的尽头，太阳落下去，就永不会再升起来了。就在这样一个谢肉节的晚上，我从杰连科夫家返回面包坊。我逆风而行，半闭起眼睛，穿过灰蒙蒙的漫天大雪，一步步地朝前挪动。突然，我被绊倒了——被一个横卧在人行道上的人绊倒了。我俩对骂起来，我用俄语，他用法语：

"噢！见鬼……"

我一下子起了好奇心，把他扶起来。这人个子不高，身子轻飘飘的。他一把将我推到一旁，气愤地叫道：

"帽子呢？真该死！快给我帽子！我快被冻死啦！"

我在雪地上找到帽子，拿起来抖了抖沾在上面的雪，戴到他那头发竖直的脑袋上，可他又把帽子摘了下来，继续抖着，一面还用俄法两种语言大骂，要赶我走："滚蛋！滚蛋！"

他突然朝前撒腿猛跑，消失在翻飞的大团雪花之中。我继续往前走，不久又见到了他，他双手抱住路灯杆子——路灯已经被风给吹灭了——他走不动了，嘴里动情地喃喃道：

"列娜！我不行啦……噢，我的列娜……"

很明显，他喝醉了，要是我把他扔在街上，那他没准儿会给冻死。我问他的住所在哪儿。

"这是什么街呀？"他带着哭腔叫起来，"我不知道该往哪儿走！"

我揽住他的腰，扶着他向前走，一面继续问他住在什么地方。

"在布拉克，"他冻得浑身颤抖，哆哆嗦嗦地说，"布拉克……有澡堂……就是家……"

他晃晃悠悠、左偏右倒的，搞得我也迈不开步。我听见了他牙齿打战的声音。"Si tu savais，"他一面推摇着我，一面迷迷糊糊地说。

"说什么？"

他停住脚，抬起一只手，说得清楚些了，我觉得他似乎还带着点骄傲：

"Si tu savais où je te mene……"

他把手指放进嘴里呵着气，身子左一栽右一倒的，差点摔在地上。我猫下腰，把他背在背上，接着向前走。他用下巴顶住我的脑门，兀自嘟哝着：

"Si tu savais……冻死我啦！噢，上帝……"

到了布拉克区，我花了好长时间才问清他究竟住哪所房子。我终于钻进了一间厢房的门廊，这间厢房隐藏在院子深处飞雪的旋涡之中。他摸到房门，小心翼翼地敲了几下，对我轻声说道：

"嘘！小声点……"

一个穿着红色睡袍，手里拿着蜡烛的女人来开了门。她让我们进屋后，便不声不响地退到一旁，掏出一副不知从哪儿来的长柄眼镜，不住地打量着我。

我跟她说，这个男人的双手冻僵了，最好给他脱掉衣服，让他躺到床上去。

"是吗？"她问道，声音跟少女一般清脆。

"得把他的手泡到凉水里……"

她没吭声，只用长柄眼镜指了指房间的一个角落，那里摆着一个画架，上面是一幅绘着小溪和树木的风景画。我惊奇地看了看这个女人始终无动于衷的面容，她兀自走到了屋角的一张桌子旁，桌上有一盏燃着的带粉红灯罩的台灯。她在桌旁坐了下来，从桌上拿起一张"红心J"纸牌呆呆地看起来。

"您这儿有伏特加吗？"我高声问道。她却自顾自地玩着纸牌，还是没有回答我。那个被我背回来的男人坐在椅子上，垂着头，两只通红的手贴着身体挂在半空。我把他放上躺椅，又给他脱掉衣服，我自己都纳闷儿，简直跟在梦里一样。我正对的躺椅后边的墙上，挂满了相片，这些相片中间并不清晰地映照出

一个金花圈,花圈有一个白丝带结成的蝴蝶结,白丝带的末端印着一行金字:

献给风华绝世的吉尔达。

"真混账,轻点儿?"我开始给他的手作按摩时,他呻吟道。

女人仍旧在玩着纸牌,像陷入了什么沉思似的一言不发,尖尖的鼻子跟鸟的小嘴一样,两只大眼睛呆滞无神。此刻,她抬起有着青春光泽的小手把她那一头假发似的灰白头发捋得蓬松起来,又用清脆的声音细声问道:

"乔治,你看见米沙了吗?"

这个叫乔治的男人一把将我推开,慌忙坐起来答道:

"他到基辅去了,不是吗?……"

"是呀,去基辅了。"女人重复着,眼睛仍盯着纸牌。她的声音在我听来既机械、又冷漠。

"他就要回来了……"

"真的吗?"

"是啊,真的! 要不了多久。"

"真的么?"女人又问道。

赤着半身的乔治跳下躺椅,几步跨到女人脚边,跪下来对她说了几句法语。

"我无所谓。"女人用俄语答道。

"您知道,我迷路了,狂风、暴雪,我以为会被冻死了。"乔治惶惶不安地说,一面摩挲着她那只放在膝间的手。他约莫四十岁上下,红通通的脸上生着黑胡须和厚嘴唇,流露着忐忑不安的神情,一个劲儿地揉搓圆脑袋上竖直的灰发,说话也逐渐清醒起来。

"咱们明天就上基辅去。"女人说道,既像在征询意见,又像是在表明决心。

"好,明天去! 可现在你需要的是休息。为什么还不去睡觉? 已经很晚了……"

"米沙今天回不来吗?"

"噢! 回不来! 风雪这么大……我扶你上床吧……"

他拿起桌上的灯盏,把女人扶进了书柜后面的小门。我独自一人在屋里坐了好久,只在耳中听着他轻微而嘶哑的说话声,脑子里却是一片空白。犹如一些毛茸茸的爪子,风雪不停地搔挠着玻璃窗。融化的雪水在地板上微弱地映射出蜡烛的光芒。各式各样的家具充塞在屋子里,一种奇异的暖洋洋的气息飘荡在房间里,使人昏昏沉沉,想要睡上一觉。

终于,乔治摇摇晃晃地出来了,手里拿着灯盏,灯罩被晃得不停地与灯泡相撞,发出"咯咯"的脆响。

"她睡啦。"

他把灯盏又放到桌子上,独自站在屋中央,似乎在想些什么,眼睛也不看我,说道:

"呃,怎么说好呢? 没有你的话,我可能已经被冻死啦……谢谢! 你是干什么的?"

他侧耳听着里屋发出的细微声响,浑身颤抖个不停。

"她是您妻子吗?"我小声问道。

"是妻子。是一切。是生命的全部。"他盯着地板回答,声音不大却很清晰,然后便又开始用手一个劲儿地搔起脑袋。

"哦,喝点茶吧?"

他恍恍忽忽地走向房门,又突然停了下来,因为他想起他的女仆吃了太多的鱼,搞坏了肚子,现在正在医院。

我提出自己去泡茶,他赞同地点了点头。他显然并没有留意到自己还赤着上身,光着脚啪嗒啪嗒地在湿淋淋的地板上走过,把我带到了小厨房。他倚着火炉,又说道:"要是没你的话,我早被冻死啦! 谢谢!"

突然,他全身痉挛了一下,瞪大眼睛用惶恐的目光望着我。

"要是我真死了,她可怎么办呀? 噢,上帝……"

他望着里屋黑漆漆的门口,轻柔而迅速地说道:

"知道吗? 她身上有病,她的儿子,是个音乐家,在莫斯科自杀了,可她还一直在等他回来,等了快两年啦……"

后来,我们一块喝茶时,他又东一句西一句地用古怪的话语讲述了他们的身世。这个女人是个地主,他自己原来是个历史教师,在给她儿子当补习教师时,竟然爱上了她,后来她离开了那个贵为德国男爵的丈夫,去歌剧院当了演员,尽管她前夫想尽了办法来破坏,但他俩还是一起生活得很好。

他接着讲下去,眼睛半眯着,目光一直落在肮脏厨房的一个昏暗角落,或者火炉旁一块腐烂的地板。茶水很烫,使他的脸皮皱缩在一起。他那双圆眼睛不时惶惑不安地眨动着。

“你是干什么的?”他又问道,“烘面包的工人? 奇怪,不像呀。这是怎么搞的?”

他的声音中带着一些不安。他望着我的目光,也流露出受害者似的疑虑。

我把自己的情况大概讲了讲。

“是这么回事儿!”他轻轻叹道,“哦,是这么回事儿……”

他一下子又兴奋起来,问道:

“你知道那篇童话吗?《丑小鸭》? 读过吧?”

他的脸扭曲起来,声音因愤怒而变得异常尖锐、嘶哑。

“这个故事真是吸引人! 我在你这种年纪的时候也想过:我会不会变成天鹅? 可是,……我本该进神学院,却上了大学。我父亲跟我断绝了关系——他是个神父。我在巴黎学习了人类苦难的历史——进化史。是的,我还写过文章。哦,这又能怎样呢?……”

他一下子从椅子上跳起来,做出一个倾听的姿势,便又继续说道:

“进化——不过是人们聊以自慰的口号! 生活无理可循,也无意义可言。没有奴隶制度,也就不会有进化。没有少数人对多数人的统治,也毫无发展可言。我们妄图改善生活,减轻劳动,可实际上只使得生活愈发艰难,劳动愈发繁重。工厂和机器只是制造更多的机器,这实在愚蠢透顶! 工人越来越多,可是只有农民——粮食的生产者才是必需的。粮食就是一切——通过劳动向自然界索取的一切。人的需求越少,就会越幸福;而欲望越多,自由就会越少。”

这可能并不是他的原话,可我还是第一次听到以这样尖刻、这样赤裸裸的方式来表达这种令人震惊的思想。他激动不已,以至尖叫起来,但随即又怯生

生地望着里屋的房门,听了一会儿,发现里面没有响动,便又带着怒气低声地说道:

"要知道,一个人的需要并不多:一块面包和一个女人……"

他带着神秘语调,用那些我闻所未闻的词语和诗句跟我谈论起女人。突然间,他变得有点像小偷巴什金了。

"贝亚德、霏娅米塔、劳拉、妮农,"他低声历数了一串我不知道的名字,讲述了一些国王和诗人们的爱情故事,念了一些法文诗,还一面用一只裸着半截的细瘦胳膊打着节拍。

"爱情和饥饿统治着世界。"我听到他热情地低声念诵,想起这是印在革命小册子《饥饿即沙皇》标题下的一句话,这使我感到这话有些意味深长。

"人们在寻求遗忘和安慰,而不是知识!"

这种思想令我异常惊讶。

早晨,我离开厨房时,小挂钟的指针正指着六点零几分。我踏着积雪穿过灰蒙蒙的晨雾,听着暴风雪的狂啸,回想起那个穷困潦倒的教师的愤怒的尖叫,觉得他的话就哽在我的喉头,使我喘不过气来。我不想回面包坊,也不想见到任何人,于是就披着一身厚厚的雪花在鞑靼区的街道上踱来踱去,直至东方泛白。

以后我再没遇见过这位教师,也不想再遇见他。可是我后来又多次听到这种关于生活没有意义、劳动毫无作用的论调,它们来自那些只字不识的朝圣者,那些无家可归的流浪汉,那些"托尔斯泰主义者"以及高等文化修养的人们,那些司祭神学士,那些研究炸药的化学家,那些新活力论的生物学家以及其他许多人。只是这些思想,已经不像初次听说时对我具有那样强烈的震撼力了。

大概两年以前——即我跟教师谈话之后的三十多年,我从一位熟识的老工人口中,竟出乎意料地又听到了与他如出一辙的思想。

那天,我和他在一起随意谈心,他嘲讽地自称为"政治上的老油条",他以那种俄罗斯人所特有的坦率方式对我说:

"亲爱的阿列克谢·马克西姆,我什么都不需要——研究院、科学、飞机,这一切全都是多余的！我只需要一个清静的角落和一个女人，在高兴时我能吻吻她，而她则在心灵和肉体上忠诚于我——这就足够了！您看问题总是从知识分子的角度出发，您已经不再属于我们啦。您中了毒，把思想看得比人还高，您大概也像犹太人那样想：人是为安息日而设立的吧？"

"犹太人并没有这种想法……"

"鬼知道他们怎么想的！这帮人不可理喻！"他答道，眼望着被随手扔进河里的烟头。

我们坐在涅瓦河岸边的一张花岗岩长凳上，夜空中明月高悬、星光疏淡，我们俩白天都执着于做些有益的事情，费心费力可终究只是徒劳无功，这时都已累得精疲力竭了。

"您跟我们在一起，却不是跟我们同类的人，这就是我想说的。"他一面想着，一面说道，"知识分子不喜欢清静，很早前他们便开始结伙闹事。就像那个空想家基督，为了让人升天堂而闹事一样，这些知识分子也是为了乌托邦而闹事。一旦有个空想家站了出来，那些废物、坏蛋和无赖便会跟着蜂拥而上——只是因为他们对生活中没有他们的位置而不满。工人们会起来革命，那是为了争取劳动工具和劳动产品的合理分配。可在掌握了政权之后，他们还会赞成建立国家吗？绝不会！那时大家便会分道扬镳，去寻找各自的清静角落了……"

"您是说科技吗？那只不过会把我们脖子上的索套勒得更紧，把我们手脚捆得更牢。不，人们只是要摆脱不必要的劳动。人们向往的是清静，而工厂和科学并不会带来清静。一个人的需要并不多。当我只需要一所小房子时，为什么要构建一座城市呢？城市里拥挤不堪，还有什么自来水、下水道、电气设备之类的。想想看，要是没有这些，生活会多么轻松呀！不，我们这儿有太多的废物，这都是那些知识分子搞出来的。所以我说，知识分子是社会的祸害。"

我曾说过，再也没有哪个民族，能像俄罗斯人那样彻底地否定生活的意义。

"在精神上最自由的正是俄罗斯民族，"我的交谈者淡淡地笑了笑，接着说道，"您可别生气，我敢断言，我们有千百万人都这么想，只是他们没表露出来……应该把生活安排得简单点，那才会对人们更仁慈些……"

　　我对这个工人以前的思想非常了解，他从不是"托尔斯泰主义者"，也从未有过无政府主义的倾向。

　　在与他谈话之后，我不禁想道：千百万俄国人参加革命的目的难道仅仅在于摆脱劳动吗？以最少的劳动获取最大的享乐，这实在具有很大的吸引力，就同那些脱离现实的幻想和各种各样的乌托邦一样。

　　由此我想起了亨利·易卜生的一段诗：

> 我是保守主义者吗？啊，不！
> 我依然如故，从未改变；
> 我不想把棋子一步步移动，
> 我要掀翻整个棋盘。
>
> 只记得一次革命，
> 它比任何一次都英明，
> 我指的是那泛滥的洪水，
> 那洪水本可冲毁一切。
>
> 然而，魔鬼也在那次受了欺骗，
> 您知道，诺亚又成了独裁者！
>
> 啊！如果您做得更光明正大，
> 我会许诺帮助您，——
> 您引来毁灭世界的洪水；
> 我乐于在方舟下放下鱼雷！

　　杰连科夫的小杂货铺收入菲薄，可需要的物质帮助和事情却越来越多。

　　"得想点法子，"杰连科夫忧虑地捋着胡子说，脸上挂着歉意的微笑，深深地叹了口气。

我觉得他认为自己是被判了无期徒刑,注定要终生帮助他人,尽管他心甘情愿地接受这种刑罚,有时却也会感到力不从心。

我曾用不同的话问过他好几次:

"您为什么要这么做呢?"

但他似乎并不理解我的问题,在回答"为什么"时,他的措词斯文而生涩,谈到的是人民生活的苦难,以及教育和知识的必要性。

"哦,那么人们都渴求着知识吗?"

"是呀!当然如此!您不也渴求知识吗?"

不错,我确实想获得知识。可脑子里又浮起了那位历史教师的话:

"人们在寻求遗忘和安慰,而不是知识!"

这种尖刻的思想,并不适宜于让刚满十七岁的人接触,在接触上几次之后,它就会变得不再尖锐有力,而且听者也不会取得什么收益。

我开始觉得,我只是看到同一种现象:人总是爱听有趣的故事。在故事中他们能暂时遗忘痛苦,从而又习以为常的生活。而且故事越是"虚构"的厉害,人们就越是喜欢。那些包含着美丽"虚构"的书,才是真正最有趣的。总而言之,我被搞得云里雾里,简直有些不知所以了。

杰连科夫打算开个面包店。记得当时曾计算得相当仔细,估计每个卢布周转一次可以赚得三十五戈比的利润。他让我当面包师的助手,以"亲信"的身份监视面包师,防止他偷窃面粉、鸡蛋、牛油和烤好的面包。

于是我从那个肮脏的大地下室,迁到了这个小些却也干净些的地下室——店铺的卫生也是我的职责之一。我眼前只有一个人,而不像过去那样四十几个人一大帮。这个人两鬓斑白,留着一撮尖胡子,脸又瘦又黄,两只若有所思的黑眼睛和一张形状奇特的嘴巴:它小得跟鲈鱼嘴似的,而且嘴唇又厚又肥,还噘在一起,似乎想跟谁亲吻一般。他眼睛深处还闪露着一种嘲弄的神情。

他当然也偷过东西——在开始工作的头一天晚上,他便把十个鸡蛋,大约三俄磅面粉和一大块牛油偷偷放在了一旁。

"你打算拿它们干什么?"

"留给一个小姑娘。"他温和地答道,又皱了皱鼻梁添上一句:"一个很——很可爱的小姑娘!"

我试着让他明白,偷窃是犯罪的行为。不知是我的言辞太过拙劣,还是因为那些连我自己都不能完全苟同的理由,总之我的话没有任何作用。

面包师躺在盛着生面团的柜子上,望着窗外的星星,带着诧异的口气嘟哝道:

"他竟然在教训我!才一见面,就训起了人!我的年纪可是他的三倍呢。真可笑!……"

他望着星星,问我道:

"我似乎在哪儿见过你,你以前在哪一家干活?是谢苗诺夫那家吗?就是闹过事的那家?噢,对了。也就是说,我在梦里见过你……"

几天以后,我发现这人很有睡觉的本事,无论什么姿势,即使是扶着铲子站在那儿也能睡着。他睡着时眉毛会稍稍扬起,面孔也变了形,露出一种带着嘲弄的惊讶神态。他最喜欢谈关于财宝和梦境的事。他充满自信地说:

"我能看透大地,它就像张大馅饼,装满了各种宝物:一罐罐金钱、一只只装着好玩意的箱子和随处可见的铁器。我还多次梦见熟悉的地方,例如澡堂。一次我梦见澡堂的墙根埋藏着一箱银器,我醒来便乘夜去挖,挖了约有一尺半深,可我一看,只是些煤渣子和死狗骨头。——仅此而已!……突然,哗啦一声,窗户上的玻璃被我打碎了。一个女人拼命尖叫道:'有贼!快来抓贼呀!'当然,我逃掉了,要不会被人们打个四脚朝天。真可笑!"

我常听他用"真可笑!"这个句子。可伊凡·科兹米奇·卢托宁说这句话时却从不发笑,他只不过带着笑意半眯起眼,皱着鼻子,张大鼻孔而已。

他的梦其实都没什么离奇之处,与眼前的现实生活同样乏味、同样荒唐。我就不懂,他怎么会一讲起他的梦便津津有味,而对周围的人和事,却只字不提。

全城被一件新闻轰动了:一个富裕茶商的女儿被逼出嫁,刚举行完婚礼便开枪自杀了。成群的年轻人,有好几千,在她的灵柩后为她送葬。在她墓前,大学生们发表了演说,遭到警察的驱赶。在我们面包坊旁边的小杂货铺里,大家都高声议论着这个悲剧性的一幕。店铺里的一个房间内挤满了大学生。那些愤怒的叫嚷和热烈的谈话声一直传到了我们的地下室。

"这个姑娘,小时候没被管教好!"卢托宁说,接着又跟我讲起来:

"我似乎正在池塘里捉鲫鱼,突然,警察过来冲着我喊:'别动!好大的胆子!'我无路可逃,只好一头扎进水里,于是就醒了……"

卢托宁虽然对现实生活不怎么留意,可不久也察觉出这家面包店的异样之处:在店面里张罗生意的是两个姑娘,她们都是外行,却又喜欢读书。一个是面包店老板的妹妹,另一个老板的女友,高高的身材、红红的脸蛋儿,两只眼睛温柔可爱。大学生们常来光顾,他们在店铺后面房间里待上很长时间,或者大嚷大叫,或者轻言细语。店老板难得来趟店铺,而我这个"助手",倒更像是这面包店的老板。

"你跟老板沾亲吧?"卢托宁问,"没准儿,他想招你做妹夫吧?不是吗?真可笑!可那些大学生们干吗总上这儿来转悠呢?是因为两个姑娘吗?……嗯,可能是……可那两个姑娘并不太出众,没什么特别的……我看呀,大学生们对面包更有兴趣,并不是想追求姑娘……"

几乎每天清晨五六点钟时,一个短腿的姑娘总会出现在面包坊临街的窗口;她的身体似乎是由不同半径的半球体拼凑而成,酷似装满西瓜的口袋。

她把两只赤脚一放进窗前的坑道,便打着呵欠叫起来:

"瓦尼亚!"

她头戴一块花头巾,从那下面露出淡黄的鬈曲的头发,那头发就像是挂在她红通通的圆脸蛋和扁扁的额头上的一个个小圆圈,遮住了她睡意蒙眬的双眼。她抬起小手懒洋洋地把脸上的头发拨开,那指头就像初生婴儿的手指一样有趣地张着。真可笑——跟这样一个小姑娘有什么话可说?我把面包师叫起来,他问她:

"来啦?"

"你自己瞧呀!"

"睡得还好?"

"嗯,还用说!"

"做了个什么样的梦?"

"记不清了……"

这时全城还一片宁静。只传来不知在何处的清洁工扫地的声响和刚刚醒来的小麻雀叽叽喳喳的叫声。初升太阳柔和的光芒穿透了地下室的玻璃窗。我喜欢这样宁静的早晨。面包师把毛茸茸的手伸出窗户,抚摸着姑娘赤裸的双腿。姑娘对他的摸索毫不在意,没有一丝笑容地眨动着绵羊似的眼睛。

"彼什科夫!把甜面包取出来吧,到火候啦!"

我从炉子里抽出了烘面包的铁篦子,面包师抓起十来个甜面包、面包卷和梭形面包,抛进了姑娘兜起来的裙裾里。姑娘把烫手的甜面包在两手间倒来倒去,送到嘴边,用绵羊般的黄色牙齿咬着吃,烫疼了,气得哼哼唧唧地叫唤起来。

面包师恋恋不舍地望着她说:

"快放下裙裾吧,不害羞的小丫头……"

姑娘走了之后,他带着炫耀的语气对我说道:

"看见了吗?就像一头鬈毛的小绵羊。老弟!我还是挺洁身自好的人,不和娘儿们同居,只跟小姑娘交往。她是我的第十三个啦,是尼基福雷奇的教女。"

听着他洋洋自得的言语,我不禁想:

"我的生活难道也会这样吗?"

我从炉子里取出按斤出售的面包,捡出十一二块大的放进一个长托盘,急匆匆地送到杰连科夫的店铺,转回来后又将两普特的篮子盛满白面包和奶油面包,跑到神学院,为大学生们供应早点。在神学院,我站在食堂门口,把面包卖给大学生们——有的"赊账",有的付现金——同时也在那儿听他们关于托尔斯泰的争论。有个名叫古谢夫的教授,对列夫·托尔斯泰怀着强烈的敌视。有时我的面包篮子下会藏着几本小册子,我得悄悄地把它们塞到某个学生的手里。有时也会有大学生把书本和便条藏进我的篮子里。

每星期我都会有一天跑到很远的疯人院去。在那里，精神病专家别赫捷列夫给大学生讲课——用病人作实例。有一次，他给大学生们看一个患自大狂的病人。这人身材高大，身穿白色病号服，戴着一顶长袜子般的锥形帽子。我看见他这副模样，不由得"扑哧"一下笑出了声。他在走过我身边时顿了一下，朝我瞪了一眼，吓得我直往后缩，仿佛他目光里阴暗而炽烈的光芒穿透了我的心。当别赫捷列夫煞有介事地捋着胡子跟病人谈着什么时，我暗自用手掌抚摸自己那仿佛刚被热炭灼伤的脸。

病人讲话的声音很低沉，他像是想要点什么，从病号服袖子里庄严地伸出长长的手，指头也是又细又长。在我眼中，他的整个身体似乎都在伸长，无限地伸长，以至于他根本不用挪动，就能把暗灰的手伸到我面前，掐住我的喉咙。他那干枯面孔上的两个深陷的眼窝里，一双阴郁的眼睛闪烁着威严而又锋利的光芒。二十来个大学生目不转睛地望着这个戴着锥形帽子的人，少数几个人微笑着，而多数人都带着悲哀的神色思考着什么，他们的眼睛跟这个疯子炽烈的眼睛比起来，简直平凡得不值一提。他令人感到畏惧，他身上蕴含着某种威严的成分，是的，威严！

教授的声音从大学生们异样的沉默中，清晰地传了出来。他每提一个问题，都会受到那个低沉声音的叱责，那声音仿佛来自地底下，或者教室死沉的白墙背后，疯子的举动般，像大主教一般缓慢而又庄重。

这天晚上，我写下了一首关于这个疯子的诗，称他为"万王之王，上帝的朋友和顾问"。他的模样一直印在我的心头久久不能抹去，使我心神不宁。

我的工作时间是从晚上六点至第二天中午，午后便睡觉，因而只有在工作的间隙——诸如和好一个面团，而另一团还没有发酵，或者面包已经上了烤炉的时候——才能读点儿书。由于我对做面包的关键已经逐步掌握，面包师的工作就越来越少了。他用亲切而又有些出乎意料的语调"教导"我说：

"你很能干，不出一两年，你就能成为面包师。真可笑。你还这么年轻，别人不会听你的，也不会尊重你……"

至于我对书本的爱好,他却极不赞同:

"别读书啦,去睡上一会儿吧。"他常这样关切地规劝我,却从不问及我读的是些什么。

梦境、寻宝的幻想和那个圆滚滚的短腿姑娘,已经把他的内心完全占据了。短腿姑娘常在晚上来,那时他便带她上那个堆着面粉袋的房间里去,要是遇上天冷,他就会皱起鼻子对我说:

"你先出去半个小时吧!"

我一面往外走,一面想着:"书上写得跟他们的恋爱可是两码子事儿呀!……"

老板的妹妹就住在店铺后面的小房间里,我常给她泡茶,但总是尽可能地避开她,因为我一面对她就浑身不自在。她总用那双孩子似的眼睛直直地盯着我,就像初次见面时一样,我从那眼神里觉察出一种笑意,一种带着嘲讽的笑意。

我因为力气太大,行动上显得有些迟缓,面包师看着我搬运五普特重的口

袋,不无遗憾地对我说:

"你的劲儿挺大,抵得上三个人,可是毫无灵便可言。虽然你个子高大,但也不过是头笨牛……"

尽管我读过不少书,尤其是诗歌,自己也开始写诗,可我仍然在写作时保持"自己的语言。"我感觉这种语言很粗犷,也很有力度,我以为只有通过这种途径,我心中的那些杂乱无章的思想才能得以充分体现。有时出于对那些令我激愤不已的事情的抗议,我还故意讲些粗鲁的话。

一位做过我老师的大学生——他是学数学的——曾批评我道:

"鬼才知道你怎么会这样说话,这简直不是话——简直是大秤砣……"

在一般情况下,我也对自己很不满——这是十五六岁的少年常有的情况,总感到自己粗野、可笑,颧骨突出,就跟个卡尔梅克人似的,说话的嗓音也时常难以控制。

可是老板的妹妹动作轻捷、灵敏,仿佛一只飞翔的燕子一般,我甚至觉得这种轻巧的举止跟她圆圆的柔软身体很不协调。从她的步伐和姿态中,流露着虚假和做作的气息。她说话时的声音总是那么愉快,还常常高声地笑。听着这种笑声,我常想:她希望把初次见面时她的那副模样从我脑中抹去吧。但我是不会遗忘的——对那些不同寻常的事物,我总是倍加珍视。我需要知道可能发生以及已经发生的非同寻常的事物。

她有时会问我:

"您正读些什么书呀?"

我简略地答了,就想反问她:

"您为什么想打听这个呢?"

一天夜里,面包师将要抚摸他的短腿姑娘,他用醉心的语调对我说:

"你先上外边去待会儿吧。噢,最好上老板妹妹那儿去,干吗不抓住机会?要知道,那些大学生……"

我警告他,要是再讲出这种话,我就用秤砣砸扁他的头,然后我便扭身到堆放面粉口袋的屋里去了。卢托宁的声音从没有关严的门缝里传出来:

"我为什么要生他的气呢？他整天死抱着书本，生活得跟个疯子一样。"

屋里的老鼠吱吱地闹个不停，面包坊里的那个姑娘也不住地发出呻吟。我走进院子，那儿正默默无声地落着舒缓的细雨。可我胸中依旧憋闷，空气中有一股焦糊味儿——不知是哪儿的树林燃了起来。时值后半夜，面对着面包坊的那所屋子仍然敞着窗户，从几个灯光暗淡的房间中，传出歌唱的声音：

> 这位圣瓦尔拉米，
>
> 头顶闪闪的金轮，
>
> 从天空眺望她们，
>
> 也不禁显出了笑容……

我想象着玛丽亚·杰连科娃躺在我双膝上的情景，就像面包师的姑娘躺在他膝上一样，可我感到，这完全是荒诞不经的，甚至有些可怕。

> 从傍晚到黎明，
>
> 他以歌声伴着美酒，
>
> 还有那些事，噢呦！
>
> 他也没少干……

歌声中尤为激情迸发地突出了深沉的低音"噢呦"。我躬身把双手放在膝头上，朝窗户里望去，透过窗帘上的镂空花纹，我看到一间四方的小屋，墙壁被带有蓝色灯罩的小灯照亮，一个姑娘面朝窗户坐在灯下写着信。此刻，她抬起了头，用红笔杆撩开那缕垂下鬓角的头发，双眼眯成了一条缝，脸上绽放着灿烂的笑容。她慢慢地叠起写好的信，用舌头舔舔信封上的胶边，粘上了信封，接着把信扔在桌上，伸出食指——那食指比我的小指还要细小——做出一副凶恶的架势朝它点了点，又重新拿起信封，皱着眉头把它拆开，又读起来，然后再装进另一个信封，封好，弯下身在桌上把地址写好，之后高举起信封晃了晃，像是晃着一面小白旗。她转着圈儿,拍着手,走进摆着床铺的屋角,后来又走了出来,脱掉短衫,露出了圆圆的、酥油面包一般的胳膊,从桌上拿起灯,又隐入到了屋角。当你观察一个人私下的举止时,你就会觉得那人跟疯子没什么区别。我在院子里转来转去,心想:这个姑娘单独在自己小屋里的生活真是太不可思议了!

但是,当那个棕红头发的大学生来到她面前,用轻微的近乎耳语的声音对她说些什么的时候,她却把身体紧缩起来,于是就显得更小了。她怯生生地望着他,把双手搁在背后或者桌子下边。我却对这个棕红头发的大学生没什么好感,一点儿都没有。

短腿姑娘一面扎着头巾,一面晃悠着走了上来,对我含含糊糊地说:

"快进面包坊吧……"

面包师正从柜子里取出面团,同时不住地跟我唠叨他的情人是多么令人舒心,多么不知疲倦。而我心里却在想:

"我今后将会成什么样呢?"

我觉得,一场已潜在的灾难似乎正在身边的什么地方威胁着我。

面包店的买卖挺红火,因而杰连科夫开始寻找一处宽敞些的作坊,还决定再雇个工人做帮手。这好极了,我的工作实在太多,都快被累晕过去了。

"有了新作坊,你就能当上大帮厨啦。"面包师向我许愿道,"我要去提议,把你的工钱提到每月十卢布。就该这样。"

我知道,我的提升对面包师很有好处,因为他爱偷懒,我却喜欢干活儿。疲劳对我很有帮助,它能消除心头的不安,抑制性本能的强烈冲动。只是书就没空读了。

"太好了,你已经不再成天抱着书本啦,让老鼠去嚼它们吧!"面包师说,"你难道没做过梦吗?可能你也做过,只是不愿说!真可笑。知道吗,谈谈做过的梦并不会招来什么灾祸,用不着提心吊胆的。"

他待我很亲热,甚至还带着一丝尊重。也许他提防着我这个老板的亲信,不过这并没有对他不停地偷面包造成什么影响。

我的外祖母死了,我是在她下葬七个星期后从表兄弟的来信中才得知这一噩耗的。那是一封简短的、没有标点的信,里面说:外祖母去教堂门口行乞时,从台阶上跌了下来,摔断了一条腿。八天之后,便因疮毒症而去世了。后来我才听说,我的两个表兄弟、一个表姐以及她的孩子们,这些健康的年轻人竟全寄生在老太太身上,靠她的乞讨过活。老太太病了,他们也想不到去找个医生看看。

信里写道:

　　她被埋在彼得罗巴甫洛夫坟场我们大家和叫花子都去给她送葬他们爱她大家全哭了。外祖父也哭了把我们赶到一边独自守在坟前我们在矮树丛中看着他哭他也快死啦。

我没有哭,只记得当时突然吹起了一阵彻骨的凉风。那天晚上,我坐在院子里的柴堆上,感到一种强烈的冲动,很想对谁讲讲我的外祖母,讲讲她多么善良、多么聪明,她是所有人的母亲。这个冲动在我心头激荡了很久很久,可是没人听我讲,于是这个想法就渐渐消散了。

多年之后,我又回想起那种心情,那是因为读了契诃夫写的一篇关于马车夫的非常真实的短篇小说。小说里的马车夫对着马讲述自己儿子的死。可惜在那沉痛的日子里,没有一匹马,甚至一只狗陪在我身边,而且我也没想到让老鼠来分担我的悲哀——它们在面包坊里随处可见,我跟它们相处得不错。

警察尼基福雷奇开始像老鹰一样在我身旁转悠起来。他体格匀称结实,头发花白,一把浓密的胡须剪得整整齐齐。他一面很有滋味地呷着嘴,一面目不转睛地看着我,就像在看一只在圣诞节前被宰的鹅一样。

"听说你爱读书,是吗?"他问我,"你对什么样的书感兴趣呀? 比如说,是《圣徒传》呢,还是《圣经》?"

"《圣经》我常读,也时常读读《日读月书》。"尼基福雷奇对此十分惊讶,显然是被搞蒙了。

"真的吗? 读书是件好事,而且也合法! 不过,你有机会读读托尔斯泰伯爵的作品吗？"

我读过托尔斯泰的书，只是，对这些警察可没什么兴趣。

"这些不过是泛泛之作，跟别的作家没啥两样。听说有几本反对神父的，倒是值得一读！"

那几本书是胶印的，我曾经读过，但我觉得内容枯燥乏味，我知道这些书的好坏不适合于跟警察探讨。

我们在街上遇见并谈过几次之后，这位老警察便开始邀请我：

"上我的小哨所来坐坐吧，喝喝茶？"

我当然知道他邀请我是出于什么目的，但我还是愿意上他那儿去看看。跟一些机智的人商量之后，大家都认为，如果我回避警察的邀请，只会让他对面包坊产生更深的怀疑。

于是，我去拜访了尼基福雷奇的小哨所。这个小屋三分之一的空间被俄式炉子占据，还有三分之一的地方摆着一张挂着印花床帘的双人床，床上堆着数个枕头，都套着大红斜纹布套。余下的空间里放了一个碗柜、一张桌子、两把椅子，窗前还有一条长凳。尼基福雷奇正坐在长凳上解开制服，小屋唯一的窗口被他的身体遮得严严实实。坐在我身旁的是他老婆——一个二十来岁、胸脯丰满的小妇人，脸蛋红扑扑的，眼睛是一种奇特的灰蓝色，但却带着狡猾凶狠的目光，她鲜红的嘴唇刻意地噘着，说话总带着抱怨的语气。

"据说，"警察说道，"我的教女谢克列捷娅常上你们面包坊去，这个放荡无耻的小娘们儿。依我看，世上所有女人都是些下贱东西！"

"所有的？"他老婆问道。

"没一个不是！"尼基福雷奇斩钉截铁地答道，还把胸前的奖章晃得啪啪响，好像马摇响鞍辔似的。他端起茶碟呷一口茶，又接着兴致勃勃地谈起来：

"从最下贱的婊子到最高贵的女皇，没一个例外！示巴女王穿越两千俄里的沙漠去见所罗门王，也无非是为浪荡一番。叶卡捷琳娜女皇尽管号称大帝，不也……"

他又很详细地讲述了一个宫廷锅炉工的风流史，这个锅炉工陪女皇度过一

世界传世藏书

世界十大名著

·我的大学·

图文珍藏版

夜,便青云直上,从军士一步步提升为将军。警察老婆听得津津有味,不时用舌头舔一下嘴唇,并且故意在桌下用她的腿碰我的腿。尼基福雷奇讲话清晰流畅,又不无风趣。可在不经意间,他却转到了另一话题上:

"就拿那个一年级大学生来说吧——那个普列特尼奥夫。"

他老婆叹息一声,插言道:

"样子不怎么好看,不过人很好!"

"你说谁?"

"普列特尼奥夫先生。"

"首先,他还称不上先生——那要等到他毕业之后。他现在不过是千千万万普通大学生之一而已。其次,你说他很好,那是什么意思?"

"他总是快快乐乐的,又年轻。"

"首先,马戏班的小丑也总是快快乐乐的……"

"小丑的快乐只是为了赚钱。"

"住嘴!其次,老狗过去也曾是狗崽儿……"

"小丑就像猴子……"

"我已经说过了,叫你住嘴!听见了吗?"

"哦,听见了。"

"这还差不多……"

尼基福雷奇平息下老婆,便转过来向我提议道:

"对了!你该去认识认识普列特尼奥夫,他非常有意思!"

他大概多次看见我和普列特尼奥夫一起在街上走,因此我只好答道:

"我们是熟人。"

"真的吗?已经认识……"

他的话里带着点遗憾,紧接着他又抖动起身子,把胸前的奖章碰得叮当作响。我一下子提高警觉,因为我知道普列特尼奥夫正在用胶版印一些传单。

他老婆一面用脚碰我,一面用狡猾的言语挑逗着老头儿。老头儿就像孔雀开屏似的炫耀着自己的经历。他老婆的作弄搅得我无心专注于他的话。一不

留神,他的声调又变了,显得更加低沉也更加有力:

"那是条看不见的线,知道吗?"他问道,一面把眼睛瞪得圆圆地望着我,仿佛是在担心什么,"可以把沙皇陛下看成一只蜘蛛……"

"哎哟!你在说什么呀!"他老婆惊叫道。

"你闭嘴!蠢婆娘!这只是为了说得更简单清楚些,可不是故意诋毁。母狗!快收拾茶杯……"

他皱起眉头,眯着眼睛,有声有色地继续说道:

"那条看不见的线,就像蜘蛛网似的,从处于中心的亚历山大三世沙皇陛下那儿发散出来,通过各部大臣,通过省长以及各级官吏——包括我在内——一直通到下级士兵。这条线连通了一切,网络了一切,它像一座坚固的无形堡垒维护着沙皇世世代代的统治。可是,那些被诡计多端的英国女王收买的波兰人、犹太人和俄罗斯人,却千方百计地要破坏这条线,仿佛他们是在为人民谋利!"

他把身子从桌上弯过来,用恐吓的低沉语调问我:

"明白吗?这就对了。我为什么对你说这些呢?你的面包师父对你很是赞赏。据他说,你很聪明,也很规矩,独身一人。但大学生们常往面包坊里跑,整晚待在杰连科夫的房间里。如果只是一个大学生去,那还好说清楚。可是,竟然有那么多!啊?我不是说要跟大学生们唱反调,他们今天是大学生,赶明儿没准儿成了副检察官。大学生们都是好人,只是有些过于锋芒毕露,又常受到沙皇敌人的教唆!明白了吗?我还得说说……"

他的话还没出口,房门突然大开了,一个红鼻子的小老头走了进来。他把鬓发用一根小皮带扎着,手里还有一瓶伏特加,显出一副醉醺醺的样子。

"咱们摆棋杀上两局吧?"他兴致勃勃地问道,然后便接二连三地说起了俏皮话,他身上有那么一股滑稽的气质。

"这是我岳丈,我妻子的父亲。"尼基福雷奇介绍道,脸上却阴沉沉的,带着点气恼。

不久,我便告辞走了。那个狡猾的少妇跟着我出来关门,摸了我一把,

说道:

"云彩多美呀,像火一样在燃烧!"

天上一朵小小的金色彩云渐渐消散开来。

我并不想惹我的老师们不高兴,但我还是得说:这个老警察对国家机构的阐释要比他们清晰、浅显得多。在那儿,坐着一只蜘蛛,又有无数"看不见的线"从它那里伸展而出,把生活联结、笼络在一起。很快,我便学会了如何去发现这些线结成的锁扣了。

晚上关了店门之后,女老板玛丽亚·杰连科娃把我叫到她房里,一本正经地告诉我:她受托来了解警察跟我谈了些什么。

"噢! 上帝呀!"在听完我细致的报告后,她惊诧地叫起来,随即像老鼠似的在屋角间穿来穿去,并焦急得不住摇头说道:"怎么,面包师没向你探什么口风吗? 他的情妇竟然是尼基福雷奇的亲戚! 得马上把他打发走!"

我倚门而立,眉头紧锁地望着她。她毫不经意地就用到了"情妇"这个词,这令我很不舒服,更令我不舒服的,就是她要打发掉面包师的决定。

"您要加倍小心!"她说道,目光依旧是那么直勾勾的,就像在盘问我不懂的事情,让我感到手足无措。忽然,她又背起双手站到我跟前:

"您怎么总是这样愁眉不展呢?"

"我的外祖母刚刚去世。"

她似乎觉得挺有意思,微笑着问:

"您很爱她吗?"

"是的。还有别的什么需要了解吗?"

"没有啦。"

我走了。那天晚上我写了一首诗,记得诗中有这样一行执拗的句子:

"您,无非是在故作姿态!"

于是就决定以后要大学生们尽量减少到面包坊的次数。见不着大学生们,我几乎无法找人帮我解决读书时遇到的疑难问题,只好把我感兴趣的问题记在笔记本上。可是有一次我过于疲倦,竟趴在笔记本上睡着了。面包师看了我的笔记本,他唤醒我问道:

"瞧你写些什么呀?加里波第为什么没赶走国王……谁是加里波第?国王难道能被赶走吗?"

他气呼呼地把笔记本往木柜上一丢,便钻进了炉炕烘面包,在那儿嘟囔着:

"你说——他该赶走国王吗?真可笑!别再打这些古怪主意啦!你这个书呆子!五年前在萨拉托夫,宪兵们逮捕这种书呆子就像逮老鼠一样,哼!即使没有这些,尼基福雷奇都已经盯上你了。你呀,丢掉那些赶走国王的想法吧,那可不像赶只鸽子那么容易。"

他是真心实意在劝我,可我却不能以内心的真实想法回答他——人们不允许我同面包师讨论这样的"危险话题"。

那时一本颇为轰动的小册子在城里广为流传,那些读过的人全都议论不停。我请求兽医拉夫罗夫帮我找一本,可他却让人失望地说:"唉?老弟,没啦,别指望啦!不过,听说这几天会在什么地方宣读这本册子,到时我可以带你去听听……"

圣母升天节的深夜,我走在阿尔斯科耶波列黑漆漆的田野上,紧随着拉夫罗夫的背影,他距我约有五十俄丈。田野上空空旷旷,但我们还是得按拉夫罗夫所说的"采取防范措施"来行事——我要一边走路,一边打口哨、哼小曲,装成"醉醺醺的工人"。一片片黑云在我头顶缓缓飘动,月亮像金球一般在黑云之间移动,把黑云的身影投向大地,地上有几处水洼,反射着银灰和钢蓝色的光亮。喀山城就在我身后,发出嗡嗡的怒响。

当走到神学院背后的果园栅栏前时,我的领路人停了下来。我连忙赶了上去。我们一言不发地翻越了栅栏,穿过杂草丛生的果园。要是碰着果树枝,便有大滴大滴的水珠落到身上。我们来到一所房子的墙边,在关得紧紧的护窗板上轻轻敲了几下,窗板打开了,一个蓄着大胡子的人冒出来,他身后一片漆黑,也没有任何声响。

"什么人?"

"从雅科夫那儿来的。"

"翻进来吧!"

在这一片可怖的黑暗中,我只感觉到人很多,听见衣服和鞋的嚓嚓声、轻微的咳嗽声和低沉的耳语声。不知谁划燃一根火柴,照亮了我的脸,我看见好些黑乎乎的身影映现在靠墙根的地板上。

"都来了吗?"

"是的。"

"把窗帘挂起来,别让光线从窗缝透出去。"

一个气冲冲的声音响亮地说道:

"是哪个聪明的家伙,让我们聚集到这个没点儿人气的屋里来?"

"安静!"

一盏小灯在角落里亮了起来。屋子里空荡荡的,没有家具,只有一条搭在两只木箱上的木板。木板上坐着五个人,那样子就像五只寒鸦停在篱笆墙上。那盏小灯也放在一个侧立的木箱上,靠墙脚处有三个人坐在地板上,另有一个披着长发、脸色苍白的青年坐在窗台上。除了他和大胡子,其他人我都认识。大胡子低声说,他要给大家念一本曾经身为民意党人的普列汉诺夫的小册子《我们的意见分歧》。

昏暗中,一个吼声从地板上传来:

"我们早知道啦!"

这种神秘的场景让我兴奋,也让我愉快,最高明的诗是那些神秘的诗。我觉得自己仿佛成了在教堂里做早祷的教徒,又不由得想起了古罗马时期在地下室里的初期基督教徒。嗡嗡的低鸣声弥漫在整个屋子,不过念书的声音还是清晰可辨。

"一派胡言!"角落里又有人吼道。

在黑暗处,有一件铜器若隐若现地闪着光亮,好像一顶罗马武士的头盔,我想那大概是火炉的通气口。

屋里响着低沉的嗡鸣声，夹杂着模模糊糊的激烈言辞，根本听不清谁在说些什么。一个响亮的带着嘲讽的声音从我头顶传了出来：

"我们还念不念呀？"

说话的是那个长发白脸的青年。于是屋子又安静下来，只剩下了低沉的朗读声。不时有人划着火柴，烟头闪着红光，照映出一张张沉思的脸，有的眯着眼，有的瞪大了眼。

朗诵实在太过漫长，尽管我很欣赏这种表达方式——用尖锐而激情饱满的语言流畅易懂地表达出富有说服力的思想。但这仍旧让我感到疲倦不堪。

突然，朗诵的声音停了下来。屋里立即响起了一片愤怒的叫嚷：

"叛徒！"

"有名无实！……"

"这是朝英雄们的鲜血啐唾沫！"

"这是在格涅拉洛夫和乌里扬诺夫牺牲之后……"

坐在窗台上的那个青年又开口了：

"先生们！能不能不再谩骂，而代之以严肃的、贴近现实的辩论呢？"

我不喜欢争辩，也不习惯于听别人争辩，我很难把握那些人飘忽不定、激情膨胀的思想。而且我对争辩者赤裸裸的自以为是的态度很是不满。

那个青年从窗台弯下身来，问我道：

"您是面包师彼什科夫吗？我是费多谢耶夫，我们该互相认识认识。说真的，在这里简直是一事无成。一争吵起来便没完没了，最后还是没什么结果。咱们走吧？"

我听说过费多谢耶夫，他领导着一个重要的青年小组。我喜欢他那双深沉的眼睛和那神经质的苍白面颊。

我俩一块儿漫步在田野间。他问我有没有熟识的工人，读些什么书，闲暇时间多不多。又顺便提道：

"我听说过你们的面包坊，奇怪的是，您竟然去干那些毫无意义的事。您是为什么呢？"

我有时也觉得,这些事情其实有点大可不必,我把这种想法对他讲了。他对此非常高兴,紧紧握住我的手,微笑着告诉我,两天后他得上外地一趟,等他回来就通知我用什么方式、在什么地方跟他见面。

面包店的生意热火朝天,可我自己的情况却越来越糟。搬到新的面包坊后,我的工作就更繁重了——不仅要处理作坊的杂活,还得把面包送到各户人家,送到神院,送到"贵族女子学校"。姑娘们会在从我篮子里挑拣奶油面包的同时,悄悄塞给我一些小纸条。在这些漂亮的小纸条上,我常常惊讶地读到用幼稚的字体写出的不知羞耻的句子。我感到非常费解,每当这些快活、整洁、清纯的小姐们叽叽喳喳地围着篮子,可笑地挤眉弄眼,用粉红的小手把一堆面包翻来翻去时,我便望着她们,心里一个劲地猜测:写给我那些可耻小纸条的究竟是谁呢? 她大概并不理解那些可耻句子的意思吧? 我不禁又想起了那条"烟花巷":

"难道从'烟花巷'也延伸出一条'看不见的线',一直通到了这里吗?"

一个胸部丰满、把一头黑发梳成大辫子的姑娘,在走廊上拦住了我,慌慌张张地低声说道:

"把这封信送到封面上的地址,我给你十戈比。"

她直直地望着我,温柔的黑眼睛满含着泪花,嘴唇咬得紧紧的,脸颊和耳朵都涨得通红。我潇洒地拒绝了那十戈比,只接过了信笺,把它送到了高等法院一位法官的儿子——一个脸上泛着肺痨红潮的高个子大学生——手里。他收下信,打算给我五十戈比,于是一言不发地数出一把小铜币,听到我说不取报酬之后,他便把小铜币往裤兜里一揣,却又没揣进去,这些零钱全撒在地板上了。

他不知所措地望着这五戈比和七戈比的零钱朝四面滚去,使劲地搓着双手,弄得指关节作响,费力地喘着气嘀咕道:

"那么怎么办呢? ——好吧,再见! 我得想一想……"

我不知道他想出了什么结果,我只是觉得那个姑娘很可怜。不久,她便离开了贵族学校。十五年后,我才又遇见她,她已经是克里米亚半岛上一所中学的教师,又患上了肺结核,当谈起人世间的一切时,便流露出一种被生活遗弃者的仇恨。

我得把面包送完才去睡觉，晚上又到作坊帮着干活，在半夜之前让面包出炉，再送到面包店。面包店离本市剧院不远，夜戏散场后，观众们会顺道来店里吃点热面包。准备好夜卖的面包后，我还得揉面团，用来做那些论斤卖的大面包和法式椭圆形小面包，用双手揉出十五至二十普特的面团，这可不是个轻松的活儿！

然后我再睡上两三个小时，就又得起来送面包了。

日子就像这样一天天度过。

可这时的我怀着一种强烈的愿望，想要把一些"合理、善良而永恒的东西"传播给人们。我喜欢跟人相处，也很会把故事讲得动听。自身的经历和阅读的书籍激发出我的想象力，我能轻而易举地在日常生活的基础上编出有趣的故事，把那种"看不见的线"巧妙地穿插其间。我认识克列斯托夫尼科夫和阿拉富佐夫工厂的工人们，织布工人尼基塔·鲁布佐夫跟我关系尤为亲密，这个老头儿几乎在俄国所有织布厂里作过工，是个机灵而好动的人。

"我在世上混了五十七年啦，我的列克谢·马克西莫维奇！我的小捣蛋！我的小梭子！"他的声音低沉嘶哑，两只有病的灰眼睛躲在墨镜背后闪着微笑。墨镜是用铜丝自制的，在鼻梁和耳根留下了绿色的锈痕。他每次刮脸总要像德国人一样在上唇上留下一小撮胡子，在下唇则留出花白的一大把，所以纺织工人们都管他叫"德国佬"。他身材中等，胸膛宽阔，只是在乐观的态度中透着一股辛酸。

"我最喜欢去看马戏。"他把坑坑洼洼的秃脑袋往左肩一歪，说道，"马本来是牲畜，它是怎么被训练出来的呢？真让人开心！我佩服地看着那些牲口，心想：那么，照这样看，人经过训练也能变得聪明。驯兽员是用糖果驯服了牲畜，嗯，当然啦，我们上小铺子就能买到糖。我们的心灵也需要糖果，那糖果就是爱！小伙子呀！意思就是说，应该怀着爱心待人，而不像现在这样，动不动就拿柴棍打人，对不对？"

他自己待人并不是总带着爱。跟人说话的语气总是带着些许轻蔑和嘲讽。

世界传世藏书

世界十大名著

·我的大学·

图文珍藏版

一旦有争执,他就会用简短的词语,又叫又嚷,盛气凌人。我是在一家啤酒馆里跟他初次相识的,当时人们正要揍他,并且已经来了两下子,我过去把他给拖走了。

"您被打痛了吗?"冒着绵绵秋雨,我陪他走在黑漆漆的路上,问道。

"呸!这也算得上打?"他若无其事地回答,"等等,跟我讲话怎么会客气地用'您'?"

此后我们便相互熟识起来。起初,他也常用俏皮、尖酸的话嘲笑我,可是当我跟他讲了"看不见的线"在我们生活中处于何等重要的地位时,他若有所思地叫了起来:

"你可不蠢,一点儿也不!对吧?……"此后他便像父亲一般亲切地对待我,甚至称呼我时也用的是名字和父称。

"我的列克谢·马克西莫维奇!我亲爱的小锥子!你的看法很对,只是没有人信你,得不到好处……"

"你信我吗?"

"我是条短尾巴的丧家犬,但平民百姓却是些带着项圈的看家狗,每条狗身上都挂满了蒺藜:老婆、孩子、手风琴和套鞋等等。每条狗都对自己的小窝非常满意。他们不会信你。我们在莫罗佐夫工厂闹事时就是这样,谁冲在最前头,就打谁的脑袋瓜。脑袋呀,可不是屁股,挨上一下可不是闹着玩儿的!"

但他结识了克列斯托夫尼科夫工厂的钳工雅科夫·沙波什尼科夫之后,说话就开始不同了。雅科夫患有肺痨,会弹吉他,还通晓《圣经》,但他却令人惊讶地坚决否定上帝。雅科夫时常到处吐出带血块的痰,并坚定而热切地证明说:

"第一,我肯定不是'按上帝的形象'而创造的。我没有智慧,也没有力量,而且我也没有仁慈之心,一点儿都没有!第二,上帝不知道我有多困难。可能他知道,但没法帮助;也可能他能帮助,却不愿帮助。第三,上帝并非全知全能,也不慈悲,干脆点说,上帝根本不存在!这不过是人们胡编出来的,一切都是如此。连我们的整个生活都是胡编的,这骗不了我!"

鲁布佐夫听了,惊讶得无言以对,随即又气恼得脸色铁青,张口谩骂起来。但雅科夫引用《圣经》上的庄严语句加以反驳,驳得鲁布佐夫吭不出声,沉思着把身子蜷成一团。

雅科夫·沙波什尼科夫讲话的样子变得可怕极了。他的脸黑瘦黑瘦的,头发鬈曲而乌黑,就像茨冈人一样,狼一般的牙齿不时从发青的嘴唇后闪露出来,一对黑眼珠直勾勾地盯着对方,那恶狠狠的目光令人喘不过气来,这使我想起了那个自大狂病人的目光。

我们离开了雅科夫,同行的鲁布佐夫阴沉着脸对我说:

"没有人敢在我面前反对上帝,这样的话我还闻所未闻。什么话我都听过了,唯独没有这样的话!这人肯定活不了多久。真可怜!他快把自己焚化了……有意思!老弟,真是太有意思了!"

他很快便和雅科夫打得火热。他显得兴奋异常,像沸腾的开水一样,不住地用手指揉揉有病的眼睛。

"那——那么,"他带着得意的微笑说,"这么说,把上帝赶下台了吗?哼!我的小钉子呀,对于沙皇,我觉得他没什么关系。问题不在沙皇,而在于那些老板们。我能忍受任何一个沙皇,即便是伊凡雷帝也无妨,请坐下来随便统治吧!只要让我能去制服老板,那就够了!让我能用一条金锁链把他们捆在宝座上,我就会朝你顶礼膜拜……"

他读完《沙皇就是饥饿》后说道:

"书里写的都非常正确!"

他初次看到这本石印小册子后,问我道:

"谁给你写的这本书呀?写得真明白!你去转告他:我谢谢他!"

鲁布佐夫有着异常强烈的求知欲。他常常全神贯注地听沙波什尼科夫亵渎上帝的激烈言谈,一连几个钟头听我讲关于书籍的故事,他会快活得仰头大笑不止,并不停地赞叹:

"人的脑瓜儿真是机灵,嘿,真是机灵!"

他自己读书很困难——眼疾害得看东西不方便。但他却知道很多事情,这常令我感到惊讶。比如他说：

"德国有个智慧非凡的木匠，连国王都常向他请教。"

我继续追问下去，才知道他说的是倍倍尔的事。

"您是怎么知道这事儿的？"

"知道就知道嘛。"他简短地答道，同时用小指头挠着他那坑坑洼洼的脑袋。

沙波什尼科夫对现实的困苦生活并不感兴趣，他心里只想着颠覆上帝、嘲弄神父。他尤其厌恶修士。

有一次，鲁布佐夫好意地问他：

"雅科夫！你为什么只是一味地对上帝大吵大骂呀？"

他却愈发恶狠狠地叫了起来：

"除了上帝，还有别的什么可以妨碍我吗？嗯？我信仰上帝，信仰了快有二十年，在他面前我活得提心吊胆，也顺从地忍受一切。争辩是不允许的，上帝已经注定了的。生活被束缚起来。可我仔细读了《圣经》后，才发现，这是编造的！尼基塔！一切全都是编造的呀！"

他挥动着一只手臂，仿佛是想扯断那条"看不见的线"，他的声音几近于哭泣：

"瞧瞧，就因为这个，我快要过早地死去了！"

我还结交了几个有意思的人，我常会跑到谢苗诺夫的面包坊去看看我的老伙计们。他们也很欢迎我，喜欢听我讲话。只是鲁布佐夫住在船厂区，沙波什尼科夫住在鞑靼区——那里离卡班河对岸还有很远的一程——彼此相隔五俄里，我难得能见他们一次。他们也没法来看我，因为我没处接待客人，况且新来的面包师是个退役军人，跟宪兵们来往甚密。我们面包店的院子后面就是宪兵司令部后院，因而一些耀武扬威的"蓝制服"们常常翻过围墙，来为汉加尔特上校买白面包或者为自己买黑面包。而且也有人劝我不要过于"锋芒毕露"，以免引起别人对面包坊的更多注意。

我觉得我的工作实在是有些多余了。近来这样的事越来越多：人们不顾生意的好坏，随便从柜头上取钱，以至有时竟连面粉钱都支不出。杰连科夫捋着胡子，无可奈何地苦笑说：

"我们要破产啦。"

他的个人生活也变得很糟糕。红头发的娜斯佳怀了孕，成天像只凶猫似的，瞪着一双怨天尤人的绿眼睛，瞪着所有事和所有人。

她走路时对安德烈熟视无睹，直朝他身上走去；他带着歉意的微笑给她闪开道，只是叹息。

他有时也会向我诉苦：

"全都是随心所欲，什么东西都胡拿，实在不像话！我自己买了半打袜子，一下子就全没啦。"

关于这袜子的事挺可笑，但我却笑不出来。在我眼里，这个谦逊无私的人正在全力挣扎，竭力要把有益的事业坚持下去。但他周围的人却对他的事业漠不关心，甚至从中破坏。杰连科夫尽管不想博得他所服务的那些人的感激，但他有要求别人给予他关怀和友好的权利，而现实却并不是这样。他的家庭也快垮掉了：父亲在死后下地狱的阴影下，患上了精神抑郁症；小弟开始酗酒，跟姑娘们胡搞；妹妹则形同陌路，看样子，她跟那个红头发大学生的恋爱并不顺利。我常见她两眼哭得红红肿肿的，于是我也对那个大学生憎恨起来。

我觉得，我喜欢上了玛丽亚·杰连科娃。我也很喜欢我们面包店的女店员娜杰日达·谢尔巴托娃——一个身体壮实，面色通红，红嘴唇上常挂着温柔微笑的姑娘。总之，我陷入了爱情之中。年龄、性情和杂乱无章的生活，这一切都促使我去接近女人，与其说这来得太早，不如说来得太晚了。我需要女人的温情，即使是女人友好的关怀也好。我需要找个人袒露心事，需要有人帮我弄清那些杂乱的思想和感受。

我还没有推心置腹的朋友。那些把我视作"待琢之璞"的人，引不起我的同情，也无法让我向他们敞开胸怀。每当我提起他们没兴趣的事时，他们便会立刻打断：

"行了，别说这些啦！"

古里·普列特尼奥夫被捕了,并被押送到彼得堡,关进了"克列斯特"监狱。那天早上在街头遇上尼基福雷奇,才从他口里首先得知这个消息。他胸前挂满了奖章,像是刚刚接受了检阅,严肃而沉默地走了过来,他只把手往帽檐上举了举,便一言不发地与我擦身而过。可他立即又停下来,用气冲冲的语调朝我脑后说:

"古里·普列特尼奥夫昨天夜里被逮捕了……"

接着他挥了挥手,四下张望一番,又低声补充道:

"这个小伙子完了!"

我见他那狡诈的眼睛中似乎还闪动着泪花。

我知道普列特尼奥夫早已预计到自己有这么一天。他曾经警告过我,还让我和鲁布佐夫别去找他,他跟鲁布佐夫也同样要好,就像跟我一样。

尼基福雷奇低头看着脚,不太高兴地问道:

"你为什么不去我那儿坐坐呀?……"

晚上我便去看他,他刚刚醒过来,坐在床上喝着克瓦斯。他老婆躬身坐在小窗户口给他补裤子。

"事情就是这样。"老警察说着,一面用手挠着他那狗熊般的满是长毛的胸膛,一面思索着什么似地望着我。"他被逮捕了。从他住所搜出一口小锅,他用它来煮颜料,印制反对沙皇的传单。"

他朝地板啐了一口唾沫,冲着老婆恼怒地喊道:

"把裤子拿过来!"

"就快好啦。"她答道,头都没抬一下。

"她同情他,还哭哩。"老警察望望老婆,说道:"我也挺同情他。可是,一个大学生怎能去反对沙皇陛下呢?"

他开始穿衣服,又对老婆说:

"我出去一下……你——赶快泡茶吧!"

她还是一动不动地望着窗外,但等老头子一出屋门,她就急回过身来,把紧握的拳头冲门口一伸,咬牙切齿地骂道:

"哼！老混蛋！"

她的脸哭得浮肿起来，左眼有一大块青淤，几乎没法睁眼。她站起身，走到壁炉前，弯腰收拾茶杯，恶狠狠地说道：

"我要骗骗他，骗得他直叫唤！就像野狼一样哀号。你别相信他！他的话没一句是真的！他就要逮你了。他撒谎，他从不同情谁，他就像个渔夫。您的事他已经了如指掌，他就是吃这碗饭的，他的兴趣就在于抓人……"

她走过来紧紧依着我，带着乞求的腔调恳求说：

"亲亲我，好吗？"

我并不喜欢这个女人，但她望着我的眼神带着一种巨大的伤痛，使我不由得把她搂进了怀中，抚摸她散乱油亮的头发。

"他现在正在盯谁的梢？"

"一些住在雷布诺里亚德街上旅馆里的人。"

"你不知道他们叫什么吗？……"

她微笑着答道：

"瞧你，我要向他告发，说你向我套口风来着！噢，他回来啦……古罗奇卡就是他探察出来的……"

她又连忙回到了壁炉跟前。

尼基福雷奇带回一瓶伏特加、果子酱和面包。我们坐下来喝茶。马林娜跟我坐在一起，尤其热情地招待我，不时用那只没带伤的眼睛望望我的脸，她丈夫又开始教导我：

"这条看不见的线，深入心灵，深入骨髓，哼哼，你扯得断，抽得掉吗？沙皇就是人民的上帝！"

他突然又问我：

"你也读过不少书啦，《福音书》读过吧？嗯，照你看，它说的都对吗？"

"我不知道。"

"依我之见，那都是些废话，而且还不少，比如说穷人吧，上面说穷人是有福的，可他能有什么福呢？简直有些胡扯。那些关于穷人的话都有些难以理解。

应该把穷人区分开来:一种是生来就穷的人,一种是变得贫穷的人。生来就穷的人自然不是好人!而变得贫穷的人则可能是不幸。这样才对。"

"为什么?"

他用探索的眼光望了我一阵,然后便郑重其事地陈述起那显然经过了深思熟虑的看法:

"《福音书》上有很多怜悯人的言语,而怜悯并不见得有什么益处。我是这样想:怜悯,就意味着在无用、甚至在有害的人身上花费大量的资源,开办诸如贫民收容所、养老院、监狱、疯人院之类的。我们本该帮助那些健康、壮实的人,有效地利用他们的力量。可我们偏要去帮助弱者,帮助了就能使他们变强吗?由于这种无聊的劳动,强者也丧失了力量,变得弱了。弱者反而站在了强者之前,这道理怎么讲得通呢!应该换个角度考虑问题,要知道——我们的生活和《福音书》早已拉开了距离,生活按它自己的轨道行事。瞧瞧,普列特尼奥夫为什么会完蛋?就是因为怜悯。我们怜悯穷人,大学生却受到牵连。这叫什么理智呀?"

虽然以前我也不止一次听到过这样的思想,可我还是头一次听到它被用如此露骨的方式表达出来,而且出乎我意外的是,这种思想竟然有那么强的影响力,流传得那么广泛。记得七年之后我读尼采的书时,脑子里又清晰地浮现出了这个喀山老警察的哲学思想。顺便提一下,很少有什么书本上的见解,是我在实际生活中不曾接触过的。

这个以"抓人"为职业的老头子,口若悬河地说着,还用手指在茶盘沿上随着语调有节奏地敲打着。他的脸冷酷而阴沉,眼睛并不看我,直直盯着擦得镜子般明亮的铜茶壶。

"你该走啦!"他老婆提醒了他两次,他却不理不睬,自顾自地顺着思路一句句地往下说。不经意间,他又莫名其妙地谈到了新话题:

"小伙子,你既不笨又不蠢,又会读书写字,你就甘心做一个面包师?要是你愿意为沙皇出点力,保准能赚更多钱……"

我耳朵上听着他讲,心里却盘算着如何通知那些住在雷布诺里亚德街上的素不相识的人，让他们知道正受到尼基福雷奇的监视。有一个刚从亚卢托罗夫斯克流放地回来的人住在那条街的旅馆里，名叫谢尔盖·索莫夫。我听说过他的许多有趣故事。

"聪明人应当联盟在一起，就像蜂房里的蜜蜂，或者土窝里的黄蜂一样。沙俄帝国……"

"瞧，都九点钟啦！"老婆又催促道。

"糟糕！"

尼基福雷奇起身扣着制服的扣子。

"噢，没关系，我搭辆马车。老弟，再见啦！以后常来坐坐，别客气……"

从警察的小哨所出来时，我就打定主意，以后再不到老基福雷奇家"拜访"了。虽说这个老头蛮有意思，但我却打心里对他反感。他对怜悯危害的讲述非常生动，令人终生难忘。我也觉得这些话不无道理。可惜它们出自一个反动警察之口。

人们常在这种问题上争来争去，有一个人的见解对我震撼尤其的大。

城里来了一个"托尔斯泰主义者"，我还是头一次跟这种人接触。他身材高挑、壮实，脸色紫红，留着一把黑色的山羊胡子，嘴唇很厚，像黑人似的。他总是躬着背朝地下看，但有时会突然扬起秃秃的脑袋，湿润的黑眼睛闪动着火热的激情，犀利的目光像是燃烧着仇恨。这次的聚会是在一位教授家里举行的，来了许多年轻人，其中有一位气质儒雅、穿着黑丝绸法衣的小神父，是个神学硕士，他苍白的面孔在黑法衣的映衬下显得清秀俊气，一双无动于衷的灰眼睛流露出冷漠的笑意。

托尔斯泰主义者发表了长篇大论，阐释福音书上那永恒而伟大的真理。他的声音有些嘶哑，用语简短有力，从中能感受到一种虔诚的力量。他讲话时习惯性地用毛茸茸的左手在空中比画着，右手却始终揣在衣兜里。

"演员！"我身边的角落传来人们低声的议论。

"是呀，就像在演戏似的……"

不久前我刚读完一本书，作者好像是德雷波尔，讲述天主教如何反对科学。

我觉得这位托尔斯泰主义者跟书里的天主教教士没什么两样,他们相信爱是拯救世界的根本,因而为了表现对人们的仁爱,就准备把人全杀死并用火焚烧。

他穿着白色的衬衣,袖口宽大,外面套上一件破旧的灰长袍,这使他显得与众不同。他在讲话的最后扬声喊道:

"这么说来,你们是赞同基督呢,还是赞同达尔文?"

他抛出了这个问题,仿佛在抛出一块石头。这时拥挤在角落里的小伙子和姑娘们,都吃惊地望着他。显然,他的话很有震慑力。人们都垂下头,陷入了沉思。他用火辣辣的目光扫视了全场一遍,又厉声补充道:

"只有法利赛人才会去调和两种根本对立的原则,调和是可耻的,既欺骗自己,也欺骗了别人……"

小神父站了起来,不慌不忙地挽了一下法衣的袖子,带着恶意的客气和释然的冷笑,淡淡地说:

"看来,你们赞成了那种对法利赛人的粗俗看法,这种看法不仅武断,而且简直荒谬绝伦……"

令我十分惊讶的是,他在阐明:法利赛人才真诚忠实地继承了犹太人的遗训,犹太人也常同法利赛人并肩反抗自己的敌人。

"应该去读读约瑟福斯的书……"

托尔斯泰主义者猛地跳起来,左手在空中使劲一劈,似乎要斩断约瑟福斯的腰,叫道:

"直到今天,人民还在伙同敌人来反对自己的朋友!人民的行为并不自由,他们被逼迫、被强制。读了约瑟福斯又有什么用?"

小神父和其他人把争论主题分解得七零八落,渐渐地离中心议题越来越远。

"真理——就是爱。"托尔斯泰主义者喊道,眼睛里闪烁着愤恨和轻蔑的光芒。

我觉得自己在这些发言中变得晕头转向,根本无法抓住中心,在这股词句的旋风里,脚下的大地似乎都在动摇。我常绝望地想:我恐怕是这世上最蠢最无能的家伙了。

托尔斯泰主义者一面把汗珠从紫红的脸膛上擦去,一面发狂似的喊道:

"把《福音书》扔到一边去吧,忘了它吧,这样才不至于去招摇撞骗!把基督重新钉上十字架,那才是真正的虔诚!"

我心里突然产生出一个很大的疑问:"怎么办?如果生活是为获取世间幸福而不停地斗争,那么仁慈和爱岂不是成了阻碍斗争的绊脚石?"

我打听出托尔斯泰主义者名叫克洛普斯基,还打听了他的住址。第二天晚上,我便去拜访了他。他寄住在一个地主家里,正同地主的两个女儿坐在花园一棵大菩提树下的桌子旁用餐。他穿着白裤子、白衬衫,衬衫半敞着,坦露出毛茸茸的胸膛。他身材高挑,颧骨凸起,面颊清瘦,简直跟我想象中的使徒和传道者一模一样。

他用小银匙从碟子里舀出牛奶泡草莓,有滋有味地咽下,又咂咂厚嘴唇,每吃一口还要吹掉沾在稀疏的猫胡子上的奶沫。一个姑娘站在桌旁伺候着他,另一个双手环抱着倚在菩提树干上,望向灰蒙蒙的燥热天空,仿佛陷入了什么幻想之中。两个姑娘都穿着紫丁香色的薄裙,相貌非常相似,很难把她俩区分开来。

他轻松友好地跟我谈起了爱的创造力。他说,"人应该从自己的灵魂中发掘出这种高尚的情感,只有它才能使人具有世界精神,也才能使人对人类施以博爱。

"只有这种情感,才能把人联结在一起!没有爱,就不可能理解生活。有些人认为生活的法则是斗争,他们是一群注定要毁灭的糊涂蛋。火不能灭火,同样,借邪恶之力也无法消灭邪恶!"

可是当两个姑娘相拥着向花园深处的房子走去时,他一面眯着眼目送她们的身影,一面问我:

"你是干什么的呀?"

他听了我的回答之后,便用手指敲着桌面,说起人不管处于何种地位,他所努力争取的,不应当是改变在生活中的位置,而是培养博爱的精神。

"人越处在低的位置,就越接近生活的真理,越接近高尚的智慧……"

我有些怀疑他是否真正理解这种"高尚的智慧",但是并没有说出来。他似乎对我们之间的谈话没有了兴趣,用厌烦的眼光看了看我,打个呵欠,伸直双腿,把双手垫在脑后,疲倦地闭上眼睛,梦呓般地说道:

"服从于爱……是生活的法则……"

突然,他浑身一颤,双手在空中扬了扬,像是要抓住什么东西,又用惊讶的目光望着我说道:

"这是怎么回事?我有些疲倦了,请原谅!"

他又闭上了眼,龇牙咧嘴的,仿佛正在忍受什么创痛。他的上嘴唇向上翘起,下唇向下翻着,几根稀疏的黑色胡须也竖起来。

带着厌恶之情,我离开了,心中愈发怀疑他对人的诚意。

几天之后,我清晨送面包到一位熟识的喜欢喝酒的单身副教授家,又见到了克洛普斯基。他大概彻夜未眠,面色发乌,眼睛红肿,我想他可能喝醉了。胖胖的副教授醉得不省人事,只穿一条衬裤,手里抱着吉他,坐在一堆七零八落的家具、啤酒瓶和脱掉的外衣之中。他东倒西歪,大声叫道:

"仁——爱……"

克洛普斯基气愤地厉声叫道:

"仁爱不存在!我们要么被爱淹没吞噬,要么在为爱的战斗中毁灭,结局都是一样:我们注定会死去……"

他抓住我的肩膀,把我拉进了屋,又对副教授说:

"你问问他,他想要什么?问问,他需要的是人类的爱吗?"

副教授望了我一眼,眼中含着泪水,他笑道:

"他是卖面包的,我欠他钱。"

他把身子一歪,伸手从衣兜里摸出一把钥匙,递给我说:

"去吧!把所有的钱全拿走!"

可是托尔斯泰主义者却一把抢过了钥匙,对我挥挥手:

"走吧!回头再来拿钱!"

他从我手里接过面包，随手扔在屋角的躺椅上。

他没有认出我，这反而令我感到欣慰。我出门时心里想着他那番关于被爱吞噬的话，觉得愈发惹人厌恶起来。

不久，我听说，他曾向他寄住的地主家的一个女儿求爱，然而就在当天，他又向另一个求了爱。两姐妹彼此都谈起了这桩高兴事，于是便惹发出对这个"钟情者"的仇恨。她们让仆人将这个多情的传道士立即扫地出门。从此他便再没有在城里出现过。

爱和仁慈在人们的生活中有怎样的意义？我早已觉察到了这个复杂而难解的问题，起初它只是在心里模模糊糊地纠缠不清，后来才凝练成一句明确的问话：

"爱的作用究竟是什么？"

我读过的所有书，谈的全是基督教思想，人道主义，怜悯的悲鸣，而当时我认识的优秀人物，也都激情澎湃、有理有据地讨论这类问题。

但真实地摆在我眼前的，却几乎全都与对人们的怜悯扯不上边儿。我眼中的现实生活，只是一条由仇恨和残忍串成的锁链，人们为着微不足道的目的而进行卑鄙的争斗。就我自身而言，我所需要的只是书籍，其他的一切都毫无意义。

你只要走上大街，或者在门前坐上一会儿，就会发现，那些马车夫、清道夫、工人、官吏、商人，他们的生活跟那些我所敬爱的知识分子截然不同，他们有另外的目标，走着另外一条道路。我所尊敬的知识分子是孤独的，游离于世外。在多数人中间，在这些像蚂蚁般忙忙碌碌的人们所身处的肮脏生活中间，他们是多余的。我被眼前的生活消磨得百无聊赖，甚至快要被它窒息致死。我常常发现，仁慈和博爱只不过是挂在嘴上的口号，而实际上，人们已经暗暗地屈从了生活的常规。

我觉得生活真是艰难！

有一天，因为患水肿病而面颊黄肿的兽医拉夫罗夫，喘着大气对我说：

"应当增强残酷性，强到令人疲惫不堪的程度，让每个人都感到厌烦，就像这个混账秋天一样!"

那年的秋天来得很早,秋雨连绵,寒气逼人,疾病和自杀一件接一件。拉夫罗夫不愿等到被水肿病拖垮,服氰化钾自杀了。

"给牲口治了一辈子病,最后自己却像牲口一样死掉了!"兽医的房东梅德尼科夫为他送葬时,这样说道。梅德尼科夫是个裁缝,身体瘦弱,对宗教十分虔诚,能够背诵所有歌颂圣母的赞美诗。但他常用三股皮条的鞭子抽他的孩子——七岁的女儿和十一岁的儿子,用竹竿打老婆的腿肚子,还埋怨说:

"调解法官责难我从中国人那儿学来这些东西,可我从来就没见过中国人,除了在广告和画片上之外。"

有一个整天哭丧着脸的罗圈腿在他的裁缝铺里做功,绰号"顿卡老汉",他这样议论他的老板:

"我最害怕的就是那种信教的温和的人!暴躁的人你一眼即知,能够及时躲避。可温和的人会在你不经意间就来到你身旁,像草丛中狡诈的蛇一样,冷不防地咬住你坦露的心房。我真的很怕温和的人……"

顿卡老汉就是个既温和又狡诈的人,而且还很会讨梅德尼科夫的喜欢,但他的话却有几分道理。

有时我觉得,温和的人就像苔藓,能够软化生活中的岩石,使它能够生花长草。但更多的情况是,许多温和的人对肮脏行径有着乖巧的适应力,他们那种无从把握的反复无常和圆滑世故,还有他们那蚊虫般的呻吟——这些都使我感觉到自己像是被绊倒在地并陷于马蝇包围之中的马。

从警察家出来时,我也有过同样的想法。

秋风叹息,街灯摇曳,昏暗的天空颤抖着将十月的细雨洒向大地。一个湿淋淋的妓女扶着一个醉汉的手臂往前推搡,沿街西行。醉汉一面哭泣,一面嘀咕着什么。妓女已经精疲力竭,嘶哑地说:

"你的命运注定如此……"

"是呀,"我心想,"我也被人拖着,推到一个悲惨的角落,在我面前呈现出种种丑恶、悲伤的事和稀奇古怪的人。我已经厌倦了。"

这些也许不是我当时所想的原话，但在我头脑中确实浮现过这种思想。就在这个悲伤的夜晚，我第一次感觉到了精神的疲惫和心灵的颓丧。从那以后，我觉得自己的情况越来越糟，开始用一种冷漠的、甚至敌视的眼光来看待自己。

我已看出，几乎每个人身上都包含着尖锐复杂的矛盾，这不仅表现在言语和行动上，还表现在情感上，这种情感上变幻莫测的矛盾特别让我苦恼。更让人恼火的是，这种矛盾也在我身上激烈地冲突着。我对很多东西都感兴趣，或者是女人和书籍，或者是工人和快乐的大学生，但都没在任何方面有所成就，既没有融入"这些人"的生活，也没有融入"那些人"的生活，只是转来转去，仿佛一只陀螺，被一只看不见的巨手拿着无形的鞭子，猛烈地抽打着。

得到雅科夫·沙波什尼科夫住院的消息后，我便去探望他。可是到了医院，看到一个歪嘴的胖女人，戴着眼镜，头上扎一块白头巾，头巾下耷拉着两只红得像煮过的耳朵，她漠然地说道：

"他死啦。"

她见我仍然愣在她面前，不走开，便发火地叫起来：

"喂！你还想干什么？"

我也火了，骂道：

"你是个白痴！"

"尼古拉！快撵走他！"

尼古拉正用碎布条擦着一根铜棒，他大喝一声，顺手就拿铜棒打上了我的脊背。于是我冲上去抱住他，拖到外面，丢进医院台阶旁的水洼里。他似乎倒不以为然，瞪着眼瞅我，干巴巴地坐了一会儿，便站起来冲我说：

"你，就是条狗！"

我来到杰尔查文公园，坐在诗人纪念像旁的一条长凳上，有股强烈的冲动想要去惹是生非一番，好引得大群的人冲我围过来，我也好趁机揍他们一顿。遗憾的是，尽管今天是节日，公园仍然空荡荡的，见不着人影，只有秋风卷扫着落叶，路灯柱子上的广告纸发出沙沙的声响。

黄昏来临，公园上空的湛蓝天空渐渐阴暗下来，风也更凉了。我注视着面前高大的诗人青铜像,心想:孤独的雅科夫活在世上时,为摧毁上帝而费尽心血,如今就这样平平凡凡地死去了。平平凡凡地死去,这真令人心酸,也令人不平。

"尼古拉这个白痴,他该跟我打上一架,或者去叫警察把我抓进警察局也好……"

我去了鲁布佐夫家,他正坐在屋子里的桌子旁,借一盏小灯微弱的光亮缝补短衫。

"雅科夫死了!"

老头儿举起拿着针线的手,似乎是想画十字,可是被什么东西给缠住了,没能划成,他低声骂道:"妈的!"

随即便絮叨起来:

"这么说吧,我们都是要死的。命中注定!老弟,他倒是已经死了,可这里有个独身的铜匠,也快完蛋了,就在上个星期天,被宪兵给逮去了。古里介绍我们俩认识的。一个聪明的铜匠!跟大学生有些瓜葛。你听说了吗?大学生在闹学潮,那是真的吗?噢!你来帮我缝这件短衫吧!人老了,眼睛不好使了……"

他把破衣服和针线递给我,自己背起双手,在小屋里来回踱着步子,一面咳嗽,一面继续说道:

"这里,或者那里,火星才刚露出点头,魔鬼就把它扑灭了,然后又重归窒息的黑暗!这是个不幸的城市。趁着伏尔加河还没冰封,轮船尚能通行的时候,我还是赶紧离开吧。"

他收住步子,挠着头皮自言自语:

"可我还能上哪儿去呢?哪儿都去过了呀。是啊,走遍了各地,都只是白白累了自个儿。"

他吐了一口唾沫,又说道:

"呸!这就是生活?该死!活呀,活呀,可是无论肉体还是心灵都一无所得……"

他在门后一言不发地站着,仿佛在倾听什么,然后几步跨到我跟前,在桌旁坐下:

"我的列克谢·马克西莫维奇,我来告诉你,雅科夫费尽心机地去摧毁上帝,那完全是有劳无功!无论是上帝还是沙皇,都不会因为受到我们的背弃而变好,因此,更有效的途径是让人们知道愤恨自己,把自己眼前的卑贱生活砸碎,只有如此!唉,我老了,赶不上啦,眼睛也快看不见啦,真让人痛苦!老弟!缝好了吗?谢谢……咱们上小饭馆去,喝喝茶……"

去小饭馆的路上,他扶着我的肩,在黑夜里磕磕绊绊地走着,还一面嘀咕:"记住我的话,人们的忍耐已到极限了,总有一天会爆发的,把这一切都砸得稀烂!人们再也不能忍耐了……"

我们在到小饭馆之前,遇上一群水手正在围攻妓院,阿拉富佐夫纺织厂的工人们则护在妓院门前。

"一到节假日,这儿就会有人打架!"鲁布佐夫不无赞叹地说道。他从妓院门口的守卫者中认出了自己以前的同伴,便摘下眼镜,也加入了战斗,还一面煽动地大喊道:

"工人!坚持住!掐死这些癞蛤蟆!干掉这些小鳟鱼!咿——啊哈!"真令人惊讶,也令人好笑,这个聪明的老头竟然如此狂热、机敏,他冲进运输舰水兵的人群,顶着他们的拳头,用肩膀把水兵撞得仰面朝天。他们看起来毫无恶意,一味欢畅地扭打,只是为了显示自己的勇气和力量。黑压压的一大群人朝门口拥上来,工人们被推挤到大门板上,压得门板咯吱咯吱直响,人群中传出狂热的叫喊:

"打那个秃头军官!"

有两个人爬上了屋顶,有节奏地欢快地唱道:

"我们不是窃贼,也不是骗子,

更不是打劫的强盗,

我们是船上的小伙子,

我们来捕鱼!"

警笛声响了起来,制服的铜扣子在黑暗中闪现,靴子把泥水踏得咖咖作响。屋顶上又传来了歌声:

我们的网儿撒向两岸干涸的土地,

撒向店铺、货栈和粮仓……

"住手! 不许打倒下的人……"

"老爷子! 留点儿神!"

后来,鲁布佐夫、我和另外五个人——有敌人也有朋友——被逮住送往警察分局去了。秋夜深沉而宁静,一阵活泼的歌声为我们送行:

嘿,我们捕得狗鱼四十尾,

正好缝件鱼皮衣!

"伏尔加河上的人们多好啊!"鲁布佐夫赞叹道,他不住地擤鼻涕、吐唾沫,悄悄对我说:"快逃吧! 瞅准机会就跑! 你何苦要往警察局里钻呢?"

我撒腿跑进了一个小胡同,还有一个高个子水手也跟着我跑,越过一道又一道矮墙。可是自从那一夜之后,我就再没见到这个可爱的聪明人——尼基塔·鲁布佐夫。

我身旁越来越显得空荡荡的了。大学生们开始闹学潮了,但我并不理解其意义,也不理解其动机。我只看到欢快的奔忙,却并不觉得这里面会有什么悲剧。为了获取上大学的幸福,我甘愿忍受折磨。假如有人向我提议:"去吧,去学习,不过为此我们每个星期天都要在尼古拉耶夫广场用棍子打你一顿!"即便是这种条件,我大概也会接受。

一天,我来到谢苗诺夫的面包坊,听说面包工人们准备去大学殴打大学生。

"咱们拿秤砣打!"面包工人兴奋而凶恶地说。

我跟他们争吵起来,但是令我吃惊的是,我竟然感到无意、也无话来为大学生辩护。

记得我从地下室走出来时,就像被别人打伤了似的,被一种难以抑制、令人窒息的忧愁占据了心头。

晚上,我坐在卡班河岸边,一面向黑暗的河水扔着小石头,一面反反复复地想:

"我该怎么办?"

为了摆脱苦闷,我开始学习小提琴,每天晚上都在店铺里拉琴,搅得值夜勤的人和老鼠都不得安生。我很喜爱音乐,以狂热的劲头来学习。谁知有一天,那位从戏院乐队请来的教师,在上课时竟然趁我有事外出之机,偷偷打开了我那没上锁的收款箱。我返回时,他正在往几个鼓鼓囊囊的衣兜里塞钱。他一见我进了门,便把脖子一伸,转过剃得干干净净的阴郁的脸,低声说道:

"哎,你打吧!"

他的双唇不住颤抖,两行泪水从浅色的眼睛里夺眶而出,泪珠很大很大。

我真想揍揍这个琴师,可是为避免做出这样的事,我在地板上坐了下来,把

双拳压到腿下,命令他把钱放回去。他把几个衣兜都掏空,走了,可又在门口停住,用白痴似地响亮异常的声音说道:

"给我十个卢布吧!"

我给了他钱,学小提琴的事就这么结束了。

这年十二月,我决定自杀。对于这原因,我在短篇小说《马卡尔生活中的事变》里曾试图加以描写。可惜并不成功——小说显得拙劣、可憎,没有内在的真实。我觉得那篇小说的价值也正在于这一点:没有内在的真实性。故事是真实的,可是讲述故事的好像并不是我,故事里的人物也好像不是我自己。要是先把文学价值抛开不谈,我觉得其中还是有令我满意之处:我似乎已经能把握自己了。我从市场上买来一把军鼓手用的旧手枪,里面装着四颗子弹。我朝自己的胸膛开了一枪,本想打中心脏,但却只打穿了一片肺叶,一个月后,我觉得自己蠢到了无以复加的地步,怀着羞愧的心情,又回到面包坊开始工作了。

可是不久。三月末的一天夜里,我从面包坊到店面里去时,在女店员的房间里遇见了霍霍尔,他坐在窗前的椅子上,点着一支很粗的烟卷陷入沉思,目光注视着腾起的烟雾。

"您有时间吗?"他直截了当地问我。

"二十分钟吧。"

"坐下来吧,我们谈谈。"

他还跟往常一样,裹着一件紧身的"皮革"哥萨克上衣,蓬松的淡黄胡须垂到宽阔的胸膛前,倔强的脑门上直竖着短短的硬头发,脚上是一双庄稼汉的笨重靴子,散发着浓烈的胶臭味儿。

"喂,"他的声音很轻,从容地说道,"您愿不愿意上我那儿去? 我住在红景村,从这儿沿伏尔加河往下走上四十五俄里就到了。我在那里开了间店铺,您来帮我经管一下,这并不会花您太多时间。我有一些好书,我还可以帮助您学习,您看这样成吗?"

"行吧。"

"那请您星期五早晨六点来库尔巴托夫码头,打听打听从红景村来的舢板船,船主名叫瓦西里·潘科夫。不过,我会在那里等你的,会看见您的,再见啦!"

他站起身,把一只大手朝我伸过来,而用另一只手从怀里掏出一只笨重的银壳凸面怀表,对我说道:

"我的谈话费时六分钟!嗯,我的名字叫米哈伊洛·安东诺夫,姓罗马斯。就这样吧。"

他头也不回地迈开大步,拖着他那武士般魁伟的身体轻松地走了。

两天之后,我就乘船前往红景村。

伏尔加河刚刚解冻,一块块灰色易碎的冰块漂浮翻滚在浑浊的水面上,顺流而下。舢板船穿过去时,船舷与冰块擦撞,发出咔嚓咔嚓的声响。冰块被撞成尖细的冰晶四散飞溅。从上游吹来的风嬉戏着将浪花吹到河岸,阳光明亮得刺眼,一道道明亮的日光从淡蓝色玻璃般的冰块上反射而出。舢板船满载着木桶、布袋和箱子,扬帆乘风而行。一个名叫潘科夫的年轻庄稼汉掌着舵,穿着讲究,熟皮上衣的胸前用彩线绣着花纹。

他神色安详,目光冷静,沉默寡言,看上去并不像个庄稼汉。潘科夫的雇工库库什金手里拿着长篙,劈开腿站在船头。他是个蓬头乱发的庄稼汉,穿一件破旧的粗呢外套,腰间用一根绳子束起来,戴着一顶皱巴巴的神父帽,脸上满是青紫的伤痕。他用长篙拨开冰块,轻蔑地骂道:

"滚开……往哪儿钻……"

我和罗马斯并肩坐在船帆下的箱子上,他低声对我说:

"庄稼人并不欢迎我,尤其是那些富农!您去那儿,也会遭到排斥的。"

库库什金把长篙放在脚下,转过满是伤痕的脸,兴冲冲地说道:

"尤其是你,安东内奇,最不讨神父喜欢啦!"

"这倒是事实。"潘科夫证实道。

"在他这条麻子狗眼里,你就像是卡着他喉咙的一块骨头!"

"不过我也有不少朋友,将来你也会有,"我听霍霍尔说道。

天气依然寒冷,三月的阳光尚不够温暖。光秃秃的黑色树枝在河岸上摇来摇去,在一条条沟道里或岩石岸的灌木丛林脚下,还残留着一片片天鹅绒般的积雪。冰块在河面上四处漂浮,宛如一群蠕动的白羊。我觉得自己像是置身于梦境。库库什金一面装着烟斗,一面议论道:

"即便你不是神父的老婆,但他既然干了神父这一行,就该照《圣经》的训诫,去爱任何人。"

"谁把你打成这样的?"罗马斯笑着问。

"这个呀,谁知道是些什么混账东西,大概是那些无赖吧,"库库什金轻蔑地说,接着又自得地吹嘘起来:"不,有一回我被九个炮兵围着打,打得可真够厉害的!我都纳闷,居然能活下来。"

"他们为什么打你呢?"潘科夫问道。

"你是说昨天,还是说炮手那次?"

"嗯,昨天又是为什么呀?"

"他们打我,这能弄得清为什么吗?在我们这儿,大家就跟山羊一样,有点儿什么事端,便会相互顶起来!人们视打架为家常便饭。"

"我看呀,"罗马斯说道,"就因为你说东说西人家才打你,你从不留意自己说些什么……"

"可能如此!我生性好奇,喜欢打听来打听去的。一听说什么新鲜事儿,我就兴高采烈。"

船头猛地撞上了冰块,船舷摩擦出"嚓嚓"的巨响。库库什金晃了晃身子,一把抓起长篙。潘科夫责怪道:

"留心看着船,斯捷潘!"

"你们别再跟我说话啦!"库库什金拨开冰块,同时在嘴里嘀咕着:"又要干活,又要说话,我可没法这样一心二用……"

他们带着逗趣的意味争论起来,罗马斯却对我说:

"这儿的土地不及我们乌克兰,可是人却比乌克兰的好,个个都很能干!"我留意着他的话,并且完全相信。我很喜欢他从容自如的态度以及简洁、流畅的话语。我觉得他懂得很多,而且有自己的待人准则。令我尤其高兴的是,他没有问我自杀的原因。换别的任何人，要是处在他的位置，可能早就问了。我非常反感这个问题，这令我难以回答。天知道我究竟为什么会去自杀，假如霍霍尔问我的话，我只会做出傻里傻气的回答。反正我实在不愿再去想起这事。在伏尔加河上是多么美好，多么逍遥自在，多么心情舒畅呀！

舢板船靠着右岸行驶，左边的河面一下子宽阔起来，河水漫上了长着青草的沙岸。眼看着水涨起来，一层层浪花拍打着沿岸的灌木丛，一股股清冽的春水在浅沟和地面的裂缝中潺潺流淌，汇入汤汤河水。太阳明媚灿烂，几只黄嘴鸦在阳光下闪着乌钢般的羽毛，咶咶地叫着，为着新巢忙来忙去。向阳的地方，一片片绿茸茸的嫩草已经钻出了土地。人身上虽然还有些凉意，但在心头，却洋溢着欣欣喜悦，生长着希望的幼苗。这春天的大地，实在令人陶醉！

快到中午时，我们抵达了红景村。一座蓝顶教堂矗立在陡峭的高山上。从教堂沿山坡而下，则是一座又一座漂亮坚固的木头房子。黄色的木屋顶和锦缎般的草屋顶亮着闪闪的光，显得质朴而美丽。

这个村子我曾从轮船上看见过许多次，但是欣赏过去欣赏过来从未厌倦。

我和库库什金开始把舢板船上的货物卸上岸，罗马斯一面从船上递货袋，一面对我说：

"你还挺有劲儿的！"

随后，他眼不看我问道：

"胸口还疼吗？"

"一点儿也不。"

我对他这委婉关切的问话非常感动，因为我实在不愿让自杀这件事被农民们知道。

"你力气大，简直大得有些过头，"库库什金耍起贫嘴，"小伙子，你是哪个省的？下戈罗德？人家笑你们靠河水吃饭。还有那句'嘿，留神鸥鸟今天从哪儿飞'这也说的是你们。"

沿着山坡下来了一个高高瘦瘦的庄稼汉，长着一头浓密的棕红头发，一把鬈胡须，只穿衬衫、衬裤，赤脚踏着泥泞，涉过一条条银光闪闪的小溪，踉踉跄跄地大步走了过来。

他来到岸边,友好地大声说道:

"欢迎你们。"

他四下看看,弯腰拾起两根粗竿子,把它们的一端搭上船舷,自己轻巧地跳上船,指挥我们道:

"用脚踩住竿子的一头,别叫它滑开,再用手接住桶。小伙子,过来帮一把。"

他长得挺英俊,似乎也挺有力气的样子。脸膛红润、鼻梁高挺,一双蓝眼睛闪着机智的光芒。

"伊佐特!可别感冒了!"罗马斯说。

"我吗?没事儿。"

我们把煤油桶滚上了岸,伊佐特打量着我问道:

"你是店员吗?"

"你跟他打一架看看。"库库什金提议道。

"你的脸又被打得挂花啦?"

"那有什么法子?"

"被谁打的?"

"不就那些打人的家伙吗……"

"你呀,唉!"伊佐特说着,叹息一声,又转过来对罗马斯说,"马车很快就下来。我打老远就看见你们划过来啦,划得真不错。安东内奇,你先走,这有我盯着就成。"

看得出,这人对罗马斯很友好,也很亲切,就像他的保护人一样,尽管罗马斯的年纪比这个伊佐特大上十来岁。

半小时后,我就坐在了一幢新木屋的干净舒适的房间里,空中还弥漫着松香和木屑的气息。一个目光犀利的女人正利索地布置着桌子,准备开饭。霍霍尔从手提箱里取出几本书,插进炉边的书架。

"你的房间在阁楼上。"他说。

从阁楼的窗子望出去,可以看见村子的一半,正对面是一条山沟,沟里的灌木林间一排澡堂式的屋顶隐约可见。山沟后面是一片果林和黝黑的田野,连绵起伏地伸向高岭上幽青的森林,直到遥远的天际。一个身穿蓝色衣服的庄稼人坐在一座澡堂式的屋脊上,一手拿着斧头,另一只手遮在额前,向下面的伏尔加河眺望。马车吱吱作响,牛儿累得哞哞直叫,溪流哗啦啦地淌过。一个一袭黑衣的老太婆从一间木屋里走出来,又回身冲着门里面狠狠地说:

"你们这些该死的!"

两个调皮的男孩儿,正起劲儿地用石块和泥土筑坝堵住溪流,听见老太婆的声音,便撒腿跑开了。老太婆从地上捡起一块木片,吐上一口唾沫,又把它扔进小溪。随后,她用那只穿着男式靴子的脚捣毁了孩子们的工程,又朝伏尔加河走去了。

"我在这儿的生活会是什么样呢?"

他们唤我下去吃饭了。阁楼下,伊佐特直伸着两条红脚底的长腿坐在桌旁,正说着什么,可是一看见我便住了口。

"你怎么啦?"罗马斯皱起眉头问道,"接着往下讲呀。"

"没什么好说的了,全都说完了。大伙儿已经决定:得自个儿来对付。你出门要带上手枪,或者粗点的棍子也成。当着巴里诺夫的面儿说话得留点神,他跟库库什金一样,嘴巴快得跟女人似的。小伙子,对钓鱼有兴趣吗?"

"不太有。"

罗马斯又谈起,必须把农民的小果园主组织起来,让他们摆脱收购商的操纵。伊佐特仔细听了他们谈话后说道:

"这些地头蛇决不会让你过安稳日子!"

"咱们走着瞧吧。"

"对,就这样吧。"

"这样的农民大概就是卡罗宁和兹拉托夫拉茨基短篇小说所依据的原型……"

难道现在的我已经加入那重大的活动,就要跟那些从事真正事业的人一起工作了吗？

吃过饭后，伊佐特说：

"安东诺夫，你别着急，好事不能一蹴而就，要循序渐进！"

他离开后，罗马斯又沉思着说：

"这个人很聪明，也很踏实。遗憾的是没有什么文化，读起书来很费劲，但他仍然顽强地学习。您在这上面要多帮帮他！"

他让我熟悉店里各种商品的价格，一直忙活到晚上。他对我说道：

"我们货物卖得比村里另两个杂货铺要便宜，这惹得他们很恼火。他们造谣中伤我，还打算狠狠揍我。我住在这里并不是为了寻取快乐，也不是做买卖赚钱，或者其他什么原因。就是说，我的目的跟你们的面包店一样……"

我告诉他，我早已想到了这一点。

"是呀……应该教育人们明白事理——对吧？"

店铺已经关了门，我们拿着灯在店里走来走去。门外的街上也传来踩在泥水里啪嗒啪嗒的脚步声，这脚步还不时悄悄地踏上台阶。

"听见了吗？有人在走！这是米贡，一个穷鬼，一只凶恶的野兽，老爱干坏事，就像漂亮姑娘爱卖弄风骚一样，你跟他说话得提防着点儿，反正对谁都得提防着点儿……"

然后，他回到卧室，点燃烟斗，把宽阔的脊背靠上炉炕，眯起眼睛，让一缕缕烟雾从胡须间穿过。他不慌不忙地斟词酌句，组成简洁清楚的话语，他说他早已发现我是在白白地耗费青春年华。

"您很有才能，性格顽强，而且显然胸怀美好的理想。您应当好好学习，但不是以这种死啃书本、与人隔绝的方式。有个什么教派的老头说得好：'任何教导都来自人。'人们的教导也许比看书要痛苦些，因为他们常常很粗暴，但是他们的教导会给你更深刻的记忆。"

他又说了些我所熟悉的关于首先要唤醒农民之类的话，只是从这些熟悉的词句里，我体会出了更深入、更新鲜的东西。

"你们那儿的大学生整天在对人民的爱这种问题上纠缠不清，对此，我要跟他们说:不能爱人民,所谓爱人民不过是句空话……"他的大胡子底下露出一丝微笑,用眼光探究着我,然后又在屋里踱起步子,满怀热情地接着说了下去:

"爱,就意味着赞同、迁就,不责难,多宽容。对待女人才需要这样!而对人民,难道能对他们的愚昧不加以指责吗?能够对他们误入歧途的思想加以赞同吗?能够对他们的可耻行径加以迁就吗?能够对他们的粗暴残酷加以宽容吗?不能吧?"

"不能。"

"您看!在你们那儿,大家都在阅读和歌唱涅克拉索夫的诗,但是,您得明白,单单抱着涅克拉索夫不放是没有意义的。应该教导农民:'老弟,你这人其实很不错,可是你的日子却过得糟透了,你没去想法让你的生活变得更轻松、更美好。野兽可能都比你更会照顾、保护自己。像你这样的农民也能成为各式各样的人才,贵族、神父、学者、沙皇,这些人以前也都是农民呀。懂了吗?明白吗?对,你得学会生活,别再受别人的欺侮……'"

他进了厨房,让厨娘生火泡茶,然后又带我看看他的藏书,那些书几乎全是科学类的:有巴克尔、莱伊尔、哈特波尔·勒启、拉布克、泰罗、穆勒·斯宾塞、达尔文等人的著作,俄国的有皮萨洛夫·杜勃罗留波夫、车尔尼雪夫斯基、普希金、冈察洛夫的《战舰帕拉达号》和涅克拉索夫的作品。

他用宽大的手掌亲切地摩挲着这些书,仿佛在抚摸一只小猫,带着爱怜的声调喃喃道:

"都是些好书!这本尤其珍贵,是禁书。您如果想知道国家是什么,就读读这本吧!"

他把一本霍布斯的《巨灵》递给我。

"这本谈的也是国家问题,不过读起来比较容易,很有趣!"

这本有趣的书就是马基雅弗利的《君主论》。

喝茶时,他三言两语地谈了谈他的身世。他出生在切尔尼戈夫省的一个铁匠家庭,曾在基辅车站作列车加油工,在那里结识了一些革命者。他因组织工人自学小组而被捕,被判入狱四年,后来又被充军发配到雅库特,过了十年的流放生活。

"那时,我跟雅库特人同住在一个乡,心里已经绝望了。要知道,那儿的冬天可真他妈的冷,把人的脑子都冻木了。不过脑子在那种地方原本就没什么用。可是后来我不时地看见一个又一个的俄罗斯人,虽然并没能遇上多少,但总算是有俄罗斯人了!仿佛是担心在那儿的俄罗斯人太寂寞,便时而加送一些新的。他们都是些好人。有一个叫弗拉基米尔·柯罗连科的大学生,现在也回来了。我跟他相当要好地相处了一段时间,后来便各奔东西了。我俩在许多地方非常相似,但是相似并不意味着能够建立友谊。他是个既顽强又认真的人,而且多才多艺,甚至会画圣母像——我很不喜欢这种东西。据说他现在在为杂志写稿了,还写得挺不错。"

他谈了很长时间,一直到半夜。看样子,他是想一下子就把我变成与他志同道合的人。我还是头一次感觉到如此真诚热烈的友情。自从自杀那事儿以后,我就变得非常自卑,总觉得自己实在微不足道,仿佛对人犯下了什么罪孽,没有继续生活下去的信心。罗马斯一定很了解我这种心情,因而仁慈而率直地把他的生活向我敞开,使我重新鼓起勇气。这个日子我终生难忘。

礼拜天,教堂做完了弥撒之后,我们的店铺一开门,便有一群农民陆续聚在了台阶前。马特维·巴里诺夫最先来到,这人一身脏兮兮的,蓬头垢面,两条长胳膊像猿猴一样垂着,眼睛生得很俊气,跟女人似的,目光显得悠闲自得。

"城里有什么新鲜事儿吗?"他打完招呼便问道,可没等回答,又转身朝迎面而来的库库什金喊道:

"斯捷潘!你的那群猫又吃了一只公鸡!"

随后,他又讲起省长从喀山去彼得堡觐见沙皇的事,说那是为了请求沙皇把鞑靼人全迁到高加索和土耳克斯坦。他对省长大加赞赏:

"聪明人!知道该办什么事……"

"这都是你自己胡编的。"罗马斯心平气和地责怪他道。

"我?什么时候?"

"不知道……"

"安东内奇！你对别人怎么这么不信任呢？"巴里诺夫遗憾地摇摇头，略带责备地说道，"不过，那些鞑靼人也挺让人同情的，他们哪能习惯在高加索生活呀？"

这时一个穿着别人的破旧哥萨克式外衣的瘦小家伙，轻手轻脚地走了过来。他那发青的面孔异样地抽搐着，黑黑的嘴唇咧出病态的微笑，他的左眼总眨巴个不停，但目光却很犀利，眼睛上方的花白眉毛被一道道伤痕截成数段，不住地颤动着。

"向米贡先生致敬！"巴里诺夫调笑道，"昨晚你又偷到什么啦？"

"偷了你的钱。"米贡用又亮又高的声音回答道，同时向罗马斯脱帽致意。

我们店铺的房主，也是我们的邻居潘科夫，从院子里走了出来。他身穿一件制服上衣，系着一条红围巾，脚上是一双胶皮套鞋，胸前挂着一条长长的马缰绳似的银链子。他用气愤的眼光注视着米贡：

"老魔鬼！你敢再爬进我的菜园，我就拿棍子打断你的腿！"

"还是老一套！"米贡不以为然地说，又叹息一声，补充道，"你不打人，日子怎能过得下去啊？"

潘科夫接着骂他，他却又辩白起来：

"我也不算老吧？才刚四十六岁……"

"可去年圣诞节时，你就五十三啦。"巴里诺夫突然叫嚷起来，"你自己说过是五十三岁的！为什么要说谎？"

又来了一个派头十足的大胡子老头儿苏斯洛夫和渔夫伊佐特。这样就聚起了十来个人。霍霍尔坐在店铺的门廊下，一面吸烟斗，一面听着农民的谈话，自己一言不发；农民们则或者在门廊下的台阶上，或者在门西侧的长凳上，这么到处散坐着。

这天天气清冷，但灿烂多姿。在寒冬的蔚蓝天空中，一朵朵白云轻快地飘动着，阳光和云影在溪水和水洼上摇曳不定，忽而光亮耀眼，忽而又像天鹅绒一般柔和，令人惬意。几个花枝招展的姑娘，像一只只孔雀，穿过这条街道走向伏尔加河。姑娘们跳过水洼的时候，提起裙子的下摆，露出了铁一般笨重的皮靴。

小孩子们扛着长长的鱼竿也从这里跑了过去。一些壮实的庄稼汉路过时,斜起眼望望我们这一堆人,默默地掀一掀便帽或宽边毡帽致个意。

米贡跟库库什金平心静气地讨论着一个难题:究竟什么人更凶恶——是商人,还是贵族地主?库库什金认为是商人,米贡则认为是地主。米贡又高又亮的声音盖过了库库什金不连贯的话语。

"有一天,芬格罗夫先生的爸爸揪住了拿破仑的胡子。芬格罗夫先生过来紧抓住他俩脖子后的羊皮领子,两手一分,把他们拉开,紧接着又让他俩的脑门对脑门,使劲咯咚一碰,这下好了!俩人都倒在地下不动弹了。"

"要是给你来那么一下子,你也会倒下去!"库库什金赞同道,随即又添上一句:"哼,不过商人比贵族地主吃得更多……"

气宇轩昂的苏斯洛夫,坐在门廊下最高的一级台阶上,诉苦道:

"米哈伊洛·安东诺夫!土地在农民脚下是越来越摇摆不定啦。以前还有地主老爷,谁都偷不了懒,每人都有指派的活儿得干……"

"那你递上一份请愿书,要求恢复农奴制吧!"伊佐特这样回答。罗马斯看了他一眼,并没吱声,把烟斗在台阶栏杆上磕了磕。

我一心想等到罗马斯开口,一边留意着农民们零零碎碎的谈话,一边想象着罗马斯会说些什么。我觉得他已经让好多插话的好机会白白溜走了。可他还是那样无动于衷地坐着,跟个木偶似的一动不动,只注视着风把小洼的水面吹起褶皱,把天空的彩云吹聚成黑压压的乌云。伏尔加河上,轮船发出呜呜的鸣叫,姑娘们清脆的歌声在手风琴的伴奏声中,也从下面的河岸飘来。一个醉汉沿着街道走向河岸,一路又打嗝又打呼噜,两只手臂挥来舞去,脚下高一步低一步的,不时摔倒在水洼里。农民们的谈话渐渐放慢了速度,透露出一种郁闷消沉的气息,我也感到了一丝苦闷——寒冷的天空预示着一场大雨,我又回想起了城市里无休无止的喧嚣的各种声响,街道上匆匆忙忙的人们,他们的机智言谈和丰富动人的话语。

晚上喝茶时,我问霍霍尔,他什么时候才去和农民谈话。

"谈什么?"

"噢，"他认真地听完了我的话后，说道，"您得明白，要是我跟他们谈这种话题，还在大街上谈，那别人就会把我抓起来，再流放到雅库特去……"

他填满烟斗，把它点着，随即陷入了一片烟雾的笼罩之中。他开始平静地谈起农民是如何胆怯而多疑，他们对自己感到恐惧，对邻居感到恐惧，更对异乡人感到恐惧。自由降临到他们身上才不过三十年，每一个四十岁以上的农民，出生时就是奴隶，他们对此记忆犹新，很难理解什么是自由。他们的想法很简单，自由不就是自己想怎么过就怎么过吗？可是当官的随处可见，当官的会干涉生活。沙皇让农民摆脱了地主，所以沙皇就成了农民现在唯一的主人。你如果问他什么是自由？他们会说，沙皇到时候会解释什么是自由的！农民完全信任沙皇，认为他是全国土地和财富的唯一主人。他既然能从地主手里释放农民，自然也能从商人手里夺走轮船和商店。农民们拥护沙皇，他们只觉得老爷太多了不好，最好是只有一个老爷。他们盼望着那一天，盼望着沙皇向大家解释自由的意义，到那时自己获得自己的那一份儿。大家就这么盼着这一天的到来，活得畏首畏尾，诚惶诚恐，生怕错过了这社会大分配的一天。而他们也暗自担心，能够多拿就多拿一些，可是用什么方法拿呢？大家都眼巴巴地盯着同一样东西。何况，还有遍地的当官的，他们敌视农民，甚至还敌视沙皇。可是这些当官的又缺不得，否则人们便会你争我夺，相互打斗起来。

狂风呼啸，卷起大滴大滴的春雨砸到玻璃窗上。街上弥漫着灰蒙蒙的雾气；我的心里也是灰蒙蒙的，夹杂着一丝愁闷。罗马斯沉思着，用平静的语调小声说：

"要把农民唤醒，让他们慢慢学会把政权从沙皇那儿夺到自己手中，要让他们明白，人民应该有这样的权力：从人民自己中间选举长官——警察局局长、省长直至沙皇……"

"这需要一百年！"

"您想在三一节之前就功德圆满吗？"霍霍尔严肃地问道。

晚上，他外出去了什么地方。十一点钟左右，我听见从大街上传来一声枪响，似乎就在附近。我冒雨跑出门外，看见米哈伊尔·安东诺维奇高大漆黑的身影正朝店铺走来,他走得从容不迫,小心地避开街上的积水。

"你干吗出来？是我打了一枪……"

"朝谁打的？"

"有几个人拿着削尖的棍子向我冲了过来,我叫:"站住,要不我开枪啦!"他们不理睬。于是我朝天开了一枪——天是不会打坏的……"

他脱去外衣,站在门廊下,用手拧拧湿漉漉的胡须,像马一样地喷着粗气。

"这双该死的靴子,都破了!得换一双了。你会擦枪吗？请帮我擦擦,要不会生锈,用点汽油擦……"

他神色自如,两只灰色的眼睛流露着镇定刚强的目光,这实在令我钦佩,在卧室里,他一面对着镜子梳理胡须,一面提醒我道:

"您在村子里活动得留点儿神,特别是节假日的晚上,他们多半想揍你一顿。但是出门时别带棍子,这只会让那些好斗的家伙更恼火,而且还会让他认为你害怕了。不要害怕!那些人其实都很胆小……"

刚开始时我还过得不错,每天都有些新鲜而有意义的事。我一头扎进了那些自然科学的书籍之中。罗马斯指导我说:

"马克西莫维奇,您最好先了解这些,这些科学包含了人类最出色的智慧。"

伊佐特每周来三个晚上,我教他识字。起初他并不信任我,常常带着点儿冷笑的神情,但在我给他上了几课之后,他便对我亲切起来:

"你讲得不错!小伙子,你会成为一个合格的老师的……"

他随即又提议道:

"看起来你挺有气力,那好吧,我俩拔棍子比比。"

我们从厨房找来一根棍子,坐在地板上,膝盖顶住膝盖,尽力要把对方从地板上拉起来,僵持了很长时间,霍霍尔却在一旁笑嘻嘻地鼓着劲儿:

"啊,呀？使劲儿!"

最后,伊佐特把我拉了起来,这倒似乎使他更喜欢我了。

"没关系;你非常棒!"他安慰道,"遗憾的是你对钓鱼不感兴趣,要不我俩一块到伏尔加河去,夜晚的伏尔加河简直就像天堂!"

他学得很用功,进步神速,这令他自己都感到惊喜。有一天上课时,他突然站起来,从书架上抽出一本书,高挑着眉毛,费劲地读完了两三行,他涨红着脸望望我,又惊又喜地说道:

"我能读啦! 真他妈的!"

于是他又闭上眼睛,嘴里复诵着:

> 恰似母亲在儿子墓前哭泣,
>
> 鹬鸟在凄凉的荒原上啼鸣……

"看见了吗?"

他曾小心翼翼地问过我好几次。

"老弟! 跟我说说,这是怎么回事儿? 人看着这些一行行的东西,就说出了一句句话。我也懂这些话,就是咱们自己的话呀! 可是我是怎么做到的呢? 没有谁偷偷跟我说过呀。要是是一张图画,那倒容易明白。可在这儿,似乎人的思想都被印在纸上啦,这是怎么回事?"

我能怎样回答呢? 我曾说过"不知道",但这却令这个人烦恼不已。

"这是魔法!"他说,一面惊叹着,在灯光下把那些书页仔细地反复观看。

他有一种孩子般毫无矫饰的天真,令人为之喜悦,为之感动。我看着他,觉得他越来越像书本里描写的那种可爱农民。他同所有渔夫一样,富有诗意,喜欢伏尔加河,喜欢宁静的夜晚,喜欢独自一人,喜欢漠然观察生活。

他望着天空的星星,问我道:

"霍霍尔说,那上面也许住着跟我们一样的生灵,你认为呢? 这是真的吗? 最好给他们传个信号,问问看他们的生活是什么样的。没准儿,比我们更好,更加快乐……"

实际上,他对自己的生活相当满意。他原是个孤儿,没有一块田地,完全投身在自己所喜爱的宁静的渔人生活之中,不依赖任何人。但他对农民却抱着敌

视的态度,还提醒我说:

"别被他们亲切温和的外表迷惑,这些狡猾的家伙,虚伪的家伙,你可别相信他们!他们今天对你好,可明天就说不准成什么样了。他们的心目中只有自己,而视公共事业为苦役。"

他原是个心肠很软的人,但一说起村里的"吸血鬼",却怀着异常的仇恨。

"他们为什么会比别人富有呢?原因就在于他们更聪明。你小子如果还算聪明的话就记住:农民们必须团结在一起,同心协力,那样才会有力量!可是他们把村子弄得支离破碎,就像一堆被劈裂的柴火。他们就是这样干的!自己害了自己。真是一帮作恶的家伙。你看看,霍霍尔已经被他们拖得精疲力竭了……"

他英俊,身体壮实,很招女人们喜欢,但也为她们受了不少折磨。

"说实话,在这方面我是被女人惯坏了,"他诚心诚意地忏悔道:"这对那些丈夫来说是种侮辱。我要是处在他们的位置,也一定会火冒三丈。可是你又不能不怜悯女人,她们是你的另一条生命。她们的生活没有欢乐,没有体贴,像牛马一样操劳,除此之外便一无所有。丈夫们没空去爱她们,而我却是个自由自在的人。许多女人结婚一年后便吃起丈夫的拳头来。不错,在这事儿上我也有错,我跟她们胡来。我只想做到一点:女人们,你们只要不相互争风吃醋,我便会给你们大家带来欢乐。不要相互嫉妒,我对你们平等相待,你们都值得我怜悯……"

他有些不好意思地从胡须后面笑了笑,又说道:

"我差点勾搭上一位有钱的太太。那天,她从城里来到乡下的别墅。她长得很美,白皙的皮肤,跟牛奶似的,头发是亚麻色的,淡蓝的眼睛透着善良的目光。我卖给她鱼时,一个劲儿地盯着她瞧。'你想干吗?'她问。'您心里清楚。'我说。'那么,好吧。'她说,'我晚上去找你,等着我!'她果真来了。但是蚊虫却搅得她心烦意乱,咬得她够受,结果我们什么事都没干。她说:'受不了啦,咬得太厉害!'她都快要哭出来了。几天后,她的丈夫就到了,是个审判官什么的。你看,这些太太们就是这样,"他用悲哀而带着责备的口吻结束道,"蚊虫也能干扰到她们的生活……"

伊佐特对库库什金赞不绝口：

"你看库库什金，这个庄稼汉的心地真是善良！那些不喜欢他的人，也是不明是非呢！当然，他有点多嘴多舌。可是你难道能找出一匹没有斑点的马吗？"

库库什金没有田地，娶了一个酗酒无度的女仆做老婆，这个女人身材矮小，但却机敏、结实而且凶狠。库库什金把房子租给一个铁匠，自己则住进了澡堂，日间就在潘科夫那儿干活儿。他喜欢讲新鲜事儿，要是遇上没什么可讲，他便自己编些奇闻逸事，不过编来编去都是从一个模子铸出来的。

"米哈伊洛·安东诺夫，你知道吗？京科夫区的警察罢职不干，出家当修士了。他说，我可不愿再打农民啦，干得太多啦！"

霍霍尔认真地说：

"要这样的话，那所有当官的都得逃跑了。"

库库什金一面从蓬乱的棕色头发里捡出麦秸、干草和鸡毛，一面设想着说：

"不会是所有，只有那些有良心的人才会离开。他们的职业当然是很让人难受的。安东内奇，看样子你并不相信良心这东西。可是，人要是没有良心，即便他再聪明，也活不下去！你听我说，有这样一个故事……"

于是他讲起一个"非常聪明的"女地主的故事。

"以前，有个凶恶的女人，连省长大人都顾不得自己尊贵的身份而来拜访她，提醒她道：'夫人，您可得留神呀，您做的恶行都传到彼得堡去啦！'她当然用甜酒招待他，却回答道：'上帝保佑，您回去吧！我没法改变自己的性情！'三年零一个月之后，她突然把农民召集起来，说道：'我把所有的土地都分给你们，再见了！请你们宽恕我，我要……'"

"去做修女啦。"霍霍尔提示道。

库库什金盯着她，肯定说：

"是的，去当修道院院长！你听说过她的事？"

"从来没有。"

"那你为什么知道？"

"我了解你。"

这个想象家摇摇头,嘀咕着说:

"你压根儿不相信人……"

在库库什金的故事中,那些凶恶的坏蛋,一旦坏到了极点,往往便会逃得无影无踪,而且还经常被库库什金送进修道院,就像是把一堆垃圾倒进了垃圾坑。

他常会冒出一些出乎意料的古怪想法,突然紧锁眉头,宣称道:

"我们征服鞑靼人完全是徒劳,鞑靼人可比我们强!"可这时大家都在讨论组织苹果生产联合会的事,没人想什么鞑靼人。

罗马斯正谈着西伯利亚和那儿富庶的农民时,库库什金却思考着什么似的嘀咕起来:

"假如人们两三年不捕青鱼,这种鱼就可能大量繁殖,以至多得使海水涨上海岸,泛滥成灾,危害人们。这实在是一种繁殖力超常的鱼类!"

村里人都认为库库什金毫无用处,他的故事和奇思异想都让农民们大为恼火,常常惹来他们的谩骂和嘲讽,但他们时常兴致勃勃地听他讲故事,仿佛想从那些编造的故事中得出什么真理。

"撒谎大王",正经老实的人都这样称呼他,只有那个打扮讲究的科斯潘带着深意地说:

"斯捷潘是无法看透的人……"

库库什金是个能工巧匠,他既会做木桶,又会烤面包,还会养蜂以及教女人们养鸡养鸭,又做得一手出色的木匠活,尽管他做事拖泥带水,但件件事都干得挺不错。他喜欢猫,在他的澡堂里养着十来只大肥猫。他给它们喂乌鸦,又训练它们吃家禽,这就惹得村里人更加恼火。他的猫常咬死鸡仔和母鸡,女人们便想办法捉住他的猫,狠狠地打上一顿。经常能听到女主人在库库什金的澡堂周围怒气冲冲地大声叫骂,可他都对这些无动于衷:

"蠢货!猫本来就是捕猎的动物,比狗要灵活。等着瞧吧,我会训练它们捕捉鸟雀,再让它们生下几百只,再拿去卖掉,那些钱都算你们的,蠢货!"

库库什金原本识得些字,可后来全忘了。他也不愿再从头学起。他有聪明的天分,霍霍尔讲话的主旨,他比谁都领悟得快。

"是这样,是这样,"他皱着眉头说道,就像小孩子咽下了苦药,"意思就是说,伊凡雷帝对平民百姓没什么害处……"

他和伊佐特、潘科夫是我们铺子晚上的常客,而且一来就会坐到半夜,听霍霍尔讲世界的局势,讲外国的生活,讲各民族的革命故事。潘科夫对法兰西大革命最感兴趣。

"这才是真正彻底的转变呀!"他赞叹道。

潘科夫的父亲是个富农,脖子上长了一个大瘤,两只眼睛骇人地向外突出。潘科夫两年前离开了父亲,出于爱情娶了一个孤女——伊佐特的侄女。他对妻子的管束很严,但却让她照城里人一样打扮。父亲骂他太任性,每次打他的新屋前路过时都要怒气冲冲地吐上一口唾沫。潘科夫把房子租给了罗马斯,还力排众议地在旁边开了一间小店铺。这使得村里的富农们都对他怀恨在心。表面上,潘科夫对这些富农们不理不睬,可是一谈起他们,便会带着轻蔑的口吻对他们大加嘲讽。乡村的生活令他苦闷:

"我要是有门手艺,早就去城里住了……"

他身材匀称,常打扮得体体面面,保持着庄重和自尊。他很细心,也很爱犯疑心。

"你为什么要从事这种工作呢?是出于情感,还是出于理智?"他常问罗马斯这样的问题。

"依你看呢?"

"不,还是你说说吧。"

"你觉得,怎样更好呢?"

"不知道!你的想法是什么?"

霍霍尔坚守不退,最终还是逼得这个农民开了口:

"最好当然是出于理智呀!没有理智,生活就难以继续。有了理智,事情就能迎刃而解。仅仅依赖于感情,我们就会迷失了方向,我要是凭感情做事,那肯定会搞砸!我真想一把火烧掉神父的房子,好叫他少去管别人的闲事!"

村里的神父是个尖嘴猴腮的凶恶老头儿,曾经在潘科夫父子争吵时插过手,惹得潘科夫对他非常反感。

最初潘科夫待我并不友好,几乎有点敌视,甚至摆出高高在上的架势对我呼来喝去。他的态度没多久就转变了,但我还是觉得他对我心存芥蒂,说实话,我见着他心里也不舒服。

让我记忆犹新的是那几晚在一间圆木墙壁的洁净小屋里的情景。窗户被木板封得死死的,角落里的桌上点着盏灯,灯前坐着一个脑门突出,剃着光头,蓄着大胡子的人,他说:

"生活的意义,在于拉开人与野兽的距离……"

三个农民全神贯注地听着他讲,他们都是眉清目秀、头脑聪明的人。伊佐特一直毫不动弹地坐着,像是在聆听只有他自己才能听见的来自远方的声音。库库什金却不住地扭来扭去,仿佛正被蚊虫叮咬着。潘科夫则一面捋着浅黄的胡须,一面默默地思考:

"这就是说,还是得把人分成不同的阶级。"

潘科夫从不对库库什金说任何粗暴的言语,而且能认真地听这个幻想家的奇思异想,这一点很令我高兴。

谈话结束后,我回到阁楼上去,坐在敞开的窗前,眺望着沉睡中的村庄和寂寥的田野。星光穿透了浓浓的夜雾,那些星星离地面越近,就似乎离我越远。我的心被寂静紧紧地压缩着,而思想却拓展到广阔无垠的空间。我仿佛看见成千上万个村庄就和我所在的这个村庄一样,就这么默默地贴在地面上。四野寂静无声,没有一丝响动。

浑浑噩噩的黑夜温柔地拥抱着我,我的心仿佛在被千万只无形的水蛭吮吸,越来越疲惫,一种隐隐约约的忧郁袭了上来。我在这大地上是多么渺小,多么不值一提呀……

眼前的农村生活没有丝毫乐趣。我不止一次地听人说起,也从书本上读到过,说农村的生活比城市更质朴、更亲切。但是我所看见的农民,只是日复一日地重复着苦役般的劳作。他们中的许多人并不健康,被劳作拖得疲惫不堪,几乎谈不上什么欢乐。那些城里的手艺人和工人们,工作虽然也不轻松,但却过得快快乐乐,不像这些人,整天眉头不展,怨天尤人。我觉得农民的生活并不简单,它要求辛勤地管理田地,还要求有足够的机智来对付各式各样的人。这种没有理智的生活是令人厌倦的。看得出来,这个村庄的农民正像盲人似的摸索着生活,大家全都提心吊胆,像狼一样彼此猜忌。

我无法理解,他们怎么会那样固执地不喜欢霍霍尔,不喜欢潘科夫,不喜欢想要实现合理生活的"我们这些人"呢?

我清楚地看到了城市人的优点,他们渴望幸福,大胆地探索理智,他们拥有各式各样的目标和目的。往往在这样的夜晚,我便会想起两个城里的人:

弗·卡卢金和兹·涅别伊

钟表技师,兼修各种机器,

外科医用器械、缝纫机、唱机等。

这是一块悬挂在一家小钟表铺门口的招牌,门西侧是尘封的窗户,卡卢金就坐在一扇窗户下,黄色秃头上长着一个肉瘤,一只眼睛戴着放大镜。他体格健壮,长一张圆圆胖胖的脸,总挂着微笑用小镊子拨弄着那些钟表,要不就张开躲在灰白胡子下面的圆圆的嘴,唱起歌儿。另一个窗户下则坐着兹·涅别伊,他头发鬈曲,面色黝黑,长着一个大大的鹰钩鼻,两只眼睛像李子一样大,胡子只有尖尖细细的一小撮。他很瘦,瘦得活像个魔鬼。他也拆修着一些精巧的仪器,不时用低沉的声音哼叫几声:

特拉——达——达姆,达姆!

留声机、各种仪器、机轮、八音盒和地球仪之类的杂七杂八地堆在他们身后,那些货架上,也摆满了各式各样的金属玩意儿。还有许多挂钟在四壁来来回回地摆个不停。我真想成天到晚看着这俩人干活,可是我又宽又大的身躯遮

住了光线,他们便拉长了脸望我一眼,挥挥手把我赶开。我转身离开时,不无钦羡地想:

"一个人什么工作都能做,是多么幸福呀!"

我敬佩这些人,相信他们掌握各种机器和工具的关键,而且还能修理世间的一切东西。这才能称得上人!

可我不喜欢农村,对农民很难理解。那些女人总爱相互抱怨自己的病痛,什么"心里慌乱""憋闷"呀,"胸口闷得喘不过气"呀,还有常有的"小腹绞痛"。一到节日,她们便坐在自己的小屋前或者伏尔加河的岸边,饶有兴趣地谈这些病痛。她们脾气暴躁,发疯似的彼此谩骂。为了一把十二戈比的破瓦壶,会引得三家人操起棍棒大干一场,打断老太婆的胳膊,打破小伙子的脑袋。这种殴斗几乎每周都会发生,成了惯例。

一些小伙子公然不知羞耻地跟姑娘们胡闹,他们在田野里拦住几个姑娘,撩起她们的裙子裹住她们的头,用椴树皮把裙子下摆紧紧扎起来系在头上,他们管这叫"姑娘开花"。那些从腰部以下完全赤裸的姑娘尖声地又叫又骂。可她们也好像乐意参与这种游戏,你看她们在解开自己裙子时,总是故意慢慢吞吞的。教堂做彻夜祈祷时,小伙子们便去拧姑娘们的屁股,似乎他们正是为此才来教堂的。每逢礼拜日,神父便会在讲经台上说:

"你们这些畜生!就找不到其他地方胡闹吗?"

"乌克兰人对宗教的态度,看来要比这里的人虔诚得多。"罗马斯说,"我看这里的人信仰上帝,无非是出于恐惧和本性的贪婪,而什么对上帝真诚的爱,什么对上帝美德和力量的敬畏,根本谈不上。不过这也有好处,这些人更容易摆脱宗教。我跟你说吧,宗教是种祸患无穷的偏见!"

这里的小伙子爱浮夸吹嘘,却都是些胆小鬼。他们有三次在夜晚的街上看见了我,想揍我一顿,可是都没能如愿以偿,只有一次用棍子打了我的腿一下。自然,我不会把这种鸡毛蒜皮的事告诉罗马斯,不过他一见我走路有点跛,也就料到是怎么回事了。

"唉,您到底还是收到礼物啦?我提醒过您要留点神!"

尽管他劝我晚上别外出散步，但我还是不时地穿过菜园上伏尔加河岸边走一趟，在那儿，我坐在柳荫下，透过透明的夜幕眺望对岸的草地。伏尔加河庄严地缓缓流淌，凄清的月亮把已经落下的太阳的光辉反射到河面上，给河水镀出一片金黄。我不喜欢月亮，它显出一种暗藏的险恶，勾起我无限的悲哀，忍不住想要像对月长吠的村狗一样，高声哭喊。后来我知道，月亮自身没有光芒，它是荒凉的，没有也不可能有任何生命在上面生存，我为此而感到高兴。以前，我幻想的是月亮上住着古怪的铜人，身体由三角状的物体拼凑而成，两只长腿走路时就像圆规一样僵直，叫喊起来像大斋节教堂打钟一样摄人心魄。月亮上的一切都是铜的，植物、动物，一切的一切都嗡嗡地叫嚷着，威胁着大地，企图干些卑劣的行径。后来我知道，原来月亮上空空如也，这才愉快起来，不过我总盼着能有颗流星撞上月亮，碰撞出火花，好让它用自己的光芒照亮大地。

　　我望着伏尔加河闪动着一道光彩四射的锦带，从遥远的黑暗中流来，又消隐在岩石岸的黑影里。我觉得自己的思想此刻变得兴奋而清晰，一种难以名状、与日间迥异的心绪袭上了心头。伏尔加河巨大的身躯默默无语。一艘轮船从黑暗的河道上徐徐驶过，仿佛是一只燃烧着羽毛的大鸟，船尾潺潺的击水声响，无疑是火鸟振动着沉重的翅膀。对岸草地下，有一片火光在浮动，在水面上蔓延红红的刺目光亮。这是渔头在用灯火捕鱼，但却让人误以为是一颗星从满天无数流浪的伙伴中陨落而下，落在水面上，仿佛一朵漂动的火花。

　　从书本上读来的东西，此刻在脑子里拼凑成各种奇思异想，在想象力的作用下，汇聚出一幅幅美丽迷人的图画，我似乎也跟随了这河水，一同漂流在这轻柔的夜空之中。

　　伊佐特找到了我，在黑夜里，他显得愈发高大、可爱。

　　"你又上这儿来啦？"他问道，随即在我身旁坐了下来，久久地陷入了沉思，一言不发地望着河水和天空，用手捋着他那丝绵一般的金黄胡须。

　　后来，他讲起了自己的幻想：

　　"等到我学有所成，读完各种书籍，我就要走遍所有江河，把什么道理都看个透彻！我要去教导别人！老弟，把心里的事痛痛快快跟人说出来，能做到这样该有多好呀！即便是乡下的村妇，要是你跟她们坦言心事，她们也能理解。不久前，一个坐在我船上的女人问我：'我们死后会是什么样呢？我不相信有地狱，也不相信有天堂。'老弟！怎么样？她也同样……"

他寻找着恰当的词，停了一会儿，然后继续说道：

"很有头脑呀……"

伊佐特惯于夜间活动，他对美有很敏锐的感受力。他像一个善于幻想的孩子，总是用一些平淡的词句描述那些美。他信仰上帝，但却并不畏惧。他只是照教堂里的画像，把上帝幻想成一个面容慈祥的高大老人，人世间仁慈、智慧的主人。上帝没能惩奸除恶，只是"没能忙得过来，因为人们繁殖得实在太快。但那没关系，上帝最终会惩奸除恶的，你等着瞧吧！可是我无法理解基督，一点也不能理解。在我看来，他一无是处。有上帝也就够了。可又冒出个基督，据说是他儿子。可儿子又算得上什么？我想上帝不会死吧……"

伊佐特总是沉默地想着什么，只是偶尔叹息一声，说道：

"哦，原来是这样……"

"什么？"

"没什么，我只是自言自语……"

他望着模模糊糊的远方，又叹息起来。

"生活真好啊！"

我赞同道：

"是呀，真好！"

伏尔加河像一条黑色的丝绒长带，雄浑地缓缓流动。

弯弯曲曲的银色天河浮在河流上空，几颗明星如同金色云雀一般闪闪烁烁，却在心里轻轻地唱起了关于生活奥秘的荒诞心曲。

在远方的草地上，金色的阳光穿透了粉红的云霞，看呀，太阳在天空宛如孔雀展开屏羽！

"太阳真美！"伊佐特带着幸福微笑，喃喃自语。

"苹果树开花了，把整个村子包围在一片粉红的云彩和苦涩的气息之中，花的芬芳四处弥漫，盖过了油烟和粪肥的气味。千百株苹果树仿佛过节一般穿着用粉红花瓣织成的盛装，整齐地一行行从村里一直排列到田野上。每当月明之夜，清风徐来，花枝舞动起娇躯，发出轻微的"簌簌"声，村庄仿佛淹没在这金色和蓝色的巨大波涛之中，夜莺一刻不停地歌唱着。白天，椋鸟起劲儿地啼鸣，躲在高空的云雀也朝大地不住地柔声歌唱。

每逢节日的傍晚，姑娘和少妇们都会走上街，小鸟一般放声歌唱，露出慵懒迷人的笑容。伊佐特也像醉汉似的微笑。他瘦了，眼睛深陷入黑黑的眼窝，面容显得严肃、清俊，愈发像一个圣徒。他常常睡上一整天，只到傍晚才出现在街上，一副心事重重、恍恍惚惚的模样。库库什金粗鲁而亲热地逗弄他，他却害羞地笑着说：

"你别说啦！这有什么办法？"

随即又兴高采烈地说：

"噢！生活真甜蜜极了！要知道，有多么如意的生活，就有多么称心的话！有些话你会到死都忘不了，死在复活时，首先想起的便是这些话！"

"留点神！女人的丈夫们会打你呦！"霍霍尔也亲切地微笑着提醒他。

"打也合情合理。"伊佐特赞同道。

几乎每天晚上，都能听到米贡高亢、激动的歌声，与夜莺的啼鸣和成一体，飘扬在果园、田野和伏尔加河岸。他把许多美丽的歌曲唱得出人意料的动听。就为这一点，农民们甚至原谅他的胡作非为。

每逢周六晚上，我们杂货铺门前总会聚集起一群人，诸如苏斯洛夫老头儿，巴里诺夫，铁匠克罗托夫，米贡，这些人都是从不缺席的。他们坐在那里，一边思考一边交谈。一些人刚离开，另一些人又加入进来，就这样一直谈到半夜。有时也会有几个喝醉的家伙来闹上一通，最常见的就是退伍军人科斯京，他瞎了一只眼，左手缺两根指头。他挽起袖口，挥舞双拳，像好斗的公鸡那样大步冲到店铺门前，拼命用沙哑的声音叫嚷：

"霍霍尔！你这该死的民族，信土耳其人的教！我问你，你为什么不上教堂去？嗯？你这个异教徒！挑事者！你说，你究竟算个什么东西？"

人们便会嘲弄他：

"米什卡！你怎么会开枪把自己的手指头给打掉了呢？莫非被土耳其人吓昏了头？"

他冲上去要动手打人，可是大家嬉笑着抓住他，又叫又嚷地把他推下山沟。他一面从山坡上骨碌碌地往下翻滚，一面拼命地尖叫：

"救命呀！杀人啦……"

后来，他满身泥土地从山沟爬上来，朝霍霍尔讨杯伏特加喝。

"为什么？"

"因为我给你们带来了乐子呀！"科斯京答道，惹得大伙都哈哈大笑。

一个节日的早晨，厨娘点着炉灶里的木柴便进了院子，我正在店铺里，突然厨房里"砰"的一声巨响，震得整间屋子都颤动了一下，盛糖果的铁盒从货架上掉落下来，震碎的玻璃稀里哗啦地落在地上。我连忙奔向厨房，一股股黑烟直从厨房门口往外冒，朝卧室灌去，黑烟的背后，什么东西噼噼啪啪地发着爆响声。霍霍尔抓住我的肩膀说：

"先别进去……"

厨娘在过厅里哭着嚎着。

"哎，蠢娘们儿……"

罗马斯钻进烟雾，碰上了什么东西，发出哗啦啦的声响，他狠狠地骂了一句，又朝外喊道：

"别哭啦！拿水来呀！"

厨房地板上，大块木材冒着烟，小块的还在燃烧，几块砖头也塌了下来。炉灶口黑乎乎的，里面什么都没有了，像是刚被打扫过。我在烟雾中摸到一桶水，浇灭地上的余火，然后把木柴重新塞回灶膛。

"当心！"霍霍尔对我说，他拽着厨娘，把她推进卧室，吩咐道：

"把店门关上！小心点，马克西莫维奇，没准还会爆炸……"他蹲下身，仔细察看那些圆圆的杉木劈柴，接着便把我塞进灶膛的几块拨了出来。

"您这在干吗？"

"你看!"

他递给我一块被炸得面目全非的圆木,我发现那里面被手摇钻钻成了窟窿,而且被熏得黑黑的。

"明白了吗?那些狗娘养的,在木柴里面装了炸药。蠢货!哼,一斤炸药有什么用?"

他把那块木柴扔到一旁,一面洗手一面说:

"庆幸的是阿克西尼亚出去了,要不她会被炸伤的……"

那带着酸味的烟雾逐渐散开了。可以看到厨房架子上的陶器瓷器都被震碎了,玻璃也散成一堆,堆在窗口下,炉灶边的砖块也被炸崩了。

我不喜欢霍霍尔此时的冷静,这种态度似乎是在说,这些愚蠢的恶作剧在他看来无足轻重。街上的孩子们一边跑,一边叫嚷:

"霍霍尔家着火啦!咱们村儿着火啦!"

一个女人的哭叫声响了起来,厨娘阿克西尼亚在房间里惊讶地喊道:

"米哈伊洛·安东内奇!人们闯进店铺啦!"

"嗯,知道啦,小点声!"他用毛巾擦着湿湿的胡子,同时说道。

在厨房那边打开的窗户前,凑着许多因惊恐或恼怒而扭曲变形的面孔,眨动着被烟雾熏得肿痛的眼睛,一个劲儿地往里面张望,有个人激动地尖声叫道:

"把他们赶走!他们老是添些是非!上帝呀!这些混蛋究竟是什么人?"

一个头发棕红的矮个儿农民,嚅动着嘴唇划了个十字,想从窗户钻进来,可是没能如愿。他右手拿着斧头,左手哆哆嗦嗦地攀着窗台,结果还是滑下去了。

罗马斯手里操着那块圆木,问他:

"你想干吗?"

"救火呀,大哥……"

"可哪儿都没火呀……"

农民们不知所措地张着嘴巴,走开了。罗马斯走到店铺外的台阶上,举起了那块圆木对人们说:

"你们中的什么人在这块木材里面装了炸药,把它塞进我们的柴堆。可是炸药太少,根本没能造成危害……"

我站在霍霍尔身后,望着门前的这些人,听见那个拿斧子的农民战战兢兢的声音:

"你干吗把那木头冲我比画……"

大兵科斯京已经醉醺醺的了,吆喝道:

"赶走他! 那个异教徒! 拉他去见法官……"

可是大多数人都默不作声,只是愣愣地盯着罗马斯,心存疑虑地听他接着讲:

"得用很多炸药,才能炸飞这屋子,大概得要一普特才行! 好啦,走开吧……"

有人问:

"村长哪去了?"

"应该把警察叫来!"

人们慢慢吞吞、心犹不甘地散开了,似乎很有些遗憾似的。

我们坐下来喝茶,阿克西尼亚显得格外温和、亲切,用怜惜的目光望着罗马斯说道:

"您不去告他们,他们才敢胡来。"

"您就不为这事儿生气吗?"我问。

"哪有时间去为每件蠢事生气。"

我心想:"如果每个人都这样镇定自如地专注于自己的工作,那就好了!"

他说过他要去趟喀山,问我要带些什么样的书。

有时我觉得,这个人的心里大概安装着什么仪器,就像钟表一样,只要上了弦就不再停歇,一直运转一辈子。我喜欢霍霍尔,对他非常敬重。但我真希望他能对我或者别的什么人大动肝火一次,又是跺脚又是叫骂。可是他不能或者是不想发脾气。每当有愚蠢而卑劣的事激怒他时,他只是带着轻蔑的神情眯起双眼,冷冷地说上两句平淡无奇的不大客气的话,仅此而已。

有一次,他向苏斯洛夫问道:

"您年纪不小了,怎么还要昧着良心呢?"

老头黄黄的面颊和脑门都涨得紫红,甚至连胡子根儿都似乎变红了。

"要知道,这么干没什么好处,只会让您失去别人对您的尊重。"

苏斯洛夫低下头,附和着说:

"对,没有好处!"

后来苏斯洛夫对伊佐特说:

"他是指引心灵的领导者! 我们该选这样的人作长官……"

……罗马斯言简意赅地嘱托了我,告诉我在他离开的这段时间,应该做些什么以及如何做。我觉得他已经把别人用炸药来恐吓他的事完全抛在了脑后,仿佛大家对待被蚊蝇叮咬这种小事一样。

潘科夫来了,他仔细地把炉灶察看了一番,眉头紧锁地问:

"大伙儿给吓着了吧?"

"有什么好怕的?"

"这是战斗呀!"

"坐下来喝杯茶。"

"老婆还在家里等着呢。"

"你去哪儿啦?"

"渔场,跟伊佐特在一起。"

他走了，过厨房时又若有所思地重复道：

"这是战斗呀。"

他跟霍霍尔的谈话总是简洁明了，仿佛早已把所有重大而复杂的事情谈过了。我记得，伊佐特听完罗马斯讲的伊凡雷帝统治时期的故事，说道：

"这个没意思的沙皇！"

"凶残的家伙。"库库什金添上一句，而潘科夫却坚决地表示道：

"他不见得有什么突出的才能。他杀死了大伙，但取而代之的是一些小贵族。还引来了不少外国人，这一着实在不算明智之举。小地主比大地主更难应付。苍蝇不是狼，不能用枪打死，它们比狼还难办。"

库库什金提来一桶和好的泥，把炉灶的砖道重新砌好，说道：

"这些混蛋们想的好主意！他们连自己身上的虱子都弄不干净，对付起人来，嘿，倒是蛮有一套！安东内奇，你别一次运太多的货，宁可每趟少运点儿，多运上几趟。要不，瞧着吧，又会给你来上一把火。现在你正干着'那事儿'，得多留点儿神！"

"那事儿"指的是组织苹果生产联合会，这事很令村里的富农反感。霍霍尔凭借潘科夫、苏斯洛夫和另外两三个通情达理的农民的帮助，已经把这事儿办得八九不离十了，大多数农户开始接受罗马斯。来店铺买东西的人也越来越多，甚至巴里诺夫、米贡这样一些"没用"的农民，也来尽其所能地帮助罗马斯的工作。

我很喜欢米贡，很喜欢听他那忧伤动人的歌声。他唱歌时总要闭上双眼，那张愁眉不展的脸也不再抽搐。他的歌声荡漾在夜空，而且往往是那些月光隐没、乌云满天的夜晚之中。每到黄昏，他就常常轻声地招呼我说：

"来伏尔加河吧。"

在那里，他独自坐在小船的船尾，把两条黝黑的罗圈腿伸进黑乎乎的伏尔加河，修补那种被禁止使用的捕小鲟鱼的刺网，他轻轻地讲着：

"地主老爷欺负我吧，也就罢了，我还忍受得了。该死的，他有土地、有见识。可是自己的农民兄弟也来欺负我，我怎么咽得下这口气呀？我们之间有什么高低贵贱之分？无非是他们揣着卢布，我揣着戈比，仅此而已。"

米贡的脸痛苦地抽搐着，眉毛也挑了起来，手指麻利地抖动着检查渔网，用锉子把一个个刺钩锉利。他继续轻声说道：

"别人骂我是小偷，不错，我有过错！可是你知道吗？人人都过着强盗般的生活，彼此相互抢夺。是呀，我们这种人被上帝遗弃，却被魔鬼接纳！"

黑色的河水缓缓从我们身边流过，乌云飘浮在河面上空，河岸的草地隐没在黑暗之中。水波温柔地拍打着岸边的沙砾，冲洗着我赤裸的双脚，似乎要把我冲向那浮动着的无限黑暗。

"人要生活，是吗？"米贡叹息一声，问道。

山上传来凄凉的狗吠声。我仿佛陷入梦境，想到：

"可是，活着又为什么要像你米贡这样呢？"

河面上一片寂静，一片黑暗，那黑暗摄人心魄，而又温暖得无边无际。

"他们要杀死霍霍尔。没准儿，也要杀死你。"米贡嘀咕道，随即又轻轻地唱起来：

> 亲爱的母亲多么爱我，
> 她曾跟我这样说：
> "噢，我的宝贝！噢，我的雅沙，
> 你要平平静静地活着……"

他闭上眼睛，歌声变得更有力、更凄凉，手里依旧检查着刺网的绳索，只是慢了下来。

> 可是，我没听从母亲的话，
> 唉，我没听从母亲的话……

一种怪异的感觉袭上心头，仿佛大地已经被这黑色的河流冲翻，我也随着它滑落,一直滑入那没有太阳的黑暗,万劫不复。

米贡就像他开始唱歌一样,突然停了下来。他一言不发地把小船推下水,坐了上去,几乎是悄然无声地隐入了黑暗。我看着他逐渐消失的身影,心想:

"这样的人究竟为了什么而活着呢?"

巴里诺夫也与我相处得很好,他整天没什么正经,喜爱胡乱吹嘘,搬弄是非,又爱偷懒,是个在哪儿都不安分的流浪汉。他以前在莫斯科待过,可一提起莫斯科,他就大加诅咒:

"那简直是座地狱,乌七八糟的。徒有一万四千零六座教堂,可人人都是骗子!所有人都跟癞皮马一般生满了疥疮,真的!商人、军人和市民都那样边走路边挠痒。真的,那儿有尊"炮王",炮筒粗得难以想象!据说是彼得大帝亲自铸的,用来轰那些暴动的人。有个贵族女人,因为被他遗弃,便起来造他的反。彼得大帝曾整天与她厮守在一起,这样同居了七年,可后来竟把她以及她的三个孩子都遗弃了。那女人非常气愤,便发起了暴动!我的老弟呀!知道吗?他"轰"地开了一炮,九千三百零八个人就这么升了天!连他自己都吓得魂飞魄散。他对主教菲拉列特说:'这怎么行?得把这个该死的大炮封起来,免得又惹得别人去放它!'于是就把炮口给封了起来……"

我跟他说,这些话都是扯淡,他生气了:

"上帝呀!你这人太可恶了!这事我是从一个有学问的人那儿听来的,而你居然……"

他常去基辅"拜访圣徒",他讲道:

"那个城市跟我们的村子差不多,也在山上,临着一条河,我忘了河的名字。不过跟伏尔加河比起来,那只算得上小溪!说实话,那个城市又脏又乱。所有的街道都拐来拐去,沿山爬上去。那儿住的都是乌克兰人,但跟米哈伊诺·安东洛夫不一样,他们的血统一半是波兰人,一半是鞑靼人。那儿的人喜欢胡吹乱侃,没一点儿正经。他们头发蓬乱,浑身脏兮兮的,还喜欢吃蛤蟆,那儿的蛤蟆一个就有十俄磅重。他们骑着牛走来走去,也用牛来耕地。那儿的牛可大了,最小的也比我们的牛大三倍,有八十三普特重。那里有五万七千个修士,主教也有二百七十三个……哎,你这人真是奇怪! 你干吗跟我争论呀? 这些都是我亲眼所见,你在那儿住过吗? 没有。这不完了吗? 老弟,我说话就是喜欢实事求是……"

他喜欢数字,跟着我学会了加法和乘法,但他却讨厌除法。他兴致勃勃地算那些多位数的乘法,却常常算错,不过他对此并不在意。他拿棍子在沙地上写下很长的一串数字,睁着孩子般的眼睛吃惊地望着它们,兴奋地嚷道:

"没有任何人能念出这玩意儿!"

他的身材非常不匀称,头发乱蓬蓬的,衣服破旧不堪,但他的脸长得挺漂亮:卷曲而好笑的胡子,露着天真微笑的深蓝色眼睛。他和库库什金有些共同之处,正因为如此,他俩总是彼此回避。

巴里诺夫为捕鱼而出过两次海,他时常提起:

"我的老弟! 没有什么比得上大海! 你在大海面前简直是个小虫子! 你望着大海,就连自己都忘啦! 那里的生活非常幸福。所有人都往海上跑,连一个修道院的院长也来到海上,他挺不错的,又挺能干活! 还有一个厨娘,她原是一个检察官的情妇,有比这更好的事儿吗? 可她一想起大海,也禁不住对她丈夫说:'你对我很好,检察官,但是,我们还是再会吧!' 即便你只见过一次海,它也能把你深深吸引。那里海阔天空,不会再有拥挤。我也会再上那儿去,永远待在那儿。因为我不喜欢眼前的人。我真想过隐居的日子,住在那些山野中间,只是还没有找到合适的地方……"

他就像只丧家犬一般,在村里游来荡去,大家都蔑视他,但却喜欢听他讲故事,就像听米贡的歌一样兴趣盎然。

"编得不错! 很有意思!"

他所编造的故事,有时甚至能使潘科夫这样对现实保持着清醒头脑的人也动了心。有一次,这个一向谨慎的农民对霍霍尔说:

"巴里诺夫讲,书上写出来的并不是伊凡雷帝的全部事迹,有好些被隐埋起来了。他讲伊凡雷帝会变身,常常变成一只老鹰。后来的钱币上铸着鹰的图案,那就是人们对他的纪念。"

我不止一次发现,在那些虚构的、甚至明显编造得荒诞不经的故事和那些一本正经地讲述生活真理的故事之间,人们往往更对前者感兴趣。

不过,在我把这个发现跟霍霍尔说起时,他却笑眯眯地说:

"这种情况不会长久!一旦人们学会了思考,就会获取真理。而巴里诺夫、库库什金这样奇怪的人,你该对他们加以理解。要知道,他们是艺术家、作家。我想基督也曾是这种奇怪的人。你会赞同我的看法:有些东西他编得挺不错的……"

令我惊讶的是,这里的人们全都不怎么谈论上帝,而且不愿去提起他。只有苏斯洛夫老头儿是个例外,他常常深信不疑地说:

"是上帝创造了世间万物!"

可是我却发现这话里包含着一种绝望的情绪。我跟这些人相处融洽,在每晚的谈话中,我从他们那里学到了不少东西。我觉得,罗马斯提出的每一个问题都像是一棵大树,把自己的根须直插入生活的土壤,一直插到很深很深的地方,在那里,它们与另一些古老大树的根须纠缠在一起,于是这些大树的每根枝条上都绽放出灿烂的思想的花朵,生长出茂密而强健的言语的叶片。我感觉到,在那些书籍丰富蜜汁的滋润下,我正在一步步成长,说话也越来越有自信。霍霍尔笑着夸过我好些次:

"马克西莫维奇!您干得好极啦!"

我对他这样的鼓励实在感激不尽!

潘科夫也会带着他的老婆来我们这儿。这女人身材矮小,面容温和,长着一双机灵的蓝色眼睛,穿着城里的时髦衣服。她坐在房间的角落里,一言不发,谦虚地紧闭着双唇,可是隔不上一会儿,她便会惊讶得又是张嘴,又是瞪眼。有时被一句中肯的话打动,还会用双手掩着嘴害羞地笑起来,潘科夫朝罗马斯使使眼色,说:

"瞧,她听明白了!"

常常有一些谨小慎微的人来找霍霍尔。霍霍尔把他们引上我的小阁楼,在那里一连坐上几个小时。

阿克西尼娅负责食物和茶水,他们就在阁楼上睡觉。除了我和那个对罗马斯佩服得五体投地的忠诚厨娘,就再没有别人见过他们。每次总是伊佐特和潘科夫摇着小船,把这些客人送上过路的轮船或者洛贝什卡轮船码头。我在山上望着黑色河水中的小船,在月光照耀得泛起粼粼银光的河面中时隐时现,小船上还点着一盏灯笼,那是为了吸引轮船船长的注意。我就这么一直望着,仿佛自己也正置身于这秘密的行动。

玛丽亚·杰连科娃从城里来到了这儿,但她的目光不再令我感到手足无措。现在,那只是一双普普通通的姑娘的眼睛,她为自己的美丽而欢欣,因为她正受到一个高大的大胡子男人的追求。这个男人跟她说话时,仍挂着平常那种从容而略带嘲讽的神情,只是将胡子的次数更加频繁,目光更加温柔。杰连科娃轻柔的嗓音总是充满了欢乐,她穿着深蓝色的连衣裙,在浅黄的头发上系了一条天蓝色丝带。她的两只手跟孩子似的,一刻也闲不下来,总想抓着点儿什么。她轻闭的双唇总挂着哼唱的小曲,一张小手绢上下翻飞,不住扇着她粉红色的似水的面颊。我为她身上的某种东西而感到气恼和不愉快。我尽量回避着她。

七月中旬,伊佐特失踪了。据传闻,他是落水淹死了。两天以后查到了证据:在沿伏尔加河而下距村子七俄里的地方,发现了他的小船,就搁浅在河边的草地上,船底被凿穿,船舷也撞碎了。人们分析着这场意外事故的原因,大概是由于伊佐特在船上睡着了,他的小船漂到了距村子五俄里的地方。在那儿,跟排成一排停泊着的三只驳船撞在一起,造成了船身的破损。

事故发生的当天,罗马斯还在喀山没有回来。晚上,库库什金跑到店铺来,垂头丧气地在麻袋上默默坐了一会儿,吸着烟,问我道:

“霍霍尔什么时候回来?”

“我不知道。”

他把手掌贴在他那伤痕累累的面颊上,一个劲地揉搓,一面用下流的粗话低声谩骂,那声音仿佛是被骨头卡住喉头时的吼叫。

“你怎么啦?”

他死死咬住下唇，望了我一眼。他的眼圈儿红了，下颚颤抖个不停，似乎一句话也说不出来。我知道他带来了一个悲惨的消息，心中惶惶不安地等待着。最后，他朝街上望了望，结结巴巴、竭尽全力地说道：

"我和米贡去过了，看了一下伊佐特的小船。船底是用斧头砍穿的，知道吗？那就是说，伊佐特是被人谋杀的！肯定是……"

他不停地摇着头，一个劲儿地咒骂，用沙哑的嗓子呜咽着，悲痛不已。沉默了一会儿，又在胸前划起十字。这个农民很想放声大哭一场，可是他不能，也不会，只是不住地颤抖着身体，压抑着喷薄欲出的悲愤，喘着粗气，令人不忍目睹。最后他跳起身，摇着头离开了。

第二天晚上，在河边洗澡的孩子发现离村不远的岸边搁浅着一只破驳船，伊佐特就躺在驳船下面。驳船的一半搁在岸边的石头上，另一半浮在水里，伊佐特的尸体就挂在水里那一半船身下面的舵板上，面孔朝下，脑袋里空空的——河水冲走了他的脑浆。这个渔夫被人从背后砍了一斧子，后脑壳被齐刷刷地削平了。伊佐特的两条腿和两只胳膊在流水中不停摆动，仿佛正努力着要爬上岸。

河岸上聚集着二十来个富农，表情阴沉地一动不动地望着，贫农们还没有下来。胆怯而狡诈的村长舞着手杖跑来跑去，哧哧地吸着鼻涕，一面用粉红色的衬衫袖子不住擦拭。又矮又肥的店铺老板库兹明劈叉着两腿，肚子腆得老高，站在那儿一会儿望望我，一会儿又望望库库什金。他眉头紧锁，凶神恶煞一般，但那灰白的眼睛却沾满了眼泪，一张麻脸挂着惨兮兮的神情。

"哎呀！这简直是为非作歹呀！"村长责骂道，两条罗圈腿颠颠地来回踱着。"唉！这些农民，太可恶啦！"

一个壮实的年轻女子，是村长的儿媳妇。她坐在岩石上望着河水发呆，用颤抖的手划着十字，她的嘴唇不住翕动，下嘴唇又厚又红，向下垂着，就跟狗嘴唇一样，黄色的大牙从后面暴露出来。小姑娘和男孩儿们像一团团彩球从山下飞滚而来，满身尘土的农民们也忙不迭地赶来了。人们小心翼翼地低声嘀咕着：

“是个不安分的家伙。”

“怎么弄到这般地步？”

“瞧,那边儿那个库库什金,老不安分……”

“莫明其妙地被人给杀啦……”

“伊佐特原本挺守本分的……”

“守本分吗？”库库什金愤怒地咆哮起来,朝农民们扑了过去,“那你们为什么要杀了他？你们这帮混蛋！啊？”

突然,一个女人发狂般地大哭起来。这疯狂的哭声像一条皮鞭抽在人们身上,农民们叫嚷着,相互推搡,相互谩骂,相互吼叫。库库什金冲到那个店铺老板面前,一巴掌狠狠地搧到他的麻脸上：

“打死你,老混账！”

他双拳翻飞杀出一条路,从乱成一团的人群中跳了出来,几乎是高兴地冲我喊道：

“快走呀,他们要打起来啦！”

他被人打中了,吐着嘴唇上的血,脸上却洋溢着自得的神情……

“你瞧见了吗？我扇了库兹明一耳光！”

巴里诺夫跑到了我们面前,惴惴不安地回头望着驳船旁边的人群,从那里,村长又尖又细的声音传了出来：

“不！你得说明白,我纵容了谁？你说话呀！”

“我该离开这儿啦？”巴里诺夫嘀咕着走上山去。

傍晚时天气闷热起来,让人喘不过气。紫红的太阳隐入了厚厚的青黑色的云层,灌木林的枝叶上反映出红色的光芒,一声声雷鸣不知从什么地方传来。

伊佐特的尸体在我面前轻轻漂动,破碎的脑袋上的头发被流水冲得直直的,仿佛因惊吓而竖起来了。我回想起他那低沉的嗓音和几句漂亮的话语：

“每个人身上都有孩子般天真的一部分,我们应该看到它,那孩子般的天真！就拿霍霍尔来说,他看上去像个铁人,但在他心里,却充满了孩子的天真！”

库库什金并肩和我走在一起,他愤怒地说：

"他们竟要置我们于这种地步……上帝呀,多么无知啊!"

两天后的深夜,霍霍尔回来了。他似乎为着什么而满心欢喜,对人也特别亲热。我把他引进屋,他拍着我的肩说:

"你睡得太少啦!马克西莫维奇!"

"伊佐特被杀了。"

"什——什么?"

他的颧骨一下子突出出来,胡须不住地颤抖,仿佛是无数溪流淌过胸前。他忘记了脱帽子,呆立在房间中央,半眯起双眼,一个劲儿地摇头。

"那么,不知道凶手是谁吗?唔,当然……"

他一步一步地挪到窗前,伸了伸腿,在那里坐下来。

"我提醒过他的……官方有人来吗?"

"昨天,县里来了个警官。"

"嗯,查出什么结果了吗?"他问道,随即又自己回答,"当然,不可能有什么结果!"

我告诉他,县里的警官与往常一样,在库兹明那里休息片刻,又下令把库库什金押进拘留所,对他殴打店铺老板的行为以示惩罚。

"是呀。唉,还有什么好说的?"

我去厨房泡起了茶。

喝茶时,罗马斯说:

"这些人真可怜!他们总是把最好的人杀死!也许,他们害怕好人。就好比这里经常说的那样,他们跟好人'不是一路!'记得在我被押往西伯利亚的途中,一个犯人对我谈起,他原本是个贼,他们一伙有五个人。其中一个人有天提议道:'兄弟们!咱们拉倒别干啦!反正没什么好处,这样的日子实在难熬!'就因为这个,他们趁他喝醉时勒死了他。那个犯人对他死去的同伴称赞不已。他说:'打那儿以后,我又杀过三个人,我丝毫也不同情他们,可是对那个同伴,我至今都感到深深的遗憾。他是个很好的伙伴,既聪明,又快乐,而且纯洁善良。'我问他:'那你为什么要杀他呢?怕被他出卖?'他却生起气来,说道:

'不会,他绝不会出卖同伴,再多的金钱或者别的什么都没法让他干那种事儿!原因只在于我们不是一路,我们都有罪孽,而他似乎善良正直。这叫人无法接受。'"

霍霍尔站起来,把手背在背后来回在房间里踱步。嘴上叼着烟斗,身上穿着直拖到脚面的鞑靼式白色睡袍,两脚赤裸,在地板上稳稳地踱着步子,沉思着低声说道:

"这种害怕正直的人,害死好人的事,我已经见过不少啦。对这些正直的人有两种态度:一种是先设出陷阱引他上钩,然后想方设法地把他除掉;另一种是像狗一样地仰望他们,崇拜得五体投地。当然,后一种总是少数。要说到向好人学习生活的道路,仿效他们的言谈举止,那简直不可能。或许人们不愿如此?"

他端起已经凉了的茶,接着说道:

"他们大概根本不愿意!想想看,他们千辛万苦才建立起一个生活的框架,而且习惯了这个框架,但是突然出来一个人逆经叛道地说:生活不是像你们这样!不是吗?可是我们已经为这种生活耗尽了心血,去你的吧!于是人们'啪'地照着这位教育者——这个正直的人捆了一记耳光。少来管我们的闲事儿!然而,这些敢于站出来说'生活不是这样'的人,他们掌握了生活的真谛!他们是对的。正是这样的人在把我们的生活向着美好的方向推进。"

他冲着书架摆摆手,补充道:

"尤其是这些书!唉,我要是能写书就好了!可惜我没这个天分,我的思维太迟缓,条理不清晰。"

他在桌旁坐下,手臂支在桌上,紧紧地抱着头,说道:

"伊佐特太可怜了!……"

接着,便是很长很长的沉默。

"好了,我们睡觉吧!……"

我回到自己的阁楼,在窗前坐下来。突然间,一道闪电掠过田野,把天空照得彻亮,每当光芒闪现在天空中时,月亮仿佛都会惊惧得浑身战栗。狗在凄切地嚎叫，要是没有它们的叫声，我真会以为自己身处一个无人的荒芜小岛。隆隆的雷声从远处滚来，夹杂着一股逼得人喘不过气的热浪。

伊佐特的尸体就横在我前面河边的柳荫下。他那发青的脸仰面朝天，而一双透明的眼睛却严峻地凝视着自己的灵魂。金黄色的胡须粘在了一起，成了尖尖的一团，在胡子背后，他的嘴惊愕地张着。

"马克西莫维奇！最重要的是怜悯和亲切！我喜欢复活节，就是因为它是个亲切的节日！"

他那被炽烈的阳光晒干的蓝裤子，紧紧地裹在一双被伏尔加河水冲洗得干净而发青的腿上。在这个渔夫的脸颊上方，一群苍蝇嗡嗡地飞来飞去，从他的尸体上，散发出一股令人作呕的臭味。

楼梯上响起了一阵沉重的脚步声，罗马斯躬身进了门，他在我的木板床上坐下来，一只手抚摸着大胡子，说道：

"你知道吗？我快结婚了！"

"让女人住在这儿，会很麻烦吧？……"

他盯着我，似乎在等待我的下言，可我实在不知道还该说些什么。一道闪电的光芒射入了房间，房间里一片明亮。

"我就要和玛莎·杰连科娃结婚了。……"

我不禁哭了起来，我还从来没听过有人叫这个姑娘为玛莎，这很有意思！在我的记忆中即便是她爸爸、哥哥或者弟弟都不曾对她用过这样亲昵的称呼。

"您为什么哭呢？"

"不为什么。"

"您是不是认为我对她而言显得太老了？"

"哦，不是！"

"她跟我说过，您曾经也爱她。"

"大概是这样。"

"那现在呢？不再爱她啦？"

"我想是的。"

他把手从胡须上拿开,轻声说道:

"在你们这样的年纪,总是对这件事感觉出个大概,可到了我们这样的年纪,就不再有什么大概了,似乎是整个身心都深陷其中不能自拔,什么也不能多想,也无力去想啦。

接着他咧出整齐的牙齿,微微一笑,继续说道:

"安东尼在亚克兴海战中,被册撒·屋大维击败,原因就在于他一见克莉奥佩特拉就因恐惧而逃去,把舰队撇下不管,放弃了指挥,乘着自己的战舰追克莉奥佩特拉去了。瞧瞧! 竟然有这样的事!"

罗马斯站起来,伸展了一下身子,仿佛想要反抗自己意识似的重复道:

"无论如何,我就要结婚了!"

"不久吗?"

"秋天,收完苹果之后。"

他走了,出门口把头弯得很低。我躺在床上,心想,在秋天时我能离开这里就好了。他为什么要谈安东尼呢? 我实在不喜欢这种事。

已经到了采摘早熟苹果的季节。今年苹果的收成不错,在果实的重压下,苹果枝一直垂到了地面。果园里弥散着浓浓的芬芳,孩子们兴高采烈地叫着嚷着,四下拾捡那些因虫蛀或大风而散落在地上的黄黄红红的苹果。

八月初,罗马斯从喀山回来了,带回一船货物和许多装得满满的筐子。就在那一天的早晨八点,霍霍尔刚洗完澡,换好衣服,准备喝喝茶,他高兴地谈起来:

"夜里在河上航行可真惬意呀……"

突然,他皱起鼻头嗅了嗅,疑惑地问:

"好像,有股焦臭味儿?"

随即,阿克西尼娅的哭喊声从院里传来:

"着火啦!"

我们奔进院子——靠着菜园的木棚有一面墙正在燃烧,而那间木棚里存放着煤油、柏油和食油。我们呆呆地望了几秒钟,那浅黄的火焰在阳光的照射下

褪了色,不紧不慢地沿着墙壁向房檐蔓延而去。阿克西尼娅提来一桶水,霍霍尔一扬手把水泼到燃烧的墙上,然后把水桶一丢,说道:

"太糟啦!马克西莫维奇!您去把油桶滚出来!阿克西尼娅赶快进到店铺里去吧!"

我连忙把一个盛着鱼油的木桶滚到街上,又回来搬煤油桶,我刚把它一滚,却发现桶的塞口是敞开的,煤油正汩汩地往外流。我慌慌张张地找塞子,然而火势不等人,尖尖的火舌已经舔破了木棚的木板门廊,窜进了木棚里面。一连串噼噼啪啪的爆裂声从屋顶上传来,似乎是在故意和人挑衅。我把这个淌着煤油的圆桶滚了出去,见许多女人和孩子一面哭喊,一面朝这面奔来。霍霍尔和阿克西尼娅把货物从店里搬出来推进山沟。一个面孔黝黑、头发花白的老太婆站在路中央,举着示威的拳头,尖声喊道:

"噢—噢—噢!你们这些混账东西!……"

我又跑进木棚,见木棚已经淹没在浓浓的烟雾之中,从那里面不时传出清脆的响声,几条红色的火带从屋顶吊下来,在半空中舞动,木墙已经被烧成了灰白的栅栏。浓烟窒阻了我的呼吸,也遮蔽了我的眼睛,我勉强把一个油桶滚到门口,但却卡在了那里,再也推不动了,火星从屋顶上洒落下来,灼烧着我的皮肤。我大声叫喊让人帮忙,霍霍尔跑过来,抓起我的胳膊,把我拽到院子里。

"快离开这儿,就要爆炸了……"

他朝过道跑去,我也跟了过去,上到阁楼上,那里有我的许多书。我把书扔出了窗口,又想把装帽子的木箱也扔出去,但是窗口太小了。正当我想用半普特重的秤砣砸断窗框时,突然轰隆一声闷响,房顶被震得颤抖了一下,我知道这是煤油桶爆炸了。我头上的房顶也着了火,烧得"噼噼啪啪"直响,红红的火焰穿透窗户冲进了屋,我被烤得非常难受。我朝楼梯跑去,滚滚的浓烟迎面扑来,无数条火蛇正沿着楼梯向上爬动,下面的过道里发出铁牙啃木头似的声音。我不知道怎么办。浓烟熏得我睁不开眼,看不见任何东西,胸里也憋闷得要死。我呆呆地站在那儿,站了有几秒钟,而这几秒钟却似乎长得要命。这时在楼梯上的天窗口处,一张红胡须的黄色面孔晃了一下,随即便消失了,一大片火焰马上吞噬了整个屋顶。

我记得，当时只有我的头发在"噼哩啪啦"地爆响，除此之外，我听不见其他任何声音。我知道，我没希望了，两条腿显得沉重异常，尽管我用双手紧捂着眼睛，但眼睛还是疼得厉害。

本能的求生欲望为我指引了唯一的出路：我用罗马斯的羊皮袄裹住脑袋，抱起我的裤子、枕头和一捆韧皮纤维，撞破窗户跳了下去。

当我在山沟的沟口处苏醒过来时，罗马斯正蹲在我面前，冲我直喊：

"你没事吧？"

我站起身，愣愣地望着我们的木房子，整所房子在火焰中缩成红红的一团。房子前面，一条条红色的狗舌头般的火焰，正舔着焦黑的土地。浓浓的黑烟从窗口翻滚而出，房顶上的火焰如同无数黄色的花朵，不住摇摆。

"嗯，没事吧？"霍霍尔嚷嚷着。他那满是汗水和黑烟的脸上，交错着道道泪痕，两只眼睛惊惶不安地眨动着，他那湿漉漉的胡须上粘着一些零星的椴树皮。一股兴奋异常的喜悦从我心中油然而生，那是一股多么强劲的情感呀！后来我觉得左腿疼得厉害，便躺下来，对霍霍尔说：

"我这条腿脱臼了。"

他在我腿上摸了摸，猛地用力一扯，我感到一阵钻心的疼痛。几分钟后，心情激动的我便跛着脚，把抢运出来的东西搬到我们的澡堂里。罗马斯咬着烟斗，快慰地说：

"油桶猛烈地爆炸，燃烧的煤油被冲到了房顶上，我以为您会被烧死。火柱一下子高高窜起来，浓烟冲上半空形成一朵蘑菇云，一瞬间整所房子就被火给吞没了。唉，我以为，马克西莫维奇这下是活不了啦！"

这时，他又变得像往常一般平静，有条不紊地把东西堆放整齐，又对烟尘满面、头发蓬散的阿克西尼娅说：

"您就坐在这儿看着东西，别让人给偷了，我去救火……"

山沟周围的烟雾里，飘散着白色的纸片。

"唉，"罗马斯说，"太可惜啦！这些都是我最珍爱的书呀……"

已经有四所木房着了火。那天没有起风,因而火势还不算凶猛,只是不急不缓地朝左右伸展着它灵巧的火苗,久久地赖在篱笆和房顶上。炽热的梳子从屋顶的茅草上梳过,弯弯曲曲的火手像是弹琴一般,在篱笆上跳动。火焰在烟雾弥漫的空中幸灾乐祸地歌唱着,搅得人焦躁不安,被渐渐烧为灰烬的木头,发出轻柔的爆裂声。一只只金色"乌鸦"从烟雾中飞落到街上,正落到各家的院子里。农民和女人们慌慌张张地来回奔忙,可全都是在白忙活,每个人只顾着自家的财产物品,不时有哭喊声传出:

"水——水!"

水源离得很远,在山下的伏尔加河。罗马斯东抓一条胳膊,西扯一个衣领,推搡着农民,很快把他们聚到一起,他把人分成两组,然后指挥他们拆除篱笆和燃烧场所两旁的房屋。大家都听从他的指挥,开始齐心协力地与这场想要毁掉整排房子、整条街的大火展开了更加清醒的斗争。但他们还是有些胆怯,似乎是在为别人干活儿,显得士气消沉。

我倒是热情高涨,甚至觉得从没像现在这样有劲儿。在街道尽头,我看见以村长和库兹明为首的一帮富农,只是站在一边冷眼旁观,又叫又嚷地舞动着手杖。农民们骑着马从田里忙不迭地赶回来,臂肘被颠得跟耳朵一样高,女人们冲着他们大声哭嚎,孩子们则前前后后地窜来窜去。

又有一家的杂物房烧起来了,必须立即拆掉家畜棚的一面墙壁。这面墙壁由很粗的树枝编插而成,已经窜上了一条条火带。农民们动手去砍这面篱笆墙的木桩,火星和焦灰溅到了他们身上,他们害怕地跳开了,用两手拍打烧出青烟的衬衫。

"别害怕!"霍霍尔喊。

他的喊话却没有丝毫起到作用。因此他摘下一个人头上的帽子,扣到我头上,说道:

"你砍那边,我从这边砍。"

我砍断一根柱子,又砍断另外一根——篱笆墙开始摇晃了。接着,我爬上去,抓住墙的上端,霍霍尔捉住我的腿用力地往回拖,整面篱笆墙倒了,我被压在下面,好悬没砸着我的脑袋。农民们一块动手,把这块篱笆拖到了街上。

"烧伤了吗?"罗马斯问。

他的关切更加激起了我的力量,动作显得愈加灵活起来。我十分想在这个我所敬爱的人面前把事情做得漂亮一些,为此我发疯一般地做,仅仅期望能博得他的称赞。浓雾中仍然飘散着我们的书页,如同一只一只鸽子在飞翔。

右面的火势已经被控制住了,可是左边的却越来越凶,已经烧到了第十所房子。罗马斯留下一些农民去监视不稳定的火龙,带着大队人马向左边赶去。当我们从富农们身前跑过时,我听到有人恶狠狠地喊着:

"除了他们谁还能干这样的坏事!"

店铺老板说:

"是不是到他们的澡堂里去搜一搜?"

所有的话成了我不高兴的回忆。

众所周知,激励,尤其是快乐的激励,刻意带给人异乎寻常的力量,我在当时就受到了这种激励,一心一意地投入到工作中去,直至筋疲力尽。记得那会儿我坐在地上,背靠着一件炽热的什么东西。罗马斯把一桶凉水泼到我身上。农民们围在我们四周,带着敬意杂七杂八地议论着:

"这小伙子真有劲儿!"

"他不会垮掉的……"

我把头靠在罗马斯腿上,顾不得害羞,放声哭了起来。他抚摸着我湿漉漉脑袋,说道:

"休息一下吧!都过去啦。"

库库什金和巴里诺夫两人被烟熏得黑眉黑眼的,如同鬼一般,他们领着我进到山谷,安慰我说:

"老弟,别害怕!都过去了!"

"你被吓坏了?"

我还没来得及休息一会儿,神志模糊间,就见十几个"财主"朝我们澡堂那边走了去,村长打头儿,两个乡村警察走在最后,架着罗马斯的胳膊。罗马斯光

着头,两只衣袖早就被扯碎了,嘴里还咬着烟斗,神色阴沉,阴沉得让人恐惧。大兵科斯京挥舞着手杖,不停地嚷嚷:

"这个异教徒该被扔进火去!"

"把澡堂的门打开! ……"

"砸吧,钥匙早丢了。"罗马斯干脆地说。

我一下子蹿起来,从地上抓起一根木棍,站到了他的身旁。乡村警察退开了几步,而村长却颤抖不已地尖声说道:

"我们是正教教徒,不能砸锁……"

库兹明指着我嚷道:

"瞧,还有一个……他是什么人?"

"冷静! 马克西莫维奇!"罗马斯说,"他们认为是我们把货物藏在澡堂里,自己给店铺放了一把火。"

"就是你们俩干的!"

"砸锁吧!"

"正教教徒……"

"咱们来承担责任!"

罗马斯低声对我说:

"过来和我背靠背站着,别让他们从背后袭击……"

澡堂的锁被砸开了,几个人一拥而入,可又随即钻了出来。这时,我把木棍塞给罗马斯,自己又从地上捡了一根。

"里面是空的呀……"

"空的吗?"

"噢! 这些鬼东西!"

有人心虚地说了一句:

"你们错怪了……"

几个人同时醉鬼般蛮横地叫了起来:

"什么——错怪?"

"把他们扔进火里!"

"这些不安分的家伙……"

"他们在暗地里搞合作社!"

"这些贼! 他们这帮人全是贼!"

"闭嘴!"罗马斯大喊道,"你们已经看过了吧? 我的澡堂里并没有藏什么货物,你们还想干什么? 全都给烧啦,就剩下这么一点,瞧瞧吧! 放火烧掉自己的财产,那对我有什么好处?"

"他买过保险!"

十几个疯狂的叫嚷声随即又响起来:

"还望着他们干吗?"

"行啦! 我们受够啦……"

我两腿不停地哆嗦着,眼前一阵阵发黑。透过淡红色的烟雾,我看见一张张扭曲的丑陋面孔,还有长满胡须的大嘴,我好不容易克制住了自己,没有冲上去把他们狠狠揍一顿。这群人把我们团团围住上蹿下跳,嚷嚷着:

"噢一呦! 还拿着棍子呢!"

"棍子?!"

"他们要上来扯我的胡子啦!"霍霍尔说,我感觉到他冷冷一笑,"马克西莫维奇! 你也会被打的。唉! 不过,冷静,一定要冷静……"

"看呀! 那个年轻的带着斧子!"

我腰间的确别着一把斧子,自己都忘了。

"他们好像害怕了,"罗马斯琢磨着,"不过他们要是冲上来,您可别用斧子!"

一个从未见过的瘸腿小个子农民好笑地蹦来蹦去,歇斯底里地尖声叫嚷:

"到远处去,拿砖头砸他们! 我先来!"

说着他果然抄起一块砖头,一扬手朝我肚子扔了过来。我还没来得及还击,库库什金便像老鹰一般向他扑了过去,扭打着一直滚进了山沟。紧随库库什金之后,潘科夫、巴里诺夫、铁匠,还有另外十来个人也赶来了,库兹明一下子

显出一副一本正经的样子,说道:

"米哈伊洛·安东诺夫,你是聪明人,应该知道,大火把村里人吓得有点失控了……"

"马克西莫维奇,我们离开这儿,上河边的小饭馆去。"罗马斯一面说,一面摘下烟斗,迅速地塞进裤兜。他挂着棍子,疲倦得一步一歪地走出了山沟。库兹明似乎有意跟他并肩而行,嘴上还嘀嘀咕咕的。罗马斯没正眼瞧他,说道:

"滚开!白痴!"

在我们店铺那儿,还有一团金黄的炭火在暗暗燃烧,中间是一个炉子,残存的烟囱向灼热的空气喷吐着淡蓝色的烟雾。被烧得红通通的铁床支架,向四面伸着长腿,活像一只黑蜘蛛。烧焦的门柱子像身着黑衣的卫兵矗立在火堆旁边,这个卫兵的头上还戴着火红的帽子,身上穿着公鸡翎毛似的火衣。

"书都给烧了!"霍霍尔叹息一声,说道,"真可惜!"

孩子们把一块块暗燃着的木头用棍子抬到街上的泥水洼里去,仿佛是在驱赶一群小猪,木头一到水里便"哧哧"响着熄灭了,冒出乳白色刺鼻的白烟。一个大约四五岁,头发浅黄,眼睛蔚蓝的小孩,坐在温暖而又乌黑的水洼里,用棍子敲击被砸扁的铁桶,兴趣盎然地倾听着铁桶的声响。被大火袭击的人们神情黯然地走来走去,整理着残存的家具什物。女人们大声地哭着、骂着,为几块烧焦的木块争执不休。火场后面的果园里,苹果树静静地竖立着,许多树的枝叶都被烤焦了,愈发衬托出累累果实的鲜红欲滴。

我们到河里洗了个澡,然后坐进小饭馆,一声不响地喝茶。

"富农们想在苹果上搞鬼,他们失败了!"罗马斯说。

潘科夫来了,看起来心事重重,比平时更加温和。

"兄弟!怎么办?"霍霍尔问道。

潘科夫耸耸肩说:

"我的房子上过保险。"

大家都一声不吭了,彼此用诧异的探索的目光看来看去,仿佛从来都不认识。

"米哈伊尔·安东内奇,你现在有什么打算?"

"我得想想。"

"你必须离开这里。"

"看情况再说。"

"我有个主意,"潘科夫说,"我们出去谈谈!"

他们出去了。潘科夫在门前停了下来,扭身对我说道:

"你胆子倒是不小! 可以留在这儿,他们都害怕你……"

我独自来到河边,躺在灌木林里,望着河水缓缓地流过。

虽然已近黄昏,但天气还很闷热。在这个村子里发生的一切,仿佛是用彩笔在河面上绘出的巨大画卷,一幅幅地在我眼前闪现。我感到沉郁烦闷。可是没多久,疲倦袭了上来,我便昏沉沉地睡着了。

"喂! 醒醒呀!"我迷迷糊糊地感到有人在摇晃我,要把我拖到什么地方。

"你是死了吗? 快醒醒吧!"

一轮血红的月亮悬挂在大河对岸的草地上空,大得像车轮一般。巴里诺夫弯着腰使劲摇着我的肩膀。

"快走吧,霍霍尔四处找你,他给急坏了!"

他跟在我身后,小声地抱怨着:

"你不该随处躺下就睡觉! 山坡上人来人往,会有石头掉下来砸着你的,他们还有可能故意用石头砸你。老弟呀,我们这儿的人可凶着呢! 他们就喜欢记仇,除了仇恨,什么都不知道。"

有人轻轻地从河边的灌木林走过,碰得树枝晃晃悠悠的。

"找到了吗?"米贡洪亮的声音问道。

"找到啦。"巴里诺夫回答。

走出十几步,巴里诺夫叹息一声,说道:

"他又偷鱼去了。米贡的日子也很难呀! ……"

罗马斯一见到我,便生气地责备起来:

"您怎么会到处乱走呢? 想挨他们的揍吗?"

当屋里只剩下我们俩时,他神情忧愁地对我轻声说道:

"潘科夫建议让您留下,他想开一家杂货铺。我并不想劝您留在这儿。而我呢,您看,已经把剩下的一切卖给了他,我准备去维亚特卡。过段日子我会给您写信,让您上我那儿去,好吗?"

"让我想想吧。"

"您就好好想想吧!"

他在地板上躺下来,翻腾了几下就没有声息了。我坐在窗前,眺望着伏尔加河。月光从河水上反射出来,那色彩就像着火时的火焰。一只轮船沿着芳草青青的河岸航行,轮片"啪啪"地拍击着河水。三盏桅灯浮游在黑暗之中,忽而与星星擦身而过,忽而遮盖起星星的光芒。

"您生那些农民的气了吗?"罗马斯梦呓一般地问道,"别生气。他们只不过愚蠢而已。凶狠也是愚蠢。"

他的话并不能安慰我,也不能平息我心中熊熊燃烧的怒火。那些野兽般的满是胡须的大嘴发出凶狠尖叫的场景又浮现在我脑海中:

"到远处去,用砖头砸他们!"

那时候,我还不习惯于把无用的东西抛开不管。事实上,我也看到,就单个的农民而言,他的身上并没带着多少凶狠的气质,甚至根本没有。他们原只是些善良的野人。你能轻而易举地见到一个农民孩子般天真纯洁的微笑,任何一个农民,都会怀着孩童的虔诚深信不疑地倾听那些关于追求理智和幸福的故事,以及那些关于伟人功绩的故事。这些农民的心灵是独特的,他们珍视一切能够激发人们美好向往——对能够按照自己意愿过上快乐生活的向往——的东西。

但是他们一旦去参加村里的集会,或者在伏尔加河岸边的小饭馆里聚成灰压压的一片时,他们的一切美好品质便烟消云散,他们像神父一样,披起虚假和伪善的法衣,对那些有钱的掌权者摆出一副狗一般的谄媚嘴脸,那时的他们就尤其令人厌恶。有时他们又会显出一股豺狼的凶狠,竖起鬃毛,磨牙砺齿,相互恶狠狠地咆哮,为些微不足道的小事就要动手打人,甚至真的打斗起来。这时的他们凶狠得让人害怕，他们甚至可以去把教堂砸个稀烂，尽管昨天晚上他们还像绵羊走进羊圈一样，在那里谦恭地跪拜。在这些农民之中，也有诗情丰富的人和善于讲故事的人，可他们都并不招人喜欢。全村的人都在嘲笑他们，孤立他们，欺辱他们。

我不会，也不能跟这些人生活在一起。我和罗马斯分别的那天，我把这些困扰着我的想法倾诉给他听。

"这种结论太过片面，"他略带责备地说。

"可我确实有了这种结论，那怎么办呢？"

"这是错误的！没有依据。"

他又好言相劝了半天，向我证明这个结论没有道理，是错误的。

"先不要忙于指责！指责是很简单的一件事，不要只是一味地指责。应当静观其变，要记住，一切都会过去，一切都会好起来。太慢了吗？但却是一种必然！您应该什么都去见识一下，尝试一下，那样才会无所畏惧，可是不要急于去指责别人。老朋友，再见啦！"

而这一次的再见，却直到十五年后才实现。那时罗马斯因"民权派"事件又度完在雅库特巴的十年流放生涯归来，我们在塞德列茨重得见面。

罗马斯离开红景村后，我的心情像铅注了一般沉重，整日在村子里游荡，仿佛是一只没人收留的小狗。我和巴里诺夫一起到各个村子为富裕的农民干活，打谷子、挖土豆、看护果园，什么都干。晚上就睡在巴里诺夫的澡堂。

"列克谢·马克西莫维奇，你这个无所依靠的家伙，以后可如何是好哇？"他在一个雨夜这样问我道，"咱们明天就去海上，好吗？真的！待在这儿有什么劲？咱们在这儿总惹人嫌。再说，没准儿哪天还栽在那些醉鬼手里……"

巴里诺夫以前也多次跟我提过这事儿了。他也在为什么事情而郁郁不乐，两只猿猴般的手臂有气无力地垂着，茫然地四处张望，仿佛是在一片大森林里迷失了方向。

雨点砸着澡堂的玻璃窗，雨水冲洗着澡堂的角落，哗啦啦地流下了山沟。这是今年的最后一场暴雨，闪电苍白无力，勉强散发出虚弱的光亮。巴里诺夫又轻轻地问我：

"我们明天就出发吧？怎么样？"

我们真的走了。

……秋夜航行在伏尔加河上，真有不可言喻的惬意。我坐在一只驳船尾部的舵盘旁边，一个头发蓬乱的大脑袋家伙把着舵，他一面工作，一面还用脚丫子在甲板上踏着拍子，嘴里粗声粗气地喘息着：

"噢—呜夫！……噢嘞—嘞呜……"

像焦油般黏稠、绸缎般漂亮的河水在船后翻滚，一眼望不到头。河面上空飘浮着一片片黑压压的云彩。黑暗在四周缓缓蠕动，吞没了河岸的界线，仿佛整个大地都在黑暗中融化着，成为一股烟雾和液体，不断地向下流淌，流向那没有日月星辰、一片沉寂的无人空间，就这么永远流淌着，没有止境。

前方，拖轮隐没在漆黑的湿雾中，好像是在跟拖着它的巨大拉力较劲儿，一面大口大口地喘息，一面前进。拖船上有三盏灯，两盏紧贴着水面，一盏漂浮在半空，乌云下，还有四盏金鱼一般的灯火在靠近我的地方漂动，我们驳船上的桅灯就是其中之一。

我觉得自己就像被囚禁在一个冰冷的油脂气泡之中，气泡顺着一个斜面缓缓下滑，我就像是趴在油泡里的小虫。我感到这气泡滑落的速度越来越慢，近乎停滞不前——轮船不再发出"隆隆"声响，桨片也不再拍打黏稠的河水，一切声音都离我远去了，仿佛树叶被秋风从枝丫上吹落，又仿佛粉笔字被人从黑板上抹去，只有一片死气沉沉的孤寂重重地包围着我。

那个在舵盘前跺脚的大个子，身上穿着一件破旧的羊皮短袄，头上戴一顶揉皱的羊皮帽。现在他一动不动的站住，像是被施加了魔法一般，嘴里也停止了那"噢—呜夫，噢嘞—呜嘞"的哼叹声。

我问他：

"你叫什么？"

"你干吗要知道？"他用粗哑的声音反问。

黄昏,轮船从喀山启航时,我就留意到了这个长得像熊一样笨重的人,他脸上满是胡须,眼睛小得只有一条缝。他站在舵盘前,把一瓶伏特加倒进木勺,就像喝水似的,两口就把它喝光了,然后又啃了一个苹果做下酒菜。但当轮船拖动驳船时,他一把抓住舵杆,朝红通通的夕阳望了望,又晃晃脑袋,严肃地说:

　　"愿上帝保佑!"

　　轮船拖着四条驳船,从诺夫戈罗德市场驶向阿斯特拉岸,驳船上载满了准备运往波斯的铁器、糖桶和一些沉重的木箱。巴里诺夫用脚朝木箱踢了踢,又皱起鼻子闻了闻,说道:

　　"这八成是步枪,伊热夫斯基厂出产的……"

　　可那个舵手用拳头朝他肚子上捣了一下,问道:

　　"这跟你有什么关系?"

　　"我只是自己想想……"

　　"你是不是想挨上几个耳刮子?"

　　我们没有足够的钱去乘客轮,承蒙"关照"才上了这只驳船,尽管我们也承担水手的工作——轮流"值班",但还是被船上的人视为乞丐。

　　"你老谈论什么人民,人民。"巴里诺夫埋怨我道,"其实简单得很:谁有钱有势,谁就能骑到别人头上……"

　　夜色漆黑,连驳船的身影也隐没其中,只有被桅灯照亮的桅尖在烟雾中隐约可见。烟雾中弥漫着一股煤油的气味。

　　我对这个舵手抑郁的沉默很是生气。我是被水手派到这儿来值"夜班"的——给这个粗野的家伙做帮手。每逢拐弯时,他一面盯着前面灯光方向的变化,一面小声对我说:

　　"喂! 把好舵!"

　　我跳起身去扳动舵杆。

　　"行啦!"他嘀咕一声。

　　我又坐回到甲板上。好几次我想跟他聊起点儿什么,可是都没成功。他每次都反问道:

"这跟你有什么关系?"

天知道他究竟在想些什么!当我们穿过卡马河的黄色河水和伏尔加河青钢色水流的交汇处时,他望着北方,嘴里咕哝了一句:

"该死的!"

"你骂谁?"

他并不回答。

在这广阔无边的黑暗里,在远方,猝然响起几声狗叫,仿佛是尚未被黑暗完全吞噬的生命在做最后的挣扎,让人觉得渺茫而毫无意义。

"这里的狗真没出息!"舵手突然说。

"这里,说哪儿呢?"

"哪儿都一样。我们那儿的狗才够得上凶猛……"

"你是哪儿的人?"

"沃洛格达。"

于是一大堆粗鲁庸俗的话语从他嘴里倾泻而出,就像撑破了麻袋的土豆骨碌碌地朝外滚:

"这个,跟你在一起的是你叔叔吧?我看哪,他是个大傻蛋。我的叔叔才精明呢,胆子大,又有钱。他在辛比尔斯克管理码头,还在河边儿开了个饭馆子。"

他挺费劲地慢慢讲完了这些话,然后就用那双小得像一条缝似的眼睛盯着拖轮的桅灯,看它像只金色蜘蛛一般在黑暗的网上爬行。

"把好舵!喂……你念过点书吧?你知道法律是谁写的吗?"

我还没来得及回答,他又继续说道:

"大家各有各的说法,有的说是沙皇,有的说是大主教,是参政院。要是我知道了到底是谁写的,我就要去找他,对他说:你该把法律改改,不但叫我不能打人,而且要叫我连手都不许抬起来!法律应该是铁打的,像一把铁锁,把我的心一锁,这不就完了?那样才能让我不去犯法!可像现在这样,我却没准儿就去犯法!没准儿!"

他用拳头敲打着舵杆,一面喃喃自语,声音越来越小,越来越上句不接下句。

轮船上有人拿着喊话筒嚷着什么,那沙哑的声音跟消失在夜色中的狗吠一样,显得那样毫无意义。几盏灯火的倒影像几点黄色油斑,在轮船两侧黑乎乎的水面上漂荡着,消融着,隐约地照亮了一些东西。乌云稠密而沉重,像是一堆滚动在头顶的淤泥。我们向着这寂静的黑暗越滑越深。

舵手皱起眉头抱怨道:

"我们被拖到什么地方了? 我的心都不跳啦……"

冷漠占据了我的心头,冷漠,还有忧郁。我只想躺下睡觉。

黎明终于穿透乌云,静静地来临了,但这个黎明没有太阳的光辉,显得苍白无力。河水变成了铅灰色,河岸上显现出黄色的灌木林,铁锈色的松树干和深绿色的松针,一排排农舍,还有像石塑雕像一般的农民的身影。一只鸥鸟扇动着翅膀,从驳船上一掠而过。

我和那个舵手都换了班,我钻进帆布很快睡着了,可是没多久,就被一阵急急的脚步声和叫喊声给惊醒了。我把头伸出帆布,看见三个水手把那个舵手逼得紧贴在"工作舱"的墙板上,各自大声嚷嚷着:

"彼得鲁哈! 快扔下!"

"上帝保佑你,没关系的!"

"你呀,还是拉倒吧!"

彼得鲁哈交叉着双臂,死死抱住自己的肩膀,一言不发地站在那儿,一只脚踩着扔在甲板上的包袱,在每个人脸上看来看去,沙哑着嗓门说:

"不要让我去犯罪!"

他光着两只脚,头上没戴帽子,身上只穿着衬衫和短裤,倔强的脑门被一头蓬乱的黑发遮掩起来,下面是一双充满血丝、小得像田鼠一般的眼睛,他用哀求的目光惶惶不安地望着大家。

"你会被淹死的!"大家对他说。

"我? 那根本不可能! 兄弟们! 放开我吧! 要不然,我就会去打死他的! 一旦到了辛比尔斯克,我就……"

"别那么干!"

"唉! 兄弟们呀……"

他慢慢地张开双臂,跪了下来,双臂紧贴在"工作舱"的墙板上,像是被钉上了十字架,不停地央求着:

"放开我,别让我去犯罪!"

在他深沉的声音里,蕴藏着某种充满震撼力的东西,那长得像桨一样张开的手臂不住地颤抖着,掌心朝向大家。浓密胡子下的面孔也在颤抖,黑黑的眼珠从那田鼠般的小眼睛中突出来。那样子就像被一只无形的大手卡住了喉咙,就快窒息而死一样。

人们默默地闪出了一条路,他笨拙地站起身,捡起包袱说:

"谢谢大家!"

他走到船舷边上,出奇轻捷地一头扎进了河里。我也跑到船舷旁,看见彼得鲁哈像戴帽子似的把包袱顶在头上,脑袋晃晃悠悠,斜斜地划过水流,向岸边的沙地游去,岸边的灌木林在风中弯下了腰,把金黄的叶子撒向河水,仿佛是在专程迎接他。

人们说:

"他终于控制住了自己!"

我问:

"他疯了吗?"

"他怎么会疯呢? 不,他是在拯救灵魂……"

彼得鲁哈已经游到了浅水地带,他站在齐胸的水里,把包袱举得高过头顶,摇了摇。

水手们向他喊:

"再——见!"

有人问道:

"他没有身份证,那可怎么办?"

一个长着棕红头发,腿有些弯曲的水手痛快地告诉我:

"他有一个叔叔住在辛比尔斯克,经常对他动坏主意,把他的所有财产都骗了去,所以他想杀死那个叔叔。可是却抛不开怜悯之情,因此就逃避了这次罪行。这个汉子很粗鲁,但是他本性善良!是个好人呀……"

这个好人已经穿过一道窄窄的沙滩,朝上游走去,隐没在一片灌木林中。

水手们原来都是些善良的小伙子,也都是我的乡亲,祖祖辈辈都是伏尔加河人,到傍晚时,我觉得我在他们中间已经算得上自己人了。可是第二天我却发现,他们看着我的目光中流露出阴沉、疑惑的神情。我马上猜到,肯定是巴里诺夫这个幻想家被魔鬼扯住了长舌头,对水手们讲了些什么。

"你讲了什么,是吧?"

他眯着女人一样温柔的眼睛笑起来,羞涩地挠挠后脑勺,承认道:

"就讲了一点而已!"

"唉!我不是让你别讲吗?"

"我开始是不想讲的,可那个故事实在太有趣啦。我们那时想打牌,但是牌居然被那个舵手带走了。我们无事可做!于是我就……"

我仔细问了之后才明白,原来巴里诺夫为了缓解氛围,就编出一个好玩的故事,在故事的最后,我和霍霍尔被形容得如同古时的海盗威京人一般,手持斧头和一群农民砍杀。

你压根儿就没法和巴里诺夫生气,原因是他所谓的"真理"总在现实之外。记得有一次,他跟我一块儿去找工作,我们坐在山沟边的田地里,他信心十足,又满怀热情地劝我说:

"要去找寻称心如意的真理!你看山沟那边,羊群在吃草,牧羊犬在奔跑,牧羊人来回走动。这些有什么了不起的?我们的心灵得不到满足,老弟!你睁眼看到的全是凶恶的人,这才是真理!有仁爱的人在哪儿?他们还没被咱们想出来呢!"

船一抵达辛比尔斯克,水手们便野蛮粗鲁地把我们赶上了岸。

"你们这样的人并不适合我们!"他们说。

我们被用小船送上了辛比尔斯克码头,在岸上,我们晒干了衣服,数数衣袋里的钱,只剩下三十七戈比了。

我们去小馆子喝了杯茶。

"我们该如何做?"

巴里诺夫肯定地说:

"如何做?继续向前走!"

我们当"兔子"搭客轮来到了萨马拉。在萨马拉得到一条驳船的雇用,在船上干了七天七夜的活,接着顺利地到达了里海海岸。那里有卡尔梅克人办的一个名叫卡班库尔——巴伊的肮脏的渔场,在其中一个很小的渔民劳动联合会我们找到了工作。

世界十大名著

呼啸山庄

（英）勃朗特◎著　王茵◎译

線裝書局

导　读

　　艾米莉·勃朗特(1818~1848)生于英国北部约克郡哈渥斯市一个清贫的书香之家,只活了三十岁。1842年,二十四岁的艾米莉随姐姐前往比利时首都布鲁塞尔学习法文和德文。1846年,三姐妹化名"贝尔"共同出版了一本诗集。1847年艾米莉用一个男性的名字艾里斯·贝尔出版了《呼啸山庄》,以唯一一部小说确立了她在英国文学史乃至世界文学史上的地位。

　　艾米莉·勃朗特的惊世之作《呼啸山庄》是英国文学史上的一部奇书。100多年以来,它以扣人心弦的故事情节,富有诗意的景物描写,栩栩如生的人物塑造,如火如荼的爱憎激情,吸引着世界各国一代代的读者及评论家,被誉为英语语言中最震撼人心的小说杰作,被列为世界十大小说名著之一。然而在当时,《呼啸山庄》一直不为世人所理解,一开始就遭到评论界猛烈谴责,其中有一些说得非常刻薄:"是哪一个人写出这样一部作品来,他怎么写了十来章居然没有自杀?"有人这样嘲弄这部"恐惧的、可怕的、令人作呕的小说,应该改名为《枯萎山庄》才对。"

　　小说出版后,被冷落了40多年,直至19世纪90年代初,人们才意识到,这是一位女作家所能写出的"最好的散文诗"。进入20世纪以后,这部小说就像一块威力无穷的磁铁,紧紧攫住了亿万者的心,令他们着迷,令他们激动。

第一章

1801年——

我去我的房东那儿作客，此刻刚刚回来。我的这位邻居非常寂寞，以后必须要时常和他来往。应该说这并非一个十分美丽的村子！我并不确定在整个英国还能找到和这里一样的地方，全部脱离了外面浮躁的世界。这真是一个避世者的理想国度呀！我和希克厉先生两个人，正好是还算般配的一对儿，一起欣赏这一片荒寂的景致。难得一见的人啊！他如何明白我对他产生的纯洁感情呢——我骑着马走上前，看到那双炯炯有神的眼珠在他的双眉下面闪烁着犹豫的神色；而在我报完姓名的时候，他的手指向背心口袋里插得更深，显然没有和人打交道的意思。

"是希克厉先生吗?"我问。

他不过略微点了一下头，就当作回答。

"先生，我是你刚到的租户——洛克乌。我才到这里，马上就抽空来看您了，为了向您表达我对您的敬意，我再三地要求租下画眉田庄，没有给您带来什么麻烦吧? 昨天听说您准备——"

"先生，我拥有画眉田庄，"他飞快地阻止了我的谈话，"只要我可以做到，我绝不会叫别人来给我招惹麻烦的。进来!"

他说的这一声"进来"，是充满憎恶的、恶狠狠的，好像有一种"去你妈的"的语气在里边。紧靠着他的那个栅栏，对他所发出的这句话也毫无反应。我考虑就是如此的情景促使我接受了此邀请。这个人让我产生了浓烈的好奇心——看上去他的矜持和拒人千里远远超过了我。

看到我的马的胸膛马上要撞上了栅栏，还算不坏，他伸出手替我打开了链子，非常不情愿地领着我走上了铺道。我们刚进院子，他就喊：

"约瑟夫，过来牵走洛克乌先生的马，再送一点酒来！"

"这也许就是全家大小仆役的全部吧。"听闻了他连下的这两个命令之后，我心中有这样想法，"如此看来，石板缝中长着青草，让牛羊来'修剪'树篱好像也很正常了。"

约瑟夫看起来年纪不小了，准确说，应该算得上一个老头儿了，或许已经非常老了，即便看着非常结实。当他把马从我手中接走的时候，絮絮叨叨地嘀咕着："上帝慈悲些吧！"一面说，还一面气呼呼地瞪了我一眼，这叫我不怀恶意地猜想：他应该凭借上帝的力量去消化肚子里那顿刚吃的午饭吧，因此他那声虔诚的祷告跟我是没有瓜葛的。

呼啸山庄——这是希克厉先生寓所的名字。"呼啸"这个词在当地是有着非同一般的意义的。用来形容在大自然的大发雷霆的时候，这座山庄所要承受的风雨的呼啸肆虐。当然，年复一年地在这里住着，是不需为空气的甘冽清爽发愁的。只需朝庄园尽头的那几棵蔫了吧唧、歪歪扭扭的枞树上看一眼，再看一下那向一侧弯曲的枯瘦的荆棘（它们好像在伸着手向太阳乞讨施舍），你也许就可以感受到那猛烈地从山那边刮过来的北风。幸好，那时修建这房子的时候，建筑师早有预见，建造得非常牢固——窗子深深地缩在墙壁里面，很狭窄，在两侧的墙角处还有鼓出来的大石块起遮挡作用。

趁着还没有走进门槛,我驻足抬头看了一下那些奇奇怪怪的石刻,它们全刻在住宅的正面,尤其是在大门周围,有很多。我从大门顶部,那些已经隐隐约约、密密麻麻的三不像怪兽和不知羞的孩子们当中,隐约看出了"一五〇〇"这个年号,此外还有一个名字,它是"哈里顿·欧肖"。原本我还想说一些感叹的话,还计划请这位一脸冷漠的主人讲一下庄园的简史,但一看到他在门口摆着的那副姿态,非常显然是要我麻利儿进去,否则的话,就赶紧回去。我还不想没进门儿,就叫主人讨厌,让他更加厌烦。

我们刚起步就来到了起居室,根本就没有什么外间和穿堂。这里的人常常都把这间屋子当作"正屋",它一般还包括厨房和客厅。但我认为在呼啸山庄里那厨房一定是被排挤到别的地方了——至少,有说话的声音从最里面传出来,此外还有盆罐相互碰击的声音;而且在壁炉的四周,看不到有烘烤、烹炖等的痕迹,也不见有铜锅或者滤器等东西挂在墙上发出光亮。可从房间的另一头倒是散发出了光亮和热气,看着非常有生气;那是一口橡木大碗橱,放着的白镴盆子不计其数,一排接一排,中间还掺杂着一些银壶、银杯之类,一直摆到了屋顶。这口橱子一直是敞开着的,它的全部布局(唯有一个木架子,上面放着麦饼、牛腿、羊肉、火腿,挡住了它一点儿)总是让人看得明明白白。有几支劣质的旧枪和一对马拴放在壁炉上面,还有三个涂着艳丽的油漆的茶叶罐,整整齐齐地摆在壁架上,当作装饰品吧。地板上铺的白石十分光亮,简陋的高背椅上涂着绿漆;黑暗处还有一两只古老笨重的黑椅子。有一只很大的褐色的母猎狗躺在碗橱底下的圆拱里,它身边还围着一群尖声叫唤的狗雏;另外,在别的地方也还有狗。

这种房子和这种摆设本来是没有一点奇特之处的——如果主人是生着一副倔强的面孔,有一双结实粗壮的腿(假如再穿着短裤,绑上腿,那就更好),这样一个典型的北方庄稼汉的话。只要你挑的时间是刚吃过了饭,在这方圆五六英里的山区内,到处可以发现这样的人,坐在交椅里,再在他面前的圆桌上摆上一大杯飘着泡沫的麦酒。

但是,拿希克厉先生和他的居所以及生活方式相比,那就很奇怪。从相貌上看,他像一个黑皮肤的吉卜赛人;从衣着和行为看,他又好似一个绅士——就好比乡村中那些地主式的绅士,或者也可以说穿着邋遢,不过不一定就叫人看着不舒服,因为他的个子很有型儿,挺拔。他阴沉着一张脸,这样很可能叫人觉得他骄傲,好像有点儿缺乏教养。

我还是理解他,似乎感情上有相通之处,觉得压根儿不是这样。我本能地感到他之所以矜持,是因为讨厌别人在他面前卖弄情感,讨厌人与人之间的那种亲热暧昧。他的爱恨全藏在心底;而且认定假使再叫别人来爱他、恨他,那实在就是丢人现眼。

不,我是有点儿离谱了——我无非在依照自己的秉性在他身上作推理。或许在希克厉先生的身上有迥然而异的原因,叫他在有人想和他交往时,手一直往后缩;但跟我这样的原因却完全不同。我希望我这种性格是非常独特、不多的。我亲爱的母亲总说我永远也不会拥有温暖的家庭;如她所想,在去年夏天证明了这一点,我根本没有资格去拥有。

当时我在海边享受了长达一个月的宜人的天气,没想到结识了一个美丽的姑娘——她在我的眼里,好像一个天仙一般,这会儿她还没有搭理我,在我心目中她一直如此。我从未把自己的爱慕讲出去,可是眼神是能够传递感情的,哪怕傻子也可以看出我完全地坠入了爱河中。后来,她懂得了我的爱慕之情,给我送了一个秋波——啊,你可以自己去想那个甜蜜劲儿吧!可是我该怎么行动呢?说起来真没面子,我和蜗牛一样的冷漠地缩了回去;那姑娘越是看我,我就越冷淡、越藏得更深。这个天真的姑娘还真可怜,最后她开始对自己产生怀疑,以为自己出了丑,羞窘难当,硬是催着她妈妈带着她赶紧走掉了。

就因为这种奇特的性格,别人都说我无情无义。只有我自己明白这种因误会带来的冤屈。

我坐在了壁炉旁边的那张椅子上,主人则在我对面。俩人都一语不发,我就想触摸一下那只母狗。那只母狗从它的那窝小宝贝身边走开,和一只狼一般潜到我的小腿后,嘟着嘴,还有口水从白色的牙齿上淌下来,恨不得咬人一口似的。

我的抚摸让它喉咙里发出一阵叫声。

"最好别去理这狗，"和着狗的叫声希克厉先生也在怒吼；一面又一顿脚，制止住了下面发出来的更加猛烈的叫声，"它没有被抚摸的习惯——我养的也不是猫。"

他大步跨到门那儿，叫道："约瑟夫！"

约瑟夫正待在地下室里，不知道嘟囔了几句什么，可却没有想上来的意思；主人没办法就亲自钻下去找他了，只留下了我和那条凶恶的和母夜叉一样的狗，四目对视。它，还有别的凶恶的狗（蓬毛的守羊狗），全在一眼不眨地监视着我。

我并不想和它们的牙齿交锋，于是只好老实地坐在那里。可是不幸的是，我以为它们不会明白，想悄悄地逗弄一下它们，就冲着这三只狗挤眉弄眼做起鬼脸来。没想到居然惹恼了那位狗太太，它立即蹿了起来，直抵我的膝盖；我连忙把它挡了回去，拉过一张桌子搁在中间。

如此一来，众狗都被惹恼了。大小不等、年龄不一的六七个四条腿的东西，全部蜂拥着从不显眼的洞穴中蹿了出来，它们的目标非常一致。我感到我被集中进攻的是脚后跟和上衣的周围；慌乱中我一面挥动火钳击打那几个大的，一面不得已地大声求救，呼唤家人赶紧来收拾残局。

最让人气愤的是希克厉先生和他的仆人，居然还慢条斯理地一阶一阶地爬地下室。即便壁炉这边乱得一塌糊涂，又叫又咬的，可这两位的脚步让我觉得丝毫没有加快。

幸好这会儿从厨房那边过来一个人——一个十分结实的女人，她光着两臂，两颊红红的，袍子高高卷起，手持一只煎锅跑到了我们中间。她就以此为武器还有她的舌头，居然收到了出人意料的效果：一刹那，那场疾风骤雨般的猛烈场面被镇压下去了。她主人到来的时候，现场已经只有一个人了，她急促地喘着粗气，简直就如同被暴风袭过的海面。

"该死的，发生什么了？"他问，并且使劲地瞪我。我遇到这么无礼的待遇，还要再忍受别人的白眼，真是让人尴尬。

"对，的确该死！"我嘀咕着，"哪怕被恶魔缠身的猪发起狂来，也比不上你家里的这一帮畜生啊，先生。这样你还不如让一个生客单独和一群恶虎待在一块呢。"

"不去招惹它们,它们是不会生事的。"他说出了自己的观点,接着把酒瓶放到我跟前,又把桌子挪回到原来的地方。"狗原本就是用来看家的嘛。喝酒吧?"

"不,谢谢。"

"没有被咬着吧?"

"假若咬了的话,我肯定给这咬人的东西留下永久的纪念的。"

希克厉的嘴咧开了,呆板的脸上竟露出了一丝笑意。

"好啦,好啦,"他说,"洛克乌先生,是吓着你了。过来,喝一杯吧。这地方极少有客来访,因此我跟我的那些狗——直说也无妨——真的不知如何接待才好。先生,祝你身体健康!"

我鞠了一个躬,举着酒杯也给他说了一句祝愿的话。现在,我也不怎么生气了,假使就因为狗的冒犯而生一肚子闷气,那也太可笑,太无趣了。此外,我也不想让眼前这个人看我笑话——此刻他就正在这么做。

他可能也有了清醒的认识,感觉得罪一个好的租户是不明智的,态度渐渐有些好转,说话也不再那么怠慢了——去掉了那些代词、副词;并且还朝着我可能有兴趣的方面提话题——就是当前我要居住的处所的种种利弊。

听了他的谈话,我发现在这方面他懂得很多。对这次拜访我很满意,告辞的时候,我主动提出明天还要来。

显然地可以看出他不欢迎我再到他家里。不过我才不管这些呢,我就是要去。非常奇怪,相对而言,我竟然变得喜欢结交朋友了。

第二章

　　昨天整个下午是雾气腾腾的,而且还非常冷,我本打算围着壁炉在书房消磨这段时光,不想再踏着泥泞的道路到呼啸山庄去了。

　　午饭过后(有必要解释一下,我吃饭的时间是十二点至一点;但这儿的女管家,是一位挺沉稳的太太,总是不理解我的意思,或者说根本不愿意理解,而在五点钟开饭。我租这房子的时候,她是随房子一块过来的),既然决定不出去了,我就来到了楼上的厨房,却发现一个女仆跪在里面。一把扫帚、一只煤斗放在她的旁边,她正往火炉上堆灰烬,弄得屋子里到处是灰尘。我讨厌这乌烟滚滚的,立马掉头就走。我头上戴着一顶帽子,走了约四英里路,才到了希克厉的花园门口。这时,鹅毛般的雪片开始从天上飘落。幸运的是我躲过了这场大雪。

　　光秃秃的山顶上,泥土上的黑霜冻了厚厚的一层;寒冷的北风吹得我浑身打战。我无法打开栅栏上的锁链,就跳了过去,跑过醋栗树夹着的石板道,我开始敲门。可是敲了半天也没人应声,手骨都敲疼了,反而惹得那群狗狂吠起来。

　　"不走运的人!"我心想,"真没有礼貌,对客人如此无礼,活该和你们绝交!我这样的人也不会大白天的插着门。不管那么多——无论如何我也要进去!"

　　主意拿定,于是我几乎用尽全部力气摇晃那门钮。这时,从谷仓的圆窗里露出了约瑟夫的脸,好像正跟谁较劲儿似的。

　　"干什么呀,你?"他叫喊道,"你要找东家,就从谷仓这边绕过去,他在羊圈里。"

"里边怎么没人开门?"我大声问。

"除了堂客,里边一个人也没有。就算你不要命,敲到半夜,她也不会开的!"

"这为什么,你告诉她是我,不行吗,约瑟夫?"

"这跟我有什么关系,我才不管呢!"嘟囔着他又重新缩了回去。

雪越来越大了。我抓住门钮,试图再做努力,这时,从后院走来一个小伙子,他肩上扛着叉耙,赤着上身。他让我跟着他走。走过了洗衣间,还有那铺着石子的场地(这儿有一间储藏煤的屋子,还放着抽水机和鸽子棚),最后总算进入了那间舒服暖和的屋子,昨天我也是在这儿接受款待的。

壁炉烧得很旺,里面有煤块、泥炭、木炭,红红的光亮使人感到愉快。桌子已摆好,只等上美味的饭菜了。我有幸在桌子旁边看到了他们的"堂客",没料到这个家里还有这样的一个人。

我走上前行了个礼,认为她会让我就座。没想到她只看了我一眼,朝后靠了靠,就一动不动了,并且紧闭着嘴巴。

"雪下得好大呀!"我找点儿话说,"希克厉太太,我想是你家的仆人偷懒,真让那门儿受罪了。我费了好大的劲才使他们听到。"

她依然保持沉默。我睁大了双眼——她的两眼也直直的;还好,她把目光投在了我身上,但是冰冷冰冷的,使人感到压迫、紧张、不安。

"你坐吧,"那个小伙子开口了,一点儿也不斯文,"他马上就会来。"

我按他说的做了,咳了一声,给那只母狗起名叫"朱诺"。再次相见,很荣幸,它冲我摇了摇尾巴,以表示已经相识。

"这狗真漂亮呀!"我又开始说话了,"往后你准备留下那些小狗吗,太太?"

"它们并不属于我。"可爱的女主人回答了我,不过她的答话比起希克厉更厉害。

"哦,这里边一定有你怜爱的了。"我接着又说,转身看那些躺在暗处坐垫上的猫。

"怜爱它们简直不正常!"她显得很是不屑。

哦,天大的错误,那竟是一堆死兔子。我又咳嗽了一声,往壁炉边儿靠了靠,再次讲了一些天气恶劣的话。

"你根本就不该出门。"她边说边站了起来,伸手去拿放在壁炉架上的两个彩色茶叶罐。

原先她坐在背光处,此刻我才看清了她的长相和身材。她很苗条,显然还是个年轻姑娘;她身材很好,再加上小脸长得很秀美,能一睹芳姿真是三生有幸。脸蛋儿很秀气,皮肤是细腻白皙的,头发是浅黄色的,或者应该说是金黄色,垂在她细细的脖颈上,非常蓬松;一双眼睛很是妩媚,暗藏着的笑意让人消受不起。幸亏这眼睛的神气是介于蔑视和绝望之间的,让人觉得非常不协调,所以我那极易动情的心还算比较走运。

她的手拿不到那两个茶叶罐;我就想帮她拿。没想到她转过身来很戒备地看着我,简直像一个守财奴对着来帮他数金子的人。

"我不需要你帮忙,"她很干脆地拒绝了我,"我自己可以拿。"

"哦,对不起。"我赶紧说。

"你是受到邀请来喝茶的吗?"她问道,她在光亮的黑袍子上加了一条围裙,手中拿着茶叶,却不往壶里放。

"能喝上一杯热茶简直太棒了。"我说。

"你受到邀请了吗?"她又问。

"没有,"我笑着说,"你来请我不挺好吗?"

她把茶叶又放了回去,匙子也摔在了一边,回到位子上,似乎有点生气。她皱着眉,噘着嘴,就像一个要哭的孩子。

这时,那小伙子穿了一件非常破旧的上衣,站在壁炉前烤火;他瞧我的那眼神,简直让人觉得我们俩有什么深仇大恨似的。我开始怀疑他到底是不是仆人。从他的衣着、讲话方面看,非常粗俗,没有一点儿在希克厉先生和他太太身上所看到的优越感。他有一头浓密的棕色头发,乱作一团;满脸胡子拉碴;手是典型的做苦工人的手,非常黑。不过,他的态度很怠慢,可以说目中无人,在女主人面前也没有一般仆人样子。

无法确定出他的身份,所以我想最好还是别管他那怪怪的行为。五分钟过后,希克厉终于来了,让我稍微轻松了一些。

"先生，我说来就一定会来的！"我故作兴奋地叫道，"看来大雪要把我留在这儿了，如果你允许的话，我要在这儿待上半个小时。"

"半个小时？"他边说边拍打衣服上的白雪。

"我不明白你为什么非得在下大雪的日子出来闲逛。你不怕掉进沼泽里吗？熟悉地形的人晚上也会走失的。告诉你，这天气一时半会儿不会变好的。"

"在你的小仆人中可以找一个给我带路的吧，就让他住我那儿，明早再回来——你可以让我先用一下吧？"

"不，不可以。"

"哦，真没办法，那就只好凭我的机智了。"

"嘿嘿！"

"你泡茶了吗？"那个衣着破旧的小伙子问道，凶巴巴的目光掠过我投在了那年轻的女主人身上。

"有他的吗？"她问希克厉。

"快上茶吧，别说那么多了。"他的回答粗鲁得让我吃惊。这样的腔调显然是因为坏脾气。我决定不把希克厉当罕有的男子汉了。

备好茶后，他说："好了，先生，搬过椅子到这边来。"这算作对我的邀请吧。

就这样我们围着桌子一块坐了下来，其中也有那个野小子。大家都喝茶，沉默不作声。

我想如果这份不愉快是因为我的话，那我应该赶走它。大家不能一直一声不响，奋拉着脸坐着吧；他们这会儿眉头紧锁，不过脾气再恶劣，也不可能一天到晚这样吧。

"真有点儿怪，"我喝第二杯茶的时候开始说话，"真是怪，日常养成的习惯对我们的影响是那么大；希克厉先生，肯定有人会有这样的疑问，这种封闭的生活有什么意思呢；不过我可以说，在这样一个家庭里生活，再加上美丽的女主人日夜呵护着你的心灵——"

"我美丽的女主人！"他制止我继续说下去，脸上闪现的笑容简直恐怖，"我美丽的女主人在哪儿呢？"

"是希克厉夫人，你太太——我是说。"

"对了,你的意思是说,虽然她的身体不存在了,但灵魂却像天使一样保护着我,为呼啸山庄的命运祝福。是这样吗?"

我知道说错话了,就想挽回。我应该发现俩人年龄的悬殊,不大可能是夫妻。一个四十岁的男人是很理智很成熟的,这时他就不再幻想女孩子会因为爱而嫁给他——美梦是等我们年老时品味的。那一位看起来还不足十七岁呢。

忽然我有个念头一闪,我旁边那个捧着杯子喝茶,用脏手抓面包的粗汉子,会是她丈夫? 毫无疑问,他就是小希克厉了。嫁到这儿来跟被活埋了有什么区别呢? 轻率地嫁了这样一个糟糕的人,可能不知道世界上还有很多优秀的人吧! 真可惜! 我得注意一些,免得让她后悔自己的婚姻。

最后的想法真有点孤芳自赏,其实不是这样的。我旁边的那位,看一眼就让人觉得生厌;而按照以往的惯例,我知道自己还是蛮受欢迎的。

"希克厉太太是我儿媳妇。"希克厉先生说,果然我想得没错。他边说,边扭头看了她一眼,与平常不同,这是带着怨恨的目光,如果不是这样,那就是他生来就是一副蛮横的面孔,不像别人那样表情反映了心里的想法。

"啊,不说我也明白了。"我冲着身边那位小伙子说,"你真有福气,拥有这么一位美丽的天仙。"

这下更了不得了:那小伙子红着脸,紧攥着拳头,一副要打架的样子。不过他好像马上控制住自己,把怒火压了下去,但他喷出了一句粗野的谩骂,这是冲我发的,我只好装作没听到。

"可惜一样你也没猜对,先生!"主人说话了,"我们俩谁也无缘拥有这位仙女,她丈夫已经死了。她是我儿媳妇,嫁的人当然是我儿子啦。"

"那这小伙子是——"

"他不是我儿子。"

希克厉笑了,好像让他当这个愚笨的人的父亲,简直可笑极了。

"我叫哈里顿·欧肖,"另外一个怒道,"你最好尊重这个名字。"

"我没有对它不敬呀。"我说着。心中暗笑他自报家门时的那份得意神情。

他直直地盯着我,但我做不到与他对视,我担心我不能忍受,或者给他一耳光,或者乐得笑出声来。这里我才清楚地认识到,待在这样一个家庭里,真有点

The side text reads 世界传世藏书, 世界十大名著, 呼啸山庄, 图文珍藏版

儿无所适从。围绕着我的温馨的物质享受被精神方面的压力所抵消了,甚至被压倒了。我要识相一点,不再去碰那三个钉子了。

一直到喝完茶,也没有一个人说一句温和的话。我到窗口那儿看了看天气。外面的景色很荒凉,时间还不到,天已经黑了下来;狂风和飞雪制造了一个又一个可怕的漩涡,天空和山峰一片混沌。

"没人带路,我看我回不了家啦,"我嚷道,"道路已经被淹没了吧,即使露在外面,一步开外的地方我也看不清。"

"哈里顿,你去把那十来头绵羊赶到谷仓的门廊里,如果要让它们在羊圈里的话,就在前面挡块木板,再给它们盖点东西。"希克厉吩咐道。

"我怎么办好呢?"我更着急了。

没人理我。回头我看见约瑟夫提了一桶粥来喂那狗;希克厉太太凑在火边,点燃一束火柴在那儿玩,那是她刚才放茶叶罐时碰下来的。

约瑟夫放下粥桶后,带着不满的神气扫了一圈,扯着喉咙喊:

"我不明白,怎么你就能在那儿闲待着!气人的是,别人都干活去了;你就是没本事,跟你说也白搭,你的毛病什么时候也丢不了;你成心要到地狱去,跟你娘一个模子出来的!"

开始我还以为这是冲我来的,我可受不了,一直走到这老不死的身边,想一脚踢他出去。可希克厉太太的话使我停下了。

"你这个胡说八道、装正统的老不死的!"她回骂道,"你张口闭口地狱,最活该的就是你下地狱!我话说在前面,你最好别得罪我,否则在地狱我不跟你说好话,一定抓你。走着瞧吧,约瑟夫,"她从书架上抽下一部黑色的大书,接着说,"我要给你点厉害瞧瞧,看我的'魔法'到什么程度了。我本事大着呢,可以把这里的一切全部除掉!那头红母牛可不是好好死的,你的风湿病不是上帝在保佑你吧!"

"哦,真歹毒啊!"那老头气喘吁吁地说,"上帝拯救我吧!"

"不,你是活该,上帝早遗弃你了,滚开,要不,可有你好受的!我要用蜡、泥把你们做成小人儿,谁先违反了我的规定,我先不讲会得到什么样的惩罚,不过,你等着吧,还不快走,我正对着你呢!"

那小巫女直勾勾地瞪着美丽的眼睛,一副狠毒的样子;约瑟夫吓得浑身发抖,边祈祷,边叫:"真毒辣呀!"逃走了。

我以为这是她无聊时的游戏;现在房间里就我们两个,我就想跟她说一下我目前面临的困难。

"希克厉太太,"我语气很诚恳,"请原谅我打扰你。我确信看你的长相就能推断你的心肠很软。请你帮我找几个标记吧,我好找着路回家。我一点儿也不知道该怎么走,就像你不知道怎么去伦敦一样。"

"怎么来的还怎么回去,"她说,定定地在那儿坐着,面前有点着的蜡烛,还有那本摊开的大书,"虽然简单,但这是我能想到的最好的办法。"

"那如果我冻死在积雪掩埋的泥坑里,你听说后会不会心里感到不安呢?我觉得这也有你的责任。"

"那怎么会呢? 我又不能去送你。我连花园护墙的尽头都不可以去。"

"你? 这样的夜晚,我要是为了自己,让你出门,我是不忍心的,"我说道,"我不过是请你给我指路,不是让你去带路的;要不,你求一下希克厉先生,让他给我派一个人吧。"

"派谁好呢? 他、欧肖、齐拉、约瑟夫,还有我,你想让谁去?"

"农场上没有小孩子吗?"

"没有,总共就这几个人。"

"这么说,我只好在这儿住下了。"

"那你自己跟主人说吧,不关我的事。"

"请你记住这个教训,往后别老在山间乱跑,"这声音从厨房传过来,是希克厉严厉的腔调,"要住在这儿,我这儿可没有客人的床铺,你只能和哈里顿或约瑟夫合睡。"

"我可以睡在这儿的椅子上。"我答道。

"不可以! 无论有没有钱,总之我是不允许陌生人待在我无法防范的地方的,这可不符合我的行事准则。"这是那无礼的无赖的回答。

这样的侮辱,我真是受够了。我恨恨地丢给他一句话,越过他冲到了院子里;我气愤交加,竟然撞着了欧肖。天已经完全黑了,连出去的门都找不到。就在我乱摸的时候，我听到了他们的谈话，这是他们互相客气的一个典型。那小伙子开头好像有点可怜我。

"我陪他到林苑那儿，"他说。

"不如你陪他去地狱吧！"他的东家（或许是别的什么人）叫道，"再说，谁看那些马呢，啊？"

"与马相比人命要重要得多吧，怎么说也应该有人陪他走吧。"希克厉太太低低地说道。我没敢对她的好心抱有希望。

"轮不到你指使我！"哈里顿顶了回去，"如果你担心他，最好还是别出声。"

"我希望他的鬼魂也不要放过你！我还祝愿直到庄园塌掉也不会有第二个租户！"

"你们都听到了吧，她在诅咒我们呢！"约瑟夫嘀咕着，这时候我正奔向他。

他坐的地方可以听到这里的讲话，他还就着一盏灯在挤牛奶，我没言声儿就抢过了他的灯笼，一边说明天叫人送来，一边已经冲出去了。

"东家，他抢灯笼！"老头子一边叫一边追，"哎，'牙血'！看门狗！'虎狼'！抓住他，别让他跑了！"

小门一开，立刻有两个毛茸茸的东西蹿到了我的喉咙上，我没站稳，摔倒在地，灯笼也熄掉了；这时传来了希克厉和哈里顿的大笑声，使我万分恼怒。

还好这两个畜生只想炫耀一下威风，没有真把我生吞下的意思；不过它们并没就此放过我。我只能躺在地上，听它们的主人处置。最后，我帽子也掉了下来，我气极了，命令他们马上放我走，否则让他们吃不了兜着走；我还声称一定要报仇雪恨，以各种恐怖的事相威胁，那种可怕的怒气，简直像李尔王。

我火冒三丈，不断地流鼻血；可是希克厉的笑声不断，我的骂声也不断。我不知应怎样结束这局面，幸亏这时有一个人过来了，她比我冷静，比我的主人仁慈。她就是齐拉。这位健壮的管家听到外面强烈的闹声，总算出来了。她以为有谁要加害于我，但又不敢惹恼主人，就扯开喉咙转身对那个小无赖发脾气了——

"行啊，欧肖先生，"她叫，"真难以想象你还能做出什么事来！难道要在自家门口制造凶杀案？我看我是不能在这个家呆了。——瞧这个可怜的人，他都上不来气了！好了，别这样了。过来，我帮你看一下。好了，不要动了。"

说完，她突然在我脖子上泼了半桶冷水，把我拖到了厨房。希克厉先生也进来了，难得的愉快又被他那长时间的忧郁淹没了。

我非常难受，觉得天旋地转，想不借住他家也不行了；他要齐拉给我一杯白兰地，然后就进内屋去了。齐拉看我实在可怜，就安慰了我几句，按主人的吩咐，叫我喝酒；我感觉好点儿后，她就带我去睡觉了。

世界十大名著

·呼啸山庄·

图文珍藏版

第三章

　　齐拉带我上楼的时候,嘱咐我遮住烛光,别发出声音,因为她要带我去的那间卧室,东家是不允许的,他从没随便让人在那里住过。

　　我问为什么,她说她也不知道;她说她刚来这儿才一两年,这家怪事特别多,所以她也就不以为奇了。

　　我也是晕晕乎乎的,管不了那么多了。我插好门,打量了一圈儿,想看看床在哪儿。一把椅子、一个衣柜、一个大橡木箱子是全部家具,那个箱子的顶上有几个洞,倒有点儿像驿车上的窗子。

　　我朝"窗"里边一瞧,里边竟然有一张匠心独具的床,可以看出设想得很周全,这样一来,家里就不必每人都独占一间房了。可以说,它就是一间小密室。里边的窗台还可以用来当桌子用。

　　我推开了嵌板的门,拿着蜡烛走进去,然后又把门拉上。我很放心,这下不用再担心希克厉或别的人会闯进来了。

　　我把蜡烛放在窗台上,发现有几本发了霉的书放在那儿,上过油漆的窗台上划满了各种各样的字,但许多的字都不过在重复一个名字——凯瑟琳·欧肖,有的是"凯瑟琳·希克厉",还有"凯瑟琳·林敦"。

　　我有气无力地靠在窗子上,嘴里不停地念叨着这几个名字:凯瑟琳·欧肖—希克厉—林敦,一直到我上下眼皮闭拢。可是不过五分钟,突然跟灵魂闪现似的,一片漆黑中闪过一个又一个白色字母,一时大量的"凯瑟琳"挤满了整个空间。我吓得蹦了起来,正要驱赶这些纷乱的名字时,发现蜡烛芯挨着了一本旧书,发散出烤牛皮的味儿来。

我把蜡烛芯剪掉了,加上因为风寒而头晕,我老想吐,干脆就坐下来,打开了那本被烤焦了的书。这是一部瘦体字的《圣经》,有很浓霉烂的味道,首页上有一行字——"凯瑟琳·欧肖,她的书",另外,还有日期表明那是发生在二三十年前的事了。

我合上书,放下这本又拿起那本,最后所有的书都被我翻了一遍。可以看出凯瑟琳收藏书是有选择的,从书本磨损的情况可以得知它们的使用频率很高,虽然不一定都能派上正式用场。每一章上都有墨水笔留下的批语——最起码,可以被看作是批语,只要是空白的地方,就少不了墨水笔的痕迹。有的句子是前言不搭后语的;而另一些则可以看作是正规的日记,那些字体是稚嫩的,规划得并不整齐,显然是由一双小手写出的。

其中有一张衬页(当发现这页空白纸时,应该相当欣喜吧),顶端画有一张不错的讽刺头像,看后我很开心——因为这头像竟是我们的朋友约瑟夫,画得虽然不是很精致,但并不乏气势。于是我马上对这位未曾谋面的凯瑟琳产生了兴趣,我开始仔细辨认她的这些字迹,它们已经褪了色,很不好认。画底下还附有一段文字:

> 这个礼拜天太倒霉了!
>
> 我盼望爸爸能够回来。才不愿意让亨德莱做家长呢!他对待希克厉的态度相当恶劣——我们俩要抗争了,今晚就是第一步。
>
> 大雨下了一整天,我们无法上礼拜堂,所以约瑟夫不得不在阁楼上召开会议。楼下亨德莱与他老婆正惬意地在那儿烤火——我敢确定他们一行《圣经》也不会去读的。而希克厉和我,还有在农场干活的那个苦命孩子,却都要拿着祈祷书被赶到阁楼上去。我们在一袋粮食上坐成一排,边呻吟边打战,但愿约瑟夫也会发抖,那样为了他自己,也许会少讲一些吧。但这纯粹是异想天开!整整做了三个小时的礼拜,可看到我们走下来,哥哥居然还叫得出来:
>
> "怎么这么快就结束啦?"

以前礼拜天的晚上是可以玩的,条件是我们不大声吵闹;而如今即使轻声笑一下,都会被罚到壁角去。

"我看你们忘了还有家长在,"那魔王叫道,"谁先激怒我,那他就是不想活了。我禁止一丁点儿声音,禁止任何不规矩行为。嘿,是你吗!法兰茜丝,宝贝儿,你来揪他头发,我听到他指头打�摭子。"

法兰茜丝使劲儿地揪他头发,然后回到她丈夫身边。他们两个简直就像还没断奶的婴儿,无时无刻不在接吻,不停地唠叨一些蠢话,我们都羞于出口。

我们只能在伙食台的圆拱底下,尽量让自己舒服些。我刚用我们的围裙连在一起做了一个挂幕,没想到约瑟夫从马房过来,随手便扯下了我的工艺品,还赏赐了我一个巴掌,用他那乌鸦嗓子骂道:

"东家下葬后安息日还没过呢,你们耳边还有讲道的经文在回响,就胡闹起来了!真不知羞耻!给我坐下!那么多的好书你们就是不读!坐下好好想想自己的灵魂吧!"

按他说的,他逼我们坐得直直的,就着从远处的壁炉那儿射来的一丝光亮,看他丢给我们的烂书。我才受不了这个呢。我一扔就把那烂烂的封皮扔到狗窝去了,说我最讨厌的就是这类书。希克厉也把它踢到了同一个地方。这下可不得了啦!

"亨德莱东家!"我们的牧师大叫,"快点,东家,凯茜小姐撕了《救世之盔》,希克厉把《毁灭之大路》的第一卷给踢跑了。你不管教他们,这还行吗!哎,如果老东家在,非得好好揍他们不可——可惜他不在了!"

亨德莱离开了火炉边的天堂,火速冲了过来,揪着一个的衣领,抓着另一个的胳膊,把我们一块儿摔到了后厨房。约瑟夫还在不停地说,有"老魔鬼"在那儿等着活捉我们,逃不掉的。听了他仁慈的劝慰,我们各自躲在一个角落里,静等"老魔鬼"驾到。

我踮着脚够到了书架上的这本书和墨水,然后推开正屋的门儿,好让亮光进来,我坐下来写了二十来分钟。不过我的同伴觉得没意思,他想了个办法,说不如借那个挤奶女工的外衣来顶在头上,去原野上狂跑。哦,真不错,如果不是那个讨厌的老头子,他还以为他的提议能实现呢——就是淋雨,也没有这儿更湿冷。

凯瑟琳的计划大概成功实现了,因为下面写起别的事来了。她变得多愁善感起来了。她这样写道:

> 没想到亨德莱使我哭得如此伤心!头疼得我简直无法枕枕头;即便如此,我也还是放心不下。希克厉太可怜了,他被亨德莱骂成小无赖,禁止和我们坐在一起,一道儿吃饭;并且不允许和我一起玩了。如果我们不照他说的做,希克厉就会被赶出去。
>
> 他总是责备爸爸(他居然怨起爸爸了),说爸爸惯坏了希克厉;并说一定要让希克厉知道自己是个什么玩意儿——

念着这依稀可辨的字迹,我开始犯困——我的视线转移到印刷的字上了。这是一个装饰着花边的红标题——《七十乘以七,七十一中是第一:在吉牟屯、苏的礼拜堂牧师杰伯·勃兰德罕所讲的一篇布道经文》。

我还在浑浑噩噩中琢磨杰伯·勃兰德罕怎样就这个题目进行发挥时,却已在床上进入了梦乡。

哎,喝的是坏茶,又发了一顿臭脾气,这下真够我受的了!这就是我要度过一个可怕的夜晚的原因吧。从我有能力承受苦难以来,还没有一个夜晚能与这一次相匹敌。

我开始做梦,我甚至还没弄清自己的处境。我感到好像黎明已经开始。约瑟夫为我带路,我向家走去。我们踏着三英尺的雪艰难地前进,我的向导只是埋怨我不带朝圣用的拐杖,因为没有拐杖所以我进不了那所房子;他边说还边得意地舞动他手中的棍儿——我觉得它也就是一根木棍。

本来我觉得这很好玩,我为什么一定要一件防身武器进自己的家呢?不过一会儿我又一想:我并不是回自己老家。我们要去听那著名的杰伯·勃兰德罕讲解经文,即《七十乘以七》。不清楚是约瑟夫,是那布道的牧师,还是我触犯了"七十一是第一"的罪,要被公之于众,驱逐出教。

我们总算到了礼拜堂。其实我平时散步时,路过那儿两三次呢。它位于两座山的低谷(那低谷已被填上了),不远处沼泽散发着阴冷的泥炭气味,人们说可以不让那边放着的尸体腐烂。如今屋顶还完好无损。不过牧师一年只能拿到二十镑俸禄,只有两间房子可住(两间可能也要没有了,马上就只有一间了),所以没有教士愿意来这儿当牧师;而且人们还在说,就算他饿死,他的那些"子民",也不愿多拿一个便士给他。

在梦中我却看到杰伯周围聚着很多会员,都在聚精会神地听他讲。他正在布道,上帝啊!这经文也太长了,足足有七七四百九十条,每一节都和普通的一篇那样长,每一节都在独立地讨论一种罪!真不知道这么多的罪他是怎么收集来的。每一点他都有自己的独特见解,好像世间的人们每犯一罪都有不同的名称似的。都是些稀奇古怪的东西,以前我根本想不到还有这样怪异的罪过。

真是烦人!我不知自己是怎么晃动、打哈欠兼时不时地打瞌睡又重新打起精神的!还有不停地拧、捏自己,又揉眼睛,站起来又重新坐下,还提醒约瑟夫如果牧师讲完话,告诉我一声。

对我的惩罚就是一直让我听布道。他终于要讲到"七十一中是第一"了。在这关键时刻,我脑海中忽然闪过一个念头,我禁不住一下站了起来,在众人面前指责杰伯·勃兰德罕,这个罪犯作的恶,没有一个基督徒可以饶恕他。

"先生",我大叫,"我坐在这墙壁之间,已经耐着性子听了你的七七四百九十条经文,并且原谅了你。有七七四百九十次我想拿起帽子就走,而你则七七四百九十次无理地迫使我重新坐下来。这会儿我真是无法再忍受你的第四百九十一条了。一起遭罪的伙伴们,不要放过他!把他拉下来,狠打一顿,这样,他现在站的地方以后就不会再有他这个人了。"

"你就是罪犯!"一段沉默过后,杰伯大嚷,他用手撑着垫子,探出身子,"你有七七四百九十次在打哈欠伸懒腰,紧锁双眉——我七七四百九十次对我的灵魂说,你看,这就是人性的弱点,不过这还可以宽恕!兄弟们,下面就是'七十一中是第一',照书上所说的来判处他吧。只要是圣徒谁都有这份荣幸!"

他刚讲完，人们就都高举朝拜的拐杖冲我来了；而我却双手空空，没有武器来自卫，于是我就去抢约瑟夫的，他是离我最近，进攻我又最厉害的。这么多人挤在一起，其中免不了棍子互相打架，还有冲着我来却打在了其他人的天灵盖上的。一时间，教堂里一片混乱，你打我也打，所有的人都在跟他旁边的人乱打。勃兰德罕也耐不住寂寞，精力充沛地拼命乱打讲坛，讲坛板发出骤雨降落般的声音；最后，我终于缓过劲儿来：梦醒了。

什么声音让我觉得这是一场闹哄哄的乱斗呢？混乱之中杰伯的闹声又是为什么？原来是那枞树的枝丫因狂风而撞击窗户、那些坚硬的果子打在玻璃窗上的声音。

我疑惑地听了一会儿，知道了做这怪梦的原因，我翻了个身又睡着了，梦又来了——如果可能，这一次更胜过前一次。

我感觉这次是躺在橡木柜里，狂风的怒号和空中飞舞的雪花都听得很清楚。这次也有枞树的枝丫发出的让人讨厌的声音，但已经不会产生什么错觉了。不过这乱哄哄的声音实在太烦人了，如果可能我一定要制止它们。于是我就起来去开窗户了。那个钩子是焊在铁环中的——我醒着的时候也发现了，不过这时又忘了。

"我不管这些，就是不让它们再闹！"我嘀咕着，就敲破了窗玻璃，伸手去抓那烦人的树枝。

万没想到没抓到树枝，却抓住了一只冰凉的小手的手指头！噩梦般的强烈恐惧震慑住了我。我想抽回手，但那小手却不放松。一个凄凉的声音悲泣道：

"让我进去——求你让我进去吧！"

"你是谁？"我拼命想抽回我的手。

"凯瑟琳·林敦，"从窗外传来的声音在颤抖，（我怎么会想起"林敦"呢？二十多次我都把"林敦"当成了"欧肖"。）"我来了，我在外面找不着路了！"

在听她说的那一刻，我依稀看到一张孩子的脸正往窗里张望。我吓得不知怎么才好，看来很难使这个小东西走开，于是我就使劲让她的手腕在玻璃上撞击，以致那流下来的血水把被褥弄得湿透。

但窗外的那个声音并没有因此而停止，继续哭叫道："求求你，让我进来吧!"那只小手还是紧紧地抓着,我都快被吓疯了。

"我办不到呀,"我终于开口说话了,"你想让我放你进来,就先松开手!"

果然那只手松开了,我赶紧从洞口抽回手,用一大沓书把窗子堵住,又把耳朵捂上,不让自己去听那苦苦哀求的声音。

我大约足足捂了有一刻多钟,可是一松手,又听到了那凄惨的悲鸣声。

"离开这里!"我怒吼道,"无论怎样我也不会让你进来的——就算你再求二十年也是白搭!"

"已经二十年了,"那个声音可怜地低吟道,"这二十年,我一直在外面流浪!"

紧接着,又传来了轻轻的摩擦声,那些书开始晃动,好像有人在往里推。我要跳起来,但身体却动不得,我被吓得几近疯狂,竟然大声叫了起来。

使我更加慌乱的是,我发现那一阵子喊叫居然是真的。这时门口响起了急促的脚步声;房门被人撞开了,有亮光从床顶上的方孔里射了进来。我坐在那里瑟瑟发抖,不停地擦额上渗出的冷汗。

进来的那个人迟疑了一会儿,好像在自言自语。然后,他用小得跟耳语一样的声调问:"这儿有人吗?"

看得出他并没想到会有人回答。我认为我应该说出我在这儿,因为我听出了那是希克厉的声音,我要是不出声,他可能会来查的。决定之后我就站起来开门。这样做导致的后果简直让我无法忘怀。

希克厉穿着衬衫和长裤,拿着蜡烛,站在门口,蜡烛油滴在手指上似乎也没感觉到,他的脸色像墙壁一样苍白。"吱"的一声响动几乎使他弹跳起来——手中的蜡烛被抛在几英尺外的地上。他浑身哆嗦,蜡烛甚至都拾不起来。

"先生,只是你的客人而已,"我喊,为了不让他再被吓得狼狈不堪,"真不好意思,因为做噩梦所以我大叫起来。对不起,吵醒了你。"

"啊,让老天来惩罚你吧,洛克乌先生!我希望你下地狱,"我的主人说话了,他已经拿不住那支蜡烛了,就把它放在了椅子上。"谁带你到这房子里的?"他边说,边用指甲掐手心,又以磨合牙齿来制止上颚的痉挛。"是谁,我要马上把他们赶出去!"

"是女仆齐拉，"我答道，一边赶紧披上衣服，从床上跳了下来，"希克厉先生，你要这么做，我也管不着；这样处分她也不无道理。我想她是在拿我做实验，以此来验证这儿真的有鬼。没错，就是有鬼——到处是各种各样的鬼魂！我看你是有必要把这屋子关起来。没有人会因为能在这个洞窟里眯上一会而感激你！"

"你胡说什么呀？"希克厉说，"别胡闹了，既然你都在这儿了，就在这儿睡到天亮吧。不过，看在上帝的面儿上，别再制造恐怖的声音了。除了有刀子在威胁你，否则我是不饶你的！"

"如果那个小妖精从窗户钻过来，我一定会被她掐死！"我答道，"你那热情好客的先人我可承受不了。那个杰伯·勃兰德罕牧师是你母亲家族的亲戚吗？还有那个叫凯瑟琳·林敦的小妖精，也许是欧肖，别管叫什么，她肯定是被换过的——这个小东西坏透了！她说她在外面流浪了二十多年了——很显然，这是她自作自受、罪有应得！"

话一出口，我马上想到了那本书中有希克厉和凯瑟琳，关系似乎还不一般。刚才我全忘了，这时才想起。我觉着自己有点莽撞，不禁难为情起来；但是我还装着什么事也没有，继续往下说，"事情发生在前半夜，那时我还没睡着——"

这时我又停住了，我本来要说，"我翻了几本书，"但一想这样岂不是露了马脚，书中的字和正文我全看了吗？所以我马上改变了话题："我看到了窗台上写着的几个名字，就一遍又一遍地念，就跟数数一样，我想利用它来帮助入睡，或者——"

"你说这些是什么意思？"希克厉发怒地吼道，"你竟敢，在我家中？——上帝啊，他说这些真是发神经了！"他猛击自己的额头，看来气得不得了。

他这么说，使我不知如何是好，应该生气呢，还是再作解释呢？但他那样激动，我就有点可怜他，再次跟他解释说我是做了一场噩梦，还表示我以前从未听说过"凯瑟琳·林敦"这个名字，因为念的次数多了才进入了脑海中，因为我神志不清楚，它竟化为一个人了。

在我说这些话的时候，希克厉在一步一步往床那边后退，然后，差不多是藏在床后坐了下来。从他那急促、混乱的呼吸声中可知他在拼命克制自己异常激动的情绪。

我不想让他知道我洞察了他内心的挣扎,就故意弄出很大的声音来,边看表边自言自语,"这一夜可真漫长,才三点钟!我敢打赌,应该是六点钟。时间停下了它的脚步。我们肯定八点就开始休息了!"

"冬季一般是九点睡,四点起床,"我的主人忍着呻吟说。从早晨他的影子可看出他正在抹去眼角的泪水。"洛克乌先生,"他接着说,"你去我房里吧,这会儿你下去,只会影响别人。我的睡意被你的哭叫赶得无影无踪了。"

"我也睡不着了,"我说,"我先到院子里散会步,天亮后我就离开这里。我以后不会再来打搅你了,这点请你放心。我的以交友为乐趣的毛病,无论在城市还是农村,都给纠正过来了。一个有思想的人有自己陪伴,就该知足了。"

"快乐的同伴!"希克厉嘀咕着,"拿上烛火,你愿意上哪儿去就上哪儿去。一会儿我会去找你。不要去院子里,那几只狗没拴;还有正屋有朱诺在放哨。还有,哦,不行,你只能在楼梯和过道里。去吧,两分钟后我就来!"

我按他说的去了;可是出了卧室,我不知道这条窄窄的走廊通到那里去,就停下了。不料却碰巧看到了我的房东在做一件与他的身份很不相称的事情,他竟是那么迷信。他上到床上,用力打开窗子,一边推,一边泪如泉涌。

"来吧,进来吧!"他抽泣着,"凯茜,来吧。再来一次吧!啊!我的心肝宝贝儿!这次你听我的吧!凯瑟琳,听我一次吧!"

原来那灵魂本来就是不可捉摸的,怎么也不肯出现;卷进屋子里的只有呼呼的风雪,甚至吹到了我这儿,蜡烛都被扑灭了。

由于这些胡言乱语中带着深沉的痛苦和悲哀,所以我竟不觉得荒诞可笑,反而深感同情。于是我离开了这儿,对自己偷听他的内心表白很不满意;又怨自己不该讲解那个荒唐的怪梦,好好的生出那么多不幸——虽然我并不能说出其中的缘由。

我轻轻地走到楼下,到了后厨房,那儿还残存着点火堆,我就借着它又把蜡烛点上了。屋中非常静,只有那只从灰堆里爬出来的猫,恶狠狠地冲我叫了一声。

有两条圆弧形的长椅放在炉子前面,几乎把炉子圈了起来,我在其中一条上躺了下来，老狸猫则跳上了另一条。没人打搅之前，我们俩都在打瞌睡。约瑟夫从天花板的活门里放下了一个木梯子，我想上面大概就是约瑟夫的阁楼。

他阴沉地看了一眼我拨弄过的炉子，赶跑了老狸猫，自己占据了猫原来的位置，又开始往三英寸长的烟斗里装烟草。显然我不请自来，闯入了他的圣地，这是很可耻的，他根本没想理我。他默不作声地两臂交叉着喷起烟雾来，我也不去破坏他的悠然自得。

抽掉了最后一口烟，叹了口气，站起来走了，一如来时那样目中无人。

接着传来了一阵有节奏的脚步声。这次我想开口说"早安"，一看是白劳神了，只得把这声"早安"打了回去；原来是哈里顿·欧肖在那里小声地做晨祷——不知碰到了什么东西，他就骂着不停，一看他是在找铁铲或铁锹去铲雪。他张着大鼻孔从长椅的背后看了我一眼，根本没有要和我打招呼的意思，这与对待那只狸猫没什么区别。

看到他做这些工作，我觉得可以走了，就离开了座位，想跟他出去。他明白了我的意思，就用铲尖撞了一下里门，不知说了一句什么，算是告诉我，我要想挪位置只能从那边儿走。

里门是通着正屋的，这一家的女人已开始一天的活动了。齐拉在鼓大风箱，火焰被扇得直冲到烟囱上。希克厉太太在壁炉边跪着看书。她用一只手为眼睛阻挡那火光的热气，好像全部精力都在那书上；只有在火星掉在她身上，她斥责女仆的时候，或者她推开那往她身上凑的狗的时候，才会分散一下精力。

我惊奇地发现希克厉先生也在这儿。他站在火炉边，背对着我，刚刚结束那场对齐拉的铺天盖地的训斥；可怜的人，干活的时候她还不时地停下来撩起裙子，气鼓鼓地叹气。

"还有你这个没出息的——"我进屋的时候，他正把目标转移到他的儿媳妇身上，还用了绵羊啊、鸭子啊等这些无关痛痒的词语，但也时不时地打住，代之以无声的短横"—"。

"看看，又在演鬼把戏！每个人都在为你挣面包，你却接受我的施舍打发日子！扔掉那些废物，干点儿事吧。是我倒霉，老是得看见你，总有一天我要和你算这笔账。该死的贱人，你听到了吗？"

"我这就扔掉这废物,不扔也没办法,你不会饶过我的,"那少妇说着,合上书扔在旁边的椅子上,"但是我就是不做事,除非我自己愿意,否则就算你咒烂舌头也是无济于事。"

希克厉举起了手,俩人赶紧跑开,拉开了一段距离,看来都清楚那只手掌的力量。

我没有兴致看猫和狗打架,就赶紧上前,装着要到炉边来烤火的样子,并且根本没意识到打断了他们的吵架。

这两个人还算给自己留些面子,停止了争吵。希克厉为了不让拳头再发痒,插到了口袋里;希克厉太太则嘟着嘴,坐到远处的一个位子上去了,并且说到做到,在我待着的那会儿,像个雕像般一动不动。

我没多停留,回绝了和他们共进早餐,等东方刚有些发亮,就找个机会跑出去了。这时,外面的空气清新像无形的冰一样充满了寒气。

快到花园尽头的时候,房东先生叫住了我,说愿意跟我一块走过原野。整个山头都是白茫茫的一片,底下地面的高低不平使得它看上去像波涛一样,幸亏有他在;我昨天经过这儿的时候,在心中画下了一幅地图,而此刻山冈的纹路,石坑的痕迹,全部从这幅地图上消失了。

我留意到在路边,每隔六七码就竖着一块石碑,在整个荒原上蔓延不断。石碑上还涂上了石灰,以作为晚上走路的指标,或者像今天这样遇上大风雪,当路旁的沼泽地和坚硬的道路无法分清的时候就可以拿来当路标。但此刻仅仅露出了几个小黑点,那石碑连个影儿也没有了。我的同伴必须不断地告诉我该往哪个方向走,而我还以为自己沿着弯弯的小路走得准确无误呢。

我们俩在路上讲话很少,走到画眉林苑的边界时他停下来说,到这儿我就可以自己认路了。我们匆忙地鞠了一个躬算作告别。于是我靠自己接着往前走,因为现在那看守林苑的门房根本没人住。

林苑的门房距离田庄有两英里路,但我确信我走了有四英里,一会儿迷了路,一会儿又整个儿跌进了深坑里,积雪一直到了我的脖子——不亲身经历是无法体会这种痛苦的。好歹不管怎样,钟敲十二下的时候,我总算踏入了自己的家;如果按平常从呼啸山庄到这儿的路线算,大概一个小时才走一英里。

那位刚为我服务的女管家和她的手下都跑出来迎接我,都嚷着说以为我已经没有生还的希望了,他们都猜我是被昨晚的大风雪所吞没了,正发愁没法寻找我的尸体呢。我命令他们别胡闹了,我不是好好地回来了吗?

　　我的心脏都要被冻硬了。我艰难地爬上楼,换上了干衣服,然后在屋里来回走了大约三四十分钟,才暖和了一点儿。我被挪到了书房,整个人没有一点儿精神,软得像个猫似的——就连仆人为我准备的热烘烘的炉火和用来提神的热咖啡,都无法享受。

第四章

　　人类是多么地善变呀！我本来决定断绝一切世俗来往的,这得归功于我的运气,使我能找到这个几乎是完全封闭起来的地方。唉,我是一个软弱的可怜虫,开始还努力坚持自己的孤独、寂寞,慢慢地就越来越支持不下去了,只好甘拜下风。丁恩太太来给我送晚饭的时候,我说想知道一些关于这所宅的情况,希望她能在我吃饭的时间聊一聊。我期望她是一个真正的善于交谈的人,她讲的话要么使我产生浓厚的兴趣,要么就是做我入睡前的催眠曲。

　　"你在这儿住了很长时间了吧,"我打开了话匣子,"听你说住了十六年了?"

　　"是十八年,先生;我们小姐出嫁的那年,我跟着来伺候她的,她死后,我就留下来替东家管家。"

　　"是这样。"

　　然后就没什么说的了。我担心她不是一般的絮絮叨叨的老婆子,要是聊一些她自己的事,那我可没兴趣。

　　然而,她两手放在双膝上,思考了一会儿,她那红润的脸被阴云笼罩了,似乎在苦苦回忆什么——她叹道:

　　"唉,十年中发生了多大的变化呀!"

　　"是啊,"我说,"我猜你肯定经历过很多的人间沧桑吧?"

　　"是的,经历过不少呢,还目睹了很多的伤心和痛苦。"她说。

　　"哦,我要把话题移到我的房东一家身上!"我心想,"用这个来做开场白很不错呢,还有我很想打听一下那位漂亮的小寡妇的身世——她到底是本地人呢,还是外乡人呢,也许后者的可能性更大,所以才可怜巴巴地遭到这些无情的本地人的欺负。"

主意打定后,我就问丁恩太太关于希克厉出租画眉田庄,而自己却要住那个位置和房子都不及它的山庄的问题。

"是因为他没有钱来管理这份产业吗?"我问。

"他钱多着呢,先生!"她答道,"没有人知道他到底有多少钱,而且还在一年一年地递增。是的,他有足够的钱可以住比这好得多的房子。不过他很吝啬——手捏得很紧;即使他有意想来画眉田庄住,但只要一听有好租户,无论如何也不会丢掉这几百镑的。真让人费解,一个没有一个亲人在世上的人竟会那么爱钱!"

"他有个儿子来着吧?"

"对,他是有过一个儿子,他已经死了。"

"那么那位希克厉太太,即那个少奶奶,是他的遗孀吧?"

"是。"

"她娘家是哪儿的?"

"唉,先生,她是我以前的东家的女儿。她的闺名叫凯瑟琳·林敦。我把她从小带大,真可怜呀!我多么希望希克厉到这儿来住呀,那样我们又可以在一起了。"

"啊!凯瑟琳·林敦?"我被震惊了。不过又一想,我断定这不是那个幽灵凯瑟琳。接着我又问:"那这所宅子以前的主人是林敦吧?"

"是的。"

"那么欧肖是谁,就是那个在希克厉先生家住着的哈里顿·欧肖? 他们是亲戚吗?"

"不,他是已谢世了的林敦太太的侄子。"

"那也就是这位少奶奶的表兄弟了?"

"对,她丈夫也是她的表兄弟;一个是她妈妈这边的亲戚,另一个是她爸爸这边的亲戚,希克厉的太太是林敦先生的妹妹。"

"我看到呼啸山庄大门前刻有'欧肖'的字样,他们的家族都很古老吗?"

"特别古老,先生;这一家族的最后一代是哈里顿,而我们的凯茜小姐是这儿的最后一代——我是指林敦这一家族。你去过呼啸山庄了吧?请你原谅我问起这个,我真的很想知道她最近的情况。"

"你指希克厉太太?她脸色不错,很漂亮;不过我看她不很愉快。"

"哎哟,这一点儿也不怪!你看主人怎么样?"

"丁恩太太,我觉得他很粗暴,这是他的个性吗?"

"粗暴得像锯齿一样,像砂岩那样坚硬!你最好少跟他来往。"

"他肯定在人生中遭到过很多挫折,所以脾气才这么坏。你了解他的历史吗?"

"先生,除了他在哪儿出生,父母是谁,其他的我全知道——这是一只杜鹃的历史;我知道当年他是怎么发家致富的。还有哈里顿是怎样被赶出来的,就像一只羽毛未丰的小鸟!这孩子多可怜哪,他被别人欺负却还一直蒙在鼓里。"

"哦,丁恩太太,你行行好,给我讲一讲邻居家的事吧。我爬上床也睡不着觉,求求你,坐下来讲上一个钟头吧。"

"啊,这没问题,先生!我去拿点针线活过来,这样你想谈多久就多久。但是你着凉了,刚才我看到你在打寒战,你先吃点粥发散发散吧。"

她去拿针线活去了,我蜷曲着身子又往火炉边凑了凑,我脑袋发烧,而浑身却冷得不行;并且大脑兴奋极了,所以我甚至要被弄昏了头。但我并没有不舒服,而是担心(此刻依然如此)这番遭遇会导致可怕的后果。一会儿她就回来了,拿着一盆热气腾腾的薄粥和一个针线篮。她把粥放在炉边后,然后拉过椅子,看得出她很高兴能和我攀谈,没用我再次要求,她就又讲开了。

没来这之前,我是一直住在呼啸山庄的;因为我母亲从亨德莱·欧肖(即哈里顿的爸爸)幼年开始就照顾他。我经常和孩子们在一起玩儿,有时也帮忙干点活,比如弄干草之类的,我整天在农场上转悠,等着有人让我干点儿什么。

在一个夏日的清晨,我记得正赶上割麦子,那位老东家——欧肖先生,穿戴整齐地走下楼来准备出门。他吩咐过了约瑟夫这天该干什么,又转身对着亨德莱、凯茜还有我(我们正在一起吃粥),他对儿子说:"我的好儿子,我今天去利物浦,想要带什么来吗?说一些小点儿的你喜欢的东西。我是步行,单程就六十英里呢,很远呢!"

亨德莱说要四弦琴,然后他又问凯茜小姐。当时她只有六岁,但她能骑马房里所有的马,于是她提出要马鞭。这个好心的人并没有忘记我,虽然他有时相当严厉。他说要给我一袋苹果和梨;他吻别了两个孩子,就出发了。

我们觉得过了好久,他走后,小凯茜经常要问爸爸怎么还不回来。第三天晚上的时候,欧肖夫人希望他能够到家吃晚饭,于是一再推迟开饭时间,但老也不见有点儿动静。

后来,孩子们都不耐烦了,谁也不再跑到楼下去迎接了。天黑了,母亲让孩子们去睡觉,但他们表示愿意继续等。十一点左右的时候,门轻轻地开了,是东家回家了。一到家他就坐在椅子上又是大笑又是呻吟,还说,你们都别过来,我快要累死了。就算把英伦三岛送给他,他也不愿意再走了。

"我一直在竭尽全力地跑,真受不了!"他边说,边打开手中抱着的大衣,它已经裹作了一团。"老伴,快来看呀,这辈子还没有什么东西搞得我如此狼狈;但是你还得把这当作上帝的赐予,虽然他好像是从地狱里跑出来的,黑乎乎的。"

大家都围了过来,我掠过凯茜小姐的头张望,哦,竟然是一个孩子,长着一头黑发,穿得又脏又破。已经不小了,应该会说话走路了。是的,他的那张脸显得比凯茜还老。不料把他放到地上后,他只知道瞪着眼睛四处瞧,嘴里咕噜着谁也听不懂的话。

我非常害怕。欧肖夫人更是巴不得把他踢出去,她跳起来,质问他为什么要带这么一个婊子养的野小子回来,况且自己已有两个孩子了?他准备怎么处理这个野小子?他疯了吗?东家很想给大家说清楚,但他实在是累得不行了。

在她的一片斥责声中,我听出了这个故事:他在利物浦的街头发现了这快要饿死的孩子,他是个没有家的孤儿,而且几乎不会说话。于是他就带着这个孩子四处询问他的家人,可没人知道他家在哪儿。时间很紧,而他又没有带太多的钱,所以他想如果在这白白地浪费钱,那还不如把他带回家,因为他已经决定不让他再在街头流浪了。

最后，东家嘀咕完了后就什么也不说了；欧肖先生吩咐我给他洗个澡，换上干净衣服，然后和孩子们一起去睡觉。

开始亨德莱和凯茜只是在一边做旁观者，没什么反应，看到父母和解了，就上去掏父亲的口袋，寻找他许诺的礼物。当那个十四岁的男孩子掏出那个已是粉碎的四弦琴后，他大声哭了起来；而凯茜知道了她的马鞭是因为那个野小子而丢掉了后，就把怒火全发泄在那个野孩子身上了，又是咬他，又是唾他；但她得到的是她爸爸送给她的狠狠地耳刮子，告诉她以后做事要规矩。

这两个孩子都不让那野小子和他们一块儿睡，就是在他们房里也不行。我也不知该怎么办，就把他放在了楼梯的平台上，心中盼望他明天会消失。不知是巧合，还是听到了什么声音，那个小家伙竟然来到了欧肖先生的门口，他出来时看见了，就问他为什么会在这儿。我只好说这是我干的，因为我的懦弱和没有同情心，我被赶了出去。

希克厉第一次到这个家来就是这样的。几天后我再回去的时候（因为我觉得我并没被判决终身），得知他已经有了名字，叫"希克厉"。这本来是他们的一个幼年死去的儿子的名字；以后这个称呼既是他的名字，也是他的姓。

凯茜小姐现在和他关系很好，但亨德莱却对他怀恨在心。说实话，我也很恨他。我们两个就故意和他作对，无耻地欺负他。我本来就不懂事，不知道自己做得不对，而东家女主人也尽看着他受罪，而不说一句公道话。

他好像是一个忍耐力极强的孩子，憋足了劲，不把自己受的虐待当一回事。他能不眨眼、不掉一滴眼泪地忍受亨德莱一个接一个的拳头；对于我一把又一把地拧他，也只是倒抽一口气，大睁着眼，就像是自己撞痛的，而跟别人没关系。

这种忍辱负重使老欧肖非常生气，因为他发现儿子在摧残这个没有父母、孤单可怜的孩子。说不上什么原因，他和希克厉还真有点缘，他相信这个孩子说的一切话（说到这点，他虽然很少说话，但从不撒谎），他喜欢他甚于喜欢凯茜——她既淘气又不听话，实在不配做一个受宠的孩子。

所以他一开始就没在这个家里埋下和平的因素。

三年还不到，欧肖夫人就死了。小东家从不认为他的父亲是他朋友，而始终认为是一个压迫者，希克厉则是夺去他的父爱、剥夺他的特权的人。他把自己的损失牢牢记在心底,性格变得日益尖酸刻薄了。

有一段时间我挺同情他的;后来孩子们都患上了麻疹,我马上担起了女人的责任来照看他们,这时我改变了想法。希克厉病得很厉害,最严重的时候,他一刻也不让我离开他的枕边,他可能很感激我呢,却不知道我是不得已才来看护他的。不过我敢说,护士是很难碰到他这么安静的孩子的。他跟另外两个孩子可不同,使我不得不放弃了一些偏见。凯茜和他哥哥两个烦人得要命;而他则像一头小绵羊一样自己承受痛苦,虽说这并不是柔顺使然,而是因为倔强,但毕竟给别人减了不少麻烦。

他的病好了,大夫说有我一半功劳,夸我看护得好。听了他的夸奖我很得意,对这个让我得到表扬的人也不那么狠心了。于是,亨德莱就失去了他的最后一个同盟,成了孤家寡人了。

但我还是无法喜欢希克厉,我非常不解,东家到底在这个紧绷着脸的孩子身上发现了什么,以至于越来越喜欢他。在我的印象中,这个孩子从来没有对老人的爱心表示过什么感激,这并不是因为他对他的恩人无礼,只是因为他从不留心,尽管他很清楚自己已征服了这个老人的心,而只要他开口,什么都能得到。

举个例子吧,一次欧肖先生从市场上买回一对小马,两个男孩子每人一匹。希克厉得到了最漂亮的那匹,但没多久就摔伤了,他知道后就对亨德莱说:

"我不想要自己的那匹了,你给我换一下吧;如果你不答应,我就告诉你爸爸,这周你打过我三次,我手臂和肩膀都是乌青的,我要让他瞧瞧。"

亨德莱吐着舌头,又给了他一耳刮子。

"你还是快点给我换吧,"他还是不改口,一边跑到门廊那儿(他们是在马房里),"你一定得给我换,如果我说出你打了我几拳,那么我得加上利息依数还给你。"

"野狗,给我滚开!"亨德莱吼道,用一个称马铃薯和干草的铁秤砣来吓唬他。

"扔吧!"他一动不动地说,"我还要告诉他你说等他一死就要赶我出去,我要看看你会不会被当场赶走。"

亨德莱真的掷了秤砣,正好打在他的胸口上,他一头栽在地上,但马上晃悠悠地站起来了,呼吸急促,脸上一点儿血色也没有。如果不是我在一边拦阻,他肯定会马上去找东家,然后报仇雪恨——他只需要讲出他受的伤害,并说出这是谁干的。

"野小子,好了,把我的小马拿去吧!"小欧肖叫着,"但愿它把你的脖子摔断。骑着下地狱吧。你这个可恨的恶魔,骗了我父亲那么多东西。什么时候你要露出真面目给他看,你这个小魔鬼。尝尝这个!我真想踢破你的脑袋!"

希克厉过去解开小马牵到了自己的栏里。他正从马儿后面过,冷不防亨德莱给他一个冷拳,他被打倒在马腿下,这算作那场咒骂的收场吧。亨德莱撒腿就跑,不管他的目的是否达到。

令我惊奇的是,这孩子就像什么事也没有发生似的,重新站起来,继续换他的马鞍,做完之后才在一捆干草上坐下,等过了这阵眼黑后(他受的那拳厉害着呢),就进宅子去了。

我轻松地就让他按我说的去做了,说身上的乌青是小马造成的。编什么样的故事他不管,只要拿到了他想要的东西就行。说真的,对于这些他几乎从不哭诉,我以为他不是那种爱记恨报仇的人。我可被蒙骗了,接着听你就知道了。

第五章

日子一天一天地逝去,欧肖先生开始撑不下去了。他身体一向健康,没想到体力一下子就不行了。他瘫在壁炉边时,脾气变得让人难以忍受的暴躁。他会无缘无故地发火;一旦有什么让他怀疑有人蔑视他的家长权威,他更是火冒三丈。

如果有谁想要欺负遏制一下他宠爱的人,欧肖先生更是表现得非常明显。他全神贯注地提防有人说什么有害于这孩子的话。好像他已经形成了这样一个想法,正因为他爱希克厉,所以其他人才恨他,才想加害于他。

这对这孩子可不好。善解人意的人都不想惹这老人生气,所以都顺着他的心思;但是这种一味地迁就却助长了那孩子的傲慢和坏脾气。但不这样做又不行。有几次,亨德莱不顾父亲就在旁边,对他显出蔑视的意思,这真把这老人给气坏了,拿着手杖就要打他儿子,但又打不着,气得浑身发抖。

后来,我们的副牧师(那时我们的副牧师是教林敦家和欧肖家的孩子读书的,自己也种点地,还有俸禄,勉强可以打发日子)建议欧肖先生送那个青年人去学院;欧肖先生心里虽不大情愿,但还是同意了,他说:"亨德莱这小子不是什么好东西,到哪也不会变好的。"

我真心地盼望以后会有太平日子。想到东家因做善事而破坏了父子感情,可真让人伤心。我还以为他是因为家庭不和才让病魔缠身,而什么也看不顺眼的。其实这都该怨老人神志不清。

但是,无论如何本来我们是还有好日子过的,而这都怪凯瑟琳和那个仆人约瑟夫两个。我想你在那边肯定见过他了吧。他是一个最让人恼火的自我感觉良好的"法利赛人",八成现在依然如此,他翻过来倒过去地看《圣经》,就为了把好的希望留给自己,而把恶咒都丢给邻居们。欧肖先生居然相信他讲经论道,张口闭口上帝的胡言乱语。老东家越糊涂,他就越能掌握老东家于股掌之间。

他一点也不放过那个老人,让他整天为自己的灵魂而感到不安,时不时提醒他要严加管教子女。他唯恐世界不乱,把亨德莱说成是一个败家子。他一晚又一晚地在老人面前嘀咕希克厉和凯瑟琳的坏话,但也不忘记迎合欧肖,把错误都推给凯瑟琳。

我真的没见过她这么任性的姑娘。她经常使我们忍无可忍,每天不下五十次。从她起床到晚上上床睡觉,一分钟也不能保证她会安安稳稳。她总是精力充沛,像高涨的潮水,一张嘴不是唱就是笑,总也不停,你要是不陪着她笑、唱,她就会缠着你不放。她这个小东西坏透了;但她的眼睛非常妩媚迷人,有甜美的笑容和轻盈的脚步,在整个教区没人和她相媲美。另外我相信她的心地还算不错;如果你被她气哭了,她会陪你一起哭的,反而让你反过来要去安慰她。

她和希克厉特别要好,对她最大的惩罚就是不让他们俩待在一起。但是因为他,她受的处罚比我们谁都多。

他们在一起玩,她最喜欢演小主妇,指使她的同伴,动手打起来也非常迅速。她跟我也要玩这个,我让她明白我才不愿让她打我,听她派遣呢。

老欧肖却不知道这是孩子们的游戏。他对子女一向都很严厉刻板;而凯瑟琳也不理解年老的爸爸为什么比壮年时爱发脾气,对什么也没耐心。他越发脾气,按她调皮捣蛋的性格就越想去逗他。

她最开心的就是我们一块赶着骂她,她则做出一副无关紧要的样子,用她那伶牙俐齿来对付我们——把约瑟夫那虔诚的诅咒当作滑稽可笑的废话,逼得我无路可走,更甚的是专门去刺她父亲那最不能碰的地方——说她的傲慢(那是装的,但她父亲却以为是真的)比他的爱心更能对希克厉产生影响:这孩子对她言听计从,而对他的命令则是愿意听才听。

她胡作非为一天过后,晚上又主动撒娇来和你和解。

"凯茜,不行,"那老头说,"我真不能爱你,你比你哥哥还要坏。去做晚祷吧,孩子,求上帝宽恕你吧。我担心我和你母亲都要为有你这个孩子而后悔呢!"

她听了这话哭了,只是在开始是这样;后来被数落得多了,她似乎也习惯了,变得倔强了,我要是让她去承认错误,请别人原谅,她就会觉得很好笑。

欧肖先生烦恼的人生快到终点了。十月的一个晚上,他烤着烤着火,就在椅子里无声无息地死去了。大风在呼啸、在怒吼,围着宅子在烟囱里来回窜,如暴风雨般的气势强大,天气却并不冷。我们都在屋里,我在打毛线,位置离壁炉比较远;约瑟夫靠着炉子在读《圣经》(那时,仆人干完活后都要在正屋坐的)。因为凯茜小姐病了,所以她很安静。她靠着父亲的膝盖,希克厉枕着她的腿躺在地上。

我记得东家临睡前还在抚摸着凯瑟琳那美丽的头发,她今天安安分分的,这让他很高兴,他说:

"凯茜,你怎么就不能永远这样呢?"

她抬起头笑着看着他,说:

"爸爸,你又为什么不永远做一个好男人呢?"

她发觉他又要发火了,就赶紧吻了一下他的手,说愿意用歌声伴他入睡。她轻轻地唱了起来,然后,他的手指就垂了下来,头歪到了胸前。我还叫她别再出声了,免得把老人惊醒。

差不多有半个小时,我们一声不响,像小耗子似的,如果不是约瑟夫读完了一章《圣经》,可能要一直这样下去,他说要叫醒东家,让他做了晚祷好回房去睡。

他走上去叫他,又摇他的肩膀,没料到一点儿反应也没有,他就取过蜡烛来看。

他放下蜡烛的时候,我似乎感觉到了什么,就一手抓一个孩子,吩咐他们悄悄地上楼去;今晚父亲有点儿事,自己做晚祷去吧。

"我要给父亲道晚安。"凯瑟琳说,我想拉她已经迟了,她搂着他的脖子,这可怜的孩子马上明白自己没了亲人。她尖叫道:

"啊,他死了,希克厉,他死了!"

他俩一齐大哭起来,听起来真凄惨。

我也跟着哭了起来,难过得不行;但约瑟夫质问我们:"他成了天堂上的圣人,为什么要大哭大闹呢?"

他命令我赶紧穿上衣服,去吉牟屯请大夫和牧师。我不知道请他们有什么用,但我还是顶着风雨去了。

我请来了大夫,另一位说明早再来。我让约瑟夫交代情况,自己跑到了孩子们的房间。门半开着,虽然已过了半夜,但他们一直没睡。他们已经平静下来了,我看不用再去劝慰了。他们在互相慰藉,讲的话非常好,超出了我的想象。再好的牧师也比不上他们,他们天真纯洁的话语把天堂描绘得那么美丽。

我一边抽泣一边听,心里默默祝愿我们每个人都能最后有这个归宿。

第六章

亨德莱回来奔丧,让我们吃惊的是,他带了一位太太回来,左邻右舍也都议论纷纷。

她是什么人,在哪儿出生的,他从没提起过。也许她没有可炫耀家世背景吧,要不然肯定会把这段婚姻告诉他父亲的。

她不是那种为了自己把大家都搅得不安的人。她刚来,觉得什么都是好的,除了准备丧礼和送丧者的到来,其他什么事都让她觉着开心。

我觉着丧事中她的行为有点半疯半傻。她让我随着她跑进房间,虽然这时我正在给孩子们穿丧服。她双手紧握,浑身发抖,不停地问:"现在他们走了吗?"

然后她就像发疯似的,说她看见黑色难受得不行;她胆战心惊,还不停地颤抖,最后干脆哭了起来。我询问原因。她说她也不清楚,就只有对死亡的恐惧。那时我还以为她永远不会死呢。

她长得很瘦,不过很年轻,脸色红润有光泽,眼睛就像宝石一样闪闪发光。当然,我也发现她上楼后呼吸很急促,有一点声音都能让她缩成一团,有时还剧烈地咳嗽;不过我并不知道这意味着什么,没觉着应该关心一下她。洛克乌先生,我们一般是不跟外地人来往的,除非他主动找上门来。

三年时光使小欧肖的相貌发生了很大的变化。他瘦了,脸色也很苍白,言谈举止也和以前不一样了。一回来他就吩咐约瑟夫和我以后只能待在厨房,正屋是他的。本来他还想再打扫出一个房间,铺上地毯、糊上墙纸来当小客厅;但是他太太觉得那白色的地板,烧得旺旺的壁炉,还有白镴盘、彩瓷盒子以及那狗窝都很好,再加上有那么宽大的自由活动空间,这一切使她非常愉快;所以他认为没必要为了她再收拾一间起居室了,就放弃了原来的决定。

她也很高兴能结识她的小姑子。她跟凯瑟琳叽叽喳喳地说个不停,又亲她,一起四处乱跑,还送给她许多礼物。这只是暂时的,没多久她高涨的热情就冷却下来了。

随着她脾气的日益恶劣,亨德莱也变得霸道了。她只要说一声不喜欢希克厉,就能让他迸发出过去对希克厉的全部怨恨。他把希克厉赶到下人堆儿去了,不让他再听副牧师的讲课,逼着他去田地里劳动,使他像农庄上的一般小伙子一样干苦力。

就这样希克厉被赶下去了,开始凯瑟琳经常把她读的教给他,并和他一起在田地里干活儿、玩耍,所以他还能忍受。眼看着他们成年后都可能像野人般粗鲁,小东家根本不管他们做什么,也从不搭理他们,甚至他们俩礼拜天不上教堂他也不管;倒是约瑟夫和副牧师会责备他们几句。这样才使他记起去用鞭子抽希克厉一顿,断凯瑟琳一顿饭。

但是只要他们两个人能一起在荒原上玩上一天,那就是最大的乐趣,事后什么惩罚也无关紧要。副牧师可以随便罚凯瑟琳背好多章《圣经》,约瑟夫也可以使劲地抽打希克厉,但只要他们在一起,就会把所有的痛苦都忘掉,至少在想起调皮的报复计划前已经忘掉了。

看着他们越来越胡闹,却不敢劝他们,我担心说砸了,我那点还残存在这两个可怜的孩子身上的影响力会消失殆尽,我只有偷偷地暗中抹眼泪。

一个礼拜天晚上,他们弄的声音大了,也许就因为这点小错误,他们就被赶了出来;我去喊他们吃饭的时候,却哪儿也找不到。

我们把院子、马房前前后后都找过了,但连一点儿影儿也没有。最后,亨德莱发脾气了,命令我们闩上门,咒骂说谁也不许把他们放进来。

人们都睡了,只有我急得怎么也躺不住,便打开窗子,探出身仔细听外面的声音,外面在下雨,我决定只要他们回来,尽管有东家的禁令我也要把他们放进来。

没多久,我听到了路上有脚步声,有灯光透过栅栏。我蒙了一件肩巾就跑下去,省得他们的敲门声惊动了欧肖先生。没想到只有希克厉一个人,我被吓了一跳。

"凯瑟琳小姐呢?"我赶紧问,"没出什么意外吧,但愿吧!"

"她留在了画眉山庄,"他答道,"本来我也想待在那儿的,但他们很无礼竟没留我。"

"好吧,你等着臭骂吧!"我说,"不叫你去盘问清楚,你是不安心的。你们为什么要跑到画眉山庄去?"

"我先脱下来湿衣服再给你讲吧,纳莉。"他说。

我叫他轻声点儿别吵醒了东家。我准备熄灭烛火的时候,他边脱衣服边说:

"我和凯茜从洗衣房跑了出去,我们想好好逛一圈,后来我们看到了田庄的灯光,就想去看看林敦家是怎样过礼拜天晚上的,是不是也是父母光自个儿吃喝玩乐,在壁炉前尽情地烤火,而孩子却站在墙角瑟瑟发抖?你认为是这样吗?或者在读讲道录,考问男仆人教义问题,如果答错了,就罚他背《圣经》中的长串名字?"

"可能不是这样吧,"我说,"毫无疑问,他们都是好孩子,不会像你这样因为干坏事而挨罚。"

"胡说!纳莉,你别装模作样教训人了,"他说,"我们从田庄的高顶上冲下去,一气儿跑到他们家的林苑;这次比赛,凯瑟琳彻底输了,她没穿鞋呢。明天你要去沼地帮她找鞋子。我们钻过一个破篱笆,沿着小路摸索前进,最后站在了客厅窗下的一个花盆上。灯光就是从这儿射出去的。

"他们没关百叶窗,窗帘是半掩的。我们站在石盆上踮着脚尖,用手扒着窗台,希望能看到屋内的情况。我们看到的可真美呀,地板上铺着大红地毯,桌椅上都盖着大红的绣布;天花板是纯白的,四周围着金边,像雨滴似的玻璃坠子通过银链子从吊灯上垂下来,上面有一支支小蜡烛在闪闪发光。

"林敦夫妇都不在;这儿完全是埃德加和他妹妹的天地。他们还不开心吗?我们以为这是天堂呢!好,这会儿你猜猜,你的所谓'好孩子'在做什么?伊莎贝拉,我看她比凯茜小一岁,应该是十一岁吧,她在客厅的一头躺着,发出刺耳的尖叫声,简直就像有巫婆在拿烧得通红的针在刺她。埃德加则在壁炉旁边哭泣。一只小狗在桌子中央摇着爪子汪汪地叫。听了他们的互相指责,才明白他们在抢这只狗,可怜的狗差点要被他们拉成两半。这俩弱智的人,这就是他们的欢乐! 抢着抱一团暖烘烘的狗毛;一番争夺后都不要了,还值得哭。

"我们当场就笑了,我们打心眼儿里瞧不起这对儿活宝。你看见过我跟凯瑟琳抢她想要的东西吗? 我们什么时候干过隔着一间房在地上哭叫打滚的事呢,并且还以此为乐? 让我跟埃德加·林敦在画眉山庄的境况相交换,就算给我一千条生命也是办不到的,甚至是允许我把约瑟夫从高高的屋顶上扔下去,用亨德莱的血漆大门,我也不愿意!"

"嘘,停住!"我打断了他,"希克厉,你还没告诉我怎么丢下了凯瑟琳?"

"刚才不是说我们笑了吗,"他答道,"林敦兄妹听到窗外的笑声,都飞快地奔到了门口。一开始没出声,然后大声叫了起来:'啊,妈妈,快来呀,还有爸爸,快点!'他们乱叫了一通。我们故意发出奇怪的声音来吓唬他们。有人在开门闩,我们就松开了手,想赶紧跑掉。我拉着凯茜,催她快走,但她突然摔倒了。

"'希克厉,你快跑!'"她悄声说,"他们放了恶狗,我被绊住了!"

"这畜牲咬住了她的脚踝;那可恶的鼻息声我都听到了。她没喊,就是被疯牛的尖角挑起来,她也不会喊叫的。但我却叫了起来! 我发出了一连串的恶咒,我相信可以咒死基督教王国里的某个魔鬼。我拼命地往那狗的嘴里塞石头。后来,跑过来一个提着灯笼的狗奴才,嘴里嚷道:

"'咬住了,别放!'

"但当他看清它咬的是什么后,他的声音变了。那只狗被拦开了,有半尺长的紫红色舌头挂在外面,嘴角淌着血。

"那人抱起了凯茜,她昏过去了,我敢打赌那不是吓的,而是因为痛得过了头。

"他抱着凯茜进去了。我在后面嘟哝着报复、诅咒之类的话。

"'抓到鸟儿了吗,罗伯特?'"林敦站在门口大声喊。

"'先生,抓到了一个小姑娘,'他答道,'另外还有个男孩子,'他抓着我又补上了一句,'他看起来还挺熟练的。强盗一般都要等我们睡着后,派两个小家伙从窗户钻进来以做他们的内应,然后就可以毫不费事地把我们杀掉。你这个嘴巴肮脏的小贱种,闭上嘴吧! 你做的孽,我要把你送上绞刑架。林敦先生,你先别收枪。'

"'不行,罗伯特,'那个老混蛋开口道,'这些强盗明明知道我昨天收租,他们精着呢,跟我来这套。来吧,我要好好收拾他们。江恩,你去扣上链条。珍妮,去让猎犬喝点水。竟敢在安息日来闯知事的大本营! 真是无法无天了! 哦,我亲爱的曼丽,你过来瞧瞧! 别怕,不过是个小男孩,这个流氓还做出一副难以驯服的样,这下可算为乡里做了一件好事——赶紧趁他贼性还没完全成形,还没有付诸行动,先绞死他吧。'

"我被拉到烛台下面,林敦夫人鼻梁上架着眼镜,高举着双手以示震惊。那两个没用的孩子也渐渐地爬过来,伊莎贝拉嘟着嘴嚷道:'真可怕呀! 爸爸,快把他关进地窖里吧,他简直像算命人的儿子,就是那个把我的宝贝山鸡偷走了的算命人的儿子。是不是,埃德加!'

"在他们对我评头论足的时候,凯茜醒了。刚才那最后一句话使她发笑了。埃德加·林敦瞪着好奇的目光,认出了他,算他还有点儿神气儿。你知道,虽然在其他地方很少见面,但在教堂是见过的。

"'那是欧肖小姐!'他低声告诉母亲,'你看猎犬把她的脚都咬出血了!'

"'别乱说了,怎么会是欧肖小姐呢?'那位太太叫道,'欧肖小姐会和一个野小子在荒原上乱跑吗? 不过,亲爱的,果然没错,瞧她还穿着孝服呢,没准儿她会终身残疾呢。'

"'她哥哥就这么不通事理吗?'林敦先生叫道,目光从我移向了凯瑟琳,'我听希尔德说(先生,希尔德是那个副牧师的名字),她就算在不知上帝是谁的邪教中长大她哥哥也不会管的。但这个小家伙是谁呢? 她从哪儿找到的这个同伴? 哦,我想起来了,他就是我们去世的邻居从利物浦带回来的小怪物,他应该是东印度水手的儿子,也许会是美国人或西班牙人丢弃的孩子。'

"'无论怎样,这是个坏孩子,'那位老太太发表见解说,'他根本不配到体面的人家来! 你听到他说什么了吗,林敦? 我真害怕让那两个孩子听到!'

"我又开始乱骂了,纳莉,你别生气,他们要罗伯特把我带走。凯茜不走,我也不会走的。但他硬是塞给我一盏灯,把我拽到花园里,还威胁我说要向欧肖先生告发我的行为,三下两下就闩上了大门,把我哄走了。

"我又重新站在窗外向里看,窗帘依然只挂了一角,我想只要凯瑟琳愿意回家,我就会敲碎玻璃,不让凯瑟琳出来就跟他们没完。

"她静静地坐在沙发上。林敦夫人为她脱下了那件灰色罩衣,那是临出门时借的挤牛奶女工的,林敦夫人还摇着头,好像是在劝她什么。她是小姐,他们不会像对我那样来对她的。然后又有女仆端来热水为她洗脚;林敦调了一杯甜酒给他喝;伊莎贝拉放在她腿上一盒饼干;埃德加则在一边张着嘴呆呆地看着。最后,他们又帮她擦干漂亮的头发,并梳理好,又给了她一双硕大无比的拖鞋,让她到炉火边去烤火,看到她在那儿很开心,我就让她留在那儿了。她把自己吃的东西分给那只猎犬和一只小狗,还不时捏捏猎犬的鼻子。林敦一家人那无精打采的眼睛因为她而焕发出了光彩,而这不过是她那张妩媚的小脸的一个微弱的反照。他们都被震住了,她不知比他们强过多少倍呢,世界上没人能比得上她,是吧,纳莉?"

"事情远不像你想象的那样简单,"我说着为他盖上了被子,熄灭了灯。"你完了,希克厉;亨德莱会狠狠地对付你的,你瞧着吧!"

果然让我说中了。这次使欧肖非常生气。第二天林敦先生专门为此而来拜访则更是火上浇油,他数落了东家一顿,让他好好反思一下自己的治家之道。这些话使他心动了,以后他真的分外认真起来,丝毫不肯放松了。

这次希克厉得到的惩罚不是鞭子,而是被告知,以后如果再跟凯茜说话,就要被驱逐出去;还有,凯茜回来后要归欧肖太太教管,这次不来硬的,是来软的。要想用硬的来压制他,那是办不到的。

第七章

　　凯茜一直在画眉田庄住到圣诞节,一共有五个礼拜。这时她的脚已彻底康复了,言谈举止也文明优雅多了。在这期间,那女主人经常去看她,而且开始实施她的计划,就是从漂亮的服装以及恭维话来培养她骄傲的自尊心;果然她变得很乖了,当她回来的时候,已经不再是原来那个乱发披肩的小野丫头了,也不像以前那样一蹦三跳地踏进宅子,上来把我们抱得喘不过气来;出现在我们面前的是一个很高贵的小人儿,她头上戴着插有羽毛的海狸皮帽,帽檐下垂着棕色的卷发,身穿长长的布骑服,她从漂亮的小黑马上跳下来,双手提着裙子,一步三晃地走向我们。

　　亨德莱扶她下马,兴奋地叫了起来:"嗨,凯茜,你真是个大美人!我都认不出你了。看吧,这才像千金小姐的样子。伊莎贝拉·林敦怎么能跟她比呢,对吧,法兰茜丝?"

　　"伊莎贝拉哪儿有她好看呀!"他妻子答道,"不过她要做到一直这样,不能一到家又粗野起来,爱伦,你去帮小姐摘下帽子,哦,宝贝儿,你别动,小心把头发弄乱了,我替你解帽子的带儿吧。"

　　我帮她脱下骑服时,眼睛不禁一亮,从漂亮的方格丝质袍子底下,露出了崭新的白裤子和发亮的皮鞋。她快乐得眼睛发亮。家里的狗出来迎接她时,她都不敢碰它了,生怕会弄脏了她那崭新的衣服。

　　她轻轻地亲了我一下;这时我正在做圣诞用的蛋糕,满身都是面粉,如果她来拥抱我,简直难以想象那会成什么样子。然后她四处张望着寻找希克厉。欧肖先生和他太太在一边紧张地看着,因为他们想先观察一下两个人见面的情形,以此来推测能拆开他们的可能性有多大。

一时还不好找到希克厉。

凯瑟琳去林敦家住以前,希克厉是没人关心照顾的;那么经过这件事后,情况更不好了。除我之外没有人去理他,甚至整整一星期也没人好心地吩咐他去把自己洗干净。像他这个年龄的孩子,本来就不喜欢水和肥皂,他的衣服就更别提了,有三个月没洗了,整天在泥土里、灰堆里打滚,还有那多年没有梳理过的稠密的乱发,就是那油乌乌的脸和手也够人受的。

他做得也没错;他发现这不是他期望的那个脏兮兮的、与他很相配的伙伴,而是一位高雅艳丽的大家闺秀,于是就主动藏到靠背椅后面去了。

"希克厉在哪儿?"她问,一边摘下手套,因为经常留在屋里不出去干活,所以手指非常白嫩。

"希克厉,你就过来吧。"亨德莱叫道,看着他的窘态他心里非常得意,他有意让他显出使人恶心的下流样子,逼着他走出来丢人现眼。

"你可以像其他仆人那样,过来欢迎我们凯瑟琳小姐。"

凯茜一发现她的朋友,马上就飞跑过去抱住了他,一连给了他七八个吻,这才停下后退了一步,笑着嚷道:

"哎呀,看看你,这么黑,看着好不舒服呀,真好笑,绷着脸干什么? 可能因为我已经习惯了埃德加和伊莎贝拉·林敦吧。好了,你忘了我了吗,希克厉?"

她不是凭空这么问的,因为他的自尊心受到了伤害,羞愧使他阴沉着脸,一动不动。

"希克厉,握一下手吧,"欧肖装得很宽容似的说,"偶尔为之还是没关系的。"

"我就不,"那孩子终于说话了,"我不要被人笑话。我无法忍受!"

他准备从人们中间冲出去,但是被凯茜捉住了。

"我并没想笑你,"她说,"我不是有意的。希克厉,最起码我们握一下手吧! 你生什么气呢? 你只不过看起来有点怪怪的。你只要洗洗脸,梳梳头就没问题了——但你看起来真是脏!"

她很怜惜地观察着她手中那几个黑手指,又瞧了瞧他穿的衣服,似乎担心他的手指会带来什么不雅观。

"你别碰我!"他顺着她的目光说,同时猛地把手抽了回来。"我愿意多脏就多脏,我喜欢,我偏要这样!"

说完他就低着头冲出去了,东家娘开心得不得了,而凯瑟琳却慌得不知如何是好,她不知道她的话怎么会让他生那么大的气。

我服侍过了这位刚进门的贵小姐,然后就去炉子里烤蛋糕,把火生得旺旺的,以使屋里有一点圣诞前夕的气氛;然后我想坐下来自个儿乐乐,唱几支圣诞歌曲,我才不管约瑟夫说我的圣诞欢歌真抵得上他的小曲呢。

他已回房做祈祷去了;欧肖夫妇正陪着凯茜看各种漂亮的小东西,这是他们为感谢林敦一家而准备送给那两个孩子的。他们还邀请了小兄妹明天来呼啸山庄玩,他们答应了,但有个条件就是让欧肖家照看着,别让那个"赌神恶咒"的坏孩子碰他们的一对宝贝。

大家在各忙各的,只有我一个人在那儿。我闻到了热香料散发出来的香味,独自欣赏着厨房里亮晶晶的器皿,打了蜡、点缀着冬青的钟,摆在盘子里的银杯子,晚饭时用的香料麦酒;最值得一提的是我全心全力清扫过的地板,干净得无以复加。

我为所有的东西喝彩,这时我想以前每当我做好一切工作后,老欧肖总要称赞我几句,说我是好姑娘,塞给我一个先令作为圣诞节的礼物。由此我又想到他对希克厉的偏爱,他总担心他死后会没人管这孩子;然后我又联想到了眼前这孩子的悲惨处境来。本来我在唱歌,这时却哭了。但我又想,与其为他流泪,还不如想办法为他减轻一些痛苦呢。

我起身去院子里找他。他果然就在不远的地方。他正在马房里为一头新到的小马刷毛,然后又喂别的牲口,这就是他要干的工作。

"希克厉,快点弄!"我叫道,"厨房很舒服,约瑟夫也不在。快点过来,这会儿凯茜小姐还没回来,让我先把你收拾干净,那样你们俩就可以坐在一起烤火了,你们可以尽情地一直聊到睡觉。"

他只是埋头干活,理也没理我。

"快点!你肯不肯干呀!"我继续说。"我给你们一人准备了一块小蛋糕,够你们吃了;你需要半小时打扮呢。"

他还是没回答我,我等了五分钟就扔下他走了。

凯瑟琳和他的哥嫂一块吃晚饭。约瑟夫的训斥和我毫不退缩的争辩伴随着我们这顿不开心的晚饭。他留在桌上一份糕饼和干酪,说要给半夜来访的仙人享用。他磨蹭到九点,才板着面孔、一声不吭地回自己房去了。

凯茜要吩咐很多事来为招待她的新朋友做准备,所以睡得很晚。她来过一次厨房,想要找她的老朋友聊天;但他不在那儿,她只是随便问了一声就又回客厅去了。

第二天是节日,一大早他就起来了,自己憋着一肚子闷气跑到荒野去了;他回来时一家人已经都上教堂去了。沉重的心事和空乏的肚子使他少了一点儿脾气。他在我面前转了一圈,然后鼓起勇气说:

"纳莉,我决心学好了,你把我弄得整齐些吧。"

"希克厉,这就对了,"我说,"你已经惹凯瑟琳伤心了。我想她一定有点后悔回家来。你似乎是因为人家不理你,但好好地招待了她,产生了妒忌心吧。"

他不明白什么叫"妒忌"凯瑟琳,但惹她伤心,他倒是很清楚。

"她说她伤心了吗?"他认真地问。

"当我告诉她你一大早就不知去向时,她哭了。"

"没错,你可以傲慢地空着个肚子去睡觉,"我说,"傲慢的人总是自添烦恼。昨天你平白无故地生闷气,如果你也知道不对了的话,那她回来后就赶紧向她道歉。你一定知道该怎么说,上前去吻她一下或什么的,不要觉得她穿上了漂亮衣服就跟你生分了。现在我要去做饭了,不过我会找时间帮你弄的,埃德加·林敦根本没法和你比,他简直像一个愚蠢的洋娃娃。你比他小,但我肯定你要比他高,比他的肩膀宽一倍。一会儿工夫你就能击败他。你有这本事,对吗?"

有片刻工夫希克厉的脸焕发了光彩,不过马上又被阴云笼罩了,他叹道:

"但是,纳莉,我二十次地打败他又有什么用呢,他还是好看,而我也依然难看。我巴不得自己也有白皮肤、淡色的头发，穿得漂漂亮亮的，文质彬彬，并且将来也能有很多钱，就像他一样。"

"还要像他那样只要被碰一下就大叫妈，"我接过她的话说，"村里有孩子冲你亮一下拳头，就会吓得乱颤；一点儿小雨就会关在家里。哦，希克厉，你这么说多丧气呀！过镜子这边来，我告诉你该怎么做。你看，鼻梁上的这两道横纹；还有两条浓密的眉毛，别人的是往上翘，你却长得陷了下去；这对藏在里面的黑眼珠，从来没有光明正大地亮出来过，总是偷偷摸摸地滑来滑去，跟魔鬼的报信的似的。你想去掉这些可恶的皱纹，那就勇敢地抬起眼皮；把这对小魔鬼变成可信赖的、真诚的小天使吧，别再胡乱猜疑；如果不能确认对方是仇家，就要作为朋友。改掉那种恶狗样儿，明知道自己是活该挨踢，却觉着吃了大亏，于是不但恨那踢的人，整个世界都要仇恨。"

"我想让我的眼睛也像埃德加·林敦那样蓝，那样大；额头像他那样光亮，但这又怎么能做到呢？"他说。

"我的孩子，如果心地善良，样子也会好看的，即使你是一个彻底的黑鬼。心肠坏的话，即使再漂亮也是没用的！好了，现在洗了脸了，也梳了头了，火也发过了——你说，你觉着自己长得好吗？告诉你，我就这么认为。把你当作不知名的王子也可以，谁敢说你爸爸不是中国的皇帝，或者你妈妈会是印度女王呢？他们一个星期的进项，就能把整个呼啸山庄和画眉田庄全买下来。你是被坏蛋水手拐骗来的。如果是我，我就想自己的出身非常高贵；当我想到这些时，我还怕那小庄稼汉的欺负吗？我有足够的勇敢和尊严来对付他们。"

我不停地唠叨，希克厉皱着的眉舒展开了，现在他看起来很高兴。这时，有车轮转动的声音从院子里传来。我们的谈话被中断了。他跑到了窗口，我则赶到门口正看见林敦兄妹从马车里下来，都裹着大衣皮袄；欧肖一家一般冬天都是骑马去礼拜堂的，他们跳下了马。凯瑟琳一边拉着一个，领着他们坐到壁炉前。一会儿工夫，那两张小白脸就变红了。

我催促我的伙伴出去，让他们看看他舒眉展眼的模样，他愉快地按我说的做了。

没想到很不走运，他刚打开厨房门，就撞见亨德莱他们进来了。东家见他打扮得又干净又整齐而且还很开心的样子,就发火了。可能他是故意照着林敦夫人的话去做,猛地把他推了回去,还火冒三丈的命令约瑟夫:

"别让这家伙到房间来,把他关到阁楼里,晚饭过后再让他下来。只要一会没人看他,他就会乱抓糕饼,还会偷吃水果。"

"先生,他不会,"我禁不住要为他说几句,"他什么也不会拿的;而且他也该有自己的一份糕点,和我们大家一样。"

"如果天黑前,我在楼下看见他,我会请他吃巴掌,"亨德莱叫道,"小流氓,你给我滚! 就你也想装成一个少爷吗? 看吧,我会把你那精心修整的鬈发揪得长长的!"

"不揪就很长了,"林敦隔着门口往里边瞧,"他那头发居然没使他头疼,真是不可思议。它们挂在眼前简直就像小马的马鬃。"

他这么说并没有取笑希克厉的意思;但希克厉那急躁的脾气使他不允许别人有半点不敬,况且那时,他几乎已把对方当成情敌了。他顺手抓起一盆热果酱直泼向林敦的脸和脖子。那孩子哇的一声大哭起来,伊莎贝拉和凯瑟琳闻声马上跑了过来。

欧肖当场就把他关到他自己的房中了;在那里肯定有非常厉害的手段来对付他的蛮横,这从欧肖通红的脸和急促的呼吸声中可以明白地看出。

我用一块擦碟子的布,气鼓鼓地为埃德加擦鼻子、嘴巴,直截了当地告诉他,这是多嘴应得的报应。他妹妹哭着说要回家。凯茜站在一边,非常难为情,不知如何是好。

"谁让你和他讲话了!"她怪林敦道,"正赶上他心情不好,这样一来,你这次来访可真没意思。他又要被拖出去挨鞭子啦,我最烦这件事啦! 我不想吃饭了,埃德加,你为什么要和他讲话呢?"

"我没有呀,"那孩子抽抽搭搭地说,挣脱了我,自己用白麻手绢擦我没有擦到的地方,"我告诉妈妈不跟他讲话的,我就没跟他讲嘛。"

"好啦,你别哭啦,"凯瑟琳看起来很瞧不起他的样子,"你又没死,别惹是生非了。我哥哥来了,你好好呆着! ——伊莎贝拉,别说话! 没人碰你吧?"

"好啦,孩子们,没事啦,都回到座位上去!"亨德莱急急地进来了,"那小流氓让我的手脚去了不少寒气。埃德加少爷，下次，你来用拳头行使特权吧，这能让你胃口大增！"

喷香的饭菜一呈上来，参加这个小宴会的人就都忘却了刚才的不愉快。他们从礼拜堂骑马回来，都很饿，再加上本来就没什么大不了的事，所以他们吃得都很香。

欧肖先生分割鸡肉，他给每人都装了一大盘；女主人风趣幽默，大家都很开心。我在她后面侍候，看到凯瑟琳若无其事地切她的鹅翅膀，我觉得很伤心。

"这孩子真是无情无义呀。"她的老朋友正在受罪，而她却已抛在脑后了。我不知道她竟然这么自私。

她把一满叉肉送到了嘴边却又放下；她脸红红的，从眼眶中滚下两滴泪珠。她不小心把叉子掉在了地上，于是就借钻到桌子底下去掩盖心中的感情。我看出了她一整天都在忍受折磨，所以我不再认为她没有情义，她一直想寻找机会一个人呆会儿，或者去看一下希克厉——后来我设法去给希克厉送东西吃的时候，发现他被锁在了房间里。

晚上举办了舞会。凯茜为希克厉求情，说伊莎贝拉没有舞伴，让他出来吧；这个愿望没有实现。东家让我来补这个缺。

大家愉快地又蹦又跳，抛却了一切烦恼。吉牟屯乐队的到来使我们的兴致更高了。那个乐队有五十多个人，有一个喇叭，一个长号、高低音单簧管、大管、圆号，一个低音大提琴，另外还有一组歌手。他们去每一个体面的人家巡回演出，圣诞节要收一些捐款；听他们的演奏是我们很大的享受。按照惯例唱了几首圣诞歌曲后，我们请他们演唱几首民歌和没有伴奏的合唱曲。因为欧肖太太喜欢音乐，他们就唱了好几首。

凯瑟琳也很喜欢音乐，但她说，假如到楼梯顶端去听，那一定美极了；于是她在一片漆黑中登上了楼。我跟着她也上去了。大厅里挤满了人，他们又关着大厅的门，所以根本不知道少了两个人。

她没在楼梯头停步，一直爬到了关闭希克厉的阁楼。她在门口叫，开始他不理她；但她一直叫，终于使他转变了态度，隔着门和她说起话了。

我没去惊动这两个可怜的人谈心。我觉得歌曲要唱完了，歌手们也要吃东西了,才催她下去。

但她不见了,只听到房里传来的她的声音。她像个猴子似了从阁楼的天窗爬到了屋顶,又通过另一个天窗进到阁楼里了。

我费了好大的劲儿才让她出来。她出来时,希克厉也出来了。她一定要我领着他到厨房去。幸好我的那位"同事"讨厌"魔鬼的赞美诗",为了免遭污染他去邻居家了;我说我不能和他们一起搞诡计;因为希克厉从昨天午饭到现在一直还没吃东西,所以这次背叛行动,我只好睁一只眼闭一只眼了。

他下了楼,我让他坐在炉火边,给他拿了好多吃的东西;但他吃得很少,他生病了,我想好好招待他也是白费心了。他把双肘搁在膝盖上,两手托腮,一言不发地想心事。我问他在沉思什么,没想到他郑重其事地回答:

"我在计划怎么跟亨德莱算账。那要等我什么也不在乎了,只有报仇这么一件事的时候。希望他不会在我还没报仇前死掉!"

"希克厉,你怎么能讲这样的话!"我说,"上帝负责来惩罚坏人,我们要宽恕别人。"

"不,上帝也不能使我放弃,"他答道,"我就想知道什么办法最好。别打扰我,我要想出一个好办法来,这时我就不感到痛苦了。"

"哦,洛克乌先生,我忘了这些故事并不能给你带来乐趣。没想到我会唠叨这么大半天;粥凉了,你也困了! 你关心希克厉的身世,本来我几句话就可以讲完的。"

就这样那位女管家中止了她的谈话,他站起来,准备放下手中的针线活。但我不想离开壁炉,也并不想睡觉。

"丁恩太太,你坐着别动,"我说,"再坐半个小时吧! 听你慢慢地讲故事再好不过了。这样很好。你一直这样讲下去吧! 你提到的每个人我都有兴趣,尽管程度不同。"

"已经十一点了,先生。"

"没关系,我平常都是要十二点以后才睡觉的。如果十点才起床,那一两点睡觉也是早的。"

"你别十点才起床吧,清晨的好时光在十点已全结束了。如果一个人十点还没做完一天工作的一半儿,很可能另外一半也完不成呢。"

"不管怎么说,丁恩太太,我明天准备睡到下午呢,你还是坐下来吧。我感觉明天肯定要得重感冒。"

"但愿不会这样吧,先生。好吧,那你得同意我把时间跳过三年来讲。那几年,欧肖太太——"

"不行,这样不可以!假如你一个人坐在那儿,看地毯上的母猫舐它的小猫,你盯得出了神,结果老猫漏掉了小猫的一只耳朵,你也会不舒服的,你有过这样的心情吗?"

"我觉得那真是慵懒极了。"

"正相反,这种心情活跃得让人生厌;现在就是这样。所以你还是按部就班地讲下去吧。我觉得这儿的人有一点比城里人好,这就好比拿茅屋里的蜘蛛来比地窖里的一样。这些东西吸引你,并不是因为你是个旁观者。他们的确活得很认真,真诚地面对自己,并不看重那些表面的东西,不看重浮华的新花样和身外琐碎的东西。我甚至相信这儿有一生矢志不渝的爱情,以前我认为没有哪种爱情能持续一年。可以打个比方,你给一个很饿的人一盘菜,他吃得很香,因为他的食欲全部集中在这盘菜上;而你给另一个同样很饿的人一桌法国菜,敢许他能从这里得到一样多的享受,但每道菜却只是他注意力和记忆中的一小部分。"

"啊,在这点上我们和别的地方的人一样,以后混熟了你就知道了。"丁恩太太说,她对我说的这些话很不解。

"对不起,"我说,"你和我的好朋友,就是对你刚才那段话很好的反驳。我一直认为你那一阶级都稍稍带了一点儿无关痛痒的乡土气,除此之外,从你的行为上看不出什么迹象。我觉得你想的比别的仆人要多。你没机会在那些无聊的事上浪费生命,所以必须培养自己的思维能力。"

丁恩太太笑了。

"我确实认为自己是一个通情达理的人,"她说,"可这不是因为我住在乡村,整年只见到那么几个人,那么几件翻来覆去的事情;是我受过的严格管教给了我智慧。还有,洛克乌先生,你可能不知道我读了很多书。书房里除了那些用希腊文、拉丁文、法文写的书外,其他的我都翻过了,从中学到了不少东西。对一个穷人家的女儿,你只能要求这么多了。"

"如果就像拉家常那样把故事讲下去,那就接着讲吧;不跳过三年,那就从第二年夏天开始吧,那是 1778 年,距离现在快有 23 年了。"

第八章

六月的一个晴朗的早晨,欧肖家族的最后一代,也是我喂养的第一个乖宝宝出生了。

我们正在远处的田地里割草,提前一个小时就看到那个平时给我们送饭的女孩子跑来了,她穿过牧场,在小路上一边喊一边跑。

"哎,好胖的一个娃娃呀!"她跑得上气不接下气,"还没见过这么可爱的小宝宝! 但大夫说东家娘要不行了。他说这几年她一直害痨病。我听到他对亨德莱先生说,目前什么也不能挽救她,到不了冬天她就要死了。你快回去吧! 娃娃要让你带,纳莉,要用糖和牛奶日夜照看他,喂他。我真希望是你,东家娘没了,娃娃就是你的了。"

"她的病真的很严重吗?"我边问,边丢下手中的耙子,系上软帽。

"我看是很严重,但她精神还很振奋,"那女孩子答道,"听她讲话的口气,好像能看到他长大成人了似的。她开心得不得了,确实那小家伙长得太漂亮了! 如果换上我,只要瞧他一眼,病就好了,怎么也不会死的,偏偏和坎纳斯大夫作对,我真恨他。阿吉大娘抱着小宝贝让待在正屋里的东家看,他欢喜得不得了,偏偏那个狗嘴吐不出象牙的老家伙过来说:'欧肖,你运气还不错,你太太总算熬到了儿子出生。她一来我就看出她留不了多久的;现在我不得不告诉你,她可能过不了今年冬天了。你别为此伤心痛苦吧。这是无可奈何的事儿。再说,谁让你不懂事,娶这么一个留不住的姑娘呢!'"

"东家怎么说呢?"我问。

"我记得他好像骂了一句,但我没多注意,我光顾得看那个小娃娃了。"接着她又兴高采烈地说了一大通。我也和她一样热切地急忙往家赶,想赶紧看看他那可爱的样子,虽然我心中也为亨德莱感到难过。在他的心目中只有两个偶像,那就是他太太和他自己。他很爱这两个,并且还崇拜其中的一个。真难以想象,没有了那一个,他该怎么活。

我们跑到呼啸山庄时,他正站在门口,我经过他身旁,问道:"孩子怎么样。"

他做出很高兴的样子,说:"快能跑着玩了,纳莉!"

我鼓足了勇气问:"那东家娘怎么样,听大夫说——"

"别听那臭大夫的!"他红着脸打断了我的话,"法兰茜丝什么事也没有,再过一星期,她就全好了。你要上楼,那就告诉她,让她同意不讲话,我要上去看她。她的嘴老也不停,所以我离开了她;但是她必须停下来。你告诉她,是坎纳斯大夫要她安静些的。"

我把这话告诉了欧肖夫人。她乐得有点飘飘然,笑眯眯地说:

"我几乎没说话呀,纳莉,是他还哭着跑出去两趟呢。好,我答应不讲话就是了,但总不能不让我笑吧!"

苦命的人啊!临死前的一个星期内,她的心情始终是这么欢快。她的丈夫简直要跟人拼命似的,怎么也不肯面对现实,硬是说她的身体状况一天强似一天了。坎纳斯大夫很清楚地告诉他,到了这个地步,再吃药是一点也不管用了,他不必再白扔钱了。他立即回道:

"你不用再来了,她已经好了,不用再请你看了!她压根儿就没得过痨病。她只不过是在发烧,现在烧已退了,她脉搏的跳动和我一样平缓,体温和我一样凉。"

他也是这样对他太太说的,她好像也信以为真。但是一天晚上,她靠着丈夫的肩头,说明天可能起不来了,不料这话还没落音,就来了一阵咳嗽,他把她抱了起来,她双手环着他的脖子,变了脸色,就这样她死了。

正像那个女孩子设想的,那个孩子哈里顿完全托付给我了。只要孩子身体健康,不哭不闹,欧肖先生就觉得没事,至于孩子的其他情况,则与他无关。而他自己却闹得越来越厉害。他心中有苦却发泄不出来。他不流泪也不祈祷，只是一味地诅咒，恶狠狠地诅咒上帝、诅咒人类。他恣意地放纵自己，做了无数荒唐的事情。

仆人们觉得他这样很不像话，也无法忍受他的颐指气使，先后都离开了。剩下的只有约瑟夫和我两个人。我是抛不下这个小娃娃；再说，我跟他是一母奶大的，所以也能比别人多谅解他一点。约瑟夫是为了能压迫佃户和雇佣工人才留下来的；因为他要干的正经事就是板起面孔斥责别人，越是堕落，他越有话说，越有兴趣。

东家的生活和他结交的那些朋友，给凯瑟琳和希克厉提供了很好的样板！他对希克厉所做的一切，圣徒也会被变成魔鬼的。那段时间，那孩子真像是被魔鬼缠住了似的。他看看亨德莱一天天彻底地堕落下去，变得野蛮、狠毒、偏执，心中暗自叫好。

这个人家变得怎样乱得不像话，我连一半都没有说出。后来，没有一个体面的人愿意到这个家来，连牧师也不来了；唯一的例外是埃德加·林敦还来看凯茜小姐。

十五岁的凯茜，已经是这个山村唯一的女王了，没有人比得上她；她确实变得很高傲、放肆了。老实说，自从她成为一个大姑娘后，我已不再喜欢她了。我总想挫一挫她的傲气，所以总是气她，但她心里从不生我的气。她对老朋友是非常有情义的，希克厉在她心中的位置也丝毫没有改变过。虽然林敦极力要在她心中留下深刻的印象，而且各方面也远远胜过了希克厉，但是也很难办到。

挂在壁炉上的这幅肖像，就是我那过世了的东家。原来他和他太太的像分别挂在两边，可惜现在他太太的像被拿走了，要不你就能看到她以前的样子。你能看清那幅肖像吗？

丁恩太太为我举着蜡烛，我看到的那张脸线条非常柔和，非常像山庄那边的年轻夫人，只是神色要和缓很多，他似乎在思考什么。这张画像非常可爱。鬓边的浅色长发略微有些卷曲，眼睛又大又亮，有很秀雅的身材。凯瑟琳·欧肖因为这个人而忘记她的第一个朋友，在我看这很正常。让我感到奇怪的倒是，如果他是表里如一的，怎么会和我对凯瑟琳·欧肖的看法一样呢。

"很讨人喜欢的画像,"我对女管家说,"像他本人吗?"

"很像,"她说,"如果他精神好,还会更好看。平常他就是这个样子。总让人觉得缺点儿精神气。"

自从那次凯瑟琳在林敦家住了五个星期后,一直没中断过来往。和他们在一块儿,她的野性没机会施展;看着人家对她献殷勤,她不自觉地就变成了一只温顺的小猫。她的聪明机灵使那对老夫妇非常喜欢,同时她还赢得了伊莎贝拉的称赞和她哥哥的真心爱慕。这个姑娘是怀有野心的,对自己的收获她感到洋洋自得。无意之中她养成了双重性格,虽然她并没诚心想骗什么人。

当她听到有人称希克厉是"野蛮的小流氓",或者"连畜生都赶不上"时,她就注意让自己别像他那样。但在家中,她才不讲哪些礼仪呢,因为那样只会得到别人的嘲笑;放弃不受约束的本性,并不能得到什么夸奖和好评。

埃德加很少胆敢光明正大地来拜访呼啸山庄。他惧怕欧肖的名声,不敢靠近他。但他每次来时,我们都很客气,总怕有什么地方照顾不周。即使东家也尽量不去得罪客人,因为他很清楚埃德加为什么来;如果他不能神色平和,那干脆就到一边儿去。依我的观察他待在那儿,凯瑟琳反而不舒服。她并不是很富有心计,不知道怎么卖弄风情,她显然很不愿意看到她的两个朋友在一起。当希克厉当着林敦的面表现出不屑的时候,她不再像平时那样随声附和;而林敦表现出厌恶和仇视的时候,她也不敢全不当回事,做出别人瞧不起她的伙伴与她无关的样子。

我经常嘲笑她处在夹缝之中有口难辩的苦恼。她怕我笑话她,想不让我知道却又不能。说真的取笑别人是不好的,但她太高傲了,让你无法对她产生同情;但她必须要求饶。后来,她终于对我讲出了心事。除我之外,她又能给谁说呢?

一天下午,亨德莱出去了,希克厉也趁机放了自己的假。那时他大概有十六岁了吧,长得不难看,又不笨,但他却能让别人对他里里外外只有一个印象,那就是厌恶(现在从他身上你看不到这点了)。这主要因为他早年受到的教育,这时已抛得无影无踪了。早起晚睡,一年到头的苦力劳动,早使他失去了对书本和学习的兴趣,还有对知识的渴求。童年时期从老欧肖那得到的宠爱和日益滋生的优越意识，早已消磨殆尽了。

有一段时间，他不甘落后，拼命想赶上凯瑟琳读书的速度，后来却不得不中断这个努力。他嘴上虽然不说，但内心是非常难过的。他很坚决地放弃了，再劝他进步，向前进是不可能的了，因为他知道，他注定要一落千丈了。于是，他的外表和行为一起随着内心堕落。他不再规规矩矩地走路，看人的样子也变得邪里邪气；他原本性情就很孤僻，这下更是变本加厉，不理任何人，无情无义。他根本不稀罕人们对他的重视，故意气他们，这才使他恶毒的快意得到满足。

他做工的休息时间，凯瑟琳还是来陪伴他，但他不对她表示一点儿亲热；她不怕人说闲话，像个孩子似的要跟他好，而他却满腹狐疑，气鼓鼓地排斥她；似乎以为她这样对他好，对他甜言蜜语有什么企图。

那天，他到屋里来说他不想干活了，那时我正在帮凯茜小姐穿衣服。她没想到他要休息一天，她以为她可以一个人享用这个房间，所以设法告诉埃德加：她哥哥不在，她准备好了正在迎接他。

"凯茜，你今天下午没事吧？"希克厉问，"你要出去吗？"

"不出去，外面正下雨呢。"她答道。

"那你为什么要穿绸袍子？不会有什么人来吧？"他问道。

“我怎么说得准呢，”凯茜小姐说得有些结巴，“但你现在该去干活了，希克厉。饭后已过了一个小时了，我还以为你已经走了呢。”

“难得亨德莱这个丧门星不在我们面前打晃，”希克厉说，“所以我今天要和你待在一起，不去干活了。”

“可是约瑟夫会去告状的，我看你还是去吧。”她提醒他道。

“约瑟夫是不会知道的，他去潘马屯山岩运石灰去了，要到天黑才能回来。”

说着他就到火炉边坐了下来。凯瑟琳皱着眉头思考了一会儿，觉着还是先通知他一下好。过了一会，她说：

“伊莎贝拉和埃德加·林敦原本说要来作客，不过既然下雨了，可能就不来了；但也说不准，如果来了的话，肯定要骂你的，这有什么意思呢？”

“让爱伦去通知他们，说你没空，让他们别来了，”他还是不死心，“为了那两个傻兮兮的朋友，把我赶出去，哦，凯茜，别这样。我有时气得禁不住要说，他们简直——我还是不说的好……”

“他们简直怎么样？”凯瑟琳叫道，神色不安地看着他。“哦，纳莉！”她又气呼呼地补了一句，把我的手从她头上拿开，“你把我的鬈发都弄乱了！好了，别管我啦。——希克厉，你到底想说什么呀？”

“也没什么，你看一眼墙上的日历就知道了。”他指着在窗口挂着的纸片框子说，“你和林敦一起消磨的晚上打了叉，跟我在一起的画着小点。你看见了吗？我都做着记号的。”

“看到了，多无聊啊，你以为我会注意这个吗？”凯瑟琳任性地说，“这有意思吗？”

“我想让你知道，我注意着呢。”希克厉说。

“我应该总陪着你坐，是吗？”她问，越发地使性子了，“这对我有什么好，你跟我说什么了？不如你就当一个哑巴吧，或者一个小娃娃——你跟我讲过一句笑话吗？做过什么讨我欢心的事吗？”

“凯茜，以前你可没嫌过我讲的话少，也没说过不愿意跟我在一起！”希克厉非常激动，大嚷道。

"这能叫做伴吗,哪有跟别人做伴,却一言不发,什么也不懂呢。"她说。

她的伙伴站了起来,还没等他宣泄他的气愤,已听到了外面石板道上的马蹄声,一阵轻轻的敲门声,小林敦来了。他没想到会被邀请,高兴得什么似的。

无疑,凯瑟琳一下就看出了这两个朋友之间的差距,一个从这边进来,而另一个正好从那边出去。这种鲜明的对比,就像是荒凉的高低不平的产煤区与那茂盛的、青翠的山谷;他的声音、语调以及他的相貌都是完全不同的。他讲话的音调非常圆润、沉着,口音和你的有点像,不像我们这儿的这么生硬,挺柔和的。

"我没有来得太早,是吗?"他说边瞅了我一眼,我正在那儿擦盆子,收拾柜橱里那几个抽头。

"没有,"凯瑟琳说,"纳莉,你还在这儿干吗?"

"我在干活儿,小姐,"我说。(亨德莱吩咐过我,假如林敦自己来看凯茜,那么我就要留在旁边。)

她走到我背后,在我耳边气狠狠地说:"拿着拂帚去外面扫去。仆人怎么能当着客人的面打扫房间呢?"

"好不容易赶上东家不在,正好打扫,"我大声说,"因为东家最讨厌我在他在的时候收拾东西了。我希望埃德加先生不会在意这个。"

"可是我讨厌有人在我面前收拾。"我的小姐不等她的客人开口,就不讲道理地抢先说。和希克厉的那次吵架,还没让她的怒气平息下去。

"那只有对不起了,凯瑟琳小姐。"我说了这么一句后,继续埋头干自己的活儿。

她以为埃德加看不到,夺走了我的抹布,又狠狠地在我手臂上捏了一把,好久才放开。我说过我不喜欢她,经常想杀杀她的傲气;不过,她捏得我真的很疼,我本来在地上跪着的,这会一下跳了起来,尖叫道:

"哎哟,小姐,你这也太损了! 你怎么可以拧我,我才受不了这个呢?"

"我哪儿碰过你了? 你怎么能随便诬陷人呢!"她叫道,又气又急,脸都红到脖子根了,恨得巴不得再拧我一把。她从来不会控制自己的情绪,一着急,脸就会变得通红。

"你看这是什么?"我指着手臂上的一块紫青的淤血问道。

她跺了跺脚,不知怎么才好,但暴躁的脾气一经发作,是不会轻易罢休的,她伸手就打了我一耳光,我感到火辣辣的痛,眼眶中噙着泪水。

"哦,亲爱的凯瑟琳!"林敦过来劝解,他不知道他崇拜的偶像居然又是打人,又是撒谎,他很是吃惊。

"爱伦,你给我出去!"她被气得浑身发抖。

小哈里顿始终紧跟着我的,他跟我一起坐在地板上,见我抹眼泪,他也大哭起来,边哭边叫"凯茜坏姑姑!"这下又闯祸了,她的一腔怒火又转到他头上了。她没命地摇他的双肩,弄得那可怜的孩子脸色都苍白了。埃德加想去保护那个孩子,没多想就去掰她的手;没料到突然挣脱出来的一只手,冲着他的脸就猛刮了一下,这一下的分量使人无法把这看作是开玩笑。他后退一步,被吓呆了。

我抱着哈里顿就往厨房走,有意没有关门,我想知道屋里的人怎么收拾这一局面。

被侮辱了的客人面色苍白,嘴唇颤抖,走过去拿他的帽子。

"这就对了!"我自言自语道,"这是一个警告的信号,快点走吧! 真感谢上帝,你看到了她的真面目。"

"你去哪里?"凯瑟琳追到门口问。

他闪到一边,还是想走。

"不许你走!"她很清楚地说。

"我要走,我要走!"他低声回答。

"不可以,"她紧握着门钮道,"埃德加·林敦,你现在不能走。坐下。你不能丢下我自己气鼓鼓地走掉。那样我会难受一晚上,但我不想为你而难受!"

"你都打了我,我怎么还能待在这儿?"林敦问。

凯瑟琳无话可说了。

"你使我害怕,让我为你羞愧,"他接着说,"以后我不会再来了!"

她眼皮眨动着,眼睛发亮了。

"你在故意说谎!"他说。

"我没有!"她叫道,终于又开口说话了。"我都不是故意的。好,你要走,就快点儿走! 现在我要哭了,我会哭得死去活来!"

果然她跪在椅子下,伤心地哭了起来。

埃德加走到院子那儿,就开始动摇了,他有点儿迈不开步了。我打定主意想让他争口气。

"没见过谁像小姐这样放肆任性! 先生,"我说,"惯坏了的孩子就这么不可救药。你还是骑着马走吧。否则,她会又哭又笑地折磨我们。"

这个没骨气的东西从窗口往里边瞅了一眼。他打定主意要走,就好比是一只猫扔掉了咬得半死的小耗子或者一只吃了一半的小鸟。

我想:唉,他完了,他在劫难逃,他注定要上这个圈套!

果然不出我所料。他突然转身跑到屋里去了,并且随手把门关上了。

过了一会儿,我去告知他们欧肖回来了,他喝醉了酒,看着好像要把房子弄个底儿朝天似的(每次他喝醉酒,都是非常暴躁的)。这时我发现刚才那场不愉快使他们之间的关系更亲密了,它使年轻人抛却了害羞,丢掉了"友谊"的外衣,亲亲密密地做起了情人。

听到亨德莱回来了,林敦赶紧骑马跑掉了,凯瑟琳也逃到了她的闺房。我把小哈里顿藏了起来,又取出了东家猎枪里的弹药。他一发酒疯就喜欢弄这东西,如果谁惹了他,或者只不过是稍稍引起了他的注意,那谁的生命就会很危险,所以我就先取出了弹药,没有了弹药,就算万一他要弄起枪来,也不会出什么大的乱子。

图文珍藏版

第九章

　　他一路咒骂着进来了,听了让人心中发寒;我正在把哈里顿往碗橱里塞的时候,被他撞见了。哈里顿听到爸爸来了,吓得要死。不是他胆小,因为他爸爸要么像野兽似的没命地亲他,要么就像疯了似的摧残他;亲他的时候他会呼吸不畅几乎被挤死,而另一种情况,则是可能被扔到火炉里,被往墙壁上撞。所以无论我把他藏在哪儿,他都会一动不动的。

　　"好啊,总算被我抓住了!"亨德莱叫道,像抓狗一样揪着我脖子后面的皮肤往后拽,"对着天堂和地狱发誓,你们肯定诅咒要杀死这个孩子! 现在我才知道,为什么我总是看不到这个孩子。但依靠魔鬼的力量,我要让你吃下这把切肉刀,纳莉,你别笑! 我刚才把坎纳斯打得两脚朝天,他栽到黑马沼里了。杀两个人和杀一个人还不是一样吗? 我要宰你们几个后,心里才好受些!"

　　"亨德莱先生,但我不喜欢这把切肉刀,"我说,"这刀曾用来切过青鱼。如果你反对,就一枪打死我吧。"

　　"你竟然希望被打到地狱去!"他说,"反正你是跑不了的。英国法律也没规定不让人治理家庭,我家真是混乱不堪的。好,你张开嘴吧。"

　　他用刀尖插到了我的牙缝中。但我一向不怕他的这一套。我吐了一口唾沫说,这味儿实在太难闻了;不管怎样我也不想把它吞下去。

　　"啊,"他说着放开了我,"我知道了,这个短命的小鬼不是哈里顿。你原谅我吧,纳莉。要是他,就应把他的皮剥掉,他怎么能不出来迎接我,还尖声惊叫,好像我是个怪物似的。这个小畜生真是没良心,过来,让我好好教训教训你,竟敢欺骗我这样一个好心的、糊涂老头子！哎，你说，如果剪掉他的耳朵，是不是要好看些！狗没有了耳朵会显得很凶，我就喜欢凶狠的东西，给我拿来那把又凶又亮的剪刀来！真是成问题，一双耳朵就当作宝贝似的，真见鬼，就是我们不长耳朵也差不多像驴子了。嘘，孩子，你别出声！好啦，宝贝儿，擦干眼睛，别闹了，这才像个乖宝宝；来亲一下，宝贝儿，你不肯吗？你这个该死的，亲个嘴吧！上帝，好像我多么愿意养育你似的！我非得拧断这个婊子养的脖子不可，否则我不是人！"

可怜的小哈里顿在他父亲怀中拼命地又叫又踢，然后他爸爸把他高高地举在栏杆外，向楼上走去，此时，他更害怕了。我一边叫别吓坏了孩子，一边跑上去解救他。

我赶到的时候，亨德莱正探着身子在倾听楼下的声音，他似乎已忘记了他手中还举着一个孩子。

"谁呀？"他听到有人走近楼梯，就问。

我也探出身来，想用手势阻止希克厉别走过来（我也听出那是他的脚步声）。我的视线刚从哈里顿身上移开，他就挣脱了不牢固的掌握，从楼上跌下去了。

甚至还没来得及感到恐怖，我们已发现这个小东西得救了。在这万分紧急的时刻，希克厉走到了楼梯下，出于本能，他接住了那摔下来的孩子，把他放在地上，抬头看上面是怎么回事。

他一抬头，正好看到了上面站着的欧肖，他完完全全呆住了，即使一个守财奴五先令卖掉了一张彩票，第二天却发现人家居然中了五千英镑时的神情也赶不上希克厉。这种神情比言语还更能暴露他的内心，他竟然帮了仇人的忙，他非常的痛苦。如果是在夜晚，我敢断定希克厉会立刻敲碎哈里顿的脑壳，以挽救自己犯下的大错。但我们都看到孩子获救了。

我迅速冲到了楼下，紧紧地把那孩子抱住了。亨德莱却缓步走了下来。他酒已经醒了，心中也很不安。

"爱伦，这都怪你，"他说，"你应该让他躲起来，把他从我这里抱走，别让我看见他！他有没有摔伤？"

"摔伤!"我气狠狠地说,"就算摔不死,也得变成个傻子! 哎,就是他妈妈无法从坟墓里出来,否则的话让她亲眼看看你是如何对她孩子的! 你竟然这样对自己的亲生儿子,真是连邪教徒都比不上。"

他想爱抚一下那个孩子;此时孩子快忘了刚才受的惊吓了,只顾埋在我怀中抽抽搭搭地哭,可他爸爸的手指一碰到他,他立刻哇的一声大哭起来,比刚才还严重,还疯了似的死命地挣扎。

"你还是不要管他!"我说,"他恨你,所有的人都在恨你,这是千真万确的! 你的家庭可真幸福,你的人也做得太好了!"

"以后还有更好看的呢,纳莉,"那个彻底堕落的人哭着说,心肠又硬如石头了,"现在你先把他抱走吧。希克厉,你也听着;离我远点,别让我看见你……我今晚不要你的命;除非我放火把这房子烧掉,如果我高兴的话。"

说完,他往酒杯里倒了点白兰地。

"亨德莱先生,你不要再喝了!"我请求道,"你听别人几句话吧! 即使你不爱惜自己,也该可怜可怜这个苦命的孩子呀!"

"谁都比我更适合照顾这个孩子。"他说。

"那就珍惜一下自己的生命吧!"我试图夺过他的酒杯。

"我不! 正相反,我热切希望我的灵魂快点儿下地狱,就当作惩罚一下造物主,"他简直是对神灵莫大的不敬,"为心甘情愿下地狱干杯!"

他喝干了酒,厌烦地打发我们快走;收场白又是一叠声的恶语咒骂,我都不想再重复那些话。

"可惜,单是喝酒并不能让他丧命,"希克厉说。门被关上后,他回敬了差不多的一串诅咒。"他拼命地自暴自弃,但他身体硬是没问题。坎纳斯先生说,他可以拿他的母马打赌,在吉尖屯没有人能比他更长寿,他进坟墓的时候,肯定已是一个老态龙钟的罪徒了,唯一的意外是他遭到什么不测。"

我到厨房坐下来,低声哼着,哄我的小羊羔睡觉。我还以为希克厉去谷仓了;后来却发现他就在高背椅后面,倒在墙边的一条椅子上,背对着火光,一言不发。

我摇着哈里顿,哼着小曲儿,开头是这样的:

夜深了,孩子们哭叫着,

亲妈在坟里听到了呀——

　　这时,凯茜探头进来了。刚才她躲在房间里注意听外边的声音。她轻声问:

　　"就你一个人在吗,纳莉?"

　　"是就我自己,小姐。"我答道。

　　她进来,靠着火炉边。我抬头看着她,以为她要说什么;但她看起来似乎很烦躁。半张着嘴,倒抽了一口气,好像有很多话要说;但所有的话都化作了一声叹息。

　　我还惦记着下午她做的事,继续哼我的歌儿。

　　"希克厉在哪里呢!"她打断了我的歌声。

　　"他在马房干活儿。"我说。

　　可能他在打瞌睡,所以没有指出我的错误。

　　接着又是一阵沉默。我看到凯瑟琳流泪了,泪珠滚到了地板上。

　　难道她是因为自己野蛮的行为而伤心吗? 我自问。那可真是少见。不过如果她愿意,也没什么难的;但我并不想帮她什么。不对,和她自己有关的不管什么事,很少有让她感到烦恼的。

　　"唉,好心的人! 我真的很难受!"她终于开口了。

　　"真是可惜,"我说,"要想博得你的欢心可真难。有不少朋友,没有烦恼,这还不如意吗?"

　　"纳莉,你愿意为我保密吗?"她说着就跪在了我身边,用妩媚的眼睛看着我,就是生再大的气,有多少正当的理由也要被她那迷人的神态赶跑了。

　　"什么事值得保密呢?"我问道,脸色缓和下来了。

　　"是的,它使我左右为难,我不知怎么办才好,我必须说出来! 埃德加·林敦今天向我求婚了,我给了他答复,你先别管我是怎么回答的,你说我该怎样?"

　　"老实说,凯瑟琳小姐,我哪里知道呢!"我说,"你今天下午冲他发了那么大的脾气,我觉得还是别答应他好;在你大闹了一场后,他依然还向你求婚,那他不是没出息就是没有长远目光的笨蛋。"

"你要这么说,我就不跟你讲了,"她嘟着嘴站了起来,"纳莉,我答应了,你告诉我,我做错了吗?"

"既然你都答应了他,那还说什么呢? 你说出去就收不回来了。"

"你先告诉我,我这样做对吗?"她搓着双手,皱着眉头,烦躁地嚷道。

"要认真回答这个问题,需要周全地考虑一下,"我似乎要大讲一番,"第一,你爱埃德加先生吗?"

"怎么会不爱呢? 我当然是爱的。"她答道。

然后,我又提出了下面一连串的问题,一个二十二岁的女孩能做到这种程度,已经算是比较全面了。

"凯茜小姐,那我问你为什么爱他?"

"这还用说,我只要爱他就够了。"

"那不行,你必须讲出原因。"

"好,因为他长得英俊,我跟他在一起很快活。"

"很糟糕!"我发表了意见。

"因为他年轻,有朝气。"

"还是糟糕。"

"就因为我爱他。"

"说这个更不相干。"

"将来他会有很多钱,我可以成为此地最高贵的夫人,我很得意,能嫁给这样一个丈夫。"

"这可更不像话了。现在你说,你是怎样爱他的?"

"你这问题真好笑,纳莉,跟别人还不是一样吗?"

"你要回答,这很严肃。"

"他踩着的土地,头顶上的天空,他碰过的东西,他说的话,他的表情,一举一动,所有的一切我都爱。可以了吧?"

"这是为什么呢?"

"不行,你趁机开我玩笑。你这人真坏。这事对于我可不是玩笑!"她紧皱着眉转向了炉火。

"凯瑟琳小姐,我不是在和你开玩笑。"我答道,"因为埃德加先生年轻、英俊、富有朝气,并且爱你,所以你才爱他。最后那一条跟没说一样——他不爱你,你也可能爱他;而如果不具备前面几个诱人的条件,即使他爱你,你也不一定会爱他。"

"是,我是不会爱他的;我只会可怜他没准还会憎恨他,如果他是个乡巴佬,丑陋无比。"

"可是世界上比他更有钱、更英俊的美男子多着呢,你为什么不爱他们?"

"但我碰不到这样的人呀。在我见到的人中就数埃德加了。"

"以后你肯定会碰到的;他也不可能一直年轻、英俊下去,没准儿也不会永远富有。"

"我只管现在,至少他现在是。你讲话最好通情达理一些。"

"那我没得说了。既然你只顾眼前,那就嫁给林敦先生吧。"

"我不是来征得你的同意的,我就是要嫁给他的;但你还没说,我做得对吗?"

"非常正确,如果一个人只为眼前的情况来结婚的话。现在来说说你哪些地方不顺心。你哥哥是很乐意的;我想老先生和老太太也不会反对;你要摆脱这个没有欢乐、混乱不堪的家庭,来到一个体面有钱人的家里;你爱埃德加,他也爱你。一切都很顺心如意,还有什么地方不对劲儿吗?"

凯瑟琳一手拍着额头,一手拍着心房说:"这儿,还有这儿! 在心灵归宿的地方。在内心深处,我知道我做错了。"

"我不明白这是为什么,真奇怪!"

"这是我的秘密。我告诉你,你别笑我。我也讲不清楚,但我可让你感觉到我的感觉的。"

她又在我旁边坐下来,脸色忧郁、凝重,紧握在一起的手在颤抖。

"纳莉,你有没有做过一些非常怪的梦?"她想了一会突然问。

"有时候会做。"我说。

"我也是。有些梦,我做了之后,就永远被缠上了,甚至改变了我的想法。这些梦钻进了我的心灵,就像往水里倒酒,我心灵的颜色都变了。我跟你讲这样一个梦,但你要答应我,不管听到什么都不要笑。"

"啊,别说了,凯瑟琳小姐!"我叫道,"我们已够可怜了,就别再说那些鬼魂和恶魔的梦了。好啦,像开始那样快快乐乐的!看看小哈里顿,这会儿他的梦一定很明亮。他笑得这么甜!"

"是的,他爸爸寂寞烦闷的时候诅咒得也很甜!你一定还记得,他那时也像这个胖乎乎的小东西一样,也是这么大,天真活泼的。但纳莉,你一定要听,很短的。今晚我是高兴不起来了。"

"我不听,我不听!"我连声地重复着。

我很迷信梦,一直到现在还是这样。以前凯瑟琳的神色从没像那晚那样阴沉,我担心她梦中的征兆会让我产生什么不祥的预感,似乎要发生什么可怕的事情。

她生气了,没有往下讲。她又想到了别的事,过了一会又说:

"纳莉,如果我待在天堂会非常痛苦的!"

"因为你没资格去天堂,"我说,"罪恶的人到天堂就是会痛苦。"

"不是这样的。有一次我梦到我在天堂。"

"我说了,我不要听你讲梦,凯瑟琳小姐,我要睡觉了!"我打断了她的话。

她笑着把我按回了座位,因为我正想起身离开。

"不是什么大不了的,"她叫道,"我要说的是天堂不是我的家,我在那儿哭得很伤心,非要回到人间,天使们很生气,把我扔了下来,掉在了荒原上呼啸山庄的顶上,我高兴得都哭了。别的不说,就这一点就可以看出我的内心。与我在天堂中的情况一样,我嫁给埃德加·林敦是不合适的。如果不是家中的那个坏蛋把希克厉糟蹋得那样卑贱,我是不可能想要嫁给他的。如果我嫁给希克厉,那就是自取侮辱;所以他是不会知道我有多么爱他;纳莉,我可不是爱他的英俊,我爱他是因为他比我都像我自己。不管我们的灵魂是用什么做的,反正我和他的是一模一样的;而林敦和我们,则像月光与电光、冰与火,是完全相反的。"

没等她把话讲完，我就感到希克厉也在这里。有个人影儿从我眼角晃了一下，我转过头，正看见他站起来蹑手蹑脚地溜了出去。

他一直在那儿听，当听到凯瑟琳说嫁给他会给自己带来侮辱时，他再也听不下去了。

高高的椅背挡住了我的同伴，她没看见他在那儿，也没看见他离去；但我很吃惊，让她别说了。

"怎么了?"她不安地看了看四周。

这时我正好听到约瑟夫车子的声音，就说："约瑟夫回来了，希克厉也就要来了，说不定这时他就在门口呢!"

"在门口是什么也听不到的!"她说，"我来管哈里顿，你去做晚饭吧，我要跟你一块儿吃。我得欺骗我自己，让自己认定希克厉不懂这些事。他是不懂的，对吧? 他不懂什么叫恋爱吧?"

"我可没觉得他不懂得什么叫爱，只有你懂，"我说，"如果他看中了你，那他就太倒霉了! 你做了林敦夫人，他就没了朋友，没了爱，什么都没有了! 你和他分开后，你觉得怎样，而他又是什么感受，世界上一个亲人也没有了，这些你想过吗? 凯瑟琳小姐，因为——"

"没有亲人? 我和他分开?"她很生气地嚷道，"请问谁能拆开我们? 他们会得到米罗的下场! 只要我活着，这种事就不会发生，在这世界上他是无可代替的。有多少林敦，也不能让我抛下希克厉。啊，这不是我所设想的，我的意思不是这样的。假如以此为代价，我决不会去做林敦夫人的! 就像原先我们在一起那样，他将永远在我心中。必须让埃德加不再恨他，至少能允许他存在。当他了解了我对他的感情，他是能做到的。我知道了，纳莉，你以为我是一个自私的可怜虫；但是你想过没有，如果我嫁给希克厉，那我们两个只有去讨饭了。而嫁给林敦，那我就能帮希克厉站起来，让他以后免受我哥哥的压迫。"

"凯瑟琳小姐，是用你丈夫的钱吗?"我问，"到时你就会知道他并不像你想象的那么容易对付。虽然我不好下断语，但我看出这是你那众多嫁给林敦的动机之中，最糟糕的一个。"

"不对!"她辩解道，"这是最好的动机! 其他的都是为了我暂时的快乐，也为了满足埃德加的心愿。而这个动机却是为了第三者,他身上有我对埃德加和自己的感情。我无法跟你说明白,但每个人都应有这样的想法吧,你自身之外,应该还有另一个自己存在吧。如果我的全部就在我这一个身上,那上帝造我是来做什么的呢?我活着的最大的烦恼,就是希克厉的烦恼;我能真切地感受到他的每一个痛苦,我生命中最思念的就是他。即使只有他一个,其他的一切全不存在了,那我还会是我。但如果别的什么都在,而只有他没有了,那么整个世界对我来说都是陌生的,我不属于它了。

"我知道我对林敦的爱,就像林子里的树叶一样,是随着时间而改变的。到了冬天,叶片就会枯萎。我对希克厉的爱,则像脚下永恒的岩石一样,从里面渗出很少,但不可缺的,可见的快乐源泉。我就是希克厉呀,纳莉!他分分秒秒都在我心上,但就像我不可能老是自己的欢乐一样,他也不是作为欢乐存在,而是作为我自己的存在。所以不要说我们两个会分开了,这是不可能的。再说了——"

她把脸埋进我的裙子,说不下去了,但是我猛缩回去,躲开了她的脸,我无法忍受她的这些疯话了!

"小姐,如果我弄清了你这些话是什么意思的话,就是你让我相信,你一点不懂做别人媳妇的责任;要不,你就是一个心肠坏、不懂事的姑娘。你还是别用你这些事来烦我吧,我不保证替你保什么密。"

"你别讲出去这些话呀。"她很着急。

"不,我不能保证。"我又说了一遍。

她还要纠缠我,这时,纳瑟夫进来了,我们的谈话也到此为止了。凯瑟琳挪到了角落里,她看着哈里顿,我去准备晚饭了。

做好饭菜后,我和厨房里的伙计吵了起来,我们在吵谁去为亨德莱先生送饭,最后饭菜都凉了,也没有结果。于是我们决定,他要吃的话,就自己来拿,因为我们都害怕他,尤其是在他自个儿在房中关了一阵之后。

"那个没出息的贱东西怎么现在还不从田里回来?没见过这么偷懒的,他在干什么呢?"那个老东西在四处找希克厉。

"不用说,他肯定在谷仓里,我去叫他。"我说。

我去叫了，也没人答应。回来后，我轻声跟凯瑟琳说，她讲的那些话，希克厉很可能都听到了；并且说就在她怪罪他哥哥可恨的时候，我看到他从厨房出去了。

　　她惊得跳了起来，把哈里顿摔在高背椅上，去找他的朋友了，根本没来得及想为什么急成这样，或者他在听了她的话后，反应是什么。

　　她一走就没回来。约瑟夫建议不要等了。他自作聪明地认为，他们俩是故意待在外面，好不听他那冗长的福音。他坚信"他们什么坏事都做得出来"。所以那天晚上，他依照惯例，作了一刻钟的饭前祈祷后，又特别为他们加了一篇祷告；而且还准备在饭后的感恩词中也加上一段相似的祷告，因为小姐冲进来，强迫他赶紧去大路尽头找希克厉，并且无论如何，要立刻带他回来，这才没实现。

　　"我上楼前必须和他谈一下，"她说，"他在听不到我们叫喊的地方，园门开着，我站在羊圈上扯着嗓门叫，也没听到他回音。"

　　开始，约瑟夫不肯去，但她强烈地坚持命令他，他只好戴上帽子不情愿地去了。凯瑟琳则在房中走来走去地嚷：

　　"他会在哪儿呢，我真想不出他到底能去哪儿？纳莉，我都忘了，我到底说了些什么。今天下午我发脾气，他生气了？快告诉我吧，我究竟怎么惹他伤心了？我真盼他回来，快回来吧！"

　　"你真会虚张声势！"虽然这么说，但我心里也不踏实。"你怎么无缘无故地急成这样！也许希克厉想在月光下的荒原上闲逛，或者不愿理我们，所以躺在干草堆里了，这有什么可担心的呢！我敢打赌，他肯定藏在了什么地方。我一定要把他找出来。"

　　我又出去找了一遍。还是没有找到。约瑟夫回来了，结果也是徒劳。

　　"这小子，越来越不像话了！"他骂道，"他很干脆地敞开了园门；小姐的马踩倒了两垄小麦，在泥地里胡乱踢打，径直闯到了牧场！走着瞧吧，明天东家的双腿会跳得很高。他居然有这么好的耐性，能忍受这个魂不附体到处闯祸的家伙！但他不会总是这么有耐心吧，你们看吧，惹了他的神经是不会有什么好结果的！"

"你这笨驴,到底找到希克厉没有?"凯瑟琳打断了他,"你是按我说的一直仔细地找下去的吗?"

"我更愿意去找一匹马,也比这有意思,"他答道,"但在这么一个晚上,就像钻到了烟囱里一样,到处是一片漆黑,上哪儿去找马儿、人呢?听到我的口哨希克厉又不会马上钻出来;也许他能听到你的叫声!"

夏天的这个晚上,非常的黑,乌云密布,好像马上就会雷声滚滚;我提议说咱们还是先坐下来吧,他看到大风雨即将来临,肯定会回来的,我们不必太担心了。

但是怎么说也无法让凯瑟琳平静下来。她从大门到园口,从园口到大门,不停地转,急得像热锅上的蚂蚁。最后,她在临路的墙边上站住了,一动不动。无论我说什么,她只是站在那儿,任凭雷声轰隆、大雨点噼里啪啦地溅在她的四周,她一会儿呼叫,一会儿侧耳倾听,最后大声哭起来,那个厉害劲儿,即使像哈里顿这样的小孩子也赶不上她。

到了半夜,我们都还等着没睡,暴风雨像千军万马似的侵袭着山庄。满耳都是狂风怒吼声,雷声轰鸣声,然后听到一声巨响,不知道是被狂风吹的,还是遭了雷劈,宅子旁边的一棵大树倒了;粗大的树枝压住了屋顶,东边的烟囱被弄了一个大缺口,厨房的炉灶里落满了砖头、煤灰。

我们还以为是雷电劈到了我们中间!约瑟夫颤巍巍地跪在地上,向上帝祈祷,不要忘了挪亚族长和罗得族长求他饶过好人,只惩罚那些对神灵不敬的人,就像当初创世纪时那样做。

我则觉得对我们的终审判决来了。我认为,约拿就是欧肖先生。我去摇他房门上的把手,想看看他还活着没有。他在房中答应的腔调,使约瑟夫叫唤得更厉害了,以显示圣徒的他与作为罪人的东家之间,有着不可逾越的鸿沟。

过了二十分钟,暴风雨平息下来了,除了凯茜,我们平安无事。她浑身都弄得透湿,我们怎么劝她,她也不到屋里来避雨。她就站在那儿,不戴帽子,也不披肩巾,任凭雨水浸透了她的头发、衣服。

她一进来就倒在了靠背椅上,看样子就像是刚从水里捞出来似的;她对着椅背,双手掩着脸。

"小姐，你看你！"我摸着她的肩嚷道，"你这不是成心要找死吗？你知道现在是什么时候吗？已经十二点半啦！好啦，快去睡觉！别再等那个傻孩子啦。他一定去吉弈屯了，现在正待在那儿。他肯定没想到我们一直等他到深更半夜吧，他以为就亨德莱一个还没睡，他当然不愿意让东家来给他开门了，这不是自讨苦吃吗？"

"不，他不会在吉弈屯的！"约瑟夫叫道，"他不掉到泥塘里简直是不可思议。刚才的现象可不是上帝在开玩笑！小姐，我奉劝你小心些，下一个就该你了。要对上帝感恩。所有的一切都为了从污浊世界里精选出来的好人，给他们以恩惠。《圣经》上是这么说的——"然后他摘引了几段经文，告诉我们去查哪几章、哪几节。

我哄这个牛脾气的姑娘起来去换掉湿衣服，好话都说尽了也无济于事；于是我就抱着小哈里顿去睡了，让她自个儿在那儿瑟瑟发抖，让约瑟夫自顾自地讲下去。小哈里顿睡得非常甜，完全不知道周围在发生什么。

我听到约瑟夫念了一会儿经文，然后迈着缓慢的步子上楼去了，不久我也睡着了。

第二天，我比平常晚了点才下楼；借着百叶窗里透进来的阳光，我发现凯瑟琳还在壁炉边坐着。正屋的门依然半开着，亮光从敞开着的窗子里射进来。亨德莱也出来了，无精打采地，好像还没睡醒。

"凯茜，你不舒服吗？"我来到厨房的时候，他正在问她，"瞧你的样子，就像从水里刚捞起来的小狗。孩子，你身上怎么这么湿，脸色怎么这么苍白？"

"我很冷，淋湿了，就这么简单。"她无力地说。

"啊，她又顽皮地使性子了！"我发现这时东家挺明白，就叫道，"昨晚雨下得大极了，她硬要在雨里淋着，然后又在这儿坐了一夜，我怎么劝她都不动。"

欧肖先生惊奇地瞪着眼睛。"坐了一夜！"他接着说，"她为什么不睡？是害怕雷声吗？雷声在几个钟头前就停了呀！"

如果能做到，我们都不想让他知道希克厉出走的事，所以我才说，不知她哪儿不对劲，竟然坐了一夜；而她对我的说法，也没表示什么异议。

早晨空气很新鲜，又很清爽，我打开了格子窗，屋子里立刻被花园中的香气填满了。但凯瑟琳气呼呼地说："爱伦,关上窗子!我要饿死了。"她在发抖,缩着身子向炉边靠拢,而炉子里的火已快灭了。

"她生病了,"亨德莱抓着她的手说,"这大概是她不睡觉造成的吧。见鬼!我讨厌这个家里再有人生病。谁让你到雨中去的?"

"这是老毛病呀,追小伙子!"约瑟夫的声音像乌鸦般地刺耳,他瞅准了我们无话可说的空儿,把他的毒舌头插了进来。

"东家,我要是你,就冲着他们的脸,使劲地关上门,不管他有没有身份,谁也不让进来!你一出去,林敦那只公猫就偷偷地摸进来了。还有纳莉小姐,不得了呢,她会在厨房放风;你刚从这边进来,他就从那边溜了。然后,咱们的小姐就跑到外面去谈情说爱了!真是正经呀,半夜十二点还在野地里和希克厉混在一起,那小子又是那么下流、不学好!她们以为我是瞎子,其实我看得清着呢!小林敦进来出去我都看到了。

"我也看到你了,"(他转向了我)"你这个没骨气的懒婆娘,一听到马路上传来主人的马蹄声,就马上往正屋跑。"

"你给我住口,窃听别人谈话的坏蛋!"凯瑟琳叫道,"你别当着我的面胡说八道!亨德莱,埃德加·林敦昨天是顺便来的,我知道你一直不愿意见他,所以就让他走了。"

"凯茜,不用说,你在说谎,"她哥哥说,"你真是头号大傻瓜;现在先别管林敦;你说,昨天晚上是和希克利在一起吗?老实回答我。你别担心对他有什么伤害。虽说我还像以前那样恨他,但在此之前他帮了我一次,我不忍心砍下他的脑袋了。为了避免发生这样的事,今天早晨我要让他离开这里,自找出路;他走后,你们都要小心点儿,我没有好颜色给你们看。"

"我昨晚压根儿没见到希克厉,"凯瑟琳边说边抽泣起来,哭得很伤心,"如果你真的要赶走他,我就跟着他走。恐怕你做不到了,他早已走了!"

说着她就再也忍不住,大哭起来,谁也没听清下面她又说了些什么。

亨德莱大骂起来,恶毒的话劈头盖脸地淹没了她;他命她快滚到自己的房间去,要不,她这一场可不能白哭!我逼着她上楼去了。进了她的房,我被吓坏了,我永远不会忘记她发作的情景。我以为她疯了,让约瑟夫赶紧去请医生。

真的是神经错乱,坎纳斯大夫一见她,就说她病得很严重。她在发高烧。大夫为她放了血,让我喂她奶浆和稀粥,还要提防她跳楼或跳窗。然后他走了,他在这儿非常的忙,从一家茅屋走两三英里到另一家茅屋是常有的事。

我虽算不上一个好看护,但约瑟夫和东家更是不行;我们的病人又是非常难服侍,胜过了任何一个病人。还算不错,慢慢地她好起来了。

不消说,林敦太太来看过几次;并且训斥了我们每一个人,安排了很多事。后期凯瑟琳调养的时候,她非要把她接到画眉田庄去住,我们都很感激,减轻了很多负担。不过这位老人太可怜了,她会后悔自己付出这番慈爱的。她和丈夫都被传染了热病,几天没过,就先后死去了。

小姐回家后脾气越发大了,也更急躁,实在招惹不起。暴风雨之夜后,希克厉就音信全无了。那天她弄得我很着急,我就把希克厉出走的责任全归罪于她。其实,她心中也很清楚,不怪她又怪谁呢?

以后一连几个月,她不搭理我,用主人吩咐仆人的口气和我说话。约瑟夫也被逐出了教门;但他还是照旧发他的牢骚,拿她当小女孩似的斥责。

她现在是以成年妇女自居,是我们的主妇;而且认为她那次生病使自己有了一种特权:就是人们都应该顺从她。偏偏那个大夫又说过,不要和她过去,凡事都顺着她。而她也认为,如果有谁想和她作对,那就是要谋杀她。

她躲避着欧肖先生和他的那帮朋友。她哥哥听了坎纳斯的忠告后,也怕她一发脾气就晕过去,所以总是满足她的要求;平时也尽量避免去招惹她。这样一来对她简直就是百依百顺了。但这并不是因为什么兄妹情谊,而是出于虚荣心。他巴不得妹妹赶紧嫁到林敦家去为娘家争光。只要不去烦他,他才不管她怎么折腾我们呢!

埃德加·林敦和古往今来所有的人一样,被爱情迷住了。他父亲死了三年后,他把她带到了吉弁屯教堂,那天,他认为自己是世界上最幸福的人。

我听从他们的安排,随着她离开呼啸山庄到了这里,我自己非常不情愿。小哈里顿快五岁了,我已开始教他认一些字母了。别离使我们很难过,但凯瑟琳的泪水比我们的哭啼更有威力。开始我不同意走,她见她的哀求不能达到目的,就跑到丈夫和哥哥面前去哭诉。丈夫说要给我加薪;哥哥则说他家没了女

图文珍藏版

主人，不用女仆了，让我卷铺盖走人；而哈里顿，会有牧师来照看他。

这样我不得不按他们要求的去做。我告诉东家，他赶走所有的正派人，就为了加速这个家的衰败。

我吻别了哈里顿，此后，他和我就成了陌生人。我觉得这很奇怪。当然，他早就把爱伦·丁恩忘得干干净净了，不记得那时，他是我的一切，我也是他的一切。

讲到这儿，我的女管家偶然瞥了一眼壁炉架上的时钟，大吃一惊，因为已经半夜一点半了。她马上站了起来，说哪怕一秒钟也不能再多待了。其实，我也愿意让她以后再讲下面的故事。

这时她去睡了，我思索了一两个小时，然后尽管又头疼又乏力，但还是强撑着回房去睡觉了。

第十章

可以把这看作隐居生活带给我的第一个好处吧！在病床上困了四个星期，痛苦难耐！凄厉的寒风，北国的阴暗的天空，泥泞的道路，还有那慢腾腾的乡村大夫！简直见不到一张真正的人的面孔！可怕的是，坎纳斯大夫还告诉我，春天之前，我是不能出门的。

大概在七天以前吧，希克厉先生来看我，还送了我一对山鸡，这可能是这季中最后一次获得猎物吧。这个坏人！我真想当场告诉他，我的这场病他是脱不了干系的。但是，唉！我怎么能开罪于他呢？承蒙他的善心，在我床边足足坐了一个小时，说了一些与药丸、药水、药膏、水蛭无关的话题。

现在我觉得挺舒服。我还很虚弱，不能看书；但我感到有什么有趣的东西正等着我。不如把丁恩太太叫上来，让她把故事接着讲下去。我还记得主要的情节。对，她说到男主人公走了三年杳无音信；女主人公出嫁了。我准备打铃。她一定很高兴我有兴致和她聊天了。

丁恩太太到啦。

"先生，还有二十分钟才该吃药呢。"她说道。

"别提这个，我不想吃药！"我答道，"我想——"

"大夫说过，你不能吃药粉了。"

"太好了！你别打断我吧。你坐到这边来。别碰那一排一排的苦药瓶子。抽出你口袋里的毛线吧，好，继续讲你的故事吧，上次你说了希克厉先生，接着上次一直讲到现在吧！他是不是去欧洲大陆接受教育，成了一位绅士！或者考上了大学的免费生，也可能逃往美洲去了，在第二故乡，靠汲取那里的营养变体面了，甚至在英国正官运亨通呢！"

"洛克乌先生，也可能这些他都干过，但我说不准到底是怎么回事。我早说了，不知道他从哪儿弄来的钱，他的心智本来是很蠢笨的了，我根本不清楚他怎么摆脱掉这种状况的。不过如果你愿意，听了之后可以解解闷儿，不感到厌烦，我就按自己的程序把故事接着讲下去。今天早晨你觉得怎么样？"

"好了很多。"

"啊，是个好消息。"

我跟着凯瑟琳来到了画眉田庄。她的行为比我想得要强很多，这使我又是失望又是高兴。看来她是太爱林敦先生了，即使对小姑子，也是非常亲热。当然不用说，兄妹两个对她，也是加倍地关心爱护。不是荆棘在依偎忍冬，而是忍冬在拥抱荆棘。根本不存在互相谦让的事儿，而是一个站得笔直，其余的都依从她，换上谁也无法发脾气、使性子。因为没人和她过不去，也没人轻视她。

我能看出，埃德加先生的内心非常害怕哪儿会得罪了她。在她面前他并不显露这种恐惧的心理；但当我对她那蛮横霸道的命令表示反抗，或者别的仆人脸上有不服气的表情时，他就皱着眉，很是不安，他从没为自己的事儿拉下过脸。他多次用严厉的口气告诫我，不要那么不懂规矩，说看到他太太生气，比拿刀子刺他还要心疼。为了不使这个仁慈的东家伤心，我慢慢学会了忍耐。

有半年时间，因为没有火苗来引那火药，所以它就像静静躺着的沙子那样安然无事。每隔一段时期，凯瑟琳就会变得很沉默，静静地思考什么，而她丈夫则很尊重她这点，陪着她一块儿沉默。他以为这种周期变化是体质上的，是那场病的后遗症，以前，她从来没有这么精神不振过。当阳光重现的时候，他也用发自内心的光芒去迎接她。我确信他们在那段时间沉浸在与日俱增的幸福中。

但幸福是有终结的。我们原本最终是为自己谋划的，与那些施威作福的人相比，性情温和、大方的人只不过不是一味的自私罢了。如果有什么事情发生了,使双方知道在对方心目中并没有占着最重要的位置时,那么幸福也就走到头了。

九月的一个和煦的黄昏,我从花园摘了满满的一篮苹果。天色已渐渐地黑了,月光从院子的高墙外射下来,宅子的许多角落里似乎都藏着模模糊糊的阴影。我把篮子放到了后门的石阶上,想停下来歇息一下,再吸几口清新甘美的空气,我背对着门,抬头看那月亮,这时后面突然有个声音传来——

"是你吗,纳莉?"

这个声音带着点外乡的口味,很低沉;但是叫我名字的口气,听起来又很耳熟。我心里有点害怕,回过头看看是谁在叫我,门是关着的,刚才我到台阶这儿时,没看到这里有人藏着呀!

门廊里有东西在动,我走近一看,是一个穿着一身深色衣服的高大男子,黑脸黑头发的,靠墙站着。他手握着门闩,随时准备自己打开门似的。

"这是谁呀?"我想,"是欧肖先生?不对,这不像他的声音。"

"我已经等了一个小时了,"他接着说,我眼睛眨也不眨地看着他,"一大会儿,这儿静得要死。我不敢贸然进去。你不认识我了?看看吧,我们很熟呢。"

月光照在那张脸上,他焦黄的两腮被黑胡子遮了一半,眉压得很低,双眼深陷,很是与众不同。这双眼睛让我想起来了。

"啊!"我忍不住叫了起来,不知道该不该待他当作人;我一惊,手也举了起来。"啊,你回来了?真的是你吗?"

"对,是希克厉,"他答道,视线掠过我移到了头上那扇窗子上。那一排玻璃窗上反射着月光,但里面没透出月光来。

"他们在吗?她在哪儿?纳莉,你不开心吗?你不必如此惊慌。告诉我,她在里边吗?我要和你的女主人说句话。去告诉她,有个从吉牟屯来的人要看她。"

"她能受得了这消息吗?"我叫道,"她怎么办呢?这事太突然了,我简直不知如何是好。她一定会晕头转向的!你真的是希克厉吗?你变了!哦,真叫人捉摸不透。你去当兵了?"

"快给我传话去吧,"他着急地打断了我,"你不去,我就是在这儿活受罪!"

他拔开门闩,我进去了。当到客厅时(林敦夫妇在里边)我的腿却迈不开了。后来我想了个借口,就是问他们要上灯吗,于是推门进去了。

他俩在格子窗下并肩坐着,窗子贴墙朝里开着,从窗口往外望,可以看到花园中的树木,宽阔的苑林,吉牟屯的山谷,山顶上盘绕着的长长的白雾(经过礼拜堂时,你能看到从洼地流出来的细流与山谷上弯弯的小溪相接)。这银色的迷雾里就有呼啸山庄,但却看不到我们的老家;它在山冈的那一边。

这间屋子、屋里的两个人以及他们观赏的景物,都出奇的静。想到我要做的事,我不禁有点怯意,问过需不需要上灯后,什么也没说就走掉了;但又觉得不妥,便又回过头,低声问道:

"太太,有个从吉弁屯来的人要见你。"

"他有事吗?"林敦夫人问。

"我没问。"我说。

"好,纳莉,你拉上窗帘,送点茶来。我马上就回来。"她说。

她离开了客厅。埃德加先生随口问是什么人呀。

"是一个太太意想不到的人,"我答道,"是希克厉,先生,你还记得吧,以前他在欧肖家住。"

"什么! 那个吉卜赛人,小庄稼汉?"他叫道,"为什么不早点儿告诉凯瑟琳呢?"

"哦,东家,你不能这样称呼他,"我说,"她听到了会不乐意的。他出走后,她心都要碎了。他这次回来,我猜她会兴奋得像遇到了莫大的喜事似的。"

从屋子那头的窗口可以望到下面的院子。林敦先生打开窗子,探出了身。他们俩可能在窗子底下,所以他喊道:

"亲爱的,别站在那儿! 如果是个熟悉的人,那就把他带进来。"

然后我听到了一声弹门声,凯瑟琳飞快地跑了上来兴奋得无以言表,是啊,你看她的面部表情,还以为是什么天大的祸事似的。

"啊,埃德加,埃德加!"她呼吸急促地道,伸开双臂扑在了他身上。"哦,亲爱的埃德加呀,希克厉回来了,他回来了!"她搂得更紧了,似乎在没命地挤。

"好啦,好啦,"她丈夫负气地说,"别因为这个就勒死我呀!我不知道他有什么大不了的。也不至于高兴得发疯呀!"

"我知道你讨厌他,"她说,稍微抑制了一下她那过分的欢乐,"但是,为我,你们得做朋友。我把他叫上来吧?"

"来客厅吗?"他问道。

"不来这那来哪儿呢?"她反问道。

可以看出,他有点儿生气,接过来说:厨房更适合接待他。

林敦太太瞅了他一眼,为他的一套讲究又是好气又是好笑。

"不,我不能坐在厨房里。"她略微停顿了一下说,"爱伦,放两张桌子来,你的东家和伊莎贝拉是上等人,让他们坐一张;我和希克厉低人一等,我们坐一张。亲爱的,这样可以了吧?如果我必须另外找个地方生火的话,就请你吩咐吧。我要下去叫我的客人了。但愿这种不愉快的事儿不是真的!"

她一阵风似的跑出去了,但却被埃德加抓了回来。

"你把他叫上来吧!"他说,"凯瑟琳,任凭你怎么高兴,但别让人笑话。别让所有的人都看到你像欢迎兄弟一样对待一个逃跑了的仆人吧!"

我在楼下看到希克厉正等在门廊下面,显然他知道自己会被请进去,所以一句话不说,就跟着我走。我领着他来到了主人和主妇面前。他们俩可能刚争论过一番,都涨红着脸。但当客人来到门口时,那主妇脸上的红光就变成了另一种情绪。她上前握住了他的手,把他带到了林敦面前,不管林敦是否情愿,硬把这双手塞给了他。

这会儿我比刚才更吃惊了,因为炉火和烛光照得很亮,我发现他完全变了个样儿。他长成一个男子汉了,既高大又结实;与他相比,东家显得那么纤细、文弱。他站得笔直,有种曾经当过兵的气质。脸上表现出来的坚定神气,看起来比林敦成熟老练得多。以前的那种呆气完全不见了,现在则看起来很有才智。只有那深藏着的眉毛和那双闪烁着黑色火焰的眼睛,还残存着一点未完全进步的野性,但它也被抑制住了。虽然他那脱尽了粗野的举止还谈不上优美,很严肃,但几乎是很有气派的。

东家惊奇的程度甚至超过了我,他一时不知如何招呼他所谓的"小庄稼汉"。希克厉放下了他纤弱的小手,冷冷地望着他,等他先开口说话。

"先生,坐吧,"他终于说出了,"林敦夫人想到了以前的事情,要我好好接待你;我是很乐意做她喜欢的事儿的。"

"我也一样,"希克厉答道,"特别是我还能为此做点什么。我愿意在这儿待上一两个钟头。"

他坐在了凯瑟琳的对面;而她则只管盯着他看,似乎担心只要一挪眼神,他就会跑掉似的。但他并不抬眼看她,只是偶尔瞥上一两眼。不过每次收回目光,都能从她的眸子中获取毫无遮拦的兴奋,他越来越有信心了。他俩丝毫不觉得难为情,沉浸在同样的喜悦中。

埃德加先生可不是这样,他气得脸色都白了;当他太太走过地毯来到对面,重新又握住希克厉的手并忘情地笑时,他的这种情绪达到了极点。

"明天我会以为这是梦呢,"她嚷道,"我会不敢相信我真的又见到了你,又触摸了你,又和你讲过话了。但是,希克厉,你太狠心了! 你不配我这么热烈地欢迎你。三年一点儿音信也没有,从没想到过我!"

"可能比你想我还稍多些吧,"他嘀咕着,"凯茜,不久前我听说你出嫁。刚才我等在院子里的时候,是这么打算的——先见你一下,看你吃惊地瞪着眼睛,还做出假模假样的欢喜来;然后去找亨德莱算账;最后不等处罚,就对自己下手。你的欢迎使我放弃了这个想法;但你要小心,再见我时别变了样子! 不,你不会再赶我走了。你真的为我难过吗? 好吧,这是可信的。最后一次听过你的声音以后,我已在人海中苦苦挣扎了一番了;你要原谅我,因为我做的一切都是为了你!"

"凯瑟琳,不想喝冷茶的话,还是到桌子边上来吧,"林敦打断了他们谈话,努力想保持平常讲话的语调和应有的礼貌。"希克厉先生要走一段远路呢,不管他在哪儿过夜;并且我也渴了。"

她坐到了茶壶前面;伊莎贝拉小姐听到铃声后,也出来了;我为他们搬好椅子后就出去了。没过十分钟,这顿茶就用完了。凯瑟琳的杯子压根儿就没倒茶。她一点儿也喝不下。埃德加往茶托里洒了很多茶,几乎一口也没咽下去。

客人在那个黄昏待了不到一个钟头。他走的时候,我问他是不是要去吉牟屯。

他说:"不,我要到呼啸山庄去,我今天早晨去拜访的时候,欧肖先生请我住在那里。"

欧肖先生请他住在那儿? 他去拜访欧肖先生? 他走后,我苦苦地思索着这两句话。他是不是变得伪善了? 他要在这个山村暗中使坏吗? 我猜测着。但我心中有个预感,那就是:他最好没来过。

大概是半夜,我正在睡头觉,却被弄醒了,原来是林敦太太溜到了我的卧室,正扯着我的头发叫。

"爱伦,我无法平静,"她这样说算作解释,"我要有个活人一起和我分享我的快乐! 埃德加在生闷气,他怪我怎么那样热衷于他不感兴趣的事儿。他要么不说话,要么就说一些赌气的话;还硬说我自私,心肠硬,不顾他的身体,不顾他的困意地纠缠他。他一向是只要有一点儿不顺心,就装作生病了! 我说了希克厉几句好,不知他是头疼还是嫉妒,竟然哭了起来。所以我就下床,抛下他自己出来了。"

"你为什么要对着他夸希克厉的好呢?"我说,"他们俩打小就互相过不去,如果你对着希克厉称赞埃德加,他也会生气的,这是常理。你要不想两个人大吵一架,就不要在林敦先生跟前提到他。"

"但这不是一个大缺点吗?"她接着说,"我就不会嫉妒别人。伊莎贝拉长着一头光亮的黄发,皮肤是雪白的,又娇美又优雅,所有的人都喜欢她,但我从不因此而难受。还有你，纳莉，每次我们两个辩论的时候，你总是偏袒伊莎贝拉；我则像一个受气的妈妈那样认输。我称她为宝贝儿，又把她哄高兴。她哥哥看到我们两个亲热和睦，心里很开心，我也就更开心。但兄妹两个是一样的，都是被宠坏了的孩子，认为这世界上的一切全是为了他们。虽然我平常总是依着他们，但我觉得偶尔治他们一下也未尝不可，一样可以改变他们。"

"林敦太太，你错了，"我说，"是他们在迁就你。如果不是这样，我不知道这个家会成为什么样子。他们什么都依着你，想怎么样就怎么样，你只不过在一些无关痛痒的地方，偶尔地凑个热闹罢了。总有一天你们会谁也不让谁，那时你们就会吵翻了脸；而你所认为软弱的，会变得和你一样强硬呢！"

"那时候会争个你死我活，对不对，纳莉？"她笑着道，"不对！给你说吧，对林敦的爱情我有信心，我相信就是我把他杀了，他也不会报复我的。"

我劝她说，要尊重他和他的这份爱情。

"我没有不尊重他呀，"她说，"但这么一点儿小事儿他也犯得着哇哇大哭吗？他也太任性而为了；我告诉他了：现在谁都会看得上希克厉，即使一等乡绅也愿意和他交朋友，会觉着有脸面，这他也哭作一团；他大可不必这样，还应和我一起说说这些事，并且因和我心心相印感到高兴才对。他必须要习惯他，就是喜欢他，又有什么大不了的呢？你想啊，希克厉才应该讨厌他呢，但我看起来，他表现得大方极了。"

"你怎么想他去呼啸山庄呢？"我问，"他简直是完全变了，变得像一个真正的基督徒了，把友谊的右手伸向了他周围的每一个从前的敌人！"

"他向我解释过了，"她答道，"我和你一样觉得不可思议。他说他去了那儿一次，想跟你探听一下我的情况，他以为你还住在那儿。约瑟夫替他向亨德莱传达了，亨德莱在门外问他的一些近况，都做了些什么，然后就让他进去了。屋里有几个人在赌牌。希克厉也参加了。我哥哥输给他一些钱；又发现他有很多钱，就请他晚上再去，他便同意了。亨德莱这样胡闹的人，根本不看他结交的朋友是谁。他也不想想是否应该提防着，尤其那人以前受过他的虐待。但希克厉说了,他重新和曾经伤害过他的人来往,主要是想住得离画眉田庄近些,可以步行来访,另外也很留恋以前我们一起住过的房子;同时还认为,住在那边,我会有更多的机会去看他,要是住在吉牟屯的话,那我会很不方便。他提出要住在山庄,愿意付一笔数目不少的租金。我哥哥那样见钱眼开的人,肯定是同意了。我哥哥是很贪财的,尽管他是一只手抓钱,另一只手马上又把它挥霍尽。"

"这真是年轻人的好去处!"我说,"林敦太太,你难道不担心出什么乱子吗?"

"我一点儿也不担心我的朋友,"她说,"他有着坚定的头脑,不会遇到危险的。倒是亨德莱有点儿让人放心不下。但他还能在道德上比现在更堕落吗?况且我还在这里为他挡驾,不会让他受皮肉之苦的。

"今晚发生的事儿,使我和上帝又建立起友谊了。我曾经怨声载道地反对上帝。啊,纳莉,我饱受了痛苦的煎熬!如果那个人知道了我受的罪,他会非常羞愧的,知道自己在我摆脱苦恼的时候,偏偏和我过不去是多么的不对。我是为了他才独自忍受痛苦的。如果我把时时刻刻承受的痛苦讲出来,他就会知道应该像我一样尽量减轻些痛苦。不过,现在这事已经过去了,我不会再和他的愚笨计较了。以后我能忍受一切痛苦。假如世界上最下流的人打我一耳光,我会转过脸,把另一面送给他,还要向他道歉,是我让他生气了。为了验证这个想法,我现在马上去和埃德加和好。晚安!我变成一个天使啦!"

她信心十足地高高兴兴地走了。

第二天,一看就知道她成功地实现了自己的愿望。林敦先生的气全消了(虽然他的精神还被凯瑟琳的兴奋压制着),而且,当她说下午要带伊莎贝拉去呼啸山庄时,他一点儿也不敢反对。她则用淳厚、甜美的爱情来报答他,东家和仆人全都享受着她的温和和亲切,一连几天家里就像欢乐的天堂一样。

以后应该称希克厉为先生了,他开始是小心的、试探性的,不贸然地到画眉田庄来,似乎想观察一下主人对他的闯入所持的态度。凯瑟琳也觉得在他来时不应表现出过分的喜悦。这样他就一步步地使他的来访变得理所当然。

他从小就不大爱讲话，现在依然是这样，所以不大容易看到他的情绪变化。东家的那颗不安的心渐渐平息下去了，但事情的发展又出现了新的变化，东家的心又不平静了。

意想不到的麻烦来自伊莎贝拉·林敦。她那时已十八岁了，长成了一个漂亮的姑娘，虽然举手投足间还稚气未脱，但非常机灵，感情外露，生气时表现得也很强烈。令人不安的是，她居然对那个被接受了的客人产生了强烈的爱慕之情。

她哥哥是非常爱她的，万没想到她居然喜欢上这个人了，吓得不知如何是好。不仅是跟这样一个无名无姓的人联姻会给家族丢脸；或者他万一没有男继承人，他的财产就会归这个人所有；主要是他非常了解希克厉的性格，虽然他表面上是变了，但实质上一点儿也没变，也根本不会变。他就是惧怕这点，简直无法忍受。想到伊莎贝拉可能被他掌握在手中，他不禁从心里感到恐怖。

如果他知道了这种爱慕完全是伊莎贝拉自作多情式的单相思，对方并没有回报她同样的情意，那他就会更加忐忑不安了。他不了解具体情况，一看出苗头，就把责任全推到希克厉头上了，认为是他在故意勾引。

那段时间，我们都发现林敦小姐好像有心事似的很不平静。她动不动就发脾气，让人摸不着头脑；一味地纠缠凯瑟琳，和她吵架、顶嘴，忘了她嫂嫂的耐性是很有限的，会冲她发火的。我们都认为她是身体不好，不和她计较，眼看着她一天比一天憔悴。

一天，她非常任性地不肯吃饭，怪仆人们不按她说的做，而她的嫂嫂作为主妇，却不把她的被冷落放在心上，她哥哥也不关心她；开着门让她受了凉啊，熄了客厅里的炉火让她生气了等等，什么都看着不顺眼，折腾了大半天。林敦夫人严厉地命令她赶紧上床去睡觉，狠狠地教训了她一顿，还威胁她说要去请大夫来。

一说要叫坎纳斯，她马上解释说自己身体非常好，一点儿不舒服都没有，她不高兴是因为凯瑟琳对她不好。

"我对你不好！你这个不听话的孩子,我哪儿对你不好啦?"主妇吃惊地嚷道,不知这是怎么回事,"你真是好坏不分！你倒是说我什么时候对你不好啦?"

"昨天和现在都有！"伊莎贝拉哽咽着说。

"昨天? 在哪儿?"她嫂嫂叫道。

"我们昨天在原野散步的时候,你把我指使走,自己却跟希克厉逛来逛去的！"

"这么着就对你不好了?"凯瑟琳说着笑了起来,"可这根本没有嫌你的意思呀！你和我们在一起、不在一起都没关系的。我以为希克厉说的话不会让你感兴趣呢！"

"哦,不对,你明知道我愿意留在那儿,才让我走的！"伊莎贝拉哭着说。

"她是不是疯了?"林敦夫人没办法了开始向我求助,"伊莎贝拉,我可以告诉你我们说过的每一句话,你告诉我,你觉得哪儿有意思。"

"我不管你们说什么,我就是想跟——"她答道。

"嗯?"凯瑟琳发现她是难为情才没说下去。

"想跟他在一起;不愿意总被别人赶走！"她激动地说,"凯茜,你就像那牛槽里的狗,只想使自己受别人的爱！"

"你这个小猴子真是不知好歹！"林敦夫人非常吃惊,"你的痴心妄想真让我难以置信！竟然有这样的事,你以为希克厉是一个可爱的人,想得到他的爱！但愿我是弄错了,是不是,伊莎贝拉?"

"不,你没有弄错,"那个姑娘被鬼迷了心窍,"你爱埃德加都比不上我爱他;如果你不从中作梗,他可能会爱上我的！"

"如果是这样,即使你是皇后,我也不愿意和你换！"看来,她说的并不是开玩笑,所以凯瑟琳强烈地发表她的看法。"纳莉,你帮我一块让她知道自己疯了。跟她讲讲希克厉,他是一个缺乏教养,没有文明,野蛮不开化的人,像是一片只有荆棘和砂石的荒原。就是笼子里的那只小金丝雀，我都不忍心让它到冬天的树林里去，我能放心地把你托付给他吗？孩子，你太不了解他了，就因为这个你才产生这种无聊的幻想。你可别觉得他的外表虽然严峻，却有一颗充满柔情、爱意的心！他不是一颗未曾雕琢过的金刚石，也不是一个含有珍珠的牡蛎。

"不，他就像狼一样残酷无情。我从不对他说：'饶了某个仇人吧，你害他们会显得你没有度量，心狠手辣。'我是这么说的，'放过他们吧，因为我不要他们受到什么伤害。'

"他会像碾碎一只麻雀蛋一样把你毁掉，如果他觉得你是个累赘的话，他会这么做的，伊莎贝拉。他不会爱上林敦家里的任何一个人，这点我很清楚；但他完全可能为了你的钱，以及你的继承财产的希望而跟你结婚。金钱的欲望在他心中扎下了恶根，我给他画的素描就是这样的，而且我还是他的朋友——如果我会眼睁睁地看着你掉到他的圈套中，被他捏在手心的话，那也仅仅因为这个原因。"

林敦小姐气得用眼瞪着她的嫂嫂。

"你竟然说这样的话！竟然说这样的话！"她恨恨地嚷道，"二十个敌人也赶不上你坏，你真是个恶毒的朋友！"

"啊，你是不相信我说的话了？"凯瑟琳说，"你以为我这么说是因为自私、使坏心眼儿吗？"

"我看得很清楚，就是这样的，"伊莎贝拉毫不让步地说，"你使我害怕！"

"那好哇！"林敦夫人嚷道，"你要是一门心思地这么认为，就自己去试试吧。跟你这个无知、蛮不讲理的人说真是白费唇舌，我什么也不说了。"

"因为她的自私，得教我受罪！"林敦夫人出了房间后，她呜咽着道，"所有的一切，都在与我作对。她打破了我心中唯一的安慰。她说的不是真的，对吗？希克厉先生不是魔鬼。他的灵魂是值得人尊敬的，并且是非常诚实的，否则，他怎么还会惦记着她呢？"

"小姐，快打消这些念头吧，"我说，"他不配来做你的伴侣，他就像一个不吉利的恶鸟。"林敦夫人说得很彻底，我没有反驳她的理由。她比任何人，包括我，都更了解他；而她是绝对不会把他说得比他自身更坏。只要内心没有鬼，就不会弄得神神秘秘、偷偷摸摸的。那段时间他是怎么过的？钱是从哪儿来的？为什么要住在呼啸山庄，他可是非常痛恨那个家的主人的？据说，他来后使欧肖先生更堕落了。他俩总是彻夜地饮酒、赌博；亨德莱什么都不关心，一味地饮酒、赌钱，因为欠债，他已经把田地都抵押出去了。一个星期前，我在吉牟屯见到约瑟夫，这是他告诉我的，他说：

"'纳莉，现在都可以让验尸官来咱们那个老家来验尸啦。为了不让对方把自己当作一个小牛仔捅一刀，其中一个差点儿砍掉手指。你知道吗，东家现在绝对够得上去接受末日审判。他根本就不怕审判席上的法官，无论是保罗，还是彼得、约翰、马太等，谁他都不放在心上！他偏偏就喜欢拿着他的那张脸在他们面前晃来晃去！

"'还有你要留心希克厉那家伙，真是了不得了！即使是真正的魔鬼在开玩笑，他依然笑着面对，不输于任何人。他在田庄的时候，从来不对我们提起什么正经事。他们是这样过日子的——在太阳落下去的时候才起床，然后就是掷骰子，喝白兰地酒，关着窗子，点上蜡烛，一直持续到第二天中午；他们这才满嘴胡言乱语地咒骂着，摸到自己的房间去睡觉，使正经的有羞耻感的人恨不得塞上自己的耳朵。

"'而这个坏蛋会数着他手中的钱，酒足饭饱，养好神后去勾搭邻居家的老婆。不用说，他会告诉凯瑟琳大娘她老子的钱财是怎样都进了他的口袋；她老子的儿子正行进在堕落的道路上，而他是怎样在前面打开所有的栅栏！'

"林敦小姐呀，约瑟夫虽然不是个什么好东西，但他从不撒谎。关于希克厉的事情如果他讲的都是真的，你无论如何也不会让这么一个人做你的丈夫吧。"

"爱伦，你们这些人都串通好了的！"她答道，"我才不相信你这些诬陷人的话呢。你们存心使坏，让我以为这个世界上不存在真正的幸福！"

我不知道如果不管她，她是会摆脱掉这些荒唐的想法，还是依然毫不悔悟呢。她没有时间认真地想一下。第二天，东家去邻镇参加一堂会审，他必须去的。希克厉知道他出门了，就早早地来了。

凯瑟琳和伊莎贝拉都不说话，坐在书房里赌气。那小姑子也觉得自己最近行为有点儿过分，昨天发脾气的时候又暴露了内心的秘密，所以有点不自在。那作嫂子的把这件事前前后后想了一遍，很是生她小姑子的气，暗中决定下次一定要寻小姑子的开心，让她知道自己的冒失，知道这不是什么好玩儿的事。

当她从窗口看到希克厉到来时，她笑了。那时我正在打扫炉子，我发现了她那居心叵测的微笑。不知道伊莎贝拉是在一心想事情，还是看书看得太专心了，门都被推开了，她还坐着没动，如果可能，她还能不逃开吗？此刻是根本来不及了。

"好，你来得正好！"主妇高兴地叫着，一边拉了一把椅子到火炉边。"这儿正有两个人愁着没人消融她们之间的冰山呢；而你对于我们俩来说都是最佳人选。希克厉，说出来真会让你得意得不行，终于有一个人比我还爱慕你。你应该感到不胜荣幸才是。——不，你别望着纳莉，不是她！是我那可怜的小妹子，暗地里思念你的英俊，你的心灵之美，弄得心都快碎了。想不想做埃德加的妹夫完全由你决定！哦，不，伊莎贝拉，你别跑！"她做出开玩笑的样子，一把拉住了那个愤怒的想要站起来的姑娘，她看起来很狼狈。

"希克厉，就是因为你，我们两个像两只斗猫似的，互相争着表白自己的爱意和忠诚，但我彻底地败下阵了。另外，我还被告知，只要我识相地让在一边，那个自以为是我情敌的人就会一箭把你射中，永远赢得你的心，而我的形象就会被彻底地赶跑。"

"凯瑟琳！"伊莎贝拉叫道，为了维护自己的尊严，她使劲地摆脱了控制。"多谢你啦，你还是别在我身上造谣惑众啦，开玩笑也不要！——希克厉先生，你让你这朋友放开我吧。她忘了我对你还很生分；她觉着开心，而对于我则是非常痛苦的！"

没想到那客人自管自地在位子上坐下来，却并不理她，看来他压根没把她的什么感情放在心上；没办法她只好又哀求压迫她的人放过她吧。

"那可不行！"林敦夫人嚷道，"我可不想再被别人骂作'牛槽里的恶狗'。你好好地待在这儿。——这样才对！希克厉。你听了我向你报告的好消息，就不感到得意扬扬吗？伊莎贝拉发誓说，与她对你的款款深情相比，埃德加对我的爱根本算不了什么。她是这么说的，对不对，爱伦？那天散步回来，她就伤心地什么也不吃，就因为我让她从你身边走开了，而我是以为她不喜欢跟你在一起才这么做的。"

"我觉得你是在拿她开心，"希克厉说着，把椅子转过来对着她们，"至少我看现在她就不想和我在一起！"

然后，他就死死地看着那个被谈论的对象，那神情是人们在观看一种稀有的、让人讨厌的动物时常有的，打个比方，假如有一条印度的蜈蚣，虽然人们厌恶它，但出于好奇心还是要认真地看。

这个可怜的小东西无法忍受了。她的脸不停地变化颜色，一会儿红，一会儿白，眼泪挂在睫毛上，像珠子一样。她那细细的手指使劲想挣脱凯瑟琳的控制；但她刚挣脱开一只手，另一只手又压了过来，根本无法再次摆脱；没办法，她就开始利用指甲。那尖尖的指甲立刻就在那手指上留下了几条鲜红的印子。

"真是母老虎！"林敦夫人叫着放开了她，疼得摆着手。"看在上帝的份儿上，你快走吧，收起你那张泼妇的脸！在他的面前，就使起爪子来了，真是愚蠢！就不想想他会怎么想吗？希克厉，你看！她就是这样来抓人的，你可要小心你的眼睛呀！"

"如果她敢对我放肆的话，看我不撕下她的指甲来。"他蛮横地说。伊莎贝拉这时已经跑出去了，门也关上了。"但是，凯茜，你为什么要拿这个小东西开玩笑呢？你说的不是真的吧？"

"我保证，我所说的千真万确，"她答道，"她这几个星期，拼命地在想你。早晨因为你她又大闹了一通，因为我直接告诉了她你的缺点，泼了她一头冷水，她痛骂了我一顿。不过这事你也不用管了。我只是想惩罚她一下。好希克厉，我非常喜欢她，不会舍得让你占有她的。"

"我是非常地不喜欢她，压根儿就没想动她的念头，"他说道，"除非我愿意忍受那厌恶。如果让我跟这样讨厌的蜡脸儿生活在一起，还不知会发生多少新鲜事儿呢；每隔一两天，她的白脸就会五彩斑斓，蓝眼睛会变得乌青，这些都是经常会发生的。她的眼睛和林敦的完全一样，真是可恶！"

"我觉得非常可爱，那是像鸽子的眼睛一样的天使的眼睛！"凯瑟琳说。

"她会继承她哥哥的财产，对吧？"希克厉停了一会儿问道。

"我如果肯定地回答你，我会很难过，"凯瑟琳答道，"只要愿意，会有五六个侄子使她失去这个继承权！你别再想这事儿啦。你这么打邻居财产的主意。别忘了，这份财产是我的。"

"如果属于我了，那还不是一样吗？"希克厉说，"不过尽管伊莎贝拉缺乏头脑，但却没有发疯；总之，按你说的，我们不提这事就是了。"

果然他们嘴上不说了；凯瑟琳可能心里也不想了。但我真的感到，另外那一位却不是一次地在心中想起。林敦夫人不在房间的时候，我发现他在笑，那简直就是狞笑，阴沉沉地在那儿想着什么。

我决定要仔细注意他的行为。我心里一直向着东家，不向凯瑟琳那边。我觉着这是有道理的，因为他善良、正派，相信人；而她虽然说不上是另一个极端，但她是想到干什么就干什么，使我无法相信她有什么行为准则，更无法与她的喜怒哀乐产生共鸣。

我盼望能出点儿什么事，帮助呼啸山庄和画眉田庄摆脱掉希克厉先生，使我们的生活重新回到他出现以前。对于我，他的拜访是无休止的噩梦，我想对于我的东家大概也是这样。他住在呼啸山庄，带给人的是无法言传的压迫感。我认为上帝已抛弃了这个迷失方向的小羊羔，让它犹疑不决，而正好有一只恶兽来到它和羊栏之间，瞅准时机就吞没了它。

第十一章

有时候,我一个人在脑海中思索着这些事情,常常被吓得突然站起身来,戴上帽子,走出来,看一看山庄是否安然无恙。有时良心发现,我感到去提醒他是自己责无旁贷的义务,但是,一想起别人对他行为的种种议论和他自己都改正不了的种种恶习,我就顿时泄气,这种方式对他来说是丝毫用处都没有的。于是我就站住了,想到自己的话根本就打动不了他,就再也不想走进那座充满鬼气的阴森的大院。

我有一次去吉牟屯,特意绕道,想看看那扇残破不堪的大门。那是一个寒冷的阳光明媚的下午——我的故事就要从这儿开始。路干干的、硬硬的,什么东西都没有,一片光秃秃。

一块石头拦在眼前,这是大路的分叉处,左边通往田野。粗糙的沙粒上面刻着几个字母,用作路标,北面的 W·H 通往庄园,东面的 G 通往山庄,南面的 T·G 通往村子。一缕金色的阳光正射在暗淡的柱头上,我的思绪禁不住回到了夏天。儿时的情怀慢慢地涌向心头,我不知道原因是什么。在二十年前,这是我和亨德莱游戏的天堂。

我长时间目不转睛地望着那块饱经沧桑的石头,俯下身,那个靠近底部满塞着鹅卵石和蜗牛壳的洞眼依然存在,当年它们和一些不容易长时间保存的玩意儿总是被我们欢天喜地地藏在那儿,恍惚间,我又回到了儿时:我的那个长着一颗黑黑的大脑袋的玩伴正坐在枯黄的草地上,低着头,小手里握着一块瓦片在地上挖着。

"可怜的亨德莱!"我情不自禁地喊了出来。

我吓了一跳——我的玩伴竟然抬起头来,直直地瞪着我!我一定神,脸没有了,原来是我的眼睛骗了我,可是一股不可抑制的冲动抓住了我:我想去山庄。迷信逼迫我遵从了这种渴望——"他可能快死了!"我心里想——"也许就要死了——说不定这是一种死亡的预兆!"

庄园越来越近,我的心跳得越来越厉害。等它出现在我的视野里,我整个人都抖成了糠。那个魂灵却先我而到,他正躲在门外面向外四处张望。当我一眼瞅见一个小男孩——棕色眼睛卷发、红扑扑的脸蛋——贴在门栏上,我立即产生了上面的念头。但是我仔细一琢磨,我明白了,他肯定是哈里顿,是我的哈里顿,自从十个月前我离开了他,看上去,他的模样和以前相差无几。

"上帝保佑你,我的宝贝!"我大喊,那可笑的恐慌顿时无踪无影,"哈里顿,纳莉! 我是纳莉,你的保姆啊!"

他后退着,看上去并不想让我抱,而且还从地上拿起一块石头。

"哈里顿,我是来看你爸爸的。"我解释着,从他的动作和表情,我知道即使他还没有忘记世上还有一个叫纳莉的人,他也不会把这个人和我联系在一起了。

尽管我不住地说着好话,但是却拦不住他手里的石头。我的帽子被打中了,接着一串磕磕巴巴地并不熟练的脏话从这孩子的嘴里冒出来,真不知道他到底懂得了多少,可是看上去他倒显得既老练又凶狠,脸上也挂着一种恶狠狠的表情。

你应该猜得出的,此时此景,我的难过胜于恼火。我抑住了眼泪,强装笑脸,在口袋里掏出一个橘子送到他眼前,我想以此讨他欢心,和他和解。

他迟疑半刻,便一把把橘子夺过去,似乎担心我是在存心欺骗,不过拿他开开玩笑,却不会把橘子给他。

我又从口袋里掏出一只,拿着,伸到他面前,举到让他够不着的位置。

"那些动听的话是谁教你的,孩子?"我问他,"副牧师吗?"

"滚你妈的副牧师,还有你! 把那个给我!"他说。

"只要你说出你的学校,我就把它给你。"我说,"你老师是谁?"

"讨厌的爸爸。"他回答。

"你爸教你什么?"我接着问。

他并不回答,却蹿上来抓橘子,我把它举得更高一些。"他教你些什么东西呢?"我问他。

"教个鬼,"他说,"爸爸让我离他远点——他才管不了我呢,因为我会骂他的。"

"啊!是哪个坏蛋教你骂你爸爸?"我追问。

"是——不对。"他吞吞吐吐地说。

"到底是谁?"

"希克厉。"

我又问他喜不喜欢希克厉。

"喜欢!"他回答。

我又问他喜欢的原因。可是他只是讲:"我不知道——爸爸怎么对待我,他就怎么对待爸爸——爸爸要是骂了我,他就会骂爸爸——他说我喜欢做什么,就可以做什么。"

"那么,副牧师他不教你读书写字吗?"我又问。

"不的,我听说,副牧师胆敢走进门口一步——他的——牙齿就会被打掉——嗓子里——希克厉就曾这么说!"

我把橘子给他,要他去对他爸爸说一个叫纳莉·丁恩的女人正在园外等着和他讲几句话。

他穿过院子,进了屋。然而走出来的却是希克厉,并不是我想见的亨德莱。我立刻转过身,顺着那条路用了平生的力量,飞快地往下跑,直到路标才敢站住了脚——觉得自己在挣脱魔鬼的追杀。

这并不关涉伊莎贝拉小姐的事,可是因为这,我只能进一步加强这样的信念,即不惜一切代价严加防备,不容那股恶势力蔓延到画眉田庄,不惜开罪林敦太太而导致家庭风波的爆发。

希克厉再次来时,恰好我家小姐正在院子里给鸽子喂食。虽然三天里她半句话都没和她嫂嫂讲,但她好像也不再满肚子怨言地闹情绪了,为这我们都放心了不少。

我从来都明白，希克厉没有这样的习惯，哪怕稍微地对林敦小姐表示一下热情呢。可是如今他一看见她，第一反应就是房前屋后地四下瞅瞅。我刚好站在厨房窗子后，闪了一下躲开了他的眼光。于是他顺着石子路迎上她，还说了些什么。她似乎显得窘迫，想躲开。他却抓住她的手臂，把她拦住。她把脸扭过去，好像要逃避某个不喜欢的话题。希克厉又慌里慌张但很快地扫了一眼屋子，发现周围并没有人在，接着这个混蛋居然大着胆子无耻地抱住了林敦小姐。

"犹大！奸细！"我愤怒地脱口而骂，"你这个伪君子，是不是？图谋不轨的骗子。"

"说什么呀，纳莉？"凯瑟琳的声音从我耳朵边传过来——我的注意力都集中在窗外的那两个人了，所以并不曾留心她走了过来。

"你的一文不值的朋友！"我激动地说——"就是那鬼鬼祟祟摸到别人家的恶棍。咦，他看见我们了——正朝这边来！既然他和你说过恨小姐的话，我倒想看看他还有什么花招要耍，来为他的无耻行为寻找托词。"

在林敦夫人的注视下，伊莎贝拉挣脱了他，满脸泪水，逃出花园。不多久，希克厉推门而入。

我满肚子怒火不知该怎么发泄，可是凯瑟琳却生气了，让我闭上嘴巴，否则，就命令我离开厨房。

"听你的口气，人家还会把你当成这家的女主人呢！"她嚷着。"你要明白自己的身份！希克厉，你都干了些什么，惹出这样的事？如果你还想待在这里，求求你答应我别去招惹伊莎贝拉！否则，你是自讨林敦的闭门羹。"

"难道上帝会容许他这样做吗？"那个阴毒的流氓说——此时我心里充满了对他的愤恨。"上帝要他老老实实地乖乖地听说。我愈来愈疯狂，巴不得现在就送他到西天去！"

"别说了！"凯瑟琳边说边把里面的门关上。"别让我再操心了。为什么你不接受我的请求呢？难道她特意让你给碰上的吗？"

"这和你有什么关系？"他低声吼叫，"我有权利和她接吻，只要她愿意；你有什么权力来反对呢？你又不是我的妻子，你吃什么醋！"

"我不是要吃你的醋，"女主人说，"我是替你惋惜。让你的脸色好看些，不要对我生气！你可以娶伊莎贝拉为妻，如果你真心喜欢她。可是你到底喜不喜欢她呢？实话实说吧，希克厉！回答不上来，对吗？我相信你并不真正喜欢她。"

"难道林敦先生会同意自己的妹妹给这么一个人娶走吗？"我问。

"林敦先生当然同意。"我家太太毫不犹豫地说。

"他就可以省掉这份心了，"希克厉说，"即使他不同意，我照样能办成事。至于说到你凯瑟琳呢，我倒想和你好好谈一谈——我要你清楚，你对待我的残酷和狠心，这一切我都心中有数！你听清没有？你若是以为我一直都被蒙在鼓里，那你真是个白痴——你若是以为几句动听的话就能让我心安理得、心平气和，那你就是个大白痴——你若是以为我吃了苦却不想着报仇，那我就会让你明白，事实是截然相反，你不必等太久的。同时，我还想谢谢你，是你使我知道了你小姑的心事，我发誓它将大有一番用处的，你呢？就站得远远地吧！"

"他性格中又出来了什么新花样？"林敦太太惊奇地叫着，"我对你残酷和狠心——所以你想报仇！你打算怎么报呢，你这不知好歹、忘恩负义的畜生？我什么时候狠心地对你了？"

"我不是对你报仇"，希克厉降低了声音，不像先前那样嚣张，"我并不像你想象的那样来安排自己的计划，残暴的君主将自己手中的奴隶尽情地折磨，可是奴隶们没有一个站出来反抗君主，相反他们是在比自己更下贱的奴隶身上发泄怨怒的；我可以为了你的快乐而心甘情愿地受你玩弄；可是你也该允许我以这样的手段为自己找点乐趣，——你千万别侮辱我。你以为你给我造间草屋子来代替我那被你踏为平地的皇宫，就是你善良的表现？而这个草屋子也就成了我的家？请不要自欺欺人地自我欣赏了！如果我相信了你真心希望我娶伊莎贝拉为妻，那么我宁愿去抹脖子自杀！"

"老天爷，问题就出在我不吃醋，是不是？"凯瑟琳说道，"行啦，我决不会再给你提亲了——这和把一个迷途的灵魂送到撒旦跟前一样糟糕透顶。你和撒旦一样，是把自己的幸福建立在为别人制造灾难上——这一点已经由你自己充分做出了证明——埃德加的情绪已经安稳了好多，不像你初来时那样愤愤不平了,我也放心了不少,想得到点宁静了,可你呢,是不是看不惯我们的相安无事,以至于非要找点碴儿吵吵才舒服?——要是你高兴,找埃德加大吵去吧,而且还可以把她妹妹骗去,这样你也就最恰当不过地报复了我。"

谈话中止了。林敦太太坐在火炉边,两颊绯红,脸上带着一种凄惨的表情。她无法去把握那种想扔又扔不掉、想控又控制不住的情绪。他则双臂交叠在胸前,站在壁炉前,不知道又在转什么坏念头。此时,我离开他们,去找东家,而东家正在为凯瑟琳在下面耽搁老半天而奇怪。

"爱伦,太太呢?"我刚推门进去,他就问。

"在厨房里,先生,"我说,"她在为希克厉先生的所作所为感到难过呢。到了我们该为这位先生的举动另作打算的时候了,我想,过分地客气有时反而坏事,现在事情已经闹到这种地步——"接着我鼓足勇气把院子里看到的那一幕和刚才的争吵都一五一十地说了一遍。我觉得这样做对林敦太太并不会带来多大的麻烦,如果她以后不再偏向她的客人。

埃德加·林敦很容易听我说完,但是他并不认为自己的太太完全正确,从他的第一句话就能够听得出来。

"太不可理喻了!"他嚷着,"这样的人,她还会把他当成朋友,而且竟然让我去应酬他,真是不可思议! 爱伦,到下房叫两个人过来。不要让凯瑟琳和那个下贱的流氓再啰嗦了,我对她已经够迁就的了。"

他下了楼,让仆人守在过道,就随我朝厨房走去。厨房里的人重新开始了热烈的争论,林敦太太精神抖擞。希克厉站在窗子前,低着头,显然就要败下阵来,垂头丧气的模样。

他第一个发现了东家,赶忙做了一个止住的手势。她一明白了手势的含义,立即闭上了嘴。

"到底怎么回事?"林敦问她,"你倒宽宏大量啊,那个流氓这样的话都讲了出来,你还待在这里! 我看,这本来就是他平素的作风,所以你就不以为然了——你容忍了他的下流无耻,也许认为我也看得惯吧!"

"你在门外偷听,埃德加?"女主人问,她故意用一种挑衅的口气,来显示自己不但毫不在乎,而且还嘲笑他的愤怒。

在东家说话的时候，希克厉抬起头了，听到凯瑟琳的话后，他冷笑一声，大概故意地想引起林敦先生的注意吧。

果然奏效。可是林敦先生并不想让他瞧热闹，因为他没有暴跳如雷、火冒三丈。

"到现在为止，我一直容忍了你的存在，先生，"他平静地说道，"这并非是我不知道你那卑鄙无耻的品行，只因为我想这并不能完全怪罪于你。凯瑟琳希望和你来往，我同意了——一种愚蠢的做法。你的露面让我们大家道德堕落，即使最清白无瑕的人也难保不给污染——所以，为了杜绝更糟糕的事情的发生，从现在起，你不许踏进这房子。而且现在我就通知你立刻离开，这由不得你的意愿。"

希克厉上上下下打量了一番这位讲话的人，眼光中流露着嘲弄的神情。

"凯茜，你的这只羊羔竟然会向公牛一样来吓唬人！"他说着，"他可不要把脑袋撞到我拳头上来，否则可要脑浆开花哟。真要命，林敦先生，你能接住我的一拳吗？"

东家朝我递了一个眼色，又瞥了一下过道——我会意。他可没有一对一较量的想法。我转身要走，可是林敦太太起了疑心，跟了过来，我刚想和那两个人打招呼，她就把我拖了回去，并锁死了门。

"这才算公平嘛，"她说，来回答丈夫恼怒吃惊的神情，"如果你的勇气不足以揍倒他，那么就道个歉吧，要不就等着挨顿揍。也好给你个教训，以后就别假冒英雄好汉了。别过来抢钥匙，我宁可吞下去！我一片好心对待你们，这就是我的好下场！一个懦弱，一个邪恶，我迁就纵容了你们，最终却得到了两种不分青红皂白地怨恨，简直既荒唐又愚蠢还可笑！埃德加，我白白保护了你和你的一切。我倒巴不得希克厉把你狠命地给揍一通，你居然能够用这样的坏心思来衡量我！"

鞭子是不需要的，东家整个人都软了下来。他想从凯瑟琳手里抢来钥匙，可是她却一下子把它扔到了炉火最热的地方去了，以防万一。埃德加先生顿时脸色惨白，全身颤抖。他用尽全身的力量都抵挡不住这种情感的煎熬——愤恨中夹带着耻辱，完全把他击垮了。他两手掩面，靠在椅背上。

"哦,上帝啊! 在从前,你会赢得骑士的称誉呢!"林敦太太嚷着,"你胜利啦! 你胜利啦! 如果希克厉对你伸出一个手指头,不就等于一个国王率领大队兵马来攻打一窝小耗子吗? 别害怕,谁都不会来碰你! 你根本就是一个还在吃奶的小兔崽子,连只小羊羔都算不上。"

"凯茜,我但愿你喜欢这个奶油味十足的胆小鬼!"她的朋友说道,"我佩服你的眼光。你丢弃了我,要的是这个抖着一团,眼泪鼻涕流了一脸的东西! 我不想浪费我的拳头,倒想用我的脚来犒劳犒劳他。他在哭吗,还是吓昏了?"

这家伙走上前,把林敦靠的椅子推了推。他站远一点就会好得多。我的东家立即跳起来,对准他的喉咙,狠狠地给了他一拳;要是他的个头再小一点,他准趴在地下。

好一阵,他喘不过气来,林敦先生趁机从后门走到院子,穿过院子向大门奔去。

"好啦! 以后你别想来了!"凯瑟琳大叫,"现在马上离开——他马上会带着一对枪和五六个仆人过来的,如果他当真听到了我们的谈话,他当然饶不了你。你可给我惹祸了,希克厉! 可是,还是快点走吧! 我宁愿挨揍的是埃德加,也不想让你落得这么一个下场。"

"难道你以为我喉头挨了这么一拳,现在还热辣辣地,我就一走了之吗?"他大声嚷道,"去他妈的,不! 在我走出这儿以前,我要捣碎他的肋骨,像捣碎榛子壳一样! 即使眼前我打不倒,总有一天我会要他的命。所以,我必须找到他,如果你想让他活着的话。"

"他不会来的,"我插进去,哄他们道,"那里有一个车夫和两个园丁。你大概不想被他们推到大道去吧! 他们各自手里都拿着一根木棒,很可能,东家正在客厅的窗户前看他们执行自己的命令呢。"

园丁和车夫确实在那儿,可是林敦也和他们待在一起。他们走进了院子——希克厉念头一转,决计不跟三个仆人交战,在他们进来之前,用一把火钳,把里门的锁敲落,落荒而逃。

林敦太太大受刺激,让我陪她上楼。她并不知道这场纠纷也和我有关,而我也尽力不想让她知道。

"我快成疯子啦,纳莉!"她叫嚷,整个人倒在沙发上,"我的头上有一千把大锤在敲打! 叫伊莎贝拉离我远点;这场纠葛都是因她而引起,现在要是有谁来烦我,不管伊莎贝拉还是其他人,我可就要发狂了。对了,纳莉,告诉埃德加,如果你今晚能看到他,就说我活不成了——但愿是真的。他简直要把我吓死气死,我也会这一手。或者他会来大骂一通,我不会示弱的,针锋相对,让上帝来决定何时终止吧! 你会去和他说,是不是,我亲爱的纳莉? 你最清楚我在这件事上做得完全正确。什么时候他中邪了竟然偷听别人讲话? 在你走后,希克厉的话好歹不分,但是我说服了他,他答应以后不再动伊莎贝拉的心思了,别的都是无关大局的话。现在一切都搞得乱糟糟,全怪这个家伙精神失常来偷听偏偏是对他自己不好的话。如果埃德加什么都没听到,现在什么事都不会发生的。实在地讲,当他用那种让人听来极不舒服的腔调开口时,我正在痛骂希克厉,简直是朝他大吼大叫了,可是他却不问个清楚;我才顾不了他们会搞出什么名堂来呢,尤其我一想到,不论这件事怎样收场,我们都不得不分开,而且谁都不晓得将会分开多久! 我就横下了心来。行啦,要是我再不能拥有希克厉这个朋友——要是埃德加小气吃醋,那么我就要伤透自己的心,以达到让他们伤心的目的。如果我真的走投无路了,这也是一条痛快直接的路。不过,非到万不得已的时候,我是不会那样去做的。我不想把林敦吓着了。本来他都是很小心的,害怕把我惹火了。你一定要让他三思而后行,提示他,我的脾气的火爆,一旦发作,会发疯发狂的——看你,一脸冷冷的、漠不关心的神情,难道你并不替我着急吗?"

听着她诚恳地直言相告,我满不在乎的样子肯定会让她生气的。可是我认为一个人事先都能把自己的脾气给计算好,那么就算他真的怒气冲天,他也可以用自己的意志控制住自己的。而且我也不想去吓唬她的丈夫,就像她说的那样满足了她自己的私欲,而让我的东家徒增烦恼。所以看见东家朝客厅走来,我一句话都没说,而是径自转回,想听听他们在干什么,会不会再吵一架。

先开口的是他。

"别动,凯瑟琳,"他说,声音很平静,没有一丝怒气,可是却让人感到辛酸和悲切,"我不会在这儿呆久的。我既不是求和,也不是吵架,我只想清楚,发生了今晚这样的事情后,你是不是还想继续保持那种亲热的关系,和你那——"

"哦,天啊",女主人跺着脚打断了他,"请不要说这个了,可怜可怜吧!你血管里装的全是冰水,当然热不起来,但我的血是热的,它在沸腾,而且一触到你的冰凉,我的血就热得更厉害了!"

"回答我的话,我马上离开,"林敦先生不依不饶,"大吵大闹是没用的,你必须给我一个明确的答复。只要你喜欢,你能够和任何人一样冷静自若,我已经发觉了这一点。你从此以后放弃希克厉要我呢,还是放弃我要他?你不能同时做我和他的朋友。我绝对需要知道你要的是哪一个。"

"我需要你们都远远地离开我!"凯瑟琳气急败坏,大声嚷道,"我求你了!你不是看见我站都站不住了吗?埃德加,你——你走开!"

她拼命拽铃,直到把铃给拽断。我不紧不慢地走进来。这样狂暴地毫无理智的折腾,即使圣人也受不了。她拿头不断去撞沙发的扶手,牙齿咬得咯咯直响,不知道的还以为她想把牙齿咬得粉碎吃掉呢!

林敦先生站在那里望着她,突然觉得既后悔又害怕,赶忙让我拿杯水过来,她话都说不出来了。

我给她端来了水,她并不喝,我就在她脸上洒了一点儿。突然她的身子挺得很直、眼珠上翻、脸色青白不定,像是要死的模样。

埃德加大吃一惊。

"没关系的。"我轻轻地说,心里不愿他就此服软,虽然也感到害怕。

"嘴唇上有血呢!"他哆哆嗦嗦地说。

"不用担心!"我尖刻地说。接着告诉他她如何在他来之前就准备发狂的。

我太大意了,说话的声音竟然大到被她听去了。她猛地跳起来,头发披散在肩头,目光闪烁,脖子和手臂上的肌肉都反常地向外凸起。我做着至少要断几根肋骨的准备,谁知她只是朝四下瞅了两眼,便跑出去了。东家示意我跟着。我追到她卧室门口,她房门紧关,我进不去了。

到第二天早晨,她还没有下来。于是我就去问她需不需要把早饭端上去。

"不要!"她一口拒绝。

到午餐和下午茶时,我又用同样的话来问她,得到的是同样的答复。到了第三天,依然如此。

　　林敦先生躲进了书房,消磨时光,却并不过问他太太都干了些什么。他还跟伊莎贝拉有过一次谈话,他想从她口中确实一下她对希克厉纠缠时是否产生过某种非常的恐惧,可是伊莎贝拉的含含糊糊最终使他一无所获,只能不高兴地结束问话,但是却郑重其事地警告她,如果她真的疯狂对那个无耻的追求者有所表示,那么他将断绝俩人间的兄妹关系。

第十二章

　　林敦小姐总是沉默地在园林和花园里傻呆呆地走来走去,而且几乎总在流眼泪。她的哥哥则把自己关在书房里,却一本书都不曾打开过——我想他在朦朦胧胧地却是苦苦地等待着凯瑟琳为她的行为而感到懊悔,以至于主动前来请求他原谅她,并重归于好。而她却坚持粒米不进,顽强地绝食,可能她认为埃德加只是放不下架子,才没有跑上去,跪到她脚下,却是每天每餐因了她的缺席而食不下咽吧。

　　我依然忙我的家务活,而且我相信偌大一个画眉田庄只有自己一个人是清醒的。我既不操心费力抚慰小姐,也不去规劝太太;即使是东家的长吁短叹,我也不去多管;因为他听不到太太的声音,所以他就渴望能够在别人嘴里听到她的名字。我相信总有一天他们会主动过来找我的,尽管这是一个令人心烦的缓慢过程。正如我想象的一样,希望的曙光终于被我等到了。

　　那是第三天,林敦太太打开了门,原来她是用完了壶里、瓶里的所有的水,让我添满水,还要一盆稀饭,因为她觉得自己快不行了。这话当然是让埃德加听的。我不会相信她的鬼话的,因此我并不打算让别人知道。我拿来热茶和干面包。狼吞虎咽地吃光喝完后,她重新躺在床上,紧握拳头,哼哼叽叽。

　　"啊呀,我不想活了,"她大喊,"谁还会来关心我呀? 我宁愿自己刚才什么都没吃。"

　　好大一会儿,她又开始念叨:"不! 我不能死——他会高兴的——他压根就不爱我——他再也记不起我来了!"

"太太,还有什么吩咐?"我问,不顾她那白得骇人的脸和古怪邪火的神情,我维持着自己惯有的冷静。

"那个没心没肝、无情无义的家伙到底在干什么?"她问,一边把遮在那张憔悴的脸上的乱发拨到脑后。"他得了昏睡病,还是死了?"

"都没有,"我答道,"要是你问林敦先生。我看他活得挺好,虽然他看书的时间似乎长些。他一直把自己埋在书堆了,孤零零一个人,没有朋友。"

如果我知道她的真实情况到底如何,我就不该这样说了,可是我总觉她的病有一部分是假装的。

"埋头读书!"她喊着,惊恐失措似的,"在我将死之际——我可就站在坟墓边上!我的上帝啊!他难道不知道我变成什么模样了?"

她一边瞪着对面墙上镜子里照出的人影,一边说:

"那就是凯瑟琳·林敦吗?他是不是以为我在撒娇——闹着玩呢。你为什么不去通知他?这可是性命攸关的紧要事。纳莉,如果还来得及,只要我知道他的真实想法,我就会马上在两者间做出选择——要么饿死,——其实这根本称不上惩罚,除非他还有良心;要么就恢复健康,离开乡下。现在告诉我,刚才你说的可是真话?注意,他真的不把我的生命当作一回事?"

"哎呀,太太,"我说道,"主人根本不知道你在发狂;当然他更不必担心你要饿死你自己的。"

"你以为不会吗？可你不会告诉他我已下定了决心？"她答道，"劝他去！就说是你自己的话；你断定我已经不想活了！"

"不行，你忘了吗，林敦太太？"我提醒她，"今晚上你已经吃过一些东西，吃得挺好，明天你就会好得多了。"

"只要我敢断定我的死会让他活不下去，"她截住我的话，"那么我会立即杀死自己！那可怕的三个夜晚，我都没闭一闭眼皮——啊，我是在备受煎熬！鬼缠住了我，纳莉！但是我怀疑你并没有在帮我。多奇怪！我本来还以为虽然大家都彼此瞧不起，可他们都是喜欢我的。不料不一会儿工夫，他们都成了我的仇敌：这无须怀疑，整个全家人都是这样。在他们的冷脸包围中死去，该多惨！伊莎贝拉又怕又恶，她不会到这儿来的——看着凯瑟琳死去将会多么恐怖！埃德加则面孔严肃地待在旁边，一等事情完了，他就会向上帝祈祷致谢，为他家的平静恢复，然后又钻进书房。我就要死了，他还有心思看书，他到底长没长良心？"

被我描述的林敦先生的听天由命的哲人态度实在让她受不了。她前翻后覆，打着滚，由高烧到疯狂。她的牙齿咬着枕头，忽然全身滚烫地挺起身来，让我打开窗子。

我却不想去开，因为此时正为寒冬，东北风呼呼地刮得正凶。

她脸上的表情变幻莫测，这是她心情不稳定的外在表现，我不禁想起上次她那一场大病，因为医生吩咐过她不能过分动气。一分钟前还大吵大闹的她现在却像个小孩子似的支起一只胳膊，不断地把羽毛从她刚刚扯碎的枕头缝里拉出来，还兴致很高地一一分类排在被单上，再也听不见我的话了。她的心却不知道飞哪儿去了。

"这是火鸡的毛，"她自言自语，"那是野鸭，这又是鸽子毛。啊，鸽子毛被他们塞进枕头里——难怪我还活着！我可不能忘掉，当我躺下去时，我要把这根毛丢到地上去。这是赤松鸡的；这一片——就算混在一千片别的羽毛里，我都会把它辨别出来——是田凫的。漂亮的小鸟儿，盘旋飞舞在我们头上，在田野上。山头上堆着厚厚的云层，小鸟儿知道要下雨了，它要飞回窝里去了。羽

世界传世藏书

世界十大名著

·呼啸山庄·

图文珍藏版

毛是从荒地里捡起的鸟儿却没被打中。冬天的时候,我们见过它的窝,窝里都是小骨头。希克厉在那个装了一个鸟夹子,大鸟不敢来了。我求他以后不要打田凫了,他答应了。看,还有! 纳莉,他是不是打死了我的田凫? 是不是红的? 里面有红的吗? 给我看看。"

"抛弃你这种小孩子的花招吧!"我不管她,拖开枕头,翻过来,让破洞贴着褥子,不让她把羽毛都大把大把地掏光。"躺下,闭眼;你糊涂了,看看这乱糟糟的一团! 绒毛毛像雪花,满屋子乱飞。"

我团团乱转,来收拾羽毛。

"纳莉,我看见你,"她像梦呓,"变成了一个老太太。你满头白发,弯驼的脊背。这床是潘尼屯山岩脚下的妖洞,你在收集妖怪用的石箭来伤害我们的小牯牛,我在你眼前,所以你才假装是捡羽毛。50 年以后你就是这个模样。当然现在你还不是这样。我没有糊涂;你搞错啦;否则,我真的相信你就是那个干巴巴的老妖精。我清楚地很,现在是夜晚,有两支蜡烛放在台上,把黑橱子照得像黑玉那么亮。"

"黑橱子? 哪儿?"我问,"你是不是做梦了?"

"墙边上,一直就在那儿",她说,"真怪事——我望见里头有个脸!"

"这房间没有橱子,从来就没有。"我说,又坐下,挂起床帘以便看个究竟。

"你望见那张脸了吗?"她又问,焦急地盯着墙上的镜子。

我说什么都没有,因为她并不相信那是她自己的脸;我只好走过去拿一块围巾遮住镜面。

"脸还在后面!"她急了,"而且还动呢。那是谁呀! 在你离开这儿后,它可不要出来呀! 啊! 纳莉,这屋闹鬼! 我害怕自个儿待在里面!"

我握住她的手,好让她镇静些,她瞪大眼睛,直勾勾地盯着镜子,全身不停地哆嗦。

"镜子是空空的呀!"我坚持着,"那就是你自己,林敦太太。你刚才还清楚呢。"

"我自己!"她喘息不止,"我听见钟声响了十二下! 这不是假的了,吓死我啦!"

她一把扯过衣服,拿起来盖在眼上。我打算偷偷跑出去喊东家过来,却让一声刺耳的叫声喊回来——围巾从镜面上滑落下来。

"哎呀,怎么啦?"我大喊,"现在谁是懦夫? 醒醒吧! 那是镜子——照人用的,林敦太太;看看,里面不光有你,还有站在你身边的我。"

她发抖、惊慌,死死地靠着我;好在恐慌从她脸上慢慢消失了。苍白的脸色上涨满羞愧的红晕。

"啊,上帝! 我还以为我在我家呢,"她叹了一口气,"我还以为我在呼啸山庄我的卧室里呢。我并不清楚为什么大喊大叫,可能因为我浑身无力、脑子也糊涂了。你什么都不要说,陪着我就行了。我害怕睡觉,我做的都是噩梦。"

"好好睡一觉,你的精神会好得多,太太,"我说,"我但愿你经过这番闹腾,以后可别想饿死自己了。"

"啊,真希望这是我老家自己的床上!"她缠住双手,感慨地说,"还有那窗外枞树林里刮着的风! 让我感受一下这风吧,这旷野里吹来的风——让我吸一口吧!"

我打开一点窗子,好让她清醒一点。一会儿,冷风就吹进来了。我又把窗关上,回到原位。

她现在安静地躺着,满脸流泪。虚弱的身体完全把她的精神击垮。凶巴巴的凯瑟琳原来比一个爱哭的小孩子软弱得多。

"我把自己关多久了?"她恢复了元气。

"从星期一晚上到星期四晚上,"我说,"或者更确切的是星期五早晨。"

"什么! 还在这周围?"她喊着,"才这么短短的几天?"

"靠冷水和坏脾气度日,这时间也不短了。"

"是吗? 我却感觉时间好久了,"她不相信地低语道,"时间一定还长。我记得我在客厅里的时候,他们闹僵了,埃德加毫不留情地刺激我,我拼命地跑到这里来。我刚插上门,眼前就一片黑暗,我倒在地上。我不能对埃德加解释清楚,我清楚如果他不放过我,我将旧病复发,甚至疯了! 舌头和大脑已不听我指挥,他是不会想到我的痛苦会有多大。我几乎都没有力量来逃避他、他的声音。等我醒来,重新获得视力和听力时,天就亮了。纳莉,我想让你知道那段时间里我都想了些什么,我脑子里不断蹦出的念头几乎就要把我弄疯了。

"我头靠着台脚躺在那里,眼睛迷迷蒙蒙地看出那灰灰的窗户,我以为自己躺的是老家里的那张带橡木柜的床。我的心——带着沉重的忧伤——还在痛着呢,可是刚才醒来,我却不知道为什么忧伤。我苦苦地回想着这怪事的因由。真奇怪,过去的整整七年对我而言已是一片空白!过去的事在脑子里连点影儿都没有留下。我还是那个父亲刚去世的小姑娘;亨德莱禁止我和希克厉交往是我痛苦的根源。他们把我一个孤零零扔在这里——以前从来没过;哭了一整夜,我迷迷糊糊地闭上了眼,刚打了一个盹又被惊醒了,在我伸手去推床前那块嵌板时,我的手碰到了桌面!我就顺着桌垫摸过去,记忆一下子恢复了。绝望淹没了我先前的创伤。

"我搞不懂自己的苦恼为什么这么多。这没来由的苦恼肯定是神经错乱造成的。但是,要是你能够想到我从十二岁被迫从山庄离开,从此和童年失去了丝毫联系,那时候的所有一切——希克厉,却一下子成为一个完全陌生的林敦先生的太太,画眉田庄的女主人。从此今后,我的原来的天地与我永世隔绝,我成为它的弃儿——你就能够想象出来我在怎样的一个苦海中挣扎!

"你尽可以摇头,纳莉,我今天的这副模样里有你的一份功劳!你应该告诉埃德加——真的,你的确应该——千万让他别来惹我!啊,我心里像烧着一团火!我真希望自己待在外面,真希望自己还是那个野蛮的、坚强的、自由的小女孩,任何伤害都不会让我发疯,只能让我大笑!我怎么会变成一个这么厉害的人呢?为什么几句话都会让我心血沸腾而控制不住自己?我保证要是让我回到那个小山头——长满了石楠——我就会清醒了。再敞开窗子吧,并钩上它!快点,你为什么不去?"

"因为我不能眼睁睁地冻死你。"我说。

"你的意思是连一个活命的机会都不肯给我,"她生气地说,"只是我还不到不能活动的程度,我自己来开。"

未等我阻止,她已从床上滑下来,身体不稳地走过去,一下子推开窗,探出头,并不在乎寒冷如锋利的小刀般的风正吹在她肩膀上。

我请求她回来,她丝毫都不理会,没有办法我只好硬拉她回来。可我立刻感到神经错乱中的她的力气大大超过了我——她一连串的胡说八道和举动证实了她的神经错乱。

没有月亮，地上的一切都显得黑黑的。不管远处和近处，谁家的窗子里都没有灯光了——所有的灯光都熄灭了；从这儿根本就望不见呼啸山庄的灯光，可她却硬说能够看见。

"看！"她急急地喊着，"带烛火的那个房间就是我的，窗前的树枝还在晃呢，另外一个是约瑟夫的阁楼发出来的。约瑟夫睡得晚，是吧？他为了在我回家后锁栅栏呢。好吧，让他再等会吧。这段路真难走，走着也感到不舒服，而且我们不得不经过吉牟屯教堂！可我们才不害怕那儿的鬼呢，我俩常常用在坟堆里叫鬼的方法来比赛谁的胆子大。可是，希克厉，如果我现在跟你比赛，你还敢吗？若是你不怕，我就陪着你。我不想独自躺在那儿，他们会把我埋在十二英尺深的地底下，并在我身上压上一座教堂；我不会安息的，除非你来陪着我。我决不会！"

她不说了，然后又露出一个古怪的笑容接下去：

"他在寻思——他想让我去找他呢！那么，找条路——不经过教堂的那片坟地。你一点都不快！满意吧，你总是跟着我！"

看来和她争执是白费精力，因为她根本就不受理智控制了。我一边考虑拿点什么给她遮一遮，一边又紧紧抓住她的手——我不放心她一个人待在窗子边上。

正想着，门被扭开了，让我大吃一惊，是林敦先生。原来他从书房出来，经过走廊，听到我们在讲话。不知是好奇还是担心，他走进来想知道我们在干什么。

"啊，先生！"我先嚷起来，把他因屋里的混乱和寒冷而要发出的惊叫挡住了。"可怜的太太病了，我被她制住了。我拿她一点办法都没有，她太执拗。求求你快来，劝她上床吧。忘掉你的怒气吧，她根本就不听别人怎么说。"

"凯瑟琳病了？"他说，连忙过来。"关窗，爱伦！凯瑟琳！怎么——"

他无语，林敦夫人憔悴不堪的神色让他心疼得说不出话来，他紧张地望望她，又看看我。

"她一直都在生气,"我继续说,"几乎什么都不曾吃,但又一声都不抱怨;她关上门,不许任何人进来,直到今晚我才得进来,我们因此也不能向你禀报这儿的情况,你知道我们也不清楚呀;不过,这也没什么。"

我感到自己的解释笨得很。东家皱着眉头,"没什么,真的吗? 爱伦·丁恩?"他严肃地说。"你得讲清楚,为什么瞒住我!"他搂着妻子,伤心地看着她。

开始,她瞅着他,好像陌生人一般;在她的茫然中,好像眼前根本就没有这么一个人。但是,神经错乱并非一成不变,她的眼光由外面的黑暗慢慢放到他身上,并发现了是谁正在抱着她。

"啊! 你来了,是你来了吗,埃德加·林敦?"她愤怒地说,"你就是那种东西,需要的时候怎么都找不到,不需要的时候却来了! 眼下免不了我们要有叫人悲痛的事发生了——我知道肯定是这样;可是悲痛也休想阻止我回到我小小的家里去——我的归宿之所在;在春天结束以前我就会到那儿! 就在那儿,别忘记,不是在教堂屋檐下的林敦家族中;是在野外的坟墓里。你喜欢他们那儿,还是我这儿,随便你!"

"凯瑟琳,你怎么了?"老爷说,"我在你心里难道一钱不值吗? 你还是爱着那个混蛋希——"

"闭嘴!"林敦夫人喊道,"立刻闭嘴! 你若再说那个名字,我就从窗口跳下去,结束这一切事情! 眼前你碰的还归你所有,可是在你把我抱住以前,我的心已经在那个山头上了。埃德加,我不要你。我需要你的时候早过去了。看你的书吧。我高兴书本还能给你一个安慰,可在我这儿,你什么都没有了。"

"她心神糊涂了,先生,"我插嘴说,"整个晚上她都在胡说八道,让她安静一会,给她特殊的护理,她会恢复的。从今以后我们会尽量小心别惹着她的。"

"我不需要你的主意,"林敦先生说,"你了解太太的脾气,还鼓动我去惹她发火。她在这三天里的情况,你都不告诉我半点,真是没良心! 就算是几个月的大病都不会有这么一个变化呀!"

我开始自我辩解。为别人的任性而受指责,我可受不了。"我明白林敦太太脾气大,"我喊着,"可我不明白你为什么要听之任之。我不知道为了顺从她,就要对希克厉视若无睹。我是为了个人的忠心才告诉你的,这就是一个忠心仆人的报酬！好吧,我自作自受,下次会小心的。下次就请你自己去打听消息吧!"

"下次你再来搬弄是非,你可以离开这儿,爱伦·丁恩。"他说。

"那么,林敦先生,我想你宁愿不知道这件事?"我说,"你允许希克厉先生向小姐求婚,而且他总是选你出去的时候过来,是不是故意使太太和你产生矛盾?"

虽然凯瑟琳神志不清,可她却仔细听着我们的对话。

"啊! 原来是纳莉告的密!"她咬牙切齿地大叫,"纳莉是隐在暗处的坏人。你这个死婆娘! 原来是你在暗地捣的鬼! 别拉住我,我要让她忏悔! 我要她高号着改正她说的话!"

她的眼中喷出疯狂的怒火。她拼命想挣脱林敦先生拉住她的两只胳膊。我不愿让这种局面延续下去,决定自作主张找医生过来。我走出了房间。

我经过花园来到大路上,发现一个白乎乎的东西在墙上钉马缰钩的地方乱动,很明显这不是风造成的。为了不在脑中留下那幽灵的印象,我决定往下看一看,虽然我有急事要办。

我伸手一摸,真是又吃惊又糊涂——那是芬妮:伊莎贝拉小姐的小狗,一块手绢把它吊在那儿,只差最后一口气就要死去了。

我急忙松开手绢,用手捧着它,把它放在花园里。它怎么会待在这里? 我明明看见女主人和它一起上楼的。是哪个家伙如此不怀好意? ——我奇怪地想着。在我从钩子上解结的时候,我似乎听到从远处传来的奔跑的马蹄声;但是塞满脑子的这一大堆事情实在让我管不了那么多——尽管这样的声响在那样的地方在凌晨两点传过来实在令人感到诧异。

我赶到街上,恰巧坎纳斯先生从家里出来要到村子里去看一个病人。我描述了一下凯瑟琳的病情,他立即和我一起向回走。这个坦率的人直接表示:如果凯瑟琳不听劝告,那么此次旧病复发,恐怕医不好的。

"纳莉·丁恩,"他说,"我感到事情并非如此简单。这段时期庄子上发生过什么事吗?我们听到了好些风言风语。一个像凯瑟琳那样强壮开朗的女人不容易因小事就病倒的;而且那样的人本不该如此。要医好这种人的这种病,真是一件困难的事。这病是怎么引起的?"

"由东家告诉你,"我回答道,"你了解欧肖家的坏脾气,而林敦太太更是变本加厉。我说的只能是:这件事是由一场争吵引起的。她狂怒之下像中癫狂似的晕过去——至少这是她的说法;怒火之下她就跑了出去,把自己关在房里。后来,她就拒绝进食;如今她时而胡言乱语,时而陷进昏迷之中。她还认识她身边的人,可是她心里却都是莫名其妙的想法和幻觉。"

"林敦先生肯定非常痛苦?"坎纳斯询问道。

"痛苦? 如果发生什么事,他的心都会破碎!"我回答道,"病情尽量不要说得太严重,以免吓着他。"

"唉,我早提醒他要小心,"我的同伴说,"他不理会我的提醒,如今可出事了。最近他和希克厉先生接触多吗?"

"希克厉常常来田庄,"我答道,"可是那是因为他和太太从小认识;东家并不欢迎他。现在他倒不必来了,因为他竟然打林敦小姐的主意。我想以后他不会再来了。"

"林敦小姐对他很冷淡,是不是?"医生问。

"我不晓得她的心事。"我回答道,不想继续这个话题了。

"对,她是个聪明人,"他说,摇着头,"从不把事情泄露出去! 可她实在是个小傻瓜,据可靠消息,昨天晚上(非常好的一个晚上),她和希克厉在你们房屋后的农场里散步了两个多小时;他强迫她不许回去,干脆骑上他的马和他一起走! 那人还说,她拗不过他,只好向他保证在收拾好了之后,等下次见面时就跟他一起走,这样他才放过她。至于到底是哪天,他没听见。不过你可要劝林敦先生小心点。"

这个消息使我的心里装满了新的恐惧。我扔下坎纳斯,几乎一路跑回庄园。

小狗还在园里乱叫,我停下一分钟给它开门,可它只在草地上嗅,却并不进来,如果我不把它抓住并带进来,它一定要跑到大路上。

我跑上楼来到伊莎贝拉的房里,我的疑虑果然被证实了。房间里一个人也没有。如果我早来一两个钟头,林敦太太的病情就会把这个莽撞的行为给拦住。现在可怎么办？即使立即去追，也未必追得上。

无论如何，我没有办法追上他们；而且我也不敢惊动全家人，让大家惊恐失措——更不敢让老爷知道这事。对于目前的灾难，他已经难以承受了，实在无法承担这第二次打击了，我想不出还会有别的办法，除了不作声，任其自然。

坎纳斯到了，竭力使自己镇定下来，去告诉东家。

凯瑟琳躺在床上，辗转反侧，呻吟着，睡得很不安宁。她的丈夫总算稳定住了她过度亢奋的情绪。这时他俯在她枕边，弯着腰，仔细看着她那带着痛苦神情的脸上的每一个细微的变化。

医生检查完了之后，很有把握地表示：病情有希望好转，只要我们给她一个长时间的完全的平静。他还对我说：死亡不是最危险的结果，病人从今失去理智将是最让人担忧的。

我一夜未眠，林敦先生也是如此——真的，我们床都没上过。仆人们也都比平时起得早，在院子里行走都蹑手蹑脚，他们做事时碰一块，都低声交谈，除了不见伊莎贝拉小姐外，人人都在忙碌着；大家对她的好睡都感到奇怪。她哥哥似乎不耐烦了，也问她起来没有，而她对嫂嫂的冷淡也让他感到恼火。

我直发抖，害怕派自己去喊她。不过我倒免掉这个第一个宣告她出奔的消息的差使。一个女仆——轻率的姑娘——早就被派到吉牟屯，大口喘着粗气，闯进来，大喊：

"啊，了不得了，了不得了！我们还想闹什么乱子？东家，东家呀，我们小姐——"

"别吵！"我打住她，她的嚷嚷让我火冒三丈。

"小声点，玛丽——怎么啦？"林敦先生问，"小姐出什么事了？"

"她走啦，走啦，是那希克厉带走她的！"姑娘上气不接下气地说。

"怎么会这样！"林敦喊，激动地站起身来，"这不是真的。你脑子怎么会有这样的念头？爱伦·丁恩，你去找她。我不会相信的。不可能！"

他一面说，一面把女仆带到门口，又询问她为什么讲这样的话。

"唉，我在路上遇到一个来取牛奶的小孩，"她磕磕绊绊地说，"他问我田庄是否出事了。我还以为他指的事是太太的事，因此我就说，知道了。他又说：

'派人去追了吗?'我给搞糊涂了。他见我什么都不知道,就告诉我,半夜时一个先生和一个小姐在离吉牟屯两英里外的一家铁匠店钉马蹄铁。那个铁匠的女孩起来看他们是谁。她马上把这两个人认出来了。在男人付钱时,她注意到那是希克厉,而且他还给她爸爸一个英镑,她相信没有谁会不认得希克厉。

"当那女人喝水的时候,她那挡住脸的斗篷掉下来,她把她看了个明明白白。他们骑马赶路,希克厉抓住两匹马的缰绳,他俩掉转脸,离开村子,在高高低低的路上尽力狂奔。那女孩对她父亲什么都没说,可在今天早上把它传遍了整个吉牟屯。"

我装模作样地跑到伊莎贝拉的房里,回来证实了那女仆的话。林敦先生重新挨床座下,当我走进房里,他抬起头,从我不知所措的神情中明白了一切,又低下头,什么都没吩咐,而且一个字都没说。

"我们要不要追回她来?"我问,"我们怎么办?"

"她喜欢走,"老爷说,"她有走的权利。别再拿她来烦我了。从今以后她只是我名分上的妹妹——不是我不认她,而是她不想要我。"

关于这件事,他只讲了这几句。他没有多问,而且根本都不提及她,除了让我打听到她的新家后,不管在哪儿,把她的所有财产都送过去。

第十三章

逃跑的人已有两个月不见踪影了。在这两个月中，林敦太太经受了所谓脑膜炎的最危险的阶段的侵袭，而且还克服了它。即使是最慈祥的母亲照看她的独生子，也不能和埃德加照看她的专注相比。日日夜夜，他守在她身边，耐心地承受着一个病人所有的无理取闹，暴躁麻烦——尽管坎纳斯说这个他从坟墓里救出的人回报给他的是日后的若干烦恼。事实上，他在用自己的健康和精力在保全这个人的躯体。

凯瑟琳脱离生命危险的消息让他感激和高兴得几乎没完没了。他总是在她身边坐上几个小时，看着她的健康渐渐恢复；而且乐观地幻想她的神志也将清醒；不用多久，她就会恢复到原先的她。

在三月初，她首次离开卧室。早上，林敦先生把一束金黄色的番红花放在她枕边，很长时间以来，她眼里已经不见了喜悦的神色，在她睁开眼看见这些花，就急急忙忙地把它们聚在一起，眼睛里含着愉快的笑。

"这些花是山庄上开得最早的，"她喊道，"它们让我记起柔柔的暖风，和煦的阳光和要化掉的雪。埃德加，外面有南风吗？雪是不是快化完了？"

"这儿的雪几乎全化完了，宝贝儿，"她丈夫回答，"我在整个田野里就看见两个白点儿。天空是蓝色的，百灵唱着歌儿，水涨满了小河和小溪。凯瑟琳，去年的此时，我最大的心愿就是把你娶过来。但现在我倒希望你在一两英里外的那小山上，柔和的风吹着，我想这样你的病会好得快多了。"

"除非再来一次，否则我去不了那儿了，"病人说，"到那时你就会离开，我就再也不会回来了。到明年这时，你又会满心希望把我娶回家，当你回忆的时候，你会感到今天你的快乐。"

为了向她表达最温柔的疼爱，林敦抱住她，并且用很多亲密的话使她快乐起来；但她只是迷茫地看着花儿，并不去理会溢满眼眶又顺着脸庞流下的泪水。

我们知道她确实好多了，因此以为她的压抑和郁闷多半是因为长时间地待在一个地方引起的，要是换一个地方，会有利得多。东家吩咐我在那个闲置了好几个礼拜的会客室重新生上火，并在靠窗有阳光的位置搁一把安乐椅；然后把她抱过去。她坐了很久，享受着那令人感到舒适的温暖，正如我们的猜测，她变得快乐起来——原因是周围的东西不能使她产生那种在令人讨厌的病房里的痛苦的联想，尽管她也熟悉这些东西。

傍晚，她虽然看上去很疲惫，却没法把她劝回卧室；我只好用会客室的长沙发搭了一张临时性的床，卧室等以后再说。为了免除上下楼的辛苦，我们选中的恰好是你正躺着的这间——跟客厅同在一层楼。

不多久，她渐渐好了一些，在埃德加的搀扶下，可以从这屋走到那屋。啊，我一个人想，她得到如此照看，会恢复的。而且有双重原因盼望她恢复：一条小生命已在她身上存在。我们盼望林敦先生不久以后就会高兴得心花怒放，而他的财产，由于他的诞生，就不会被别人抢去。

我应该提一提伊莎贝拉，大概是她走后的第六个星期，她寄给哥哥一封信，宣布她和希克厉已结婚了。信写得冷淡空洞；可信的下面却用铅笔加了很潦草的几行有道歉之意的话，如果她的行为冒犯了他，请念手足之情，给予谅解；又说当初的身不由己使现在无法后悔，因为事已至此。我相信林敦先生并未回信。半月之后，她给写了一封长长的信，这信是用一个刚刚度完蜜月的新娘的口吻写成，我感到很奇怪。

现在由我读一读吧，因为我还保留着它。死人的遗物总是宝贵的，如果他们活着的时候就被人重视的话。信是这样的：

亲爱的爱伦：

昨天晚上我来到呼啸山庄，这才头回听说凯瑟琳曾经大病一场，直到现在。我想我给她写信是不可能的事;而我哥哥不是为我生气,就是自己心烦,他没有给我上次的信写封回信。可是,到底要有个人和我通信呀,除了你没有更好的人选了。

请转告埃德加,只要能够再见他一面,我宁愿抛弃我的一切。转告他,我离开画眉田庄不到二十四个小时,我的心就飞回去了——现在还在那儿,对他和凯瑟琳满怀深情。但是我无法随心所欲(这几个字加了着重号);他们不必期盼我。他们怎么评价都行;可是,你记着,无论如何都不要怪罪于我薄弱的意志或冷酷的感情。

下面的话是写给你一个人看的。我要问你两个问题:一:你当初住在这里时,是什么××使你能正常地和别人交流情感?在我的周围,没有谁和我心心相印。

二:这也是我最关心的问题;希克厉先生是个人吗? 如果他是,他是个疯人吗? 如果他不是,他是个魔鬼吗? 我不愿告诉你我这样问的原因;可是如果你知道,求你让我明白我到底嫁的是个什么东西,即在你来看我时告诉我。你要赶快来呀,爱伦。不必写信,来即可,连同埃德加的话带过来。

现在你可以听听我的新家——我想应该是山庄吧——对我的招待。在这儿,生活不舒服只是我拿来骗骗自己而已;实际上除非我特别想念,我的头脑从来都不想这些。如果我发现我全部的痛苦只是来源于不舒适,除此之外,其他都是一场噩梦,那我真要快乐地大笑大跳了。

在我们掉头转向原野时,太阳已经躲到田庄后面去了,据此,我看大约六点钟了;可我的同伴却用半个小时仔细检查了一遍林苑、花园,甚至连庄园本身;所以当我们在山庄的石板院子里下了马时,天已全黑了。

你的老同事约瑟夫出来迎接我们,手里拿着一支牛油蜡烛。他的迎接实在礼节周全,以致给他的脸增添了许多光彩! 他所做的第一个动作就是高举烛火跟我的脸一样齐——恶毒地斜睨了我一眼,撇了撇下唇,然后转过身。接着他把马牵到马房,然后又锁上外边的栅栏门,这里像一个古代的城堡。

希克厉在外面和他说话,我进了一个如同洞穴般肮脏杂乱的厨房。我保证你根本找不出当初你在时的它的一丝模样了。灶炉边站着一个粗手大脚、衣服油黑的孩子,活像一个小流氓。他的眼睛和嘴长得很像凯瑟琳。

"他就是埃德加的妻侄吧,"我心里想,"那么也算我的侄子了,我得和他拉拉手,还有——对——还要亲他一下。初次见面就留下一个好印象会好得多。"

我走上前,打算去握握那个胖胖的小拳头,并说:

"亲爱的,你好吗?"

我听不懂他说的话。

"让我们交个朋友,好吗? 哈里顿?"这是我第二次试图和他讲话。

一声咒骂扔过来,而且威胁我除非我"滚开",否则要放扑咽狗出来咬我,这就是我的真诚换回的报酬。

"哎,扑咽狗,好样的!"这小流氓轻轻叫唤,一只杂种的大猎狗从墙角的狗窝里给叫出来。"你走不走,现在?"他威风十足地问。

为了爱惜自己的生命,我只好屈从;我待在门槛外,等别人进来。希克厉踪影全无;我只好跟约瑟夫去马房,请他陪我进去。他先瞪了我一下,又自己咕噜着,皱着鼻子说:

"咪! 咪! 咪! 基督徒可曾听过这样讲话的? 别别扭扭,叽里咕噜! 我怎么能听得懂?"

"我说,我想要你陪我进去!"我喊道,以为他耳朵聋了,可是心里却十分讨厌他的粗鲁。

"我才不管! 我还要干别的活,"他回答,只管继续干活,同时晃着他瘦瘦的下巴,极其轻蔑地打量我的衣服和模样——衣服倒是精致,只是脸上的神色,他想要多惨就会有多惨。

我绕过院子，穿过一个侧门，走到另外一个门前，我壮胆敲门，希望出现一个态度好些的仆人。

过了一会，门被打开；开门的是个又高又瘦的男人。没系领巾，身上穿得乱七八糟，他的头发一撮撮垂下来，散在肩上，遮住脸；那对眼睛有点像凯瑟琳，但是它的阴森却破坏了先前的秀美。

"你到这儿干什么？"他语调冷漠，"你是谁？"

"我叫伊莎贝拉·林敦，"我答道，"先生，以前你见过我。我刚刚嫁给了希克厉先生，是他带我来的——我想是征得你的许可吧。"

"这样说，他来了？"这隐士问，像个饿狼似的两眼发光。

"是的，我们刚到，"我说，"可他把我扔在厨房门口，我想进去，可你的孩子在那儿站岗，他让一只大猎狗吓跑了我。"

"这该死的小恶棍倒听话，不错！"我未来的主人大嚷着，眼睛直向我身后张望，想找到希克厉；然后自顾自地大骂一通，连声说那个"恶魔"若是骗了他，他便如何如何对付他。

我真后悔曾想从这儿进院子；他没骂完，我便打算溜了。可是我的行动还未付诸实现，他就让我进去，插上门。

屋子里的炉火热炽炽地烧着，可除此之外房间里没有别的东西。地板上落上一层灰蒙蒙的灰；我记起小时候我常常被那锃亮的白镴盆子发出的光所吸引，可现在却是油腻腻，脏兮兮，早就失去了昔日的光彩。

我想让他找个女仆领我去卧室。欧肖先生却毫不理会。他手插口袋，在屋里走来走去，好像我并不存在一样；他的心不在焉和愤世嫉俗让我不敢去惹他。

爱伦，你也不必奇怪我此时的心境了——冷酷的炉火伴着垂头丧气的我，这凄苦的感觉和难堪胜于孤独；我就想起四英里我甜美的老家和家里的唯一的亲人；可是我横越不了这四英里。它好像大西洋那般的难以跨越。

我扪心自问：哪里是我的安慰？而且，千万不要告诉埃德加或凯瑟琳,我的痛苦遮盖了任何别的一切痛苦——我太难过了,我找不到任何一个可以或是喜欢跟我并肩作战共同对付希克厉的人!我曾经非常高兴地来呼啸山庄住一阵,因为这样一来我可以再也不必和他单独相处了,但是他了解那些和我们相处的人,他并不担心他们会多管闲事。

我坐着,想着,痛苦地消磨时光。钟敲了八下、九下,我的同伴照旧走来走去,头垂到胸前,一句话都不说,除了不时来一声愤怒的叹息和呼喊。

我仔细倾听,想找出个女人的声音,我无比后悔,我越想越没信心,直到最后我忍不住哭泣起来。我才不管我当谁的面哭呢,直到欧肖停住步子,站在我对面,惊奇地望着我,如大梦初醒。乘着他恢复了注意力的空儿,我大喊:

"我走累了,我要休息!女仆呢?如果她不想来,就让我去找她吧。"

"我们家没女仆",他说,"你就伺候你自己吧!"

"既然这样,哪是我的床?"我哭了。体面早顾不及了——我被疲惫和狼狈完全控制了。

"约瑟夫会带你到希克厉那儿,"他说,"开开这扇门——那就是他的房间。"

我正要去开门,忽然他又喊住我,怪声怪腔地说:

"你最好锁上门,闩上门——别忘记!"

"好的!"我说,"可是为什么要这样做呢,欧肖先生?"我不大习惯特意地使自己和希克厉锁在一个屋里。

"仔细看!"他说,从他的背心中拔出一把制造得很特别的手枪,枪铳上有一把弹簧刀——双刃。"对于一个下定决心的人,这是一个很诱人的东西,对吗?每夜,我都忍不住带着它上楼,还去试试他的门。万一哪次门没锁上,那么他死定了!我一直在坚持,就在一分钟前我还用一百条理由来使自己干下去。有魔鬼在我心里鼓动我去杀了他,好打乱我的计划。要是你喜欢,你和那魔鬼斗争好了;等哪天机会来了,没有一个天使救得了他。

我的眼睛好奇地盯着那把凶器。我心头涌上一个可怕的念头。如果我拥有了这武器,我就会成为强者。我把枪从他手中拿过来,试了试刀刃。那一刹那在我脸上流露出来的表情让他大吃一惊——眼红代替了恐惧。他夺回手枪,猜忌地折拢尖刀,把它放回原处。

"你是否告诉他,我并不在意,"他说,"让他小心,为他防护吧。你知道我俩的关系——我看得出来,你并不为他生命的危险而感到惊慌。"

"希克厉对你有什么妨碍吗?"我问,"他有对不住你的地方吗?使你这样地仇恨他? 让他离开这儿不是更好些吗?"

"不!"欧肖大怒,"如果他想走开,他只能去死! 你若劝他离开,那你就是个杀人犯。难道我就没有机会挽回我失掉的一切吗? 难道让哈里顿去讨饭吗? 啊,天地良心! 我一定要赢回一切,他的金子,我要;他的血,我还要;最后让地狱来索回他的灵魂! 地狱因他的光临将黑暗十倍!"

爱伦,你从前向我讲过你旧主人的那些习惯。他分明站在疯狂边上。至少昨晚他是如此。我一接近他,心就颤抖,相形之下,仆人的粗鲁和傲慢实在还能够让人忍受。

现在他又重新阴郁地走来走去了;我就打开门,逃到了厨房。

约瑟夫在火炉前,探着身子向一只架在炉火上面的大锅里看;旁边的高背椅上放着一木盆麦片。锅里的东西开始煮熟了,他转过身,把手伸进木盆。我以为他在为我们做晚饭。

我已经饿了,觉得该煮得好一些,于是我大声喊:"让我来煮稀饭吧!"我把盆挪到他够不到的地方,而且脱了帽子和骑服。"欧肖先生,"我继续说,"叫我自己伺候自己。我就这样办。我才不想做你们的少奶奶呢,为了别让自己给饿死。"

"天啊!"他边坐边咕嚷,还摸着他那双带花纹的袜子,从膝盖摸到脚脖子。"怎么,又有一套新规矩了?我好不容易有点习惯了这两位老爷,却突然又来了一个少奶奶,虽然我从来都没想到有一天自己要离开这个老地方,可我想那一天就要来到了!"

我不理会他的牢骚,只是忙着自己的活,在这以前,我只是把亲自动手煮饭当作一件有趣的事情来做。我不禁叹息。但我必须立即抛掉回忆,回忆昔日的欢乐让我感到伤心,昔日的欢乐越是重现,粥就被我搅动地越快,我越是大把大把地往水里加麦片。

约瑟夫见我如此烧饭,越看越生气。

"看!"他大喊起来,"哈里顿,今晚的麦片糊,你是喝不成了;煮出来的只是一块块面疙瘩,个个有我拳头那么大。看,又撒进去一大把!我若是你,早就连碗之类的东西都扔进去了!看,粥都刮完了,你就算做完成任务了。砰、砰。锅底好歹还在,真是谢天谢地!"

我承认,把麦糊分作四份,倒进盆里后,确实是一团糟。哈里顿抢过刚刚从牛奶棚里送来的那瓶鲜奶,大口地喝起来,牛奶顺着他大张着的嘴边流下来。我提醒他喝牛奶应该倒进自己的杯子,我强调自己不喝别人喝过的牛奶。

那个愤世嫉俗、满腹牢骚的老头对我的讲卫生极其反感,他再三地提醒我:那孩子每一处都和我一样干净;他奇怪我竟然为何这样自高自大。

同时,那小恶棍把牛奶吸得咂咂直响,还抬头狠狠地瞪着我,并故意地把唾沫吐到壶里向我示威。

"我想换一个地方吃饭,"我说,"你们这儿有没有'会客室'?"

"会客室!"他模仿我的语调,嘲讽地说,"会客室!不,我们可没这东西。你若是不喜欢我们。可以去找老爷;你若是不喜欢老爷,就找我们好啦。"

"我要上楼!"我说,"带我去卧室。"

我把盆子放到我的托盘上,走过去倒些牛奶。

那老东西咕噜了大半天才站起来带我上楼。我们上了阁楼。我们边走,他边把我们经过的门打开望一下。

"在这屋吧,"终于他开了一扇破得横七竖八的门。"吃几口麦糊糊,这儿蛮能凑合过去。墙角有堆稻草,在那儿,不脏,你要是担心把你华贵的缎子衣服弄脏了,就在上面铺块手绢吧。"

这是一间放杂物的破房子,屋里充满了一种麦芽和稻谷混合而成的怪味——屋子四周都堆放着这种东西,中间空空荡荡。

"怎么,你这人!"我生气地大叫,"这地方,人能睡吗?我要我的卧房。"

"卧房!"他嘲笑地用我的语气说,"这儿的'卧房'你全看见了。我的在那儿。"

他指着第二个阁楼,和第一个的唯一区别就是墙角的东西没堆那么多,而且加了一张矮腿的不带帐的大床,床的一头摆着一张深蓝色的被单。

"我要你们做什么?"我反问道,"我想希克厉先生是不会睡到楼顶的,是不是?"

"啊,你原来想要希克厉先生的卧房!"他大喊,好像新发现什么似的。"你怎么早不说?早说也不会有这么大的麻烦。我就告诉你吧,你别打算进他的房间——他总是锁着门,除他之外,没有别人进去过。"

"你们有一个多好的家啊,约瑟夫,"我忍不住说,"家人也都好得很啊!我想自从我的命运和他们连一块,世界上所有疯狂的精华都跑我脑子里了!算了,说也白说——别的房间有没有了?看上帝的面,快点给我安排一个房间吧!"

他并不理睬我的请求,只是僵硬地走下木楼梯,在一个房间前停下来,从他的止步不前和屋里上等的家具来说,我想这大概是最好的一间了。

屋里的地毯,虽然质量不错,但落满的灰尘简直无法看出它的花色了;粘在壁炉上的拷花墙纸已坏得一块块了。一张很好看的橡木大床上挂着一幅很宽的深红色的床帘,料子是贵重的,式样也时新,但显然被人粗心大意地用过——床帘被拉得脱了环,掉下来,像围了一圈花彩。用来撑帘的铁杆,一头已弯成了弧形,帘子落到地上。椅子也都用坏了,有几把坏得程度还挺大。墙上刻满了深深道道的嵌板已被弄得看不出原来的样子了。

我正打算住进去,可那个笨蛋向导却告诉我这是他主人的房间。

我的晚饭此时凉透了,我也没了胃口,耐性早耗光了。我坚持立刻要一间安身的房子和供我歇息的东西。

"到那个见鬼的地方——"这个虔诚的老头开口说,"主保佑我们吧!主宽恕我们吧!你到底想到哪个见鬼的地方去,你这个讨厌的、烦人的倒霉蛋!除了哈里顿的小屋子,你可什么都看过了。这房子里可没别的能钻的洞了!"

我此时气愤至极,一下子把盛满东西的盘子扔在地上,并且坐在楼梯上,捂着脸大哭起来。

"啊呀!啊呀!"约瑟夫喊着,"干得好,凯茜小姐!干得好,凯茜小姐!可是若是老爷因踩着这些碎碗片摔倒了,那我们可以有热闹了,让我们等着吧。你这个不学好的疯女人!为了惩罚,就应该从现在一直到圣诞节不给你东西吃——因为你发脾气把上帝珍贵的礼物摔到地上。要是任由你的脾气,我算糊涂透顶了。希克厉,你以为他会忍受你的好风度吗?真后悔他看不到你刚才的粗野。好希望他能亲眼看看!"

他一边骂,一边回到楼底下他的房间里去了。蜡烛被他拿走了,我呆在黑暗中。

我仔细想了想自己刚才的莽撞,只有咽下这口气,动手扫除碎碗片。

不久过来一个意料之外的助手——扑咽狗。我认出它原来是我家老偷袭手的孩子,小时候它在田庄,后来我爸爸把它给了亨德莱先生。我感觉它好像还记得我,它的鼻子凑到我鼻下,和我打招呼,然后

世界十大名著

·呼啸山庄·

图文珍藏版

立即去吃洒在地上的麦片糊；我则在楼梯上摸着收拾碎碗片，并且把洒在栏杆上的牛奶也拿手绢擦去了。

我们刚刚干完活，走道上就传来欧肖的脚步声。我的助手夹着尾巴藏在墙边。我偷偷移到最近的那个门口。我想小狗到底没有躲过他，因为传来了一阵奔跑的脚步声和一声可怜的长嗥。幸亏我的运气好多了！他经过我，进了卧房，关上门。

约瑟夫紧跟着上来了，他带哈里顿来睡觉。原来我藏身的地方是哈里顿的；这个老头发现了我，说：

"现在，我想大厅可以容下你和你的骄傲了。那儿没人了，你占用它吧，——但是魔鬼是喜欢和这样的坏家伙做伴的。"

我高兴地听从了他的吩咐。我刚在壁炉边的一只椅子上坐下就打起瞌睡，睡熟了。

我睡得又香又熟，但是很快就醒了。是希克厉弄醒了我。他刚进来，就用他可爱的态度问我为什么待这儿。我告诉他我迟迟未睡的原因，是他拿着我们房间的钥匙。

"我们的"这几个字让他火冒三丈。他发誓那房间不属于我，而且永远都不会属于我；而且他想——我不想重述他的话，或者描述他一向的行为。他只是想尽一切办法不休止地激起我的憎恶！

我实在感到他很奇怪，奇怪之极倒减轻了我对他的恐惧。但是，我告诉你，即使是一只猛虎、一条毒蛇让我产生的恐惧都无法和他给我的相比较。他对我说凯瑟琳生病了，责怪是我哥哥逼出来的；并且说除非他报了埃德加的仇，否则我就是我哥哥的替罪羊。

我好恨他！——我多么痛苦啊！——我是个瞎了眼的人！千万保密信里的内容。我每天都期盼着你——不要令我失望！

伊莎贝拉

第十四章

　　我读完信,立即去找东家,告诉他他妹妹现在山庄,给我一封信,信中表示关心林敦太太的病情,并且热切盼望见他一面,希望尽早收到由我转达的他对她的宽恕。

　　"宽恕!"林敦说,"对她,我没什么可以宽恕,爱伦。如果你愿意,下午就可以去呼啸山庄;说我除了为她的出走感到难过外,并不生气,尤其因为我相信她无论如何都不会得到幸福。不过我去看她就免了——我们已永远分开了。如果她真为我好,就让她劝劝她嫁的那个恶棍尽早离开这儿吧。"

　　"你不给她写张纸条吗? 先生?"我恳求他。

　　"不必,"他说,"不用了。我家和希克厉一家的来往越少越好。干脆不要来往!"

　　埃德加先生的冷淡让我垂头丧气。我走出田庄,边走边想如何把他的话讲得动听点;他不肯写纸条来安慰伊莎贝拉,我如何委婉地告诉她这事呢。

　　我保证她从早上就在等着我。当我踏上花园砌道时,我看见她在通过格子窗向外看。我朝她点头,她却像害怕让人发现似的缩回去了。

　　我不敲门就走进去。以前干干净净的一家从来没有像现在这样凄凉。老实说,我要是这位年轻的太太,我至少会打扫一下壁炉,用拂帚抹抹桌子。可是她已经沾上了包围在她周遭的那种懒散的习惯。她的原来美丽的脸已憔悴不堪,头发也从来没有梳过,一些乱糟糟地缠在头上,一些松松垮垮。也许从昨天晚上起,她就没有梳洗过吧。

亨德莱不在场,希克厉在一张桌边坐着,翻着夹在笔记本里的几张纸片;他一看见我,就很友好地站起来,询问我近来的情况并请我入座。那个园子里,只有他还算体面;我发现他今天的表现特别好。是环境让他俩颠倒过来:陌生人单凭他的外表会以为他是个真正的乡绅,他的妻子却是个地道的懒婆娘!

她急切地走过来和我打招呼,还张手要她的信——她一直在盼望的。我摇头,她并不明白我的暗示,却跟来到碗橱边(我来放帽子),还低声催要我捎给她的东西。希克厉猜出了她的心事,说:

"你要给伊莎贝拉什么——你肯定有,纳莉——那就给她吧。你不必担心别人。我俩之间无话不谈。"

"啊,我并没带什么,"我说,想最好还是开始就说真话,"我东家让我告诉她妹妹,现在不要期盼他的信或他亲自来一次,太太,他问候你,祝福你,他为你感到难受,却原谅了你;可是他希望两家自此不要来往,因为这样做,会产生不良后果。"

希克厉太太的嘴唇哆嗦了一下,她坐回她靠窗的位子。她丈夫走到壁炉前,挨近我,询问有关凯瑟琳的情况。关于她的病情,我讲了所有我该讲的。他再三逼问,知道了她的病因的大部分事实。我责怪了她(她本来就不对),说她活该;说到最后,我希望他能向林敦学习,以后不要去麻烦他们了,不论好坏。

"林敦太太正在渐渐好起来,"我说,"她永远都不会像以前那个样子了,总算保住她的命。你要是真正关心她,你就不该再闯进她的生活中——不,你就会彻底离开这儿,搬到别处。为了不让你有什么遗憾,我得告诉你,凯瑟琳·林敦和凯瑟琳·欧肖判若两人——就像我跟这位年轻的太太是完全不同一样。她的模样变得很厉害,性格改变得更大。由于义务不得不做她的伴侣的那人维系他感情的唯一方式就是昔日的回忆和出于人道的同情和责任心了。"

"这倒挺有可能,"希克厉说,尽力保持自己的平静,"你的东家很可能除了同情和责任心之外,什么支柱都没有了。但是你想以他的同情和责任心,我能放心得下凯瑟琳吗?我对凯瑟琳的感情和他的能够相比较吗?在你走之前,你一定要答应帮助我和她见上一面。不管你答不答应,我都要见她!你说如何?"

"我说,希克厉先生,"我答,"你不能够。你永远都不要指望靠我来达到你的企图。如果你再和东家相逢,那么她非死不可——立即。"

"在你的帮助下,情况就会有好转,"他接着说,"若是有那样的危险——如果他使她的生命再加上一点烦恼——哼,那么我采取极端手段就会完全有理由了。我希望你实实在在地告诉我,如果失去他,凯瑟琳是否会痛苦至极。我所以迟迟不动手,原因就在这里。现在你该看出我们之间感情的区别了——如果我是他,他是我,那么即使我对他恨地要命,我都不会向他动手的。你尽可以不信我的话,只要她想留下他,我决不会把他从她那儿赶跑。一旦她不再要他了,我就要挖他的心、吸他的血! 可是时候若是不到——你要不相信就证明你并不了解我——时候不到,就算我的生命一天天地衰竭,我都不会碰他一指头的。"

"但是,"我插上说,"你这样做却是彻底毁坏了她恢复的希望——目前,你在她几乎忘掉你的时候,又出现在她的眼前,她将再一次掉进痛苦的深渊。"

"你以为她几乎忘记我了,"他说,"啊,纳莉,你知道她不会的! 我们都会知道,她对我的思念胜过对林敦的千百倍! 在我一生中最潦倒的那段时间里,我曾这样想。去年夏天在我回到这儿时,我根本无法摆脱这个念头;但是如果她不亲自告诉我,我决不会再想起这个可怕的念头。到了那时,林敦算不了什么,亨德莱也不必提及,我曾经所有的一切梦想都不必提了。我的未来只有两个词——死亡与地狱。没有她的生命,如同地狱。

"只要我一想到她可能爱埃德加·林敦胜过爱我,我就会嘲笑自己是个笨蛋。他那瘦弱矮小的身体即使爱她 80 年,也比不上我对她一天的爱! 而且,凯瑟琳的心和我同样深沉,如果他能够包涵她所有的爱,那么马槽就能盛下大海了。呸! 他对于她并不比她的一只狗,一匹马更可爱。他还能爱些什么呢? 怎么和我比? 他本来就没有的东西,她如何去爱?"

"凯瑟琳和埃德加像所有夫妇一样倾心相爱,"伊莎贝拉忽然精神大振,喊起来,"没有谁有权这么说,我不能任由别人诽谤我哥哥却一声都不吭!"

"你那哥哥也特别爱你,对不对?"希克厉轻蔑地说,"他以让人惊讶的爱由你流浪在外?"

"他根本不知道我吃什么苦,"她说,"我没对他讲这些。"

"那你说了些什么? 你写过信,对吗?"

"对,我说我结婚了,你看过那封信。"

"以后再没写?"

"没有。"

"我可怜的小姐,自从离开了家,脸色就变得这样难看,"我说,"自然是没人疼爱她。我可以猜得出是谁,也许我不该说出来。"

"我猜是少了她自己的疼爱吧,"希克厉说,"她倒退成为个懒女人。她老早就不讨我的喜欢了,真是不多见。你信不信她在我们结婚第二天就吵着回娘家。可是她的邋遢和这庄园倒是极合适的。我得提防别让她出去丢我的脸面。"

"啊,先生,"我说,"但愿你会想到希克厉太太从小到大就像独生女一样被人伺候的,全家人都顺着她来。她的身边总该有个女仆帮忙收拾一下,你对她也要热情一点。不管你对埃德加意见如何,你总得承认她对你的强烈的迷恋之情的。不然,她也不会一往情深和你来到这么一个破烂的地方,而丢弃了舒适和财富以及她的亲人。"

"是错觉让她抛弃了那一切,"他说,"在她的心目中,我是一个浪漫的英雄骑士,我将用骑士的至诚来宠她、爱她。我几乎都不能把她算作一个有理性的人。对于我的性格,她固执她那荒唐的看法,而且还以她的错觉来做事。可是我想她终究开窍了。

"最开始,我并不理会她的痴笑和怪模怪样——我讨厌那种模样;也不冥顽不化:我正经地对她讲我对她本人和她的痴情的看法。哪知道这个笨蛋却不相信。让她明白我根本就不爱她实在很困难。有时候,我还以为她将永远不会明白这点呢。可是现在她可怜巴巴地明白,今早上她还郑重其事地宣告她真的恨死我了,像宣布一件重大事情一样。——我告诉你吧,那实在需要九牛二虎的力量才能做到的。如果她能够明白,我就有了表达谢意的理由了。

"我会相信你的话吗?伊莎贝拉?你保证你在恨我吗?如果我半天都不理你,你会不会又到我面前又叹息又说好话来讨好我?——我打赌,她宁愿我在你面前对她装得温柔体贴,说出真话会使她的虚荣心受到伤害的。我才不管别人会不会知道呢,这段感情根本就是她自作多情;我在这方面却从来都没骗她。

她不能指控我曾经对她有过虚假的温柔。

"离开田庄,她看见我做的第一件事:就是吊起她的小狗来;当她求我放下它,我开头的话就说我希望她全家人全都吊死,只有一个人例外。也许她以为自己是这个例外呢。但是,她不讨厌即使再野蛮的方式。我看她天生就喜欢野蛮——只要她自己宝贵的生命别给伤到就行了。你看,难道她还不算做一个纯粹的完全荒唐的白痴?——这么一个可怜的奴性的、下贱的狗东西,竟然梦想得到我的爱!

"告诉你的东家,纳莉,我一生都没见过还有比她更下贱的东西,甚至她根本就不配姓'林敦'。有时我实在无可奈何地对她手软,我想知道她到底能承受多大的折磨,可谁料每次她都害羞地谄媚地爬起来。但是,你告诉他,请她的这位哥哥和官长尽管放心,我不会做出违反法律的行为。直到现在,我连一个小小的她要求离开的借口都不会给她;不仅如此,如果谁把我们分开,他也不会得到她的感激。如果她想,她可以走;我对她的讨厌远远大于从对她的折磨得到的满足。"

"希克厉先生,"我说,"疯子才这样说话! 你太太大概以为你疯了,因此,她能够容忍你至今。可是如今你让她随便走了;既然这样,不用说,她是不会放过这个机会的——小姐,你总不会被他迷得想留下陪他,对吗?"

"小心,爱伦!"伊莎贝拉说,两眼冒着怒火。她的表情证实了她的伴侣计划得逞,因为她已经恨上了他。"不要相信他说的每一个字。他是个骗人的妖魔——是个恶棍,不是人! 他以前也说过我可以离开,而且我都试过,可我没有胆量再来一次了。爱伦,答应我,不要在我哥哥或凯瑟琳面前提及半句他的无耻的话。他的那一套无非想气死埃德加。他说过他娶我的目的就是要控制他。我偏偏不让他随心所欲。我先行去死! 我希望——我祈祷——他偶尔忘掉他那卑鄙的阴谋,杀死我! 我能够想出的唯一欢乐就是我死,或者看着他死!"

"好啦,有这句就足够了!"希克厉说,"纳莉,法庭要是传讯你,你可别忘掉她的话呀! 你仔细看看那张脸差不多快适合我了——不,你不适合当自己的监护人,伊莎贝拉,现在,既然你的合法监护人是我,我只好管着你了,无论我是多么地不喜欢这个责任。上楼吧;我有话要和爱伦·丁恩单独讲,往这儿,上楼去,听没听见！对啦,这才是上楼的路,我的孩子!"

他抓住她,把她推到外面。边走边咕哝:

"我不知道什么是怜悯! 什么是怜悯! 虫子扭得越厉害,我越想挤出它们的肠子来! 这就像精神上的出牙,它越痛,我磨得劲就越大。"

"你知不知什么叫'怜悯'?"我说,赶忙重新戴上帽子,"你这一辈子是不是从来就不知道怜悯是何物?"

"放下你的帽子!"他打断我,知道我想离开,"你还不可以走。你走来,纳莉。我或者劝服或者强迫你帮我实现我想见见凯瑟琳的决心,并且要立马去做。我敢打赌我并非出自坏意。我不想惹是生非,也不愿打扰或侮辱林敦先生。我只想亲耳听听她说说她的情况,她的病因,问问我可不可以为她做点事。

"昨晚,我在田庄花园里待了六小时,今晚上我还要去。每天晚上我都要去那儿,白天也去,除非我找机会闯进去。如果我碰见埃德加·林敦,我将毫不犹豫地打倒他,揍他一通,让他明白在我来时,他要放聪明点,如果有仆人过来拦我,我就用手枪吓跑他们。但是如果我遇不到他们或他们东家,不更好吗? 你会容易做到的。我来时,会先让你知道的。在她独自一人时,你就悄悄地放我进去,你给我守望,在我走之前。你不必内疚,因为你阻止了一场大祸的发生。"

我非常反感他说的话,在东家的院里,我决不能做这样的叛徒;不仅如此,我还竭力劝他以破坏林敦太太的平静来满足他自己的心愿,这是非常的自私残酷。

"一件小小的事儿都能吓趴她,"我说,"我可以肯定,她恍恍惚惚的神情是经不起任何意外了。不要坚持了,先生,你再强迫我,我只好去报告我东家了,那么他将采取措施来保全他的庄园和家人,以防不三不四的人闯进来!"

"如此说来,我就得采取措施来保护你了,女人!"希克厉喊,"你在明早以前,休想离开呼啸山庄。简直胡说八道——说凯瑟琳见我就受不了;我并不打算吓唬她。你可以先问问她,给她一个心理准备。你说她从没提及我的名字,也没人向她提及我。她就和谁说——如果那儿的人都不许提起我,她以为你们都是她丈夫的暗探。

"唉,我丝毫都不怀疑她和你们呆一块是活受罪! 她不作声,我也知道——如同她说了——她的心思怎样。你说她常常不安宁、焦躁不安,难道这能说明她心里平静吗？你说她心神不宁,处于那个孤独的境地,他妈的,你能让她干什么？还有那个瘦弱的下贱的东西,以他的责任和同情,他的怜悯和善良来侍候她！——如同一层薄薄沙土的他,她能恢复她的精力吗？

"让我们决定下来吧。你是愿意待在这里,让我去和林敦和他的仆人打一架再去见凯瑟琳？还是和从前一样做我的朋友,照我的要求去做？决定下来吧。要是你坚持不放松,那么我又何必浪费时间？"

噢,洛克乌先生,我和他吵嘴,我报怨,我拒绝,拒绝达五十次之多,但最终还是被逼无奈答应下来。我必须给我的女主人捎封信。要是她想见他,那么趁下次林敦先生出去,我就要通知他来,这时我和院子里的别的仆人都要躲开。

我不知道自己是对还是错。我担心自己为了眼前的利益做错了事,当时我想之所以屈从了他,我为了免除另一场争吵,为了使凯瑟琳的精神病好转一些。然后,我又想林敦先生因我的多嘴多舌而对我的严厉指斥;为了除尽自己心中的不安,我不断强调这告密的事(如果是毫不留情地把它称作告密的话)只这一次了。

虽然这么想,我的心情还是比我来时沉重地多。在我说服自己把信交给林敦夫人之前,我有着这种种恐惧。

可是坎纳斯大夫来啦,我要下去,对他说你好得差不多了。我的故事,依我们的说法,是"够受"的,而且还能浪费一个早上。

"够受",无趣！这个好女人下楼去迎接大夫,我就这样想着,如果我有挑选的余地,我才不讲这种故事来自我消遣。可是没关系！我要从丁恩太太的苦药草中吸取营养。第一,我要提防凯瑟琳·希克厉的闪亮的眼睛藏着诱人的魅力。我要掉进不可思议的烦恼中——如果我倾心于那个少妇,而那个女儿却正是她母亲的翻版！

第十五章

　　一星期又过去了,这些日子里我进一步接近了健康和春天。如果我的女管家身边没有重要的事可做,她就坐在我身边来陪着我,所以我能够自始至终听完我邻居的故事。我把她讲的故事略微压缩了点却还用她的语调讲下去。大体上说,她非常善于讲故事,我想我不可能把她的风格改变多少。

　　那晚——就在我探望山庄的那晚——我知道希克厉先生就在附近,就像我看见他一样。我故意不出去,因为在我的口袋里还藏着他的信,我再不想被吓唬或被纠缠了。我决定在东家出门之前,不把信交出来,因为我不知道凯瑟琳收到信后会作如何的反应。于是三天了我还是没把信给她。

　　第四天是周末,全家人都做礼拜去了,我趁机把信带到她屋里。只有我和一个男仆留在家里,我们平时在这种时候,总是锁上前后门;但是这一天,因为天气温和适人,我打开门,而且我知道谁会来,还要遵守我的诺言。我告诉同伴太太想要橘子吃,让他去村里弄些过来,明天再付钱。在他走后,我上了楼。

　　林敦太太身着宽大的白衣服,披了一条微薄的肩巾,一个人和往常一样坐在敞开的窗子边,窗子向外凸出来一块。在她刚病时,她的一部分浓密的长发盘到了脑后,她现在简简单单地顺着头发的天然鬈曲,扎了两条辫子,辫子从鬓角垂到脖子上。她的模样发生了变化,就像我和希克厉先前说的一样,但是在她宁静的时候,她的变化透出一种非凡的美来。

　　以前她的眼睛是闪闪有神,现在却笼罩着一种凄迷的温柔,像迷雾一样,你会感觉到她的眼光总是落在远方——远得超出人世,而不再注意周围的东西。她苍白的脸色和憔悴的模样已不见了,代之以日渐丰腴的肌肤。从她心情中产生的这种特殊表情,虽然让人为她生病的原因而感到痛惜,但是它却分外让人怜爱,对于我或者任何一个见到她的人都会产生这种感觉:虽然她会慢慢好起来,但命运已使这朵生命之花渐渐凋谢。

窗台上放着一本打开了的书,风不时翻动着书页,虽然人几乎感觉不到风的存在。我确信书是林敦放的,因为她向来不看书或干别的什么事来解解闷儿。他总是花很多时间来吸引她对她曾经喜爱的东西重新产生好感。

她懂得他的心思,所以心情好时就由着性子听他摆布,只是偶尔发出的无法抑制的喟叹证明他在白白浪费精力;最后以凄楚的微笑和亲吻止住了他。其他时候,她却生气地转过身,用手捂住脸,甚至粗鲁地推开他;此时他会轻轻留下她一个走出去,因为他相信自己无计可施。

吉牟屯礼堂传来的钟声还在响着,小溪里涨满水,欢畅地流过山谷,发出潺潺的悦耳的声音。可是这美妙的音乐却只是暂时的,因为夏天一到,浓密的树叶发出的沙沙声就会把它给淹没。在呼啸山庄,在化冻或雨后的没风的日子里,就会听到这种潺潺的流水的声音。

这时,凯瑟琳在倾听,正在想呼啸山庄——如果她有能力来听或想,但是她的眼睛只是茫然地望着远方——就像我刚才说的一样,这表明她的耳朵或者眼睛已经无视世上的所有物质了。

“林敦太太,你的信,”我说,并把它塞进她放在腿上的一只手里。“你最好现在就看,因为等着回信。我打开封漆,好吗?”

“好吧,”她说,眼光并不转动。

我拆开,信不长,“你看吧,”我接着说。

她抽回手去,并不管信已掉在地上。我拾起来,又放在她腿上,等着她低头看信,但很长时间她都不去动它,我忍不住地说:

“让我念吗,太太? 这是希克厉先生写的。”

她一惊,脸上闪出一种因回忆而困惑的神情,她尽力想理清自己的头绪。

她拿起信来,似乎在读;当看到签名时,她叹息着,但我发现她还是不明白信里的意思。我想知道她的回话,可她却焦急着指着签名,悲哀且急切地看着我。

"啊,他想见你一面,"我说,心想她需要我的解释,"他此时正在花园,急于知道你给他的回信。"

正在这时候,我看见下面阳光照射下的草坪上躺着的那只大狗,竖起耳朵,好像要狂吠,然后又伏下耳朵、摇摇尾巴,表示它的一个熟人走进来了。

林敦太太探着身子,不喘气地仔细听。不久听见有人走过走廊。大门大开,希克厉克制不住诱惑而走进来。也许他以为我不会兑现我的诺言,所以决定冒险闯进来。

凯瑟琳望着门口,焦急不安。他不能立即知道她在哪间屋里。她示意我去接他过来,可未等我走出门口,他就来了。他迈开大步,仅一两步就到了她身边,把她紧紧地搂在怀里。

有五分钟,他只是紧紧搂住她,什么都没说。在这段时间,我敢说他给她的吻超过了他有生以来的所有。可是,先吻他的是我家太太。我看得明明白白,他因为心痛,都不敢正眼看她的脸。

他一见到她,就像我一样知道她根本就没有医好的可能,她注定要死的。

"啊,凯茜!啊,我的命!我怎么承受得了?"他张口就这样说,他的语气隐瞒不了他内心的绝望。他一眼不眨地盯着她,我以为他会流泪,然而他眼中燃烧的痛苦火焰却并没有化为泪水。

"现在还要干吗?"凯瑟琳说,向后仰,皱着眉头,回答他的凝望。她的性子不过是她喜怒无常的心情的标志而已。"你和埃德加揉碎了我的心,希克厉!你们都为此对我哭泣,似乎你们可以被可怜一样!我不要可怜你们,我不会。我想,你只要害死了我,你的生活就会好了。你多坚强!我死后,你还打算活几年呢?"

希克厉单腿跪地,搂着她。他想站起来,可因为头发被她扯住而不能。

"但愿我会抓住你不放,"她酸楚地说下去,"一直到我们都死为止!我才不管你受的罪呢。为什么你不该受苦？我痛苦！你会把我忘掉吗？将来我身埋黄土,你会幸福吗？过了二十年后,你会不会这么说:'那就是凯瑟琳·欧肖的坟墓。很久以前,我爱着她,而且她的失去使我心碎。但这些都已成为过去,那以后我还爱过好多人。现在我的孩子对于我比以前的她要亲爱的多。一旦我要死了,我会为丢下我的孩子而难过,我会为我和她的相见而不高兴。'——你会这样说吗,希克厉!"

"不要折磨得我像你一样成为疯子!"他大喊,挣脱出他的头,咬紧牙关。

在局外人看来,他俩看上去又奇怪又恐怖。凯瑟琳会以为天堂是她的一块流放地,如果她抛弃她尘世的躯体和尘世的性格。此时的她,脸色惨白,嘴唇一丝血色都没有,眼光闪烁,显出一副疯狂的复仇的神色。她紧紧握着手里还有一撮她刚才抓下来的头发。

她的同伴呢,一只手支撑着立起来,另一只手扶着她的肩。虽然她病体虚弱,可他并不知道该温柔一些,因为在他松手后她的惨白的皮肤上已留下四个紫青的印迹。

"你难道被鬼缠住了?"他粗暴地问,"你要死时还这样说?你没有想过你的话会像烙印一样刻在我的心里,如果你弃我而去,它们会深深地印在我的头脑里直到永远。你知道你说我害死你是假的。凯瑟琳,你知道,我忘记你就意味着忘记了我自己! 难道这还不足以满足你那凶狠的自私吗? ——在你安息之后,我却承受来自地狱的煎熬!"

"我不会得到安息的,"凯瑟琳叹息着,此时她只感到痛苦;她的心因情绪的波动而猛烈地跳个不停,胸脯一起一伏。她停止说话直到这阵发作过去,这样语气缓和地接下去:

"我不愿你受的痛苦大于我的,希克厉。我只要我俩永远都待在一起;如果我的话让你今后感到难过,那么我在地下也会感到同样的难过;看在我的面子上,宽恕我吧! 走过来,跪下。这一生你不曾伤害过我。不对,如果你的怒气憋在心里,那么你以后回想起来会比我刚才所说的粗暴的话还会糟糕。你不肯过来吗? 来呀!"

希克厉站到她椅子后面,稍稍低下身,却不让她看见他那因激动而发青的脸。她转头看他,他却不肯。他猛地转身来到壁炉那边站着,背对着我们,沉默着。

林敦太太用疑惑的眼光看着他。他的每个动作都在她的心里引起一种新的感情。在长久的沉默之后,她重新带着一种苦恼、失望的语气对我说:

"啊,纳莉,为了让我多活几天,他都不想软下心肠。我就是这样地被人家爱着的!算了,没有关系。我的希克厉可不是那个样子的。我还是爱着我的那一个。我要带走他。他就是在我的灵魂里。况且,"她带着沉思继续说,"说到最后,我最厌恶的就是这个七零八碎的牢笼。我已经被关烦了。我巴不得逃到那个永远快乐的世界,永远待在那儿——既不是泪眼蒙眬地看到它,也不是在我痛苦的心里幻想它,而是我真真切切地到了那里,待在那里。纳莉,你自以为你强似我,幸福过我,身体好过我。你为我难过——这情形马上就要发生变化了。换作我为你难过。我将高高在上,你们谁都比不过我。我奇怪他为什么不愿意走到我面前来!"她自言自语。"我想他是故意的。亲爱的希克厉,现在你不要生气啦。快过来,希克厉。"

她等不及了,用手撑着椅子靠手站起来。他听了这急切的哀求,转过身来,一副完全绝望的表情朝向了她。他睁大双眼,充满泪水,目光狠狠地射向她,胸脯抖动,一起一伏。

最初,他们彼此分开站着,后来我简直不知道他们是怎样合在一起的。只见凯瑟琳迈向前,他一下擒住她,他们就紧拥一体了;我担心我的太太不能活着从这拥抱中出来——真的,我看当时她就要晕过去了。

他倒进离他最近的椅子上。我赶忙过去,想看看她是不是昏过去了。哪知道,他像一只贪婪的疯狗,带着醋意对我又是咬牙切齿又是吐着白沫,而且把她更紧地搂住。我觉得和我待在一起的并非我的同类,就算我说话,他都不会明白,因此我只得站在一边,沉默着。束手无策。

不久,凯瑟琳活动一下,我放了一点心。只是她用一只胳膊搂住他的脖子,让他抱住自己,把自己的脸和他的紧紧贴在一起;而他则拼命地用爱抚来回报

她,狂乱地说:

"现在我才明白你以前是多么残酷——又残酷又虚假! 你为什么以前瞧不起我? 你为什么要自我欺骗,凯茜? 你活该得不到我任何安慰的话。你把自己给害了。是的,你大可以边哭边吻我,还把我的眼泪和吻给逼迫出来;可我的接吻和眼泪要害死你——只会咒骂你。你曾爱过我;那你有什么权力离开我? 你有什么权力——告诉我——可怜地跟上了林敦? 卑贱、羞辱、死亡——不论上帝和魔鬼多么折磨人,都休想拆开我们! 可你,却心甘情愿地这样做了。我没有把你的心弄碎——你自己弄碎了你的心;你揉碎了你的心,同时也揉碎了我的。我因为坚强而更痛苦! 我要活下去吗? 这是生活吗? 在你——上帝啊——你难道灵魂进了坟墓以后,还想活着吗?"

"不要逼我! 不要逼我!"凯瑟琳哭着说,"我为我所做的错事付出了生命,这已足够! 你也丢弃过我,可我却不责怪你。我原谅了你,你也原谅我吧!"

"看着这双眼,摸着这双瘦瘦的手,我难以原谅你,"他说,"再亲亲我吧,不要让我看见你的眼睛。我原谅你对我做的事。我爱害了我的人——可是谋杀你的那个人? 我怎么来原谅他呢?"

他们都不说了——脸儿贴着,用彼此的泪水互相冲洗。我想,至少两人都在流泪;希克厉也难免流泪了,这样一个让人肝肠寸断的时候。

同时我越来越着急;况且,下午过得很快,那个被我支走买橘子的人回来了,我看见夕阳夕照的山谷那边的吉牟屯教堂的门口出来的人越来越多。

"做完礼拜了,"我宣布说,"东家有半个小时就会回来。"

希克厉骂了一句,却把凯瑟琳搂得更紧。她一动都不动。

过了不久,一群仆人从那大路上过来,走到厨房那侧。林敦先生跟在后面。他打开门,从容地进来,大概他在享受这如夏天般可爱的风和日丽。

"现在他就要来了,"我大喊,"看在上帝面上快下去吧! 走前面的楼梯,那儿没人。快点吧,先躲在林子里,在东家进来后,你再离开。"

"我必须走啦,凯茜,"希克厉说,力图挣脱他情人的怀抱。"只要我还有一口气在,在你睡前,我还要再来看看你。我不会超过你的窗户五码之外的。"

"不准走!"她说,用全身的力气紧紧抱住他,"我说,你不准走。"

"离开一小时。"他急切地请求。

"一分都不行。"她说。

"我必须走开——林敦就来了!"这个受惊的闯入者坚持说。

他要站起来,为了松开她的手指——她抱得更紧了,喘着气,脸上带着一种疯狂的决心。

"不许!"她尖叫。"啊!别,别走啊。最后一次啦!埃德加不会对我们怎样的,希克厉,我快死啦!我快死啦!"

"该死的笨蛋!他上来了!"希克厉大叫,又坐回去了,"别闹了,我的宝贝!嘘,嘘,凯瑟琳!我留下来。要是他朝我开枪,让我在嘴唇带着祝福死去吧。"

他俩又紧搂在一起。

我听到东家走上楼来。我吓得头上直冒冷汗。

"你听她的胡言乱语吗?"我生气地说,"她自己都不清楚说了些什么。她糊涂地不分好坏了,你要毁掉她吗?站起来?你立刻就可以摆脱出来。你做了最恶毒的事。我们——东家、太太、女仆——都给你毁了。"

我缠着手,急得大叫;林敦听到声响,加快了脚步。正在我惊恐万分的时候,我注意到凯瑟琳的手松下来,头垂倒了,我感到非常高兴:

"她昏了,或者死啦,"我想,"也好的。如果她这么拖着给她周围的人增添负担和苦恼,那么她死了更好。"

埃德加径直扑向这个不速之客,又惊又气脸色发白。我可不知道他打算怎么对付希克厉。岂料,那人把一个看上去没有生命的东西放到他怀里,一场战争立即给制止。

"看吧!"他说,"如果你不是一个恶魔,那么就先救她,再跟我说话!"

他走进客厅,坐下。林敦先生叫我过去;让她醒来花费了我们好多工夫。但是她已完全精神失常。除了一声接一声的叹息,她谁都不认识。

埃德加面对这种情形,早已急得忘记了她的那个可恶的朋友。我却记得。我找了个机会告诉凯瑟琳已好了,并让他赶快走,答应明早告诉他她的这一夜的事。

　　"我会答应离开这儿的,"他说,"不过我会在花园里等。纳莉,别忘记说话算数。我在落叶松下等你。别忘了! 否则,不论林敦是否在家,我还会闯进来。"

　　他从半开的门,朝内屋瞅了一眼,知道我并没有骗他,这个不吉祥的人才离开这里。

世界十大名著

·呼啸山庄·

图文珍藏版

第十六章

那晚,大约在十二点钟,小凯瑟琳——那个你在呼啸山庄见到的女孩子——降生了——仅仅七个月的可怜的小家伙。两个小时后,她母亲就死了,一直神志不清,既不知希克厉已走了,也不认识埃德加。

埃德加的丧妻之痛让人太伤心了,从以后发生的事就可以知道他当时的心都碎掉了。

另外,在我心里,凯瑟琳生下的不是男孩更让人感到难过。我一边瞅着这个瘦弱的孤儿,一边埋怨老林敦那财产只能传给自己的女儿,而不能传给他儿子的女儿的规定,这规定太偏心。

这可怜的小家伙一点都不受欢迎。要是在她刚生出来那会儿就哭死倒也好了,因为没有人来理会她。虽然后来这冷淡渐渐被我们补上,但她那孤单单的出世恐怕和她以后的结局大致一样吧。

第二天清早,室外清朗,阳光静静地透过百叶窗洒在肃穆的室内,一层恬静温柔的红光洒在床上和上面的人身上。

埃德加·林敦闭目倚在枕上,那年轻清秀的脸色死一般的白,几乎和他身边躺着的那个人差不多,一动也不动。只是他的脸上露出的是痛苦至极、疲惫至极而导致的昏沉,而她的脸则是一片宁静。她额头光滑,双眼紧闭,唇角含笑——她比天堂里的任何一个天使都美丽。

守护着她安睡的永远的宁静触动了我的心弦。当我注视着这神圣的安息者无忧无虑的模样时,我产生了前所未有的虔诚,我下意识中记起她几小时前说的话:"无法企及地超出我们所有人之上！无论人间或天堂,上帝已是她灵魂的归宿！"

我不知道这算不算我的独特之处,在我守灵时,我几乎都很快乐,除非有人在大哭大喊,或者那些悲痛绝望者和我共同守灵。

在我眼前是永恒的安眠——不管人间或地狱都惊动不了,我坦坦然然地觉着,他们到了有着无边无际光明的境界——"永恒"——那儿,生命无限延续,爱情无限美好,欢乐四溢;在那时,即使林敦先生的爱情都夹杂着很大的自私,因为对于凯瑟琳幸福的超脱,他是那样的痛苦！

自然,她任性暴躁的一生能不能让她享受到平和的安息,对此,你尽可以持怀疑态度,尤其当你冷静一下来想一想时,但是在她的灵前却不会有这样的疑问;它的宁静使它以前的"居户"获得了同样的安宁。

先生,你相信这类人在另一个世界里会快乐吗？我非常想知道。

我拒绝对丁恩太太做出回答,我感觉这问题不太正常。她继续说:

回想凯瑟琳·林敦太太的一生,我想我们没有理由相信她的快乐;那么我们就把它交给上帝裁决吧。

东家似乎睡着了,太阳出来了,我管不了太多,跑出去,偷偷吸着室外新鲜的空气。仆人还以为我为了解除一夜的昏倦来振作精神呢。实质上,我主要想去找希克厉。要是他整个晚上都待在落叶松林里,那么对于院里发生的事,他将半点不知——顶多他听到送信人去吉牟屯的马蹄疾驰声。如果他走近点,也许从那移来移去的灯光,忽开忽闭的大门,能感觉出事了。

我想找到他,又怕找到。我想这消息必须告诉他,我只想尽快了结这件事,至于到底该怎么说,我却不晓得。

果然他在——至少再往林苑深几码的地方——靠在一棵老桦树,没戴帽子,露水打湿了他的头发;而且那聚在待发芽的树枝上的露水还在簌簌地往下落在他四周。他一动不动,就这姿势已站了好久了,因为我看见在离他不到三尺的地方,有一对鸫鸟来回穿梭,忙着垒窝,只待他当作木头一块站在附近。我一靠前,它们就飞了。

他抬起头说:

"她死了！你不来我就知道了。收起你的手帕吧——别当我的面哭泣。你们都统统滚到地狱吧！她不要你们的眼泪！"

我哭她，其实也哭他。有时我们会可怜那种对自己或别人都不动感情的人。我看着他的脸，一下就明白他已知道了这场灾祸；同时我还傻傻地以为他的心在抖动，他在祷告，因为他两眼盯着地下，嘴唇在颤抖。

"对，她死啦。"我说，止住哭声，擦干眼泪。"我希望她升进天堂。如果每个人都能及时改邪归正，那我们都可以和她相会。"

"那么她是不是及时改邪归正了？"希克厉用一种似笑非笑的嘲讽语气问道。"她死时像个圣教徒吗？来吧，告诉我事情的真相吧，到底——"

他想说出那个名字，却不能够。他紧闭嘴唇，眼睛眨都不眨地盯着我，看得出他正和内心的痛苦在无声斗争，却拒绝我的同情。

"到底她怎么死的？"终于他又开口，虽然他意志坚强，此时也希望背后有个支柱在支撑着他。他的挣扎使他禁不住全身发抖，甚至连他的手指尖。

"可怜的人，"我心想，"原来你的心肠并非铁做的，和你身边的人一样。你为什么一定要把自己的真实情感藏得那么深？你的强硬骗不了上帝，你自找上帝来折磨你，一直到他使你发出屈服的哀求为止。"

"像羊羔一样安静！"我说，"她叹口气，伸了伸腰，就像一个小孩子醒来又睡过去一样，五分钟后，我觉得她心口微微一动，便不再跳了。"

"嗯——她提起我吗？"他问，口气迟疑，害怕他得到自己并不想听见的答复。

"在你走后，她一直昏迷不醒，一个人都不认识，"我说，"她面带甜美的微笑躺在那儿，她最终的心思已飞回了快乐的童年，在一个温柔的梦乡中，她结束了自己的生命。愿她在另外一个世界中也是这样温柔地醒过！"

"宁愿她痛苦地醒过来！"他喊道，一种抑制不住的、突然爆发的情绪使他跺脚、呻吟，那样子看上去挺吓人。"她直到死去还在撒谎。她在哪里？——不在那里——不在天堂里——没有被毁灭——在哪里呢？哦！你说你一点都不在乎我受的苦。我的祈祷只有一个——我要不断祈祷，除非我的舌头已硬得无法说话——凯瑟琳·欧肖，你将永远不会安息，除非我死了！你说是我把你害死的——那让你的阴魂永远都跟着我吧！被害人的阴魂总是跟着凶手的，我信——我知道鬼魂一直漫游在世间。抓住我吧！——无论以什么模样——逼我发疯吧！——只要别让我待在这地狱里，使我看不见你！天啊！该说些什么呢！丢掉了生命，我还怎么活？没有了灵魂，我活着干什么！"

他的头向着多疤的树干直撞，抬起眼睛大声号叫——像一头被刀枪打中的野兽，而不像一个人了。

我看见树上、他的手和额头都带着血。或许我的所见只是再现昨晚的表演。我的心没被打动——只是感到心惊肉跳；可是这样扔下他不管，我还是于心不忍。可在他清醒之后发现我还没离开，他就大叫着赶我走，我只好离开，因为我既不能使他平静，又不能给他安慰。

林敦太太的葬礼是在她死后的那个周五，在此之前，撒满鲜花和香叶的棺材停在大客厅，棺盖敞开。林敦不论白天还是夜晚，都守在大客厅——一个不眠的守护神。希克厉同样夜夜待在外面不睡，只有我知道这件事。我虽然不去找他，可我知道他打算闯进来。

周二，在天黑不多久，我的东家因太疲惫不得不回房歇两三个小时。因为我到底感动于他的执着，所以我就打开一扇窗，让他有机会告别他那快凋谢的偶像的遗颜。

他充分利用这一时机，迅敏小心地不发一点声响地闯进来，如果我不是发现在死者头部铺的那块呢绒有点搞乱和地上的一束用银线拴着的淡黄色的卷发，我都不会发觉他曾经来过，何况别人呢？

我拾起那束头发，知道它是放在凯瑟琳脖子上挂的那小金匣里。希克厉打开小金匣，放进一束自己的黑头发，却把装在里面的头发给丢出来。我把两束头发合作一束，一并装进去，又关上盒子。

欧肖先生自然被邀请前来参加她妹妹的葬礼。他一直都没来，也没有什么借口。所以安葬那天，除了她丈夫，余者都是佃户和用人。伊莎贝拉也没被邀请。

让村民们大为惊异的是，凯瑟琳的遗体既不葬在小教堂中竖雕饰墓碑的林敦家的墓地，也不在教堂外她娘家的墓地；她安葬的地方在教会坟地一角的翠绿的斜坡上。荒野上的荆棘和覆盆子爬过低矮的，几乎被泥煤掩盖的围墙。

如今她的丈夫也躺在了那里。一块简单的墓碑竖在坟上，前面一块灰色的石头是坟墓的标记。

第十七章

　　周五是这个月的最后一个晴朗的天。可在夜晚，天气突变，南风变成东北风，开始风夹雨，接着风、雨、雪交加而下。

　　第二天清早，看到那埋在冷雪下面的报春花和番红花以及默不出声的云雀，没人相信连续三个礼拜的夏天是在昨天以前。小树的嫩叶都成了黑色——好容易熬过那个凄凉、阴郁的早晨！东家在自己的屋子里，我则把空荡的客厅当成了育儿房；我坐在那里，腿上放着一个哭个不停的小婴儿，我轻轻地晃来摇去。一边看着那下个不停雪花在没挂窗帘的窗外越堆越厚。这时，门打开了，一个人又喘又笑地闯了进来。

　　我顿时感到很生气——惊奇倒在次之——我以为是个女仆，就叫：

　　"怎么啦！居然在这儿胡闹，林敦先生如果听见，他会说什么？"

　　"打扰了！"是一个熟悉的声音，"我知道埃德加正在睡觉，可我还是忍不住笑了。"

　　那人气喘吁吁地来到火炉边，手叉着腰。

　　"我一路从呼啸山庄跑来！"她顿一下，接着说，"除非我摔倒了——我都不清楚自己摔了几个跟头了——啊呀，我浑身酸疼！别担心——让我休息一下才说——先帮帮忙去吩咐套车，送我去吉牟屯然后让仆人到我的衣橱里拿几件衣裳。"

　　闯进来的这个人是希克厉太太——看到那狼狈的模样。让人实在无法感到好笑：雪水顺着披到肩上的头发往下滴着，身上的衣服本来是做小姑娘那会儿穿的。这下可不适用她太太的身份了,虽然还能配得上她的年龄。上衣袖子很短,领子很低,也没围条围巾。薄绸质的上衣紧紧贴在身上,湿漉漉地,脚上穿着一双很薄的拖鞋。另外,一个耳朵下还留着一条很深的抓伤,只因为天冷才不至于鲜血直流。一张苍白的脸伤痕累累,一个身体就快累趴下了,你能想象地出在我定神细看时我心里的惶惑是不会得到丝毫减轻的。

"亲爱的小姐,"我惊呼,"如果你不把身上的湿衣服全部换成干的,我哪儿都不去,什么话都不听。马车不必安排,因为今晚你根本不能去吉牟屯。"

"我非去不可,"她说,"或者坐车,或者步行——当然我也希望穿得好看点,——并且,唉,看,我脖子淌了多少血! 一烤火,血又会往下流。"

除非我听从她的吩咐,不然的话,我别想碰着她。直到她要求的马车和衣服都准备好了,她方让我动手给她包扎伤口、给她换了衣服。

"行啦,爱伦,"直到我把事情都做好了,她坐在壁炉前的一张靠椅上又开口讲话。"你坐在我面前,抱走凯瑟琳的这个可怜的孩子——我不愿意看到她!你不要看见我刚进门时那个可笑的模样就以为我对凯瑟琳没有好感——我也哭得很伤心——当然,没有谁比我更有理由来哭——在我们分手之前,我们吵过架,你不会忘记的,我无法求得自己的谅解。不过虽然如此,我也不会对那个残毒的东西产生悲悯之心的!噢,拿火钳给我!这是他给我的最后一个东西,"她把戒指从中指取下,摔到地上。"我要砸掉它!"她不停地砸着,脸上充满一股孩子般的仇恨。"我要烧掉它!"说完她把那个已被砸坏的东西扔进了炉火里。"哼!除非再买一只,不然休想要我回去。我会被他找到的,他会来侮辱埃德加的——我害怕住在这里,谁知道他会想出多么坏的主意!再说,埃德加也并非软弱可欺,是不是? 我既不想哀求他的帮助,也不愿给他再添什么乱子——我没有办法才来这儿躲躲。如果我知道他在,我就会在厨房里洗把脸、暖和一下,等你拿来我要的东西后就走开,不让那个该死的披着人皮的恶狼找到我。唉,他非常恼火——抓住我就完了! 遗憾的是欧肖体力太弱,打不过他——如果亨德莱争气,我就待在那儿看着把他打得半死不活!"

"好啦,小姐,慢慢讲!"我插口说,"那样盖在你脸上的手绢会弄掉的,伤口又会流血——喝茶吧,休息一下,不要笑了——你和这个家都不适于'笑'这个词。"

"这是真的,"她说,"听听那孩子!一直在哭——让她到我听不见哭声的地方待着,我一会儿就走,一个小时。"

我拉拉铃,仆人听到铃声过来把孩子接走。接着问她怎么这么潦倒地从呼啸山庄逃出来——而且她要去哪儿,既然不愿意和我们待在一起。

"我应该而且喜欢待在这儿,"她说,"既可以使埃德加高兴,又可以照顾一下那个孩子,两不误,并且我真正的家就是庄园——但是听我说,他不准我这样做!你想他看见我心情舒畅、身体健康、高高兴兴,他能接受得了吗?一想到我们的和美幸福,他肯定会来破坏、捣乱的。现在,让我满意的一点就是:我保证他恨我恨到听见我的声音或看见我就烦乱的地步——我看见他一见着我,脸上的肌肉就会自动扭曲,显出一副憎恨的神情,一半由于我有充分的理由同样恨他,一半由于他生就如此——所以我能断定如果我逃得不见影踪,他是不会踏遍全国来找到我的,所以我不得不远远地逃走。最开始那种想让他杀死我的念头已没有了,我宁可希望他自我了结!他成功地扼杀了我的爱情,所以我是觉得心里很踏实。我还能回想起自己是如何地爱他,还会模模糊糊地想到自己照样会爱他,如果——不,不!即使他曾经爱过我,总有一天他都会露出他狰狞的面目。凯瑟琳的爱好既邪恶又恐怖,既能看透他,又能深爱他——奇怪!但愿他能从人世间、在我的记忆中消失!"

"好啦,好啦!他毕竟是人,"我说,"还是宽容一点吧,还有人比他更坏呢!"

"他不是人,"她反对,"他不配要求我的宽容,我把自己的心送给他,他拿去掐死了它,接着扔了回来——感情由心里产生,爱伦,当他掐死了我的心,我对他也就没了同情,以后即使他为凯瑟琳哭死,我都不会对他产生同情之心!不会,的确不会,真的,真的!"说着,伊莎贝拉哭了,可是马上擦干眼睛中的泪水,接着说:

"你问我是什么最终把我逼走?我只好铤而走险,因为他被我气疯了。用烧得滚烫的火钳抽出筋来要比打打脑袋更需要冷静和沉着。他被搞得已丢掉了他自以为豪的那种魔鬼般的沉着小心。就要打算采取暴力手段了。我为自己能够激怒他而高兴,这高兴使我产生了自卫的本能,所以我要逃出来。如果我被他拿住,那么他将会狠狠地复仇的。

"你知道,欧肖先生本要来参加葬礼的。为此他一口酒都没喝——一点也不糊涂,不像平时疯疯傻傻地六点上床睡觉,十二点再起来喝一顿。后来,他起来,情绪非常低落,像要去自杀的人一样,教堂和舞场都去不了。他就坐在火炉边一大杯一大杯地喝松子酒、白兰地。

"希克厉——一说到这名字我就要打战!自从上个礼拜天回来,他就成了庄园的陌生人,是天使还是地下他的伙伴喂饱了他,我不太清楚,总之几乎一个星期他都没和我们一起吃饭,——一大早回家,就上楼关在自己的卧室里,——就像有谁想和他做伴似的!他在屋里不断祷告,像个卫理公会教徒,只是听祷告的神灵是没知没觉的尘土而已。非常奇怪的是,每当他提到上帝,总是像在提那个黑人爸爸!这些珍贵的祷告完事之后——往往做到嗓子哑了,发不出声来才拉倒,他又出去直奔庄园而去!我不懂埃德加为什么不让警察抓住他!在我想来,这是我从他那卑鄙的统治解放出来的一段假日,我因解脱而庆幸,虽然我还是为凯瑟琳感到难过。

"我强装精神听着约瑟夫无休无止的说道,我不哭了,在院里走来走去,不像以前那样,好像是个担惊受怕的小偷那样小心。你不要认为不管约瑟夫讲什么,我都会哭,但是他和哈里顿都是让人讨厌的一对家伙。我宁可和亨德莱坐在一起,听他胡言乱语,也强似和那个"小主人"以及他忠诚的奴隶——那个讨厌的老头子——待在一起!

"每当希克厉不出去,我只好到厨房和他们玩,或者在那没人住的阴冷的房里挨饿;如果他出去,像这个星期,我就在壁炉的角落里放一把椅子和一张桌子,丝毫不理会欧肖先生是怎么度日的。倒是他向来不干涉我的安排。现在他比以前安静了好多,只要没人去打扰他,只是他比前更加消沉、抑郁了,也不像以前那样火气冲天了。约瑟夫保证他已改头换面,他的心被上天感动,"火"救了他出来。我虽然奇怪于他的好转,但却不放在心上,这和我没有关系。

"昨晚,我在角落里看几本旧书,看到快十二点了。外面北风呼啸,漫天大雪,我脑子里总是出现那座墓园和新坟,这时上楼真让人难过!只要我从书本上抬起眼睛,眼前就立即现出那幅凄惨的图景。

"亨德莱在我对面坐着,头靠在手上,也许他也在想这回事吧。他现在喝酒不再喝到神志迷糊的程度了;他既不动也不说地呆了两三个小时。四周寂静无声,除去北风不断摇晃窗子,煤块发出的轻微的爆裂声,以及我偶尔咔嚓剪去蜡烛烧长的烛芯。哈里顿和约瑟夫大概已在床上睡着了。我边看书边叹气,一股浓重的悲哀笼罩了我,我觉得这个世界上的欢乐都消失了,永远都不会回来了。

"悲凉的寂静被门闩的响声打破——希克厉守夜归来,比以前早,我想大概是天下雪的缘故。

"厨房的门插上了,我们听到他转过去想进另一道门。我站起身来,脸上有一种无法控制的神情,我的伙伴本来一直盯着门口,也许他注意到了我的变化,就转向我:

"'我想让他在门外多待五分钟,'他喊着,'你同意吧?'

"'同意,为我好,你可以让他在外面待一晚上,'我说,'动手吧!钥匙插进锁孔,把门闩拉开。'

"还未等希克厉走到门口,欧肖就锁上、闩上了门,接着走回来,把椅子拉到我桌子的另一边,靠着桌子,一股仇恨的怒火从他眼中冒出来,要从我眼里得到同情。他无论感觉还是外形都像个杀手,所以从我这儿他找不到同情,但他还是受到了鼓励,他开口说:

"'我们俩,'他说,'和外边那个东西,都要算一笔大账!要是我们是强者,我们可以联合起来算清这笔账。你是不是和你哥哥一样懦弱?你是不是愿意到死也不想报仇?'

"'现在,我已经不能再忍受了,'我说,'当然我愿意毫发无伤地报仇,可是阴谋和暴力是两头尖尖的长枪——用这长枪去报仇,所受伤害将超过仇敌。'

"'阴谋和暴力就是用来对付阴谋和暴力的!'亨德莱喊道,'希克厉太太,你并不需要做什么,只要你待在这儿老老实实、不发出声响就行了——可不可以,你立即回答我?我敢断定你和我一样希望那个魔鬼死掉,如果你不杀掉他,他就会杀死你,还有我——这见鬼的流氓!听听他敲门的声音,俨然以主人自居!答应我别作声,钟响之前——就差三分钟了——你就是个自由的女人啦!"

"他把短枪从胸前掏出来——就是我在信中描述过的那把——想吹掉蜡烛,可我一把夺过来,抓住他的手。

"'我不能不作声,'我说,'千万别动他……关着门,别闹了!'

"'不!我横下心,看老天的面子,我要行动了!'那不管好歹的人大嚷,'你不用动手,我要为你做件好事,也给哈里顿出口恶气!你不必费神护着我,凯瑟琳已死了——要是这会儿我死了,没有一个活着的人会同情我或者为我惭愧——到了结束一切的时候了!'

"和他斗,还不如和一头熊,对他讲道理,更不如去和疯子讲。我无计可施,只好跑到格子窗前,暗示那个他打算杀死的人:他已经大祸临头了。

"'今晚你最好还是不要进来!'我喊,故意装出一副洋洋得意的语调,"如果你硬进来,欧肖先生会打死你。"

"'你还是打开门吧,你这——'他说,我实在不愿重复他给予我的那动听的称谓。

"'我可不要卷进去,'我顶上他,'随便你进来送死!我可尽到自己的力了。'

"说完我把窗关好,重新坐到火炉旁的位子。我不会弄虚作假,面对他的生命危险,我装不出焦急的样子。

"欧肖愤怒地咒骂我,肯定我还对那个流氓心存感情,他用各种难听的话来咒骂我的刚才的下贱的行为。可我在内心深处毫不后悔地想,如果希克厉把他的苦难解除,那么对他而言,将是很大的幸福;而如果他把希克厉打死了,那么对我而言,将是莫大的幸福!我正在胡思乱想,听见背后哐当一声,希克厉一举把窗户砸到了地板上,他那张阴森恐怖的脸随后伸进来。因为栏杆太窄,所以他并不能钻进来。我笑起来,为自己幻想的安全感而高兴。一层白雪盖满了他的头发和衣服,由于寒冷和仇恨,他那尖利的牙齿龇出来,在黑暗中闪光。

"'伊莎贝拉,放我进去;不然你会后悔!'他'狞笑'着——像约瑟夫描述的一样。

"'我才不愿闹出人命呢,'我说,'亨德莱先生正拿着刀子,而且把枪也准备好了。

"'把我从厨房放进去！'他喊。

"'亨德莱会提前等在那里,'我说,"你那可怜的爱情怎么连场雪都承受不了！夏天的晚上,明月悬空,你让我们安静地躺在床上睡大觉,可冬天的暴风一刮起来,你怎么就躲回来了呢？希克厉,如果我是你呀,我就要像条死狗一样扑在她坟上,死在那儿……真不值得活在这世界上,对不对？凯瑟琳是你生命中的全部乐趣,这是你给我的最深刻的印象——没有了她,你怎么活下去？我实在想象不出来。'

"'他在那儿……对吗？'我的同伙边喊边奔向窗边。'如果我能伸出手去,我就可以打死他！'

"爱伦,你是不是以为我很恶毒——在你不知道真情之前,不要忙着下结论！不管怎样,我不会煽动别人来伤害他的生命——我指望他死去,只是指望,在他扑到欧肖的短枪上并从他手里抢下来时,我感到痛心的失望,而且被自己刚才那些尖酸的话所导致的后果吓呆了。

"短枪中的炸药轰的一声爆炸了,钢刀缩回去恰好切进了它主人的手腕中。希克厉用力把刀子从肉中拔出,一块肉随之而掉,希克厉把带血的凶器放进口袋。又拿起一块石头,把两窗之间的窗框砸断,跳了进来。他的敌人因疼痛过度失去知觉,昏倒在地;动脉和大血管里的血哗哗地流出来。

"那流氓朝他又踢又踩、不断拿他的脑袋摔在地板上,同时又另一只手揪紧我,不让我去喊约瑟夫。

"超常的克制力使他没有当场打死他;最后他累得直喘粗气,这才罢手,并把那只快要死去的躯体拉到高背椅上。

'他把欧肖外衣的袖子撕下来,非常粗鲁野蛮地替他包扎伤口,一边包,一边狠狠地咒骂,就像刚才拼命踢他没有什么不同。

"趁此机会,我赶快去找那个老仆人。好不容易,他听懂了我慌里慌张的叙说,快步跑下楼。上气不接下气。

"'这可如何是好？这可如何是好'"

"'怎么好！'希克厉大嚷,'你老爷疯了,如果他再疯一个月,我就把他送进疯人院。去你妈的,你胆敢不让我进来,你这条老不死的狗？别在那边啰里啰

嗦,过来,可别指着我来侍弄他。洗掉那摊脏东西,注意你那蜡烛的火星——那东西多半是白兰地!'

"'这样说来,你杀死了他?'约瑟夫大吃一惊,吓得双手高举,睁大双眼。'我从来都没见过这样的!愿老天爷——'

"希克厉推他一把,他立即跪在血摊中间,他扔给他一块毛巾,可他不但不去擦血迹,反而双手合十,嘴里念叨着一段稀奇古怪的祷语,看这情形,我不禁大笑起来。我已经毫无畏惧,就像正在等待绞死的犯人一样,什么都不在乎。

"'噢,倒忘记你了,'那残暴的君主说,'你应当做这事,跪下。你俩联合对付我,是不是,你这条毒蛇?干吧,你最适合干这事!'

"他使劲晃我,我的牙齿被晃得咯咯直响,我被推到约瑟夫身旁。约瑟夫不紧不慢地念完祷语,站起来赌咒要到庄园上去。林敦先生可是位知事,即使他死了五十个老婆,他也得问问这件事。

"他主意一定就很难改变,希克厉只好追着我讲述当时的情况。当我勉勉强强地回答他的问题时,他恶狠狠地站在我面前。

"好不容易,尤其让我那些被逼而说的话让这个老头相信首先进攻的并非希克厉。不过,不久,欧肖先生就让他知道他并没有死,他赶快为主人倒了一杯酒,酒力的作用使他能够动弹,知觉恢复。

"希克厉发现他并不知道自己晕过去时所遭受的痛打，就骂他乱发酒疯，并且说不想再看见他那疯疯傻傻的行为，并且劝他上床去睡。说完这些明智的话，他就走了。我暗暗庆幸。亨德莱则挺直躺在火炉前的地板上。我回到房间，诧异于自己便宜地逃脱。

"今早上，差半小时快十二点的时候，我下楼来，欧肖坐在火炉边，病情相当严重。那个魔鬼斜倚烟囱，脸色苍白，形容憔悴，看上去俩人都不愿吃饭。桌上的饭菜都快凉了，我自顾自地吃起来。

"不管发生什么事，我都吃得很香，不时看上一眼那两个一声不响的同伴，心中有一种得意和优越，并且觉得心安理得，问心无愧。

"吃完，我大胆自作主张走进火炉，转过欧肖的座位，跪在他旁边的角落里。

"希克厉根本就不理我，我抬起头，不慌不忙地打量他的脸，似乎在看一块石头。那个我曾经以为很有男人气概的前额已变得狰狞骇人，上面罩着一层愁云。如蛇目般的眼泪毫无光泽——因睡眠不足，大概还哭过，睫毛湿了。嘴唇带一抹难以言说的悲伤紧紧闭着，没有了平时恶毒的嘲讽。如果不是他，面对这种忧伤，我将掩住自己的脸。可对于他，我满心高兴。原本对于倒下的对手再行羞辱是件丢人的事。但我想趁机放支暗箭，他的脆弱是我唯一能够享受到的以牙还牙幸福的机会。"

"胡说八道，小姐！"我打断她，"人们会以为你这一生中都没读过《圣经》呢。你当然可以满足于上帝对你敌人的惩罚。而你却加上你自己的折磨，真是又卑鄙又狂妄！"

"我一般也不这样做，爱伦，"她继续说，"但是如果我不这样做，希克厉的痛苦又怎么给我以满足呢？只要是我给他的苦，即使少点，而且他知道是我干的就足够了。唉，我欠他的可太多了。只有以一报还一报的方式，我才能够原谅他，要是他拧我一下，我再还他一下，使他也尝尝我吃过的苦。既然他首先伤害别人，他就应该首先讨饶。那时候——在那时候，爱伦，你将会看到我的大度和宽容。但是我根本无法报仇，所以也不可能宽恕他。亨德莱要水，我递给他一杯，而且问他感觉如何。

"'完全痛死才好呢，'他说，'胳膊除外，浑身像跟一群小妖怪打了一架那

样酸疼！'

"对呀，这并不奇怪，"我接着说，'凯瑟琳常常说有她的保护，你才免受皮肉之苦——她话里的含义是指，别人之所以不伤害你，只是因为怕惹她不高兴。幸亏死了的人的确无法从坟里爬出来，不然的话，昨天晚上，她可是有好戏看了！伤着胸和肩了没有？'

"'难说，'他说，'你这是什么意思？难道我躺着，他还敢来打我？'

"'他踩你，踢你，还把你往地上撞，'我低声说，'他口水直流，只恨不能用牙咬上你几口，因为他只有一半人性——一半都没了。'

"欧肖先生和我都抬起头，看着我们共同对手的脸——他沉浸在哀痛中，仿佛对周围一点感觉都没有，时间越长，他脸上的阴郁就越浓重。

"'唉，如果上帝给我力量使我在最痛苦的时刻掐死他，那么死，我都心甘情愿。'那个急不可耐的人哼哼着，动了一下身子，企图站起来却毫无希望地倒回去，知道自己的挣扎等于白费力气。

"'不行，你们家的一个被他害死已经足够，'我高喊，'庄园里人人都清楚你妹妹是被希克厉先生害死的，总而言之，让他爱你还不如让他恨你呢。只要我想到以前的我们，包括凯瑟琳，都是多么的幸福，我就想诅咒这种臭日子。'

"大概希克厉同意这些话说的是事实，都不怎么去理会说话人的语气，他眼睛的泪水和一声声压抑的叹气证实了他被触动了。

"我狠狠盯着他，对他发出嘲弄的大笑，那两扇布满愁云的地狱之窗冲我一闪，但还是神情黯淡，情绪消沉，不像平时如恶魔般的狰狞了，我竟然不怕他了，又放肆地冷笑起来。

"'走开，别让我看见你。'那忧郁的人说。

"我几乎听不清他讲什么，只是凭猜想是这几个字。

"'很抱歉，'我说，"但我也深爱着凯瑟琳，她哥哥现在需人照顾，就算看在她的面上，我也该照顾他。现在她死了，可我还能从亨德莱身上找出她的影子。如果你不想挖出亨德莱的眼睛痛打一顿，它们还真像凯瑟琳的眼睛呀，并且她——'

"'起来，你这讨厌的白痴，别等我踩死你，'他叫着，动了一下，我吓得也动了一下。

"'这样说来,'我一边说,一边准备逃跑,'如果可怜的凯瑟琳信了你,用了可笑、可耻又下贱的希克厉太太的称呼,她的下场也会很快是这样的!她才不能默默承受你这可恶的行径呢,她肯定会发泄出她的憎恨和厌恶。'

"我和他之间隔了一个欧肖和一个高背椅,所以他没有伸开手来打,却从桌子上抓起一把餐刀向我头扔过来。餐刀正打中我耳朵下边,把我正说着的话给打断了,我拔出刀子,跑到门口,还说了一句,我希望这话比他的刀子刺得更厉害。

"我最后看他一眼,他猛过来,就被他房东拦腰截住,俩人倒在火炉前,抱作一团。

"我路过厨房,让约瑟夫快去找他主人。我又把在门口的一张椅子上抱起一窝小狗的哈里顿撞倒。我像幽灵一样逃离"涤罪所",顺着直直的山路连滚带爬冲下来,我顾不上穿过弯路,朝着荒野直奔,越过河、涉过沼泽,事实上,我慌里慌张地朝庄园楼塔上的灯光直冲而去。即使我注定待在地狱、永不见天日,我都不想在呼啸山庄里多待一天。"

伊莎贝拉停下来,喝一口水,站起来,让我给她系上软帽子,又把我拿来的大肩巾披上,虽然我求她多待一小时,可她执意要走。她站到椅子上吻了吻埃德加和凯瑟琳的画像,又吻了吻我,就上了马车,带着,小狗因重新找到女主人而高兴地乱叫唤。在她走后,她一次也没回来过,但是在她稍稍安顿下来后,东家和她就定时通信了。

我相信她的新居在靠近伦敦的南方。在她逃走几个月后,她生下一个叫林敦的儿子,从她最初的信上,我们就知道那是一个病弱而任性的小家伙。

希克厉有一天在村子里碰到我,打听关于她的消息。我不想告诉他。他说没关系,但提醒她别让她到她哥哥这儿来:如果她想让丈夫养活,那么她就不应该住在她哥哥那儿。

尽管我拒绝向他透露消息,但他还是设法从别的仆人那儿知道了她的地址和她有孩子的事。但是他并没有前去打扰她,我想她该感谢他对她的厌恶,而使他做到了这点。

他见到我常常问有关那孩子的事。在他知道那孩子叫林敦后,他冷笑一声,说:

"他们希望我同样恨这个孩子,是不是?"

"我看,有关那孩子的任何事,他们并不打算让你知道。"我说。

"但是只要我想要他,"他说,"我就有办法得到他。如果他们不相信,可以等着看!"

幸亏这一天来到时,孩子的妈妈已经死了,那已是凯瑟琳去世十三年以后的事了,林敦那时大约十二岁,或者还大一点。

那天伊莎贝拉突然登门,我没有机会和东家说话,他不想谈论任何事情,而且什么人都不理睬。等我好容易和他说上话,我发现他得知妹妹已离开她丈夫而感到高兴,对她丈夫的痛恨,在他身上,已不是他那温柔的天性所能包容的了。他的憎恶深刻敏感到只要希克厉能去的地方——不管看到还是听到——他都绝对不会踏上半步。悲伤和厌恶使他成了一个地道的隐士:他辞了地方上的官职,甚至都不去教堂了,避免村子里的一切活动,局限在小小的家园里,过一种完全与世隔绝的生活——只是偶尔地在傍晚或早晨没人的时候独自到荒野散步,要么去看一下妻子的孤坟,作为换换环境的方式。

但是他实在非常善良,要想完全快活起来是不可能的。他并不祈祷凯瑟琳的灵魂会时常来陪伴他:时间使人变得听天由命,而且使他的忧伤比世俗的欢乐更为美妙。他满怀诚挚而热烈的爱思念着她,并期望会和她相会在天国,他相信她已在那里了。

与此同时,世俗也给了他安慰和寄托。我曾经说过,好几天,他对死者遗留的那个小孩子似乎很冷淡,但这冷淡像四月的雪一样,很快便融化了。在那小东西学会说话或走路以前,在他的心里,她已成为专制的暴君了。

小家伙名叫凯瑟琳,但他从来不叫她全称。

正如他从来不叫前一个凯瑟琳简称一样,也许原因在于希克厉总是那样来叫她吧。他总是叫小家伙凯茜,这意味着她和她妈妈既有联系也有区别,而他对她的宠爱,更多地在于她和凯瑟琳的这种关系,而不是因为她是他的亲生女儿。

我总是拿他和亨德莱·欧肖作比,他们情况相似,行为却截然相反,到底为什么? 我无法给自己一个满意的答案。他们都是既热爱自己的妻子,又知道疼爱自己的丈夫,可他们却无论如何都没走上同一条道路,我搞不懂原因所在。但是,我这样来想:亨德莱看去像是个坚强的男人,但表现出来的却是加倍的软弱,当他的船撞礁后,船长首先放弃了船只而逃走,船员更无心救船,个个惊惶无计,乱成一团,那不幸的船被他们扔进了绝望。而林敦恰恰相反,作为一个高贵而忠实的人,他拥有真正的勇气,他相信上帝,上帝也给予他安慰。一个满怀希望、一个身陷绝望,他们选择了不同的命运,当然结局也不相同,正是各得其所。

洛克乌先生,您并不愿听我在说教吧? 对于我所说的一切,你会像我一样做出判断。至少您会以为您做到了这点,这没有什么区别。

欧肖生命的完结,并不出乎意料。在他妹妹死后六个月,他也跟着去了。在庄园里,关于他临死的情况,我们一直都没听见一点动静。我知道的这一切都是以后帮忙料理丧事时,我听说的。是坎纳斯先生来向我家老爷报信的。

"看啊,纳莉,"一天早上他骑马直奔院子说。他来得非常早,这让我大吃一惊,立刻有一种不祥之感涌上心头。"这会该我们俩参加葬礼了。猜猜,是谁不告而别了?"

"是谁?"我赶忙问。

"唉,猜猜啊!"他跳下马,把马绳吊在门边的钩子上,"撩起你的围裙边吧,你会用得上。"

"难道是希克厉先生?"我问。

"什么! 难道你要给他流泪?"医生说,"不是,希克厉可是健壮得很,而且年轻。今天他脸色不错——刚才我还碰到他。自从他没了妻子后,他很快就胖起来。"

"那么是谁? 坎纳斯先生?"我又焦急地问了一句。

"亨德莱·欧肖! ——你的老朋友亨德莱——"他说,"就是那个常讲我坏话的人,他这些日子都是凶巴巴地对我。看啊,我说我们会哭吧——但不要难受! 他死得很威风:像个君王一样大醉而死——可怜的孩子。我也很伤心,谁会不怀念老朋友呢？虽然他的坏习惯让人无法想象,对我也玩过许多卑鄙花招——好像他才二十七岁,和你一样大,谁会想的到你俩同岁呢?"

我承认,对我来说,听到这消息比林敦太太的死亡给我的震动还要大:心头顿时涌上昔日的回忆。我坐在门口,眼泪哗哗地流下来,像失去了我的亲人一样,要坎纳斯找一个仆人带他报告给东家。

我忍不住暗暗想这样一个问题——"别人公平地对待过他吗?"无论我做什么,这个念头都缠住我不放松,于是我决定请假去呼啸山庄,帮忙料理死者的后事。林敦先生不太愿意批准我去,可是我动听地诉说死者孤单单的境况,并且还说我的前任主人是我义兄,他有权利让我做事。就像他要求他自己做事那样理所当然。另外,我还提醒东家,那个孩子哈里顿是他的妻侄,既然他没有比他更近的人了,他应当成为他的保护人,他有权力而且必须过问遗产的情况,去看看和他大舅子有关的事。

当时他没心思管这种事,可是让我去告诉他律师,而且终于答应了我的请求。他的律师同是欧肖的律师。在村子里,我找到他,让他和我一起去。可是他不同意,而且还劝我别去惹希克厉,还满有信心地说,如果抖出真实情况,哈里顿差不多就成了乞丐。

"他父亲死时,欠下了一屁股债,"他说,"他抵押出去全部的财产,对那位直系所属的继承人来说,唯一有利的事就是想方设法取得债主的好感,否则,他将毫不留情。"

我一到山庄,就声明我是来看事情是否都已安排妥当。看见我来了,约瑟夫一扫满面愁容而显得挺高兴。希克厉说没什么事需要我来做,但是如果我乐意,可以留下安排下葬的事。

"按理说,"他说,"这个傻瓜的尸体应该埋在十字路口才好,不需要什么仪式——昨天下午,我恰好离开他十分钟,就在这段时间,他把自己关在房里,喝了一夜酒,烂醉如泥!今早上,我们听到他房里传来像马似的哼哼叽叽,就破门而入,见他挺在椅子上——即使抽他的筋、剥他的皮,他也醒不来——我派人去喊坎纳斯,等他来了,这东西已变成一具臭尸体——他死啦,又冷又僵,你得承认,无论怎样折腾他都活不过来了!"

老仆人证实这番话，却还是咕哝着说：

"我倒宁可他自己去请大夫！我会把老爷照顾地比他好——我走时，他还没死，连要死的迹象都没有！"

我坚持要办一个体面的葬礼——希克厉说随我的便，但我得记住从始至终，都花他的钱。

他表现得既不高兴也不悲伤，一副冷酷无所谓的样子，如果有什么残酷的满意流露出来，那是由于他又大功告成了。确实，有一次我在他脸上看见一种洋洋得意的神情。那时，大家正把棺材抬出屋来。他假装一副哀痛的模样，在跟着哈里顿出去之前，他举起那个可怜的孩子，放在桌上，以一种不多见的兴致，咕哝着：

"宝贝，你现在就归我了！咱们倒要看一看，如果以同样的风来吹扫它，这棵树是不是也会弯弯曲曲，和另外一棵一模一样？"

可怜的小家伙什么都不懂，还很高兴地扯扯希克厉的胡子，又摸摸他的脸，可我知道他想要干什么，就严肃地说：

"我要带这孩子去画眉田庄，先生——在这个世界上，你什么都不缺，还是放过他吧！"

"是林敦这么说吗？"他问。

"是的，——东家吩咐带走他。"我回答。

"好吧，"那流氓说，"我们还是不要来争执这事了，我倒是有兴趣自己带个孩子，你回去告诉你主人，用我的孩子来换这个孩子，如果他想领走哈里顿。我不会放走哈里顿的，这点不必怀疑，但是，我有办法弄回另外那一个，别忘记告诉他。"

这下可把我们给难住了。我回去把这番话告诉了东家，埃德加·林敦最初兴趣就不大，听完之后对干预一事，更是不再提及。即使他想去做，我想他也不会成功。

他从呼啸山庄的客人一跃成为这儿的主人。他把所有权牢牢握在手里，并且向他的律师证明，欧肖为了使自己的赌博欲得到满足，把他名下的所有土地都抵押出去，而他，希克厉，就是被抵押者。

　　就这样,哈里顿本可以成为这附近一带首屈一指的乡绅,现在却落了个在他父亲的仇敌手中过日子的下场,住在自己家里,却连个仆人都不如,仆人还能领点工资,而他却没有出头之日,因为他举目无亲,更何况连自己一直都在受欺侮都不知道。

第十八章

丁恩太太接着说,那段心酸的日子终于过去了,接下来的十二年,对我来说,是这一辈子最欢乐的时光。这些年来,我最头痛的就是我们像小女孩常得的那些小毛病,而这些小毛病是无论有钱或没钱人家的孩子都会得的病,所以它根本无关大局。

在那些无病也无痛的日子,她就落叶松一样的快速成长起来,未等林敦太太坟头上的石楠开第二碴花,她就有了自己独有的走路、说话的方式了。

她是个最最可爱的小东西:一个漂亮迷人的小脸蛋、酷似欧肖的漂亮的黑眼睛,林敦家独有的白皮肤,淡黄色的卷发,是她给庄园带来了阳光和生气,一扫先前的荒凉。她有一颗活泼而敏感的心,感情丰富,总是富有生机,却并不野蛮。她和人的亲密无间使我想到了她的母亲。但她又不像她的母亲。她倒像一只小鸽子,温柔和顺,声音优美,总带着一股沉思的表情。她的感情深沉而温柔,爱,却不炽热,恨,却不强烈。

但是,不得不承认,她的优点却被她身上的一些缺点给抵消了。例如,她那鲁莽的性格,还有娇生惯养的孩子身上所独具的固执任性,这些并不会因为她的好脾气就会消除的。如果哪位仆人不留神惹着她,她就会说:"我要去告诉我爸爸!"她总是这样。如果她爸爸责怪了她,即使对她瞅一眼呢,她就会以为这足以击碎她的心,我相信一句令她难过的话,他都不曾讲过。

他全部以自己的方式教育她,对此,他充满了无穷的乐趣。令人欣慰的是,她很聪明,既好学,理解力又强。她学习既快又勤奋,这让他的教学光彩四溢。

她都十三岁了,还没有单独出过林苑。偶尔林敦先生也会带她出去溜达一两里路,但是别人要带她出去,他是不会放心的。对她而言,吉牟屯是虚无缥缈的。除了她的家,她唯一走近或进入的建筑物就是那座小教堂。呼啸山庄和希克厉对她而言,意味着一无所知。显然,她是个心满意足的隐士。有时,她站在自己的小房间的窗前,远望着外面的山川问:

"爱伦,要过多长时间,我才能爬到那山顶上去?山后面是什么呢?大海吗?"

"不,凯茜小姐,"我会说,"是山,跟那些一模一样的山。"

"如果站到那些金光闪闪的石头底下,它们会怎么样呢?"有一次,她问。潘尼屯山岩陡峭的山坡特别能吸引她的注意力,尤其当山峰和岩石被落日的余晖所笼罩,而余下的景色都隐没于阴影中的时候。

我对她讲那儿尽是些石头,石头缝间的泥土甚至都养不活一棵矮小的树。

"可是天黑好长时间了,石头为什么还亮亮的呢?"她紧接着问。

"因为那儿比我们这里高多了,"我回答,"那儿太高太陡,根本爬不上去,在冬天,那儿的霜冻总比我们这儿下得早;有一次都是炎热的夏天了,我还在东北角那个黑洞里见过积雪呢!"

"啊,你到过那儿!"她高兴地嚷起来,"长大后,我也要去,爱伦,爸爸去没去过?"

"爸爸会告诉你的,小姐,"我急忙说,"那儿没什么好去的。荒原——就是你爸爸带你散步的那地方——比那儿好玩的多,世界上最漂亮的地方就是画眉花园。"

"但是花园,我已去过,可我却从来没到过那儿,"她自语着,"如果能够站在最高峰,遥望四方,那才快乐呢——总有一天我的小马敏妮会带我去的。"

一个女仆说起过仙女洞,于是她就一门心思地想要实现那个愿望,缠住她爸爸。他只好答应在她长大了,就让她去一次;于是凯瑟琳小姐就以日为单位来数着她的岁数,嘴里常常冒出来的一句话就是——

"现在,我能去潘尼屯山岩了吗?"

去那儿的路要经过呼啸山庄,埃德加根本就不想从那儿走,所以就只能常常地对她讲：

"还不行,宝贝,还不行。"

我说过,希克厉夫人离开她丈夫后,还活了大约十二年。她一家人身体都不很健康,她和埃德加都没有这一带人脸上常有的那种红润的脸色。我不清楚她最终患得什么病,但我想,他们得的是同一种热病,最初是慢性的,而且不好根除,到了后期,生命就被耗尽了。

她在信中对她哥哥说,因为这病,她已经挣扎了四个月,看来凶多吉少,她请求哥哥尽量能去那儿一次,因为她要交代好多事情,她希望和他做最后的告别,并把林敦安安全全地交托给他。她希望林敦能够和自己以前一样,也和他住在一起。在她看来,这个孩子的父亲根本没责任心来抚养或教育他。

我家东家一点都不犹豫地答应了她的请求。因普通的小事,他一般都不会出远门的,这一次却飞快地赶过去。他走之前,让我照管凯瑟琳,使劲叮嘱我决不能让她出了花园,即使我陪着她都不允许,可他并不知道她没人陪伴自己也能走出去。

他离开了三个星期。最开始的两天里,我那小家伙待在书房的一个角落里,不读书,也不去玩,只是一个劲地伤心,她很安静,并没给我捅什么娄子。后来就是一阵烦躁的懒怠。一方面我很忙,另一方面自己也老了,跑上跑下地逗她玩就显得比较困难了,于是我想出一个方法,让她一个人玩。

我叫她在院子里绕来绕去的游玩,——或者步行,或者骑马,在她回来后,就耐心地听她讲她的所谓的历险,要么是真话,要么是编造。

那是个阳光明媚的盛夏,她非常愿意独自出去玩,常常从早餐完了到喝下午茶的时间都待在外边,晚上则回来讲那些稀奇古怪的故事。我不担心她会走出花园,跑到外边去,因为大门总是锁着,就算门开着,我看她也不一定有胆量独自跑出去。

倒霉的是后来事实证明我的这种想法是错误的。在一天早上,大约八点的时候,凯瑟琳过来告诉我,她今天是个阿拉伯商人,她要带领商队横穿沙漠。我必须给她和她的商队——一匹马和用一只大猎狗和两只小猎狗假扮的三匹骆驼——备下足够的粮食。

我把一大堆好吃的东西放在马鞍一边的篮子里,她戴着宽边帽,脸上蒙着面纱,以防七月阳光的暴晒,像个小仙女一样,我叮嘱她骑马要慢,回家要早点,她边取笑我的忠告,边骑着马跑了。

到了下午喝茶的时候了,那个小东西还没回来。倒是回来了其中的一位——那只爱享受的老猎狗,但是凯茜和另外两只小猎狗以及那匹小马,却是踪影全无。我赶忙喊人四处去找她,最后我也亲自出去了。

有个工人在种植园的围栏前干活。我问他见没见过我家小姐。

"早上我见过她,"他说,"她让我给她削一根木棒条,然后她骑着她那匹加洛韦马跳过那边最低的那道篱笆,跑得不见踪影。"

听到这个消息,我心中的感觉,你是能够想象得出来的。我立即想到她肯定是去了潘尼屯山岩。

"她会不会出什么事?"我出声地叫出来,从那人正在修补的那个缺口钻过去,朝大路上跑去。

我像是跟人打赌比赛一样,跑了一里接一里,一直跑到大路拐弯处,我看见了山庄,可是无论远近,都不见凯瑟琳的影子。

那山岩距希克厉先生的住处大约有一里半,离我们庄园却有四里,所以我担心不等自己到达那儿,天就黑了。

"万一她在爬山时摔下来,"我想,"跌死了,或者摔断了骨头,那可怎么办?"

想到这些,我心里非常难受。我慌里慌张地跑过呼啸山庄的大院时,一眼看见查理——我家最凶猛的小猎狗——正躺在一个窗户下,脑袋肿大,耳朵流血,我最初还大大松了一口气。

我推开侧门,奔到房前,使劲敲门。一个女人走出来开门,我认识她,她以前住在吉牟屯,在欧肖先生死后就来这里做了女仆。

"啊,"她说,"你来找你家小姐,是吗? 放心好了,她好好地待在这儿——幸亏不是老爷回来。"

"这样说来他不在,对吗?"我因急奔和担忧气都喘不出了。

"对,对,"她说,"约瑟夫和他都不在,我看现在他们也不会回来,你就进来休息一下吧。”

我进了屋,我那迷路的小羔羊正坐在火炉边的一把小椅子上摇来晃去,就是她妈妈小时曾坐的那椅子。她的帽子挂在墙上,她一边笑,一边和哈里顿讲话,兴致勃勃得像回到了自己家似的。哈里顿现在已成了一个又高大又强壮的十八岁的小伙子了,他正在看着她,带着一种既好奇又惊讶的神情。她叽叽喳喳地说个不停,可是他并没有听懂她滔滔不绝地讲了些什么。

“行啊,小姐,”我大叫,虽然心里高兴,但还是装出很生气的样子,“你爸爸回家之前,你可别想再骑马出来啦。你这个不听话、不听话的小丫头,我可再不会让你迈出大门一步了。”

“啊哈,爱伦!”她快乐地大喊,跳起来奔我而来。“今天我可要给你讲个精彩的故事了——你到底找到我了。以前你来过这儿吗?”

“戴上你的帽子,马上给我回家,”我说,“我真替你伤心,凯茜小姐,你干得多漂亮!撅嘴巴、哭鼻子,都没用的,都弥补不了我所受的罪——为了你,我跑遍了整个乡间。你还记得你爸爸对我的叮嘱吗?你却私自跑出来。这证明你是只狡猾的小狐狸,以后谁都不会相信你啦。”

“我怎么啦?”她哭起来,可立即又停住。“爸爸并没对我说什么——他才不会骂我呢。爱伦——他从来都不像你这样对我生气!”

“行啦,行啦!”我又说,“我系这帽带。我们现在都不要吵了。唉,好不害羞,你都十三岁了,却还像个孩子似的!”

她推掉了刚戴上的帽子,又缩到烟囱边上,不让我抓住她,所以我这样说。

“不要,”那女仆说,“不要这么凶巴巴地对待这么漂亮的姑娘嘛,丁恩太太。是我们让她停下来的——她本来想骑马向前的,都怕你担心。哈里顿建议陪她上山一趟,我想他这样做是应该的。山上的路可是难走。”

在我们说话时,哈里顿站在一旁,双手插在口袋里,虽然看样子不愿意我的插入,却难堪地一句话都说不出来。

“我还要等你多长时间?”我不管那女仆的劝说,接着说,“再等十分钟天就黑了,小马在哪儿?凯茜小姐,阿凤呢?如果你还磨蹭,我可要走了,你随便吧。”

图文珍藏版

"小马在院子里,"她说,"阿凤也关在那边,它给咬了——查理也给咬了。我正要把这事告诉你,可你却生气了,我就不愿讲给你听了。"

我捡起帽子,走过去要再给她戴上,可是她见全屋的人都向着她,就在房里跑来跑去。我去抓她,她就绕家具东藏西躲,像只小老鼠似的纵上蹿下,反而使我看上去很可笑。

"凯茜小姐,如果你知道你在谁家里,你巴不得马上离开呢。"

"你爸爸的呢?"她转头问哈里顿。

"不。"他说,低着头,脸涨得通红。

他受不了她对他的逼视,尽管那眼睛长得和她的挺像。

"那是谁的呢? 你家老爷的吗?"她又问。

他脸憋得更红了,却是一种完全不同的表情,他转过身,咒骂了一句,却听不清楚。

"他的主人是谁?"这个气人的女孩朝着我接着问。"他满口'我们家'和'我们家的人',让我以为他是房东的儿子呢,并且他并没有招呼我小姐,如果他是仆人,他应当叫我小姐的,对不对?"

这愚蠢可笑的话气得哈里顿脸都变得乌黑乌黑。我悄悄地拉过那个问个不停的女孩,最终给她穿戴好了,就要走了。

"喂,把我的马牵过来,"她并不知道这个陌生的男孩就是自己的表哥,她对他讲话,用一种对庄园马夫用惯的口气。"你可以和我一块去。我想看看沼泽地那些捉妖精的人到底在哪儿,还想听听你说的那些小妖精唱的歌——喂,快些啊! 怎么搞的? 牵过我的马来,我说。"

"去你妈的吧,我才不会成为你的仆人呢!"那小伙子发出一声低吼。

"去我的什么?"凯瑟琳惊讶地问道。

"去你妈的鬼,你这无法无天的小妖精!"他说。

"看吧,凯茜小姐! 你交了一个多好的朋友,"我插口道,"居然对一位小姐说出这样的话! 求求你,不要和他吵架了——走,让我们自个去找回敏妮,然后回家。"

"但是,爱伦",她惊奇地瞪大眼,嚷道,"他居然这样和我讲话? 他不是得听我的吩咐吗？这个坏蛋，我会告诉爸爸你刚才讲的话——走吧！"

对于她的恐吓，哈里顿好像并不在意。她气得几乎要掉眼泪了。"你去把我的马牵过来，"她转过身来朝那个女仆喊，"放了我的马！"

"小声点，小姐，"那个女仆说，"对人和气一点，你吃不了亏。虽然那位哈里顿先生不是老爷的儿子，但他却是你的表哥，而且我雇来也不是供你使唤的。"

"他是我的表哥！"凯瑟琳冷冷一笑，说道。

"当然是啦。"那个指责她的人说。

"噢，爱伦，让他们不要说这样的话，"她不耐烦地说，"爸爸已到伦敦去接我的表弟了——我的表弟可是上等人的儿子——可我——"她不说了，却哇哇大哭起来，一想这样一个小乡巴佬却是自己的表哥，她就伤心极了。

"好啦，好啦，"我低声说，"一个人总是表哥表亲什么的都很多，这是件好事啊。如果他们实在脾气不好，别理他们就行了。"

"他不是，他不是我的表哥，爱伦！"她一想到这一念头就烦得要命，倒进我怀抱，想摆脱掉这个想法。

我非常生气，因为她和那女仆都说出了不能说的话。丝毫不用怀疑凯瑟琳讲的她爸爸不久就回来的消息会传到希克厉耳朵里，而凯瑟琳肯定会在她爸爸回来后，首先解释清楚她为什么和这个粗俗的人会是亲戚。

哈里顿已经不怎么讨厌凯瑟琳把自己当作仆人了，而且似乎挺可怜她的伤心，就主动给她把小马车牵到门口，为了表示和好，又抱一只挺漂亮的弯腿小狗从狗窝里抱出来，并放到她手上，让她不要再哭了，他实在和她没有什么过节。

她不哭了，带着一种又敬畏又恐慌的目光打量了他一下，接着又哭起来。

眼见她这么讨厌这个可怜的小伙子，我实在忍不住想笑了。这小伙子长得强壮且匀称，模样并不丑陋，只是身上的衣服却是在地里干活或荒野里抓野兔才用的。可是，从他的神情中，我还是发觉他的心要比他父亲好得多。好苗被荒草埋没，但它们无声无息地生长却是繁茂的荒草所无法阻止的。只要土地肥沃，换了别的有利条件，总会收获出丰硕果实的。我相信，在肉体上，希克厉并没怎么摧残他，这是由于他那种什么都不害怕的个性，这使别人不能轻易来欺侮他。在希克厉看来,这个浑身充满狠气的男孩,还是别去折磨他的好。看来希克厉不怀好意地只是想把他培养成为一头畜生:他从来不曾被教过读书和写字,只要别妨碍他的监护人,他那些坏习惯也从来不曾被人指责过;既没人把他引到正途,也没人提醒他小心邪恶。就我所知道的情况来看,对于这孩子的不学好,约瑟夫的功劳也不小。出于一种私心的偏见,在他很小的时候,约瑟夫就把他作为这个古老家族的主人而宠爱他,奉承他。以前,还在凯瑟琳·欧肖和希克厉都还是个孩子的时候,他就常常说他们的坏话,直至老爷相信他们所谓的"可怕的行为"而失去耐性,只好借着喝酒来消忧解愁。现在他又把哈里顿所犯的种种错失推到了霸占欧肖家财产的人头上。

无论这孩子咒骂人还是做出了多么出格的事,他都觉得不过分。即使这孩子坏得不能再坏,约瑟夫还是觉得挺高兴。他承认这孩子已经给毁了,他的灵魂已没法拯救了。但是他又一考虑,认为希克厉是罪魁祸首。以后他将支配哈里顿,如此一想,他又感到了极大的安慰。

约瑟夫又把一种对自己姓氏和血统的自豪感灌输到这孩子的头脑里。如果他有足够的胆量,他还能挑拨他和山庄新主人间的互相仇视,但是他又非常害怕这个新主人,怕得近乎迷信,即使生他的气,也只是小声咕囔或私下咒骂。

我不过说出了自己的耳闻,倒不想表示自己非常了解山庄那些年的日常生活,毕竟我所见并不多。村人都敢肯定希克厉的小气吝啬,对佃户的心狠手辣。但房子里加了个女仆,以前的那种舒舒服服地情景又重现了不少。如今院子里已没有了亨德莱时的那种常见的吵闹情景。这位老爷以前常常阴沉着脸,无论好人还是坏人,一律不相往来,直到现在,一直未变。

我又扯远了。凯茜小姐并没接受那只作为和好礼物的小狗,而是把查理和阿凤——她自己的——讨了回来。它们一拐一瘸,丢盔卸甲。然后我们往家走,个个都垂头丧气地没有精神。

从小姐口中,我问不出那一天她做了些什么,只是猜想,此次出游,她目标在潘尼屯山岩。她一帆风顺地来到农场门口,刚好这时哈里顿出现了,他带着他的随从,那几只狗扑向了她的商队。

它们恶斗一场,直到主人分开它们。所谓不打不相识,凯瑟琳对哈里顿说了自己的名字。然后说自己想去的地方,并请他做向导,哄他一起去。

他则为她揭开罩在仙女洞和另二十个古里古怪的地方的面纱,但我已经不讨她的欢心了,她所见的种种奇景异致,她自然不肯告诉我了。

不过我能推断出来,如果不是一个仆人伤了他的心,或者希克厉的管家婆给她认的表哥让她失望,那个向导可一直受她宠幸呢。

然后,他讲的那些话伤了她的自尊心。她在庄园可一直是"天使""皇后""宝贝""乖乖"的地位,何曾受到过一个陌生人的如此侮辱!她怎么都想不通。我费了好多心思,她才答应不告诉爸爸这件伤心事。

我向她解释,她爸爸一直就讨厌山庄那边的人,如果让他知道她曾去过那儿,他肯定会很难过,不过我再三声明的一点是,如果她告诉他爸爸这件事,那么他就会对我的不听从吩咐而感到恼火,盛怒之下也许会赶走我,这可是凯瑟琳不喜欢看到的事。她果然说到做到,没有泄露秘密——她到底是一个让人喜爱的小女孩啊!

第十九章

一封带黑边的信预示了我家东家就要回来了。伊莎贝拉已去世了。他在信中吩咐：女儿要穿上丧服，给小外甥收拾出一间房子，还有别的准备都做好。

凯瑟琳一想到她爸爸马上就要回来了，高兴得又蹦又跳，而且她那位"真正的"表弟，在她的想象中是很迷人漂亮的。

盼望他们归来的那天晚上终于来到了。从一大清早，她就开始忙碌，尽力地使自己想得周到、全面，而且还穿上了那件黑袍子——可怜的小家伙！对她姑姑的去世，她并不显得多么伤心，——她缠住我，硬要我穿过院子去迎接他们的归来。

"我才比林敦大半岁，"她叽叽喳喳地说，我们正在树荫下，踏着高高低低的草地朝前走，"和他一起玩，该有多好！伊莎贝拉姑姑曾寄给爸爸他的一撮漂亮的金发，颜色比我的要淡一些，——更淡黄，并且非常细，它已被我好好地保存在一只小玻璃盒里，我总想如果能见上一面那头发的主人，该多么好啊——噢！我好开心啊！——爸爸，亲爱的爸爸！快呀，爱伦，让我们跑吧，快呀，快跑。"

我不紧不慢地走着，她却跑过来，又跑回去，来来往往也不知跑过多少次了，最后她安安静静地坐在路边的草墩上，谁知道连一分钟她都安定不下来。

"他们可真是太慢了啊！"她感慨着，"啊，我看见大路上扬起尘土来了；是他们吗？不是他们！他们要到何时才来呀？我们稍微朝前走一点点，行吗？——就半里，爱伦，就那么半里路。你就答应我吧，那从白桦树——拐弯那儿——就走到那里就行了。”

我口气强硬地拒绝了她。终于，她那盼望已久的心愿实现了。那辆长途马车很远就望得见了。凯茜小姐一看见车窗里探出来她爸爸的脸，她就大叫着伸出双臂。他像她一样急不可待地下了车。过了很久，这父女俩的心里几乎没了旁人，心中只有彼此。

我在他们父女亲热的时候，悄悄地朝车里的小林敦看了眼。

他倚在车厢口一个角落睡着了，像过冬似的，身上盖了一件毛皮镶边的暖和的披风。这是一个脸色苍白、长得柔弱纤细的男孩子，他和东家长得非常像，简直让人就要把他俩当成兄弟了；但他脸上却有一种埃德加·林敦从来不曾有过的病态的乖戾。

东家发现我在朝车里东张西望，就摇摇手，让我关上车门别吵醒他，一路上的辛苦已经让他感到很累了。凯茜也盼望能看上他一眼，但他爸爸却叫过去她，两人一同走进花园；我则赶忙抢在前头，吩咐仆人们进行准备。

“宝贝，现在，”当他们走到正门的台阶前时，林敦停下车，叮嘱他女儿说，“你的表弟身体不像你那么健康，也不像你那么活泼开朗，而是，你要记住，在前不久他妈妈刚刚去世；所以他不会立即就和你一起疯闹的，你别希望太大。另外，不要总是和他讲一些他承受不了的话。至少，今晚你得让他安安静静地休息休息，好不好？”

“行，行的，爸爸，”凯瑟琳答应了，“可我想瞧瞧他，他还连一眼都没朝窗外看呢。”

马停了，睡觉的人醒过来，他被他舅舅抱出来。

“这是你表姐凯茜，林敦，”他说，同时使他们的两只小手握在一起。“她已经喜欢上你了；记住你晚上可不能哭的，你一哭，她也要难过。现在，快乐起来吧；我们已结束旅行，你什么都不需要去做，只管好好休息，你喜欢干什么就可以干什么。”

“我要上床去睡。”那孩子说，躲开凯瑟琳的招呼，缩到后面，又用手抹着眼窝里欲掉的泪珠。

“好啦，好啦，乖乖，”我小声说，带着他走进去，“你想让你表姐跟你一起哭

图文珍藏版

呀,看,为了你,她现在多难过呀!"

凯茜哭丧着脸,和他一模一样,也不知道是否真的在替她表弟而难过,她又回到爸爸的身旁。三个人进了院子,走上楼,来到书房。

那里已摆好了茶。我接着脱掉小林敦的帽子和披风,把他放在桌旁的一张椅子里。哪知道他一坐下就哭了。东家问他怎么啦。

"我不愿坐在椅子嘛。"那孩子哽咽着说。

"那么你就到沙发上去坐,爱伦会把茶端给你的。"他舅舅倒是很耐心地说。

我相信东家一路上为这体质虚弱也很任性的孩子一定没少吃苦头。小林敦拖拖拉拉地走到那边去,躺在沙发上。凯茜拿来一只脚凳和自己的茶杯,坐在他身边。

最初,她还安安静静地坐着,但是却坐不了多久。她希望小表弟能够像自己以前决定的那样成为自己的一个小宠物;然后她开始摸他的鬈发,还亲亲他的脸,又用自己的茶杯给他喝茶,简直就把他作为一个小婴儿。他本来就和婴儿相差不了多少,所以这下倒让他高兴了不少。他抹去眼泪,还淡淡地笑了。

"嗯,他会过得不错的,"东家注意地观察了一大会儿,然后和我说,"会不错的,如果我们能留下他,爱伦。只要有个和他差不多大小的孩子和他一起玩,他很快就会产生一种新鲜的活力。他会希望自己健康起来,到那个时候,他身上就会有一种新的力量了。"

"如果我们能留下他!"恐怕这希望很小的,想到这,我感到非常难受。我又想,这个脆弱的小家伙将来要和他爸爸、哈里顿一起住在呼啸山庄了。有这么两个人、一个导师、一个玩伴,的确不错。

事实很快证实了我们的担忧——甚至比我们预料的提前到来。

喝完茶,带两个孩子上楼去,看着小林敦进入了梦乡——他不放我走,直到他睡着了——我刚站在门厅桌子边点上一支蜡、准备给埃德加送去,这时,一个女仆从厨房走来告诉我,说希克厉先生的仆人约瑟夫要见东家,他正在门口等着。

"我先过去问问他要干什么,"我不安地说,"人家刚结束长途旅行回来,而且这么晚了,还来麻烦人家,太不像话了!我想主人是不会见他的。"

说话间,约瑟夫穿过厨房,来到门厅。他穿着他那件做礼拜时才用的好衣服。他那张虚伪至极、阴险至极的脸紧板着;一个手里是帽子,一个手里是手杖,他在草垫上擦了擦他的鞋子。

"晚上好,约瑟夫,"我冷淡地说,"你今天晚上赶来,可有什么重要的事?"

"我要见的是林敦先生,我有话要和他说。"他说,瞧不起地把我打发了。

"林敦先生要睡觉了;如果你没什么特别的事,我可不能肯定林敦先生是不是这个时候了还会见你,"我继续说,"你最好先坐在那边,先对我说说你带的那口信。"

"他住哪屋?"那老东西还在坚持,打量着那一排紧关的房门。

我看出来他决心不许我插手此事的,只好十分不愿意地走进书房,通报这个不速之客的来访,并且劝说东家不要理他,让他明天再来。

未等林敦先生同意我可以这样做之前,约瑟夫紧随我闯进了书房,在桌子另一侧站住,两只拳头顶在手杖头上,开始扯大嗓门说话,好像他在预备着遭受反驳一样:

"希克厉让我来替他领孩子,如果孩子领不回来,我就不会回去。"

埃德加·林敦沉默一会儿,满脸悲凉。如果仅仅为这个孩子考虑,他觉得他很可惜。尤其是他想到伊莎贝拉的期望、恐惧以及她对儿子的热切盼望和对自己的托付,而如今却要把这个孩子给交出去了,他怎么会不感到心痛呢?他绞尽脑汁,想免除这一灾祸。看上去这事是解决不了了。除非让他出来,否则你越是想留住他,他们讨要得越凶。可是,他绝对是不愿喊醒他的。

"转告你们希克厉先生,"他不动声色地说,"明天会把他儿子送回呼啸山庄。他已经睡着了,而且非常疲惫,怕是走不动那段路了。你还要转告他,林敦的母亲希望我做他的监护人,并且,他目前的身体也还很虚弱。"

"不可以!"约瑟夫喊到,往地上使劲顿了顿他的拐杖,装出一副不容置疑的样子。"不可以!这样的话不起丝毫作用——希克厉才不怕他那个妈呢,也不怕你,他就要他的孩子。我只能把他领回去——你总该清楚了吧!"

"今晚你带不走他的!"林敦断然拒绝,"你现在立即回去向你主人汇报去。

爱伦,送客,走吧——"

　　他把那满腹不平的老东西抓起来,一提溜就送到了门外,接着关上门。

　　"行啦!"约瑟夫一边慢慢朝外走,一边大声喊,"明天早晨,他自己就来了,如果你有种,你把他推出去吧!"

第二十章

为了避免约瑟夫临走时扔下的威胁，林敦先生一大早就让小林敦骑上凯瑟琳的小马，立即送他回家。他说：

"不管这孩子的未来是吉凶还是祸福，我们已经无回天之力了，只是关于他的去向，你一定要对凯瑟琳保密。从今天起，她和这孩子之间的联系就一刀两断了，如果她要是得知他就住在附近，她肯定无法安心而一门心思地只想去呼啸山庄玩了。你就告诉她，他爸爸突然让人来把他接回家了，因此他只能离开我们。"

早上五点时，我费了很大劲才让小林敦从床上爬起来，告诉他还得继续上路，他听后觉得很吃惊，只是我说得很委婉，因为他爸爸非常想见到他，甚至都等不及他旅途的疲劳恢复过来，就急于父子早日团聚，所以他必须先和他爸爸待上一段时间。

"我爸爸！"他大喊，并且感到摸不着头脑。"我妈妈一直都没告诉过我，说我还有一个爸爸。他在哪里？我还是愿意和舅舅一起住。"

"他就住在庄园的附近，"我说，"并不太远——小山那边就是，等你以后身体好了，你散着步就能来到这里。你要快快乐乐地回去看他。你一定要像爱你妈妈那样，尽心爱他，这样他也就会很爱你的。"

"但是以前我为什么不知道？"小林敦不解地问，"妈妈为什么不像人家那样和他住在一起？"

"北方有他的事情无法脱身，"我说，"你妈妈的身子又需要住到南方去

317

调养。"

　　"可妈妈为什么向来没有提过他呢?"这孩子继续追问,"妈妈常常说起舅舅,所以我很早就知道应该爱舅舅。我还不认识爸爸呢,我怎么会爱上他呢?"

　　"噢,孩子们没有一个不是爱他的爸爸、妈妈的,"我说,"你妈或许担心一旦常提起你爸,你会要到他那儿去的。我们快点吧。在这样美好的早上早早骑马出门,比多睡一个小时的觉要强多了。"

　　"她是不是和我们一块去,——就是昨天我看见的那个小姑娘?"他问。

　　"这次不去了。"我说。

　　"舅舅去不去呢?"他接着问。

　　"他不去,由我送你过去。"我说。

　　小林敦一头又栽到床上,心事重重。

　　"舅舅不去,我也不去,"他想了一会儿,喊道,"我不知道你到底要带我去哪儿。"

　　我尽力让他明白,像他这样推推延延不想见自己爸爸的孩子,那可不是个乖孩子。可看上去他要固执己见,他根本就不让我给他穿衣服,我不得不请过东家来,一起哄他起床。在听了我那动听的许诺——只是暂时离开,不会待得太久;埃德加先生和凯茜会去看他等等后,这个可怜的小家伙终于上路了。一路上,我不停地对他讲这些随时胡诌却无法兑现的许诺。

　　走在路上,空气中飘着清新的石楠香味,灿烂的阳光和敏妮缓缓迈出的小步子,让他的心情舒展了好多。他开始询问探听他的新家,问问家里都有谁,他听得津津有味,兴头也上来了。

　　"呼啸山庄是不是和画眉田庄一样好玩?"他一边问,一边朝山谷那边看了最后一眼,从山谷中正升起一团轻雾,飘到蓝蓝的天边,变成一朵轻飘飘的白云。

　　"山庄藏在树林深处,不像这里,"我说,"而且比这儿小得多,可它周围的景色却很美丽,并且因为那里的空气比这里新鲜的多,干燥的多,所以对你的身体更有利。你乍一看见它,或许会觉得那房子比较灰暗、陈旧——尽管它是这附近一带数得着的颇为壮观的住所。当你以后在田野里散步,那才是最惬意的事呢。哈里顿·欧肖——既是凯茜小姐的表哥,当然他也是你的表哥——他会带你逛遍那儿的所有好玩的地方的;当天好时,你可以在那翠绿的山谷里念书,把那儿看成你的书房;你舅舅自然也要和你一同散步的。他常常来这边散步。"

"我爸爸长什么模样?"他问,"年轻潇洒?和我舅舅一样吗?"

"他也很年轻,"我说,"但是他长着黑头发、黑眼睛,个子又高大魁梧,看上去又严厉点儿。你开始或许会感到他不太慈祥、和气;但只要你真心爱他,他当然也会喜爱你;而且你是他的亲生儿子,所以他会比任何一个舅舅都爱你的。"

"黑发、黑眼!"小林敦若有所思,"我可想不出他到底长个什么模样。这样看来,我是不是长得并不像他?"

"是不大像",我说,其实是半点都不像,我边想,边很遗憾地看着我的小伙伴——白白的皮肤,细小的骨架,一双大而无神的眼睛;那眼睛虽然像极了他妈妈,但不像她那样目光总是神采飞扬,不过当他要小性子时会流露出点那种光彩的。

"他一直都没去看过妈妈和我,这多么令人奇怪!"他喃喃自语,"他从前见过我没有?那时我一定才是个小婴孩,如果他曾看见过我。我一点都记不起关于他的什么事。"

"啊,林敦少爷,"我说,"三百英里可不是个近距离;十年时间对于你是一回事,对大人来说却是完全不同的另一回事。说不准希克厉先生每年夏天都希望能去看看你们,可是碰巧的机会却总也没有;哪知道现在却晚了。你可不要问他有关这方面的事,避免打扰了他,让他心烦,这没有什么好处。"

接下来,那孩子就自顾自地骑在马上想心事,直到住所的花园门前,我们停下来。我注意观察他的脸色,看他对这里到底有什么印象。

房屋的正面雕刻着花纹,格子窗低低的,醋栗丛和曲折的枞树四处杂生;他仔仔细细地打量了一番,然后摇了摇他的头。以他的眼光,他根本就不喜欢他的新家。但是他没有马上表现出来,看来还算比较懂事。但他还抱有幻想,或许住所里面会好一些,这样就可以弥补弥补了。

未等他下了马,我就先去开门。那时恰好六点半,这家人刚刚吃过早饭。仆人正忙着清理饭桌。在主人身边立着约瑟夫,他在讲和一匹瘸马有关的故事;哈里顿则准备去干草地干活。

"喂,纳莉!"希克厉先生一见到我就大嚷,"本来,我还担心需要自己亲自下山去接收我的私有产品。你送他过来了吧?我可想瞧瞧他能被我们改造成什么模样。"

他站起来,快步来到门口。哈里顿和约瑟夫张大嘴巴跟在后面,想看个明白。可怜的小林敦迅速看了他们三个一眼,看上去非常害怕。

"不用说了,"约瑟夫仔细看了好大一会儿,说,"他已和你换包了,老爷,这个肯定是他家的那个姑娘!"

希克厉紧盯着他儿子,瞧得他怕得要命,恨不得找个地缝穿进去;然后他冷冷地笑了一声。

"上帝啊!多美的人啊!多么可爱、多么惹人欢心的娃娃!"他喊着,"他们是不是用蜗牛和酸牛奶喂大的,纳莉?我真该死呀!但是我的确料不到竟然这么糟糕!我可不是随便乐观的人,即使魔鬼也知道!"

我让那个哆嗦着、茫然无知的孩子下马进屋。他听不懂他爸爸到底在讲什么,也不知道他的所指是不是自己——老实讲,他还拿不定这个凶巴巴的、满脸嘲讽之意的陌生的人到底是不是他爸爸。他紧紧靠着我,胆战心惊,全身发抖;希克厉又坐下,对他喊:"过来!"他一下哭了,脸趴在我肩上。

"好了,好了!"希克厉边说,边伸出手来很粗鲁地把他拉过来,夹在两腿之间,并托住他的下巴,使劲往上抬他的脸。"少来这一套!我们又不吃你,林敦——你的名字?你可的的确确是你妈的儿子!我身上的那部分呢,你弄哪里去了?——你这个爱哭的小鸡!"

他把那孩子的帽子摘下来,往后推一推他那头浓浓的、淡黄色的鬈发,捏捏那细细的胳膊,又摸摸那小小的指头;面对这样仔细地察看,小林敦不哭了,抬起那双蓝蓝的大眼——别人既然这么看我,我也要把他瞧个仔细。

"你认不认识我?"希克厉问,此时他已经把这个孩子看了个够,发现这孩子的一双小脚又嫩又脆弱,就像他的一双小手。

"不认识。"小林敦说,眼睛里含着一种茫然的畏惧。

"我敢说你听说过我?"

"没有。"他重复一遍。

"没有?! 你那个妈也太不应该了,她该提醒你一下,儿子应该孝敬父亲的! 那由我来告诉你,我是你的爸爸。我还要告诉你,你妈是个很坏的骚货,竟然不告诉你,你的爸爸是什么样。你受不了? 别缩到后面,把脸涨得通红! 但这也好,总算知道你的血不是白色的。好好听话,我就会善待你的。纳莉,要是你感到累,你就坐下歇一会,要是不累,就回去吧。我猜想你肯定会回去把这儿发生的一切去向那个胆小鬼汇报的;况且,你只要待在这里,这小东西就无法定下心的。"

"行啦,"我说,"我希望你能对这个孩子好一点,希克厉先生,不然你留不住他的;记住吧——在这茫茫的人世,他是你今生唯一的亲人。"

"你放心,我会善待他的,"他说道,笑了,"但我不会让别人对他好的,我要让他一心为我,无论是谁都不能在我们中间插手。并且我会从现在做起;约瑟夫,拿早点给这孩子。哈里顿,你这蠢猪,快给我下地干活去!"

"真的,纳莉,"在他们走开后,他继续说,"我儿子可是你们家将来的主人,我才不会让他很早去死? ——要死,也要在我坐稳了他的继承人之后才行呀。况且,他是我的亲生骨肉,我要心满意足地看到我的后代正大光明地成为他们家大产业的主人——我家的孩子花钱雇用他们家的孩子,种他们祖辈的土地。除非我想到这,我才能容忍下这个狗崽子。我不但看不起他,而且还痛恨他,因为是他勾起了我的回忆。但是,有了这点,别的也就算了吧。他跟着我,同样稳稳妥妥。而且像你老爷照看他自己的孩子一样,把他照顾地周到细致。在楼上我已安排好一间漂亮好看的房间。我还给他请家教,二十里以外来的一个,每周三次,他愿学什么,就教什么。我会吩咐哈里顿听他管。

实际上,我安排好了一切,只要培养他的绅士风度,使他高人一等。但是令人遗憾的是,他根本不配我这样替他操心。他值得人家以他而自豪,这是我在这世上唯一的幸福;可是我对这个脸色苍白、一脸哭相的臭小子却失望透顶!"

正说着,约瑟夫端来一盆牛奶粥,放在小林敦面前。这孩子搅了搅这粗粥,厌恶得很,说他不要吃。我看出那老仆人也瞧不起这孩子,和他主人一样的心思;只是他只能克制住这种厌恶,因为希克厉很明白地表示他的下人必须对这孩子显得有敬意。

"不要吃?"约瑟夫模仿小林敦的语气,一边瞧着他的脸,一边低声念叨着,害怕被别人听见。"但哈里顿少爷小时候就吃这个,他能吃,你也能吃,我是这样想。"

"我不吃这东西!"小林敦拒绝,"拿走它。"

约瑟夫生气地端起盆子,送到我们眼前。

"这吃的坏在哪里?"他问,把盆子直端到希克厉鼻尖下。

"这粥哪儿不好?"希克厉问。

"对啊!"约瑟夫说,"这个被惯坏的孩子却说他不吃这个。但我看不出哪儿不好! 他妈也是这样——我们种麦、做面包给她吃,她却嫌弃我们不干净。"

"别在我面前提他妈,"希克厉气呼呼地说,"去拿他能吃的东西就行了。纳莉,平时他都吃什么?"

我建议调杯热牛奶或热茶让他喝;那老仆人听了吩咐,照办去了。行啦,我暗地想,他老子的自私倒可以给他个好日子过。他知道这孩子身体太弱,必须顺着他点。我要把希克厉对那孩子的态度告诉林敦先生,使他得到些许的安慰。

我已没什么理由再待下去了,趁着小林敦正在怯怯地推开一只跑来和他亲热的看羊狗的空儿要悄悄溜出去。可这瞒不过警觉的他。门一关上,就听猛一声尖叫:

"别扔下我! 我不待在这里! 我不待在这里!"

反反复复的这句话。

门闩随后抬起又落下。他们挡住了他。我骑上敏妮快快地朝前跑;就这样,我结束了我这短短的保护人的任务。

第二十一章

那一天,小凯茜伤透了我们的脑筋。她高高兴兴地起床,就急着找表弟玩。她可不知道她表弟已离开了。这一消息让她大哭大叫,埃德加没办法只有亲自出面安慰她,向她保证小林敦不久就能回来;不过他又加了一句——"如果我能弄回他来",但这几乎是件绝望的事。

对凯茜来说,起作用的是时间,却不是这个允诺。虽然她不时向爸爸询问小林敦何时来,但在她的脑海中,表弟的容貌已慢慢模糊不清,以至于等他们真正见面了,她却不认识他了。

每当我有事去吉牟屯,偶尔遇到呼啸山庄的女管家时,我总是要问一问小少爷的情况,因为他和凯瑟琳一样,几乎与世隔绝,足不出户。从女管家那儿,我知道他还是经常生病,不好服侍。据她讲,希克厉先生越来越觉得他讨厌了,尽管他尽力克制这种厌恶,而不流露出来。这孩子的声音都令他反感,他甚至不能忍受和他同待在一间屋子,哪怕几分钟。俩人几乎讲不上三四句话。小林敦或者在一间他们所谓的客厅里做功课来消磨一整晚,或者整天躺在床上,因为他常常浑身疼痛、感冒、咳嗽⋯⋯不停地生病。

"他是我所见过的感情最最脆弱的一个人,"那女人继续说,"而且是最会'保养'自己的人。每天晚上,只是时候一到,窗子还开着,他就会念叨个没完没了:呀,吸一口夜晚的空气可是要命的一件事! 即使是仲夏,他还必须生起火来。就连约瑟夫的板烟斗都成了毒药! 他不住地吃糖果、好东西、喝牛奶——张口就要牛奶,他是不会管我们吃些什么东西的。他坐在壁炉边的椅子里,披

323

一身皮斗篷,旁边的铁架子上放着烤面包、水和一些流质食物。

"哈里顿有时见他怪可怜的,就过来陪他玩——哈里顿尽管粗鲁,心却很好——结果肯定不欢而散:一个大骂,一个大哭。要是他不是东家的儿子,我肯定东家巴不得狠狠地把他揍个痛快。我还敢肯定,如果东家知道他是怎样地保养自己——即使就知道一半,他也肯定会赶走他。只不过这种冲动的危险是不存在的。他从来不进客厅,无论在家什么地方,只要让他看见小林敦,东家会立刻让他上楼。"

我听了这番话,能够想象出来小希克厉根本就得不到别人对他的同情,这使他成为一个自私和讨厌的人。哪怕他本性并非如此。于是我也冷淡了对他关心的热情,尽管我还是伤感于他的境遇,希望他能够和我们一起生活。

埃德加先生鼓励我能多探听到有关他的情况。我看出来,他对他非常思念,哪怕担些风险,他都想去看一看他。有一次他还派我向那个女管家打听一下他是否曾来到这里。她说他一共来过两次,和他爸爸一起,骑马过来的,每次以后的三四天里,他看上去总是很疲倦。那个女管家在他来后干了两年就走了,我不认识她的接替者,她一直干到现在,如果我的记忆没有出什么差错的话,事情大致是这样的。

时间如流水,悠悠而过,田庄里的人们日复一日地过日子,也自由自在,一晃凯瑟琳小姐到十六岁了。我们从来不为她生日搞庆祝活动,因为这一天同时也是我们女主人的忌日。到了那天,她爸爸会整天一个人关在书房里,黄昏的时候,一个人独自出去,在吉牟屯教堂往往要徘徊到半夜才回家。因此每当这一天,凯瑟琳总是一个人独自玩。

这年的三月二十日,一个阳光明媚的好日子,在她爸爸回到房里后,小姐已收拾整齐,走下楼,打算出去。由我伴着她到田野边上散散步,并且早已征求了他爸爸的意见。林敦先生点头允许,但我们不能走得太远,并且只能玩一两个小时。

"快点呀,爱伦!"她叫着,"我要到那一大群红松鸟安家的地方去。我要看看它们的窝已做好了没有。"

"那儿一定很远,"我说,"它们怎么会在田野边上安家呢?"

"不对,不太远,"她说,"我和爸爸曾经去过一次,一点都不远。"

我戴好帽子,关于这事我没有多想。我们就上路了。她简直就是一只小赛狗,在我眼前蹦蹦跳跳,一会儿在我身边走,一会儿又跑到前面。一路儿听着周围到处响着百灵鸟的欢快的歌声,享受着那温馨的日光,又瞧瞧我的幸福,我的宝贝——一头金黄的鬈发、一双无忧无虑的明亮纯净的眼睛,像盛开的野玫瑰那样光芒四射的脸蛋儿。那些日子,她是个欢乐的小天使。可惜,她并不知足。

"唉,"我说,"你的红松鸟到底在哪儿,凯茜小姐?我们该到了吧?田庄的林苑篱笆早已在我们身后了。"

"啊,再向前走一点,——就一点点,爱伦,"她不停地这样说,"爬上那小山头,绕过那个斜坡,到了山那边,我就能让你看见那窝里的鸟。"

哪知道要爬的山,要绕的坡竟是如此之多,直到后来,我渐渐感到累了,只好大声喊她,让她回来,因为她已远远地把我抛在了后面。但是她却还蹦蹦跳跳地朝前走——或者没听见我的话,或者根本不理睬我,我不得不跟在她的后面。

最终她钻进了一道山谷,等我再次望见她时,她所到的地方距离呼啸山庄比离她的家还要近二里呢。我看见有两个人抓住了她,其中一个我敢肯定是希克厉。

因为偷猎,或者至少是因为搜松鸡的窝,凯茜被人抓住了。山庄属于希克厉,他正在责骂那个小偷。

"我什么都没拿,而且什么都没找,"她说,一边伸开双手,以示清白,此时我正艰难地赶过去。"我本就不想拾什么东西;我爸爸告诉我这儿有很多鸟蛋,我只是来看看。"

希克厉望了我一眼,一丝坏笑现在脸上,表明他已认出了对方,并且起了坏心,就问谁是她"爸爸"。

"我爸爸是画眉田庄的林敦先生,"她说,"我想你不认识我,是吗?否则你怎么会用这种态度和我讲话呢?"

"这样说来,你爸爸应该万人瞩目了?"他嘲讽地问。

"你是谁?"凯瑟琳好奇地问,盯着他,"我曾经见到的那个男人是你儿子吗?"

她指的是哈里顿,旁边那个人。他除了高了点,力气大了些,别无进步,白长了两岁;和以前一样的笨和粗。

"凯茜小姐,"我插嘴说,"我们说好玩一个小时的,现在三个小时都快到了。我们要回去了。"

"不是,他不是我儿子,"希克厉说,推开我,"不过我的儿子,你以前见过他;虽然你保姆急着回家,不过我想你们最好稍微歇一会儿。只要转过去那个长满石楠的小山头就是我的家了,你想不想去?休息完了再赶路,回家就会更快。再说,等待你们的将是一场热情的款待。"

我趴在凯瑟琳耳边低语。这个邀请只能拒绝,说什么都不行。

"为什么?"她大声质问,"我已经很累了,地上又湿湿的没法坐。让我们去吧,爱伦!况且他说我见过他儿子。我想是他弄错了。可我知道他住哪儿——那个农庄,上次我去潘尼屯山岩时曾去过一次。你也去过的,是吗?"

"就是。——走吧,纳莉,什么都不要说了;来我们家看看我们,她将会感到很高兴的,——哈里顿,你陪这位姑娘先走。——纳莉,你和我一块走。"

"不行,她不能去这种地方,"我喊着,力图摆脱那只被他牢牢捏住的胳膊;可她几乎就到大门口了。她蹦蹦跳跳,走得很快。那个指派给他的引路人早已溜得踪影全无,他才不愿意陪着她呢。

"希克厉先生,你不应该这样做,"我继续说,"你明白你的企图。在那儿她会见到林敦;等我们回去后,她把这一切都告诉她爸爸,主人肯定会责备我的。"

"我就是想让她见见林敦,"他说,"他这几天身体好了一些。他一年到头见不着几个人。我们过会儿告诉她不要把这事告诉别人。那有什么了不起?"

"最了不起的是,如果她爸爸知道是我带她进你家的门,他会恨死我的。我知道你这般殷勤是存在什么不良企图。"我说。

"我的企图没什么见不得人。我可以明明白白地告诉你,"他说,"我要让这俩表兄妹互相爱慕而最后结婚。我这样做,对你家主人来说是心存仁慈。他那个丫头又不能继承他的家产,只要她肯依顺我,我就让林敦和她共同继承他的家产,她这一辈子也就有了依靠。"

"要是林敦死了——谁知道他会活多久,"我说,"那么凯瑟琳就成为他的继承人了。"

"怎么会呢?她做不成他的继承人,"他说,"遗嘱里没有这样的规定。他的财产是我的。但是为了防备以后的纠纷,我有意让他们结合,并且不达目的不罢休。"

"我嘛,决定以后不会陪她踏上你家的门口。"我说,说话间我们来到栅栏门前,凯茜小姐正等在那里。

希克厉嘱咐我别讲话,他前头带路,忙着去开大门。我家小姐连续看他好几眼,似乎把握不住这人到底是个什么人一样。但见他满脸堆笑,偶尔的目光相遇,他说话也和风细雨。我竟糊涂地认为他对她妈妈的回忆使他打消了伤害她的阴谋。

小林敦在壁炉前站着。他刚刚散步回来,帽子还在头上。他正吩咐约瑟夫拿双干鞋给他换上。他不满十六岁,还差几个月,就年龄而讲,他的个头还算行。他长得很秀气,清新的空气和温和的阳光使他显得有了许多生气,至少比我以前所见是要好得多。

"瞧,他是谁?"希克厉转身对凯茜说,"你还认识他吗?"

"你儿子?"她疑疑虑虑地把这两个人使劲打量了打量,问。

"对呀,对,"他说,"只是,你这是第一次见他吗?想想嘛,唉,你的记性真差呀。——林敦,你把你表姐都给忘记了吗?你不是总是嚷着要去看看她吗?"

"谁,林敦!"听到这个名字,凯茜惊喜交加叫起来,"你就是小林敦?长得高过我了!——真是林敦吗?"

那青年跨上前来,承认自己就是林敦。她使劲地吻他。俩人凝视着,为彼此的变化而感到奇怪。

凯瑟琳已完全像个大人了,高个子,她的身段既丰满又苗条,像钢丝一样柔韧,全身焕发着青春的活力。林敦则长得瘦瘦弱弱,但神态却懒散得很;但那种儒雅却弥补了那些不足之处,看上去让人觉得不是非常讨厌。

俩人亲热无数次后,凯瑟琳来到希克厉面前——他站在门口,既注意屋子里,也不放过屋子外——他不过借注意外面的事的遮掩,来留意屋里的事而已。

"这样讲,你是我姑夫了,"她大喊,朝他行了个礼,"我本来就感觉你挺好,尽管一开始你的态度看不上怎么友好。你为什么不带林敦来田庄做客? 这么多年大家都是很近的邻居,真奇怪,你们却从来不来看我们? 为什么呢?"

"你出生前,我去过你们田庄一两次,这已经够多了,"他说,"行啦——该死! 你的吻要是用不了,就全给林敦好了,给我岂不是浪费。"

"可恶的爱伦!"凯瑟琳大叫,扑向我。我成为她剩余的攻击点——那过滥的亲热全都发泄在我身上。"讨厌的爱伦! 居然不想让我进来。可以后我要天天来这儿散步——姑夫,行吗? ——有时候还要把爸爸带过来。你高兴我们来吗?"

"那当然!"那个姑夫言不由衷,脸上浮出痛苦的表情,因为在他心里,这两位客人是他最讨厌、痛恨的。"但是可别急,"他转过来又对小姐说,"我考虑一下,我看最好还是对你说了,林敦先生对我有意见。有次,我们吵架了,吵得很厉害,如果你告诉他,你曾来过这里,他决不会让你再来这儿了。所以,如果以后你还想来这里,那么你绝对不能对你爸爸讲这件事。你想来就可以过来,但不管怎样,都不要讲出。"

"你们为什么吵架?"凯瑟琳问,立刻满心失望。

"他以为我没钱,所以配不上他妹妹,"希克厉说,"我带走了她,他非常难过,我伤了他的自尊心,他永远都不会宽恕我们。"

"那可不对!"小姐说,"总有一天,我要告诉他:他不对。可你们吵架并不干林敦和我的事。这样让林敦去我们田庄,我就不用过来了。"

"那么远,"那表弟不满地咕哝着,"我走四里路,那还不把我累死? 不行,凯瑟琳小姐,还是你过来吧,不时地来几次——也不要天天都过来,一个周来个一两次就行啦。"

那个做父亲的极其鄙视地望了他的儿子一眼。

"纳莉,我怕是要白费力气,"他咕咕哝哝地对我说,"凯瑟琳小姐——这是那个小傻瓜的称呼——会发现他根本就不值钱,叫他滚蛋。嗯,他要是哈里顿该多好! 别看哈里顿那副狼狈模样,你还不知道吧,有一天我倒嫉妒过他二十次呢。如果这小伙子是别人,我会喜欢上他的。但是倒不必担心这点:她不会看好他的。我要用他来给这懦夫一个刺激力,使他打起精神来。我们都猜他怕是活不了十八岁。唉,这讨厌的窝囊货!他只顾擦他的脚,根本就不看她。——林敦!"

"嗯,爸爸。"那孩子答应着。

"在这附近周围,你不能带你表姐去转转吗?——没个兔子窝或鼬鼠窝什么的?你先不要管你的鞋子,先带她去花园,然后到马房看看你那匹马。"

"你难道不觉得还是坐在这里好一些吗?"林敦问凯茜,那声音明白地表示了他再也懒得起来。

"我不知道。"她说,非常渴望地望了一下门口,显然非常想走一走。

他稳坐如故,而且缩着身子更近地靠向炉火。希克厉站起来走到厨房,接着从厨房出来到院子里大声喊哈里顿。哈里顿答应一声。过了不久,他们又进来。从那满面的红光和湿漉漉的头发可以看出那小伙子刚刚洗过澡。

"对啦,姑夫,我想问你,"凯茜小姐喊,突然想起管家说的那些话,"他是我的表哥吗?"

"是的,"他说,"他是你妈的侄子。你难道不喜欢他吗?"

凯瑟琳的神情看上去怪怪的。

"他难道不是长得很漂亮吗?"他接着问。

那个没教养的小东西踮着脚凑在希克厉耳边说了一句话。他哈哈大笑。哈里顿脸色阴沉。我看出来,哪怕一点点嘲讽,他都能敏感地感受到;而且很明显他对自己低下的地位已经有了朦胧的意识。可是他主人的一席话却赶跑了他的怒气。

"你要成为我们家的宝贝了,哈里顿!她说你是——是个什么呢?好的,总之是听后令人感到舒服的话。——过来!你陪着她去农场转转。记住,你的举动要像个绅士!不能说脏话。不要在小姐不看你时,你却盯着她使劲看;然后在她回转头,你就慌里慌张地掉转头。讲话一定要慢,两手不要插在口袋里。去吧,尽力好好陪伴她。"

他望着这两人从窗前过去。欧肖决定背过脸,不去看他的女伴。他好像是位艺术家,这里的陌生人,出神地看着眼前的景色。

　　凯瑟琳偷偷看了他一眼，没有表示出爱慕的神情。她步伐轻快，四处找寻自己感兴趣的事物，而且因为俩人都不说话，就哼起了小调。

　　"我绑住他的舌头了，"希克厉边看着边评论，"他会一直都不敢讲话的！纳莉，你记得我在他这个年纪——不，比他还小时——，我也这样的吗——像约瑟夫说的那样。"

　　"还蠢，"我回敬他，"因为你除了蠢之外，还会阴沉着脸。"

　　"在他那儿，我找到了我的乐趣，"他说出自己的心里话，"他没辜负我对他的期望。要是他天生是个傻瓜，我对他将毫无兴趣。但他不傻；我和他有同样的感受，因为这些我都曾体会过。以后给他的痛苦还会多呢，这才是个开头而已。他永远也休想爬出他那粗野、愚蠢的沟洼了。我紧紧抓住他，压低他，甚至于他那个浑蛋老子。你看，他正在得意自己的野蛮呢。我教他鄙视除兽性外的所有东西，告诉他那是愚蠢的，没用的。"

　　"如果亨德莱活着看见他儿子现在的模样，你觉得他会为他骄傲吗？——恐怕和我为我那儿子的'骄傲'一模一样吧？但区别还是有的：一个是用来当做铺地石块的黄金，另一个却是被擦亮了冒充银器的锡器。我儿子一文不值，可幸亏还有我在，我在后面推着这个熊包，他不走也得向前走。他儿子资质很高，却白白给荒芜了，以至于比被埋没更糟糕。我却不感到痛苦；感到痛苦的是他，而且只有我一个人明白他的痛苦会有多深。而最好的是，哈里顿却要命地喜欢我！你得承认我的这一招可高过亨德莱吧。要是这个死去的流氓爬出坟墓大骂我虐待他的后代，那才好玩呢，我将看到那个'后代'将生气地打回去他，因为他居然侮辱他在这个世上唯一的朋友！"

　　希克厉一想到这个念头，就忍不住爆发魔鬼般的笑声。

　　我没理睬他，显然他并不希望别人的回答。

　　此时，我们那个小伙伴——他离我们太远听不到我们刚才讲的话——开始变得坐不住了，或许后悔不应该怕受累而不去陪凯瑟琳吧。他父亲留意到他那局促的眼光老是朝窗外瞅，他的手迟疑地伸向他的帽子。

　　"起来呀，小懒虫！"他装得很关心地喊，"快追去！他们才到蜂房那边的拐角处。"

林敦精神大振，离开火炉。格子窗开着，正当他迈出门口，我听见凯瑟琳正在向那个不善应酬的随从询问：门上刻什么字。哈里顿抬头朝上看，像个小丑一样挠挠头。

"是些见鬼的字，"他说，"我不会念。"

"不会念？"凯瑟琳大叫，"我会读这些，英文写的。可我不知道它们为什么会刻在门上。"

旁边的林敦哈哈大笑——这是他首次表现出开心的模样。

"他不认字，"他告诉他表姐，"你相信世界上还有这样的笨人吗？"

"他没什么不正常吧？"凯茜一本正经地问，"或者他头脑简单——不会吧？我问过他两回话，每回他都显得很笨，我还以为他不懂呢。我肯定我也不懂他。"

林敦再次大笑，还嘲笑地看了哈里顿一眼，哈里顿肯定在那时并没明白这到底怎么了。

"没什么不对，不过懒点而已——是不是，欧肖？"他说，"我表姐把你当成了傻瓜。这下你知道苦头了吧——你还取不取笑你所谓的'啃书本'？你听到了吗，凯瑟琳，他那可怕的约克郡土音？"

"哼，那有屁用！"哈里顿吼叫，驳斥他天天碰面的同伴，他可灵活多了。他还想继续下去，可那两个年轻人却开怀大笑，我们那位轻浮的小姐高兴地发现他那古怪的言谈可以作为她的笑料来听。

"你说个'屁'又顶什么用？"林敦嘲笑他，"爸爸叮嘱你不要讲脏话，你却一张口就滚出脏话。要做个像样的绅士——现在你就做做看！"

"幸亏你不是一条汉子，而像个姑娘，否则我早一拳打倒你了，更别说你这可怜的个头了！"这个乡巴佬非常生气地边说边离开；他又生气又苦恼，脸憋得通红，因为他觉出人家在侮辱他，可却为无处发泄而窘迫得很。

希克厉把这番对话听得很清楚——和我一样——看着哈里顿离开，他脸上露出一丝微笑；但马上又非常鄙视地看了一眼正在门口闲扯的那轻浮的两个人。

一旦谈论起哈里顿的种种毛病和不是，以及他所闹出来的笑话，这个少年就劲头十足;那个姑娘则兴致很高地听着他的这些尖酸的评头论足,却并不去考虑作为一个心地纯良的人是绝对不会讲这种话的。我对他的感情也由原来的同情转变为厌恶了,并且也有点明白了他爸爸对他的鄙视。

我们一直到下午才离开这儿——我无论如何都劝不动凯茜小姐,让她早点回家;她清楚东家并不知道我们久出不归,因为他一整天都待在他的房间。在回家的路上,我非常想开导开导我带着的那个人,使她知道刚才和她玩的那些人的品质都是怎么样的;哪知道她却把这些当成我对他们的成见:

"哎呀!"她大喊,"你向着爸爸,爱伦。你有私心,这我知道,要不然你为什么哄了我这么多年,口口声声地说林敦住在离这个很远很远的地方。我的确非常生气,但我又非常快乐,就算有脾气,都无处发了。可是你最好不是指责我姑夫。记住,他是我姑夫,我还要去怪爸爸呢,他不应该和他吵架的。"

她一直唠叨个不停,我只得放弃初衷——使她知道,她看走了眼。当晚,因为她没见到林敦先生,所以她并没讲出这次拜访。但在第二天她却原原本本地说出来,这让我非常恼火。只不过这样做也不是一点好处都没有。我想这引导劝诫的责任最好是由孩子的父亲来承担。哪知他的懦弱却使他找不到一个令人满意的理由来阻止她和山庄那些人的交往;而且凯瑟琳一向娇惯,如果没有充足的理由,她是绝对不会受管制的。

"爸爸!"问过早安后,她大喊,"你知道昨天在原野里我遇到谁了吗?啊,爸爸,你惊讶了!这可要怪你了,是吧?嗯?我遇见——但是听着,你要听着我是如何识破你的,还有爱伦,你们早已串通好,却装得可怜兮兮,难怪林敦总也盼不来,每次我都失望得很。"

于是她原原本本地说出了昨天她的经历;东家却一直不说话,等她把话说完,虽然其间不时朝我看看——带着责备的眼光。然后他把女儿拉到他身边,问她知不知道这其中的原因。莫非她以为这是故意剥夺她那享受那无忧无愁欢乐的权力吗?

"当然因为你讨厌希克厉先生。"她回答。

"凯茜,难道你以为我对自己的关心超过对你的关心吗?"他说,"不对,这不是因为我讨厌希克厉先生,而是因为希克厉先生讨厌我;因为他是个丧失了人性的坏人,他只要抓住一点点机会,他就会高兴地毁掉他所痛恨的人。我明白,你和你表弟的来往是不会避免你和他的接触的;我明白,因为恨我,他也会恨你;所以全部都是为你考虑,我才采取这种种预防措施。我本来是要等你长大了告诉你这事的,现在看来就应该让你知道了。"

"爸爸,可希克厉先生很好客,"凯瑟琳说,并不理睬他爸爸的话,"而且他还同意我们见面。他说我任何时候都可以去他那儿玩,只是别让你知道,因为你们吵架了,他娶伊莎贝拉姑姑得不到你的原谅。你一直都不原谅。应该受到责备的是你呀。他至少还同意我和林敦俩人成为朋友,而你却不同意。"

东家见她听不进刚才他讲的有关她姑夫的那些话,就三言两语地告诉她希克厉是怎样对待伊莎贝拉的,以及呼啸山庄怎样被他霸为己有的。他是无法忍受把这些事讲得清清楚楚的。

虽然他从来不曾提起过,但从林敦夫人去世后,他的心里都无法根除对于当年仇人的惊恐和愤怒之情,虽然他只是稍稍涉及,都依然感受到他心头的伤痛,"如果不是他闯了进来,她也许不会死去!"这种痛苦的想法经常缠着他;在他心中,希克厉就是个杀人犯。

凯茜小姐从来就不曾知道人世的阴险狡诈,她能够知道的就是她自己犯的小错误——因脾气暴和思考欠周而导致的发脾气、冤枉人了,并且这些错误都是当天错了、当天改正的;所以她对于有人会这种处心积虑地进行复仇的计划而多年都不曾放弃感到大吃一惊。她对这种人性的印象非常深刻,而且所受震动也十分强烈——在过去她既没想过,也不曾了解。所以埃德加以为没有再说的必要了。他最后说:

"宝贝,以后你会明白我让你避开他们宅子和家人的原因了。现在你像往常那样去做事,去玩吧,不要把它放在心上。"

凯瑟琳吻了吻她爸爸,像以前那样安静地坐下来,做了两个小时的功课;接着陪她爸爸在院子里散散步。一整天都没什么异样。可是晚上回到她的房间,在我要帮她脱衣服时,我却发现她在床边跪着哭。

"啊呀,傻孩子,你!"我喊道,"等你真正有了伤心事,你就会觉得为这点小小的不如意而哭泣是很丢人的事! 凯瑟琳小姐,真正的悲哀,你连见都没见过呢。比方说，东家和我突然死去，扔下你一个人活着，到那时你会怎么样？拿你现在的处境和那时的痛苦比一比，你会为现在所拥有的几个朋友而感激不尽，而不再去奢望别的什么了。"

"爱伦，我哭不是为我自己呀，"她说，"我为他在流泪。他满心盼望我明天去看他；他会一直在那儿等的，却总也等不来我。"

"闲扯！"我说，"你以为他思念你就像你思念他吗？不是有哈里顿陪着他吗？一百个人里面找不出一个人——会为失去仅在两个下午见过两次的亲戚而掉泪的。小林敦会明白这是怎么回事，而不会为你而烦心呢。"

"可我可不可以给他写张纸条——告诉他我不去的原因，"她站起来问我，"并送去那些我答应借给他的书？我的书比他的好得多；我对他讲我的书多好看，他很想看看。可以吗，爱伦？"

"不可以，无论如何都不可以！"我一口回绝，"这样一来，他就给你写信，永远都不会完的。不可以，凯瑟琳小姐，必须丝毫不能联系，这是你爸爸的希望，我只能照做。"

"就一张小纸条，能怎么——"她可怜兮兮的一副哀求样。

"不要说了！"我打断她，"我们可不愿为你那张小纸条而纠缠不清。上床睡觉！"

她赌气地瞪了我一眼，一点都不是一个听话的孩子，我开始都不想亲她道晚安了。我生气地为她盖好被子，然后关上门出去了。

但是不到半路，我又后悔了，于是轻轻地走回去；一看，这位大小姐正手里拿着铅笔站在桌子边，桌子上放着一张白纸；一见我来了，她把笔偷偷藏起来。

我把熄火罩盖在火焰上时，她"啪"地一下打了我的手背，并且生气地骂了一句"坏家伙！"我就这样走出来。身后的房门被她气急败坏地闩上，这时没有人能管了她的坏脾气。

信到底写了，并由村里过来的一个送牛奶的送过去；只是到以后我才知道这些。

几周以后，凯茜又成了好脾气的孩子，只是她非常喜欢一个人待在角落里，如果我突然凑过去就会把捧本书的她吓一跳，而且她总是很快趴在书本上，明显不想叫人知道她在看什么,不过我却发现书页中间露出散纸的纸边。她还养成这样一个新习惯——每天一大早就下楼来到厨房,一直待在那儿,似乎在等待什么。在书房的一个柜子里,有她专门的一个小抽屉,她经常在那儿翻动好久,每次离开,总是小心带着抽屉的钥匙。

有一天,在她翻动这个抽屉时,我发现里面的玩具和别的小玩意儿已被一沓沓折好的纸片代替。我既好奇又生疑。我决心要瞧瞧她那神秘的宝贝。

晚上,在她和东家都上楼了,我从自己管家的钥匙堆里找出那个抽屉的钥匙。打开,取走那里面的所有东西,用围裙兜到我的房里细细检查。

虽然我早有心理准备,可一下发现这么一大堆信件,还是让我大吃一惊。大概一天一封吧——都是林敦·希克厉给她的回信。开头的几封还是既短又拘谨;可渐渐演变成为一封封长长的情书。写得很幼稚——就他这样的年龄,自然不会写出什么来。可其间不时冒出的几句却像抄来的,绝非他的创造的诗句。有几封,是热情与无味的混合物,开头感情炽烈,结尾却故作啰嗦,简直就是一个中学生在为他幻想中虚无的心上人写情书。我不知道凯茜能不能满意这些情书,要在我眼中,不过废纸一堆。

我一封封地检查,直到没有再看的必要了,我就用手绢把它们包扎起来,搁一边,重新锁好空抽屉。

小姐按着她的习惯,早早下楼,一下楼就跑到厨房。

我冷眼旁观,当过来一个小男孩时,守在门口的她就乘挤奶的女工给他灌牛奶的空儿,塞进他背心的口袋一件东西,而且又从那里面扯出另一件东西。我绕到花园旁,守候那位信使;他努力保护他的委托物,俩人争夺时打翻了牛奶,但我还是抢到了那封信,并警告他如果不马上回家,那他将吃什么苦果。我待在围墙下,读凯茜小姐的情书。这都比她的表弟写得流畅,简洁、朴实得很,很美,也很傻。我摇了摇头,带着满肚子心事回到院子中去。

那一天潮气很浓,她不能去花园散步,所以一结束早课,她就向她的抽屉寻求安慰。她爸爸正待在桌边看书,我则故意找活来干,去剪窗帘上连在一块的几条穗子,可眼睛却留意着她的每个举动。

凯茜"啊"的一声喊出来,哪怕归巢的母鸟发现自己的一窝欢叫的幼雏已被洗劫一空时发出的哀鸣和惊叫,都无法和此时小姐的伤痛相比。方才她那喜悦的神情荡然无存。林敦先生抬起眼睛,望着她。

"怎么啦?宝贝!你无意中撞痛了吗?"他问道。

从他的语调和神情上,她肯定拿走她宝藏的不是他。

"没什么,爸爸,"她喘息着,"爱伦!爱伦!上楼去!我生病啦!"

我依从她的吩咐,陪她上楼。

"哦,爱伦,你拿走了抽屉里的东西!"等我们一进屋,闩上门,就只有我们俩时,她急切地跪下说,"还给我那些东西吧!我以后再也不写了,不写了!别告诉爸爸。你没去告诉爸爸吧,爱伦,告诉我你没有告诉爸爸!我真是太不听话了,但我以后再也不会这样了!"

我绷着脸,让她站起来。

"行啦,凯瑟琳小姐!"我大喊,"你看起来主意倒是挺多的!你羞不羞?你一有空就读这些垃圾!嘿,美得都可以拿出去出版了。如果老爷看见这些东西,你说他会怎么想?我虽然还没告诉他,但你别希望我会为你保守这荒唐愚蠢的秘密。真不害羞!肯定是你先写的。我肯定他才不想做这样的事。"

"不是我先写的,不是我,"凯茜哭了,心都要破碎了,"我从来没想到要去爱他,如果不是那次——"

"爱!"我用十足嘲讽的语气说出这个字,"爱!谁曾听到过这种事?那我也大可以和那个一年来一次买咱们家谷子的那个磨坊主谈恋爱啦。好一个爱啊,你真行!你这一生和林敦见面的时间前后加起来不过四个小时!看,这都是那孩子的胡诌乱扯,我拿到书房去,听听你爸爸对这种'爱'的评价吧!"

她扑上来夺她的宝贵的信,但我举得高过头顶,然后她不断疯狂地恳求我,求我烧掉它——只要不公开出去,随便怎么办都行。我真是又好笑又好气——因为我想这显然是女孩子的虚荣心所导致的——我终于心有点软了,便问她:

"是要我同意烧掉信,你答不答应以后不给他写信也不收他的信?而且也不送给他书,——我知道你给过他书——还什么头发、戒指或玩具之类的东西。"

"我们根本没送过小玩具!"凯瑟琳大嚷,自尊心压倒了羞耻感。

"那么什么都不送,小姐?"我说,"如果你连这个决心都没有,那我只好走了。"

"我答应总行了吧,爱伦!"她拉住我,说,"烧了它们吧! ——烧吧,烧吧!"

我用火钳拨开一块地方。可这牺牲简直无法忍受;她恳求我留给她一两封。

"爱伦,一封或两封,让我留着作为对林敦的纪念!"

我打开手绢,开始从角边往火炉里倒信,火舌直冲烟囱卷来。

"我要留一封,你这个狠心的家伙!"她尖叫着,不管手指烧痛了,竟伸进火里抢出只剩一半的纸片。

"很好——我恰好想留点给你爸去欣赏一下!"我说,并摇了摇手中剩余的信件,又放到手绢包,转身向门口走去。

她松开手,那纸片重新掉到火中,朝我打了个手势,示意我全部烧光。

信都被烧光了。我搅搅灰烬,又拿起满满一铲煤盖在上面。她什么都没说,十分委屈地回到自己房间。

我下楼告诉东家,说小姐已经舒服多了,但是她还应该再躺一会儿。她不下来吃午饭。但是吃下午茶时,她下了楼,脸色苍白、眼圈通红,却镇定自若,惊人地控制住了自己的情绪。

第二天早上,我给那天的来信写了回信——"请希克厉先生以后不要给林敦小姐写信,她将不再接受你的来信!"

从此,每天早上来的那个男孩的口袋里不再有什么东西了。

第二十二章

夏天过去了,早秋也随之结束。米迦勒节已过,可那年庄稼收割的较晚,所以我们还有几块田地没有收割完。林敦先生和他女儿常常去收割庄稼的农民中间走走,在运最后剩下的几捆时,他们都呆到了傍晚,恰巧那晚的天气又冷又湿,所以我家东家得了重感冒。这场感冒一直都待在他肺里,所以整整一个冬天,他几乎没有出过一次门,一直待在家里。

可怜的凯茜,她那小小的爱情事变让她受了不少惊吓,事情过去后,她变得无精打采,她爸爸再三让她少看书,多活动一些。她不能让她爸爸陪伴她了;我认为自己有责任来补这个空缺,可是我这个替补的作用并不很大。因为我的日常工作非常繁忙,所挤出的两三个小时,很明显不如他那样的让人满意了。

十月的一个下午,也许是十一月初吧——那是个清新的、雨意很浓的下午,树叶的枯叶飘落在小路和草皮上,发出簌簌的声响,云把寒冷的蓝天挡住了一半——从西边的上空迅速飘过来的深灰色的云层预示着大雨即将到来,我请小姐今天别出去散步了,因为我肯定天要下大雨。她不听,我只好披上外套,带着一把伞,陪她出来。我们逛到花园深处——每当她心情沉重时,她总爱在这条路上走;当埃德加先生的病情比平常加重时,他总是这样,虽说他从来也不承认他病得很厉害,可是从他的越来越沉默,越来越忧郁的神情,我和凯茜都能猜出这一点。她闷闷不乐地朝前走,再也不是蹦蹦跳跳了,尽管这阵阵吹来的冷风本能够使她跑跳起来的,并且我不时从眼角的余光中瞥见她抬起一只手在脸上擦抹一下。我四下张望,想找个主意分散一下她的心绪。路旁有一条崎岖不平的高坡,那儿的榛树和矮小的橡树半裸着根,摇摇晃晃地竖在那儿;这土层对橡树而言,实在太松,有些树在强烈风的袭击下几乎就要趴在地上了。夏天的时候,凯瑟琳小姐喜欢爬到树干上,坐在离地两丈高的树枝上摇摇晃晃;虽然我喜爱她的活泼和那颗无拘无束的童心,可每当我看见她待在那么高的树上,我总是要骂她几句,可是我的装装样子,更让她觉得不必下来了。从午饭到吃下午饭这段时间里,她就什么都不做,躺在她的摇篮中在微风的吹拂下哼着那些古老的歌曲——我在她儿时给她唱地催眠曲——自得其乐,要么看着和她一起栖在枝头上的鸟喂哺它们的小鸟,诱它们飞起来;要么闭上眼舒服地靠在那里,半是沉思,半是做梦,真是无法形容她此时的快乐。

"看,小姐!"我指着一株歪扭的树的树根下的一个凹洞,叫起来。"冬天还没到这儿呢,那边还有一朵小花,七月里那些草皮台阶上布满了紫丁香和蓝钟花,现在蓝钟花就剩这最后一朵了。你想不想爬过去摘下它送给你爸爸?"

凯茜呆呆地看了好久这朵孤独在土洞中颤抖的花,终于说——"不,别碰它:看上去它很忧郁,对吗,爱伦?"

"是的,"我说,"又瘦又干,和你一样,你脸上没有一点血色。让我们手拉手跑跑吧。你这样的情绪低落,没有精神,我敢肯定我能跟得上的。"

"不,"她接着说,继续朝前溜达,偶尔停下,出神地看着一点青苔、一丛发白的草,或者在棕黄色的成堆的叶子中露出的鲜明的橘黄色的菌,并且不时地把手举到她那扭在一旁的脸上去。

"凯瑟琳,亲爱的,为什么哭呢?"我走上前,搂住她的肩膀,问她,"别为你爸的感冒而流泪,那不是什么大病,放心吧!"

现在她不再压抑自己的眼泪,哭起来。

"啊,如果变成重病,"她说,"爸爸和你都离开我,只剩我一个人,到那时我可怎么办? 我忘不了你的话,爱伦,这些话总在我耳边响着。等爸爸和你都去世了,生活会变成什么样,世界将变得多么凄凉啊!"

"谁都无法肯定你会比我们晚死,"我说,"盼望着坏事是不对的。我们要希望每个人在死之前都能活好长好长一段时间:东家年轻得很,我也很健康,还不满四十五岁。我妈妈一直活到八十岁,直至死时还是个活泼的老太太。如果林敦先生能活六十岁,那么,小姐,你爸爸以后要活的时间不是比你现在的年龄还要长吗?提前二十年来为一个灾难而哀痛,是不是很愚蠢?"

"可伊莎贝拉姑姑比爸爸还小呢。"她说,抬起头注视着我,胆怯地希望能得到更好听的安慰。

"伊莎贝拉姑姑的身边没有你和我在照顾她,"我说,"她没有东家这样的福气,她的生命也不像东家的那样活得有意义。凯茜,记住,你需要做的就是好好服侍你爸爸,让他知道你生活得快快乐乐,那么他就会高兴起来,尽力别让他为什么事而发愁。如果你任性妄为,对一个满心巴望他早早死去的人的儿子产生愚蠢的虚幻的感情,而他认为你们应该断绝来往,却发现你还在为这件事而心烦,那我告诉你,他准能被你气死。"

"这个世界什么东西都不会让我心烦,除了我爸爸的病,"我的同伴说,"除了关心爸爸,我再没什么好关心的了。而且我永远——永远——啊,在我没有失去知觉的时候,我永远都不会做出或说出让他心烦的事或话。爱伦,我爱他超过爱我自己,我之所以知道一点,是因为每天晚上我都向上帝祈求让我自己死在爸爸身后;因为我宁愿自己承担痛苦,也不想把痛苦留给他。这就证明我爱我爸爸胜过我对我自己的爱。"

"很好,"我说,"可你必须用你的实际行动来证实。在他病情恢复以后,记住你在担惊受怕时所下的决心。"

说着说着,我们就来到了一个通往大路的门;因为见到了阳光,我的小姐重新感觉轻松起来,爬上墙,骑在墙头上,想摘一些那藏在大路边的野蔷薇树上所长的通红的果实。靠下一点的低枝上的果实早就没有了,只有小鸟才能够得着那么高的位置,除非像凯茜这样坐在高墙上。就在她伸手去摘果子时,她的帽子掉了下来。因为门被锁上了。所以她打算爬到下面去捡,我叫她当心别摔下来,她灵敏地一翻身,就不见影了。可是重新爬上来却是件很费力的事。石头滑滑的,平平地涂上了水泥,而那些蔷薇丛和黑莓的枝条在攀登时,却一点作用都没有。我像个傻瓜一样呆站着,直到她笑着喊时才醒过神来。——"爱伦!你快去取钥匙,否则我就得绕道到门房那儿。从这边我爬不上去!"

"你先等着,"我说,"我口袋里有我那串。或许我能打开它;不行的话,我就去拿。"

当我在试着所有的大钥匙时,凯瑟琳则在门外蹦蹦跳跳地玩耍。试完了最后一把,我发现自己没有这门的钥匙,所以我叮嘱她待在那儿。我刚想赶紧回家去取,一个越来越近的声音留住了我。那是急奔的马蹄声,凯茜也不再蹦跳了。

"是谁?"我小声问。

"爱伦,我希望你能打开门",我的同伴焦急地轻声回答。

"喂,林敦小姐!"一个低沉的嗓门在讲话——骑马人的声音,"很高兴看见你。别急着进去,我想请你为我解释清楚一件事。"

"希克厉先生,我不想和你讲话,"凯瑟琳说,"我爸爸说你是个坏人,你恨他,也恨我,爱伦也这样告诉我。"

"那和这是两回事,"希克厉——果然是他——说,"我想我不恨我的儿子,我请你好好关心的是有关他的事。对,你应当脸红。在两三个月以前,你不是还常常给林敦写信吗?玩弄感情?你们俩都该挨鞭子揍!尤其是你,虽然年龄大点,结果却是你最无情。你的信可是在我手中留着,你如果对我不礼貌,我只好把它们寄给你的爸爸。我猜想,你并不认真,玩够了就扔开,对不对?好啊,你把林敦连同这玩意都丢入'绝望的深渊'里。而他却真真心心地爱上你,的确是这样。就像我现在还活着一样千真万确,为了你,他都快死了,他因你的朝三暮四,心都快碎了,我不是在这儿打比方,事实就是这样的。虽然哈里顿六个星期里天天嘲笑他,我也采取严厉手段,想吓走他的痴情,可他还是一天比一天糟糕,不到夏天,他就要死去,除非你来救救他!"

"你怎么竟然对这么可怜的一个孩子撒这样的弥天大谎?"我在里面喊。"请你骑着马离开吧!你怎么可以存心编造这么无耻的谎话?凯茜小姐,等我拿石头敲断这锁,你千万不要听他那卑鄙的谎言。你该明白:为爱上一个陌生人而死,根本不可能发生的事。"

"想不到还有人在偷听呢,"这个被揭穿的混蛋叽咕着,"高贵的丁恩太太,我喜欢你,可我不喜你的人前一套、人后一套,"他大声喊"你怎么能这样明目张胆地说谎话,敢肯定我就是恨这个'可怜的孩子'?而且还编造离谱的故事吓唬这孩子,使她不敢来我家玩。凯瑟琳·林敦——仅仅就名字我就能感到无比的温暖——我的好姑娘,这接下来的一个星期我都不在家,你去看看我是不是在说谎话:去吧,那才是个听话的好孩子! 只要想一想如果把我换作你爸爸,而林敦换作你,那么你想象一下:当你的爸爸亲自来恳求你的爱人,而你的爱人却不肯移动一步来安慰一下你,那么你对你这个无情的爱人是怎样评价的呢?可不要因为糊涂愚蠢而做出那样的傻事。我以上帝的名义发誓,他快要进坟墓了,除你外,任何人都救不了他!"

锁打开,我冲出来。

"我发誓,林敦快不行了,"希克厉又说一遍,毫无表情地看着我,"伤心和失望让他早早死去。纳莉,要是你不想让她去,你可以一个人去看看。我可要等到下个周的此时才回家;我想你家主人自己都不会反对林敦小姐去探望一下她的表弟吧。"

"进来呀,"我一边说,一边拉着凯茜的胳膊,把她强拉进来;她还不肯进来,以一种半信半疑的目光看着说话人的脸,那脸上的表情很严肃,实在看不出他内心的阴险和狡诈。

他把他的马催上前,弯下身,说——

"凯瑟琳小姐,我得向你承认,我对林敦简直就失去了耐心,哈里顿和约瑟夫的忍耐性连我都不如。我得承认,他所共处的是一群粗鲁的人。他渴望有人体贴他,渴望爱情;而你说出的每一句亲切的话,对他来说,都是最好的药物。不要听丁恩太太那些狠心的警告,宽厚些吧,想个办法去看看他吧。他日日夜夜都在梦你,而且他总以为你在恨他,因为你不给他写信,不来看他。"

我把门关上,因为锁被打开,所以我就用一块大石头顶住门。我打开伞,把我的保护人拉在伞下,雨开始穿过那呻吟着的树枝降下来,催促我们要赶紧回家。我们匆匆忙忙地往回跑,根本顾不得谈论刚才遇到希克厉的事。可是凭我的感觉,我知道凯瑟琳的心充满双倍的阴云。她的脸都悲哀地不像她自己的了;她明显相信了自己刚才听见的每一个字。

等我们赶回家,东家已回房休息去了。凯茜轻轻地进去看了一看,他已睡熟了。她退出来,叫我在书房里陪她一会儿。我们一起吃了茶点,然后她躺在地毯上,不让我说话,因为她已经很累了,我拿起一本书,假装在看。她以为我在专心看书,便无声地哭泣起来。这是她当时消除苦闷的一个好法子,她仿佛很喜爱,我由她享受了一会儿,然后去劝解她:着实嘲弄了一番希克厉所说的关于他儿子的一切事情,似乎我能够肯定她支持我的想法一样。唉!他那番话所产生的影响却是我无论如何都打消不掉的;而那正是他的企图呀。

"或许你是正确的,爱伦,"她说,"但是,如果我不知道真相,我将永远都无法安心。我必须要告诉林敦,不写信不是我的过错,我要让他相信,我永远都不会变心。"

对于她的轻信和痴心,我的愤怒和不满是没有丝毫用处的。那晚我们不欢而散;但第二天我又走在去呼啸山庄的路上,旁边的小马上坐着我那固执的年轻的女主人。看着她那苍白的脸、哭泣的忧郁的眼睛,我不忍心不屈服,我只能怀着微小的希望,希望林敦以对我的接待揭穿希克厉的谎言。

第二十三章

　　一夜的雨使第二天的早上显得雾气蒙蒙——下着霜,又飘着细雨——路上一下多了许多小溪——从高处潺潺而下,穿过我们所走的那条小路。我的鞋都湿透了,心情也不好,没精打采的,好在这种情绪正好可以来做这种不痛快的事。从厨房过道,我们到了农舍,想确定一下希克厉是否真的不在家:因为我总是不敢相信他所说的话。

　　约瑟夫似乎正一个人待在他的天堂里,他坐在熊熊烧着的火炉旁边,在他旁边的桌子上放着一杯麦酒,大块的烤麦饼竖在酒里;他嘴里含着那根又黑又短的烟斗。凯瑟琳凑近火炉取暖。我就问主人在家吗?好长时间都没人答话,我以为他的耳朵出毛病了,就提高嗓门,又喊一遍。

　　"不——在!"他怒吼着,这声音简直就是从他的鼻子里发出来的。"不——在! 你打哪里来,就滚到哪里去!"

　　"约瑟夫!"从里屋传出的一个声音和我同时喊起来,而且声音里明显夹带着怨气。"还要我叫你几次? 这会就剩几点红灰了。约瑟夫! 快起来。"

　　他只管使劲地喷着烟,呆呆地望着炉栅,显然他根本就没把这请求听进心里去。没看见哈里顿和管家,大概一个出去有事,一个在忙他自己的活计,我们听出说话的人是林敦,就走了进去。

　　"哼,我指望你死在阁楼上,活活地饿死你!"那孩子说,听见我们的脚步声,把我们误当作他那怠慢的听差。

　　当他发现了他的错误,他便住了嘴,他的表姐则扑向他。

"林敦小姐,是你吗?"他说,抬起本来靠在那椅子扶手上的头,"不要——不要来吻我,我要喘不动气了。老天!爸爸说过你会来的,"在凯瑟琳的拥抱完了,他喘喘气接着说,此时旁边站着的她看上去一副后悔的模样。"关上门,好吗?门开着呢;那些——那些讨厌的家伙不愿上来添煤。天太冷了!"

我搅了搅那些灰,过去取来一煤斗煤。病人抱怨把煤灰弄得他全身都是;他一直都在咳嗽,像是发烧、生病了,所以我就没有多计较他那坏脾气。

"喂,林敦,"在他眉头重新舒展开时,凯瑟琳低低地说,"你高兴看见我吗?我可以为你做些什么吗?"

"你以前为什么不来?"他问,"你可以来,但不要写信,我讨厌写那些长信。我宁肯和你谈谈话。现在我可连话都不能谈了,做不了任何事。齐拉去哪儿了?你可不可以——望着我——去厨房看看?"

刚才我为他忙来忙去,却连个"谢"字都没得到,所以我也就不愿意听从他的命令了。便说:

"一个人都没有,除了约瑟夫。"

"我口渴,想喝水,"他不耐烦地嚷着。转过身。"自从爸爸出了门,齐拉常去吉牟屯游荡,真是倒霉透了!我只好下楼待在这里——我在楼上叫,他们总是假装听不见。"

"你爸爸对你照顾得仔细吗,希克厉少爷?"我问,看出他对凯瑟琳的亲热反应很冷漠。

"照顾?至少他能叫他们懂得稍稍照顾我一些,"他大叫,"那些坏人!你知不知道,林敦小姐?那个粗俗的哈里顿还嘲笑我呢!我恨死他了!其实我恨这儿的所有人——他们都是些令人厌恶的家伙。"

凯茜动手找水,在食橱里,她看见一瓶水,就倒了满满一大杯,给他端了过来。他吩咐她给他加上一匙酒,瓶子就在桌子上,等他喝了一点水后,他显得安静了很多,这才说她真好。

"你高兴看见我吗?"她把方才的问话又重复了一遍,看到他脸上的笑容,她已经很快乐了。

"对,我高兴,你讲话的声音,我听着很新鲜!"他说,"可我为你的不愿意来这里感到过苦恼。爸爸赌咒说这都怨我，他把我骂成一个可怜巴巴、阴阳怪气、什么都不是的窝囊废，还说你鄙视我；还说如果他换作我，他早就成为田庄的主人，甚至超过你爸爸。但你没有鄙视我，是不是，小姐——"

"我想让你叫我凯瑟琳，凯茜也行，"我的小姐打断他的话，"鄙视你？没有！我爱你胜过爱所有活着的人，除了爸爸和爱伦。但是，我不喜欢希克厉先生；如果他回来，我就不敢过来了。他能离开好长时间吗？"

"没有好长时间，"林敦说，"但打猎季节到了之后，他常到田野里去；在他出门时，你可以陪我一两个小时，答应我吧，你一定要来。我想我肯定不会和你任性的，你总是不惹我生气，而且还照顾我，是吧？"

"是的，"凯瑟琳说，抚摸着他那柔柔的长发，"只要我爸爸答应，我就分出我一半的时间来陪伴你。漂亮的林敦！我真希望你是我的弟弟！"

"那么你爱我，就像爱你爸爸那样吗？"他问，看起来比刚才兴奋了些，"可我爸爸告诉我，只要我娶了你，他就会爱我超过爱他自己，爱全世界，所以我宁肯你做我妻子。"

"不，我永远都将最爱我爸爸，"她严肃地回答，"人们有时会恨他们的妻子，但却不会恨他们的兄弟姊妹，要是你是我的弟弟，你就能够和我们住一起，爸爸就会像疼爱我一样疼爱你的。"

林敦不承认人们会恨他们的妻子，可凯茜肯定他们会恨他们的妻子，并且一着急，就搬出自己的爸爸做例子，她爸爸就很反感她的姑姑。我想阻止她那无遮无挡的口舌，却阻止不住，她说出来她所知道的一切。希克厉少爷非常生气，一口咬定她在撒谎。

"是我爸爸说的，我爸爸从来不说假话。"她冒冒失失地说。

"我爸爸根本瞧不起你爸爸，"林敦大喊，"他骂他是个畏畏缩缩的傻瓜。"

"你爸爸是个坏蛋，"凯瑟琳毫不让步，"你竟然敢说他什么，你学说什么，你这个讨厌的坏孩子。他肯定很坏，否则伊莎贝拉姑姑怎么会离开他？"

"她不是离开他，"那男孩说，"不准你和我顶嘴。"

"就是。"我的小姐大喊。

"好吧，我也要让你知道一点事，"林敦说，"你妈妈恨你爸爸，知不知道？"

“什么!”凯瑟琳愤怒地说不出话来。

“并且她爱的是我父亲。”他接着说。

“你这个撒谎的小东西!现在我恨你!”她喘着气,脸蛋激动得通红。

“她是,她就是!”林敦大叫,一边倒进椅子里头,把他的头朝后仰着,好欣赏和他辩论的那个对手的脸上那种激动的神情,她正好站在他椅子背后。

“住口,希克厉少爷!”我说,“我想那也是你爸爸编造出来的。”

“不对,你住口!”他说,“她就是,就是,凯瑟琳!她就是,就是!”

凯茜气坏了,她猛地一推林敦躺着的那把椅子,他一下子倒在一只扶手上。一阵剧烈的咳嗽,几乎让他窒息,他的胜利因此了结。这不断的长时间的咳嗽,把我都吓了一跳。他的表姐则拼命大哭起来,为自己闯的祸吓坏了;尽管她一句话都不说。我扶着他,直到他停止咳嗽。然后他推开我,低头不语。凯瑟琳也不哭了,坐在他对面的一把椅子上,严肃地望着炉火。

“现在感觉好些了吗?希克厉少爷。”过了大约十分钟,我问。

“但愿她也来体验一下我受的罪。”他回答,“恶毒的、讨厌的东西!哈里顿从来都没碰过我一下。他也从来没有打过我。今天我刚好一些,就——”他呜呜咽咽地说不下去。

“我可没有打你!”凯茜叽咕着,为了控制自己的感情,她紧紧咬住嘴唇。

他哼哼唧唧、唉声叹气,似乎在忍受极大痛苦。他足足闹了十五分钟;分明是在存心折磨他的表姐,因为他每次听到她发出抑制不住的哽咽的哭声,他就在他那抑扬顿挫的哼哼声中,再加点新的痛苦和哀伤。

“我向你道歉,林敦,我伤了你,是我不对。”她被折磨地无法忍受,终于说,“可我那轻轻一推,我是不会受伤的,我就没想到你却会受伤,你伤得并不严重,是不是,林敦?别叫我回到家后还想着你是被我伤害了。说话呀!跟我说话呀!”

“我不想理你,”他咕噜着说,“你弄伤了我,今天晚上我别想睡觉了,这咳嗽会咳得我连气都喘不过来。如果你生过这种病,你就会懂得这到底是种什么滋味了,可是在我活受罪时,我的身边却一个人都没有,你呢?自顾自地舒舒服服地睡大觉。我倒是在想象,要你去过那可怕的漫漫长夜,你的感觉会怎么样!"他边说,边可怜自己,便放声大哭起来。

"既然你已经习惯去过那一个又一个的可怕长夜,"我说,"那你的安宁就不是我们小姐破坏的啦;她就算不来,你不过如此而已。好在以后她是不会再来打搅你了;或许我们走了,你就可以安宁下来。"

"我必须走吗?"凯瑟琳难过地弯下腰问他,"你想叫我走吗;林敦?"

"你无法补偿你所犯下的错误,"他暴躁地说,躲避着她,"你只能越补越糟糕,气得我发烧。"

"好吧,这样,我必须走了。"她又说一遍。

"最好让我一个待在这里,"他说,"听你说话,我无法忍受。"

她还在犹豫,我劝她赶紧走,她却不肯。但是他既不抬起头,也不讲话,她后来只好朝门口走去,我跟在她后面。哪知一声尖叫唤回我们。林敦从椅子上滑落下来,躺在炉前石板上扭来扭去,活像一个蛮横任性的孩子在耍无赖,存心做出一副痛苦不堪的模样。我从他的举止看透了他的脾性,如果去迁就他,那才是个傻瓜呢。我的同伴却不这样想,她吓坏了,跑回去,跪在地下,又是哭喊,又是哀求,又是安慰,他也渐渐安静下来,倒不是因为看到她的难过而动了恻隐之心,而是因为他已折腾得没了力气。

"我把他抱到高背长靠椅上,"我说,"他愿意怎么滚就怎么滚吧。我们可不能留下来守着他。凯茜小姐,你该满足了吧,因为你并不能给他带来好处;他的身体也不是因对你的依恋而弄成这样子的。好了,现在让他躺在那儿吧!让我们走吧,只要没人理他,他就会停止胡闹,而安安静静待在这儿的。"

她在他头下面放一个垫枕,并给他拿过一杯水。他拒绝喝她拿来的水,只是把头在靠垫上翻来翻去地乱转,好像他枕的是块木头或者是块石头。她试图给他放得更舒适一点。

"我不想要这个,"他说,"太矮了。"

凯瑟琳又拿来一个放在上面。

"太高啦。"这个讨厌的家伙咕噜着。

"那我该怎么办?"她绝望地问。

他把身子靠在她身上,她正半跪在长椅旁,他顺势把她的肩当作了枕头。

"不,那不行。"我说,"你有靠垫,该满足了,希克厉少爷。小姐在你身上浪费的时间已经太多;我们连五分钟都耽误不起了。"

"不,不,我们可以!"凯茜说,"现在他好多了,能够忍着点了。他开始明白过来:如果我以为自己的来访加重他的病情,那么今天晚上我过得肯定要比他难受得多,我以后还敢来看他吗? 实话告诉我吧,林敦,如果我弄伤了你,那以后我就不来啦。"

"你必须来,来治好我,"他回答,"你应该来看我,因为是你伤痛了我:你知道你伤得我很严重! 你刚进房时,我没有病得像现在这样厉害,——对不对?"

"可你哭哭闹闹,把自己弄出病来——可不怪我,"他表姐说,"不管怎么样,我们现在要成为朋友了。并且你也需要我——有时你愿意看见我,不对吗?"

"我说过我愿意,"他不耐烦地说,"你坐在这长椅上吧,让我倚着你的腿。妈妈总是这样来做的,一整个下午都这样。不要讲话,就这样静静地待着。不过如果你会唱歌,唱支歌也可以;或者你可以念一首长长的、好听的、又有意思的歌谣——那是你答应教我的;或者说个故事。不过我还是喜欢听歌谣! 开始吧。"

凯瑟琳开始背诵她记忆中的最长的歌谣。这让他俩都感到很愉快。林敦听完一个,还要听一个,全然不管我的再三阻拦,就这样他们一直玩到钟打了十二下,我们听见哈里顿从院子里传来的声音,他回来吃午饭。

"明天,凯瑟琳,明天你来吗?"小希克厉扯住她的衣服,她勉勉强强地要站起来的当儿。

"不来,"我说,"后天也不行。"

她却显然给了他一个不同的回答,因为在她俯身朝他说悄悄话时,他的前额就开朗起来。

"记住,小姐,明天你不能来!"在我们出了这所房子,我说,"你没做梦,是吗?"

她笑了笑。

"啊。我可得格外留心,"我接着说,"只要我修好那把锁,你就溜不出去了。"

"我会爬墙的,"她笑着说,"田庄不是一座牢狱,爱伦,你也不是我的看守。再说,我就要十七岁了。我是个大人啦。我保证让我来照顾林敦,他身体肯定好得很快。我年龄比他大,你知道,而且比他聪明;孩子气也少得多,对不对?只要稍稍给他几句动听的话,他就乖乖地听我的了。在他不发脾气时,他可是个漂亮的小东西呢。如果他是咱们家里的人,我可要把他当成我的小宝贝。我们俩永远都不会吵嘴,在我们俩都互相熟悉了,我们还会吵嘴吗?爱伦,你难道不喜欢他吗?"

"我喜欢!"我嚷着,"一个脾气恶劣、勉勉强强活到十几岁的一个小病号。多亏像希克厉预想的那样,他根本活不到二十岁。他能不能活到明年的春天,我都怀疑呢,真的。不管他什么时候死,对他的家庭来说,这都不是一件坏事。我们的运气总算要好一些,因为他被他父亲带走了:他这种人,你越对他善良好心,他就越要找麻烦,越自私。凯瑟琳小姐,令我欣慰的是,他没有机会来做你的丈夫。"

听了我的话,我同伴变得严肃起来。这样满不在乎地谈论他的死、伤害了她的感情。

"他的年纪比我还小,"她沉思了好久之后,说道,"他应该能活得时间长些,他能——他一定能活得和我一样长。我可以肯定,他现在的身体一点都不比和刚从南方来时弱。他和爸爸一样,仅仅受了点凉,既然爸爸都会好起来——你说过的——那么他为什么不能呢?"

"行啦,行啦,"我大喊,"总之我们不要自找麻烦:听着,小姐——你记住,我可是说一不二——要是你还想去呼啸山庄,不管有没有我陪着你,我都要去告诉林敦先生;如果你想恢复你和你表弟的那种亲密关系,那么只有得到你爸爸的允许。"

"可已经恢复了。"凯茜咕哝着,满不服气的样子。

"那么就到此为止。"我说。

"让咱们走着瞧吧。"她这样来回答。说完,她骑着马,像一阵风一样直奔而去,扔下我在后面苦苦地追赶。

　　午饭前,我们先后到家。我的东家还以为我们在花园里散步呢,所以并没有过问我们刚才都去哪里了。一进门,我赶快换掉我的早已湿透的鞋袜,但是在山庄待得太久,终于导致了严重的后果。第二天清早,我病倒了,接下来的三个星期,我都不能料理家务;在此以前,我还没经历过这种灾难,谢天谢地,在此以后,我都没碰上过。

　　我家小女主人简直就是个小天使,她侍候我,陪我消愁解闷。躺在床上让我感到心情非常地低落。对一个整天闲不下来的人来说,这真是无聊透顶。但是要是和别人一比较,我根本就没有可抱怨的理由。凯瑟琳总是一离开林敦先生的房间,就在我床前出现。她一天的时间全都被我们两个分掉了,她没有一分钟的时间来玩耍。无论吃饭、学习还是玩耍,她似乎都全然忘记,她是我从来都没有见到过的一个最称职的看护。

　　她一定有一颗滚烫的心——在深深热爱她爸爸的同时,还能那么真切地关心着我!

　　我说我们俩分掉了她所有的时间;可是东家歇息的时间比较早,而我一般六点以后就不再需要什么了,所以晚上的时间还属于她自己。

　　可怜的孩子!我怎么都想不出在她吃过茶点以后,一个人干了些什么。在她进房和我道"晚安"时,我常常注意到她的两颊红扑扑的,细细的手指也都红乎乎,我还以为这是书房里那堆熊熊炉火所烤红的呢;却怎么都没想到这是因为她顶着寒风,骑着马在田野上奔驰的缘故。

第二十四章

　　三个礼拜快要结束的时候,我已经可以走出屋子,在宅子里四处走走了。那是我第一次晚上没有早早上床睡觉,便请凯瑟琳念些书给我听,因为我的眼神还不大好。我们坐在书房里,东家已经睡去了。她答应了我,但我能看出她很不情愿;我以为我看的这些书不合她的口味,便请她随意挑一本她喜欢的书来读。她挑了一本自己喜欢的书,一口气念下去,差不多有一个钟头左右。然后她就一次又一次地问我:

　　"爱伦,你不累吗?现在你躺下来睡觉不是更好吗?这么晚还不睡,爱伦,你会累病的呀。"

　　"不,不,亲爱的,我不累。"我也一次又一次地回答道。

　　眼见我只是坐定了不动,她只好另换一种方法试试,那便是有意显示出她对正在做的事情表示厌烦,她不断地打哈欠、伸懒腰,甚至还加上——

　　"爱伦,我累了。"

　　"那就别念啦,我们聊聊天吧。"我回答她。

　　情况更糟了。她烦躁不安,不住地唉声叹气,还不停地看着自己的表,好不容易熬到八点钟,她终于回到房间去了。看她那怏怏不乐的表情和不断地揉眼睛的姿势,想必她是困极了。

　　第二天晚上她似乎越发不耐烦了;第三晚,为了避免来陪我,她推说是头痛,便离开我走了。

我觉得她的神情有些不太对劲,单独待了好长一段时间以后,我决心去看看她是不是好点了。还想叫她下来躺在沙发上,省得待在黑洞洞的楼上。

可我在楼上连凯瑟琳的影子也看不到,楼下也没有找着。仆人们也非常肯定地说没有见到她。我到林敦先生的门前听听,那里面也静悄悄的。我回到她的房里,吹灭蜡烛,坐在窗前。

一轮皎洁的明月挂在空中,地上覆盖着一层薄薄的白雪,我猜测她可能是去花园散步,透透气去了。我的确发现有一个人影正顺着花园内侧的篱笆向前蠕动,但那并不是我的小女主人。当那人影走近亮处时,我认出那是家里的一个马夫。

他在那儿站了好长一段时间,隔着花园向大路眺望,然后像发现了什么似的快步跑了出去,马上又出现了,而且牵着小姐的小马。她正在那儿,刚刚跳下马,走在马的另一侧。

那个马夫牵着马蹑手蹑脚地穿过草坪,向马房走去;凯茜从客厅的落地长窗中钻了进来,悄无声息地爬上楼,溜到了我正守候她的地方。

她轻轻地掩上门,脱下沾满了雪的靴子,解开帽子,正准备取下斗篷,并不知道我正在暗中盯着她的一举一动。这时我一下子站了起来,冷不丁地出现在她面前,她吓呆了:发出一声含糊不清的尖叫,一动不动地站在那里。

"我亲爱的凯瑟琳小姐,"我开口说话了——她最近对我是那么的好,使我实在不忍心破口骂她。"在这样的时候你骑马到哪儿去啦?你为什么要撒谎骗我呢?你到底去哪儿啦?说呀!"

"到花园的那头去了,"她张口结舌地说,"我没有撒谎。"

"没去别的地方吗?"我追问下去。

"没有。"她喃喃地回答。

"啊,凯瑟琳呀!"我难过地叫起来,"你知道你做得不对,否则,你也不会硬着头皮跟我说瞎话。你太让我伤心了,我宁可病上三个月,也不愿意听你捏造的瞎话。"

她扑进我的怀里,搂住我的脖子痛哭起来。

　　"啊,爱伦,我真不愿意惹你生气呀,"她说道,"答应我,不生我的气,我把事情的真相全部告诉你。我并不愿意瞒着你呀。"

　　我们在窗台上坐了下来,我向她保证,无论她的秘密是什么,我都不会骂她——当然,不用说,我已猜到几分了。于是她便开始讲道:

　　"我到呼啸山庄去了,爱伦,在你病倒以后,我几乎天天都去。除了三次——在你能出房门以前和以后的两次没去。我送给迈克尔一些书和图片,让他每天晚上把敏妮给我准备好,然后再把它牵回马房去。你可千万记住,别去责备他呀。

　　"我通常在六点半到达山庄,待到八点半再骑马赶回家。我去那儿可不是为了好玩,倒是常常感到难过。当然,有时候我也会快活起来,大概一个礼拜总有那么一次吧。我本来打算花点功夫去说服你,好让我能对林敦信守诺言,因为我们离开他的时候,我答应第二天再去看他——那肯定要费一番口舌。但是第二天你病倒了,再也不能下楼了,我也就逃过了那场麻烦。

　　"那天下午,迈克尔重新钉牢了花园那扇门的锁,我便拿了一把钥匙,告诉他我的表弟是多么希望我去看他,因为他生病了,没有办法来到庄园;而爸爸又坚决反对我去看他。然后我就跟他商量小马的事。他很喜欢读书,又打算离开这儿去结婚成家了，所以便答应按我的吩咐办，但提出的条件是我要把书房里的书借给他看。不过，我宁愿把我自己的书给他，那样他自然更满意了。

"我第二次去看林敦时，他看起来兴致勃勃。齐拉——就是他们家的那个管家婆，为我们收拾出了一间干干净净的屋子，还生起了一堆旺旺的炉火，并且告诉我们约瑟夫参加祷告会去了。哈里顿·欧肖也带着他的那群狗出门了——后来我听说是来我们这边的树林里偷猎野鸡——因此，我们便可以为所欲为地玩。

"她给我端来温和的酒和姜饼，对我们十分和气。林敦坐在安乐椅中，我坐在壁炉前的一把小摇椅上，我们说啊笑啊，仿佛有说不尽的话：我们打算着夏天要去哪儿，要做些什么。这里我就不要一一重复了，反正你会说这是愚蠢的。

"但是有一次，我们差点吵起来。在他看来，消磨一个炎热的七月天最愉快的办法就是，从早到晚一动不动地躺在旷野中央的一片草地上，蜜蜂在周围的花丛里梦幻似的嗡嗡叫着，头顶上百灵鸟高高地歌唱着，还有那蔚蓝的天空和灿烂的阳光，晴空万里无云……这一切，便是他十全十美的、天堂般地幸福了。

"而我呢，最快乐的便是坐在一沙沙作响的绿树上摇荡，西风在吹，朵朵的白云在天空中快速地飘动；不止有百灵鸟，还要有画眉、山雀、红雀、布谷鸟等在各自婉转啼鸣，那起伏的原野，碎裂成冰冷的幽谷，近处的芳草，在微风中翩翩起舞；森林、溪水以及整个世界都苏醒过来，陶醉于疯狂的欢乐中。他喜欢一切都沉浸在一种恬静的喜悦中，而我喜欢一切都在灿烂的欢欣中闪耀、舞蹈。

"我说他的天堂是朦朦胧胧，没有活力，他说我的天堂是借酒发疯；我说我在他的天堂里一定要昏昏欲睡，他说他在我的天堂里会喘不过气来——于是他变得非常不高兴。最后，我们俩又讲和了，打算待到气候转暖之后，两种天堂都试一下。于是我们相互亲吻，又成了朋友。

"安安静静地坐了一个小时以后，我打量着那间地面光滑、没铺地毯的大房间，忽然想道：要是把桌子搬开，不就可以玩游戏了吗，那该多有意思啊！我让林敦叫齐拉来帮帮忙，我们可以玩捉迷藏，要齐拉来捉我们。爱伦，正像你常常跟我们玩得那样。可是,他不肯,说这没什么意思。不过,他总算同意跟我玩球。

"我们在一个碗柜里找到了两个球,那里面还有许多旧玩具,什么陀螺、铁圈、羽毛球、球板等等应有尽有。两个球中有一个上写着"C",另一个写着"H"。我想要那个写着"C"的,因为那代表凯瑟琳,而"H",也正好可以代表他的姓"希克厉"。可林敦不喜欢那个球,因为球里的糠都漏出来了。再加上我总是赢,他便不高兴,又咳起来,回到他的椅子上去了。不过,那天晚上,他倒是很容易就恢复了好心情。他被两三支好听的歌给迷住了——你的歌,爱伦。等到我不得不离开时,他央求我第二天晚上再去,我答应了。敏妮和我飞奔回家,轻快得就像一阵风,我梦见了呼啸山庄和我的宝贝表弟,一觉就到天亮。

"第二天早晨我很难过,一半因为你还在生病,一半因为我希望父亲知道并赞成我的出游。但是用过茶点后,一看见皎洁的月光,我骑马奔驰在大路上,便又感到心境开朗了。我想,我又可以有一个快活的夜晚啦。更让我兴奋的是,我那可爱的林敦也将度过一个快乐的夜晚。

"我一路奔向他家花园,正想绕到宅子后面去的时候,欧肖那个家伙看见我了,他拉着我的缰绳,叫我走前门。他拍着敏妮的脖子,说它是头好牲口,看样子他是想引我跟他说句话。我只跟他说,别碰我的马,不然它可会踢人。

"他用土里土气的乡下口音答道:'就是踢了,也受不了多大伤呀,'还打量着小马的腿,笑了一笑。

"我倒真想让马儿踢一脚试试,他倒是走开去为我开门了。当他拾起门闩,望着头顶上刻着的字时,带着一种又窘迫又得意的傻相对我说:

"'凯瑟琳小姐! 我现在可以念了。'

"'好呀,'我叫道,'让我听听你念吧——你变聪明啦。'

"他拖长了声调,一个音节、一个音节地吃力地念出了那个名字——'哈里顿·欧肖。'

"'还有数字呢?'我鼓励地喊道,却发现他顿住了。"

"'我还不会念。'他答道。

"'哎呀，你这个大笨蛋呀！'我大叫道。看到他出了丑，我乐得直笑。

"那傻瓜瞪着眼愣在那里，嘴上挂着傻笑，眉头却紧皱着，好笑不知道该不该跟我一块儿笑，也不知道我的笑究竟是表示亲热呢，还是表示轻蔑。

"我替他解除了这些疑惑。因为我马上又抖出了威风，告诉他我是来看林敦的，不是来看他的，让他给我走一边去。

"他涨红了脸——我借着月光看见的——手从门闩上垂下来，一声不响地溜走了，完全是一副自尊心受损的模样。他大概觉得自己跟林敦一样有才智，我猜想，就因为他可以拼出自己的名字来了。可是我却不那样认为，于是他大为狼狈，不知如何是好了。"

"等一下！凯瑟琳小姐，亲爱的！"我打断她道，"我并不责怪你，可是我不喜欢你那样的所作所为。如果你还记得哈里顿是你的表哥，论起亲戚关系来，并不比希克厉少爷远些，你就会感到你那样做是多么不合适呀。他渴望自己跟林敦一样有才智，那至少也是值得称道的志气吧，而且他肯学习也许并不仅仅是为了炫耀。你以前曾使他因为无知而感到羞愧，这点我毫不怀疑；他愿意补救，来讨你的欢心，他的愿望还没有实现，你就去嘲笑他，那是很没有教养的行为。要是你在他的环境里长大，你能保证自己不比他更粗鲁些？他原本是个跟你一样聪明机灵的孩子，现在却被人轻视，这使我非常难过——这全是那个卑鄙的希克厉成心糟践他。"

"好啦，爱伦，你不会为这点事哭一场吧，啊？"她叫起来，对我那番诚挚的话感到诧异。"等一会儿你就会听到，他认识 ABC 是不是为了讨我喜欢，跟他这样的人讲客气又是不是值得了。我走进屋子，林敦正躺在高背椅上，略微支起身子来欢迎我。

"'今晚我病了，亲爱的凯瑟琳，'他说，'只好由你一个人说话了，我来听吧。过来，坐在我身边——我知道你是说话算数的人，可今晚你走之前我还是先要你答应再来看我，要不我就不放你走。'

"因为他病了,我知道我今晚不能再逗弄他。我轻声细气地说话,也不问长问短,处处小心翼翼,尽量不惹恼他。我带来了几本我最爱看的书,他请我拿一本念几段听听,我正在待要念,没承想欧肖冲进来了。他显然是越想越气,起了歹意。他径直走到我们跟前,抓住林敦的胳膊,一把把他拖了起来。

"'滚回你自个儿的房间去!'他朝我们大叫,脸涨得通红,满是怒容,声音都激动得含混不清了。'既然她是来看你的,就把她也带出去。我要待在这儿,你们谁都甭想赶我走。滚!你们两个都给我滚!'

"他恶声咒骂我们,林敦还来不及回话,就已经被扔进了厨房。我跟在后面,只见他握紧拳头,那样子像是要一拳把我揍扁。我害怕极了,怀里的书掉了一本,他把书一脚踢给我,然后砰的一声把我们关在门外。

"我听到炉火旁传来一阵阵幸灾乐祸的怪笑,扭头一看,原来是那个可恶的约瑟夫,正站在那儿一边发抖,一边揉搓着他那瘦骨嶙峋的手。

"'我就知道他会把你们赶出来!他是个好小子!他有骨头!他和我一样清楚——谁应该是这里的主人——呃呃呃!他干得好!呃呃呃!'

"'我们去哪儿呢?'我问表弟,不理睬那个老东西的嘲笑。

"林敦还在哆嗦,脸色苍白。那时他可不漂亮啦,爱伦——啊,一点也不啦。他那样子看上去真可怕,他那瘦瘦的脸、大大的眼睛都露出一种疯狂的却又疲惫无力的愤怒表情。他只是抓住门柄使劲摇,里面却把门闩上了。

"'你不让我进去,我就杀死你;你不让我进去,我就杀死你!'他那样子不像是在说话,倒像是在尖叫。'恶魔!恶魔!我要杀你!我要杀你!'

"约瑟夫又发出一阵怪笑。

"'对啦,像他的爸爸!'他嚷道,'是像他的爸爸!两边都有些像——别理他,哈里顿,孩子,别害怕——他拿你没办法!'

"我捉住林敦的两只手,想拉他走,可是他的尖叫声那么吓人,我又不敢使劲。到后来,一阵剧烈的咳嗽把他给呛住了,鲜血从他嘴里冒出来,他一下便扑倒在地。

"我吓坏了,慌里慌张地跑进院子,扯着嗓子喊叫齐拉。她正在谷仓后面的棚子里给牛挤奶,听见喊声连忙放下手中的活跑进来,问我出了什么事?

"我什么话也说不出来,拉住她就进屋,却不见了林敦。欧肖已经从屋子走出来,看看他闯了多大的祸,正抱着那个可怜的东西往楼上去。

"我和齐拉尾随他上楼。可在楼梯头上他喝住了我,提醒我不该进去,应该回家。

"我大叫是他害的林敦,我偏要进去。

"约瑟夫把门锁上,叫我'别那么傻',还问我是不是生来就那么蠢。

"我站在那里直哭,后来那女管家又从房里出来,向我保证,他马上就会好起来,可是像那样叫呀闹呀,他怎么能受得了。她拉着我几乎是把我拖到屋里来。

"爱伦,我差点把自己的头发扯下来!我哭个不停,几乎要把眼睛哭瞎了。而你同情的那个混蛋,却站在对面,还不时地让我别吵,怎么也不承认那是他的过失。后来,他听说我要把这事告诉爸爸,还要被关进监牢绞死。他怕了,自己也呜呜咽咽地哭了起来,却又慌忙逃出以掩饰自己那副惊慌的丑态。

"可是我还是无法摆脱他。等到最后他们非让我离开不可,我离开宅子才不过几百码远,他忽然从路边的暗处蹿了出来,拦住敏妮,又一把扯住了我。

"'我难过得要命,凯瑟琳小姐,'他开口道,'可是那也实在太糟糕了呀——'

"我以为他要暗算我,便狠劲给了他一鞭子——他松开了手,发出一声可怕的吼叫,我一路飞奔回家,魂都给吓掉了。

"那天晚上我没来跟你道晚安,第二天也没去呼啸山庄——虽然我还想去。我感到一种莫名的激动,一会儿生怕听见林敦的死讯,一会儿想到碰见哈里顿又吓得浑身哆嗦。

"到了第三天,我鼓足勇气——至少我再也忍受不了这种提心吊胆的日子了,我又一次偷偷地溜出门。我是五点钟出发,一路走去的。心想我或许可以悄无声息地钻进那幢宅子,然后再神不知鬼不觉地上楼去林敦的房间。

"可是我刚走近宅子,那些狗就大叫了起来。齐拉把我接进去,说:'这孩子好多啦。'她领我进了一间干净、整洁、铺着地毯的小房间,我感到说不出的欢悦,因为我看见林敦正躺在里面的一张小沙发上,读着我的一本书。谁知道足足一个小时过去了,他既没有跟我说一句话,也没看我一眼。爱伦——他怎么会有那么古怪的脾气呢?他好不容易开口说话了,却纯是胡说八道,他指责我挑起了那场事端,不关哈里顿的事!真让我哭不得,笑不得。

"除了发火,我实在找不出什么话回答他。我只好站起身,向门口走出。他没想到我会做出这种反应,在我身后轻轻地叫了一声'凯瑟琳!'——可是我没有回头。第二天我又一次待在家里没去,我几乎决定再不理他了。

"可是,整天一点他的消息也没有,每天就这样睡觉、起床,叫人好难受啊。所以,我的这个决定还没真正确立下来,便已经化为乌有了。以前,去那儿看他似乎是不对的,而现在不去看他,也好像是不对的了。迈克尔来问我,要不要给敏妮套上马鞍,我回答说'要'。当它驮着我翻山越岭时,我觉得自己是在尽自己应尽的责任。

"我只有从正屋前面的窗子经过,然后再进入院子;因为想走进去而不让人知道是不可能的事。

"'小少爷在屋子里,'齐拉看见我向客厅走时对我说。我进去了,欧肖也在那儿,可是他看见我来,就赶紧走开了。林敦坐在那张大扶手椅里,昏昏欲睡。我走到炉火边,开始用很认真的语气说话,以此表明我说的都是真心话。

"'既然你不喜欢我,林敦,既然你觉得我来看你是为了伤害你,而且认定我每次来的目的都是如此,那么好吧,今天便是我们最后一次见面。让我们说一声再见吧,并请你告诉希克厉先生,你不想见我,让他不要再在这件事情上编造更多的谎言。'

"'坐下来,凯瑟琳,把帽子也摘下来吧,'他答道,'你比我快活得多,当然也比我强。爸爸尽说我的缺点,够蔑视我的了,那也难怪我对自己都怀疑起来了。我常常怀疑我是不是像他说的那样一钱不值。我感到痛苦、憋气，我恨每一个人！我一无是处，脾气不好，精神萎靡，差不多总是这样。要是你愿意，你尽可以说再见，因为这样你便可以摆脱一个累了。只是，凯瑟琳，为我设身处地地想想吧，要是我能像你一样那么可爱、温存、善良，请你相信，我也会像你一样做一个幸福、健康的人。也请你相信，你的温存使我对你的爱，超过了你对我的爱——要是我还配承受你的爱的话。虽然我以前不能，也没有办法不在你面前暴露我的本性，但是我为此感到歉疚、感到后悔，我会一直歉疚、后悔下去，直到我死！'

"我觉得他说的是心里话，我必须原谅他。虽然我知道他接下来又会跟我吵，我还是必须原谅他。我们和好了，可是两个人都哭了，直到我走，两个人一直在不停地哭着。不完全是因为悲哀，但我的确很难过，林敦的天性被扭曲成这个样子，他永远不会让他的朋友感到开心，他自己也永远不会开心！

"自从那个晚上以后，我每次去都是去那个小客厅，因为他父亲第二天回来了。

"大概有那么三次吧，我想，我们就像第一个晚上那样又快活又乐观。以后的拜访便又是凄惨而乏味的了——或者是因为他的自私和怨恨，或者是由于他的疾病和痛苦。好在我已经学会了平心静气，就像容忍他的病痛一样去容忍他的自私和怨恨。

"希克厉先生刻意躲开我，我几乎没有跟他碰过面。上个礼拜天，我比平日去得早些，可不，我正听见他在恶语咒骂可怜的林敦，只为了头天晚上他的行为。我很奇怪他怎么会知道，除非他在偷听。林敦头天晚上的行为的确令人生气，可是，这回事除了我以外，又跟别人有什么相干呢？我于是闯了进去，打断希克厉先生的训斥，陈述了我的意见。他哈哈大笑着走开了，临去时还说他非常喜欢我能有这样的看法。这件事过去以后，我嘱咐林敦，以后他再有什么气话要说，一定要小声些。

"爱伦，现在所有的事情我都告诉你了。我不能不去呼啸山庄，要是阻止我,那只不过是让两个人受苦受难而已。不管我去哪儿,只要你不告诉爸爸,就不会妨碍大家平平静静地过日子。你不会告诉爸爸的,你会吗? 要是你去告诉他的话,那你就残酷无情了。"

"会不会告诉,凯瑟琳小姐,我明天自会决定,"我回答道,"我还要考虑考虑;你休息吧,我要走了,我得回去仔细想一想。"

我离开她的房间,就直接进了东家的卧室。我把心里的顾虑一五一十地向他讲了一遍,只把那一件事情从头到尾和盘托出,当然,我没跟他说她与表弟的那些对话,也只字没提到哈里顿。

林敦先生当着我的面并没有多说什么,但我看得出他十分惊惶和难过。第二天早晨,凯瑟琳明白我已辜负了她的信任,也明白她的秘密探访该到尾声了。

她又哭又闹,反对那道禁令,可是徒劳无用。她又央求父亲可怜可怜林敦,唯一得到的安慰便是父亲答应写信给林敦,允许他在高兴的时候来画眉田庄做客,但是不要再期望会在呼啸山庄见到凯瑟琳。要是他了解他外甥的脾气及健康状况,恐怕连这一点点小小的安慰也不会给。

第二十五章

"这些事情都发生在去年冬天,先生,"丁恩太太说,"也不过是一年以前。去年那天,我哪会想到,过了十二个月以后,我会把这些事情讲给一位陌生的客人解闷! 可是,谁又晓得你做不相干的客人还要做多久呢? 你还年轻得很,不会满足于一个人孤零零地过下去。我总有一个念头,不论是谁,见到了凯瑟琳、林敦,都会堕入爱河的。你笑啦。那我谈到她的时候,你为什么显得那么兴致勃勃呢? 你为什么要把她的画像挂在你的壁炉上面? 你为什么——?"

"好啦,别讲了,我的好朋友!"我打断她,"说到我爱上她,那倒是很可能的事。可是,她会爱我吗? 我太怀疑这一点了。我可不敢冒这个险,迷恋上她扰乱自己内心的平静。再说,我的家并不在这里。我是那个忙忙碌碌的世界的人,我还得回到它的怀抱中去。说下去吧。凯瑟琳遵从父亲的命令了吗?"

"遵从了。"女管家接着讲道。

对父亲的爱依旧是在她心中占第一位的感情。他说话时也并未生气,而是满怀着深切的温情。就好像眼看着自己珍爱的人要陷入魔掌了,他的嘱咐是他所能给予她的唯一的帮助。

几天以后,他对我说:

"但愿我的外甥会写信或者上门来,爱伦,对我说真心话,你认为他怎么样? 他是不是变得好一点了,或者说,看他的光景,在他长大成人以后会不会变得好起来?"

"他娇弱得很，先生，"我答道，"恐怕连长大成人的一天都等不到。有一点我倒可以肯定，他不像他的父亲。若是凯瑟琳小姐不幸嫁给他，她是能指挥他的，除非她愚蠢地故意纵容他。可是，先生，你还有很多时间跟他熟识起来，看看他与她般配不般配——他还有四年才成人呢！"

埃德加长叹一声，走向窗口，望着吉牟屯教堂。那个下午雾蒙蒙的，借着淡淡的二月的阳光，我们刚好可以分辨出墓地里的那两棵枞树和那些零零落落地墓碑。

"我常常祈祷，"他像是自言自语地说，"祈求要来的就快来吧。可是，现在我开始害怕，我忍不住向后退缩。我曾经想，那一天我打扮起来走下山谷去做新郎的情景，是多么幸福啊。可是，现在想来，那还不如预想几个月后——或者只是几个星期后——让人抬起来放进那冰凉的土坑更来得甜蜜！爱伦，和我的小凯茜在一起的日子，我感到十分的幸福。她永远是我心头活生生的希望，不论是炎炎夏日还是漫漫冬夜。当然，我也曾得到过同样的快乐，在那古老的教堂下面，在那六月的黄昏，躺在她母亲绿草如茵的坟墓上，渴望着我长眠此中的那一刻早点到来。

"我能为凯茜做些什么呢？我怎样才能对她负起我最后的责任？我并不在乎林敦是希克厉的儿子，也不计较他要从我身边夺走她——只要他能在没有我的日子里安慰她。我并不在乎希克厉最后大获全胜，洋洋得意地夺去我最后的幸福。可是，若是林敦毫无出息——只是他父亲手中的一个软弱的工具——那我就决不能把她丢给他！尽管粉碎她的梦想是很残酷的事情，但我却不得不如此。我决不让步，宁可在我活着的时候让她难过，在我死后让她孤独。我的宝贝儿！我宁可把她交给上帝，宁可在我死以前，把她埋入黄土中。"

"那就像现在这样，由上帝来安排吧，"我回答道，"万一我们真的失去了你——但愿上帝保佑，不要发生这事——那么随着天意，在我有生之日，我会永远做她的朋友和参谋。凯瑟琳小姐是个聪明的女孩儿，我毫不担心她会存心做傻事。再说，好人终是会有好报的。"

春意渐渐浓了，尽管主人又常由女儿陪伴着在院里走走，但他并没有真正恢复体力。但凯瑟琳毕竟年轻没经验，在她看来，散步本身就是身体复原的象征。再加上他脸上常常很红，眼睛也变得分外明亮起来。于是她更确信父亲的身体好起来了。

在她十七岁生日那天，他没到墓地去。天正下着雨，我问——

"今天晚上你想必是不出门了吧？主人。"

"是的，今年我想推迟一下。"他回答道。

他又写信给林敦，表示非常希望见到他。如果那个病人能出来，他父亲无疑会让他来，这一点我毫不怀疑。既然这样，他也就遵令回了一封信，暗示希克厉先生禁止他来庄园，但是既然舅舅如此想念他，他也感到十分荣幸。他希望能在散步的时候与他见见面，同时他也私下提出恳请，不要让他跟表姐两个人如此长久地断绝往来。

信的这一部分十分简单，或许是他自己写的。希克厉知道，为了能让凯瑟琳跟他做伴，他自己能够说出十分动人的恳求——

"我并不求她到这里来，"他在信中写道，"可是，难道就因为我父亲不许我去她家，而你又不许她来我家，我们就永远不见面了吗？方便的时候，请您带着她骑马来田庄，让我们当着您的面谈几句话吧。我们并没有做错什么，却要遭受这种分离的痛苦。您自己也承认，您并不讨厌我——您没有理由生我的气。亲爱的舅舅！明天您就给我写一封回信吧，除了画眉田庄，您要我去哪里见你们都可以。我相信，只要见一次面，您就会相信我的性格并不像我父亲的性格。他也总说我并不像他的儿子，而更像是您的外甥。虽然我有缺点，配不上凯瑟琳，但是她已经原谅了我，为了她，您也应该原谅我吧。您问起我的健康状况，我已经好多了。可是如果我始终被断绝一切希望，注定生活在永远的孤独中，或者只能跟那些过去和将来都不会喜欢我的人在一起过日子，我又怎么可能精神振作、健康快活起来呢？"

埃德加虽然同情那男孩，但却无法答应他的恳求，因为他不能陪凯瑟琳去。他说，也许他们夏天可以见见面。同时，他希望他能经常来信，并且尽其所能地在信上给他劝慰，因为他能想象他在那个家庭中的处境。

小林敦答应了。要是没有人约束他，他也许早就在信中写满了哀怨和牢骚，把一切都弄得一团糟。不过他父亲把他盯得很紧，我家主人写去的信他一字一句都要过目。因此,尽管时时刻刻萦绕在他脑中的是他个人的病痛、苦闷,但他在信中却只字未提,而是用动听的语句倾诉与朋友、爱人分离的无限凄苦。他还在信中婉转地暗示,如果林敦先生再不允许双方会面,他就会认为别人是有意在用空洞的谎言哄骗他。

在家里,凯茜是一个有力的同盟者,主人在他们两个的内外夹攻之下,终于被说动了,他同意在我的监护下,他们可以大约每隔一个星期到庄园附近的荒野上一起骑骑马、散散步。因为即使到了六月,他的身子也还是在一天天地衰落下去。

主人每年都从自己的收入中拨出一部分放在女儿名下,作为她的财产,他当然也期望她能够拥有自己祖先的庄园——至少在短期内能回去住。而要实现这一愿望,唯一的前提就是与那继承人联姻。他并不知道那个继承人的身体正同他自个儿的一样,也在一天天地衰下去。而且我相信,任何人都不会想到。并没有哪位大夫去山庄拜访过,也没有谁见过希克厉家的少爷,来向我们报告他的病况。

至于我,我还以为我过去的担心都是多余的呢,他也许真的在一天天好起来。因为他在信中提到了去野地里骑马、散步,语气又是那么诚恳迫切,看上去这都是他真心诚意的希望。

我无法想象,做父亲的对待自己要死的孩子,竟会如此的蛮横、狠毒——我后来得知,希克厉就是这样对待小林敦的。信中那些迫切的心愿,也完全是被硬逼出来的。眼看儿子的性命垂危,他那贪婪无情的计划也即将泡汤,他便迫不及待地加紧了他的控制。

第二十六章

直到盛夏过去,埃德加才勉强答应了他们两个人的请求,于是,我和凯瑟琳骑马出发,与她的表弟碰头。那天气候闷热得很,天空不见阳光,不过云薄雾清,不像阴沉沉的要下雨的样子。我们约定的会见地点是十字路口的路碑那儿。可是,到那儿以后,却只看见一个放牛娃,他给我们带来一个口信:

"林敦少爷待在山庄这边,假如你们肯再朝前面走一点,他将万分感激。"

"这样说来,林敦少爷已经把他舅舅的第一道禁令忘在了脑后,"我发表意见道,"主人吩咐我们不要越过田庄边界。走到这里,我们马上就会出界了。"

"这样吧,我们一见到他就掉转马头,"我的同伴说,"马上往家里赶。"

可是,我们一直走到离他家门不到四分之一里的地方才看见他。看见他没有带马,我们只好翻身下来,放马去吃草。

他躺在草丛里,等着我们走近。直到我们离他只有几码时,他才站起来。可他的脸色那么苍白,脚步软弱无力,我立刻嚷了起来:

"哎呀,希克厉少爷,瞧你的脸色多么难看,今天早上你怎么能起来散步哪!"

凯瑟琳难过而惊讶地看着他,已经到嘴边的欢呼变成了惊叫,久别重逢的喜悦变成了焦急的问询:他的病情是不是更重啦?

"不——好些了——好些了!"他喘着粗气说。他颤抖地握住她的手,仿佛需要她的扶持似的,那双蓝色的大眼睛怯生生地望着她,两眼的凹陷使他往日的无精打采变得更加憔悴和凄凉了。

"可是你病得更厉害了,"他表姐坚持道,"比我上次见到你时重多了。你瘦了——而且——"

"我好累,"他急忙打断她,"这种热天无法散步,我们就在这儿休息吧。我一到早上就不舒服——爸爸说我长得快着呢。"

凯瑟琳没办法,只好坐下来,他就在她身边半躺着。

"这有点像你的天堂啦,"她说,尽力装出高兴的神情,"你还记得吗?咱们俩曾经约定要按照各自认为最快活的方式生活两天?现在差不多就是你的了,只是有点云罢了。可是你看那云多么柔和轻盈,比有阳光还好呢!下个礼拜,要是可以的话,我们就骑马到田庄里去试试我的天堂吧!"

林敦好像不怎么记得她说的是什么意思。无论谈什么话,他都显得很吃力。他对于她方才谈到的什么天堂之类的一点都不感兴趣,也谈不出让她快活的话,这些都是那么的明显,凯瑟琳再也无法掩饰她的失望了。

他好像变成了另一个人,一举一动都改变了。原本他爱耍小脾气,但可以哄得他破涕为笑、转怒为喜,现在却只剩了冷漠和无情。小孩子为了引别人来安慰他,故意使小性、胡搅蛮缠,这对他已经不符合了;他现在更像是一个心情恶劣、愁绪满怀的病人,心里只想到自己,听不进别人的好言劝慰,把别人善意的兴高采烈,看作是对他的侮辱。

凯瑟琳跟我一样,已经看出来,他把我们的陪伴看作是一种惩罚,而不是一种喜悦。她毫不犹豫地建议双方马上分手。

出乎意料,这个提议却把林敦从那种麻木状态中唤醒过来,他一下子显得激动万分。他惊惶不安地瞥了一眼山庄的方向,求她至少再呆半个小时。

"可是我觉得,"凯茜说,"你待在家里会比坐在这儿舒服得多;而且,我看得出来,我今天没法逗你高兴,不管是讲故事、唱歌还是陪你聊天,都不行了。这半年来,你变得比我聪明了。现在我那些消遣的小玩意已经引不起你的兴趣了。如果不是这样，只要我能让你高兴，我是愿意留下来的。"

"留下来，休息一下吧，"他回答，"凯瑟琳，不要以为，也不要说我很不舒服，是这酷热的天气使我疲乏难受。况且，你来以前，我还走来走去的活动了好长一段时间呢。告诉舅舅，我的身体还可以，好吗？"

"我会告诉爸爸是你这么说的，林敦。我可不能肯定你的身体是健康的。"我家小姐说，她十分奇怪，身体有病，却硬要说健康，这明明是假话嘛！

"下星期四再到这里来吧。"他接着说道，避开她那困惑的眼神，"替我谢谢他准许你来——向他致谢——万分感谢他，凯瑟琳，还有——还有，万一你遇见了我父亲，他若向你问起我，千万别让他认为我是笨嘴拙舌的。你现在这副垂头丧气、愁容满面的样子，他看见了是要生气的。"

"我才不在乎他生不生气呢。"凯茜想到他竟会生她的气，叫道。

"但是我在乎呀，"他的表弟哆哆嗦嗦地说，"别惹他生我的气，凯瑟琳，他好严厉啊。"

"他对你很凶吗？希克厉少爷，"我问道，"他是不是已经宠你宠腻了，把本来放在心里的厌恶变成了明显的憎恨？"

小林敦望着我，却没有回答。凯茜在他身边又坐了十分钟，他的头懒洋洋地垂在胸前，一句话也不说，只是不断地发出累得不行的喘气声和痛苦的呻吟声。凯瑟琳开始寻找覆盆子解闷，还把采集来的分了一些给我，却没有给他，因为她看得出来，再去理睬他，反而只会使他烦恼和更不耐烦。

"现在有半个小时了吧，爱伦？"最后，她凑在我耳边小声问，"我不明白咱们干吗非待在这里不可。他睡着了，爸爸在盼我们回去了。"

"哎，可是我们不能丢下他睡在这里不管。"我回答道，"耐些性儿，等他醒来吧。咱们出发之前，你是那么迫不及待。你渴望见可怜的林敦的耐心劲儿这么快就没啦？"

"他为什么要见我呢？"凯瑟琳回答我，"以前他那种脾气虽然别扭些，我还挺喜欢他，但眼前他这种叫人莫名其妙的样子我可真不喜欢。这次见面，他好像是被迫来完成一个任务似的。对，他怕父亲骂他。可是我来，可不是为了讨希克厉先生欢心，不管他有什么理由来强迫林敦受这份罪。虽然他的健康状况

图文珍藏版

好些了我为此高兴，但他变得这么不快活，对我又这么冷淡，真让我难过。"

"这么说来，你倒觉得他身体好些了吗？"我问。

"是呀，"她回答道，"他总是有三分病就要说成十分的，你知道。他的身体并不像他要我告诉爸爸的那样还可以，不过很像是好些了。"

"那我可跟你想的不一样，凯茜小姐，"我说，"照我看，他的身体越来越差了。"

林敦这时从昏睡中惊醒过来，神色惊惶而恐怖，问是不是有人喊过他的名字。

"没有，"凯瑟琳回答他，"除非你在做梦。我真不明白，大清早的，又是在户外，你居然能打起瞌睡来。"

"我好像听见爸爸叫我，"他喘了口气，抬眼望着我们上面的狰狞的山顶，"你能肯定刚才没人说话吗？"

"当然肯定。"他表姐回答，"只有我和爱伦在谈你的身体情况。林敦，你是真的比我们在去年冬天分手时强壮些吗？如果是的话，有一点我敢肯定并没有强壮起来——那就是你对我的心意。你说，是不是这样？"

"是的，是的，我是强壮些了！"小林敦回答，眼泪夺眶而出。那幻觉中的叫声仍然纠缠着他，他的目光仍在上上下下地寻找那发出声音的人。

凯茜站了起来。

"我们今天该分手了，"她说，"我不瞒你，我们今天的见面让我非常失望！不过除了对你，我不会跟任何人说的。那可不是因为我怕希克厉先生。"

"别出声！"林敦喃喃道，"看在上帝分上，别出声！他来了！"他抓住凯瑟琳的胳膊，想留住她。可是，一听到他的话，她连忙挣脱出身来，朝敏妮吹了一声口哨。那小马立刻像狗一样听话地应声跑来。

"下星期四我还到这儿来，"她叫道，跳上了马鞍，"再见。快点儿，爱伦。"

我们就这样离他而去。可他简直没有注意到我们的离开。这时候他满脑子都是他父亲要来了，其他的事情再也顾不上了。

我们还没有到家，凯瑟琳的不快就消散了。她的心软了，一种又怜悯又内疚的感情在她心头升起，其中还隐约夹杂着一种不安的疑虑：小林敦的身体究竟怎么样？他目前的处境究竟怎么样？我也有同样的担忧。不过我给她出了个主意，回去以后不要多讲什么，等到第二次出游，我们也许就可以做出更好的判断。

东家让我们把出游的情况说一下，凯茜小姐自然及时地传达了他外甥的谢意，其他的情况只是轻描淡写地一带而过。东家还追问了一些情况，我也没有跟他说什么。因为我实在不知道该说出什么，又该隐瞒什么。

第二十七章

七天的时间悄然逝去,埃德加·林敦的健康急剧恶化,每个人都在揣算着时间。先前已经折磨了他好几个月的病情,如今更是一小时一小时地在加重。我们还想瞒着凯瑟琳,可是她那么机灵。她心里很明白,在暗暗揣测那种可怕的可能性,而那种可能性,随着时机的成熟,正逐渐变得不容置疑。

星期四那天,她已根本没有心思提起骑马出游一事,还是我提醒了她,并且得到陪她出门的允许。图书室(她父亲每天只能去那儿待一会儿,多坐已经不行了)和他的卧室,现在已经成为她整个的天地了。她不是俯身凑在他身边,就是在他身边坐着,一分钟也不愿意离开父亲。

她连日守护,再加上心里难过,脸色变更苍白。东家巴不得有机会让她去外面走走,换换环境,换换同伴,还以为这样会使她心里高兴起来,将来他死后,她也不至于形单影只了——他用这希望来安慰自己。

东家有一个执拗的想法,这是我从他谈话的口气中猜度出的:他的外甥既然长得像他,他的性格一定也像他;因为从小林敦的来信中很难或者根本看不到他性格上有什么缺陷。而我呢,由于可以原谅的软弱,也没有去纠正这个错误。我暗想:在他生命的弥留之际,用一些他既无力也没有机会来扭转的消息去打扰他,又有什么用处呢?

我们一直拖到下午才出发。那是八月的一个金色的下午——山间的每一缕空气都充满了生命的活力,仿佛无论是谁吸进了它,即使是奄奄一息,也能起死回生。

凯瑟琳的脸恰似这风景,阳光与阴影交替出现,不过阴影逗留的时间要更长一些,而阳光则是一闪即逝。而且就因为暂时忘记了自己的忧虑,她那颗可怜的心儿还要责备自己呢。

我们看见林敦依旧在他上次选择的地方等着。我家小姐翻身下马,对我说既然她决定只待一会儿,我最好就骑在马上牵着她的小马。我没有同意,我不可敢冒险有一分钟看不见我的监护对象。于是我们一起爬上了那片长满绿草的斜坡。

希克厉少爷这次带着较激动的表情迎接我们,不过不是出于兴奋,也不是出于欢喜,倒更像是由于恐惧。

"来晚了!"他急促而吃力地说,"你父亲病得不是很重吧? 我还以为你不会来了呢!"

"为什么你不有话直说呢?"凯瑟琳叫道,把到了嘴边的问候又咽了回去,"为什么你不能开门见山地说你不需要我呢? 真奇怪,林敦,你第二次存心让我到这里来,却分明不为了什么,只是让我们彼此受罪!"

小林敦颤抖着,半是乞求、半是羞愧地看了她一眼,但他的表姐却没有耐心忍受他那种暧昧不明的态度。

"我父亲的确病得很厉害,"她说,"那你为什么还要让我离开他的床边呢? ——你既然愿意我不守诺言,为什么不派人送个信给我? 说! 你给我一个解释——我现在可一点游戏玩耍的心情也没有。没时间侍候你的装模作样!"

"我装模作样!"他咆哮着说,"有什么样可装呢? 看在上帝面上,凯瑟琳,不要发那么大的火! 你看不起我,就尽管看不起吧。我是一个没有骨头、没有出息的窝囊废——你怎么嘲笑我都不算过分,但是我这可怜虫太不值得你生气了。要恨就恨我父亲吧,既然瞧不起我,就饶了我吧。"

"胡说八道!"凯瑟琳叫道,她真的发火了,"愚蠢的家伙! 你瞧! 他在发抖,好像我真会去碰他似的! 你不用去请求别人瞧不起你,林敦,你随时都会让任何人从心底里瞧不起你! 滚开! 我要回家了。把你从壁炉边硬拖出来,真是荒唐,我们还要装做——装做什么呢? 不要扯着我的衣服! 即使我因为你的哭和你这副可怜相而怜悯你,你也该拒绝这种怜悯呀。爱伦,你去告诉他,这种行为是多么不光彩啊。起来吧,别叫自己堕落成一条卑贱的爬虫——不要这样!"

林敦泪如雨下,表情痛苦万分,软弱无力的身子扑倒在地上,仿佛因为极度害怕而全身痉挛。

"啊!"他抽泣着说,"我受不了啦!凯瑟琳,凯瑟琳,我还是一个帮凶,这个我可不敢让你知道!只要你一离开我,我就别想活了!亲爱的凯瑟琳,我的命就握在你手里。你说过你爱我——要是你真爱我,那也不会对你不利的。那么说,你留下来吧?!亲爱的,好心的凯瑟琳!也许你会同意的——这样,他就可以让我死的时候也跟你在一起了。"

我家小姐看见他如此痛苦,连忙俯身把他拉起来。往日的宽容和温情重又浮现,她被感动了,烦恼被驱走了,而且害怕得很。

"同意什么?"她问,"留下来不走?你跟我说清楚你那些稀奇古怪的话是什么意思,我或许可以留下来。你的话前后矛盾,把我搅得糊里糊涂!镇静点,有什么就说什么,把闷在心头的话全部说出来。林敦,你不会伤害我的,对不对!你不会让坏人伤害我的——如果你可以阻止得了,是吗?我知道你的没骨气是因为你胆子小,你不至于没出息到这个程度,连你最好的朋友也要出卖吧?"

"可是我父亲吓唬我,"那孩子十个细瘦的手指握得紧紧的,喘着粗气说,"我怕他!我怕他呀!——我不敢说。"

"啊,好吧,"凯瑟琳又是怜悯又是轻蔑地说,"那就保住你的秘密吧。我不是懦夫——我不怕,你自个儿多保重吧!"

她的宽容引得他珠泪涟涟。他号啕大哭,拼命地狂吻她那扶着他的手,却还是没有勇气把话说出来。

我绞尽脑汁地猜想那秘密会是什么,下决心要尽我所能,不让凯瑟琳为了他或者什么其他人的利益而受罪。忽然听见石楠丛中传来一阵窸窸窣窣的响声,我抬头一看,原来是希克厉先生从山庄走下来,几乎已来到我们身边了。对于我正陪着的两个人,他看都不看一眼,虽然他离我们那么近,完全可以听见小林敦的哭声了。他用一种别人难得听到的友好的声音跟我打招呼,不过里面的诚意终究令人怀疑。他说:

"你们离我家这么近，看了真让我高兴，纳莉。你们在庄园的日子还好吗？说给我听听吧。"他压低了声音补了一句，"听说埃德加·林敦没救了，也许是别人把他的病情夸大了吧？"

"不，我的东家是快要死了，"我回答，"这是一点不假的。我们大家都觉得这是一件悲哀的事情，对于他本人，倒是脱离了苦海。"

"照你看，他还能拖多长时间？"他问。

"我不知道。"我回答。

"那是因为，"他接着说，望着那两个年轻人，他们在他的注视下不知怎么办才好——小林敦似乎是不敢动，连头都不敢抬一下，凯瑟琳呢，看到他吓成这模样，也呆住了。"那是因为这孩子好像下定了决心要跟我过不去——多亏他舅舅死得快一些，走在他前面。喂，这小畜生还一直在玩这类鬼把戏吗？对于他这鼻涕眼泪的把戏，我可是早给过他教训了。他跟林敦小姐在一起，还算活泼一些吧？"

"活泼？不——再痛苦没有了，"我回答道，"看他那副样子，我得说，可不该陪着心上人在山地里闲荡，他该躺在床上，找位大夫来照顾他。"

"再过一两天，他会的，"希克厉咕哝着说，"不过先得——起来，林敦！起来！"他厉声呵斥，"立刻给我起来，少在地上乱爬！"

小林敦在父亲的瞪视下，吓得魂不附体，又一次趴在地上。这是我的猜想，因为没有别的原因会导致这种屈辱。他试了几下，竭力顺从父亲的旨意，可是他实在吓得一点力气也没有了，他呻吟着又一次倒在地上。

希克厉先生跨上前去，把他拎起来靠在一个隆起的草堆上。

"现在，"他压住恶气说，"要是你再不打起你那点可怜巴巴的精神来，我可要发火了，起来，你这该死的，马上给我起来！"

"我就站起来，爸爸！"他喘着粗气说，"只是，不要逼我，我就要晕倒了！我已经按你的意思做了——真的。凯瑟琳会告诉你，我——我——一直很快活！啊，凯瑟琳，不要离开我，扶我一把。"

"拉住我的手，"他父亲说，"站起来。好了——她会把她的胳膊伸给你。那就对啦，看着她呀。林敦小姐，把他吓成这个样子，你以为我是魔鬼的化身吧？你行行好，送他回家吧，好吗？我一碰他，他就发抖。"

"亲爱的林敦，"凯瑟琳低声说，"我不能去呼啸山庄……我不能去呼啸山庄……爸爸不许我去……他不会伤害你的。你何必吓成这种样子？"

"我永远也不能进那栋房子了，"他答道，"没有你的陪伴，我再也不能进去了！"

"住口……"他父亲吼道，"凯瑟琳出于孝心而有所顾虑，这我们应该尊重。——纳莉，你送他进去吧。我要听从你的劝告，马上去请大夫。"

"你本来就该这样做，"我回答他，"但我必须跟我的小姐在一起；照顾你儿子可不是我的责任。"

"你这人顽固得很，"希克厉说，"这我知道。看来你是非要我掐痛这个娃娃，让他大声尖叫，你才肯大发善心了。我的英雄，那就过来吧，你愿意回去吗？由我来护送？"

他再次走过去，做出要抓住那个脆弱的东西的样子。但是林敦一个劲儿往后缩，紧紧贴住他表姐，用一种不依不饶般疯狂的神气，哀求她陪他回去。

尽管我非常不愿意，但我实在没有办法阻拦她。的确，她又如何能拒绝呢？他究竟为什么吓成这样，我们无从知晓。可他就是那样，简直给吓瘫了，好像再稍微添加一点威吓，就能把他吓成白痴。

我们来到门口，凯瑟琳走进去，我站在门口等着她把病人送到椅子上，期望她马上就出来，谁承想希克厉先生却把我往里一推，嚷道：

"我们家没有闹瘟疫，纳莉，今天，我做主人，特意好好招待你们一番。请坐吧，让我去把门关了。"

我吓了一跳：他关上了门，而且把门也锁上了。

"你们先吃些茶点，再回家去吧，"他又说，"家里只剩我一个人了。哈里顿去里斯河边放牛了，齐拉和约瑟夫也出去找乐了。虽然我习惯于一个人过日子，可是要是能有几个有意思的人跟我做伴，我还是十分愿意的。就坐在他身边吧，林敦小姐。我把我这份东西送给你，就算是送给你的礼物吧，这份礼物不大值得接受，可是我也没有其他东西送给你了——我指的是林敦。呵！她把眼睛瞪得这么大！真是奇怪，凡是怕我的，我都想对他野蛮。要是我能生长在一个法律不那么严格、风尚不那么谨慎优雅的地方,我一定要把这两个人来个不急不忙的活体解剖,作为晚上的消遣。"

他倒吸一口气,捶着桌子,自己恶声诅咒:"我对地狱起誓!我恨他们!"

"我可不怕你!"凯瑟琳没等听见他后面的话便大声嚷道。她向他走去,一双黑眼睛燃烧着激愤和坚毅的光。

"把钥匙给我——我要!"她说,"我就是饿死,也决不吃这儿的一口饭、喝这儿的一口水!"

希克厉把放在桌子上的钥匙拿在手中。他抬头望望,对她竟然如此大胆感到惊奇,或许从她的声音和眼神中,他想到了那个把她生下来、把大胆传给她的人。

凯瑟琳伸手去夺钥匙,几乎把钥匙从他那松开的手指中夺出来了,但是她的动作使他惊醒过来——他很快回到了现实。

"听着,凯瑟琳·林敦,"他说,"站开点,不然我会一拳把你揍倒,这会叫丁恩太太发疯的。"

她又一次抓住他那握紧的手,丝毫不理会这一警告,只想把他手里的钥匙夺过来。

"我们一定得走!"她一遍又一遍地重复,使出浑身力气想把那铁一般的肌肉扳松,她发现指甲不起作用,便用牙齿使劲咬。

希克厉瞅了我一眼,我一呆,没有来得及去干涉。凯瑟琳也一心只顾扒他的手指,没有注意到他的脸色。

他忽然松开手指,放开了那引起这场争执的钥匙;但是,还没等她拿到手,他忽然用松开的手抓住她,把她拉过来按倒在他的膝盖上,用另一只手对着她的头雨点似的狂打,要不是她被紧紧揪住,每一下都足以把她揍倒,验证他那番恐吓的话。

看到这穷凶极恶的野蛮行径,我怒不可遏地冲过去,要跟他拼命。

"你这个恶棍!"我叫道,"你这个恶棍!"

他朝我当胸一捅,我顿时说不出话来。我人胖,一下连气都喘不过来了。挨了这一下,再加上心头火冒三丈,我不禁头晕目眩、脚步踉跄,只觉得不是要

世界十大名著

·呼啸山庄·

图文珍藏版

闷死就是要血管爆裂。

两分钟以后,这场大闹终于结束了。凯瑟琳被放开了,她把两只手放在她的太阳穴上,那神情像是在验证她的耳朵还在不在。可怜的孩子,她像一根芦苇似的哆嗦着,惊慌失措地靠在桌边。

"瞧,我最知道怎样惩罚孩子,"那个恶棍凶巴巴地一边说,一边弯腰拎起掉在地上的钥匙,"现在,依我说,到林敦那儿去,痛痛快快地哭一场吧!明天我就是你的父亲了——过不了两三天,你就只剩我这一个父亲了——以后有得是苦头给你吃。你或许能忍受得住。你不是一个脓包。要是以后再让我看到你眼睛里露出这种要命的脾气,那你得就天天尝尝滋味!"

凯瑟琳没有到林敦那边去,而是扑到我面前,跪了下来。她把滚热的双颊靠在我的膝头,放声痛哭。她表弟一句话也不说,只是像只耗子一样缩在高背长椅的一个角落里。他大概正在暗自庆幸,这一回是灾祸落在别人头上,而他却逃脱了。

希克厉先生看见我们都给吓呆了,就马上站起来,动手为自己泡茶。茶杯和茶托是早在桌上摆好的。他倒好茶,递给我一杯。

"消消肚里的火气吧,"他说道,"再给我和你那个淘气宝贝都倒一杯。虽说茶是我沏的,可里面没放毒药。我要出去找找你们的马。"

他一离开,我们的第一个念头就是赶快逃走。试试厨房门,谁料到外面被闩上了;看看窗子,每一扇都那么窄,就连凯茜的小身子也无法通过。

"林敦少爷,"眼下我们是的的确确被囚禁了,我叫道,"你知道你那个恶棍父亲要做什么,那你就快告诉我们。要不然,我就像他打你表姐一样掴你的耳光。"

"对,你要说实话,林敦,"凯瑟琳说,"是为了你的缘故我才来的,要是你不愿说,那你就是忘恩负义,太可恶啦!"

"我渴啦,给我点茶喝,然后我再告诉你,"他回答道,"丁恩太太,你走开。我讨厌你站在我眼前。——咳,凯瑟琳,你的眼泪掉到我的茶杯里了!我不喝这杯,另给我倒一杯。"

凯瑟琳另倒了一杯给他,擦了擦自己的脸。

那小可怜虫那种若无其事的样子真令我作呕，他已经不再为自己感到害怕了。他在荒野上表现出来的极度痛苦，一踏进呼啸山庄就消失得无影无踪。我可以猜测，他父亲事前一定威胁过他，要是他不能把我们哄骗到山庄，一定会遭到一场毒打；既然现在事情已经成功，他眼下就没有什么好怕的了。

"爸爸要我们两个结婚。"他呷了一口茶，接着说，"他知道你爸爸是不会答应我们现在结婚的，可是他又怕等下去我会死掉，所以我们必须明天早上结婚。你要在这儿住一夜。如果你照他的意思做了，第二天你便可以回家，而且带我一起去。"

"带你一起去？你这个可怜兮兮的白痴。"我大叫起来，"你结婚？唉哟，你这人八成是疯啦，要不就是把我们当成傻子了。难道你认为，我们那样一位花容月貌的小姐，那样一位健康活泼的姑娘会把她自己拴在你这个快死的小猴子旁边？你简直是在白日做梦！先不说凯瑟琳小姐，天下会有哪位姑娘要你作丈夫吗？你玩弄哭哭啼啼的下作手段，把我们骗到这里来，真该抽你一鞭子。而且——这会儿少做出那副蠢相！你竟敢存下这样不要脸的鬼念头，癫蛤蟆想吃天鹅肉，我真恨不得狠狠摇你几下！"

我只轻轻摇了他一下，他马上便咳嗽起来。又拿出他的老把戏来，又是呻吟，又是哭泣，凯瑟琳怪我不该这样对他。

"在这儿住一夜？决不！"她说，慢慢地望望四周，"爱伦，我要烧掉这道门，反正我要出去。"

她正要说干就干。可是林敦惊慌失措地站了起来——还是为了自己那条可怜的小命。他用两条细瘦的胳膊抱住她，抽抽搭搭地哭泣着——

"你不要我了吗？不救我了吗？不让我去田庄了吗？啊！亲爱的凯瑟琳，千万别丢下我不管。你一定要依从我父亲，一定要啊！"

"我一定要依从我自己的父亲，"她回答，"否则他会为我担心。整整一夜！他会想些什么？他肯定已经难过伤心了。我要打一条路出去，要么就烧出一条路，然后冲出这所房子。别吵！你没有危险——可是你要是妨碍我——林敦，你听着，我爱爸爸可胜过爱你许多倍！"

这小子害怕父亲发火，极度的恐惧又使他恢复了懦夫的口才。凯瑟琳心烦意乱,急得几乎要发疯。他依旧坚持必须回家去。她反过来恳求林敦,求他不要那么自私,只想到自己的痛苦。

就在他俩纠缠不清的当口,我们的看守进来了。

"你们的马跑掉了,"他说道,"而且——嗨,林敦!怎么又哭了?她怎么你了?得啦,得啦——别哭了,去睡吧。过不了一两个月,我的孩子,你就可以用你有力的双臂来回报她现在对你的暴虐了。你是因为纯真的爱情才憔悴的,对吧!你别无所求,她会答应你的。上床去睡吧!今晚齐拉不在,你得自己脱衣服。嘘!别闹啦!你一走进自己的屋子,我就不会走近你了,你也用不着害怕啦。没想到,你这回的事还真办得不错,剩下的事由我来办好了。"

他边说话边顺手打开门,让他儿子过去。他儿子出去的神情活像一条摇尾乞怜的哈巴狗,唯恐那开门人故意使坏,关门挤他一下。

门又被重新锁上了。希克厉走向火炉,我的女主人和我都一声不响地站在那里。凯瑟琳抬头看看,本能地把手举起护着脸,有他在近旁,她疼痛的感觉又恢复了。其他任何人看到这孩子气的举动,都会软下心来,可他却皱着眉瞪着她,咕哝道:

"哼!你不怕我?你那勇敢倒装得挺像那么回事——可现在你好像怕得要命呢!"

"我现在的确是怕了,"她回答,"因为若是我待在这里,我爸爸就会很凄惨,我怎能受得了让他难受呢?他就要——他就要——希克厉先生,让我回去吧!我答应嫁给林敦——我爸爸也会乐意我这样做的——而且我爱他——你何必要强迫我做我本来就心甘情愿要做的事情呢?"

"看他怎么敢强迫你!"我叫道,"国有国法,感谢上帝!虽然我们是住在一个偏僻的地方,可这国家还有法律!哪怕他是我儿子,我也要告发他,这是重罪。即使牧师也不能宽恕的重罪!"

"别吵!"那恶棍说,"你嚷什么?见你的鬼去!我不要你多嘴多舌。林敦小姐,一想到你父亲会觉得凄惨,我就打心眼里高兴,高兴得简直睡不着觉。你告诉我会发生这样的事,那你更得非在我们家待上二十四小时不可了。至于你答应嫁给林敦,我会让你信守诺言的。因为这事不了结,你就休想离开这地方。”

“那么就让爱伦回去,好让爸爸知道我平安无事!”凯瑟琳叫着,苦苦哀哭,“或者现在就结婚。可怜的爸爸,他会以为我们迷路了。我们怎么办?”

“他才不会呢!他会以为你照顾他照顾烦了,就跑出来玩一下,”希克厉说,“你无法否认,你走进我的家是完全自愿,无视他的禁令。而且,在你这个年龄贪玩是很自然的事情,自然讨厌照顾病人,更何况,那病人只是你父亲。凯瑟琳,你出生之日,便是他的幸福结束之时。我敢说,他诅咒你来到人世(至少,我诅咒)。

那么,当他离开人世时,他也诅咒你,那更圆满呀!我给他帮腔,一起诅咒你。我不爱你!我怎么能呢?哭去吧!在我看来,这将是你以后的主要消遣,除非林敦能够补偿你的其他损失。你那位深谋远虑的父亲居然认为他可以补偿你,真是异想天开。

他在信里的劝解和安慰,真让我大开眼界。在最后那封信里,他劝我的宝贝关心他的宝贝,将来娶了她以后,还要体贴她。又是关心,又是体贴——多么慈爱的父亲!不过,林敦可是只知道把他那点儿关心和体贴全用在自己身上的。他做起一个小暴君来也真够瞧的,他会饶有兴味地折磨死随便多少只猫,只要你拔掉它们的牙齿、削掉它们的爪子。我可以保证,等你回到家的时候,你会有很多关于他的‘关心体贴’的故事讲给他舅舅听呢!”

“叫你说对了!”我嚷道,“你儿子的性格叫你解释得一清二楚。他和你本人真有那么几分相像。既然这样,凯瑟琳小姐在接受这条毒蛇之前可要三思而后行啦!”

“现在我才不在乎谈他什么可爱的品质呢,”他回答道,“因为她要是不接受他,就得被囚禁,连你一起囚禁在这儿,直到你的主人死去,没有一个人知道我把你们两个关在这里。要是你不相信,你不妨让她收回她的话试试看。”

“我不收回我说的话,”凯瑟琳说道,“我嫁给他好了,哪怕就在一个钟头之内,只要嫁完之后我可以回到画眉田庄。希克厉先生,你是一个狠心的人,但你并不是一个恶魔;你不会仅仅因为怨恨,就把我整个一生的幸福都给毁了吧?要是爸爸真以为我把他抛下不管,要是我回家后他已经死了,我还怎么活得下去呢？我的泪已经哭干了，可我愿意跪下来求你，一直跪在你跟前，一直不起来，一直看着你的脸，直到你也回头看我一眼。"

"不，别转过脸去！看我一眼吧！我不会让你生气的。虽然你打过我，可我并不恨你。姑父，你一生从来没有爱过任何人吗？真的从来没有吗？啊，姑父，请你看我一眼。我是那么难过，你不能不同情、不能不怜悯我啊？"

"拿开你那蜥蜴般的手指，走开些，否则我要踢你了！"希克厉大叫着，野蛮地推开她，"我宁可被一条蛇缠住。见鬼，你怎么会梦想跟我来摇尾乞怜的这一套？我讨厌你！"

他耸耸肩——真的哆嗦了一下，好像他厌恶到不寒而栗的程度，并且真的把椅子往后挪。我站起来，刚要破口大骂，但是我的第一句话还没说一半就被吓回去了。他威胁说我若再说一个字，就把我一个人关进一间屋子去。

天越来越暗了。我们听见花园门口有喧哗声。这一家的主人立刻赶了出去，他挺机智，我们却不行。过了两三分钟后，他一个人又回来了。

"我还认为是你表哥哈里顿呢，"我对凯瑟琳说，"要是他回来就好了，可谁知道他会不会站在我们这边呢。"

"是从庄园派来找你们的三个仆人，"希克厉听见我讲话，就说，"你本来应该开一扇窗子向外喊叫才是；但我敢打赌这小丫头为你没有喊叫感到高兴。我相信，留在这里，她高兴极了。"

我们知道机会失去了，忍不住失声痛哭。他等我们哭到九点钟，然后喝令我们上楼，穿过厨房，到齐拉的卧室去。我低声嘱咐我的同伴顺从他，也许我们可以设法从那儿的窗户钻出去，或者爬上阁楼，再从天窗逃走。

可是，那儿的窗子跟楼下一样窄，而阁楼也没有办法上去，因为我们跟在楼下一样，被锁住了。

我们都没有躺下来，凯瑟琳站在窗前，焦急地盼望着黎明的到来，无论我怎么劝她休息一会儿，听到的回答都只是一声深深的叹息。

我坐在一张椅子中，摇来摇去，责怪自己的多次失职，并且认为我的主人们的所有不幸都产生于此。

我现在明白其实并不是那么回事，可在那个凄惨的夜晚，在我的想象中，我越来越恨自己,觉得哪怕是希克厉,他的罪责也比我要稍微轻一点。

早上七点钟,他来了,问林敦小姐有没有起来。

她马上奔到门口,回道:"起来了。"

"那就出来。"他打开门,把她拉了出去。

我站起身要跟出去,但他又把门锁上了,我要求他放我离开。

"暂且忍耐,"他回答,"一会儿我会让人把你的早点送到。"

我愤怒地捶着门板,把门闩晃得咣咣直响。

门外,凯瑟琳发问:为什么还要关我? 他回答我得再忍耐一小时,说完,他们便走了。

我忍耐了有两三个小时之久,终于听到有脚步声传来,但并不是希克厉的。

"我给你送吃的来了,"一个声音说,"把门打开。"

我急忙把门打开,原来是哈里顿。他拿在手里的食物,足够我吃一整天的。

"拿去吧。"他加了一句,把盘子塞给我。

"等一下。"我开口说。

"不行!"他喊着,匆忙退了出去。不管我怎么央求,就是留不住他。

我就这样被关在这里,一个白天过去了,又是一个整夜;一个白天,又一个黑夜。我总共给关了四个白天,四个黑夜,除了在每天早上能看到哈里顿外,我什么人都见不到。而哈里顿又实在是一个称职的看守——始终沉着脸,一声不吭;对于那些想打动他的正义感、同情心的话,一句都听不进去。

第二十八章

第五天早上，或者不如说是下午，只听见一个不同的脚步声传来——步子很轻，也很短促。这一次，这人走进屋子来了，原来是齐拉，她裹着一条鲜红的围巾，头上戴着黑丝帽，臂上挎着一只柳条篮子。

"我的妈呀，丁恩太太！"她嚷道，"吉牟屯到处都在流传着你的消息。我还以为你陷进黑马沼泽了呢，小姐也跟你一起陷了下去。后来主人告诉我，已经找到你们了，他让你们住在这儿！怎么，你一定是爬上一个孤岛了吧？你们在沼泽里待了多久呀？是主人救了你们吧？丁恩太太。不过你并没怎么瘦啊——你没有怎么吃苦头吧，是这样吗？"

"你家主人是十足的大混蛋！"我回答她道，"我不会饶过他的。他不用编瞎话，总有一天会真相大白的！"

"你这是什么意思？"齐拉问道，"那可不是他编出来的，村里所有人都这么讲——说你们在沼泽地里迷路了。我一进家门就冲欧肖嚷道：

"'呃，哈里顿先生，自从我走后，就出了想不到的事啦。那个俊俏的姑娘真是怪可惜的——还有那个能干的纳莉·丁恩。'

"他直朝我瞪眼睛。我还以为他什么都不知道呢，所以就把听来的消息告诉给他。

"老爷听着，自个儿笑了，他说：'你说她们陷进了沼泽里，现在已经出来啦，齐拉。纳莉·丁恩这会儿正在你房间里，你上去后叫她走吧，这是钥匙。她脑子里充进了一些脏水，神经分分地只想往家里跑，所以我把她留下来，想等她恢复正常再说。你让她马上回田庄去吧,要是她能走的话,让她顺便帮我捎个信,就说她家小姐随后就到,准能赶上参加那位乡绅的葬礼。'"

"埃德加先生没有去世吧?"我喘息着说,"啊?齐拉,齐拉!"

"没有,没有——你坐下吧,我的好太太,"她回答道,"你正病着呢,他还没有死。坎纳斯大夫说他还可以支撑一天——我在路上碰见他时问过。"

我才不坐下来呢,我抓起帽子和外套,赶紧跑下楼——终于没人阻拦我了。

一进大厅,我就四处张望,想找人问凯瑟琳在哪里。

大厅内阳光灿烂,门大开着,却一个人影也没有。

是马上逃走呢,还是回去寻找我家小姐,我正在迟疑不决,壁炉间传来一阵轻微的咳嗽声引起了我的注意。

林敦孤零零一个人躺在高背椅上,正在吮着一根棒棒糖,毫无表情地看着我的一举一动。

"凯瑟琳小姐在哪里?"我厉声斥问,指望逮着他一个人,可以从他嘴里吓唬出些情报来。

他像个小娃娃似的只知道吮吸。

"她走了吗?"我问。

"没有,"他回答,"她在楼上,她走不了,我们不放她走。"

"你不放她走,小白痴!"我叫道,"马上告诉我,她在哪儿?要不然,我可要叫你扯着嗓子哭上一阵啦。"

"爸爸还想叫你扯着嗓子哭上一阵呢——要是你想到那里去的话,"他回答道,"他说,我对凯瑟琳不能心软——她是我老婆,还居然想离开我,真不要脸!他说,她恨我,她盼我死,因为这样她可以拿到我的钱。可是,她休想!她回不了家,她这辈子都甭想回!她爱怎么哭怎么哭,爱怎么病怎么病,随她的便!"

他又吮起了他的棒糖,闭着眼睛,跟睡着了一样。

"希克厉少爷,"我又说,"难道你把去年冬天凯瑟琳对你的那番情意都忘掉了吗?那时候你明明说你爱她,她也带书给你看、唱歌给你听,一次又一次地冒着风雪来看你?有一个晚上她不能来,她急哭了,担心你会失望难过。那时你觉得她比你好一百倍,现在,你明知道你父亲恨你们两个人,却相信他说的那些谎话!你还跟他联合欺负她,你这不是忘恩负义,又是什么?"

林敦的嘴角一撇,把含在嘴里的棒糖拗了出来。

"她到呼啸山庄来,难道是因为恨你吗?"我接下去说,"你自己想想吧!至于你的钱,她连你将来会不会有都不知道。你说她病了,可你还把她一个人丢在一个陌生人家的楼上。你知道被人冷落的滋味呀,你可以怜悯自己的痛苦,她也可以怜悯你的痛苦,但你却并不怜悯她的痛苦!我都掉眼泪了,希克厉少爷,你瞧——我,只不过是一个老太婆,而且只是个仆人——你呢,装出了那么多温情,还几乎要崇拜她,却把每一滴眼泪都存下来供自己用,心安理得地躺在那里。呸!你真是个没良心的、自私自利的孩子!"

"我没法跟她待在一起,"他心情烦乱地说,"我也不愿意一个人待在那里。她不停地哭,我可受不了。我说我要去叫父亲来,可她还是哭个不休——我真去叫过他一次。他吓唬说她要是再哭,他就勒死她。可是他刚一离开屋子,她就又哭起来,虽然我烦得大叫睡不着,她还是整日整夜的哭个不停。"

"希克厉先生出去了吗?"我问,我看出这个可怜虫根本无力去同情他的表姐。

"他在院子里,"他回答,"正在同坎纳斯医生说话。医生说,舅舅真的要死了——我很高兴,他死以后,我就要成为庄园的主人了。凯瑟琳总把那儿说成是她的家。那不是她的,那是我的——爸爸说,她所有的东西都是我的,她所有好看的书都是我的。她说过,要是我能把房门钥匙给她,放她出去,她就把那些好看的书、那些漂亮的小鸟,还有小马敏妮,统统都送给我。可是我告诉她,她没有什么东西可送了,那些东西全都是我的。接着她就哭了,从脖子上取下一幅小小的画像,说她可以给我那个——一个金盒子里装着的两幅肖像:一副是她妈妈,另一幅是舅舅,都是他们年轻时画的。那是昨天的事吧——我说那些也是我的,想从她手里把东西夺过来。可那可恶的家伙不肯给我,她推开我,把我弄得好痛。我大声尖叫——这下她害怕了——她听见爸爸来了,便扯断铰链,把盒子分成两半,把她母亲的那半送给我,另一半想自己藏起来。可是爸爸问怎么回事,我就说出来了。他把我得的相片要去,又叫她把她的那幅给我。

她不肯,爸爸就把她打倒在地,从项链上把那画像扯下来,在脚底下踩得粉碎。

"看到她挨打,你高兴吗?"我问,有意引他说下去。

"我眨巴眼睛,"他回答道,"只要一看见父亲下狠手打马或打狗,我就要眨巴眼睛。但是一开始我挺高兴的——谁让她推我,她活该挨打。可是等爸爸走后,她把我拉到窗子跟前,张着嘴让我看她的牙齿被戳破了,满口都是血。随后,她把画像的碎片收拾起来,走开去面对着墙坐着,从此就再也没有跟我说过话。有时候,我真愿意认为她是痛得不能开口。不过,她总是哭个不停,是个十足的捣蛋鬼。脸色煞白,一副疯疯癫癫的样子,我都怕她啦。"

"要是你愿意,你能拿到钥匙吗?"我问。

"当然,只要我去楼上,"他回答,"但是现在我上不去。"

"在哪间屋子里?"我继续追问。

"哼,"他叫道,"我才不会告诉你呢。那是我们的秘密。没有其他人知道,哈里顿和欧肖也都不知道。哎呀!你把我搞得好累——走一边去!走一边去!"他把脸扭过去,靠在胳膊上,又闭上了眼睛。

我寻思着,最好不用看见希克厉先生就走,再从田庄带人来救我家小姐。

一回到家,那些仆人伙伴看见我,又是惊奇,又是高兴。当他们听说小女主人平安无事时,有两三个人就要跑到埃德加先生的门前大声通告这个消息,但我愿意自己去通报。

不几天的工夫,我发现他变得多厉害呀!他满面哀戚,带着听天由命的神情躺着等死。虽说他已有三十九岁,但看上去很年轻。至少,人们会把他当作年轻十岁看。他在思念着凯瑟琳,因为他喃喃地叫着她的名字。我摸了一下他的手,说:

"凯瑟琳就要回来了,我的东家!"我凑在他耳边说,"她没事,她活着,今天晚上她准回来,我希望。"

这个消息当场引起的结果真让我不寒而栗,他勉强撑起身子,急切地环视了一眼屋子,跟着就晕倒过去了。

等他醒来后,我就把我和小姐怎样被骗进山庄、怎样给关起来的事讲了一遍。我说希克厉强迫我们进去,这不大符合事实。但我尽可能少说林敦的坏话,也没有把他父亲的暴行全说出来——我是这样想的,东家已经够苦了,我要尽可能地不再给他雪上加霜。

他估计,他的敌人的意图之一,就是谋夺他的财产、田地房产,好给他的儿子,或者不如说,好归他所有。不过,对方为什么不等他过世后再下手呢?这一点使东家迷惑不解。因为他根本想不到,他那个外甥就要和他一起离开人世了。

无论怎么样,东家觉得最好改动一下遗嘱。他本想让凯瑟琳自由支配传给她的财产,现在他决定把这份财产交给委托人保管,她生前可以享用,如果她有孩子,在她死后就由她孩子使用。这样,他过世以后,财产就不会落到希克厉手中了。

我依照他的吩咐,派一个人请律师,又派了四个人,各自带着合适的武器,去把小姐从监禁她的人那儿要回来。两拨人都耽搁到好晚才回来。

那自个儿去请律师的仆人先回来。他说当他赶到格林先生家的时候,格林先生正好不在,他等了两个小时后律师回来了,但他又说他在村里有点小事需要办。不过,他答应他明天一大早就赶到画眉田庄来。

那四个人也没有把小姐带回来。他们带回口信说,凯瑟琳病了,病得很重离不开屋子,希克厉先生不让他们见她。

我把那几个蠢货臭骂了一顿,他们居然会听信那种谎言。我没把这事告诉东家。而是决定天一亮就带一拨人去山庄,要是对方不老老实实把被监禁的人交出来,就闹它个天翻地覆。

她父亲一定要见到小姐!我一遍又一遍地发誓,要是那个恶魔试图阻挡,我就把他杀死在他家的门槛上!

幸好,我免得走这一遭了,也省了大动干戈。

三点钟时我去楼下取一壶水,拎着水壶走过大厅时,忽然听见前门传来一阵急促的敲门声,我吓了一大跳。

"噢!是格林先生,"我说,接着镇静下来——一定是格林。我又往前走,想去叫个人开门。但是敲门声复又响起,虽说不大,但紧迫得很。

我急忙把水壶放在栏杆上,自己去给他开门。

门外满月高悬,月光皎洁如水。来人不是律师,而是我那可爱的小女主人。她跳上前来,搂住我的脖子,哭着喊:

"爱伦,爱伦,我爸爸还活着吧?"

"是的!"我叫道,"是的,我的小天使,他还活着!感谢上帝,你又平平安安地跟我们在一起了!"

她上气不接下气,就想愣往楼上林敦先生的房间跑。不过,我强迫她坐在椅子上,叫她喝点水,又洗干净她那苍白的脸,用我围裙给她的双颊擦出一点红润。然后我说,我必须先去通报一声她回来了。我又求她对林敦先生说,她跟小希克厉在一起会很幸福的,她瞪眼一愣,但很快就明白了我劝她说假话的原因。她让我放心,她不会诉苦的。

我不忍心待在那儿看他们父女见面,就在卧房门外站了一刻钟,简直不敢走近床前。但是,一切都很安宁。凯瑟琳的绝望,正如父亲的狂喜一样,都是毫无声息的。表面上,女儿镇静地扶着父亲;而父亲,抬起那因狂喜而睁大了的眼睛,一个劲儿地盯着女儿的脸瞧。

洛克乌先生,他离世的时候,心头充满了幸福。他就这样去世了。他亲亲女儿的小脸,喃喃地说:

"我就要到她那儿去了,你呢,我的宝贝,将来也要到我们那儿去的。"

他再也没有动弹,再也没说一句话,只是一个劲儿地盯着女儿,眼睛里闪烁着喜悦的光辉,一直到他的脉搏在不知不觉间停止了跳动。他的灵魂离开了人世,谁也不知道他去世的确切时间,他的死没有一点挣扎的痕迹。

不知道凯瑟琳是已经把眼泪哭干了呢,还是心头的悲哀压得太重,她哭不出来了,就那样目中无泪地坐在那儿,直坐到太阳出来。又坐到中午,她还想待在那儿面对父亲的床发呆,我一定要叫她走开,休息一会儿。

多亏我把她劝开了。因为午饭时格林律师来了,他已经去呼啸山庄请示过了。他把自己卖给希克厉先生了,这就是我家主人请他,他却迟迟不来的原因。幸好女儿回来。我家东家已经压根儿没有一丝尘俗的事情烦心了。

格林先生自作主张,府上的事情事事由他安排,人人听他发号施令。他把所有的仆人,除了我,都辞退了。他滥用他的委托权,甚至坚持不让埃德加·林敦的遗体葬在他妻子那儿,而是要把他葬在小教堂他家的祖坟里。多亏遗嘱摆在那儿,不是他一个人说了算,我又大声抗议,遗嘱上写得一清二楚,反对任何违背遗嘱的做法。

丧事匆匆忙忙做完了。凯瑟琳——现在得称呼她林敦·希克厉夫人了,获许住在田庄,直至父亲遗体落葬为止。

她告诉我,她忍受的极度痛苦终于唤醒了林敦的天良,他冒险放走了她。她听见了我派去的几个仆人在门口争论,猜出了希克厉回话的意思。这一下逼得她横下心,不顾死活了。

林敦自从我离开后不久,就被送到楼上小客厅里,他这时被吓坏了,趁着父亲下楼没上来的机会,偷偷拿到了钥匙。

他倒挺有心机,打开门上的锁,又重新锁上,但是门却没有关严。等到他该上床的时候,他要求跟哈里顿一起睡,这回他的请求被获准了。

天亮以前,凯瑟琳偷偷溜了出去,她不敢从门里走,担心那些狗叫起来,惊动宅子里的人。她闯进一间又一间空房,仔细察看每一扇窗子,终于来到了她母亲当初住的房间,轻而易举地从格子窗里爬了出去,又借助窗口的那棵枞树,滑到地面上。

为了这次逃脱,她那位同谋,尽管耍了些怯懦的花招,还是为参与这次逃脱吃尽了苦头。

第二十九章

办完丧事的当晚,小姐和我坐在书房里,时而沉痛地想着我们又失去了一位亲人——我们中的一个真是柔肠寸断,时而又惶然不安地揣测那黯淡的未来究竟是什么样子。

我们俩人一致认为,凯瑟琳所能指望的最好命运,就是被获准继续在田庄住下去,至少在林敦活着的时候是这样:林敦可以和她一起住在这儿,我仍旧做女管家。这样的安排似乎太如意了,如意得令人难以指望,但我依旧抱着希望。一想到可以保住我的家、我的职位,尤其是我可爱的小主人,我不由得暗暗欣喜起来……

正在这时,一个仆人——一个被辞退但还没有来得及离去的仆人,匆匆忙忙地冲进来,说是"希克历那个魔鬼"正穿过院子走来,要不要把他闩在门外?

即使我们忙不迭地吩咐他闩门,也已经来不及了。希克历根本不顾礼节,既没敲门,也没通报一声。他是这儿的主人,仗着主人的权势,一直走了进来,一句话也不说。

那个来报告的仆人的声音,把他引向书房来。他走进来,挥手让仆人离开,关上了门。

这便是十八年前,他作为客人被引进来的那个房间:同样的月光从窗外照进来,外面的秋景也还是同样。我们还没点起蜡烛,但整个房间都是亮堂堂的,就连挂在墙上的两幅肖像——林敦夫人的娇美的头像和她丈夫的优雅的头像,都看得一清二楚。

希克厉径直朝前走向壁炉。时光也没有怎么改变他。他还是同样一个人：也许那张黑脸变得灰黄了些，态度也沉静了些，他的身子重了也许有二三十磅，此外再没有什么变化。

一看见他进来，凯瑟琳就跳起来想冲出去。

"站住！"他一把抓住她的胳膊，喝道，"别想再逃跑啦！你要去哪儿？我是来带你回家的，我希望你做一个孝顺的儿媳妇，别再怂恿我儿子不听话了。我发现他参与了这事，真不知该怎么惩罚他才好，他就像一张蜘蛛网，一捅就破。可是看他那模样，你就会清楚他已经受到了惩罚！有一天晚上，就是前天吧，我把他从楼上带下来，叫他在一把椅子里坐好，也不去碰他一下。我把哈里顿打发走，屋子里就只有我和他两个。两个小时以后，我叫约瑟夫把他抱上楼去。从那天起，他一看见我，就像看见魔鬼一样胆战心惊，就是我不在旁边，我猜想他也会时常看见我。哈里顿说他在夜里常常惊醒，大声尖叫，要你去保护他，免得我打他。看来，不管你喜不喜欢你那个宝贝伴侣，你都得去——现在他是你的人了，他的事我不管了，全交给你去操心吧。"

"为什么不让凯瑟琳继续住在这儿呢？"我恳求道，"让林敦少爷跟他一起住好了。反正你恨他们两人，他们不在，你也不会想念他们。他们俩在你跟前，只会给你那颗硬心肠带来不痛快罢了。"

"我要为田庄找一个房客，"他回答说，"还有，我当然要让我的孩子们住在我跟前。何况，那个小丫头既然要吃饭，就得为我做事。我可不准备在林敦死后供养她，让她吃喝玩乐什么事都不干。赶快收拾一下，别逼我强迫你走。"

"我会走的，"凯瑟琳说，"林敦是我在世界上唯一的亲人了，虽然你用尽心机的想让我恨他，也让他恨我。但是你没法让我们两个互相仇恨！只要我在他身边，我就不怕你伤害他，也不怕你吓唬我！"

"你倒是个会吹牛的巾帼英雄！"希克厉答道，"不过我还不至于因为喜欢你，就去伤害他——只要他受一天折磨，就有你的好果子吃。不是我要让你觉得他可恨——实在是因为他自己那可爱的性格。你逃跑后他吃尽苦头,他恨透了你。别指望他会感激你那忠诚的爱。我听见他有声有色地对齐拉说,他要是跟我一样有力气,他就会怎么办怎么办。他已经存着这种心思,只是力不从心而已。他会开动脑筋,用心机来弥补力量的不足。"

"我明白他天性邪恶,"凯瑟琳说,"因为他是你的儿子。但是我很高兴我的天性比较好,可以原谅他的坏脾气。我知道他爱我,所以我也爱他。希克厉先生,可没有一个人爱你呀。不管你把我们折磨得多么惨,我们一想到你之所以这么残忍,是因为你比我们更悲惨,我们也就出了口气。你很悲惨,不是吗?你像恶魔一样孤独,也像恶魔一样爱嫉妒人。谁也不爱你,你死了,谁也不会为你哭!我可不愿意做你那样的人!"

凯瑟琳说这番话时,带着凄凉而得意的口吻。她似乎已打定主意,要跨进她未来家庭的那种精神世界,从敌人的痛苦中吸取自己的安慰。

"你要是再在这儿站上一分钟,"她公公吼道,"我就会叫你后悔不已,再也神气不起来。滚开!小贱人,快去收拾你的东西!"

凯瑟琳轻蔑地走开了。

她走了之后,我便恳求他,让我顶替齐拉做山庄的管家,我愿意把我在这儿的位置让给她。没承想他一口回绝了。他不准我再开口。这时他才头一回得便四处打量一下屋子,看到了那两幅画像。他盯着林敦夫人的画像看了半天,然后说:

"我要把这幅画像带回家。不是因为我需要它,而是因为——"

说到这里,他忽然一下子朝壁炉转身走来,脸上带着一种———一种什么呢?我实在找不到合适的字眼——就算是一种微笑吧,接着说道:

"我告诉你,我昨天干了些什么事情——

"我找到了那个为林敦掘墓的教堂司事,叫他把她棺盖上的泥土挖开,我打开了那棺材,我又看见了她那张脸——还能看出来,是她的脸。当时我像生了根似的待在那里不走了,司事费了好大劲儿才使我惊醒过来。可是他说,要是透了风，尸体就会起变化。于是我又把棺材的一边敲松，盖上了土——不是靠林敦那一边，让他见鬼去吧！我恨不得用铅把他的坟封住。我买通了那个司事，等我死了以后，就把那棺木挪开，我好埋在那儿。也要给我留条缝，我好悄悄溜出去。我要弄成这样子，等林敦到我们这儿来时，他就分不清谁是谁了。"

"你真恶毒，希克厉先生！"我叫道，"你难道不害臊吗？连死者都要去惊动。"

"我并没有惊动什么人，纳莉，"他回答说，"我不过是让自己心灵安慰一下罢了。现在我心里安宁多了，等我自己入土之后，你也不用时时刻刻担心我会破土而出了。惊动她？没有！十八年来，她日日夜夜都在惊动我——从不间断——也毫不留情——一直到昨天夜里，昨天夜里我安宁了。我梦见我靠着那位长眠者，睡了最后一觉。我的心停止了跳动，我的脸紧贴着她冰冷的脸。"

"要是她已经化为泥土，或者连泥土都不如，那你还能梦见什么呢？"我说道。

"跟她一块儿化掉，而且更加幸福！"他回答道，"难道你认为我会害怕这种变化？刚打开棺盖时，我也以为会发生这种事情，可是令我高兴万分的事，它还没起变化，要等我跟她在一起了，那时才会变化。再说，只有她那冷冰冰的面容清清楚楚地印在我的脑海之后，我脑海里那种奇异的感觉才会消除。事情开始得很古怪。你知道，她死之后，我险些发疯，时时刻刻都在祈祷她回到我身边——她的灵魂。我相信鬼魂，相信灵魂能够而且也的确存在于我们中间。

"她下葬的那天，下了一场雪。晚上我到教堂墓地里去。寒风呼啸，四周是一片凄凉。我并不担心她那傻瓜丈夫这么晚了还会去那儿游荡——别的人也不会有什么事情去那儿。

"我孤孤单单的一个人，意识到横隔在我们中间的只有那两码松土，于是我告诉自己：

"'我要再次把她搂在我的怀里！要是她全身冰冷，我会想，那是北风吹得我冰冷；要是她纹丝不动，那是因为她睡熟了。'

"我去工具房拿来一把铁铲，使出全身力气去掘土。很快铲子就碰到了棺木。于是我换用双手去挖。钉子周围的木头开始发出嘎嘎的响声，我眼看就要实现目标了。正在这时，我仿佛听到坟墓上面有人发出了一声叹息，就挨着坟边，而且俯下了身子。

"'要是我能掀起这个，'我咕哝道，'我情愿他们用土把我们俩埋住！'说着我更加拼命地用力挖。

"我耳边又响起一声叹息，近在耳边。我甚至觉得有一股温暖的喘息替代了雪雨交加的北风。

"我很清楚周围并没有活生生的血肉之躯，可是正像你在黑暗中虽然分辨不出他的形体，但也能分明感觉到有人走过来一样，我也分明感觉到凯茜就在那里，不是在我下面，而是在地面上。

"一阵莫名其妙的轻松感涌上我的心头，直达我的手脚。我放弃了我那痛苦的劳作，心头赶到欣慰——一种无法言说的欣慰。她与我同在，看着我填平墓穴，又引我回家。你想笑，就尽管笑吧，但我肯定我在那里见到了她。我肯定她与我在一起，就忍不住同她说话。

"一进山庄，我就迫不及待地冲到门前。门被闩上了，我记得，那该死的欧肖和我老婆不让我进去。我记得我停下来，把他踢得喘不过气来。然后我急忙上楼，跑进我的屋子和她的屋子。我急不可耐地四下张望——我感觉她就在我身边——我仿佛看到她了，可就是看不见！我真是心急火燎，痛苦地渴望着，强烈的祈求能看她一眼，我冷汗直冒——确切地说应该是血液直流才对，却就是一眼也没看到。她生前就喜欢捉弄我，死后也还一样！从那以后，我一直被那难以忍受的折磨玩弄着。真是可恶——我的神经总是被绷得紧紧的，要不是我的神经像是羊绒线做得那么结实柔韧的话，早就松弛下来了，变得像林敦那样脆弱、不中用。

"和哈里顿一起坐在堂屋里的时候，我觉得好像我一出去，就能遇见她；我在荒野散步的时候，又觉得好像一回去，就能遇见她。我常刚刚从家里出来，就急匆匆地往回赶。我敢肯定,她一定待在山庄什么地方!我睡在她的房间里——后来受不了,就搬出来了。我在那儿无论如何躺不下去,我只要一闭上眼,她就或者待在窗外,或者把镶板拉回去。她甚至走进房来,把她那可爱的小脑袋枕在她小时候枕过的枕头上。而我非要睁眼看明白不可。就这样,我一夜要把眼睛睁合一百次——可每次总是失望!我真是活受罪呀!我经常大声呻吟,约瑟夫那个老流氓还确信无疑地把它当作是我的良心在作怪。

"现在,我终于看见了她,我心里总算安宁了——安宁了一点儿。这是一种奇怪的索命法——不是一寸一寸地要你的命,而是像头发那样细细地一丝一丝地置你于死地。十八年了,那希望的幽灵就是这样折磨着我!"

希克厉先生说到这里停住了,擦了擦自己的脑门。他的头发全被汗水浸湿了,紧紧地贴在头上。他双眼直直地瞪着壁炉里红红的余烬,两道眉毛没有皱紧,而是扬得高高的,挨近了太阳穴。这把他那阴沉沉的神气减弱了几分,但是仍然流露出一种心神不定的神情,那种为一件无法甩开的事情而感到痛苦不安的神色依然留在他的脸上。他并不是完全在对我说话,我始终没有开口。我不愿意听他讲话。

过了一会儿,他又出神地望着那幅画像,把它取下来,靠在沙发上,更加深情地端详着、凝视着。正在这时,凯瑟琳走了进来,说她已经准备好,就等她的小马装鞍了。

"明天叫人把那个送来,"希克厉告诉我,然后转身向她,接着说,"你用不着骑马也能去——今晚天气不错,而且你在呼啸山庄也用不着骑马,因为不论你去哪儿,都有你自己的脚为你效劳。走吧!"

"再见,爱伦!"我亲爱的小主人低声对我说。她亲吻我时,我感到她的嘴唇像冰一样凉。"来看我,爱伦,千万别忘了。"

"小心别干这种事,丁恩太太!"她的公公说道,"要是我有什么话需要对你说,我会到这里来的。我才不要你去我家探头探脑地多管闲事呢。"

他做了个让她先走的手势。凯瑟琳回头望了我一眼,然后就顺从地走了。

那一望可真叫我心如刀割。

　　我透过窗户,看着他们穿过花园。希克厉用自己的胳膊夹住凯瑟琳的胳膊,显然看得出来,凯瑟琳起初不愿让他那么做。他急忙大步把她带上小路,路旁的树木马上便把他们淹没了。

世界十大名著

·呼啸山庄·

图文珍藏版

第三十章

自从凯瑟琳走后，我去过山庄一次，但没能见到她。我上门去问候她时，约瑟夫却用手把着门，不让我进去。他说林敦夫人"没有时间"，主人不在家。多亏齐拉给我讲了一些他们过日子的情况，要不我连他们是活是死都搞不清楚。

从她的谈话中我听得出来，她不喜欢凯瑟琳，她觉得她太傲。我家小姐刚去那儿时，曾请她帮帮忙，但是希克厉让她管好自己的事就行了，她儿媳的事让她自己料理。齐拉本就是个心胸狭窄、自私自利的女人，当然欣然从命。凯瑟琳受到怠慢，也难免要耍小孩脾气，露出一副鄙夷不屑的样子。就这样，她把这个向我提供情况的女人列为她的敌人，仿佛齐拉真的做了什么对不起她的错事。

大约在六星期以前，也就是您来前不久，我和齐拉有一天在原野上碰见了。于是我们便开始聊天，以下便是她告诉我的一些情况：

"林敦夫人来到山庄，第一件事情就是跑上楼去，理都不理我和约瑟夫，她把自己关在林敦的屋子里，一直待到第二天早晨。主人和欧肖正在吃早饭，她闯进屋来，浑身发抖，说道：'她的表弟病得厉害，是不是应该请个医生。'

"'知道了，'希克厉回答，'可是他的命一钱不值，我可不想为他花一文钱。'

"'那我该怎么办呢？'她说道，'要是没有人来帮我，他就要死了！'

"'滚出这间屋子，'主人吼道，'关于他的事，我一个字也不想听！在这儿，

谁都不在乎他变成什么样。你要是关心他，你就去侍候他；你要是不关心他，就离开他，把他锁在房里。'

"于是她又开始来缠我，我就说自己早已被那个烦人的东西折腾够了。我们各有各的分工，她的任务就是去伺候林敦，希克厉先生已经让我把这份活计转给她。

"他俩相处得怎么样，我还真说不出来。我猜测他一定大发脾气，整日整夜地呻吟个不停，一看她那张苍白的脸和沉重低垂的眼皮，就可以看出她难得有片刻的休息。有时候她来到厨房，失魂落魄的，好像是想求人帮忙。可我不想违背主人的旨意——我从来不敢违背他。丁恩太太，我知道不去请坎纳斯大夫是不对的，可这不关我的事，我用不着去劝，也用不着去抱怨谁。我从来都是不愿多管闲事的。

"有那么一两次，一家人都上床睡觉后，我偶尔打开房门，看见她坐在楼梯口上哭，我急忙关上了门，担心自己于心不忍多管闲事。我那会儿的确很可怜她，可是我还不想丢掉自己的饭碗啊，你知道！

"终于，在一天晚上她大着胆子走进我房间来，刚一开口就把我吓呆了——

"'告诉希克厉先生，他儿子快要死啦——我敢肯定——起来，马上起来，去告诉他！'

"她说完这几句话，就不见了。我又躺了一刻钟，一边发抖，一边侧着耳朵听，没有任何动静——什么都没发生。

"'她弄错了，'我自言自语地说，'我不必去惊扰他们，既然他的病已经没事了。'我就又睡起觉来，可是一阵尖利的铃声又一次把我的睡眠打断了——我们家只有一只铃，那是特地为林敦而安装的。

"主人让我去看看究竟发生了什么事，并让我关照他们不准再拉铃。

"我把凯瑟琳的话转告给他。他恨恨地骂了几句，过了一会儿，便拿着一支点亮的蜡烛走了出来，往楼上他们的屋子走去。我跟在后面。林敦夫人坐在床边，手抱着膝。她公公走近林敦，先用烛光照了照他的脸，望望他，抚摸了一下，

世界传世藏书

世界十大名著

·呼啸山庄·

图文珍藏版

399

然后他转身朝向凯瑟琳。

"'现在——凯瑟琳,'他说,'你感觉怎么样?'

"她一声不响。

"'你觉得怎么样,凯瑟琳?'他又问。

"'他安然无恙了,我也解放了,'她回答,'我本该感觉不错,可是,'她带着掩饰不住的悲苦心情说,'你们丢下我一个人跟死亡争斗了这么久,我现在感到的、看到的除了死亡还是死亡!我感到跟死了没什么两样!'

"她看上去也真的跟死了差不多!我给她端来一点酒。这时被铃声和脚步声吵醒的哈里顿和约瑟夫,在外面听见我们说话,也走了进来。我看得出,约瑟夫看到这男孩死了很高兴。哈里顿好像有些难过,但是他与其说是在想着林敦,不如说是在望着凯瑟琳。主人说我们并不需要他的帮忙,让他赶快去睡觉。接着,他告诉约瑟夫把尸体搬到他房间去,并让我也回屋,把林敦夫人一个人留在那儿。

"早晨他让我告诉她下楼吃早饭,必须下来。她已经脱了衣服,好像正要上床睡觉;她说她不舒服。她病了。我觉得这是很自然的事,我把情况回报给希克厉先生,他说:

"'那好吧,暂且由她去,等落葬后再说也不迟。你隔一阵子上去看看她,她需要什么就拿给她,她一好些,就马上告诉我。'"

据齐拉讲,凯瑟琳在楼上整整待了两个星期。齐拉每天看她两次,很想待她好一点,可对方的态度总是冷冰冰的,别想亲近得上。

希克厉也上过一次楼,为的是给她看林敦的遗嘱。林敦把自己全部的财产包括原来属于她的财产,统统遗赠给了父亲。这个可怜虫是在他舅舅去世之后,凯瑟琳离开山庄的那个星期里,在威吓或哄骗下写成了这份遗嘱。说到田产,因为他还没有成年,所以无权干涉。但是希克厉先生根据他妻子的权利以及他自己的权利把它据为己有了,我猜这是合法的。不管怎么说,凯瑟琳既无钱又无势,是没有能力挡得住希克厉的剥夺的。

"从来没有人走近她的房门，也不曾有人问过她怎么样了，"齐拉说，"除了我和希克厉先生那一次去之外，在一个星期日的下午，她第一次下楼来到正屋——

"那天我给她往楼上送午饭，她嚷了起来，说再让她待在这个冷地方她可受不了了。我就告诉她，主人明天要去画眉田庄，她要是想下楼来，我和哈里顿都不会阻拦的。这样，她一听见希克厉的马蹄声消失，就立刻出现在楼下。她穿了一身黑颜色的衣服，淡黄的鬈发梳到耳根后面，那样子朴素得就像一个教友派信徒。她没有办法梳通那些头发。

"平常我总是和约瑟夫在礼拜天去教堂，（你知道，如今那小教堂已经没有牧师了，丁恩太太解释道，他们叫作'礼拜堂'的地方指的是掌管吉牟屯的美以美会或是浸礼会的会所。）"她继续讲下去，约瑟夫已经去了，但我觉着自己还是留在家里比较好，年轻人毕竟需要有个年纪大的照看些才好。哈里顿尽管羞羞答答的，却也并不是规规矩矩的榜样。我告诉他，他的表妹也许要下楼来和我们坐在一起。她向来是很遵守安息日的礼仪的，所以她待在这儿的时候，他最好不要去摆弄他的枪，也不要去折腾屋里那些零七碎八的小活儿。

"一听我这么说，他的脸腾地红了，目光盯在自己的手和衣服上。没过一分钟，鲸油和弹药就消失得无影无踪了——他把它们塞起来了。我看得出他希望陪她坐着，而且从那副架势可以猜测，他还想把自己打扮得体面些。我忍不住笑了起来。当然，若是主人在旁边我是不敢笑的。我说：'要不要我来帮帮忙啊？'一边取笑他那副忐忑不安的样子。她不高兴地沉下脸，又咒骂起来。

"我说丁恩太太，"齐拉看出来我不喜欢她那种做法，便又接着说道，"你也许以为你家小姐是千金小姐，哈里顿先生根本配不上她，或许你没有错。不过，我承认，我极想把她那种傲气压一压。眼前这阵子，她的学问、她的高雅，都有什么用呢？她就跟你或我一样地穷，甚至比我们还要穷。这话可不是乱说，你不是正在攒钱吗？我也正顺着这条路慢慢往前挪。"

哈里顿请齐拉帮他的忙，齐拉也把他恭维得蛮高兴。等凯瑟琳进来的时

候,他几乎忘记了她从前对他的侮辱,只是一门心思地希望自己能够讨她喜欢。那女管家是这样叙述这件事的:

"夫人走进来了,"她说,"冷冰冰的,像根冰柱一样,还跟公主一般骄傲。我站起来,把我的靠椅让给她坐。谁知,她对我的这番殷勤嗤之以鼻。欧肖也站起身来,请她到高背椅上坐,这样靠炉火近一些。他猜她一定饿坏了。

"'我已经饿了有一个多月了。'她回答,尽量把那个'饿'字用轻蔑的语气拉长。

"她自己找来一把椅子,把它放在离我们两个都较远的地方。

"她一直坐着,等到暖和过来了就开始东张西望,在柜子上发现了一排书。她立刻站起来伸手去拿,可是那些书放得实在太高了。她表哥看着她实在够不到,过了一会儿终于鼓足勇气去帮她。她兜起她的上衣,他每拿到一本就放进去。

"对于这个小伙子来讲,真是跨出了好大的一步。她虽然没有谢他,但他依然感到心满意足,因为她毕竟接受了他的帮助,他又大着胆子站在她身后看她翻书,时不时地还弯下身子指指书中令他感兴趣的几幅古老的插图。而她呢,还是那副盛气凌人的架势,往往是啪的一下把书页翻过去,根本不让他碰到。他对此毫不介意,只是往后站了几步,不再去看书,而是满足地盯着她看。

"她只顾看书,一心翻找自己感兴趣的内容。他的注意力渐渐被她那又厚又亮的鬈发所吸引——他看不见她的脸,她也看不到他。看着看着,他也不清楚自己是怎么了,就像一个被烛光吸引的孩子似的,开始动手去摸那盯着看的地方。他温柔地摸起一缕鬈发,好像他手中摸的是一只小鸟般珍爱。就像自己脖子被人捅进一把小刀一样,夫人心头火起,猛然回过头来。

"'滚开!立刻滚得远远的!你竟敢碰我?你干吗待在这儿?'她大嚷,语调里充满了憎厌之情。'我受不了你!要是你再碰我,我就回到楼上去!'

"哈里顿先生一个劲往后退,那神情要多傻有多傻,一声不响地坐回到他的高背长椅上,夫人又继续翻她的书,就这样过了半个小时。最后,欧肖走过来,贴着我的耳根说：

"'齐拉，你请她念段书给我们听听，好吗？总是闲着太腻了。我真的很想——很想听她念书！别说是我喜欢，就说是你想听。'

"'哈里顿先生想请你念段书给我们听，太太，'我立刻说，'他会非常高兴、非常感激的。'

"她皱起眉头，抬起眼睛，回答道：

"'哈里顿先生，还有你们这帮人，都请放明白些，少对我假情假意地讨好，我可不领你这份情！我讨厌你们，蔑视你们，对你们无话可说！当初，为了能听到你们的一句和气话，哪怕是一张脸，我宁愿舍弃我的生命。可你们呢？一个个都躲得远远的。可是我并不要向你们诉苦。我是冷得受不了，被逼到楼下来的，可不是跟你们做伴，为你们解闷来的。'

"'我做错了什么呀？'哈里顿开口说，'怎么怪我呢？'

"'啊！我可没把你算在内，'林敦夫人回答，'我从来不在乎你是不是关心我！'

"'可是我的确不止一次地提出过，请求过，'他说，凯瑟琳把话说得那么绝情，他也有些冒火了，'我请求希克厉先生让我替你守夜——'

"'闭上你的嘴巴！我宁愿走出门外，或者去任何一个地方，也总比听到你这讨厌的声音好一些。'我家夫人说道。

"哈里顿咕哝说，她就是下地狱也不干我的事！说着他便取下墙上的枪，不再约束自己了，自顾自地干起他礼拜日常干的活来。

"这时哈里顿说话就随便起来了，林敦夫人也立刻看出自己还是回到那孤寂寒冷的空房合适些。无奈天已开始下霜，她无论多么傲慢，也只好屈尊同我们在一起，而且也被迫越来越亲近了。不过我还是留神，我性子再好，也不愿让她来嘲弄。从那以后，我便跟她一样板着面孔，在我们中间没有一个人喜欢她或爱她，她也不配；谁要跟她讲半句话，她立刻就转过脸去，一点面子都不给。她连东家也常常顶撞，分明是在找打，可她不怕打，越是挨打越变得狠毒。"

　　最初,听了齐拉的讲述,我立刻决定要辞去我的差事,租间小屋,接凯瑟琳来与我一起过。但我立刻想到,要让希克厉先生放她出来,就跟要他让哈里顿另立门户那样难。目前我也实在想不出补救的方法来,除非她能改嫁,可对这件事我又无能为力。

　　丁恩太太的故事就这样讲完了。尽管大夫们都预言我会病得很重,但我的确很快就恢复了体力;现在虽然只是正月里的第二个礼拜,可是我打算一两天内就去呼啸山庄找我的房东,告诉他上半年我要去伦敦住。要是他愿意,他可以另外找一个房客,过了十月以后就可以搬进去住。总之我是不会再在这儿过一个冬天了。

第三十一章

昨天天气恬静、晴朗，有些冷。我按我原来的打算骑马去山庄。女管家求我给她的小姐带个短信，我没有拒绝，而且这位可敬的女人也并不觉得自己的请求有什么不合时宜。

前门敞开着，可那外面的栅门却紧紧地拴着，惟恐有外人闯进来，就跟我上次来的时候没有什么变化。我敲了敲门，欧肖立刻从花园的苗圃中跑了出来。他打开门锁放我进去，这次我特意多瞟了他几眼，作为一个乡下人，这家伙长得真够帅的。可他偏偏像是怕给人留下什么好印象似的，总在尽量把自己糟蹋得不像样。

我问希克厉先生在不在家，他回答说不在，不过吃饭的时候会在家的。这时已是十一点钟了，我表示我要进去等候。他立刻扔下手里的工具，陪我进去。可不是代表主人，而是在履行看家狗的职责。

我们一起走了进去。凯瑟琳也在那儿，正帮着预备中午的饭菜，她比我第一次看见她时还忧郁、没有精神。她连抬眼看我一眼都不肯，像以前一样，对一般的礼节形式也不屑一顾，只顾埋头摘菜，始终没有回答我的鞠躬和问候。

"丁恩太太告诉我她温柔和善，"我暗想，"看来事实并非如此。不错，她是个美人，可并不是天使。"

欧肖粗声粗气地让她把手里的东西拿到厨房去弄。

"要拿你自己拿吧!"她回答道，一摘完就把那堆菜一股脑儿摊到一边，站起来退到窗边的一张凳子上，坐在那儿用怀里的一些萝卜皮刻出鸟兽的图案来。

我走近她，假装看看花园中的景致，而且自以为很巧妙地把丁恩太太的信笺掉到她的膝盖上，没有让哈里顿看见。可是她却大声喊道：

"那是什么?"而且轻蔑地把它扔在一边。

"你的老朋友,田庄的女管家给你的信,"我十分冒火,我好意帮她传信,她却大叫大嚷,我真怕有人误会那是我扔给她的一封私信。

她听了这话,就高兴地想把那封信捡起来,可是哈里顿比她眼疾手快,一把把信抢过去放进自己的背心口袋里,他说必须让希克厉先生看一下。

这样一来,凯瑟琳默默地转过脸去,摸出手绢拭着自己的眼睛;她的表哥有些心软,内心挣扎了一番,又把信抽出来,粗鲁地把信扔回到她旁边的地板上。

凯瑟琳捡起信,热切地读着;读完后又向我问起一些她老家的情况,时而问得合情合理,时而问得糊里糊涂,让我莫名其妙。她遥望着房外的远山,喃喃自语:

"我多想骑着敏妮回到那儿! 我多想爬上那些山! 啊! 我烦透了! 我被关起来啦,哈里顿!"她将自己那漂亮的头仰靠在窗台上,半是打哈欠,半是陷入一种迷茫的悲伤中。丝毫不注意也不在乎我们是否在注视着她。

默默地坐了一阵子以后,我说:"希克厉太太,你还不知道我已经很熟悉你了吧? 对你,我感到很亲切,我很奇怪你为什么不肯过来跟我说话。我的管家总是不厌其烦地说起你、称赞你,要是我回去没有带回一点关于你或是你给她的消息,只告诉你你收到了她的信,她该会多么失望啊!"

她对我的话似乎很惊奇,问道——

"爱伦她喜欢你吗?"

"当然,很喜欢。"我毫不犹豫地回答她。

"那么,请你一定告诉她,"她接着说,"我很想给她回信,可是我没有写信的东西,就连可以撕一张纸用的书都没有。"

"没有书!"我叫起来,"那你怎么活下去? 假如我可以发问的话。虽然我有个很大的书房,可我在田庄还觉得很闷;要是把我的书拿走,那就是要了我的命!"

"我有书的时候,我总在看书,"凯瑟琳说,"可希克厉先生从来不看,所以他起了个坏念头把我的书全毁掉了。只有一次,我去翻了翻约瑟夫藏的宗教书籍,气得他暴跳如雷。还有一次,哈里顿,我发现你的房间里有一堆秘密的收藏品——有的是拉丁文和希腊文,有的是故事和诗歌,统统是我最喜欢的老朋友。那些故事和诗歌还是我带来的呢。你收集这些,就跟喜鹊收集钥匙是一样,只

不过是喜欢偷东西罢了! 它们对你毫无意义! 不然就是你故意使坏把它们藏起来,既然自己不能享用,就叫别人也休想。或许正是你因为嫉妒,出主意让希克厉先生把我的珍藏抢去的! 但是,多数的书都写在我的脑海里,印在我的心灵里,这些,都是你怎么抢都抢不走的!”

哈里顿听到他的表妹在揭露他私下的文艺收藏,脸涨得通红,结结巴巴地矢口否认她的指控。

“哈里顿先生也是想增加自己的见识,”我连忙出来解围,“他不是嫉妒,而是上进,想跟你比一下——不过几年他就会成为一位聪明的学者的!”

“同时他还想让我堕落成一个笨蛋,”凯瑟琳回答,“对啦,我听见他自个儿在学着拼音、念书,可是错误百出! ——我巴不得你再念上一遍 'chevy chase',就像昨天那样,真是笑死人了! 我听见你在念,还听见你在翻字典查生词,一边翻一边咒骂,因为你根本看不懂那些解释!”

那小伙子显然觉得窝火,先是因为无知而遭人讥讽,又因为想不再无知而被人戏弄,连我也同情他了。我记起丁恩太太曾经告诉我,他一度为了摆脱这

种无知而努力过,于是插口道:

"可是,希克厉太太,任何人都有个开始,每个人刚入门时都是磕磕撞撞的,若是做老师的只管嘲笑却不肯伸手扶持,我们不是也在继续跌跤下去吗?"

"噢!"她回答,"我可没有想妨碍他的上进,可他也没有权利把我的东西据为己有啊,而且还用那些莫名其妙的错误发音让我哭笑不得。那些书,不管是诗歌还是故事,都寄托着我神圣的感情,对我有特殊的意义。这些书,经他那张嘴巴一念,统统被亵渎了,我恨他!而且,他还偏偏挑那些书中我最心爱、最经常读的那些来看,真是存心跟我过不去!"

哈里顿的胸脯剧烈地起伏着,却没有发作,只是一声不吭。我看得出来,他在跟自己内心的屈辱和愤怒斗争,要做到这一点可是很困难的。

我站起来,出于一种绅士风度,我不想让他在人面前太失面子,就走到门口只顾看外面的风景。

他学我的样子,也起身离开了房间。可是没过多久,他又回来了,手中捧着五六本书,全都扔进凯瑟琳膝盖上,嚷道:

"都拿走吧!从此我再不会去听、去念、去想这些该死的书了!"

"现在我也不要啦!"她回答,"我一看见它们,就会想到你,我讨厌它们,讨厌!"

她打开一本显然是常被翻阅的书,学着刚识几个字的人那种吃力的样子,拉长着语调,念了几句,便哈哈大笑,把书扔在一旁。

"听着,"她还要戏弄他,又用同样的腔调念起另一段来。

可是自尊心使他无法再忍受下去了。我听见——而且完全赞成——一记耳光打断了她那尖酸的嘲讽——那个坏丫头用尽心机去伤害表哥那敏感而未经陶冶的感情,动手便成为他向对手算账的唯一办法。

然后他就收拢那些书,将它们统统扔进火炉里。从他脸上的表情可以看出来,在把这些祭品投向烈火时,他的内心痛苦极了。我猜想,当这些书化为灰烬时,他想到了它们所带给他的无限欢乐,想到了自己从书中所获得的对于欢乐和喜悦的无限渴望。我想我也猜到了鼓励他阅读的原始动机,要不是凯瑟琳闯进他的生活,他会一直满足于跟牲口一样的吃喝享受的。她的嘲讽令他耻辱,却又希望得到她的赞许,这就是他力求上进的动机。可事实结果却背道而驰——他那上进的努力,不仅没有得到她的赞许,反而带来她更大的嘲讽。

"是的,像你这样的畜生,除此之外,还能从书中得到什么呢?"凯瑟琳咬着她那受伤的嘴唇嚷道,愤怒的眼睛直愣愣地盯着那堆熊熊大火。

"你现在最好闭上你的嘴巴!"他恶狠狠地回答。

他激动地再也说不出话了,便急忙向门口走去,我侧身让他过去。可还没跨出门前的台阶,正碰上希克厉先生从石子路上过来。他一把抓住他的肩膀,问——

"这会儿干什么去呀? 我的孩子。"

"不干什么! 不干什么!"他挣脱身子,去独自咀嚼自己的悲伤和愤怒。

希克厉望着他的背影,长长地叹了口气。

"那真是怪事,我居然会跟自己过不去?!"他小声咕哝,并没想到我在他身后。"我只想从他身上找到他父亲的影子,谁承想每次找到的却总是她! 真他妈的活见鬼,他怎么就长得那么像呢? 只要看见他,真让我受不了!"

他垂下眼睛,无精打采地走回到屋子。他的脸上有一种焦虑不安的神情,这是我从未看见过的,他的整个人也瘦了许多。

他的儿媳妇一从窗口看见他回来,马上躲到厨房去了,屋里只剩下我一个人。

"我很高兴又能看见你出门了,洛克乌先生,"他回应着我的招呼,"一方面是由于自私。一旦没有了你,在这荒凉的地方,我恐怕是很难再找到谁来立刻补上这个缺。我常常奇怪,你为什么会到这儿来?"

"怕是忽发奇想吧,先生,"我回答,"或者,就是什么心血来潮的念头让我在家里待不下去。下星期我就要到伦敦去,我必须事先告诉你,在画眉田庄十二个月的租期结束后,我不准备续租。我想我是不会再在那儿住下去了。"

"噢,原来是这样? 你已经对远离尘世的生活感到厌倦了,是吗?"他说道,"可是若是你因为不再住在这儿而请求停付房租,那你可只能白跑一趟。我讨账从来不讲情面,你该付我的钱一文都不能短少。"

"我可不是为了什么少付房租而来的,"我叫道,心里很不痛快,"要是你方便的话,我现在便可以跟你把账结清。"说着,我从口袋里把笔记本掏了出来。

"不必了,不必了,"他冷冷地回答,"要是你回不来了,你留下的财产也足可以抵偿你的租金。我手头不缺钱。留下来,跟我们一起吃午饭吧。一位不再来访的客人必定会受到欢迎的。凯瑟琳!端进来——你在哪儿?"

凯瑟琳走了进来,手里端着一只放满刀叉的盘子。

"你去跟约瑟夫一起吃饭,"希克厉低声说,"就留在厨房里,等他离开再出来。"

她完全服从了他的话,也许连想都没想,因为她本来就不曾打算违抗。整天跟这些乡巴佬和厌世者生活在一起,就是碰上稍微有点层次的人,她也欣赏不了啦。

希克厉先生坐在我一边,表情又阴郁又严肃,哈里顿坐在另一边,也是沉默无语、郁郁寡欢。我吃了一顿索然无味的饭,早早便同他们告辞了。我原打算从后门走,再看一眼凯瑟琳,还可以借机气气约瑟夫那个老头,可是哈里顿已经奉命为我牵来了马,而且东家还亲自送我到门口,我的希望便吹了。

"这家人的生活多么无味啊!"我骑马上路时,心里一直这样想。"要是林敦·希克厉太太真能像她那位好心的奶妈希望的那样,与我双双堕入情网,一起搬到城里那热闹的地方去,那对她而言一定是一桩比童话还要浪漫的事情!"

第三十二章

今年——也就是 1802 年 9 月,北方的一个朋友约我去原野打猎。在我去他那儿的旅途中,没想到来到了一处离吉牟屯不到十五里的地方。路旁一家客栈的仆役正提着一桶水给我饮马,冲着一辆满载着新收割的碧绿燕麦的大车说:

"你们是从吉牟屯来的吧?! 他们总是落后,人家都收割了三个礼拜了,他们才开始动手。"

"吉牟屯!"我不由自主地重复了一句。我在那儿住过一段时间,但是记忆已经模糊,就跟梦幻一般了。"啊! 我知道这个地方。离这儿还有多远?"

"翻过山去,也许有十四里吧,不过路很难走。"仆役回答。

一种莫名的冲动使我特别想去画眉田庄。这时还不到中午,我想:与其在客栈里过夜,哪赶得上在自己家里的屋顶下过夜呢? 更何况,我可以非常宽裕地腾出一天的时间跟我的房东处理好事务,以后就不必再特意闯到附近这一带来了。休息片刻以后,我打发仆人去村子里问路。三个小时之后,我们到了那边,可把我们的牲口累得够呛。

我把仆人留在那儿,独个儿沿着山谷向前走去。那灰色的教堂显得更灰暗了,孤寂的坟地也更见凄凉。我望见一只羊正在吃着坟上的矮草。那是一种温暖而甜蜜的天气,虽然对于旅行是太暖和些,但并不妨碍我尽情地欣赏这上上下下的一片美景。要是我在刚过八月的日子里看到这片美景,我准会禁不住诱惑,再在那儿的寂静中消磨掉一个月。那些被群山环绕的溪谷,那些险峻陡峭的山丘——冬天再没有什么比它们更荒凉冷落,夏天再没有什么比它们更美妙神奇。

太阳落山之前,我终于赶到了田庄,敲门等人来开门。我猜想家里人可能都到后面去了,没有人能听见我,因为我分明看见有一缕缕淡蓝色的炊烟从厨房的烟囱里冒出来。

我直接骑马进了院子。只见走廊下坐着一个正在编结东西的小女孩,还有一个老妇人悠闲地靠在门边上,那小女孩看上去也就十来岁的样子。

“丁恩太太在吗?”我问那老妇人。

“丁恩太太? 她不在!”她回答道,“她不在这儿住啦,她搬到山庄去啦。”

“那么,你是这儿的女管家吧?”我接着又问。

“是啊,我管着这个家。”她回答。

“那好,我是这儿的主人洛克乌先生。有没有房子我可以住进去? 我要在这儿住一夜。”

“啊! 主人!”她惊叫道,“怎么! 唉,怎么也没料到您会来呀。您该捎句话来。这儿还没有收拾过,没有一个地方是干干净净的。真是不像样!”

她匆忙丢下烟斗进去了,女孩子跟在后面,我也跟着走了进去。她的话丝毫不假,而且我这突如其来的到达把她搞得晕头转向。我让她不要慌张,我会出去溜达一下,不过她得在起居室给我清理个地方我好吃晚饭,还要为我过夜收拾好一个房间。扫地、掸灰都不必了,只要生上一炉旺火、铺一床干净被单就可以了。

她倒是很卖力,但的确手忙脚乱:她把扫帚当作火钳,其他的工具也胡乱使用。反正我离开了,相信在我回来之前她有办法为我布置好一个歇息的地方。

呼啸山庄是我这趟出游的目的地。我刚走出院子,一个念头又使我转了回来。

“山庄那边的人还好吗?”我问那老妇人。

“听说还好!”她回答,赶忙端着一盆热炭渣离开了。

我原打算问她丁恩太太为什么抛下田庄走了,可看上去在这紧要关头耽搁她是不太可能的,我只好又转身出去了。我悠闲自在地散着步,身后是夕阳的余晖,身前是初升月儿那温柔的光华。一个渐渐黯淡,一个渐渐明亮。这时我走出了庄园,登上了通往希克厉住宅的那条石子岔路。

我还没能望得见山庄的那座宅子,太阳已经完全落山了,西天只剩下一抹若有若无的琥珀色光泽。借着皎洁的月光,我依然可以看清小路上的每一颗石子、每一根草叶。

我既不必从栅门上爬过去,也不必敲门。因为栅门轻轻一推就开了。我想,这真是一个不小的改善。紧接着,我的鼻孔又帮我发现了别的改善——在那些令人备感亲切的果树丛中,飘来了一缕缕紫罗兰和香罗兰的芬芳。

门窗都敞开着;但是,正如在产煤地区一般的情况那样,一炉旺旺的红火把壁炉照得亮亮的。由这一眼望去所得到的舒适之感足以压倒那过多的热气所带来的不适。呼啸山庄的堂屋大得很,有的是空地可以躲开那热力。所以,屋子里的人都在一个离窗口不远的地方。我还没进门,就可以望见他们,听见他们的声音。我望着、听着,一股好奇心和嫉妒心的混合驱使我在那儿流连徘徊,而且这种交织的感觉不断地在滋长。

"相——反!"一个如银铃般甜蜜的声音传来,"这是第三遍了,你这笨蛋!我可不要再教你了。——记住,要不我可要揪你的头发啦!"

"好了,相反,对了吧?"另一个声音答道,语气低沉但充满温柔。"该亲亲我了吧?——我学得这么好。"

"不行,先把它正确的念一遍,一个错也不许出。"

那个说话的男子开始念起来——这是一个年轻人,穿着很体面,坐在一张桌子旁边,面前放着一本书。他那张本就英俊的面庞因为愉快而更加容光焕发,目光总是不安分地从书页上溜到一只搁在他肩头的白白的小手上。而每当这种不专心被发现时,这只小手就会在他的脸上轻轻地拍一下。

小手的主人站在背后,每当她俯身教他读时,她那轻柔发亮的鬈发就和他的棕色头发混在一起;而她的脸——多亏他看不见她的脸,要不他决不会那么老实——我却看得见。我使劲咬着自己的嘴唇,为自己失掉大好机会而怨恨不已。我本来也许大有希望呢,现在却只能冲着那令人倾倒的美人干瞪眼。

课上完了——出的错并不见得少,但那做学生的却要求奖励,获得了少说也有五个吻,而他也慷慨地回报了。接着他们走到门口,从谈话中我听出他们要出去,到荒野上散散步。我想,要是这时候哈里顿·欧肖看见我这个没福气的人出现在他身边,即使嘴里不说,心里也会诅咒我下十八层地狱。我恨自己太窝囊,一肚子不痛快,便悄悄地绕了个圈子,想去厨房躲一躲。

那边同样畅通无碍。我的老朋友丁恩太太坐在门口,边做针线边哼着歌,可是歌声常常被里面传出的嘲笑声和抱怨声所打断,那些声音十分粗鲁,一点也不合乎音乐的节奏。

"听你在这儿哼哼唧唧,还不如一天到晚听一个人骂骂咧咧心里舒服!"待在厨房里的那人嚷道,可能是回答纳莉说的一句连我也没听清的话。"真是太丢脸啦!我每次只要一打开我的宝书《圣经》,你就开口哼哼,歌颂撒旦,歌颂让这尘世产生邪恶的罪孽源头!唉!你真是个一文不值的废物!她也是一个!可怜那个小伙子,落在你们两个女人手中。真是可怜啊!"他长叹一声,又接着补充,"我敢断定,他是鬼迷心窍了!哦,万能的上帝,惩罚她们吧!因为尘世的统治者不讲王法,没有公道正义可言!"

"才不是呢!要不然我们就会被绑在干柴堆上,活活烧死!"那位女歌唱家反驳道,"老头儿,得了吧,像一个圣徒那样,去念你的《圣经》吧,就不要管我了!我唱的可是《安妮仙子的婚礼》——一支欢快的歌曲,是拿来配合跳舞的!"

丁恩太太刚要接口继续唱,我忙向她走去。她一眼就认出了我,大叫道:

"哦,我的上帝,原来是洛克乌先生!你怎么会突然想到回来?画眉田庄的东西全都收起来了。你来以前应该跟我们打个招呼才是啊!"

"我在那边已经安排好了,就住一会儿。"我说,"明天我就走了。你怎么搬到这边来的?丁恩太太,告诉我,行吗?"

"就在你去伦敦以后不长时间,齐拉走了,希克厉先生希望我搬来,等你回来以后再说别的事。可是,请进呀。你可是今晚从吉牟屯走到这儿来的吗?"

"从画眉田庄走来的,"我回答,"我想趁他们替我收拾房间的空儿,找你的东家把我的事务处理完。以后我可能会很忙,很难再有另外的机会了。"

"什么事务需要处理呀?先生,"纳莉问道,把我引进正屋。"现在他出去了，一时还回不来。"

"关于租约的事。"我回答。

"噢！那您得跟希克厉太太结算。"她说道，"或者跟我结也成。她还没学会怎么料理事务呢，都是由我替她代理，再没有别人啦。"

我十分惊讶。

"噢，我明白了，你大概还不知道希克厉死了吧?"她接着说。

"希克厉死了?"我大吃一惊，"有多久了?"

"三个月了。不过，先请坐下来，把帽子给我，让我一五一十地讲给你听。等一下，你还没吃饭，是吗?"

"我不吃。我已经吩咐家中准备晚饭了。你也请坐吧。我做梦也没想到他已经死了！告诉我是怎么回事。你说他们一时不会回来吗——那两个年轻人?"

"可不是。他们总是半夜三更了还在外面闲逛，我责备他们好几次了，他们才不理我呢。至少你得喝一口家里的陈酒吧? 这酒会帮你提神的——你看上去有些累了。"

她说着赶紧取酒去了，我就是想拒绝也已经来不及了。我听见约瑟夫又在责骂："像她这般年纪的女佣人，还招引男人到厨房来追求她，真是不要脸！难道不是吗? 这还没完，居然还要从东家的地窖里拿酒来招待他！我坐在这儿都替她脸红。"

丁恩太太没停下来反驳他，而是很快地走进来了。她端来了满满一银壶酒，让我赞不绝口。接着，她便讲起了希克厉后来的情况。按她的说法，他的结局有些古怪。

她说:你离开田庄不到两个星期，东家便叫我搬到呼啸山庄。想到又能看到凯瑟琳，我便高兴地服从了。

第一次见到她，我真是又伤心又震惊！我们分手才这么短的时间，她居然跟过去判若两人！希克厉先生并没向我解释他为什么又改变主意让我到这儿来。他只是告诉我，他需要我，他讨厌看到凯瑟琳。我得把小客厅当作我的起居室，让她跟我住在一起。要是他不得不每天看见她一两次，那也就足够了。

凯瑟琳似乎对这一安排十分高兴。我不断地偷偷运来一批又一批的书，还有她在田庄时喜欢玩的其他东西。我自以为我们可以自在舒服地过下去了。

可惜我这一幻想没过多久就破灭了。凯瑟琳刚开始倒是很满足,可不久就变得焦躁不安起来。一个原因是眼睁睁地看着明媚的春天就要来临了,她却被关在那狭小的天地里不准走出花园一步;再一个原因是我必须料理家务,因此常常离开她,她便抱怨太寂寞。她宁愿去厨房跟约瑟夫吵嘴,也不喜欢一个人静静地坐着。

我并不在乎他们的争吵。可是,每当遇到东家要独自待在堂屋的时候,哈里顿也不得不躲到厨房去。一开始的那几次,只要他来了,凯瑟琳便离开厨房,或者就一声不响地帮我做点事,既不理他,也不跟他打招呼。而哈里顿呢,也是尽可能地保持沉默。这样过了没多久,她就逐渐改变做法了。她变得再也不肯让他清静。

她不断地议论他,批评他:他这个人怎么这么愚蠢啊,懒惰啊,他怎么可能安安静静地忍受这种日子啊?他怎么可能一个晚上就坐在那儿,眼睁睁地只顾瞧着炉火,只管打瞌睡呢?——她表示她无论如何也理解不了。

"他就像一条狗,是吗?爱伦。"有一次她这么跟我议论,"要不就是更像一匹拉车的马?整天只知道干活、吃饭、睡觉,永远这个样子。他的头脑该是多么地黑暗和空洞啊!——哈里顿,你从来没做过梦吗?要是做过,你都梦见些什么呢?但是你没法跟我说话!"

说完她便望着他,但是他既不开口也不理她。

"他现在大概正在做梦呢,"她又说,"看,他像朱诺扭动肩膀那样在晃动他的肩膀呢。你去问问他,爱伦。"

"要是你不守规矩,哈里顿先生会让东家把你请回楼上去!"我说。他可不仅是扭动他的肩膀,而且还握紧了拳头,大有动武的架势。

"我明白了为什么我在厨房的时候哈里顿总不开口,"又一次,她叫道,"他怕我笑话他。爱伦,你说是吗?有一次他开始学习,我笑话他,他就把书烧掉,再也不学习了——他不是个傻瓜又是什么呢?"

"那你是不是个淘气包呢?"我说,"你先回答我这话。"

"也许我是淘气包吧,"她又说,"可是我想不到他会那么傻。哈里顿,要是我现在给你一本书,你会要吗?我来试试!"

她把自己正在读的一本书放到他手里。他甩在一边,嘴里咕哝着,要是她再来纠缠他,他会折断她的脖子。

"好吧,我就放在这儿,我要睡觉去了,"她说,"把书放在抽屉里头。"

然后她又小声嘱咐我看他动不动那书,说完才走开。可是他不肯挨近那本书,早上我只好如实告诉她,她很是失望。我看得出来,她对他的执拗的郁郁寡欢和懒散怠惰感到难过。她的良心责备她不该把他吓退,让他变得不求上进,这事她做得太过分了。

好在她的机灵已在设法弥补那种心灵的伤害。当我熨衣服,或者是做一些其他没法在客厅做的活儿时,她就把一些有趣的书拿来大声念给我听。只要哈里顿在场,她就念到最精彩的地方打住,然后把摊开的书摆在那儿走开。一次又一次,她接连使出这一招。

可谁知他犟得像头骡子,就是不肯中她的计。不但如此,碰上下雨天,他还跟约瑟夫学起抽烟来,两个人像两架机器那样分坐在火炉的两边:上了年纪的那位说自己多亏耳朵不好使,不用再听她那些胡言乱语;年轻的那位则做出一副对她的这一切不屑一顾的神气。只要晚上天气好,他便出去打猎。

凯瑟琳又是哈欠连连,又是唉声叹气,缠住我让我跟她说说话解闷,可还没等我开口,她已经跑到院子或者花园去了。最后,她无计可施,绝望地大哭起来,她嚷她活得不耐烦了,她这条命毫无意义。

希克厉先生愈来愈落落寡合,几乎总是把哈里顿拒之门外。在三月初,这小伙子发生了点意外,不得不连续在厨房待了好几天,几乎成为那儿的附属物品,那是他一个人上山打猎,不小心枪走火伤了胳膊,还没来得及赶回家,就已经流了好多血。结果是,他不得不在火炉旁静养,一直到恢复为止。

有他在厨房,凯瑟琳倒颇合意,她更恨自己楼上的那个房间了。她总是逼我到楼下找点活干,她好有个借口跟我做伴。

复活节又到了。星期一那天,约瑟夫赶了几头牛去了吉牟屯市场。下午,我在厨房里忙着熨被单。欧肖像平时一样闷闷不乐地坐在壁炉边上。小女主人闲得无聊,只好在玻璃窗上乱画画,有时又变换花样,低声地哼几句歌,小声地叫唤几声,不停地向她那望着炉栅发呆的表哥投去怨恨的目光。而她那表哥呢,只是一个劲儿地抽着自己的烟。

我嫌她挡住了我的亮光,我没法工作了,她就乖乖地挪到了壁炉的另一边。我根本没去注意她在做什么,但没过多长时间,忽然听见她说——

"我发觉,哈里顿,要是你不再对我那么任性,那么凶,我想——我很高兴——我很喜欢你做我的表哥。"

哈里顿不理她。

"哈里顿,哈里顿,哈里顿,你听没听见呀!"她大叫道。

"去你的吧!"他大吼道,他固执得很,一点都不肯妥协。

"让我拿开那烟斗吧。"她伸出手,小心翼翼地把烟斗从他口中抽了出来。

他还没能来得及把它夺回来,那烟斗已经被折成两半扔在火里了。他一边咒骂她,一边又抓起另一支。

"等一等,"她喊道,"你先听我说嘛!那些烟雾都吹到我脸上来,叫我怎么跟你说话!"

"你给我见鬼去吧!"他凶狠地大叫,"少来理我!"

"不,"她毫不放松,"我就不——我不知道该怎么做才能让你肯理我,而你又死也不肯听我说。我承认,我骂过你笨——可我并没有什么用意——我并没有瞧不起你。来吧,不要不理我吧,哈里顿——你是我的表哥呀,你得承认我才是啊!"

"我跟你和你那副臭架子都没有什么好说的,还有,少在我面前耍弄你那套骗人的鬼把戏!"哈里顿回答,"我宁可从灵魂到肉体都下地狱,也决不愿多看你一眼!你给我滚开,马上滚开!"

凯瑟琳皱紧眉头,退回到窗前原来的座位上。她紧咬着嘴唇,试着哼起一支曲调怪怪的曲子,极力掩盖自己越来越想哭一场的伤心样子。

"你该跟你表妹和好才是啊,哈里顿,"我插口道,"既然她已经为以前冒犯你的事感到后悔了。你们和好会对你大有好处呀——有她做伴,你会变成另一个人的!"

"做伴?"他叫起来,"可是她恨我,觉得我连给她擦鞋都不配!不!就算让我当国王,我也不愿再去为了讨好她而受到戏弄了!"

"不是我恨你,是你恨我呀!"凯茜哭起来,再也顾不上去掩饰自己的伤心了,"你就跟希克厉先生一样恨我,甚至比他还恨!"

"你这个该死的撒谎的家伙!"欧肖开口说,"那为什么我会有一百多次惹他生气呢? 都是因为向着你的缘故。可是你还笑话我,瞧不起我,还——你只管叫我倒霉吧,我要到那边去了,我就说:是你把我从厨房里赶出来的!"

"可我并不知道你向着我呵,"她回答说,一边擦干了泪眼,"那一阵子所有的人都让我伤心让我一肚子火气。但是,现在,我向你道谢,我求你原谅我。你还要我怎么样呢?"

她又回到壁炉边,很坦率地把手伸过去。

而他呢,依旧满面乌云,眉头紧缩,怒气冲冲地握紧拳头,两只眼睛死死地盯着地面。

凯瑟琳本能地感觉到,他这固执的样子多半是因为倔强,可不是因为讨厌她。因此,在踌躇了好一阵子之后,她俯下身来,在他的脸上轻轻地吻了一下。

这淘气鬼还当我没看见她,急忙缩回身子,坐到窗前原来的位子上,做出一副一本正经的神气。

我不以为然地朝她摇头,她脸红了,小声对我说:

"可是,爱伦,你让我怎么办呢? 他不愿握手,也不肯看我——而我一定要让他明白我喜欢他,我要和他做朋友。"

不知道那一吻是不是打动了哈里顿。有那么几分钟的时间,他很小心地不让人看清他的表情。等到他把脸抬起来的时候,他显得非常慌乱,一双眼睛不知往哪儿看才好。

凯瑟琳全身心地把一本漂亮的书用一张白纸认认真真地包好,又在上面扎了一条缎带,上面写上"送给哈里顿·欧肖先生"。她让我做她的特使,把这份特定的礼物送给那位特定的接受人。

"跟他说,要是他接受的话,我愿意教他好好儿认字,"她说,"要是他拒绝了,我会上楼去,从此再也不打扰他。"

我把书送去,口信也带到了。我的委托人热切地注视着我。可哈里顿偏偏不肯松开他的拳头,我干脆把书放在他的膝盖上。他没有把它甩在一边,我又回去继续干我的活。

凯瑟琳坐在桌子旁,用手臂支着脑袋。过了一会儿,她果然听见了那拆开纸包的窸窸窣窣的声音,她立刻轻手轻脚地走过去,一声不响地在表哥身旁坐了下来。

他浑身直发抖,脸儿涨得通红,所有的凶狠、一切的执拗,此时都不知跑到哪儿去了。面对着她那询问的目光和柔声细气的恳求,他一开始连说话的勇气都没有了。

"你说你原谅我了吧,哈里顿,说呀。你只要说这两个字,我就会无比快活的。"

他咕哝了一句什么,谁也听不清楚。

"那你答应做我的朋友吗?"

凯瑟琳满脸疑惑地问。

"不! 你这辈子每一天都会为我感到羞耻的,"他回答道,"你越是了解我,就越会感到羞耻,我可受不了这个。"

"那你是不愿意跟我做朋友啦?"她说,笑得像蜜一样甜,又向他挨近了些。

下面又谈了些什么,我就听不清了。等到我再回过头来的时候,那两张容光焕发的脸正凑在那本刚被接受下来的书上呢。毫无疑问,双方的和约已经达成,敌人从此以后就变成朋友了。

他们俩读的那本书里全是些珍贵的插图,他们看得入了神。他们俩如此舒服地靠在一起坐,一直到约瑟夫赶集回来,他们都没有挪动过一下。

这个可怜的老家伙一看到凯瑟琳和哈里顿·欧肖同坐在一张凳子上,简直给吓得目瞪口呆。

她把手搭在他的肩膀上,他实在搞不明白,他最喜欢的那个人怎么能容忍她的亲近! 这当头一棒给他的刺激太强烈了,整个晚上他一句话都说不出来。直到他严肃地在桌上把他的《圣经》打开,又从口袋里掏出当天交易来的那堆脏钞票推到《圣经》上,这才长长地叹了一口气,把一肚子的气愤发泄出来。

最后,他把哈里顿从凳子上叫了过去。

"去,把这些给东家送去,我的孩子,"他说,"就待在那儿。我要回自己屋子去。这屋子看起来不太适合我们,我们顶好溜出去另外找个地方。"

"来吧,凯瑟琳。"我说,"我们也得'溜出去'了。

我的衣服熨完了,你准备好走了吗?"

"八点钟都还不到呢,"她很不情愿地边站边回答,"哈里顿,这本书我放到壁炉架上了,明天我还再拿些书来。"

"管你留下些什么书,我都要把它们收到堂屋里去,"约瑟夫说,"你要是还能再找出来,那就真是奇迹了。你就看着办吧!"

凯茜当即声明,要是他敢碰她的书,她一定会对他不客气。从哈里顿身边走过时,她冲他笑了笑,一边哼着歌儿,一边上楼去了。我敢说,她这时的心情比来这个家以后的任何时候都要轻松得多——当然,也许她最初来看林敦的那几次应该除外。

就这样,这对表兄妹之间的亲密感情就从此开始了,而且进展得很快。不过,也不是一点挫折都没有,欧肖不可能只凭满腔热情一下子就变得彬彬有礼,我家小姐也不是哲学家,也并不是有涵养的楷模。但是那两颗心都在向着同一个目标——一个爱着,而且一心学着尊重对方;另一个也爱着,一心也只想着能获得对方的爱——他们都努力要达到最后的目标。

你瞧,洛克乌先生,要赢得希克厉太太的芳心并不怎么难吧? 不过,现在我很高兴你没有试一下。我所有的愿望中最大的一个就是能看到他们结合。等到他们举行婚礼的那一天,我就再也不会去羡慕谁了。在那一刻,全英国也找不出第二个像我一样快乐的女人!

第三十三章

那个星期一之后，欧肖仍旧无法去做他日常所干的活儿，只好仍旧留在家里。我也很快发现，再想象往常那样把我照顾着的凯茜留在身边，已是不可能了。

她跟我走下楼，看见表哥正在花园里干一些轻便活儿，便跑去帮忙。我去喊他们吃早点时，看见她已经说服哈里顿在醋栗和红醋栗的树丛中清出一大片空地来，俩人正忙着商量怎样从田庄挪一批花木过来种。

对这在短短半小时内就完成的这种大破坏，我担心极了。要知道，那些醋栗树是约瑟夫的宝贝心肝，而她却偏偏要选中在它们中间开辟她的花圃！

"好啊！这事一旦被他发现，"我叫道，"他一定会去领主人来看。你们怎么可以这样自作主张地破坏花园？这下可有好瞧的了，走着看吧，要没有才怪了呢！哈里顿先生，我怎么也不明白，你为什么要糊里糊涂地听她的话，把这儿搞成一团糟？！"

"我忘了这儿是约瑟夫种的树，"欧肖手足无措地回答，"但是，我会说这是我干的。"

我们吃饭的时候总是跟希克厉先生在一起。我要沏茶切肉，履行主妇的职责，所以饭桌上少不了我。平日凯瑟琳一直坐在我旁边，可是今天她却悄悄地挨近了哈里顿。我立刻看出，她如今跟哈里顿交朋友，比她当初跟他做对头时更加不知道慎重、不懂得克制。

"现在你要小心，少跟你表哥搭话，也不要总看着他，"我们进屋的时候，我低声叮嘱她,"要不然会把希克厉先生惹火,他会对你们发脾气的。"

"我才不呢。"她回答。

可还没过一分钟,她就侧着身子靠了过去,还把几根樱草插在他的饭盆里。

他不敢在饭桌上跟她说话——连看都不敢看一眼;可她只管逗他,有一两次他险些给逗笑了。

我皱起眉头。凯瑟琳匆忙向东家瞥了一眼。后者的神色显然表现出他正若有所思,对在座的人根本没有留意。一瞬间,凯瑟琳开始故作严肃,一脸正经地望着他。紧接着,她就转过脸,又开始嬉闹。哈里顿终于忍不住扑哧一声笑了出来。

希克厉先生吃了一惊,立刻抬头打量每个人的表情。凯瑟琳仍然是用平时那种满不在乎还带些轻蔑的眼光迎视着他,而这正是他痛恨不已的。

"好在我够不到你,"他吼了一声,"不知你中了哪门子邪,老用那种恶毒的眼光看我。把眼睛低下来。少让我记起还有你这么个人。我还以为我早已把你治得不笑了呢!"

"是我笑的。"哈里顿咕哝道。

"你说什么?"东家问道。

哈里顿盯着眼前的盘子,没有重复他的供词。

希克厉先生瞪了他一眼,依旧默默地吃饭,重新陷入了刚才那被打断的沉思。

我们都快吃完了,两个年轻人也小心翼翼地拉开了距离,我长出了一口气,满以为这顿饭总算没起什么风波。可就在这时,约瑟夫出现在门口,他那发抖的嘴唇和几乎要喷火的眼睛表明,那宝贝树丛遭殃的事已经被他发现了。

他一定是看见凯茜和表哥在那儿待过,才过去检查发现的。瞧他那样子:下巴磨得起劲,活像是母牛在反刍,发出来的音很难叫人听清楚。他开口说道:

"给我工钱,我要离开这儿! 我本想死在这个我已经卖了 60 年命的地方。我把厨房让给他们,自己把书和别的东西统统搬上阁楼,为的就是个清静。虽说不能烤火是件苦事,可我能忍! 谁知,她不但占了我在壁炉边的位置,连我的花园也要霸占。老爷,我忍不下去了! 要是你没有意见,你可以让人欺负——

我可受不了,老头子也没那么容易对付这些新花样——我呀,我宁可扛着铁锤去马路上混口饭吃!"

"好啦! 好啦! 蠢货!"希克厉不耐烦地冲他嚷道,"直截了当的! 你有什么委屈? 我可不管你跟纳莉吵嘴的事。她就是把你丢进煤窟里,也不关我的事。"

"跟纳莉没关系!"约瑟夫答道,"我可不会因为纳莉就没法在这儿待下去,尽管她又臭又坏,一文不值。谢天谢地,她还不能勾走别人的魂! 她从没怎么漂亮过,男人不会因为看见她就眨眼睛。我说的是那个不要脸,没规没矩的骚丫头,她靠她那双放肆的眼睛和老没正经的骚样子把咱们的小伙子的魂给勾走了。到后来……不提啦,我的心都要碎啦! 我手把手地培养他,为他做了多少事,他统统忘在脑后了! 现在他居然把花园里长得最好的那排醋栗树都给挖掉啦!"

说着说着,他真的放声大哭起来,好像人家真的欺负了他,一点男子汉的气概都没有。他一心只想着自己受的亏待,想着欧肖的忘恩负义,心情好像脆弱得很。

"这蠢货喝醉了吧?"希克厉先生问,"哈里顿,他有没有故意跟你找碴?"

"我是拔走了几棵矮树,"小伙子回答,"不过我还准备再把它们栽起来。"

"你为什么要拔掉它们?"希克厉问,

凯瑟琳机灵地插口了。

"我们想在那儿种些花,"她说,"这事都怨我,是我让他拔的。"

"活见鬼,是谁让你去碰那儿的哪怕是一根枝条的?"她公公十分吃惊地问,"又是谁让你去听她的话的?"他又转过身责问哈里顿。

后者沉默不语。他的表妹可不含糊——

"你何必那么小气,连给我几码地美化一下都不肯,你可是把我的土地全占了。"

"你的土地! 你这不知天高地厚的小贱人! 你哪里来的土地?!"希克厉吼道。

"还有我的钱。"她同样恶狠狠地说,一边还咬着早餐吃剩的一块面包皮。

"闭上你的嘴巴——"他叫道,"吃完了就给我滚开!"

"还有哈里顿的土地和他的钱。"那淘气鬼还不住口,"现在我和哈里顿是朋友啦,我会把你做的一切全部告诉他!"

东家呆了一下,脸色"刷"地白了。他站起来,一直盯着她,目光中蓄满了不共戴天的仇恨。

"要是你打我,哈里顿也会打你的,"她说,"你最好还是坐下吧。"

"要是哈里顿不把你轰出去,我就把他打进十八层地狱!"希克厉怒火冲天,"该死的贱人!你竟敢挑拨他来跟我作对?让她滚开!你听见了吗?把她扔进厨房里。爱伦·丁恩,要是你再让她在我眼前出现,我就宰了她!"

哈里顿低声下气地想劝她离开。

"赶快拖她走!"他狂怒地大叫,"你还想赖在这儿继续撒野吗?"他已经走进来要亲自动手了。

"他不会服从你的,狠毒的人,再也不会服从你了!"凯瑟琳说道,"用不了多久他就会跟我一样地痛恨你啦!"

"嘘!嘘!"那小伙子用有些责备的口吻低声说,"我不喜欢你这样跟他说话。算了吧!"

"难道你会眼睁睁地看着他打我?"她嚷道。

"算了,别说了。"哈里顿恳切地低声说。

但是太迟了,希克厉已经一把抓住了凯瑟琳。

"你给我走开!"他对哈里顿说,"该死的小妖精,这回她可把我惹得无法忍受了,我要让她一辈子都为此感到后悔!"

他一把抓住了凯瑟琳的头发。哈里顿试图解救那些鬈发,求他这次别伤害她。希克厉的黑眼睛目光似炬,仿佛要把凯瑟琳撕成碎片。我正要拼命去搭救,却没想到他突然松开了手指,那只抓住她头发的手从脑袋上移开,又一把握住了她的手臂,两眼直直地盯着她的脸。接着,他用双手捂住眼睛站了一会,显然是想冷静下来。然后他又转向凯瑟琳,故作镇静地说:

"你以后要留神别惹我发火,否则我总有一天会把你杀死!跟丁恩太太走吧,和她在一起,把你那些放肆的话都讲给她听吧。至于哈里顿·欧肖,若是让我发现他听你的，我就立刻赶走他，要他自己去外面挣面包吃！你的爱情只会使他变成一个流浪汉或是叫花子。纳莉，快带她走，你们都离开这儿——我想一个人待着！"

我把她带出去。她很高兴自己能安然无恙地逃脱出来，也就乖乖地随我走。希克厉先生一个人待在屋子里，直到吃午饭的时间。

我劝凯瑟琳留在楼上吃饭，谁知希克厉一发现她的座位空在那儿，就吩咐我去叫她。他谁都不理睬，也没吃多少东西，一吃完就走了出去，说是要到天黑才回来。

他不在的时候，两位新朋友就成了堂屋的主人。当凯瑟琳提出要把希克厉当初怎样对待哈里顿的事讲给哈里顿听时，我听见他严厉地制止了她。他说他不愿任何人在他面前讲希克厉的坏话，哪怕只是一句。即使他是魔鬼，那也无所谓，他仍要维护他。他宁愿她像过去那样辱骂自己，也不愿她去指责希克厉先生。

凯瑟琳听了这话有些生气，但他有办法让她哑口无言——他问她若是有人说她父亲的坏话，她是不是高兴？这时凯瑟琳才体会到哈里顿非常珍惜东家的声誉，他们之间的关系就如同习惯铸成的锁链，不是理智所能够打破的——若是硬拆开未免太残忍。

从那以后，凯瑟琳表现得很宽厚，没有对希克厉说出任何抱怨或是厌恶的话。她还跟我说，她对自己曾试图挑拨哈里顿和希克厉的关系感到难过。的确，我相信从此以后，凯瑟琳再没有当着哈里顿的面说过她的欺压者半句坏话。

小小的摩擦发生以后，他们俩的关系更亲热了，而且又重新操起了老师、学生的旧业，整日忙得晕头转向。我干完自己的家务，就进去跟他们坐在一起，看到他们的样子，我真是欣慰极了，连时间是怎么过去的都忘记了。

你知道，他们俩都好像是我的孩子。其中一个早就是我得意的宝贝，现在我更说得准；另一个今后也会使我同样满意。他那诚实、热情、聪明的天性很快就从那自小沾染的愚昧和堕落的困境中挣脱了出来，而凯瑟琳发自内心的称赞对于他的勤奋又成为一种鼓舞。智慧的开启也使他的容貌更加光彩焕发，他的气质中增添了一种昂扬、高贵味儿。想起我家小姐幼时第一次到山岩探险，我追她到呼啸山庄时所看到的那个野小子,我无论如何不敢相信眼前的人就是他。

在我欣赏着他们,而他们也正在用功的当儿,天色暗下来了,东家也回来了。他是出乎我们意料地从前门进来的,我们还没来得及抬头看见他,他已经来到了我们面前,把我们三个人全看在眼里。在我看来,呈现在他眼前的情景是再愉快、再无邪不过了,如果这时要责骂他们,那真是一种奇耻大辱。

熊熊的炉火映照着他们漂亮的头颅,使他们的两张脸显得更加朝气蓬勃、兴致盎然。虽然他二十三岁,她十八岁了,但他们各自都有那么多的新鲜事儿要去感受、去学习,俩人都体味不到、也无从表现出那种冷静、清醒、成熟的情感。

他们一齐抬起眼睛,望着希克厉。也许你从来没有注意到,他们俩的眼睛简直一模一样,都酷似凯瑟琳·欧肖的那双眼。眼前的这个凯瑟琳别的地方都不怎么像她的母亲——除了宽广的额头和有点拱起的翘鼻子,这使她看上去很高傲,不管她本意怎么样。至于哈里顿,就更加相像了:这一向是很鲜明的,这一会儿更加鲜明——因为他的感觉正敏锐、智力也正觉醒,内心的活跃是空前的。

我估计正是这长相的相似,使得希克厉硬不下心来。他一直走到壁炉边,心情显然不平静,但是他瞧着这对年轻人时,那种不平静很快消失了,或者说,是转化为别的形式,因为那份激动显然还是存在的。他从哈里顿手中拿出那本书,看了看打开的那一页,一句话没说又还给了他,只做了个让凯瑟琳离开的手势。她离开以后,她的同伴也没有待多久。我也正要离开,但他叫我坐着别动。

"这个结局很糟糕,不是吗?"他对他刚才目睹的情景沉思了一刻之后说,"我穷凶极恶地做了那么多,得到的却是这样一个结局,真是太荒唐了。我手里拿着撬杆、鹤嘴锄,想把这两个家全毁掉,我让自己磨得有一股赫勒克斯的狠劲儿,拼命准备;等到一切都布置好了,都在我手心里握着了,我却发现自己连打碎一块砖、一片瓦的意志都丧失了。我往日的敌人不曾打败我,现在正是我向他们的后代复仇的时候。我说到做到,没有人阻止我。可这又有什么用呢? 我不想再动手打人了。——我连举起胳膊都嫌麻烦! 好像我费尽心思折腾了这么多年,只是为了有朝一日显示一下我的宽宏大量似的。完全不是这么一回事。我已经失去了欣赏他们毁灭的兴趣,我懒得去做无谓的破坏。"

"纳莉,有一个奇异的变化到来了,现在我正笼罩在它的阴影中。我对日常生活毫无兴致,连吃饭喝水都忘记了。只有他们——刚刚离开屋子的那两个人,才能实实在在地给我留下清晰的印象。这两个形象使我痛苦,痛苦得要死。至于那女孩,我不想说什么,也不愿多看也不愿去多想,但是我真心希望她不要出现,她一出现就让我有发疯的感觉。那小伙子给我的感觉就不一样了。不过要是我能做得到,而又不让人觉得是在发疯,我愿意永远不要见到他!要是我告诉你他所唤醒的或是体现出的千百种过去的联想和念头,你真会以为我有发疯的倾向,"他勉强笑了笑,又接着说,"你也许以为我真的发疯了。不过,我讲给你的一切,你千万不要告诉任何人。我的心思从来不肯告诉别人的,现在忍不住了,想找个人倾诉一下。"

"五分钟以前,哈里顿就是我青春的再生,而不是一个人。他唤起了我心中各种各样的感触,我没有办法去理智地跟他讲话。"

"首先,他太像凯瑟琳,令人难以相信地相像,这就非常可怕地把他和凯瑟琳连在了一起。你也许觉得这就是最能引起我遐想万千的一点,其实你错了——那是最微不足道的。对我而言,没有什么不跟凯瑟琳联系在一起的。有什么不让我回忆起她呢?我一低头看见这屋子的地板,就看到她的面貌在石板间显现!在每一朵云彩里、每一棵大树上——夜晚充满在空气中、白天在任何一件东西上都看得见——我被她的形象围绕着!最普通的男人的脸、女人的脸——包括我自己的脸——都像是她,都在嘲弄我。整个世界成了一个可怕的纪念品收藏馆,到处都在提醒我她存在过,现在我已经失去了她!"

"唉,哈里顿的模样是我那不朽的爱情的一个幻影——也是我为保持自己的权力而不顾一切的幻影——是我的耻辱、我的骄傲、我的幸福、我的痛苦的幻影——"

"跟你翻来覆去地诉说我的心事,听起来我像是疯了;不过这会让你明白,我之所以永远这样孤独,是十分无奈的事情,为什么有哈里顿做伴还一无用处,反而使我所受的折磨不断加重。这在一定程度上,使我不再去管他和表妹如何相处。我再也没有心思去管他们了。"

"可你所说的'变化'指的是什么呀？希克厉先生。"我问，他的样子令我害怕，虽说他看上去不会有发疯或是死去的危险。根据我的判断，他依旧非常壮实。至于说到他的理智，他自小就喜欢胡思乱想，脑子里充满了稀奇古怪的念头，他或许对那死去的偶像有些偏执，但在别的方面，他的头脑和我的一样正常。

"变化没发生之前，我也说不清是怎么回事，"他说，"现在我只不过是模模糊糊地意识到而已。"

"你没有生病的感觉吧，是这样吗？"我问。

"是的，纳莉，我没生病。"他回答。

"那么你会不会是怕死呢？"我又问。

"怕死？不会有那种事！"他回答道，"我对于死，既不畏惧，也毫无预感可言。当然，我也不盼着死。我为什么要这样呢？我身体壮实，生活有规律，也不去干那拼死拼活的事儿，我应该、大概也会活在世上，一直到在我头上再也找不出一根黑头发来为止。可我现在无法照这个样子活下去了！我得不断提醒自己——你要呼吸；我甚至还得提醒我的心脏——你要跳动。这就好像要硬把一根弹簧弯过来似的。哪怕是一个最微小的动作，如果没有我的哪一个思想在带动，都要十分勉强才能做出来；不论是哪一个有生命、无生命的东西，如果没有和那个充斥天地的意念相联系，也要我强迫自己才能意识到。我只有一个愿望，我全身心都在盼望着如愿以偿的那一天。我盼望了那么久，那么地执着坚定，我相信一定会实现，而且很快就会实现。因为，这个愿望已经吞噬了我的生存，我已经被朝思暮想的盼望如愿以偿给吞没了。"

"我的倾诉并没有使我轻松，但这可以说明我为什么会无缘无故地表现出那样的情绪。啊，上帝，多么漫长的一场搏斗！但愿快点结束这一切吧！"

他在房间里踱来踱去，嘴里不停地咕哝着一些可怕的话，到后来我不觉相信起来（他说约瑟夫这样认为），良知使他的心变成了人间地狱——我真不知道这会如何了结。

虽然他平日绝少坦白自己的心境，连一点神色都不表现出来。但我毫不怀疑这正是他平时的心境。现在他亲口这么讲了——可是看他平时的举止,谁又能想到是这么一回事呢?你第一次看见他的时候,洛克乌先生,你也没想到吧?就是我现在谈到的这段日子,他也是一如往常,只是更喜欢一个人独处罢了,当然,也许在人前更不爱说话了。

第三十四章

那天晚上以后,希克厉先生有好几天避免在吃饭的时候与我们照面,但他又不愿明说自己不喜欢哈里顿和凯茜在场。他讨厌自己完全受制于自己的感情,宁可自己不来吃饭。二十四小时只吃一顿饭,对他而言好像并没什么问题。

一天夜晚,家里人全睡了,我听见他走下楼,出了前门。我没有听见他进来,第二天早上,我发现他还没有回来。

那时正是四月,气候温和舒适,青草被阳光和雨露滋养得翠绿欲滴,两棵靠着南墙的苹果树开满了花朵。

早饭过后,凯瑟琳一定让我带上活计搬一张椅子,坐在房子尽头的枞树底下去。哈里顿的伤口已经痊愈,凯瑟琳便鼓动他帮她挖掘,布置她的小花园。因为约瑟夫的告状,这小花园已经移到角落里去了。

我惬意地享受着四周那春天的芳菲,欣赏着头顶那美丽柔和的蓝天。我家小姐跑到栅门外去采集带根的樱草,预备把它种在花圃的外圈。她刚采了一半就跑进来,告诉我们希克厉先生回来了。"他还跟我说话了呢。"她带着迷惑的神情补充说。

"他说了什么?"哈里顿问。

"他对我说:赶快走开,"她回答道,"可是他的表情跟平日大不一样了,我还停下来望了他一会。"

"怎么不一样?"哈里顿又问。

"噢,几乎是眉飞色舞。不,简直找不到词儿——兴奋极了,兴奋得像是要发狂!"凯瑟琳回答。

"那是夜游令他开心吧,"我若无其事地说——其实我吃惊的程度不亚于她,而且急着想证实一下事情是不是像她说得那样,因为要看到他高高兴兴的神情实在是太困难了。我编了一个借口,进屋去了。

希克厉站在门口。他脸色苍白,身子直打哆嗦,但眼睛里的确闪烁着一股奇异的、欢乐的光彩,他的整个面容也因此变了一个样子。

"你要吃点早饭吗?"我问他,"你在外面游荡了一夜,一定很饿了。"我的确很想知道他去了哪儿,但我不愿意直接问他。

"不,我不饿。"他回答,掉过头去,语气中有一点鄙夷不屑的味道,好像已经猜到我在捉摸他为何这么高兴。

我不知道如何是好,也摸不准现在是不是一个提供忠告的合适时机。

"在该上床睡觉的时候出去游荡,这可不是什么好习惯,"我说,"不管怎么说,在这潮湿的季节里,可不怎么明智。我敢说,你会着凉的,说不定还会发烧。你现在就有点不太对头了。"

"一点小毛病算不了什么,"他回答,"而且我非常愿意忍受。只要你别来打扰我就好,进去吧,别惹我冲你发火。"

我顺从了。走过他身旁时,我留神地听出他呼吸急促,像一只猫那样。

"不好!"我心里暗想,"看来果真要害一场大病啦。他一夜没睡,究竟干了些什么?"

当天中午,他坐下来同我们一起吃饭,从我手中接过了一只堆得满满的盘子,好像是他前些日子不吃不喝,现在要好好补偿一下似的。

"我可是既没着凉,也没发烧,纳莉,"他针对我早上的话说道,"你给我这么多吃的,我可要饱餐一顿了。"

他拿起刀叉,刚要动手,好像又忽然没了胃口。他放下刀叉,急切地望着窗户外面,然后站起身走了出去。

我们吃完饭后,看见他在花园走来走去。欧肖说,他要去问问他为什么不吃饭,是不是我们又在什么地方冒犯了他。

"怎么样,他来吗?"看见表哥回来,凯瑟琳嚷道。

"不来,"他回答,"可他没有生气。说实在的,看他这样高兴真是难得。倒是我跟他说了两遍,惹得他不耐烦了。他叫我走开到你这儿来,他奇怪我怎么还要找旁人做伴。"

我把他的饭放在炉栅上热着,一两个钟头以后,屋子里没有旁人了,他走了进来,却一点都没有平静下来——在那两道浓黑的眉毛下面,露出的同样是不自然的——实实在在是不自然的——兴奋的神情,脸上依旧毫无血色,间或露出牙齿,像是在微笑;他的身子在颤抖,但既不是冷得发抖,也不是虚弱得发抖,而是像一根绷紧了的弓弦在颤动——是一种强烈的震颤,而不是抖动。

我心里想,若是我不来问明白是怎么回事,又有谁来问呢? 于是,我嚷道:"希克厉先生,你是不是听到了什么好消息? 看你的神气是一副非常高兴的样子。"

"哪有什么好消息呀?"他说,"我是饿得无法平静下来,可我又好像一口饭都吃不下。"

"你的午饭还在这儿,"我回答,"为什么不拿去吃呢?"

"这会儿我没胃口,"他赶忙咕哝道,"到吃晚饭的时候再说吧。纳莉,我跟你说最后一遍,算是我求你啦,千万不要让哈里顿——还有那一个来靠近我。我希望谁也别来打扰我。我想一个人待在这儿。"

"你这样离群索居,是为了什么呢?"我问道,"告诉我,你为什么要这样古怪呀,希克厉先生? 昨天夜里你去哪儿了? 我问这句话可不是因为无聊的好奇心,不过——"

"你正是出于非常无聊的好奇心才来问这话的,"他打断我,还笑了一声,"不过,我还是要回答你。昨天夜里,我差点进了地狱。今天,我又看见我的天堂了。我亲眼看到的,离我连三英尺都不到! 现在你还是走开吧。要是你能管住自己,少来探听旁人的私事,那你就不会看到或听到什么让你胆战心惊的事情。"

扫完壁炉,又擦完桌子,我便走了出去,心里越发惶惑不安了。

那天下午,他没有离开过堂屋,也没有人去打搅他,他一直独个儿待着,一直到了晚上八点钟。虽然并没有听到招呼,我觉得还是应该给他送支蜡烛进去,顺便带晚饭给他。

他靠在窗台上,窗户打开着,但他并没有向外张望——他的脸朝向屋里的黑暗。炉火已经燃成了灰烬,屋里充满了一种阴天晚上特有的潮湿、温和的空气。一切都静悄悄的,不止听得见吉牟屯那边淙淙的流水声,就连那涟漪的潺潺声、流水冲过卵石、穿过凸出水面的大岩石时的汩汩声都听得一清二楚。

我一看到奄奄一息的炉火,便发出一声不满的叫喊,同时伸手关上了那一扇扇敞开的窗户。最后,我来到他靠着的那扇窗户前面。

"要不要关上这扇窗户?"我问道,想把他叫起来,他站在那儿一动也不动。

我说话时,烛光正照在他的脸上。喔,洛克乌先生,那可真把我吓了一大跳,我真形容不出那有多么骇人——那双深陷的黑眼睛! 那种阴惨惨的微笑!那种面无人色的苍白! 我仿佛觉得那是一个鬼怪,而不是希克厉先生。我吓坏了,手中的蜡烛歪到墙上,屋里一下子全被笼罩在黑暗中。

"好,关上吧,"希克厉那熟悉的声音响了起来,"瞧你,怎么笨成这个样子!蜡烛怎么可以横着拿呢? 快去另拿一支来。"

我吓傻了,急忙跑出去对约瑟夫说:

"主人让你给他送支蜡烛去,再把炉火生着。"那会儿我已吓得再也不敢进去了。

约瑟夫呼呼啦啦地往煤斗里装满烧旺的煤块,端着进去了。可是不一会儿他又端着煤斗回来了,另一只手托着那只装满晚餐的盘子。他说希克厉先生要回房睡觉了,今晚他什么都不想吃,一切等明天早上再说。

我们听到他马上回楼上去了。可他并没有去他平时睡的卧室,而是绕到了有嵌板床的那间。我以前说过,那间房子的窗子很宽,谁都可以爬进爬出。我忽然想到,他可能是想再来一次夜游,可又不想引起我们的猜疑。

"他是个食尸鬼吗? 要不就是个吸血鬼?"我在心里寻思道。我在书里读到过,世界上有那种狰狞可怕的魔鬼化身。接着我又想起,他是我从小照顾大的,又亲眼看着他长大成人,差不多是跟了他一辈子,现在却会对他产生这种恐怖感,真是太荒唐可笑了。

"可是这小黑东西是从哪儿来的呢? ——一个好人收留了他,却毁了自己的一切。"我迷迷糊糊地打着盹,心里冒着一个又一个的迷信念头……

我半梦半醒地想象开了,筋疲力尽地想着他的父母会是什么样的人。想着想着,便接上了清醒时的思路,把他惨淡的一生追溯了一遍,最后又想到了他的死亡和葬礼。我记得最清楚的也是我最苦恼的,那就是要给他立一块碑,碑上要刻些什么字,这一任务落到了我的肩头,我只好去跟教堂司事商议。他连一个姓都没有,谁也说不出他究竟活了多少年,最后只好只刻了个光秃秃的名字——"希克厉。"

这个梦变成了现实,我们果真只能这样了事。要是你走进教堂墓地,在他的墓碑上你只能读到一个名字和他去世的日期。

黎明的到来,使我的头脑也恢复了清醒状态。我站起来,刚刚能看清眼前的东西,我就去了花园,想看看他有没有在窗户下面留下脚印。我没有看到脚印。

"他没有去夜游,"我想,"但愿今天他会好起来。"

我同往常一样为全家人准备好了早点,但是让哈里顿和凯瑟琳自己先吃,不要等东家下来,因为他睡得太晚。他们说愿意到外面的大树下去吃,我便在那儿给他们放了一张桌子。

等我回到屋里时,我发现希克厉先生下楼来了。他正跟约瑟夫谈着一些农田方面的事情,他的指示清晰而具体,只是速度很快,而且老把他偏向一边,脸上的神情还是那样,甚至比昨天还要激动。

约瑟夫离开以后,他就在平常坐着的地方坐了下来。我把一杯咖啡放在他面前,他把它挪近些,然后把胳膊放到桌子上,两眼一直盯着对面的墙壁。我猜想他一定是在上上下下地打量某个地方,因为他的目光闪烁,显示出一种急不可待地神情,以至于有半分钟简直停止了呼吸。

"好啦,"我喊道,把几片面包递到他手边,"快趁热吃吧,都等了快一个钟头了。"

他没有理我,却笑了笑。我宁愿看他咬牙切齿,也不愿看他这种笑的情形。

"希克厉先生!东家!"我叫道,"看在上帝面上,别老那样瞪着眼吧。好像你看见鬼了一般!"

"看在上帝面上，你别这样大叫大嚷！"他回答，"转过脸去，告诉我，这里是不是只有我们两个人？"

"当然，"我回答，"当然只有我们两个人！"

但是，我仍然身不由己地按他说的做了，好像我也有些拿不准似的。

他手一挥，把盛早点的杯盘推到了一边，清出一块地方来，好更方便地俯身向前凝望。

现在，我看出来，他望着的不是墙。因为我仔细打量他的时候，发现他好像在凝视着两码远的地方的某个东西。而且，那东西好像在传递着巨大的欢乐和强烈的痛苦，从他脸上那种既悲苦又喜悦的表情中，会很容易地看出这一点。

那幻想中的东西好像是游移不定的，他的眼睛竭尽全力地追逐着它，即使在跟我说话的时候，他也舍不得移开目光。

我提醒他好久没吃东西了，可毫无作用。即使他听从我的劝说，动弹一下去摸什么东西，即使他伸手去拿一片面包，可手指还没摸到就握紧了，而且就摆在桌子上，把要做的事全忘了。

我坐在那儿，简直是一个耐性的典范。看他那样一心一意地冥想，我极想把他的注意力吸引出来。到后来，他终于烦躁了，他站起来，问我为什么不肯让他高兴什么时候吃饭就什么时候吃饭；还说以后用不着我侍候，我可以把东西放下就走。

说完这些，他便离开屋子，顺着花园的小路慢慢走了出去，一出栅门便再也看不见了。

时间在焦虑不安中慢慢逝去，又一个晚上到来了。我很晚才回屋睡觉，可即使上了床也还是睡不着。半夜三更，他回来了，但并没有上楼去睡，而是一个人待在楼下的堂屋里。我留神听着，辗转反侧，终于穿上衣服走下楼去。躺在楼上实在难以静下心来，各种各样的担心都笼罩在心头。

我能听出希克厉先生在地板上烦躁地踱来踱去的声音，间或还发出一声长长的叹息，呻吟般地打破寂静。他口中还语无伦次地说着什么，我唯一能听清的就是凯瑟琳的名字，那呼唤的语气中满含着亲密和痛苦，就好像说话的人就在眼前一样——那声音又低沉又真挚，完全是发自心灵深处。

我没有走进屋子的勇气，不敢直接走进屋子，但我又极想把他从梦幻中唤醒，便去故意摆弄厨房里的火，搅来搅去，又去铲煤渣。这倒真的把他引了出来，比我预料得还要快。他打开门，对我说：

"纳莉，天已经亮了吗？到我这儿来，给我拿支蜡烛进来。"

"才敲四点呢，"我回答道，"你要点蜡烛上楼吧？就着炉火点上一支好了。"

"不，我不想上楼，"他说，"进屋来，给我生一炉火，就在这屋子里做点什么吧。"

"我得先把这炉火煽旺，才能去取煤。"我说，搬来一把椅子和一个风箱。

这时他只好来来回回地走着，一副心慌意乱的样子，接连不断地发出沉重的叹息，一声接着一声，连呼吸的间隙都没有了。

"天亮以后，我要叫人去请格林，"他说道，"趁着我还能考虑些问题、能冷静地办些事的时候，我得向他请教一点法律方面的问题。我还没有立遗嘱，我还没有决定我的财产该如何处理！但愿我能统统把它们从地面上毁掉！"

"可别这么说，希克厉先生，"我插口道，"先别管你的遗嘱吧，你做了那么多不公正的事，你活着还得先进行忏悔哩！我从来没想到你会神经错乱，可现在的确错乱得令人难以置信，而这只能怪你自己。像你这三天的生活方式，就是泰坦也会垮下去的。你就吃点饭、休息一下吧！你照镜子看看，就知道自己该多么需要吃饭睡觉了。你的双颊凹陷、眼里满是血丝，活像一个饿得要死、失眠得要瞎的人！"

"我吃不下，睡不着，这可不能怨我自己，"他回答道，"我跟你保证，我绝不是成心折磨自己。只要我能做到，我立刻就去吃饭、睡觉。但是，一个在水里挣扎的人，你怎么能让他在离岸仅剩一臂之遥的地方停下来休息呢？我必须先上岸，然后才停下来休息。好吧，别提格林先生啦。说到为不公正的事忏悔，我可没什么好忏悔的，我从来没做过任何不公正的事。我太幸福了，但又不够幸福。我的灵魂处在极度的欢乐之中，残害着我的肉体，可它自身还没有得到满足。"

"幸福，东家？"我嚷起来，"这幸福多么怪异呀！你不要生气，容我说句话，我或许能给你一些劝告，让你更幸福一点。"

"劝告什么呢?"他问,"你说吧。"

"你自己很明白,希克厉先生,"我说道,"从你十三岁那年开始,你就生活在自私和不虔诚中。长久以来,你大概从没翻过《圣经》,你也许早就把《圣经》的教诲忘得一干二净了,现在也没有时间再去查阅。你不如去请个什么人——教会的牧师——不管哪个教派都可以,来为你讲解一下。他会告诉你,你完全违背了《圣经》的教义,根本不能升入天堂,除非你能在死前悔过自新。这难道会有什么坏处吗?"

"我并不生气,相反十分感激你,纳莉,"他说,"因为你提醒我记起了自己希望下葬的方式。我要在晚上被抬到教堂墓地中。要是你愿意,你可以和哈里顿陪我一起去。特别要记住,一定要提醒教堂司事遵从我有关那两个棺材安放的指示!用不着牧师,也不需要为我念叨什么。我告诉你吧,我就要到达我的天堂了,别人的天堂在我眼里毫无意义,我半点都不稀罕!"

"可是你想想,若是你继续坚持绝食并因此死掉,人家说不定会拒绝把你埋进教堂墓地呢!"我说道,对他竟会如此的藐视上帝,我十分震惊。"你乐意这样吗?"

"他们不会那样做的,"他回答说,"要是他们真的那样做,你一定要找人悄悄地把我移进去。要是你不那样做,你就会发现,死者并没有完全消亡!"

一听到家里其他成员的脚步声,他立刻躲到自己房间里,我也舒了一口气。但是,到了下午的时候,约瑟夫和哈里顿正在干活,他又一个人带着狂野的神情来到厨房,让我去堂屋里坐着,他需要有个人陪他。

我不肯去,我明白地告诉他,我害怕他——谁让他做事总那么鬼头鬼脑,我没有心思、更没有胆量去一个人陪他坐着。

"我相信你是把我当作魔鬼了吧?"他苦笑着说道,"一个可怕的东西,不适合在一个体面的人家住下去。"

凯瑟琳也在那儿,一看见她公公便躲在我身后。希克厉朝她转过身去,半带讥笑地说:

"你愿意过来吗?小乖乖。我不会伤害你的,真的不会。你是不是觉得我比魔鬼还坏?好吧,倒有一个人不怕陪我做伴!上帝证明!她太狠心了。啊,该死的,这是任何血肉之躯都受不了的,连我也忍受不下去了。"

他再也不求任何人去陪他了。傍晚的时候,他回到了自己的卧室。整整一夜,一直到天亮我们还在听见他的呻吟声。哈里顿急着要进去,但我让他先去请坎纳斯大夫,然后再进去看他。

后来大夫来了,我敲门请求进去,然后又试着推了推门,发现门上了锁;希克厉让我们滚蛋。他好多了,不愿意别人来打扰。于是,大夫又走了。

当晚就下起了大雨。可真够大的,倾盆大雨一直下到天亮。我早上围着屋子散步时,看见东家的屋子开着,雨点直往里打。

我立刻想,他肯定不在床上,要不然大雨会把他淋得透透的。他一定是要么起床了,要么出去了。我可不想再白费心思,我要进去看看怎么回事。

我用另外一把钥匙很顺利地打开了门,一看房里没有人影,就跑去想推开壁板,壁板一推就开了,我往里望去,只见希克厉先生躺在那里。他仰卧着,眼睛既锐利又凶狠地瞪着我,我大吃一惊。接着,他好像又微微笑了一下。

我不能想象他已经死去。但是,他的脸和喉咙都被雨淋湿了,床单也滴着水,而他却纹丝不动。那扇窗子摇来晃去,把他放在窗台上的一只手也擦破了,但那伤口处却没有血流出来。我伸出手一摸,不能再怀疑了:他死了,全身都僵了!

我关上窗子,梳理好他那耷拉在前额上的黑色长发;我想尽可能地给他合上眼睛,以免再让别人瞧见他那可怕的、像活人一样的狂喜的凝视。可他的眼睛瞪着我,像在嘲笑我白费力气,他那张开的嘴唇、尖利的白牙,也在嘲笑着我!我不禁害怕起来,就大声喊叫约瑟夫。约瑟夫拖拖拉拉地上来了,叫嚷了一阵,但一口拒绝管死人任何事。

"他的魂已经被魔鬼抓走了,"他嚷道,"那就连同他的尸体一块拿走吧,我才不在意呢!呸!他太坏了,临死还笑得龇牙咧嘴!"说到这里,这老罪人也龇牙咧嘴地讥讽地笑着。

我还以为他会围着床手舞足蹈一阵子才算完事呢,可突然间,他立即镇静下来,举起双手跪了下去,感谢上帝让合法的主人与古老的世家再次恢复了权利。

这件可怕的事情让我头昏脑涨,我难免怀着一种忧伤的悲哀回忆起往昔的岁月。可怜的哈里顿,即便是受委屈最多的一个,却又是唯一真正难过的人。他整夜地守在尸体身边,难过地哭泣着。他握住死者的手,吻了那张谁都不想再看一眼的、讥讽的、凶狠的脸。他痛苦地哀悼着死者,此种强烈的情绪源于一颗宽宏大度的心,即便这颗心比纯钢还要坚强。

坎纳斯先生伤透了心,也不清楚主人因何病而死。因为担心招惹麻烦,我没有说他绝食四天的事实。不过,话又说回来,我确信他不是有意绝食。绝食是他那古怪的病的结果,而不是原因。

我们依照他的愿望把他埋葬了,周围的邻居们纷纷议论。欧肖和我、教堂司事以及六个抬棺木的人,组成了全部送葬队伍。

那六个人把棺木放进墓穴后就离开了。我们留下来看着棺木被掩盖好。哈里顿流着泪,亲手挖起青草皮盖在那棕褐色的土堆上。此刻,它已经跟四周的坟堆一般平整碧绿了,我祝愿睡在里面的人也一样踏实安稳。

可你如果去问问这附近的乡亲们,他们会把手按在《圣经》上发誓说他走出来了。有些人说见到过他——在教堂周围,在荒野里,甚至在这所宅子里。你肯定要说,这些统统都是无稽之谈,我也这样认为。但在厨房里烤火的那个老家伙一口咬定,自从主人去世后,每逢下雨的夜晚,只要从卧室的窗口向外看,就会看到他们两个。

大概是在一个月之前,我也遇到了一件怪事。某天晚上,我正向田庄走去——那是一个昏暗的晚上,已经传来了隐约的雷声。在山庄拐弯的地方,我发现有个小男孩正在那儿悲伤地哭着,在他面前还有一只绵羊以及两只小羊羔。他哭得如此难过,我还以为是羊儿受到惊吓,不肯听他的指挥。

"发生什么了,我的小可怜?"我问他。

"希克厉和一个女人在那边,在山岩底下,"他抽噎着说,"我不敢从那里走。"

我什么都没看见,可那男孩和羊都不想往前走,于是我指给他下面的那条路,让他从那里绕过去。或许这孩子单身穿过荒野,无意中想起了从父母和同伴那儿听来的无稽之谈,便幻想出那幽灵来了吧。

即便这么说,现在我也不想天黑出去了,我也讨厌独自一人坐在这阴沉沉的房子里。我没办法,这我可做不了主。等他们离开山庄搬到田庄去,那会儿我就高兴了。

"这么说,他们是计划搬到田庄去啦?"我说。

"是呀,"丁恩太太回答,"他们只要结婚就马上搬过去。日子已经选好了,是新年那天。"

"那么这里谁住呢?"

"噢,约瑟夫照看房子,或许再找个小伙子跟他做伴。他们住在厨房里,别的房间全关起来。"

"如此一来,幽灵们住进来可就方便太多了。"我说。

"千万别胡说,洛克乌先生。"纳莉摇着她的头说,"我确信死者们早已得到安宁,任何人没有权利来轻贱他们。"

说到此处,花园的门开了,那一对游玩的人回家了。

"他们可天不怕地不怕,"我嘟囔着,从窗口看着他们走进来,"这两个人在一块,甚至连撒旦和他的魔鬼大军都吓不住他们。"

他们俩走上台阶,又停下来,对着月亮看了最后一眼——更准确地说,是借着月光相互对视了一下。他们刚进来,我就不禁觉得非走不可了。

我把一点"纪念物"强塞到丁恩太太手里,不管她的抗议和我的鲁莽,就在他们打开房门的那会儿,我从厨房跑掉了。约瑟夫本来就认为,现在愈加肯定他的同事真的在做那见不得人的轻薄勾当。所幸这时候他听到了"当"的一声响动——一枚金币落在了他的脚下,他这才看出我是个正派的体面人。

我回家时多走了一点路,绕路去了一次小教堂。走到教堂的墙脚下,我发现才过了七个月的时间,很明显它已经更加破败了。很多窗子没有了玻璃,里面黑漆漆的。屋顶右边有不少瓦片凸出来,偏离了原来的格道,等到秋天的暴风雨一到,就要慢慢掉光了。

我在靠近原野的斜坡上找那三块墓碑,不久就找到了。中间的一块是灰色的,一半已经被埋在了石楠丛中;埃德加·林敦的墓碑四面只长着青草,碑脚刚刚被青苔覆盖。希克厉的依然是光秃秃的。

在那晴朗的天空下,我在三块墓碑前流连徘徊。看着在石楠丛和兰铃花中飞舞的飞蛾,听着柔风慢慢地吹过草间,我忍不住纳闷,谁又能想到,在这如此静谧的大地下面,长眠着的人儿竟然总睡不安稳!